ANDREAS GRUBER

Rachefrühling

GOLDMANN

Buch

Der Dresdner Kommissar Walter Pulaski und die Wiener Anwältin Evelyn Meyers haben schon mehrmals äußerst erfolgreich zusammengearbeitet. Endlich findet Pulaski nun die Zeit, Evelyn den lang versprochenen privaten Besuch in Wien abzustatten. Doch aus den geplanten ruhigen Urlaubstagen wird nicht viel, denn kurzfristig werden die beiden in einen aufsehenerregenden Fall verwickelt. Dabei geht es um den brutalen Mord an der renommierten Chirurgin Dr. Aleyna Al-Rashid. Aufgrund eindeutiger Indizien legt sich die Polizei schnell auf einen Hauptverdächtigen fest, den True Crime-Podcaster Martin Kilian. Mit seinem untrüglichen Gespür für spannende Kriminalfälle und ungelöste Rätsel hat sich dieser über die Jahre hinweg eine große Anhängerschaft aufgebaut. Und ausgerechnet er steht jetzt selbst unter Mordverdacht – obwohl er standhaft seine Unschuld beteuert.

In seiner Verzweiflung wendet Kilian sich an Evelyn. Nach anfänglichem Zögern erklärt diese sich bereit, seine Verteidigung zu übernehmen. Doch Kilians Unschuld zu beweisen gestaltet sich schwieriger als gedacht – selbst mit der tatkräftigen Hilfe Pulaskis, der das geplante Sightseeing nur allzu gerne gegen eine verdeckte Ermittlung eintauscht.

Nach und nach arbeiten die beiden sich in den Fall ein, entdecken immer detailliertere Hinweise und neue Spuren – und bemerken allzu spät, dass sie einem besonders raffinierten Verbrecher in die Falle zu laufen drohen …

Weitere Informationen zu Andreas Gruber
sowie zu lieferbaren Titeln des Autors
finden Sie am Ende des Buches.

Andreas Gruber

Rachefrühling

Thriller

GOLDMANN

MIX
Papier | Fördert gute Waldnutzung
FSC® C014496

Penguin Random House Verlagsgruppe FSC® N001967

1. Auflage
Originalausgabe September 2023
Wilhelm Goldmann Verlag, München,
in der Verlagsgruppe Random House GmbH

Neumarkter Str. 28, 81673 München
Ein Projekt der AVA international GmbH
Autoren- und Verlagsagentur
www.ava-international.de / www.agruber.com
Umschlaggestaltung: UNO Werbeagentur, München
Umschlagmotiv: Getty Images / Mandy Disher Photography;
FinePic®, München
TH · Herstellung: ik
Satz: Buch-Werkstatt GmbH, Bad Aibling
Druck und Bindung: GGP Media GmbH, Pößneck
Printed in Germany
ISBN: 978-3-442-49108-7

www.goldmann-verlag.de

Für Heidi,
danke für deine Begleitung auf dieser langen Reise,
bei der wir nie gewusst haben,
wie lange sie dauert und wohin sie geht

*»Wir behaupten oft, ein Mensch habe uns getäuscht,
wenn wir uns in ihm getäuscht haben.«*

– Peter Sirius (1858–1913) –

PROLOG

Donnerstag, 9. Mai

Es ist kurz vor einundzwanzig Uhr, als die siebte Gondel des Wiener Riesenrads ihren höchsten Punkt erreicht. Während sich das Rad langsam weiterdreht, stellt sich der Fahrgast ans Fenster und öffnet sich an beiden Handgelenken die Pulsadern. Langsam gleitet die Gondel weiter nach unten. Als die ersten Menschen unten am Boden schließlich erkennen, was dort oben passiert, kreischen sie entsetzt durcheinander. Hilflos warten sie darauf, dass die Gondel unten ankommt. Nun weiß jeder, der schon einmal mit dem Riesenrad gefahren ist, wie langsam es sich dreht …

»So beginnt die erste Folge des True Crime-Podcasts von Martin Kilian«, unterbrach die Moderatorin die sonore männliche Stimme vom Band. »Und er ist heute bei uns zu Gast im Studio«, säuselte sie weiter.

Künstlicher Applaus wurde eingespielt.

»Falls Sie ihn noch nicht kennen: Martin Kilian gehört zur Crème de la Crème der österreichischen Podcast-Szene und ist tatsächlich *der* Spezialist, wenn es um True Crime-Podcasts geht. Zu diesem Thema wird er nun eine Stunde lang Fragen von Hörerinnen und Hörern beantworten.«

Dreyer stand im Korridor und blickte durch die Glaswand ins Tonstudio. *Bin neugierig, was du zu sagen hast*, dachte sie und beobachtete Kilian, dessen Räuspern über die Lautsprecher auch außerhalb der Tonkabine zu hören war.

Martin Kilian beugte sich lächelnd zum Mikrofon. »Hallo, einen wunderschönen guten Morgen.« Er griff nach seiner Kaffeetasse und nahm einen Schluck.

Der gut aussehende Kerl war gerade mal neunundzwanzig Jahre alt und wirkte durch seine authentische Ausstrahlung extrem sympathisch. Er war groß und schlank, hatte gewellte blonde Haare, Sommersprossen, eine Nerd-Brille und ein verschmitztes Lächeln, das Dreyer überhaupt nicht gefiel. Es wirkte viel zu echt, und gerade das ging ihr furchtbar gegen den Strich. *Auf die Masche falle ich nicht rein. Nicht nach dreißig Dienstjahren.*

»Martin, du betreust eine Internet-Plattform für Nachwuchs-Talente, die selbst eigene Podcasts auf die Beine stellen wollen, gibst Workshops, schreibst monatlich eine große Reportage für ein österreichisches Magazin und betreibst nebenbei auch noch deinen eigenen True Crime-Podcast mit gigantischen Downloadzahlen. Du bist seit Jahren ein Experte zum Thema *Wahre Kriminalfälle* und bekommst sensationelle Kritiken. Mittlerweile hast du sogar ein eigenes Tonstudio im Keller deines Reihenhauses und …«

»Ein *kleines* Tonstudio«, ergänzte er und nestelte an seinem altmodischen grauen Sakko mit den schillernden Perlmuttknöpfen. Darunter trug er ein schwarzes T-Shirt.

»Wie bist du ausgerechnet aufs Podcasten gekommen?«, fragte die Moderatorin.

Kilian lächelte sie wieder an und schob sich die Brille zurecht. »Ich habe schon früher neben dem Publizistikstudium an der Uni Wien als selbstständiger investigativer Journalist gearbeitet. Auf das Medium Podcast bin ich zunächst als Hörer aufmerksam geworden. Nachdem ich es entdeckt hatte, wollte ich es unbedingt selbst ausprobieren, um damit experimentieren zu können, um neue Möglichkeiten zu erschließen und ein größeres Publikum zu erreichen … und zwar mit einem Thema, das *mich* interessiert. Ich habe im Lauf der Jahre sozusagen mein Interesse zum Beruf gemacht.«

»Kriminalistik«, fügte die Moderatorin erklärend hinzu. »Aber warum gerade einen Podcast? Warum kein Sachbuch oder weitere Artikel für Zeitschriften?«

Kilian rückte die Kopfhörer zurecht und wischte sich die blonden Locken aus der Stirn. *O Mann, dieses Lächeln*, dachte Dreyer. Gut, dass die Hörer das nicht sehen konnten. Jede potenzielle Schwiegermutter wäre dahingeschmolzen. Aber schon Kilians sympathische Stimme genügte wohl, um einen Großteil der Zuhörerinnen für ihn einzunehmen.

Kilian rutschte auf dem Sitz herum. »Jeder hat ein Smartphone in der Tasche und ist permanent online. Zuhören kann man sogar während des Autofahrens oder des Kochens. So erreiche ich mehr Menschen – aber der eigentliche Grund ist einfach der: Es macht mir richtig Spaß.«

»Dass das Medium dir liegt, merken wir auch hier im Studio. Und auch deine Hörerinnen und Hörer lassen sich mitreißen, denn pro Podcast zu einem neuen Kriminalfall gibt es mehrere Tausend Kommentare von deinen Abonnentinnen und Abonnenten.«

»Herrgott, muss das sein?«, knurrte Fichtinger.

Dreyer warf ihrem Kollegen, der neben ihr direkt unter dem leuchtenden *On Air*-Display stand und mit den Augen rollte, einen Blick zu. Sie wusste, dass Fichtinger übertriebenes Gendern genauso nervte wie sie.

»Kommen wir zur ersten Frage«, sagte die Moderatorin

und betätigte einen Knopf. Es folgte kurzer Small Talk mit einer jungen Frau, dann stellte diese ihre Frage. »Warum hast du dich auf mysteriöse Kriminalfälle spezialisiert?«

»*Ungelöste* und *österreichische* mysteriöse Kriminalfälle«, ergänzte Kilian. »Ich denke, das sind beides wichtige Aspekte. Mein Podcast soll einen Mehrwert bieten. Dinge, die man sonst nicht erfahren würde – und die eher regionalen Fälle werden ja oft vernachlässigt –, kombiniert mit einem plausiblen Lösungsvorschlag.«

»Und tatsächlich bekommt man dadurch einen anderen Blickwinkel auf so manche Kriminalfälle«, ergänzte die Moderatorin, drückte auf einen weiteren Knopf und begrüßte die nächste Anruferin, die etwas älter klang.

»Wie wählst du deine Fälle aus? Woher bekommst du deine Gäste? Wie kommst du an die Unterlagen ran? Immerhin sind es ja noch laufende Ermittlungen«, lauteten die Fragen.

»Das sind tatsächlich interessante Fragen«, säuselte die Moderatorin.

Dreyer verdrehte die Augen. *Sag noch einmal* tatsächlich, *und ich muss mich übergeben.*

»Anfangs war es schwierig, Gäste für meinen Podcast zu finden, aber mittlerweile ist das dank der großen Reichweite kein Problem mehr. Ich hatte schon ehemalige Gerichtsmedizinerinnen, Detektive, Ärztinnen oder Computerspezialisten vor dem Mikrofon. Da ich auch Kontakt zu Zeugen, Anwälten und den Hinterbliebenen der Opfer habe, ist es mir möglich, relativ einfach an die Unterlagen zu kommen. Und als Journalist darf man Fragen stellen und spekulieren. Das ist sogar unsere Aufgabe.«

»Und so hast du mit deinem Podcast tatsächlich schon einige Verdächtige vor einer vorschnellen Verurteilung bewahren können«, ergänzte die Moderatorin lächelnd.

Tatsächlich! Dreyer sah zu Fichtinger und streckte sich den Finger in den Mund, als wollte sie sich übergeben. Zum Glück gab es jetzt eine kurze Pause mit drei Songs direkt hintereinander, gefolgt von Nachrichten, Wetter und den morgendlichen Staumeldungen um halb acht.

Anschließend ging es gleich mit der Frage eines Hörers weiter, der offenbar selbst Podcaster war, weil er sich hauptsächlich für technische Fragen interessierte, die Kilian alle souverän beantwortete. »… und zuletzt die Frage: Warum läuft dein Podcast so gut? Was ist dein Geheimnis?«

Kilian lächelte, fühlte sich anscheinend geschmeichelt. »Meiner Meinung nach ist es wichtig, dass es so klingt, als wäre es spontan entstanden und nicht perfekt auschoreografiert. Die Aufnahme sollte handgemacht wirken.«

»Allzu Perfektes klingt tatsächlich langweilig«, ergänzte die Moderatorin.

»Richtig.« Kilian nickte. »Stattdessen konzentriere ich mich aufs Wesentliche, ohne viele Gimmicks und so wenig geschnitten wie möglich mit allen Hängern, Patzern und Versprechern. Das wirkt automatisch sympathischer.«

»Offenbar ist das dein Erfolgsrezept«, sagte die Moderatorin. »Spielen wir noch ein paar Songs, die zum Thema passen – *I shot the Sheriff* von Bob Marley, *Jailhouse Rock* von Elvis und *Smooth Criminal* von Michael Jackson. Danach kommen wir zu unserem letzten Anrufer oder zu unserer letzten Anruferin.«

Es folgte erneut Musik, und Dreyer nickte ihrem Kollegen zu, der sein Handy aus der Tasche holte und sich in eine Nische verkrümelte.

Die Volontärin des Radiosenders nutzte die Unterbrechung im Interview, schlich zu Dreyer und senkte die Stimme: »Möchten Sie vielleicht jetzt eine Tasse Kaffee?«

Dreyer winkte ab, ohne den Blick von Kilian zu nehmen. Es war nicht zu verstehen, worüber er sich in der Pause mit der Moderatorin unterhielt, aber Dreyer schätzte, dass es sich dabei um belanglosen Small Talk handelte, da beide sich gut zu amüsieren schienen.

Nach dem dritten Song zog die Moderatorin das Mikrofon wieder näher zu sich heran. »Kommen wir nun zu unserem letzten Anrufer.« Nach einem kurzen Einführungsgeplänkel hörte Dreyer eine tiefe Männerstimme.

»Wie haben Sie den Tod Ihrer Tochter verarbeitet?«

Augenblicklich gefror Kilians breites Lächeln, sein Blick glitt starr ins Leere. Die Moderatorin grätschte sofort dazwischen. »Tut mir leid, dass ich mich da jetzt einmische, aber wir hatten zuvor vereinbart, dass wir dieses Thema nicht ansprechen.«

»Nein, ist schon okay«, sagte Kilian, woraufhin die Moderatorin verwirrt die Stirn runzelte. Der Podcaster nickte, dann rückte er näher zum Mikro. »Die meisten Hörerinnen werden das nicht wissen, aber mit neunzehn bin ich mit Jana, meiner Jugendliebe zusammengezogen, in das ehemalige Reihenhaus meiner Eltern. Im Jahr darauf bekamen wir eine Tochter. Viktoria wurde nur drei. Sie starb nach einer Operation.« Er machte eine Pause, starrte gedankenverloren vor sich hin. »Man sagt, dass die Zeit alle Wunden heilt. Aber auch wenn ihr Tod jetzt schon sechs Jahre zurückliegt, ist die Trauer immer noch da. Eine intensive Paartherapie hat Jana und mir zumindest ein bisschen darüber hinweggeholfen.«

»Die OP fand in der Bormann-Klinik in Wien statt, richtig?«, fragte der Anrufer.

Die Moderatorin wollte schon wieder dazwischen gehen, aber Kilian winkte ab. *Ist okay*, formte er mit den Lippen. »Ja, es war die Bormann-Klinik, ein renommiertes Privatkrankenhaus.«

»Wie stehen Sie heute zu Dr. Aleyna Al-Rashid, die Ihre Tochter damals operiert hat?«

Kilian zog einen Mundwinkel hoch. »Sie scheinen erstaunlich gut darüber informiert zu sein, was damals passiert ist«, stellte er fest.

»Der Fall ging seinerzeit durch die Medien«, sagte der Anrufer zur Erklärung.

»Ja, leider.« Mittlerweile war Kilians sympathisches Strahlemannlächeln wie weggewischt. »Und ich habe mich vor laufender Kamera im Affekt zu einer unbedachten Aussage hinreißen lassen.«

Die Moderatorin hob warnend die Hand, das Gespräch jetzt besser abzubrechen, doch Kilian ging nicht darauf ein.

»Dass Sie diese Frau umbringen würden!«, ergänzte der Anrufer.

»Ja, das habe ich gesagt und damit für Schlagzeilen gesorgt«, gab Kilian zu. »Tage später ist mir jedoch klargeworden, dass das unangemessen war. Und auch ein riesengroßer Fehler, denn falls Dr. Al-Rashid jemals etwas zustoßen sollte, würde ich automatisch verdächtigt werden.«

»Das ist vielleicht auch ein Grund«, ging die Moderatorin nun doch freundlich, aber bestimmt dazwischen, »warum du dich später noch intensiver als davor für Kriminalfälle, Psychologie und Polizeiarbeit interessiert hast, weil man schneller, als man denkt, zu einem Verdächtigen werden kann.«

Wiederum verzog Kilian das Gesicht. Nachdenklich starrte er ins Nichts. »Ja, mag sein.«

»Und damit sind wir auch schon wieder am Ende dieser spannenden Fragestunde angelangt«, sagte die Moderatorin und spulte ihre Abschiedsworte und die Ankündigung der folgenden Sendungen herunter.

Kilian nahm die Kopfhörer ab, rutschte vom Stuhl, streckte sich und strich sich die Locken hinters Ohr. Er sah immer noch aus, als wäre er völlig neben der Spur. Während von einem Kollegen im benachbarten Aufnahmeraum die Nachrichten zur vollen Stunde gesprochen wurden, machte die Volontärin im Tonstudio Fotos von Kilian und der Moderatorin für die Facebookseite des Senders.

Währenddessen kam Fichtinger um die Ecke und schlenderte mit den Händen in den Hosentaschen den Korridor hinunter. Dreyer nickte ihm zu.

Nach einem groß angelegten Händeschütteln und zahlreichen Bestätigungen, wie perfekt die Sendung gelaufen war, trat Kilian aus dem Tonstudio und wollte in Richtung Ausgang gehen. Doch Dreyer stellte sich ihm in den Weg.

»Martin Kilian?«, fragte sie der Form halber. Kilian nickte, woraufhin Dreyer ihren Dienstausweis aus der Tasche holte. »Kripo Wien, wir sind von der Mordgruppe. Ich bin Kommissarin Dreyer …«, sie nickte zu ihrem Partner, »… und das ist mein Kollege, Kommissar Fichtinger.« Auch der zeigte seinen Ausweis und lüftete dabei sicherlich gewollt das Sakko, unter dem sich ein Gürtelholster mit Dienstwaffe befand.

Kilian lächelte und hob beschwichtigend die Hände. »Ich habe nichts Schlechtes über die Polizei gesagt.« Wie um

Unterstützung suchend, blickte er grinsend zu den Leuten des Radiosenders. Die starrten nur verunsichert herüber.

Dreyer blieb ernst. »Nein, das haben Sie nicht.«

Schlagartig wurde auch Kilian ernst. »Worum geht es?«

»Das besprechen wir auf dem Kommissariat«, antwortete Fichtinger. »Würden Sie uns dorthin begleiten?«

Kilian runzelte die Stirn, dann legte er den Kopf schief. »Ich kenne Ihre Stimme. *Sie* waren der letzte Anrufer.«

Fichtinger nickte.

Kilian wirkte perplex. »Wie haben Sie es geschafft, genau diesen Platz in der Warteschleife zu bekommen?«

»Sagen wir so … der Redakteur war uns noch einen Gefallen schuldig.«

Dreyer konnte richtig sehen, wie die Zahnrädchen in Kilians Gehirn arbeiteten. »Und warum zum Teufel haben Sie das getan? Wollten Sie mich bei einer Live-Sendung provozieren?«

»Wir waren einfach nur neugierig, wie Sie darauf reagieren«, versuchte Dreyer, ihn zu beruhigen.

»Aha … Mordgruppe, sagten Sie?«, wiederholte Kilian gedehnt und senkte die Stimme, da er nun offenbar begriffen hatte, dass es sich nicht um einen Scherz handelte. »Wer wurde ermordet?«

»Darüber können wir auf dem Kommissariat …«

»Ich gehe mit Ihnen nirgendwohin, wenn Sie mir nicht sagen, worum es geht«, unterbrach Kilian sie, der seine Rechte leider besser kannte als der durchschnittliche Bürger.

»Dr. Aleyna Al-Rashid«, antwortete Dreyer und beobachtete Kilians Reaktion.

Der starrte sie erst wie vor den Kopf gestoßen an, dann versuchte er zu lächeln. »Das ist doch wohl ein übler Scherz.«

»Ich wünschte, es wäre so.« Dreyer deutete zum Ausgang.

»Bin ich verhaftet?«, fragte Kilian.

»Nein, wir wollen nur mit Ihnen reden.«

»Also werde ich verdächtigt?«

Dreyer verzog den Mund. »Sie wissen doch, wie das läuft.«

Plötzlich bekam Kilian rote Flecken im Gesicht. »Aus welchem Grund sollte ich sechs Jahre lang damit gewartet haben, Dr. Al-Rashid umzubringen?«, zischte er und schnappte nach Luft.

»Weil Sie dachten, es wäre mittlerweile Gras über die Krankenhaussache von damals gewachsen«, belehrte Dreyer ihn.

»Aber das ist es nicht!«

1. TEIL

DIE ANKLAGE
Freitag, 10. Mai

1

Walter Pulaski parkte seinen Škoda in der Tiefgarage des Hotels Rembrandt im ersten Wiener Bezirk, checkte an der Rezeption ein, gab seinen Koffer dem Hotelpagen und ging dann zu Fuß direkt in die Altstadt zur Gonzagagasse. Als er die richtige Hausnummer gefunden hatte, bemerkte er auch gleich das Schild der Rechtsanwaltskanzlei, das dort zwischen denen einer Zahnarztpraxis und einer Werbeagentur hing.

Dr. Evelyn Meyers
Strafverteidigerin

Er klingelte, der Summer öffnete automatisch die Tür, und Pulaski verschwand durch den Spalt ins angenehm kühle Innere des Altbaus. *Was für eine Affenhitze!* Die für Anfang Mai ungewöhnlich hohe Temperatur drückte extrem auf seine Laune. Wie würde es erst am Nachmittag oder Abend werden, wenn es schon jetzt kurz vor Mittag so heiß war, dass ihm der Schweiß über den Rücken lief?

Er nahm den Fahrstuhl in die oberste Etage. Flo erwartete ihn bereits und drückte ihm fest die Hand.

»Kommen Sie herein. Kaffee? Ich weiß, Sie mögen keinen *Cappuccino-Pulverdreck aus dem Automaten*. Wir haben eine …«

Pulaski winkte ab. »Ein großes Glas kaltes Wasser reicht.«

Nach den knapp sechs Stunden Autofahrt von Dresden direkt hierher war er ziemlich ausgetrocknet.

»Kommt sofort.« Flo verschwand in die Küche. Flo – oder Florian Zock, wie der junge Rechtsanwaltsanwärter eigentlich hieß – war zwar mit seinen dreißig Jahren noch relativ jung, arbeitete aber schon seit mittlerweile vier Jahren als Evelyns Assistent in der Kanzlei, um sich die letzten Semester seines Studiums zu finanzieren. Jetzt kam er mit einem Wasserkrug und einem Glas mit Eiswürfeln zurück und führte Pulaski von der Garderobe in das Besprechungszimmer, wo dieser an einem niedrigen Couchtisch Platz nahm.

Die Räume waren klimatisiert, allerdings schaltete Flo die entsprechende Anlage nun aus. »Wir machen nur noch die Büros dicht, dann sind wir offiziell im Urlaub.« Er aktivierte den Anrufbeantworter, fuhr seinen PC herunter und schaltete auch den Drucker aus.

Inzwischen trank Pulaski ein Glas Wasser in einem Zug aus, fischte einen Eiswürfel aus dem Glas, den er sich über die Schläfe rieb, lehnte sich auf der Couch zurück und ließ seinen Blick auf Flo ruhen. Der trug Jeans, blitzblanke schwarze Lackschuhe und ein weißes Slim-Fit-Hemd mit aufgerollten Ärmeln. Kein Wunder, dass Evelyn sich in den Kerl verknallt hatte. Mit seinem krausen rotblondem Haar und dem blonden Dreitagebart sah er richtig gut aus. Außerdem arbeitete er ehrenamtlich als Rettungssanitäter für das Rote Kreuz. Welche Frau konnte da schon widerstehen?

Als Nächstes lief Flo über den knarrenden Parkettboden und ließ die Außenrollos an den Fenstern herunter. »Evelyn ist noch nebenan. In der kleinen Nachbarwohnung, die sie vor vier Jahren dazugemietet hat, um die Kanzlei zu vergrößern. Aber sie kommt sicher gleich.«

Wie aufs Stichwort öffnete sich die Tür, und Evelyn trat ein. Im Gegensatz zu Pulaski, dem man ansah, dass er knapp vor der Pensionierung stand, war sie seit ihrer letzten Begegnung scheinbar keinen Tag älter geworden und sah keineswegs wie vierzig aus. Brünettes, schulterlanges, wuscheliges Haar, blonde Strähnen und wache, strahlende Augen. Sie trug eine schwarze Hose, eine weiße Bluse mit breitem Kragen und einen schwarzen Blazer, den sie jetzt mit einem erleichterten Seufzer abstreifte und über die Lehne eines Ohrensessels warf.

Mit ausgestrecktem Arm kam sie auf Pulaski zu. »Wie lange ist es her? Drei Jahre?«

Er nickte. Ein gemeinsamer Fall hatte Evelyn damals nach Deutschland geführt.

»Und ich dachte, Sie würden nie auf einen Besuch nach Wien kommen«, fügte sie hinzu.

Stimmt, fast hätte er auch diesmal wieder abgesagt, da er Städtereisen todlangweilig fand – allerdings ging es bei diesem Besuch ja nicht wirklich um Sightseeing. Er hatte einfach Evelyn sehen wollen, der er jetzt freudig die Hand drückte. »Es passte gerade. Meine Tochter studiert mittlerweile in Berlin und wohnt mit einer Freundin in einer WG.«

»Jasmin ist schon so groß, Wahnsinn, wie die Zeit vergeht – und Sie schuften immer noch beim Kriminaldauerdienst in Leipzig?«

Er schüttelte den Kopf. »Ich bin inzwischen von Leipzig weggezogen und habe wieder meinen alten Job beim LKA in Dresden angenommen.«

Flo, der gerade die Aktenschränke abschloss, hielt inne und sah ihn neugierig an. »Evelyn hat mir erzählt, dass Sie vor Ihrer Zeit beim Dauerdienst eine große Nummer beim LKA Dresden gewesen sind.«

Pulaski hob die Schultern. »Ja, das war ich mal. Jetzt bin ich es nicht mehr. Mein alter Chef ist im Ruhestand, und der neue könnte mein Sohn sein. Der hält nicht viel von der alten Garde.«

»Wie war denn …?«

Evelyn klatschte in die Hände. »Ich möchte einen Vorschlag machen. Wir reden die nächsten drei Tage nicht über unseren Job – keine Kripoermittlungen, keine Mordfälle, keine Gerichtsverfahren –, und wer es dennoch tut, bezahlt das Abendessen.«

»Wenn es sein muss.« Enttäuscht sah Flo zu Pulaski. Sein Blick verriet, dass er gern zugehört hätte, wie Pulaski aus dem Nähkästchen plauderte. »Aber eine Sache noch.« Flo reichte Evelyn ein paar Kuverts. »Das sind die letzten Rechnungen an unsere Klienten.«

»Ich kümmere mich darum.« Evelyn ging zum Ohrensessel und stopfte die Briefe in die Innentasche ihres Blazers. »So, und ab jetzt kein Wort mehr über Mord und Totschlag.« Sie sah auf. »Sind Sie gut im Hotel Rembrandt untergekommen?«

Pulaski nickte, war aber mit den Gedanken woanders. *Das kann ja heiter werden.* Auch er liebte es, über den Job zu reden. Zwar hauptsächlich mit Kollegen, die wie er vom alten Schlag waren und verzwickte Kriminalfälle noch mit Notizblock, Bleistift, Grips und der nötigen Portion Menschenkenntnis lösten. Aber er hätte auch nichts dagegen gehabt, sich mit einem Jungspund wie Flo auszutauschen.

»Machen Sie nicht so ein Gesicht. Ich zeige Ihnen Wien abseits der Touristenpfade, das wird Ihnen gefallen«, meinte Evelyn, die seine Gedanken wohl erraten hatte.

Flo schnappte sich sein Sakko und reichte Evelyn den Bund mit den Kanzleischlüsseln. »Also gut, dann ab in den …«

Es läutete an der Tür.

Evelyn warf Flo einen Blick zu. »Haben wir einen Termin übersehen?«

»Sicher nicht.« Flo ging durch die Garderobe zur Eingangstür. Es läutete erneut, diesmal begleitet von einem Pochen an der Tür.

»Scheint dringend zu sein«, bemerkte Pulaski.

»Tut mir leid«, entschuldigte sich Evelyn. »Wer immer es ist, ich wimmle ihn ab.«

»Keinen Stress, ich mache mich inzwischen im Bad frisch.«

Evelyn zeigte ihm die richtige Tür, dann ging sie in den Vorraum.

Pulaski sah vom Bad aus, wie Flo die Tür öffnete und ein groß gewachsener Mann in Begleitung von zwei nicht minder großen und noch dazu sehr muskulösen Kerlen eintrat. Der Anführer war um die sechzig, hatte ein markantes Gesicht, dichte Augenbrauen, einen schwarzen Vollbart und eine etwas dunklere Hautfarbe. Alle drei trugen teure Anzüge, und Pulaski wusste sofort, dass die Typen Ärger bringen würden.

»Meine Verehrung, Frau Doktor Meyers. Mein Name ist Kamal Al-Qasem, aber nennen Sie mich besser nur Qasem, das ist einfacher, und es klingt nicht so wie dieses Schmerzmittel, das Sie hier haben …« Er schnippte mit den Fingern.

»Alka-Seltzer?«, fragte sie verdattert.

»Genau.« Lächelnd nahm er Evelyns Hand und deutete eine Verbeugung an.

»Nett, Sie kennenzulernen«, sagte Evelyn immer noch verblüfft, »aber die Kanzlei ist …«

»Ich brauche nicht viel Ihrer kostbaren Zeit«, sagte Qasem. »Dort entlang?«, fragte er und ging zielsicher in Richtung Besprechungszimmer.

2

Vierundzwanzig Stunden zuvor

Die Autofahrt vom Tonstudio des Radiosenders zum Polizeikommissariat in Liesing am südlichen Stadtrand von Wien hatte nur fünfzehn Minuten gedauert. Während dieser Zeit hatte Martin Kilian kein Wort von sich gegeben. Da Kommissarin Dreyer ihm sein Handy abgenommen hatte, hatte Kilian nur stumm auf der Rückbank gesessen, hatte aus dem Fenster geblickt und ihr keinen Anhaltspunkt gegeben, was hinter seiner gerunzelten Stirn vorging.

Drei Stunden lang hatten sie ihn danach bei warmen Temperaturen in dem engen, fensterlosen Vernehmungsraum warten lassen – ohne Gang zur Toilette, ohne Kaffee oder ein Glas Wasser. Nun betrat Dreyer das Zimmer, gefolgt von Fichtinger. Auch wenn sie zu zweit waren, hatten sie vorher abgesprochen, dass sie sich die Nummer *Guter Bulle – Böser Bulle* bei Kilian sparen konnten. Mit seiner Erfahrung hätte der bloß daraus geschlossen, dass sie im Prinzip nur Indizien gegen ihn in der Hand hatten – und diese Blöße wollte sich Dreyer nicht geben.

Gemeinsam nahmen sie vor Kilian Platz. Trotz der langen Wartezeit wirkte er ziemlich gefasst. »Darf ich jetzt endlich erfahren, worum es geht?«

Dreyer deutete zur Decke und in die Ecke des Raums. »Unser Gespräch wird aufgezeichnet. Sind Sie damit ein…?«

»Ja, sicher«, murrte Kilian. »Also, worum genau geht es?«

»Wo waren Sie gestern, am Mittwoch, den achten Mai, um fünf Uhr früh?«, fragte Dreyer.

»Wurde da Dr. Al-Rashid ermordet?«

Dreyer ignorierte die Frage. »Wo waren Sie zu diesem Zeitpunkt?«, wiederholte sie nur.

»Ich war mit meiner Geliebten zusammen. Leider ist sie mit einem hochrangigen Politiker verheiratet und wird mir daher kein Alibi für die Nacht geben. Aber zum Glück haben wir im Hilton übernachtet, und die dortigen Kameras sowie Dutzende Leute vom Personal werden bestätigen, dass ich mein Hotelzimmer nicht verlassen habe.«

Dreyer starrte ihn emotionslos an. »Und das soll ich Ihnen glauben?«

»Nein, natürlich nicht!«, seufzte Kilian. »Schön wär's. Ich war allein zu Hause und habe kein Alibi. Hätte ich allerdings gewusst, dass Dr. Al-Rashid ermordet wird, hätte ich mir eines besorgt.«

Dreyer legte ihre Ermittlungsmappe auf den Tisch. Dr. Al-Rashids Leiche war gestern Mittag von ihrer Putzfrau im Badezimmer gefunden worden. Zu diesem Zeitpunkt war sie bereits etwa sieben Stunden tot gewesen. Staatsanwalt und zuständiger Richter hatten sofort grünes Licht für den Beginn der Ermittlungen gegeben.

Noch während die Kollegen in Al-Rashids Villa mit dem Sichern der Spuren beschäftigt waren, hatten Dreyer und ihr Team bereits sämtliche Arbeitskolleginnen und den Direktor der Bormann-Klinik befragt und jene Operationen der Ärztin unter die Lupe genommen, bei denen jemand gestorben war, es einen Versicherungsfall, eine zivilrechtliche Klage, ein Strafverfahren wegen Körperverletzung oder eine interne Untersuchung des Krankenhauses gegeben hatte.

Am selben Abend hatten sie bereits drei Spuren gehabt: erstens Martin Kilian. Als zweiten Tatverdächtigen Geert Niemeyer, einen Mathematikprofessor kurz vor dem Ruhestand, der an der Universität Wien lehrte und dessen Frau kürzlich nach einer OP verstorben war, die Dr. Al-Rashid geleitet hatte. Und zuletzt Dr. Al-Rashids eigene Angehörige. Letztere waren in den Fokus der Ermittlungen gerückt, weil Dreyer von den Kollegen der Fremdenpolizei erfahren hatte, dass die Ärztin mit neunzehn aus Saudi-Arabien vor ihrer Familie geflüchtet und unter falscher Identität in Wien untergetaucht war. Bis jetzt lagen Dreyer keine Hinweise vor, dass Aleyna Al-Rashid sich mit ihrem Vater ausgesöhnt hätte, und bevor sie nicht wusste, was dahintersteckte und wie die konservative arabische Familie zu der abtrünnigen Tochter stand, konnte sie auch hier ein Mordmotiv nicht ausschließen.

Da sie die Familie bisher nicht erreicht hatten, widmeten sie sich zuerst Niemeyer – der im Nebenraum brütete – und Martin Kilian. Letzterer sah Dreyer nun hoch konzentriert und mit messerscharfem Blick an.

»Wollen Sie einen Anwalt?«, fragte Fichtinger. »Falls Sie kein Geld haben, bekommen Sie einen Pflichtverteidiger, der …«

»Danke, ich brauche keinen Verteidiger«, unterbrach Kilian ihn. »Es ist doch so …« Er nahm die Brille ab und putzte sie mit seinem T-Shirt. »… ich bin offensichtlich nur aus einem einzigen Grund hier, und zwar weil ich vor sechs Jahren eine unbedachte Aussage gemacht habe.«

»Sie haben gedroht, Dr. Al-Rashid zu töten«, erinnerte Dreyer ihn.

Kilian nickte, schluckte, dann hob er die Hand. »Richtig.« Er setzte sich die Brille auf. »Aber wir können das ganz schnell klären. Ich habe keine Ahnung, wo und wie sie ermordet wurde – und das will ich auch gar nicht wissen«, fügte er rasch hinzu. »Mich interessiert nur eine Sache: Wurden Fingerabdrücke oder fremde DNA-Spuren am Tatort gefunden?«

Dreyer sagte nichts, sondern schaute ihn nur an.

»Dann könnten wir rasch klären, ob ich der Täter bin.« Kilian streckte die Arme aus und drehte die Handflächen nach oben. »Nehmen Sie meine Fingerabdrücke.«

»Dürfen wir auch Ihre DNA nehmen?«

»Sicherlich.« Kilian atmete tief durch. »Je eher, desto besser. Dafür hätten Sie mich hier nicht drei Stunden lang ohne Klimaanlage braten lassen müssen.«

Dreyer wählte eine Kurznummer auf ihrem Handy, wartete, bis jemand abhob, und sagte dann: »Ihr könnt reinkommen.«

Eine halbe Stunde später betrat Dreyer mit Fichtinger erneut den Verhörraum. Diesmal hielt sie einen Plastikbeutel mit einem Steakmesser mit kunstvoll gefertigtem Holzgriff und langer, gezackter, blutiger Klinge in der Hand.

Fichtinger blieb stehen, sie hingegen setzte sich Kilian gegenüber und platzierte das Messer zwischen ihnen auf dem Tisch.

Kilian wurde blass. Sein Atem ging schneller, seine Stirn legte sich in Falten, während er ungläubig auf das Messer starrte. »Ist das die Tatwaffe?«, krächzte er.

Dreyer nickte. »Erkennen Sie das Messer wieder?«

Kilian sagte erst einmal nichts, doch auf seinen Lippen war

deutlich das stumm geformte Wort *Scheiße* zu lesen. Seine Hände ballten sich zu Fäusten.

»Sind …?«, krächzte er.

Dreyer nickte. »Ja, auf der Tatwaffe befinden sich Ihre Fingerabdrücke. Und wenn das Labor in Innsbruck mit der Untersuchung fertig ist, wissen wir auch, ob sich Ihre DNA am Tatort und auf der Leiche befindet.«

Kilian schluckte. Vorbei war es mit der Unbekümmertheit, die er noch bis vor einer Minute an den Tag gelegt hatte. Immer noch starrte er ungläubig auf das Messer und die eingetrockneten rostbraunen Flecken.

»Warum haben Sie es getan? Aus Rache für den Tod Ihrer Tochter?«, fragte Dreyer leise.

Kilian gab keine Antwort.

Dreyer interpretierte das als Eingeständnis. »Sie haben ein Motiv, kein Alibi, und Sie haben Ihre Fingerabdrücke auf der Tatwaffe hinterlassen«, sagte Dreyer ruhig. »Sie wissen, was das bedeutet? Ich muss Sie dem Haftrichter vorführen und in U-Haft nehmen.«

Nun blickte Kilian auf. »Ich möchte telefonieren«, flüsterte er.

3

Verdutzt sah Evelyn zu, wie sich Kamal Al-Qasem in ihrem Besprechungszimmer auf die Couch setzte, die Sakkofalten glättete und ein Bein über das andere schlug. Seine beiden Begleiter, ein jüngerer Kerl etwa in Flos Alter und ein älterer grauhaariger Muskelprotz mit Dutt blieben wortlos zu beiden Seiten der Tür stehen.

»Sie können nicht einfach ohne Termin in meine Kanzlei stürmen«, protestierte Evelyn, »noch dazu, wo ich …«

Qasem hob die Hand und streckte seine sauber manikürten Finger aus, an denen mehrere Goldringe steckten. »Nur fünf Minuten Ihrer kostbaren Zeit.«

»Kaffee und Kuchen?«, fragte Flo spitz.

»Nein danke.« Qasem zeigte generös auf den Ohrensessel. »Nehmen Sie bitte Platz.«

Evelyn blieb stehen. »Da Sie sich vermutlich nur schwer rauswerfen lassen …«, seufzte sie, »… also bitte, fünf Minuten. Was wollen Sie?« Sie blickte in Richtung Badezimmer. Die Tür stand einen Spaltbreit offen. Im Schatten dahinter erkannte sie Pulaskis Silhouette und seine funkelnden Augen. Noch verhielt er sich ruhig und beobachtete die Szene. Wären Pulaski und Flo nicht hier, hätte sie wahrscheinlich schon längst die Polizei gerufen.

»Ich stamme aus Saudi-Arabien«, begann Qasem in, bis auf einen abgehackten, leicht arabischen Akzent, schönstem Hochdeutsch.

»Sie können unsere Sprache gut«, stellte Evelyn fest.

»Ich habe geschäftlich oft mit der Schweiz zu tun und bin regelmäßig in Genf.«

»Genf liegt in der *französischen* Schweiz, Herr Qasem«, bemerkte Evelyn.

Er lächelte. »Ich spreche ebenso gut Französisch und Englisch. Aber bitte, Evelyn – ich darf Sie doch Evelyn nennen, oder? Nennen Sie mich einfach nur Kamal.« Freundschaftlich breitete er die Arme aus. Nun sah sie auch die goldene Uhr am Handgelenk. Mit einem Schnippen hielt er eine Visitenkarte in der Hand, die er auf den Couchtisch legte. »Ich bin heute Morgen direkt von Riad nach Wien geflogen.«

»Ein Direktflug nach Wien?«, fragte Evelyn misstrauisch, da sie seinen Aussagen ebenso wenig traute wie seiner aufgesetzten Höflichkeit.

Qasem lächelte. »Privat-Jet«, sagte er nur. »Lediglich meine engsten Vertrauten, Mitarbeiter und Familienmitglieder haben mich nach Wien begleitet. Wir sind im Schloss Schönbrunn untergebracht.«

»Sie meinen das *Hotel* Schönbrunn«, korrigierte Evelyn ihn.

»Nein, ich meine das *Schloss* Schönbrunn«, sagte er mild lächelnd. »Ich habe dort die Grand Suite und vier Luxus-Apartments gemietet, von wo aus ich im Moment meine Geschäfte führe.«

Offenbar spielten Kosten für Qasem keine Rolle, und er wollte auch, dass sie das wusste, sonst hätten seine geradezu prahlerischen Ausführungen wenig Sinn gemacht. Er tippte auf seine Visitenkarte. »Sie erreichen mich rund um die Uhr unter meiner Privatnummer – oder Sie hinterlassen im Schloss eine Nachricht für mich oder meine Sekretärin.

Zahra oder jemand anderer von meinen Leuten wird sich dann sofort darum kümmern.«

Bestimmt ist das so, dachte sie. »Das klingt ja alles irrsinnig verlockend, aber warum sollte ich Sie überhaupt erreichen wollen? Warum sind Sie hier?«

»Sie haben in letzter Zeit mit Ihrer Kanzlei in vielen aufsehenerregenden Fällen brisante Wahrheiten ans Licht gebracht und Ihre Mandanten stets freibekommen.«

Evelyn zog eine Augenbraue hoch. »Und das hat sich bis nach Riad durchgesprochen?«

»Ehrlich gesagt bin ich erst während des Fluges auf Ihren Namen gestoßen.« Er griff unter sein Sakko und holte eine zusammengefaltete Zeitschrift hervor, die er auf den Tisch warf. Eine Ausgabe des *Profil* vom letzten Monat. Evelyns Bild zierte die Titelseite. *Strafverteidigerin aus Passion* hieß die Schlagzeile.

»Ach das«, sagte sie. Die Redakteurin hatte sie in der Kanzlei besucht, ein dreistündiges Interview geführt und eine fünfseitige Homestory mit Fotos daraus gemacht.

»Dieser Artikel war sehr aufschlussreich«, sagte Qasem. »Sie studierten bis dreiundzwanzig an der Universität, haben in den Ferien ein Praktikum bei der renommierten Anwaltskanzlei *Krager, Holobeck & Partner* gemacht, das Jurastudium als Jahrgangsbeste abgeschlossen, alle Zusatzseminare im Strafrecht absolviert, fünf Jahre als Rechtsanwaltsanwärterin bei *Krager, Holobeck & Partner* gearbeitet, mit achtundzwanzig die Anwaltsprüfung gemacht, vier Jahre als Anwältin bei Krager gearbeitet und sich danach erfolgreich mit eigener Kanzlei selbstständig gemacht. Eine beeindruckende Erfolgsstory.«

»Netter Versuch, mir schmeicheln zu wollen, aber noch einmal: Weswegen sind Sie hier?«

»Ich bin von Ihnen begeistert!«

»Sie müssen kein Süßholz raspeln – im Gegenteil, das verringert die Chance, dass wir ins Geschäft kommen«, entgegnete Evelyn. »Falls das überhaupt Ihr Ziel ist.«

Qasem ging nicht darauf ein, deutete stattdessen auf das Magazin. »Seitdem rennen Ihnen die Kunden vermutlich die Tür ein.«

Evelyn winkte ab. »Im Gegenteil«, gab sie zu. »Der Artikel ist so reißerisch geschrieben, dass er normale Klienten eher abschreckt. Außerdem sind wir nur eine kleine Kanzlei. Ich habe keine Teilhaber und nur einen Assistenten – und große Kriminalfälle gibt es in Österreich sowieso nur alle heiligen Zeiten.«

»Dann brechen diese heiligen Zeiten jetzt offenbar gerade für Sie an«, sagte Qasem.

»Wie meinen Sie das?«

Qasem richtete die Manschettenknöpfe an seinem Hemd. »Ich möchte Sie engagieren.«

»Ich bin seit einer Viertelstunde im Urlaub.«

»Das ist die falsche Reaktion.« Er richtete sich von der Couch auf. »Sie müssten fragen: Wofür?«

»Aber ich bin im Urlaub.«

Qasem wischte ihren Einwand mit einer Handbewegung weg. »Ihre Kanzlei war offen, und Sie sind noch da. Also wollen Sie nun wissen, wofür ich Sie engagieren möchte?«

»Nein.«

»Meine Tochter wurde ermordet.«

Evelyns Mund klappte für einen Moment auf. Dann dämmerte es ihr. »Sind Sie Dr. Aleyna Al-Rashids Vater?«

Er nickte.

Nun sank Evelyn doch auf den Ohrensessel. »Ich kenne

den Fall aus der heutigen Morgenausgabe. Wie haben *Sie* so schnell davon erfahren?«

»Der Mord passierte vorgestern. Eine österreichische Zeitung hat bereits gestern in der Abendausgabe kurz davon berichtet. Ein guter Geschäftsfreund in Wien, der früher oft zu Gast bei uns in Saudi-Arabien war, hat den Artikel zufällig gesehen, Aleyna auf einem Foto erkannt und mich angerufen. Daraufhin bin ich, wie gesagt, heute Morgen sofort hergeflogen.«

Evelyn schluckte. »Der Verlust Ihrer Tochter tut mir leid.«

Er winkte ab, als wären ihre und sogar seine Gefühle nebensächlich. »Danke. Meine Tochter wohnte in einem kleinen niedlichen Sommerhaus mit Garten im Süden Wiens, an der Grenze zu Niederösterreich, vor Pottendorf, und …«

»Perchtoldsdorf«, korrigierte sie ihn.

Er lächelte. »Richtig. Wir können aber nicht in das Haus rein, weil die Polizei den Tatort abgesperrt hat.«

Evelyn warf einen Blick zu seinen beiden Bodyguards, die reglos wie Marmorskulpturen neben der Tür standen und nicht einmal zu atmen schienen. »Ich bin nur Strafverteidigerin und kann Ihnen nicht dabei helfen, das Haus Ihrer Tochter zu betreten. Dazu müssten Sie …«

»Darum geht es nicht«, unterbrach er sie. »Es geht um den Mord selbst.«

»Ich bin sicher, die Wiener Kripo wird den Täter rasch fassen.«

Qasem lächelte. »Sie hat ihn schon gefasst. Und zwar gestern Früh. Er sitzt seit über vierundzwanzig Stunden in U-Haft.«

»Woher haben Sie diese Information?«

Qasem neigte mit einer selbstgefälligen Geste leicht den Kopf. »Ich habe meine Quellen.«

»Und zwar?«

»Meinen Sie die Frage ernst? Mit Geld kann man alle Informationen kaufen, die man braucht. Gerade Sie als Anwältin müssten das doch am besten wissen.«

»Okay, und bedeuten diese teuer erkauften Informationen zum Stand der Ermittlungen nun gute oder schlechte Nachrichten für Sie?«, fragte sie.

»Kommt darauf an.« Qasem knackte mit den Fingerknöcheln. »So viel ich erfahren konnte, scheint der Fall klar zu sein: Alle Indizien sprechen gegen einen gewissen Martin Kilian.«

»Den Podcaster?«, entfuhr es Flo, der sich nun ebenfalls auf einen Stuhl setzte.

Qasem nickte, dann verzog er das Gesicht. »Für meinen Geschmack hat die österreichische Polizei den Mörder zu rasch gefasst – das erscheint mir eine zu einfache Lösung.«

»Manchmal geht es eben schnell«, erklärte Evelyn.

»Der Mörder hat kein Alibi. Außerdem hinterlässt er seine Fingerabrücke auf der Tatwaffe?«, fragte Qasem. »Ich bitte Sie!«

»Mord im Affekt«, schlug Evelyn vor.

»Von einem Mann, der für seine True Crime-Podcasts bekannt ist?«, entgegnete Qasem. »An dieser Geschichte stimmt doch etwas nicht.«

»Und was wollen Sie nun von *mir*?«

Qasem verschränkte die Finger und blickte auf seine Ringe, dann hob er den Kopf. »Evelyn«, sagte er mit einem vertraulichen Unterton, »ich möchte, dass Sie herausfinden, wer meine Tochter *wirklich* ermordet hat.«

Evelyn entfuhr ein kurzes Lachen, woraufhin sie sich sofort die Hand vor den Mund schlug. »Tut mir ja wirklich leid, aber was soll ausgerechnet ich denn Ihrer Meinung nach in dieser Sache unternehmen? Ich bin weder Polizistin noch Detektivin, sondern Strafverteidigerin.«

»Ich weiß.« Erklärend deutete Qasem zu dem Magazin auf dem Tisch. »Aber da es eine laufende Ermittlung ist, könnte mir ein Detektiv nur wenig helfen. Deshalb möchte ich Sie engagieren.«

Fragend hob sie die Augenbrauen. »Für …?«

»Sie sollen Martin Kilian verteidigen. Ich übernehme sämtliche Anwaltskosten.«

»Ich soll was?« Evelyn warf Flo einen Blick zu, doch der wirkte ebenso verwirrt wie sie. Dann wandte sie sich wieder an Qasem. »Ist das Ihr Ernst?«

»Ich möchte mehr über diesen Kilian und die Hintergründe der Tat herausfinden.«

»Angenommen, das würde wirklich funktionieren – Sie könnten dann aber weder Einfluss auf meine Ermittlungen noch auf meine Verteidigung oder den Prozess nehmen.«

Qasem nickte. »Ist mir klar.«

»Vielleicht ist Kilian schuldig, und ich bekäme ihn dennoch frei. Vielleicht ist er aber auch unschuldig und wird trotzdem verurteilt. Es gibt viele mögliche Szenarien«, gab Evelyn zu bedenken.

»Das ist mir klar«, wiederholte Qasem. »Ich will nur herausfinden, ob er wirklich der Täter ist. Und wenn nicht er, wer dann.«

»Als Anwältin ist es nicht meine Aufgabe, den wahren Mörder zu finden.«

»Aber wenn Sie Martin Kilians Unschuld beweisen wollen,

wäre es vorteilhaft, wenn Sie dem Gericht und den Geschworenen zumindest eine begründete Alternative bieten könnten, um sie zu überzeugen«, entgegnete er völlig entspannt. »Ich möchte nur die Wahrheit herausfinden.«

Evelyn kaute auf ihrer Unterlippe herum und warf Flo erneut einen Blick zu. Dem war anzusehen, dass ihm die Sache von Minute zu Minute weniger gefiel. »Darf ich ehrlich sein?«

Qasem nickte gnädig. »Ich bitte darum.«

»Wollen Sie vielleicht, dass ich den Mörder Ihrer Tochter rausboxe, damit ihn sich Ihre Leute schnappen und Sie sich an ihm rächen können?«

Qasem blickte kurz zu seinen Schlägern, die entweder kein Wort von dem Gespräch verstanden hatten oder darauf trainiert waren, keine Emotionen zu zeigen. »Sie beleidigen mich«, warf er Evelyn dann vor.

»Das ist der Nachteil, wenn man ehrlich ist«, stellte Evelyn fest. »Manche Leute wollen die Wahrheit nicht hören.«

Qasem lächelte wieder entspannt. »Wofür halten Sie mich? Ich möchte bloß wissen, was passiert ist.«

»Warum?«, hakte Evelyn nach.

»Für den Frieden meiner Seele. Genügt Ihnen das als Antwort?«

Das tat es natürlich nicht, denn Evelyn wusste instinktiv, dass noch mehr dahinter steckte. Doch im Moment würde sie das wohl nicht aus Qasem herausbekommen.

»Wie entscheiden Sie sich?«, fragte er, nachdem sie eine Weile lang nichts gesagt hatte.

»Ich muss Ihr Angebot schon allein deshalb ablehnen, weil Sie der Vater des Opfers und damit befangen sind. Außerdem müsste Martin Kilian als Klient zustimmen – und was er davon hält, wissen wir beide nicht.«

Qasem löste die übereinandergeschlagenen Beine, beugte sich nach vorn und senkte die Stimme. »Wenn Sie Aishas …«, er stockte, »… Aleynas Mörder finden, dann …«

»Wer ist Aisha?«, unterbrach Evelyn ihn sofort.

Qasems Backenmuskeln mahlten. »Das war ihr richtiger Name, den hat sie geändert, als sie nach Österreich gekommen ist.«

»Ist sie aus ihrer Heimat geflüchtet?«, fragte Evelyn.

Qasem gab keine Antwort. »Wenn Sie den Mörder meiner Tochter finden, dann stehen Sie als Dank für den Rest Ihres Lebens unter meinem Schutz.«

Evelyn blieb gefasst. »Warum sollte ich den brauchen?«

»Hat eine berühmte Strafverteidigerin nicht immer ein bisschen Schutz nötig?«

»Und wenn ich ablehne und deswegen nicht unter Ihrem Schutz stehe?«, fragte sie.

»Was das bedeutet, müssen Sie selbst entscheiden.« Er blickte auf seine Armbanduhr und erhob sich. »Ich gebe Ihnen drei Stunden Bedenkzeit – danach brauche ich eine Antwort.«

Evelyn erhob sich ebenfalls. »Danke, die brauche ich nicht, und auf Ihren Schutz kann ich gern verzichten. Zudem bin ich – wie bereits erwähnt – ab heute im Urlaub.«

Ein weiteres stichhaltiges Argument, weshalb sie das Angebot ablehnte, sprach sie jedoch nicht aus. Nur weil die Kripo einen Verdächtigen in U-Haft genommen hatte, hieß das noch lange nicht, dass die Polizei nicht auch andere Fährten verfolgte. Allzu oft wurde ein Mord von Familienangehörigen verübt – und es war durchaus möglich, dass auch Kamal Qasem ein Verdächtiger in diesem Fall war. Der nun Kontakt mit Evelyn aufnahm, um möglicherweise von ihr die eigene Rolle vertuschen zu lassen.

»Ist das Ihr letztes Wort?«, fragte Qasem.

Sie nickte.

»Auch wenn ich Ihnen dreißigtau…?«

»Nein.«

»Schade. Leben Sie wohl.« Er nickte seinen Lakaien zu, und ohne weiteren Kommentar verließen sie gemeinsam die Kanzlei.

Als die Tür ins Schloss gefallen war, erhob sich auch Flo und stieß die Luft geräuschvoll aus der Lunge. »Puuuh, das war ein merkwürdiges Angebot.«

Die Tür zum Badezimmer schwang auf, und Pulaski kam in den Besprechungsraum. »Wenn ich nicht nach Wien gekommen wäre und wir diesen Urlaub nicht geplant hätten, dann hätten Sie den Fall vermutlich angenommen, richtig?«

Evelyn sagte nichts, woraufhin Flo lächelte. »Vermutlich hättest du zumindest darüber nachgedacht, stimmt's?«

»Ja, vielleicht. Aber dem ist nicht so, also verschwinden wir«, schlug Evelyn vor, »bevor der nächste Klient in die Kanzlei stürmt.«

In diesem Moment läutete der Festnetzapparat. Evelyn schnappte sich ihren Blazer. »Ich gehe nicht ran.« Sie sah zu Flo. »Und du auch nicht.«

Der Anrufbeantworter sprang an, und nachdem die Ansage vom Band geendet hatte und der Piepton erklungen war, räusperte sich eine junge Männerstimme. *»Frau Dr. Meyers? Ich würde Sie gern in einer dringenden Angelegenheit sprechen … Mein Name ist Martin Kilian.«*

4

Evelyn stand neben dem Telefon und blickte ungläubig auf den Anrufbeantworter. In der durchaus sympathischen Stimme des jungen Mannes schwangen Stress und leichte Panik mit.

»Ich müsste Sie wirklich dringend sprechen …«, sagte Kilian, *»… ich habe Ihre Ansage am Band gehört, und ich weiß, es ist schon Freitagnachmittag, aber vielleicht sind Sie ja noch in der Kanzlei …«* Er machte eine Pause, und Evelyn hörte ihn heftig atmen.

Sie hob den Blick, sah Pulaski an und schüttelte leicht den Kopf.

»Gehen Sie schon ran!«, sagte Pulaski.

»Ich bin im Urlaub.«

»Hören Sie sich wenigstens an, was er will«, beharrte Pulaski.

»Dann gehen *Sie* doch ran.«

»Ich habe leider nicht viele Telefongespräche zur Verfügung«, sagte Kilian leicht verzweifelt. *»Vielleicht können Sie zurückrufen. Die Nummer hier ist …«* Papierrascheln war zu hören. *»Null …«*

Seufzend riss Evelyn den Hörer vom Apparat. »Ja, hallo? Hier spricht Meyers.«

»Gott sei Dank, Sie arbeiten noch.« Es klang, als fiele ihm ein Stein vom Herzen.

Evelyn ließ das Band mitlaufen, damit die anderen weiterhin mithören konnten. »Worum geht es denn?«

»Mein Name ist Martin Kilian, die Polizei hat mich gestern Früh verhaftet, weil eine Chirurgin der Bormann-Klinik ermordet wurde, und ich …«

»Ich bin einigermaßen mit dem Fall vertraut«, unterbrach sie ihn. »Atmen Sie erst einmal tief durch und beruhigen Sie sich.«

»Ich … ich …«, stammelte er. *»Sie glauben ja gar nicht, wie sehr ich mich freue, dass ich Sie noch erreicht habe. Ich bin Podcaster und …«*

»Herr Kilian«, unterbrach sie ihn wieder. »Ich weiß, wer Sie sind. Ich glaube sogar, dass mein Kollege gelegentlich Ihren Podcast hört.« Sie blickte zu Flo, der eifrig nickte und den Daumen hochstreckte.

»Wirklich? Das freut mich«, kommentierte Kilian leicht abgelenkt und seufzte dann. *»Ich möchte, dass Sie meine Verteidigung übernehmen.«*

Evelyn hielt für einen Moment den Atem an. Aus dem Augenwinkel sah sie, wie Pulaski die dichten Brauen hochzog. Sie dachte an Qasems Vorschlag. *Was für ein Zufall!* »Rufen Sie wirklich aus freien Stücken an?«, fragte sie vorsichtig nach.

»Wie meinen Sie das?«, fragte Kilian. *»Ich bin in U-Haft und verweigere seit gestern Mittag die Aussage. Heute hat man mich endlich telefonieren lassen und …«*

»Ja, schon gut, beruhigen Sie sich«, sagte Evelyn. »Ich meine, ob man Sie unter Druck gesetzt hat?«

»Sie meinen die Polizei?«

»Nein.« Evelyn seufzte. »Kennen Sie einen gewissen Kamal Al-Qasem?«

»Was? Nein! Wer soll das sein?«

»Weshalb rufen Sie ausgerechnet mich an?«

»Ich habe keinen festen Anwalt – bisher brauchte ich nie einen. In meiner Verzweiflung habe ich zuerst meine Steuerberaterin angerufen. Sie hat kürzlich einen Artikel in einer Zeitschrift über Sie gelesen und Sie mir empfohlen.«

Evelyn blickte zum Couchtisch, auf dem immer noch das Magazin lag, das Qasem liegen gelassen hatte. Sie holte tief Luft. »Es tut mir leid, ich kann Ihren Fall nicht übernehmen. Aber ich kann Ihnen eine ebenso gute Anwältin empfehlen, die auf Strafrecht und Mordfälle spezialisiert ist und …« Sie hielt inne, da Pulaski sie äußerst missbilligend anblickte. »Warten Sie bitte einen Moment.« Sie schaltete den Anrufer auf eine andere Leitung und ließ den Hörer sinken. »Was?«

»Sie wollen den Jungen wirklich hängen lassen?«, fragte Pulaski. Flo stellte sich demonstrativ und mit zusammengepressten Lippen neben ihn.

»Und?«, fragte sie perplex. »Ich bin nicht die einzige Anwältin in Wien. Außerdem wollte ich mir ein paar Tage freinehmen, damit ich Ihnen die Stadt zeigen kann.«

»Wegen mir müssen Sie den Fall nicht ablehnen«, sagte Pulaski. »Dann sähe ich Sie wieder einmal in Aktion – außerdem denke ich, dass das mindestens genauso spannend ist, wie wenn Sie mir die Ringstraße, den Zentralfriedhof und den Stephansdom zeigen.«

»Eigentlich wollte ich Ihnen etwas ganz anderes zeigen …«

»Ist das so wichtig?«

Sie dachte kurz nach und blickte zu Flo, der heftig nickte. »Also gut. Wie lange könnten Sie in Wien bleiben?«

»Ich habe eine Woche Urlaub, aber falls nötig, könnte ich eine zweite dranhängen«, antwortete Pulaski. »Doch wenn ich Sie richtig einschätze, werden wir nicht so lange brauchen.«

»Wir?«

»Ich könnte Ihnen vielleicht sogar ein wenig helfen«, bot Pulaski an.

»Bin ich denn hier die Einzige, die ein paar Tage ausspannen will?«

Wieder ein Nicken von Flo, dessen Augen vor Tatendrang sprühten. »Lösen wir den Fall gemeinsam?«, fragte er in die Runde.

Pulaski lächelte. »Wäre ja nicht das erste Mal.«

Männer!, dachte Evelyn, während die beiden grinsten, als hätten sie sich in einer stillen Absprache gegen sie verschworen. Sie hob den Hörer wieder und schaltete den Anrufer auf ihre Leitung. »Sind Sie noch da?«

»Ja, aber ich habe nicht mehr viel Zeit«, sagte Kilian.

»Kein Problem. Ich kann Ihnen nichts versprechen, möchte mir Ihre Version aber einmal anhören. Wo sind Sie?«

»In der Wiener Justizanstalt Josefstadt beim Straflandesgericht.«

»Ich komme so schnell wie möglich zu Ihnen. Sagen Sie in der Zwischenzeit nichts – kein Wort zu irgendwem!«

5

Eine halbe Stunde später stiegen Evelyn, Flo und Pulaski vor dem Straflandesgericht aus dem Taxi. Während der Fahrt hatten sie sich auf Flos Handy die Aufzeichnung der Sendung im gestrigen Frühstücksradio angehört, bei der Martin Kilian zu Gast gewesen war, und sich parallel dazu auf Pulaskis Handy die Fotos von der Facebookseite des Senders angesehen.

»Scheint ein netter Bursche zu sein, nicht abgehoben«, stellte Evelyn fest, nachdem sie das Taxi bezahlt hatte.

»So wirkt er auch bei seinen Podcasts«, pflichtete Flo ihr bei.

Gemeinsam betraten sie das Gericht und liefen durch den Verbindungsgang, der von der Justizanstalt Josefstadt zum Gefangenenhaus führte.

Evelyns Großeltern hatten die Justizanstalt immer *Graues Haus* genannt, weil die Häftlinge ursprünglich graue Kleidung getragen hatten. Das war jetzt anders, aber immer noch war die Ausstrahlung des Gebäudes alles andere als farbenfroh. Evelyn war davon überzeugt, dass besonders hier eine U-Haft, in der Martin Kilian bis zur Verurteilung oder zum Freispruch sitzen würde, schrecklicher war als der Knast selbst. Mit insgesamt knapp 1200 Häftlingen – mehr als die Hälfte von ihnen in Untersuchungshaft – war die Justizanstalt zu zwanzig Prozent überbelegt, und Evelyn hatte früher öfters mit eigenen Augen gesehen, dass sich zehn Häftlinge unter menschenunwürdigen Zuständen eine Zelle teilen mussten.

Nach der Personenkontrolle im Vorraum und der Abgabe ihrer Handys meldete Evelyn sie an, um in ihrer Eigenschaft als Anwältin ein erstes Gespräch mit Martin Kilian zu führen. Nur wenige Minuten später holte sie eine ältere Frau in sportlicher Zivilkleidung ab, die sich als Kommissarin Dreyer vorstellte.

»Sie sind also Kilians Anwältin?«, wollte Dreyer wissen.

»So weit sind wir noch nicht. Meine Kollegen und ich möchten uns zunächst einmal Kilians Version der Ereignisse anhören, bevor ich mich entscheide, ob ich seinen Fall übernehme«, gab Evelyn zu.

Dreyer nickte und musterte sie. Dann führte sie sie zu den Fahrstühlen, mit denen es in das zweite Kellergeschoss ging. Dort saßen einige frisch Inhaftierte auf Bänken, jeweils bewacht von bewaffneten Polizisten.

»Scheint gerade Hochbetrieb zu sein«, murmelte Evelyn.

»Hier ist immer Hochbetrieb«, seufzte Dreyer.

Eine junge abgemagerte Frau mit bunter Punkfrisur, Piercings und blauen Lippen von der Ersatzdroge Rohypnol sah langsam auf und betrachtete Evelyn mit großen glasigen Augen. »Sind Sie meine Pflichtverteidigerin?«, fragte sie müde.

»Isabella, ganz ehrlich«, sagte Dreyer. »Sieht diese Dame wie eine Pflichtverteidigerin aus?«

»Schon gut«, sagte Evelyn und warf Dreyer einen missbilligenden Blick zu. Dann zog sie eine Visitenkarte aus ihrer Handtasche und steckte sie dem Mädchen zu. »Ruf mich an, wenn du Probleme hast.«

»Danke.« Die junge Frau strahlte, eine Träne lief ihr über die Wange.

Dann gingen sie weiter den Gang hinunter bis zur Tür eines Besprechungszimmers, vor der ein Polizist Wache schob. Wie

Evelyn durch das Sichtfenster sah, saß dort bereits Martin Kilian im dunklen Gefängnis-Overall. »Wir brauchen zwei weitere Stühle«, sagte sie.

»Sie gehen zu dritt da rein?«, fragte Dreyer.

Evelyn blickte die Kommissarin an. »Würde ich sonst darum bitten?«

Dreyer nickte dem Polizisten zu, der sich sofort in Bewegung setzte.

»Gibt es weitere Verdächtige?«, fragte Evelyn.

»Das kann ich Ihnen erst mitteilen, wenn Sie das Mandat als Verteidigerin offiziell angenommen haben.«

»Aber genau diese Information brauche ich, um zu entscheiden, *ob* ich es annehme.«

Dreyer reagierte nicht.

»Ich könnte mir über den Staatsanwalt Ihre Ermittlungsergebnisse in die Kanzlei schicken lassen. Ist nur eine Frage der Zeit, verursacht aber unnötigen bürokratischen Aufwand.«

»Also gut. Wir verdächtigen noch einen Mann namens Niemeyer«, gab Dreyer seufzend nach. »Er hat zwar ebenso wie Kilian kein Alibi für die Mordnacht und ein Motiv für die Tat, aber die Spuren am Tatort sprechen eindeutig für Kilian als Täter.«

Evelyn nickte und betrat, gefolgt von Flo und Pulaski, den Raum. Kilian blickte panisch auf, entspannte sich jedoch, als Evelyn sich und ihre Begleiter vorstellte. Währenddessen wurden zwei weitere Stühle gebracht, und sie nahmen Kilian gegenüber Platz.

Evelyn wartete, bis die Tür geschlossen wurde. »Bevor wir anfangen …« Sie blickte zur Decke. Keine Kameras und keine Mikrofone – zumindest keine sichtbaren. *Das ist schon mal gut!* Sie beugte sich über den Tisch. »Ich weiß, dass Sie mich als Verteidigerin wollen, weil es diese Homestory gibt. Aber das ist doch nur ein Artikel, und andere Anwältinnen sind mindestens genauso gut.«

»Es ist nicht nur dieser Artikel«, gab er zu. »Durch meinen Podcast und die dazugehörigen Recherchen bei Kriminalfällen bin ich immer wieder auf Ihren Namen gestoßen. Sie haben einen exzellenten Ruf in der Anwaltsszene.«

»Okay, das ehrt mich, aber auch Pflichtverteidiger – zumindest die, die ich kenne – würden sich ordentlich ins Zeug legen, um Sie ...«

»Aber mein Fall liegt etwas anders«, unterbrach er sie. »Ich wurde *hereingelegt.*«

Das hörte Evelyn nicht zum ersten Mal. »Und ich soll nun herausfinden, wer Sie hereingelegt hat?«

Kilian schüttelte den Kopf. »Das weiß ich bereits. Es geht jetzt nur noch darum, herauszufinden, wie er es gemacht hat und Beweise dafür zu finden.«

Sie neigte den Kopf. »Er?«

»Ich habe einen Verdacht.« Er kaute auf der Unterlippe herum. »Seit gestern zermartere ich mir das Hirn darüber. Eigentlich kann es nur so gewesen sein.«

»Okay, dann hätten wir wenigstens einen Ansatz«, gab Evelyn zu. »Haben Sie schon mit der Polizei über Ihre Vermutungen gesprochen?«

»Nein, ich wollte zuvor mit Ihnen darüber reden.«

»Sehr gut.« Sie nickte. Kilian war vom Fach und reagierte schon dadurch ganz anders als viele ihrer anderen Klienten, die aus Angst Geheimnisse vor ihr bewahrten und sich aus Unkenntnis nicht an ihre Anweisungen hielten. Sie lächelte, um Kilian Mut zu machen. »Klingt beinahe so, als könnten wir beide gut zusammenarbeiten.«

Kilian lächelte ebenfalls kurz, dann setzte er an, etwas zu sagen, zögerte jedoch und schwieg.

»Sie können frei sprechen«, ermutigte Evelyn ihn. »Was immer Sie sagen, bleibt unter uns – und kann nicht gegen Sie verwendet werden. Also nehmen Sie sich Zeit und erzählen Sie, was passiert ist.«

Er atmete tief durch, blickte zur Tür, dann zu Flo, zu Pulaski und schließlich wieder zu Evelyn. »Ich war zu Hause, im Keller in meinem Tonstudio. War gerade mitten in einer weiteren Aufnahme, als es an der Tür läutete.«

»Wann war das?«

Kilian schob sich die Brille hoch. »Am Montag, etwa um zehn Uhr vormittags.«

»Also zwei Tage vor dem Mord?«

»Ja. Ich ging also rauf und öffnete die Tür. Draußen stand ein älterer Herr … um die sechzig.«

Pulaski gab ein kurzes Grunzen von sich.

Kilian schielte kurz zu ihm und hob die Hand. »Sorry. War nicht böse gemeint.«

»Schon gut.« Pulaski kniff die Augen zusammen. »Warum sind Sie überhaupt raufgegangen und haben aufgemacht, wenn Sie doch mitten in der Aufnahme waren?«

»Ich dachte, es wäre die Briefträgerin. Ich hatte ein neues Headset bestellt, auf das ich dringend wartete.«

Pulaski nickte. »Okay, und weiter?«

»Der Mann stellte sich mir als Prof. Geert Niemeyer vor.«

Der andere Verdächtige! »Kannten Sie ihn?«, fragte Evelyn.

Kilian schüttelte den Kopf. »Er hatte einen bundesdeutschen Akzent, klang irgendwie berlinerisch, und sagte, als ich ihn darauf ansprach, er wohne schon seit Längerem in Wien. Und er müsse mich unbedingt sprechen. Ich wollte ihn abwimmeln, aber er behauptete, sein Besuch habe etwas mit dem Tod meiner Tochter zu tun und er habe Informationen, die mich garantiert interessieren würden.«

»Haben Sie ihn ins Haus gelassen?«, fragte Evelyn.

»Nein, das hätte ich nie getan. Außerdem hatte ich gerade auch keine Zeit, also schlug er vor, dass wir uns am Abend für ein längeres Gespräch treffen sollten. In der Wiener Innenstadt, im *Black Angus Rib House*, einem Steakhouse.«

»Kenne ich.« Flo nickte. »War das Lokal Ihr Vorschlag?«

Kilian schüttelte den Kopf. »War mir vorher gar kein Begriff. Um acht haben wir uns da getroffen.«

»War der Tisch reserviert?«, wollte Evelyn wissen.

»Weiß ich nicht.« Kilian nahm die Brille ab und massierte seine Augen. Als er sie wieder aufsetzte, waren sie gerötet. »Vermutlich nicht. Es war Montagabend, das Lokal war nicht voll, und Niemeyer suchte sich einen Tisch aus. Abgeschieden in einer Nische.« Er atmete tief durch. »Wir bestellten Essen und Getränke, und während wir auf unsere Speisen warteten, erzählte er mir eine seltsame Geschichte.«

Evelyn rückte näher. »Worüber?«

»Er behauptete, seine Frau hätte eine unheilbare Krankheit gehabt …«

6

Zwei Tage vor dem Mord, im *Black Angus Rib House*

»Sie hatte Magenkrebs.« Niemeyer schob die Serviette gedankenverloren über den Tisch.

»Hatte?«, wiederholte Kilian, während er die Stirn runzelte. Je länger er in der Gegenwart dieses Mannes war, desto unwohler fühlte er sich. Noch dazu hatte er keine Ahnung, worauf dieses Treffen hinauslaufen sollte.

Niemeyer nickte und strich sich eine gewellte graue Haarsträhne hinters Ohr, die ihm ins Gesicht gefallen war. »Sie ist gestorben. Vor einem halben Jahr.«

»Das tut mir ja wirklich leid für Sie, aber was hat das mit meiner Tochter zu tun?«

Niemeyer fuhr sich mit den Fingern über den borstigen grauen Stoppelbart. Seine Fingerkuppen waren gelb von übermäßigem Zigarettenkonsum. »Warten Sie es ab, ich erzähle Ihnen alles der Reihe nach«, murmelte er. Wieder schob er die Serviette hin und her. »Bevor die Ärzte mit der Chemotherapie begannen, wollten sie ihr sicherheitshalber fast den gesamten Magen herausoperieren, weil der Krebs schon so weit fortgeschritten war.«

»Wird normalerweise nicht *zuerst* eine Chemotherapie gemacht?«

»Die Ärzte hatten mir erklärt, dass es sich um einen Notfall handle.«

Kilian schluckte, als ihn eine leise Ahnung beschlich. »In welchem Krankenhaus war das?«

»In der Bormann-Klinik.« Niemeyers Ton wurde rau. »Dr. Aleyna Al-Rashid hat sie operiert.«

Bei dem Namen stellten sich die Härchen an Kilians Unterarmen auf, und ein Schauer lief ihm über den Rücken.

Krächzend fuhr Niemeyer fort. »Direkt nach der OP ging es meiner Frau gut. Angeblich war alles perfekt verlaufen. Sie erholte sich von dem Eingriff. Aber am zweiten Tag klagte sie über Schmerzen im Bauch. Normalerweise war Bernadette überhaupt nicht empfindlich und ertrug wortlos größere Torturen, daher musste es etwas wirklich Ernstes sein, wenn sie es erwähnte. Also ging ich zum diensthabenden Arzt, aber der sagte nur, dass das bei diesem Eingriff völlig normal wäre.«

»Aber die Schmerzen ließen nicht nach«, vermutete Kilian.

Niemeyer nickte. »Ständig wechselten die Ärzte bei der Visite. Ich habe mit jedem gesprochen, aber keiner von denen wollte die Verantwortung übernehmen. Immer wurden wir auf den Tag vertröstet, wenn Oberärztin Dr. Al-Rashid wieder Dienst haben würde. Am Morgen des fünften Tages war sie endlich wieder da. Da klagte Bernadette bereits so heftig über die Schmerzen, dass ich wirklich alarmiert war, aber auch Dr. Al-Rashid beharrte darauf, dass das nichts Schlimmes sein könne. Sie hat sie nur abgetastet und die Dosis Schmerzmittel erhöht. Das half natürlich nichts, und am gleichen Abend wurden die Schmerzen so unerträglich, dass Dr. Al-Rashid meiner Frau den Bauch wieder öffnen musste.« Niemeyer biss die Zähne zusammen, schluckte und kämpfte mit den Tränen. »Bernadette hatte einen Darmverschluss«, presste er hervor, darum bemüht, möglichst leise und gedämpft zu reden. »Die Nähte waren aufgeplatzt, und der Magensaft war in den Bauchbereich gelaufen. Alles war entzündet. Sie starb noch in derselben Nacht an einer Blutvergiftung.« Jetzt lief ihm doch eine Träne über die Wange. »Ihr Tod wäre ganz einfach zu verhindern gewesen, wenn man uns nur ernst genommen hätte.« Mehrmals ballte er die Faust und zerdrückte dabei die Serviette.

Kilians Magen krampfte sich zusammen. Die Geschichte klang tragisch, und er fühlte mit dem Mann mit, zumal ihn die Erzählung an die OP seiner eigenen Tochter erinnerte. »Klingt offensichtlich nach einem Kunstfehler«, stellte er fest und merkte, dass seine eigene Kehle rau geworden war. »Haben Sie sich an die Patientenanwaltschaft gewandt?«

Niemeyer wischte sich die Tränen weg und lachte heiser auf. »Ist das Ihr Ernst?«, entgegnete er. »Sie kennen das doch selbst. So etwas wird schnell zu einem jahrelangen zermürbenden Prozess, der sich Ewigkeiten hinzieht und Unsummen Geld kostet. Und irgendwann gehen einem Nerven, Kraft und finanzielle Mittel aus. Die Ärzte sitzen am längeren Hebel – egal, was man tut. Die halten zusammen, behaupten, es wäre alles in Ordnung gewesen. Wie könnte ich das Gegenteil beweisen?«

»Immerhin hat Ihre Frau die letzten vier Tage über heftige Schmerzen geklagt. Sie könnten ein Gutachten anfordern.«

Niemeyer lachte gequält auf. »Am Ende des Tages gibt es dann vielleicht sogar drei oder vier Gutachten, die sich teilweise widersprechen.« Er rückte näher. »Das Dilemma ist doch, dass es wiederum Ärzte sind, die diese Gutachten schreiben. Denen ist bewusst, dass sie vorsichtig formulieren müssen, weil es sonst strafrechtliche Konsequenzen gibt, die den betreffenden Kollegen die Karriere kosten könnten. Und da man nie weiß, ob man nicht selbst mal so ein Gutachten braucht und wer das dann schreibt … Ist es nicht so?«

Kilian nickte stumm. *Stimmt.* Genauso war es bei seiner Tochter gewesen.

»Wenn überhaupt, dann bräuchte ich einen Gerichtsmediziner, dem ich vertrauen kann und der eine weitere unabhängige Obduktion macht. Aber dafür müsste sich das Krankenhaus selbst anzeigen«, fuhr Niemeyer fort. »Und selbst dann käme nichts dabei heraus.«

»Und falls doch?«, fragte Kilian.

»Tja, falls doch … dann würde ich ein paar Tausend oder vielleicht sogar hunderttausend Euro Schmerzensgeld erhalten. Aber würde mich diese Entschädigung glücklich machen?« Verbittert schüttelte er den Kopf, dann hob er die Schultern. »Im Gegenteil. Ich würde mich schäbig fühlen, aus dem Tod meiner Frau Geld herausgeschunden zu haben.« Er winkte ab. »Und Bernadette kommt dadurch sowieso nicht wieder.«

Eine kluge Entscheidung – und die einzig richtige, die Kilian selbst genau so schon vor Jahren getroffen hatte. »Und warum sitzen wir dann hier? Brauchen Sie jemanden zum Reden?«

»Nein danke, eine dieser sogenannten Gesprächstherapien habe ich schon hinter mir.« Niemeyer beugte sich nach vorn und senkte die Stimme zu einem Flüstern. »Ich habe einen anderen Plan, wie ich zu Gerechtigkeit komme.«

Ein ungutes Gefühl beschlich Kilian. »Will ich den hören?«, fragte er zögerlich.

Niemeyer ignorierte die Frage, sah sich stattdessen im Lokal um, griff in die Sakkotasche und holte ein blitzblankes Skalpell hervor, das er neben Kilians rechte Hand legte. »Das

Einzige, was mir und dieser Welt hilft, ist Rache.« Er zog die Hand zurück und nickte zu dem Skalpell. »Ich habe beschlossen, Dr. Aleyna Al-Rashid umzubringen. Und zwar mit diesem Skalpell.«

Kilians Kehle wurde schlagartig trocken. »Sie verarschen mich?«, krächzte er.

»Nein, das ist mein vollkommener Ernst. Schauen Sie sich das Skalpell gut an, nehmen Sie es ruhig in die Hand. Möglicherweise hat unsere liebe Ärztin ja ausgerechnet *damit* die OP Ihrer Tochter verpfuscht … oder die OP meiner Frau. Und wenn nicht, macht es auch nichts. Es hat trotzdem einen schönen Symbolcharakter, finden Sie nicht auch?«

»Nein«, presste Kilian hervor.

»Fassen Sie es an«, wiederholte Niemeyer. »Fühlen Sie den kühlen Stahl in der Hand und stellen Sie sich vor, wie er Muskelgewebe, Sehnen und Arterien durchtrennt. *Das* nenne ich Gerechtigkeit.«

»Sie sind verrückt«, stellte Kilian fest.

»Bin ich das? Ich weiß genau, dass ich – in meiner derzeitigen Lebenssituation und mit meiner Vorgeschichte – bei Mord im Affekt und mit guter Führung nach zwei Jahren wieder aus dem Gefängnis herauskomme. Das ist es mir wert.«

Die Kellnerin kam und brachte ihr Essen. Rasch warf Kilian die Serviette über das Skalpell, ohne es zu berühren. Die junge Frau stellte die Teller ab: ein T-Bone-Steak, medium rare, für Kilian und eine große Salatplatte mit Garnelen für Niemeyer. Beim Anblick und Geruch des Essens wurde Kilian übel. Er würde an diesem Abend keinen Bissen mehr hinunterbekommen.

»Nehmen Sie das Ding weg!«, zischte er, nachdem die Kellnerin verschwunden war, doch Niemeyer reagierte nicht. »Warum erzählen Sie mir das alles?«, drängte er weiter.

»Ich hatte auf Ihr Verständnis gehofft«, sagte Niemeyer.

»Bei Mord?«, zischte Kilian.

»Bei Rache«, korrigierte Niemeyer ihn. »Weil ich sowohl den Tod meiner Frau als auch den Ihrer Tochter räche. Gerade Sie müssten meine Beweggründe doch verstehen. Ihr kleines Mädchen ist ebenfalls aufgrund eines Kunstfehlers gestorben … den ersten, den Dr. Al-Rashid begangen hat … und wer weiß, wie viele andere in der Bormann-Klinik danach noch vertuscht wurden.«

Eigentlich hätte er sofort aufstehen und gehen müssen, doch stattdessen starrte Kilian auf die Serviette, unter der das Skalpell lag. »Selbst wenn ich Sie verstehen würde … Was bezwecken Sie mit diesem Gespräch? Ich werde Ihnen dabei nicht helfen!«

»Von Hilfe war nie die Rede.« Niemeyer lächelte, für einen Moment waren seine gelben Zähne zu sehen. »Aber wir könnten beide einen anderen Nutzen daraus ziehen.«

»Da bin ich aber gespannt«, entfuhr es Kilian ungewollt zynisch.

»Sie sind ein investigativer Journalist – oder waren es zumindest einmal. Sie betreiben einen True Crime-Podcast. Ich kenne jede Folge. Sie berichten über schreckliche Morde, waren an Tatorten, befragen Zeugen und ermitteln auf eigene Faust. Sie haben schon zahlreiche Mordfälle durchleuchtet und ein Gespür für die Psyche von Kriminellen entwickelt.«

Kilians Magen zog sich weiter zusammen. »Und?«

»Das hier ist eine einmalige Chance, die Sie nie wieder bekommen. Ich kündige einen Mord an. Sie könnten vorab ein Interview mit mir führen, das Sie nach Aleyna Al-Rashids

Tod in Ihrem Podcast ausstrahlen. Oder Sie verkaufen die Exklusivrechte an die Presse.«

»Wovon zum Teufel sprechen Sie?«

Niemeyers Augen glänzten. »Vielleicht könnten Sie sogar ein Sachbuch darüber schreiben. Wenn wir es clever anstellen, könnten wir mit meiner Tat, Ihrer Reputation und Ihren Kontakten groß in die Medien kommen.«

Zu viele konfuse Gedanken kreisten gleichzeitig in Kilians Kopf herum, doch plötzlich machte es *Klick*, als würden sich die Zahnrädchen in seinem Hirn verhaken. Etwas stimmte nicht. Zuerst hatte Niemeyer von einem »Mord im Affekt« gesprochen, doch nun wollte er mit einem ausgeklügelten Plan an die Öffentlichkeit gehen. Außerdem hatte er anfangs behauptet, er käme sich schäbig vor, aus dem Tod seiner Frau Profit zu schlagen – und nun wollte er die Rechte an der Story teuer verkaufen. Das passte alles nicht so recht zusammen. Kilian starrte sein Gegenüber an und versuchte, in seinen Augen zu lesen. *Was willst du wirklich?*

»Was sagen Sie?«, flüsterte Niemeyer.

»Zum letzten Mal! Nehmen Sie das Skalpell weg!«

Seufzend schüttelte Niemeyer den Kopf, dann ließ er das Skalpell mitsamt der Serviette endlich in seiner Sakkotasche verschwinden.

Erleichtert atmete Kilian auf, nur um im nächsten Moment zusammenzufahren, als die junge Kellnerin plötzlich neben ihm stand. »Ist etwas mit dem Essen nicht in Ordnung?«

»Doch, doch«, murmelte Kilian, nahm das Besteck und schnitt in das Steak. Ihm drehte sich zwar der Magen um, aber er steckte sich trotzdem ein Stück Fleisch in den Mund und kaute pflichtbewusst darauf herum, woraufhin die Frau wieder verschwand. Angeekelt schluckte er den Bissen hinunter. »Was, wenn ich zur Polizei gehe?«, würgte er hervor.

Seltsamerweise blieb Niemeyer völlig gelassen, als hätte er mit dieser Reaktion gerechnet. »Würden Sie das wirklich tun?«, fragte er emotionslos. »Dann würden Sie verhindern, dass die Mörderin Ihrer Tochter ihre gerechte Strafe bekommt.«

Kilian knallte das Besteck auf den Tisch. »Wenn ich nicht zur Polizei gehe und Sie Dr. Al-Rashid tatsächlich ermorden«, presste er hervor, »mache ich mich strafbar.«

»Ich habe mich erkundigt – Sie machen sich nicht strafbar«, konterte Niemeyer. »Wenn jeder zur Polizei rennen würde, nur weil der Nachbar sagt, er wolle jemanden umbringen, hätte die Polizei viel zu tun. Außerdem könnten Sie argumentieren, dass Sie nicht wussten, ob ich es ernst gemeint habe.«

»Ich nehme an, Sie meinen es ziemlich ernst.«

»Ja, das tue ich. Aber wenn Ihnen diese Vorgehensweise nicht behagt, dann finden wir einen anderen Weg, wie Sie …«

»Bullshit!«, zischte Kilian. »Tun Sie es nicht! Das ist Wahnsinn! Machen Sie es wie ich, legen Sie Ihre Rachegedanken beiseite und lernen Sie, mit Ihrer Trauer zu leben. Das ist der einzige Weg.«

»Den Mann, den ich im Podcast kennengelernt habe, ist ein anderer als der, der mir gerade gegenübersitzt.«

»Das mag sein.«

Resigniert atmete Niemeyer durch. »Dann habe ich mich wohl in Ihnen getäuscht.«

7

»Und wie ging es weiter?«, fragte Evelyn, nachdem Kilian, dem sie alle drei aufmerksam zugehört hatten, seine detailreiche Erzählung beendet hatte.

Kilian dachte kurz nach. »Ich bin aufgestanden, habe mir auf der Toilette Hände und Gesicht gewaschen, den ekelhaften Geschmack aus dem Mund gespült, anschließend meine Rechnung bezahlt und bin kommentarlos gegangen.«

»Ohne sich von Niemeyer zu verabschieden?«

»Er hat nicht mehr am Tisch gesessen.«

»Ein Glück für Sie, dass Sie das Skalpell nicht berührt haben«, stellte Flo fest.

»Ja, in der Tat, was für ein Glück«, wiederholte Kilian sarkastisch. »Schade nur, dass Dr. Al-Rashid mit einem Steakmesser ermordet wurde.«

»Mit Ihren Fingerabdrücken darauf?«, vermutete Evelyn.

Kilian nickte. »Niemeyer muss es an jenem Abend mitgenommen haben.«

»Nachdem sein Plan mit dem Skalpell gescheitert ist«, ergänzte Evelyn. »Allerdings müssen wir Ihre Geschichte erst einmal beweisen, andernfalls ist es nur eine nette Erzählung, die uns der Staatsanwalt in der Luft zerreißt.« Sie machte eine Pause. »Sind Sie nach diesem Treffen zur Polizei gegangen?«

Kilian wirkte zerknirscht. »Nein – ich war mir nicht sicher, wie ich mich verhalten sollte. Ich wusste ja nicht einmal, ob die Geschichte, die mir Niemeyer aufgetischt hatte, überhaupt stimmte. Was, wenn alles nur erstunken und erlogen war? Dann hätte ich mich bei der Polizei lächerlich gemacht.«

»Was haben Sie also getan?«

»Am nächsten Tag bin ich zur Bormann-Klinik gefahren und habe mit Dr. Al-Rashid gesprochen.«

»Sie hatte gleich Zeit für Sie? Eine so beschäftigte Ärztin?«, fragte Evelyn.

»Nach dem Tod meiner Tochter hat sie verzweifelt den Kontakt zu mir gesucht, weil sie sich mit mir aussprechen und versöhnen wollte. Anscheinend dachte sie, es ginge darum. Als ich dann jedoch Bernadette Niemeyers OP erwähnt habe, hat Dr. Al-Rashid meine Fragen in den falschen Hals gekriegt. Sie dachte wohl, ich hätte die alte Geschichte noch nicht verdaut und würde jetzt eine neue, aktuelle dazu verwenden wollen, um sie fertigzumachen.«

»Konnten Sie das Missverständnis aufklären?«, fragte Evelyn.

»Ich habe es versucht, wollte sie vor Niemeyer warnen, doch wir haben aneinander vorbeigeredet. Sie wurde immer lauter, fast schon hysterisch, ich wurde auch laut, und es eskalierte in einem Streit. Schließlich bin ich gegangen.«

»Hat jemand im Krankenhaus etwas davon mitbekommen?«

Kilian lachte auf. »Bestimmt alle, die in der Nähe waren. Da sie nicht viel Zeit hatte, fand das Gespräch nicht in ihrem Büro, sondern gleich in der Teeküche der Station statt, wo wir – wie sie vorgeschlagen hatte – ungestört reden konnten.«

Evelyn warf Pulaski einen vielsagenden Blick zu. Er räusperte sich. »Die Kripo weiß sicher schon längst von dieser

Auseinandersetzung«, kommentierte er. »Und das spielt dem Staatsanwalt in die Hände.« Er seufzte. »Sieht nicht gerade gut für Sie aus.«

Kilians mutloser Blick bewies, dass er zu genau demselben Schluss gekommen war.

»Wenn Ihre Vermutung stimmt – und das müssen wir vor Gericht erst einmal beweisen –, dann nehme ich an, dass Niemeyer Sie deshalb als Sündenbock für seinen Mord ausgewählt hat, weil die Sache mit Ihrer Tochter damals durch die Medien gegangen ist«, meinte Evelyn. »Das macht Sie zum perfekten Opfer.«

»Es wird sicher nicht leicht, die Geschworenen davon zu überzeugen«, sagte Kilian und seufzte noch einmal tief.

»Warum?«

»Ich habe vor sechs Jahren nicht nur gesagt, dass ich Dr. Al-Rashid töten würde, ich habe im Jahr darauf auch versucht, sie mithilfe der Patientenanwaltschaft wegen eines Behandlungsfehlers fertigzumachen.«

»Erfolglos, nehme ich an.«

Kilian nickte. »Jana und ich haben auf Schmerzensgeld geklagt, aber bei der anschließenden Untersuchung wurde kein Fehler nachgewiesen. Danach haben wir eingesehen, dass wir chancenlos sind, haben aufgegeben, versucht, die Sache zu vergessen, und eine Paartherapie begonnen.«

»Lässt sich, abgesehen von der Paartherapie, noch irgendwie beweisen, dass Sie Ihren Frieden mit der Ärztin geschlossen haben?«

Kilian presste die Lippen aufeinander und schüttelte den Kopf. »Ich nehme an, mein Wort allein genügt nicht.«

Evelyn wiegte den Kopf. »Eine vertrackte Situation«, gab sie zu. »Denken Sie nach. Wie könnten wir sonst noch irgendwie entkräften, dass Sie das perfekte Motiv für diesen Mord hatten?«

Er hob die Schultern. »Ich habe Dr. Al-Rashid vor fünf Jahren einen Brief geschrieben, dass es mir leidtut, was ich getan habe, und ab jetzt keine weiteren rechtlichen Schritte mehr gegen sie unternehmen werde.« Er knirschte mit den Zähnen. »Jana sah das zwar anders, aber ich habe mich bei der Ärztin entschuldigt.«

»Weiß die Patientenanwaltschaft davon?«

»Nein.«

»Haben Sie eine Kopie des Briefes?«

»Nein.«

»Kann Jana diese Geschichte bestätigen?«

Sein Blick wurde emotionslos und verlor sich in der Ferne. »Ja, das könnte sie, wenn sie noch hier wäre. Allerdings hat sie mich vor vier Jahren verlassen. Anscheinend ist ihr alles zu viel geworden. Sie ist ins Ausland gegangen. Ich habe keine Ahnung, wohin. Kanada habe ich einmal gehört, aber genau weiß ich es nicht. Seitdem hatte ich keinen Kontakt mehr zu ihr.«

»Und Ihre Ehe?«

»Jana und ich waren nie verheiratet.«

Für einige Sekunden herrschte Schweigen. Evelyn warf Pulaski und Flo einen Blick zu. Zumindest Pulaski sah nicht gerade zuversichtlich aus.

»Wie heißt Jana mit Nachnamen?«, fragte Evelyn.

»Ullrich ... Jana Ullrich. Ich habe mal versucht, sie zu googeln, aber nichts gefunden. Vielleicht hat sie mittlerweile geheiratet und einen anderen Namen angenommen.« Kilian machte eine Pause. »Ich weiß, dass die Aussichten nicht gerade rosig sind.« Er nahm die Brille ab, putzte sie und schob sie sich wieder auf die Nase. »Und besonders paradox ist dabei, dass ich mit meinem Podcast schon einige angeblich *gelöste* Kriminalfälle neu aufrollen und Unschuldige vor dem Knast bewahren konnte. Nun bin ich plötzlich selbst der zu Unrecht Beschuldigte. Ich hocke hier drin, habe weder Notebook noch Handy – und selbst wenn ich beides hätte, wüsste ich nicht, wo ich mit der Recherche anfangen sollte, weil mir die Ideen fehlen, obwohl ich mir das Hirn zermartere. Ich bin wie blockiert …«

»Es ist *Ihr* Fall. Sie sind betroffen und haben Scheuklappen – das ist ganz natürlich«, sagte Evelyn sanft. »Deswegen gibt es so jemanden wie mich, der Ihren Job übernimmt.«

Er sah auf. »Sie übernehmen meinen Fall?«

Sie presste die Lippen aufeinander und nickte schließlich. »Ja, das tue ich. Und im Moment wäre meine oberste Priorität, Sie so rasch wie möglich auf Kaution aus Ihrer Zelle zu holen, da ich weiß, wie zermürbend die Zeit in der U-Haft sein kann.« Er wollte etwas sagen, aber sie hob die Hand. »In einem weiteren Schritt möchte ich es gar nicht erst zur Anklage kommen lassen, aber falls das nicht klappt, hoffe ich, dass wir den Prozess mit einem Freispruch gewinnen. Einverstanden?«

Kilian fiel offensichtlich eine Last von den Schultern. Seine Mundwinkel zuckten, und seine Brille beschlug ein wenig. »Danke. Aber eines sollten Sie noch wissen … ich habe bestimmt nicht genug Geld, um Sie zu bezahlen, wenn die Sache länger dauert.«

Sie winkte ab. »Im Fall eines Freispruchs können Sie einen Antrag auf Kostenersatz an das Landesgericht für Strafsachen Wien stellen. Wobei ich Ihnen aber gleich sagen muss, dass Sie als Pauschalkostenbeitrag nicht mehr als zehntausend Euro erhalten werden.«

»Ich könnte einen Kredit aufnehmen und …«

»Nicht nötig«, unterbrach sie ihn. »Es gäbe da vielleicht jemanden, der die Kosten für Ihre Verteidigung übernimmt.«

Er richtete sich auf. »Wer sollte …?«

»Der Vater der Ermordeten. Er ist heute Morgen in Wien eingetroffen.«

Evelyn bemerkte, wie Flo neben ihr versteinerte und auch Pulaski die Luft anhielt. Kilian sah sie verwirrt an. »Ausgerechnet der sollte dafür bezahlen, mich freizubekommen? Das klingt absolut verrückt.«

»Ich weiß«, gab sie zu.

Kilian runzelte die Stirn. »Da steckt doch etwas anderes dahinter.«

»Vermutlich, und wir werden herausfinden, was es ist.« Sie wollte noch etwas sagen, aber da öffnete sich die Tür und Dreyer kam herein.

»Ihre Zeit ist um. Wir brauchen Herrn Kilian für ein weiteres Verhör.«

Evelyn erhob sich. »Mein Mandant verweigert die Aussage.« Sie blickte zu Kilian. »Sie sagen nichts, wenn ich nicht dabei bin, und selbst dann öffnen Sie nur den Mund, wenn ich es Ihnen gestatte. Haben Sie verstanden?«

Kilian nickte. Erleichtert ließ er die Schultern sinken und lächelte kurz, als hätte er neue Hoffnung geschöpft.

»Wenn Sie meinen. Dann herzlich willkommen im Ring«, sagte Dreyer unbeeindruckt, nahm Kilian am Oberarm und führte ihn ab.

Nachdem sich die Tür geschlossen hatte, trat Flo an Evelyns Seite. »Warum lässt du dich auf einmal doch mit Qasem ein?«, zischte er.

»Sag ich dir, wenn wir draußen sind.«

8

Evelyn knurrte der Magen. Da sie und Flo seit dem Frühstück noch nichts gegessen hatten und Pulaski so früh daheim aufgebrochen war, dass er bis auf eine Tasse schwarzen Kaffee überhaupt noch nichts intus hatte, steuerten sie den Gastgarten des Kaffeehauses neben dem Landesgericht an. Im Schatten einer Markise und bei einem Krug Limettensaft mit Eiswürfeln ließ sich die Frühlingshitze gut aushalten. Zusätzlich bestellten sie Kaffee, Schinken-Käse-Toasts und für Pulaski einen großen Salat.

Flo wartete, bis eine Straßenbahn neben ihnen vorbeigeratteert war, dann beugte er sich zu Evelyn. »Ich bin immer noch verwirrt«, gab er zu. »Warum willst du dich plötzlich von Kamal Qasem engagieren lassen? Du hattest doch gute Gründe dafür, seinen dubiosen Auftrag abzulehnen.«

»Ja, und die gelten auch immer noch, aber ich will herausfinden, was er bezweckt. Möglicherweise steckt er ja selbst hinter dem Mord an seiner Tochter.« Fragend sah sie zu Pulaski. »Was meinen Sie?«

»Ich wundere mich, dass Sie sich ausgerechnet dann mit ihm auf ein Spielchen einlassen«, brummte er.

»Erstens habe ich zwei starke Männer an meiner Seite, die auf mich aufpassen«, sagte sie mit einem leicht ironischen Unterton, »und zweitens lautet einer meiner Grundsätze: Achte immer darauf, dass dir deine Freunde nahe, deine Feinde aber noch näher sind. Qasem wird uns beobachten, das ist mir bewusst, aber dadurch werden wir auch in *seiner* Nähe sein und herausfinden können, was *er* plant.«

»Wir wissen nicht einmal, in welcher Branche er tätig ist«, murrte Pulaski. »Womit hat er sein Geld gemacht? Öl? Waffen? Drogen? Menschenhandel?«

»Sie gehen immer vom Schlimmsten aus.«

»Das ist mein Job.«

»Verstehe.« Evelyn lächelte sanft. »Während wir uns im Taxi die Radiosendung angehört haben, habe ich Qasem gegoogelt. Er hat als junger Mann eine Bank gegründet, die *Al-Qasem-Bank*, direkt am Roten Meer in Dschidda. Später ist er in die Immobilienbranche eingestiegen und hat danach das große Geld mit Grundstücksspekulationen gemacht.«

»Seit wann können Sie Arabisch?«, fragte Pulaski.

Evelyn winkte mit dem Handy. »Google-Übersetzer. Heute betreibt die Al-Qasem-Bank eine Reihe von Hotelketten am Roten Meer.«

»Okay, klingt nicht gerade bedrohlich«, gab Pulaski zu.

Evelyn nickte. »Trotzdem werde ich vorsichtig sein«, beruhigte sie ihn. Der Kaffee wurde gebracht, und Evelyn zog Qasems Visitenkarte aus der Handtasche, um ihn anzurufen.

Nach dem zweiten Läuten ging er ran und kam gleich zur Sache. »Haben Sie es sich anders überlegt, Evelyn?«

»Habe ich. Es wird nicht leicht werden, aber wir haben eine reelle Chance, Martin Kilian rauszubekommen.«

»Wenn Sie meinen, dass der Gerechtigkeit so Genüge getan wird, vertraue ich Ihnen voll und ganz.«

Evelyn ließ die Eiswürfel im Glas kreisen. »Nur damit es zu keinem Missverständnis kommt – die Staatsanwaltschaft will keine Gerechtigkeit, sondern eine Verurteilung.«

»Und Sie?«, fragt Qasem.

»Ich weiß, das klingt jetzt nicht sehr idealistisch, aber auch ich will keine Gerechtigkeit. Ich will einen Freispruch. Das ist mein Job. Für Gerechtigkeit ist der liebe Gott zuständig, nicht wir.« Sie merkte, wie Flo kurz die Stirn runzelte und die Augenbrauen zusammenzog. So hatte er sie noch nie reden gehört, aber zum Glück gab er keinen Kommentar dazu ab. *Verhandlungstaktik*, flüsterte sie tonlos in seine Richtung.

»Einverstanden«, knurrte Qasem, »dann beauftrage ich Sie hiermit mit Martin Kilians Verteidigung – koste es, was es wolle.«

»Meine Stundensätze richten sich nach dem Rechtsanwaltstarif und sind immer gleich hoch, egal, ob ich den Sohn eines Milliardärs oder eine alleinerziehende Supermarktkassiererin vertrete. Dazu kommen noch Spesen und Gebühren in Höhe von …«

»Reicht ein Scheck über fünfzigtausend Euro als Anzahlung?«

Evelyn blieb für einen Moment die Luft weg. »Ja, das reicht.«

»Wo sind Sie jetzt?«

»In der Nähe des Straflandesgerichts, im Café Rammstein. Warum?«

»Ich wünsche Ihnen einen gesegneten Appetit.« Damit beendete er das Gespräch.

Wie aufs Stichwort wurde ihr Essen serviert. »Wir müssen unbedingt alles über diesen Professor Geert Niemeyer erfahren«, sagte sie und legte die Serviette über ihren Schoß.

Während Flo von seinem Toast abbiss, startete er eine Suchabfrage über sein Handy. »Na, da gibt es einiges … ein Mathematik-Professor, einundsechzig Jahre alt, stammt aus

Berlin, unterrichtet seit über zwanzig Jahren an der Universität Wien, und zwar die Schwerpunkte Spieltheorien, Gefangenendilemma und mathematische Verhandlungslösungen. Außerdem ist er ein Fachmann für Fibonacci-Zahlen … Die meisten Einträge über ihn gibt es allerdings zu einem ganz anderen Thema.« Flo sah auf. »Er ist ein international anerkanntes Schachgenie.«

»Wir haben es also mit einem Genie zu tun«, wiederholte Evelyn unbeeindruckt.

»Angeblich hat er beim Schach eine Wertungszahl von 2315 Elo. Steht zumindest in Wikipedia.«

»Der hat sogar einen Wikipedia-Eintrag?«, entfuhr es Pulaski.

»Ist 2315 viel?«, fragte Evelyn.

»Ich würde sagen ja«, murmelte Flo. »Starke Amateure erreichen höchstens 2100 Punkte. Hier ist ein relativ aktuelles Foto von ihm.« Flo schob sein Handy über den Tisch. Das Bild zeigte Niemeyer lächelnd über ein Schachbrett gebeugt. Er sah genau so aus, wie Kilian ihn beschrieben hatte – grauer Stoppelbart, Falten im Gesicht, schmale Lesebrille und längere gewellte und an den Schläfen ergraute Haare. Anscheinend war er starker Raucher, da er auch hier eine Kippe in der Hand hielt. Das Foto beschönigte nichts – Zähne und Fingerkuppen waren gelb, und seitlich am Mund verliefen tiefe Falten, wodurch sein Mund wie der einer Klappmaulpuppe wirkte. Das Bild war drei Jahre alt und zeigte ihn nach einem gewonnenen Schachturnier in Polen.

Sah so ein raffinierter Mörder aus, der einen jungen True Crime-Podcaster hereinlegen wollte? Falls ja, schien er bis jetzt Erfolg damit gehabt zu haben, obwohl er ebenso wenig wie Kilian über ein Alibi verfügte. *Wie auch,* dachte Evelyn, *wenn er den Mord begangen hat.* »Was wissen wir über das Mordopfer?«

Pulaski hatte auf der Webseite der Bormann-Klinik bereits nach einem Foto von Dr. Al-Rashid gesucht, das er ihnen nun zeigte.

»Das ist sie?«, fragte Evelyn erstaunt. Die Frau war ausgesprochen hübsch, mit langem, glattem, vollem Haar. *Blondem* Haar, eher untypisch für eine Frau mit arabischer Abstammung. Sogar ihre Augenbrauen waren blond und zu einem dünnen Bogen gezupft. Die Ärztin hatte volle Lippen, hohe ausgeprägte Wangenknochen, große, strahlend blaue Augen. Trug sie möglicherweise farbige Kontaktlinsen? Jedenfalls deutete nichts an ihrem Aussehen auf ihre Herkunft hin.

»Es gibt sogar schon einen ersten ausführlichen Presseartikel über sie und den Mord«, sagte Flo.

»Merkwürdig, dass die Kripo das nicht verhindert hat«, wunderte sich Evelyn.

»Der Artikel stammt von der FAZ«, erklärte Flo, beugte sich nach vorn und las vor. »Dr. Aleyna Al-Rashid, siebenunddreißig Jahre alt, Tochter des saudi-arabischen Milliardärs Kamal Al-Qasem, wollte in Saudi-Arabien Medizin studieren, was ihr der Vater jedoch verbot. Also flüchtete sie mit neunzehn nach der Schule mit einem gefälschten Reisepass über Istanbul und London nach Österreich, studierte unter ihrer neuen Identität in Wien Medizin und finanzierte sich ihr Leben als Kellnerin.«

»Woher hat eine Neunzehnjährige einen gefälschten Reisepass?«, unterbrach Pulaski.

Flo sah kurz auf. »Finden wir vielleicht noch heraus.« Dann las er weiter. »Elf Jahre lang war sie als Chirurgin bei Primar Dr. Bormann an der Bormann-Klinik, einem Wiener Privatkrankenhaus mit Kinderchirurgie und Allgemeiner Chirurgie, angestellt. Sie wohnte in einem Einfamilienhaus am südlichen Stadtrand von Wien, wo in den frühen Morgenstunden der Mord passierte.«

Wie immer war die ausländische Presse besser informiert als die lokalen Medien. »Wir müssen uns das Haus ansehen«, seufzte Evelyn. »Steht in dem Artikel etwas über die Ermittlungen?«

Flo scrollte nach unten und wurde blass, als hätte er den Teufel höchstpersönlich erblickt. »Shit!«, fluchte er. »Rate mal, wer die Ermittlungen leitet.«

Evelyns Mund wurde trocken. Die Art und Weise, wie Flo die Frage gestellt hatte, konnte nur eines bedeuten. »Ostrovsky?«, fragt sie vorsichtig.

Flo nickte.

»Wer ist Ostrovsky?«, fragte Pulaski.

»Der Oberstaatsanwalt«, erklärte Evelyn. »Er ist ein alter, gewiefter und zäher Fuchs, der sich gern in seine Fälle verbeißt. Ich kenne ihn schon lange und hatte beruflich bereits öfter mit ihm zu tun.«

»Er war Gastdozent, als Evelyn an der Uni war, und hat sie quasi ausgebildet«, fügte Flo nun mit einem gewissen Stolz in der Stimme hinzu.

Sie nickte. »Nach dem Tod meiner Eltern war ich sozusagen sein Ziehkind und er mein Mentor. Er hat sich für ein Stipendium eingesetzt, damit ich mein Studium fortsetzen konnte.« Sie blickte in die Ferne. »Ich habe ihm viel zu verdanken. Ohne ihn hätte ich die Uni nie beendet.«

Pulaski schob die beinah leere Salatschüssel beiseite und wischte sich mit der Serviette den Mund ab. »Und warum hat er sich so für Sie eingesetzt?«

»Er erkannte schon damals mein angeblich großes Talent – zumindest hat er das immer behauptet«, erklärte sie.

»Nicht so bescheiden«, sagte Flo. »Sie hat die Uni als Jahrgangsbeste abgeschlossen.«

»Manche Menschen sind dafür geboren, im Gerichtssaal zu stehen, und er hat stets behauptet, dass ich die Juristerei einfach im Blut hätte – genauso wie er.«

Pulaski winkte die Kellnerin herbei und bestellte eine weitere Tasse schwarzen Kaffee. »Umso besser, dann kennen Sie ihn und seine Taktik ja zur Genüge und …«

»Im Gegenteil«, unterbrach Evelyn ihn, während sie gedankenverloren an der Unterlippe kaute. »Die meisten Studenten am Juridicum, wo er trotz seines Alters immer noch als Gastdozent unterrichtet, fürchten sich zu Tode vor ihm, weil er so unberechenbar ist.«

»Und Sie, fürchten Sie ihn auch?«

»Ostrovsky war schon immer der Fürst der Dunkelheit – aber im fortschreitenden Alter wird er immer schlimmer. Rücksichtsloser, verbissener und härter.«

Bestätigend nickte Flo. »Ich war auch einer seiner Studenten – bin zweimal bei ihm durchgeflogen. Ein Feldzug gegen Ostrovsky und sein Team wird kein Spaziergang werden.«

Pulaski dachte eine Weile lang nach, nippte an dem frischen Kaffee, der ihm gerade gebracht worden war, und musterte Flo. »Haben *Sie* Angst vor ihm?«

»Angst nicht, aber Respekt. Wir wissen, dass er nicht unschlagbar ist, selbst wenn er seine schwersten Geschütze auffährt und mit unfairen Mitteln kämpft.«

Evelyn nickte. »Ich muss mir eine verdammt gute Strategie überlegen, wie ich meine Verteidigung aufbaue, sonst wird Ostrovsky mich vor Gericht so fertigmachen, dass jeder der acht Laienrichter Kilian die absolute Höchststrafe aufbrummt und er für mindestens zwanzig Jahre ins Gefängnis geht.« Seufzend blickte sie Pulaski an. »Ihren Urlaub in Wien hatten Sie sich wohl anders vorgestellt, nicht wahr?«

»Ist okay«, murmelte er. »Ich habe Sie ja gedrängt, den Fall anzunehmen, nun werde ich Ihnen auch dabei helfen.« Er leerte die Tasse. »Machen wir uns an die Arbeit?«

Evelyn nickte, rief den Kellner herbei und bezahlte die Rechnung. Pulaski ging noch auf die Toilette, indessen verließen Flo und sie den Gastgarten.

»Weiß Pulaski eigentlich, dass wir zusammen sind?«, flüsterte Flo und legte verstohlen den Arm um Evelyns Hüfte.

Lachend entfernte sie seine Hand. »Ich denke, das weiß er seit drei Jahren. Warum? Hast du Angst, er könnte sich an mich ranmachen?«

Flo zog eine Schnute. »Nein, aber …« Er verstummte.

Sie hatten gerade den Bürgersteig erreicht, als eine schwarze Limousine mit Wiener Kennzeichen vor ihnen hielt. Das verspiegelte hintere Seitenfenster glitt lautlos nach unten. Tabakgeruch drang ins Freie. In einem bequemen roten Ledersitz saß Kamal Qasem leger mit aufgerollten Hemdsärmeln und zog an einer qualmenden Zigarre. »Gut gespeist?«, fragte er. Eine klimatisierte Kältewelle drang aus dem Auto.

»Überwachen Sie mich, oder sind Sie nur vorbeigekommen, um mir Ihren Scheck zu überreichen?«, fragte sie spitz.

»Die Anzahlung ist bereits auf Ihrem Konto – die Bankdaten habe ich auf Ihrer Webseite gefunden.« Er paffte erneut an der Zigarre. »Und nein, ich überwache Sie nicht – allerdings möchte ich Sie nach bester Möglichkeit unterstützen.« Wie auf Kommando öffneten sich die hinteren Seitentüren und seine beiden Begleiter, die auch mit ihm in ihrer Kanzlei gewesen waren, stiegen aus dem Wagen.

»Ich stelle Ihnen Sajid und Imraan zur Verfügung«, erklärte Qasem. In der Spiegelung der vorderen Seitenscheibe sah Evelyn, dass Pulaski sich von hinten näherte, sich jedoch nicht zu ihnen gesellte, sondern abbog und hinter einer Hecke des Gastgartens verschwand. Anscheinend wollte er nicht, dass Qasem ihn kennenlernte, und das war ganz in ihrem Sinn.

»Das ist ja wirklich ausgesprochen nett und selbstlos von Ihnen, aber ich glaube nicht, dass es notwendig ist.«

»Es ist keine Glaubenssache, um die es hier geht«, konterte Qasem. »Ob notwendig oder nicht, wird sich erst im Nachhinein herausstellen – und solange wir es nicht ausprobiert haben, werden wir es nicht wissen.«

»Ich brauche weder Aufpasser noch Leibwächter, die …«, sagte Evelyn schärfer, doch Qasem unterbrach sie mit einer Handbewegung.

»Sajid und Imraan werden lediglich dafür sorgen, dass mein Geld gut angelegt ist und Sie effizient und rasch vorankommen. Die beiden werden Sie bedingungslos unterstützen. Es sind meine besten Männer. Verfügen Sie über die zwei und zögern Sie nicht, sie einzusetzen – wofür auch immer.«

Evelyn betrachtete die beiden. »Imraan«, stellte sich der ältere, etwa Fünfzigjährige mit rauer Stimme vor und deutete nur eine knappe Verbeugung an. Sein langes, grau meliertes Haar war zu einem Dutt verknotet. Unter dem weißen Hemd spannte sich ein breiter Brustkorb mit schwarzen Tätowierungen. Die Handrücken waren ebenfalls tätowiert.

Demnach musste der jüngere, etwa fünfundzwanzigjährige Kerl Sajid sein. Der stellte sich nicht vor und deutete auch keine Begrüßung an. Seine Hautfarbe war etwas heller als die von Imraan. Seine schwarzen, kunstvoll hochgegeelten Haare trug er in einem Undercut geschnitten, ergänzt durch einen modischen, exakt getrimmten Vollbart. Beide Männer trugen elegante Schuhe, maßgeschneiderte Hemden und Anzughosen und rochen nach einer Mischung aus Hugo Boss und Davidoff.

Evelyn sah Qasem fragend an. »Ist das …?«

»Nicht verhandelbar«, sagte er und ließ langsam die Scheibe nach oben. »Ich wünsche Ihnen viel Erfolg.«

9

Evelyn hatte Pulaski nicht mehr zu Gesicht bekommen. Vermutlich war er Flo in die Kanzlei gefolgt. Sie war indessen in Begleitung von Sajid und Imraan vom Café zu Fuß über die Landesgerichtsstraße direkt zum Wiener Justizpalast beim Ring gegangen.

»Sprechen Sie beide Deutsch?«, fragte sie, während sie im Schatten einer Häuserzeile entlangliefen. *»Do you speak English?«*

Der junge Sajid antwortete nicht, nur Imraan machte den Mund auf. »Wohin gehst du?«

»Aha, Sie können also Deutsch. Woher eigentlich?«

»Habe Kamal Al-Qasem oft in die Schweiz und nach Deutschland begleitet«, sagte Imraan. »Wohin gehst du?«, wiederholte er.

Evelyn ignorierte das erneute vertraute *Du.* »Sie lernen jetzt unseren Gegner kennen – das wird ein Spaß.« Mehr sagte sie nicht, und für den Rest des Weges herrschte Schweigen.

Zehn Minuten später waren sie da. Im direkten Licht der Nachmittagssonne wirkte das Gebäude mit seinen Marmorsäulen wie ein in dunkle Orangetöne getauchtes Bollwerk.

Evelyn erkundigte sich beim Portier, ob Oberstaatsanwalt Ostrovsky noch im Büro war, was der bejahte. Damit hatte sie sowieso gerechnet, denn Ostrovsky steckte sicher bis über beide Ohren in den vorläufigen Ermittlungsergebnissen und würde das Wochenende durcharbeiten.

Evelyn ging die breite Marmortreppe hinauf, den Gang entlang und betrat das Büro von Ostrovskys Sekretärin. Die Schutzhüllen lagen bereits über Monitor und Tastatur, und Marthas Schreibtisch war blitzsauber aufgeräumt. Sie selbst war nicht mehr da. Gut so. Martha hätte bestimmt versucht, sie abzuwimmeln. Und erst recht in Begleitung dieser beiden Männer.

Hinter der schweren Mahagonitür, die nur angelehnt war, hörte Evelyn Geräusche.

»Warten Sie hier!«, flüsterte sie Imraan zu.

Während sich die beiden völlig lautlos neben die Tür stellten, klopfte Evelyn an und betrat mit einem Räuspern Ostrovskys Büro. Die Fenster waren verdunkelt, und es roch nach würzigem Pfeifentabak. *Pfefferminz.* Offenbar setzte sich Ostrovsky immer noch als Einziger in diesem Gebäude über das strikte Rauchverbot hinweg. Noch bevor sie ihn sah, hörte sie, wie er sich schnaufend aus seinem Lederstuhl erhob. Dann kam der kleine Mann um seinen Schreibtisch herum, die Daumen unter die Hosenträger gehakt. Er hatte noch nie einem Gürtel vertraut.

»Lynnie, ich dachte, du hättest Urlaub«, sagte er überrascht. Sein Doppelkinn schwabbelte. »Ist dein Besuch aus Deutschland nicht eingetroffen?«

»Mir ist etwas dazwischen gekommen.«

»Was denn?«

Sie verkürzte den Small Talk und kam gleich zur Sache. »Ein True Crime-Podcaster, der in U-Haft sitzt.«

Ostrovskys Schnauzbart vibrierte kurz, dann zeigte er sein Haifischlächeln. »Ich habe es geahnt, als ich dein Flüstern im Vorzimmer gehört habe.« Er legte den Kopf schief, dann nickte er zur Tür. »Wen hast du mitgebracht?«

»Zwei Mitarbeiter aus meiner Kanzlei. Sie helfen mir, die Kartons mit den Akten und Ermittlungsergebnissen in mein Büro zu tragen.«

Ostrovsky ging nicht darauf ein. Er rollte sich die Hemdsärmel auf. Krawatte und Sakko hingen auf einem Kleiderständer. »Warum übernimmst du gerade diesen Fall?«

»Die Beweise sind so eindeutig, dass es schon wieder auffällig ist. Das finde ich äußerst interessant.«

Ostrovsky nickte, als hätte er verstanden. »Dein berühmtes Kribbeln im Bauch … wieder einmal. Aber nicht hinter jeder simplen Geschichte steckt eine komplizierte und raffinierte Verschwörung.«

»Ich weiß, *Ockhams Rasiermesser*.« Sie kannte Ostrovskys Überzeugungen, die er an der Uni lehrte, zur Genüge. »Von mehreren verschiedenen Theorien trifft meist die einfachste zu. Aber das ist nicht immer so.«

Ostrovsky kam langsam näher. Er hatte eine gedrungene Figur, die einer kleinen, prall gefüllten Regentonne immer ähnlicher wurde, und obwohl sie einen Kopf größer war als er, fühlte sie sich in seiner Gegenwart immer mickrig wie eine blutige Anfängerin. Auch heute noch. Leute, die ihn nicht kannten, unterschätzten ihn wegen seines Äußeren im Gerichtssaal; ein folgenschwerer Fehler, den Evelyn noch nie begangen hatte.

»Wollen wir uns nicht setzen?« Er deutete zum Besuchertisch, auf dem sich Pfeife, Tabakbeutel, Streichholzschachtel und Stopfer befanden sowie eine halb volle Flasche: grüner Magentee gegen sein Sodbrennen.

»Danke, so lange bleibe ich nicht.« Sie blickte zur Seite, wo der Monitor einen blauen Schimmer über Ostrovskys Schreibtisch warf. Auf seinem Stehkalender bemerkte sie, dass er sämtliche privaten Termine für die nächste Woche gestrichen hatte. Dann betrachtete sie ihn. »Warum übernimmst *du* diesen Fall und überlässt das Ermittlungsverfahren nicht einem deiner leitenden Staatsanwälte?«

Mit seinem Schnauzbart und den roten Pausbacken sah Ostrovsky wie ein Seelöwe mit zu hohem Blutdruck aus. »Es ist nicht das erste Mal, dass ich als Oberstaatsanwalt meine Weisungsbefugnis nutze.«

»Ja sicher, aber *warum*?«

»Das Opfer war eine unter Kollegen hochgeschätzte Ärztin mit arabischem Hintergrund. Ein brutaler Mord, übrigens schon der neunte Frauenmord in diesem Jahr. Die Presse stürzt sich wie eine Horde Hyänen auf die Ermittlungen. Bevor die Emotionen hochkochen, möchte ich den Fall abgeschlossen haben.«

»Nervös?«, fragte Evelyn.

Ostrovsky blieb ernst. »Wir sind beide Profis, Lynnie, und müssen unseren Job machen. Und wenn du glaubst, dass du Martin Kilian retten musst, dann werde ich dich nicht mit Samthandschuhen anfassen, denn ich bin felsenfest davon überzeugt, dass er es war.«

Sie wusste, dass er schon bessere Anwälte als sie im Gerichtssaal zu Hackfleisch verarbeitet hatte. »Was macht dich da so sicher?«

»Die Beweislast gegen ihn ist erdrückend.« Er zählte die einzelnen Punkte an den Fingern auf. »Erstens kam es einen Tag vor dem Mord zu einem heftigen Streit zwischen ihm und Dr. Al-Rashid, zweitens hat er ein starkes Mordmotiv, drittens hat er kein Alibi für die Tatzeit, viertens hat er – seiner Reaktion zu Folge – die Tatwaffe erkannt, als sie ihm gezeigt wurde, fünftens sind seine Fingerabdrücke darauf und sechstens …«, Ostrovsky hob bedeutungsschwer den Finger, »… haben wir mittlerweile auch seine DNA am Tatort sicherstellen können.«

Evelyn wurde hellhörig. Vor allem der letzte Punkt war ihr neu. »Aber …«

»Und zwar mehrfach«, unterbrach Ostrovsky sie, bevor sie Gegenargumente anführen konnte. »In Form von Haarwurzeln, Schweiß und Speichel.« Er atmete tief durch. »Der Fall ist so glasklar, dass die Geschworenen binnen weniger Minuten zu einem einstimmigen Ergebnis kommen werden.« Er sah sie eindringlich an. »Lynnie, das war's! Er soll sich schuldig bekennen, dann können wir einen Deal aushandeln und das Verfahren abkürzen.«

»Nein.«

»Ich habe befürchtet, dass du das sagen wirst.«

»Ich möchte ihn bis zum Prozess auf Kaution rausholen.«

Ostrovsky lächelte milde. »Ich habe schon im Vorfeld dafür gesorgt, dass ein eventueller derartiger Antrag beim Haftrichter abgeschmettert werden wird.«

»Mit welcher Begründung?«

»Lynnie, du kennst die Gründe«, sagte er nachsichtig. »Es bestehen Fluchtgefahr und Tatwiederholungsgefahr.«

»Wen bitte schön sollte er denn noch umbringen? Alle anderen Ärzte im Krankenhaus?«

»Du gibst also zu, dass er bereits einen Mord begangen hat?«, stellte er lächelnd fest.

Sie biss sich auf die Zunge.

»Ja, vielleicht bringt er noch andere um, jetzt, wo er doch gerade so schön in Fahrt ist«, sagte Ostrovsky. »Außerdem besteht Verdunkelungsgefahr.«

»Ist nicht dein Ernst!«

»Immerhin ist er ein True Crime-Podcaster, er hat einen Live-Kanal, eine große Fan-Gemeinde und Kontakte zur Ermittlerszene sowie zu Presse und Fernsehen. Er könnte Zeugen beeinflussen oder sich nachträglich ein Alibi organisieren.«

»Du überschätzt ihn.«

»Du *unter*schätzt ihn«, konterte er. »Lynnie! Im Hals der Leiche wurde ein Messer mit seinen Fingerabdrücken gefunden.«

»Ich brauche sofort Zugang zu sämtlichen Ermittlungsergebnissen. Keine Ausflüchte! Keine Schikanen! Keine fadenscheinige Hinhaltetaktik!«

»Die Unterlagen über den Fall, die ich aus ermittlungstaktischen Gründen zur Einsicht freigeben kann – und das ist im Moment noch nicht viel –, holst du dir am besten direkt bei der Kripo«, sagte er unbeeindruckt. »Tut mir leid, wenn dir das umständlich erscheint.«

Also schön! »Kannst du das bitte wiederholen?« Sie zog ihr Diktafon aus der Handtasche und schaltete es ein. »Es ist Freitag, der zehnte Mai, kurz vor siebzehn Uhr. Erste Einvernahme in der Strafsache gegen Martin Kilian wegen Paragraf fünfundsiebzig StGB in der Mordsache Dr. Aleyna Al-Rashid. Ort: Justizpalast, Büro der Oberstaatsanwaltschaft. Soeben wurde mir der Zugang zu einem Großteil der Ermittlungsakten mit folgender Begründung verwehrt …« Auffordernd hielt sie Ostrovsky das Diktafon unter die Nase. Doch dieser Sturkopf presste nur die Lippen aufeinander und wiederholte dann seine Aussage von vorhin.

»Das ist ziemlich unkooperativ«, stellte Evelyn fest.

»Diese Vorgehensweise ist in einer laufenden Mordermittlung gängige Praxis«, konterte Ostrovsky.

Dieser verfluchte Mistkerl!

Da schwang die Tür auf und Imraan trat ein, gefolgt von Sajid. Beide wirkten aggressiv und wild entschlossen. »Du hast gehört, was die Anwältin gesagt hat!«, knurrte Imraan und ließ die Muskeln unter seinem Hemd spielen.

O Gott! »Das …«, Evelyn hob die Hand, »… ist jetzt nicht sehr hilfreich. Warten Sie bitte draußen!«

»Das sind deine Mitarbeiter?«, entfuhr es Ostrovsky, der einen Schritt zurückgewichen war.

Imraan und Sajid blieben hingegen einfach stehen.

»Raus, verdammt noch mal!«, rief Evelyn.

»Wird das jetzt eine neue Variante der Nummer *Guter Cop – Böser Cop*?«, rief Ostrovsky. »Wusste gar nicht, dass du mittlerweile zu solchen Mitteln greifst.«

»Raus!«, brüllte Evelyn, woraufhin Imraan und Sajid endlich widerwillig den Rückwärtsgang einlegten.

»Für diese Aktion könnte ich dich bei der Rechtsanwaltskammer fertigmachen«, schnaubte Ostrovsky.

Evelyn atmete tief durch und beruhigte sich wieder. Dann hob sie das Diktafon. »Und ich könnte Kilians Pressekontakte, die du ja so sehr fürchtest, benutzen, um aufzuzeigen, mit welchen Schikanen du arbeitest. Also sollten wir beide diese Spielchen lassen. Gib mir, was du hast, und erspar mir langwierige Rennereien.«

Ostrovsky kniff die Augen zusammen. »Du meinst es wirklich ernst?«

»Ja.«

»Also schön, was brauchst du?«

»Alles.« Sie ließ das Diktafon weiterlaufen. »Eine Kopie von Kilians bisheriger Vernehmung, die Berichte der Rechtsmedizin und Spurensicherung sowie alle Zeugenaussagen und die Akte über das Opfer.«

Ostrovskys Schnauzbart zuckte. »Ich lasse dir alles noch heute in digitaler Form zukommen.«

»Innerhalb der nächsten Stunde – ich möchte nicht bis Mitternacht warten müssen.« Sie schaltete das Gerät aus, drehte sich um und ging.

Draußen erwarteten sie ihre beiden Schatten. »He, Anwältin«, raunte Imraan ihr zu. »Warst du erfolgreich?«

»Ja!«, zischte sie, »aber das nächste Mal sprechen wir das ab, bevor Sie wieder so eine Aktion starten!«

10

Pulaski hatte sich in seinem Hotel geduscht und umgezogen. Als die Sonne gerade unterging und die Wiener Innenstadt in ein orangegoldenes Zwielicht tauchte, erreichte er Evelyns Kanzlei in der Gonzagagasse.

Der Mann, der sich Evelyn zuvor als Imraan vorgestellt hatte, stand in der Einfahrt des Nebenhauses. Von dort aus hatte er Pulaski schon von Weitem interessiert beobachtet. Nun setzte er sich in Bewegung und kam auf Pulaski zu. Rasch zog dieser den Finger von der Gegensprechanlage zurück. Imraan musste nicht wissen, dass er zu Evelyn wollte.

»Wohin willst du?«, fragte Imraan direkt heraus.

Pulaski blähte die Nüstern. »Wie bitte?«

»Du hast mich gehört, ich wiederhole das nicht.« Imraans Blick wurde finster.

Pulaski hörte ein Geräusch hinter sich. Er drehte sich um. Auch Sajid trat nun aus einer Toreinfahrt und kam auf ihn zu. *Leute, soll das etwa einschüchternd wirken?*

Pulaski nickte zu einem der Schilder über der Gegensprechanlage. »Ich will zur Zahnärztin. Warum?«

»So spät?«

»Ein Notfall – gab keinen früheren Termin.« Pulaski drückte auf die Taste der Ärztin. Zum Glück öffnete der Summer automatisch die Tür. »Sonst alles in Ordnung? Oder wollt ihr Streit? Dann könnt ihr euch auch gleich einen Zahnarzttermin ausmachen«, knurrte er mit dumpfer Stimme und ballte die Faust, woraufhin Imraan und Sajid sich wieder zurückzogen.

Pulaski stieg die Treppe hoch und betrat Evelyns Kanzlei.

»Alles in Ordnung?«, fragte sie, reckte den Hals und spähte ins Treppenhaus, da sie offenbar seinen angespannten Gesichtsausdruck bemerkt hatte.

»Ja«, knurrte er. »Ihre beiden Begleiter nehmen es mit Ihrem Personenschutz aber ziemlich ernst.«

»Verdammt«, zischte sie. »Sie sind jetzt schon der Dritte, der sich darüber beschwert. Kommen Sie mit.«

Während sie ins zweite große Besprechungszimmer gingen, wählte Evelyn eine Nummer auf ihrem Handy. Pulaski hörte nur eine raue männliche Stimme aus dem Lautsprecher, der Evelyn sofort ins Wort fiel. »Ja, ich bin es! Es ist nicht notwendig, dass Ihre beiden Gorillas alle Bewohner des Hauses, in dem ich meine Kanzlei habe, belästigen … Nein, Sie hören mir jetzt zu! Was die treiben, ist geschäftsschädigend. Außerdem kann ich auf mich allein aufpassen! Also pfeifen Sie Ihre Lakaien zurück – und zwar sofort! Und bringen Sie ihnen Benehmen bei, sonst lege ich mein Mandat nieder, verstanden?« Sie wartete die Antwort gar nicht ab, sondern beendete das Gespräch. »Uff«, seufzte sie, drückte den Rücken durch und zog ihre Bluse glatt. Dann steckte sie das Telefon weg.

Sie betraten das Besprechungszimmer, in dem Flo bereits auf sie wartete. Nachdem sie sich kurz ausgetauscht hatten, projizierte Flo den Bildschirm seines Notebooks über einen Beamer auf eine weiße Wand. Er hatte Evelyns Kanzlei letztes Jahr technisch aufgerüstet und mit neuer Verkabelung, moderner Internet-Telefonie und schneller WLAN-Verbindung ausgestattet, wie er Pulaski nebenbei stolz berichtete.

»Ich konnte auf YouTube einige Videos finden, die Studenten der Uni Wien hochgeladen haben und die Professor Niemeyer bei einer Vorlesung zeigen«, erklärte er.

Pulaski setzte sich in einen der bequemen Stühle, lehnte sich zurück und verschränkte die Finger hinter dem Kopf. Gemeinsam sahen sie sich die Aufnahmen aus dem Hörsaal an, in dem Niemeyer das Gefangenendilemma erklärte, bei dem zwei Verdächtige unabhängig voneinander verhört wurden und nicht wussten, was der jeweilige andere aussagen würde. Es lief stets darauf hinaus, dass beide alles verrieten, weil jeder den für sich besten Deal aushandeln wollte. Niemeyer erklärte die psychologischen Hintergründe, wie man auf dieser Basis die mathematischen Wahrscheinlichkeiten berechnen konnte, und beantwortete anschließend die Fragen der Studenten, wobei er vor seinem Podium auf und ab lief, immerzu zynische Bonmots ablieferte und sich dabei ständig im Nacken kratzte.

Nach diesem und weiteren Videos, in denen er unter anderem das mathematische Prinzip der Unendlichkeit an Hand des Gedankenexperiments von Hilberts Hotel oder die Spieltheorie des Physikers und Nobelpreisträgers John Nash erklärte, hatten sie zwar nicht den Eindruck, Mathematik besser zu verstehen, aber zumindest Niemeyer besser kennengelernt zu haben. Und zwar als einen etwas selbstverliebten Mann jenseits der Midlife-Krise, der genau wusste, wie intelligent er war, und der seine Rolle als Professor, den man auf die Jugend losgelassen hatte, offensichtlich genoss. Dass er in seinem Fach eine Koryphäe war, ließ er seine Zuhörer in jeder Minute seines Vortrags spüren.

Kaum hatten sie das letzte verfügbare Video gesehen, summte Evelyns Handy mehrmals hintereinander. »Die

Unterlagen von Kommissarin Dreyer kommen jetzt der Reihe nach rein«, erklärte sie und ging zum PC, um die Dateien mehrfach auszudrucken.

Inzwischen bestellte Flo bei dem Lieferservice an der Ecke zwei Pizzen – das musste reichen, da Imraan, falls der immer noch unten herumstehen sollte, sonst sicher bei einem Blick in die Tragetasche misstrauisch geworden wäre.

Während des Essens schauten sie sich das ausgedruckte Material an. Die Akte enthielt ein kurzes Protokoll von Kilians Aussagen, einen ersten vorläufigen Bericht der Rechtsmedizin, die den Todeszeitpunkt auf 5.15 Uhr festlegte, sowie einige Fotos von der Tatwaffe und der Leiche, die mit mehreren Messerstichen in der Dusche lag. Allerdings gab es weder Fotos vom Rest des Hauses noch einen vollständigen Bericht der Spurensicherung oder kriminaltechnische Hinweise, wie der Täter ins Haus gekommen war.

Pulaski brütete über den lückenhaften Unterlagen. Sein Bauchgefühl sagte ihm, dass etwas an der Geschichte, die Kilian ihnen am Nachmittag im Straflandesgericht erzählt hatte, möglicherweise nicht stimmte. Offensichtlich bemerkte Evelyn, dass gerade etwas in ihm vorging. »Was denken Sie?«

Pulaski klappte den Karton seiner vegetarischen Pizza zu. Der Appetit war ihm vergangen. »Meine Frau ist vor vielen Jahren an einer falsch dosierten Chemotherapie gestorben«, begann er. »Darum bin ich nicht gerade ein Freund von Ärzten und Krankenhäusern. Ich kann Kilians Wut auf Dr. Al-Rashid gut nachvollziehen, zumal ich selbst auch eine Tochter habe.«

»Und worauf wollen Sie hinaus?«, fragte Evelyn misstrauisch.

»Ich könnte gut verstehen, wenn Kilian die Ärztin hätte umbringen wollen.«

Evelyn schwieg, doch nun meldete sich Flo zu Wort »Dann müssten Sie aber ebenso Professor Niemeyers Zorn auf Dr. Al-Rashid nachvollziehen können«, konterte er.

»Tu ich auch, aber dennoch ist die Beweislast gegen Kilian ziemlich eindeutig, ja regelrecht erdrückend.«

»Er wurde hereingelegt«, erinnerte Flo ihn.

»Ja, aber bis auf seine Geschichte von dem Treffen im Steakhouse, die wir bis jetzt einfach so als gegeben hinnehmen, haben wir nicht wirklich etwas in der Hand.«

»Und das bedeutet?«, hakte Flo nach.

»Wir sollten nicht ausschließen, dass er es vielleicht doch gewesen sein … *könnte.*«

»Ich höre Kilians Podcast schon seit vielen Jahren. Ich denke nicht, dass er ein Mörder ist.« Flo deutete zur Wand, wo das Standbild eines Hörsaals zu sehen war. »Ein Universitätsprofessor hingegen – Mathematiker, Schachgenie und geschult in Psychologie – wirkt auf mich viel eher wie jemand, der einen raffinierten Mord inszenieren und der Polizei einen Sündenbock dafür servieren könnte.«

Nun blickten Flo und Pulaski zu Evelyn, die sich ihre Diskussion kommentarlos angehört hatte. »Ich bin unschlüssig«, sagte sie. »Abgesehen davon ist es doch völlig unerheblich, was ich glaube. Ich will den Fall gewinnen und das Beste für meinen Mandanten herausholen.«

»Ja, okay, aber was denken Sie als Privatperson? Nicht als Anwältin«, drängte Pulaski.

»Ich habe im Lauf der Zeit schon zu viele unglaubwürdige Geschichten mit überraschenden Wendungen erlebt.«

»Welche Wendung sollte es in diesem Fall denn geben?«, fragte Flo.

»Kamal Qasem könnte irgendwie darin involviert sein«,

gab sie zu bedenken, »ebenso gut aber auch Kilians ehemalige Lebensgefährtin, die angeblich nach Kanada gegangen ist und ebenfalls für einen Rachemord infrage kommen könnte. Vielleicht haben auch zwei Verdächtige zusammengearbeitet. Da gäbe es dann viele denkbare Kombinationen. Oder es geht um etwas völlig anderes. War vielleicht ein banaler Einbruch, der schiefgegangen ist. Wir sollten uns also nicht von vorneherein auf Kilian oder Niemeyer festlegen.«

»Was schlagen Sie vor?«, fragte Pulaski.

»Im Moment sehe ich nur zwei Punkte, wo wir einhaken könnten.« Evelyn faltete kurz die Hände unter dem Kinn und dachte nach. »Wir müssen die Hintergründe von Qasems Familiengeschichte aufdecken. Womöglich finden wir da etwas, das für die Lösung des Falls wichtig ist. Denn wenn wir Ostrovskys Indiziengebäude zum Einsturz bringen wollen, müssen wir zumindest einen anderen plausiblen Tatverdächtigen ausgraben.«

»Und wie willst du das machen, wenn uns Ali Baba und sein Kumpel ständig am Rockzipfel hängen?«, fragte Flo uncharmant. »Da kannst du dir jede unauffällige Recherche über die Familie abschminken.«

Pulaski verzog nachdenklich den Mund. »Mich kennen sie bisher nicht. Ich könnte kleine Arbeiten übernehmen … unauffällig und unbemerkt recherchieren. Und weil mich auch sonst niemand in Wien kennt, gäbe es nicht einmal eine Verbindung zu Ihrer Kanzlei.«

Evelyn ließ sich den Vorschlag durch den Kopf gehen. »Und das würden Sie anstelle Ihres Urlaubs wirklich machen?«

»Hätte ich es sonst angeboten?«

»Auch wieder wahr.«

»Und was ist der zweite Punkt, bei dem wir einhaken könnten?«, fragte Flo.

»Wir müssten die Theorie von der Verschwörung gegen unseren Mandanten beweisen. Dazu brauchen wir mehr Informationen über dieses Treffen im Steakhouse, denn das ist das Einzige, was Kilian im Moment entlasten könnte. Diesbezüglich gibt es mehrere Hinweise, denen wir nachgehen könnten.« Sie schnappte sich Flos Notebook, öffnete ein Schreibprogramm und begann zu tippen. Nach einigen Minuten hatte sie mehrere Punkte auf die Wand projiziert, die eine Art Leitfaden ergaben:

1. *Wir müssen Zeugen für Kilians und Niemeyers Treffen im Steakhouse finden!*
2. *Stammt die Tatwaffe wirklich aus dem Steakhouse?*
3. *Wir müssen überprüfen, ob und wie der Streit zwischen Kilian und Dr. Al-Rashid im Krankenhaus abgelaufen ist.*
4. *Wir müssen herausfinden, was Niemeyer zu dem Treffen im Steakhouse sagt.*
5. *Gab es davor schon Kontakt zwischen Kilian und Niemeyer? Wie ist Niemeyer auf Kilian aufmerksam geworden?*
6. *Wir brauchen alle Unterlagen über die OP von Kilians Tochter, um ihn – nach Möglichkeit – zu entlasten.*

»Punkt sieben«, fügte Flo hinzu. »Wir müssen uns genauso die Unterlagen zur verpfuschten OP von Niemeyers Frau organisieren, um *ihm* einen Strick daraus zu drehen.«

Evelyn schrieb den Punkt dazu.

»Achtens«, ergänzte Pulaski. »Wir brauchen mehr Fotos vom Tatort – beziehungsweise müssten uns den Tatort ansehen.« Er machte eine Pause. »Darum kümmere ich mich.«

»Okay …« Evelyn sagte nichts weiter dazu, zog nur eine Augenbraue hoch und fügte den Punkt auf der Liste hinzu.

Flo blickte auf die Uhr und erhob sich. »Ich fange gleich an und gehe ins Restaurant.«

Evelyn sah auf. »Jetzt?«

Flo hob die Schultern. »Wann dann, wenn nicht jetzt? Morgen früh haben die sicher nicht offen.«

Während Flo ein Bild von der Tatwaffe sowie zwei aussagekräftige Farbfotos von Kilian und Niemeyer ausdruckte und in Klarsichtfolien schob, packte Pulaski seinen Stapel mit den Kripo-Unterlagen zusammen. »Ich verziehe mich ins Hotel – war ein anstrengender Tag.«

»Ja, danke für alles«, seufzte Evelyn. »Ich bringe Sie zur Tür.«

Pulaski hielt inne. »Haben Sie ein Wattebällchen, das Sie mir schenken könnten?«

»Sie meinen so eines zum Abschminken?«

Er nickte.

Fünf Minuten später ging Pulaski die Treppe hinunter. Kurz bevor er das Haus verließ, schob er sich zwei Wattepads in den Mundwinkel.

Mittlerweile war es dunkel geworden und die Laternen beleuchteten Straße und Gehsteig. Imraan stand immer noch in der angrenzenden Hauseinfahrt. Evelyns Anruf hatte also nicht viel bewirkt. Misstrauisch betrachtete der Mann Pulaski. »Du warst lange oben.«

»Hat auch lange gedauert«, nuschelte Pulaski.

Imraan kam näher. »Und was ist das für eine Mappe?«

»Geht dich zwar nichts an, Kumpel, aber wenn du mir einen Salbeitee ausgibst, zeig ich dir die Röntgenaufnahmen von meinem Backenzahn.«

Pulaski drehte sich ohne weiteren Kommentar um und ging in Richtung seines Hotels.

11

Flo betrat das *Black Angus Rib House*, das sich am Graben – der größten Fußgängerzone in der Wiener Innenstadt – in der Nähe des Stephansdoms befand. Laut Kilians Angaben hatten Kilian und Niemeyer im unteren Stock des zweistöckigen Restaurants rechts hinten in einer Nische gesessen.

Sajid hatte Flo wie völlig selbstverständlich begleitet, aber die ganze Zeit über kein Wort gesprochen. *Vielleicht ist er stumm?*, fragte sich Flo. *Oder sein Boss hat ihm die Zunge rausgeschnitten?*

Gemeinsam betraten sie das Steakhouse. Gedämpftes Licht empfing sie. Auf den Tischen brannten Kerzen. Der Raum verfügte über ein ganz besonderes Flair, eine Mischung aus amerikanischem Steakhouse und feiner Küche. Es roch derart gut nach Knoblauchbutter, Maiskolben, Zwiebeln und Steaks, dass einem das Wasser im Mund zusammenlief.

Flo sprach den ersten Kellner an, der ihm entgegenkam. »Könnte ich …?«

»Haben Sie reserviert?«, unterbrach ihn der Mann, der mit weißem Hemd, schwarzer Hose und schwarzer Schürze perfekt in das Ambiente passte. »Wir haben im Moment leider keinen Tisch frei.«

Da trat Sajid näher und machte auf einmal doch den Mund auf. »Wer sagt, dass wir etwas essen wollen?«

Flo starrte ihn überrascht an. Die Worte waren fast akzentfrei herausgekommen – und falls man doch einen Akzent heraushören wollte, dann am ehesten den eines Schweizers, der kultiviertes Hochdeutsch sprach.

»Sie wollen nur etwas trinken?«

»Nein, wir wollen Informationen!« Sajid deutete zu Flo, der, immer noch perplex, nun das Gespräch übernahm. »Ich … *wir* würden gern mit dem Geschäftsführer sprechen.«

»Geht es um eine Beschwerde?«

»Wenn wir das mit Ihnen besprechen wollten«, mischte sich Sajid wieder ein, »hätten wir nicht den Geschäftsführer verlangt.«

Der Mann runzelte die Stirn, dann verzog er sich. Während Sajid wartete, schlenderte Flo durch das Lokal. Aus den Lautsprechern, die unter den dunklen Holzbalken an der Decke hingen, drang dezent amerikanische Rockmusik aus den Sechzigerjahren. Jeder freie Platz an den Wänden war mit gerahmten Schwarz-Weiß-Fotos von Kinofilmen zugepflastert. Flo erkannte Szenen aus *Casablanca*, *Zwölf Uhr Mittags* und *Manche mögen's heiß* mit Marilyn Monroe. Obwohl seine Generation mit ganz anderen Filmen groß geworden war, kannte er sich doch auch in dieser Epoche der Filmgeschichte mittlerweile ganz gut aus, da Evelyn und er abends manchmal alte Schwarz-Weiß-Klassiker ansahen, gemütlich auf die Couch gekuschelt mit ihren Katzen auf ihnen drauf.

Flo marschierte zu einem eingedeckten, aber noch unbesetzten Tisch mit *Reserviert*-Schild und tat so, als wollte er sich das Filmplakat darüber ansehen. Irgendein Western mit John Wayne. Stattdessen ließ er den Blick über das Besteck schweifen. Die Messer mit den kunstvoll gefertigten braunen Holzgriffen und gezackten Klingen sahen genauso aus wie die Tatwaffe auf dem Foto. Ohne sich umzublicken, ob er von einem der anderen Gäste beobachtet wurde – das wäre viel zu auffällig gewesen –, ließ Flo mit einer schnellen Handbewegung eines der Messer in seiner Hosentasche verschwinden. Dann ging er zu Sajid.

»Warum hast du das getan?«, flüsterte Sajid.

Kommentarlos zeigte Flo ihm das Foto von der Tatwaffe in der Klarsichtfolie.

»Sind es dieselben Messer?«

Flo nickte. Im nächsten Moment stand auch schon der Geschäftsführer vor ihnen. Flo erklärte ihm in knappen Worten, wer sie waren und weshalb sie hier waren.

»Ich helfe Ihnen gern«, sagte der Mann, dessen Namensschild auf seiner ebenfalls schwarz-weißen Uniform ihn als Joe auswies. »Aber bräuchten Sie dazu nicht einen richterlichen Beschluss oder so was?«

»Wir sind weder von der Polizei noch von der Staatsanwaltschaft«, erklärte Flo. »Es geht lediglich darum zu beweisen, dass unser Mandant am Montagabend zwischen acht und neun hier war, und zwar in Begleitung.«

»Wenn ich kann, helfe ich gern«, wiederholte Joe und dachte nach. »Montags und freitags arbeitet immer dasselbe Personal im Restaurant. Sie haben Glück, denn wir haben keine Krankheitsausfälle, und heute sind alle anwesend, die auch am Montag da waren.«

So einfach hätte sich Flo das gar nicht vorgestellt. Er holte die Fotos von Kilian und Niemeyer aus der Klarsichtfolie. »Könnten Sie es so organisieren, dass wir Ihr Personal zügig einzeln befragen?«

»Ja, sicher«, seufzte Joe.

Sie stellten sich ans Ende des Bartresens, wo es zur Küche ging, und sprachen der Reihe nach mit allen Kellnern und Kellnerinnen. Einige konnten sich auch durchaus an Kilian erinnern, der ja ein gewisses Charisma hatte. Er hatte am Tisch Nummer elf in der Nische mit dem Rücken zur Wand und dem Blick in Richtung Restaurant gesessen. Doch der zweite Mann ihm gegenüber, der dem Lokal den Rücken zugewandt hatte, war niemandem im Gedächtnis geblieben. Sogar die junge Kellnerin, die diesen Tisch bedient hatte, konnte sich nicht mehr an Niemeyer erinnern.

»Fuck!«, schimpfte Flo, nachdem sie das letzte Gespräch beendet hatten.

»Ich habe mir gedacht, dass das nichts bringt«, sagte Sajid.

Flo sah ihn überrascht an. »Aha, und warum?«

»Das Personal arbeitet tagtäglich am selben Platz. Alles ist seit Monaten zur Routine geworden. Das Hirn speichert aber Sinneswahrnehmungen nur bei *neuen* Reizen ab, nicht bei gewohnten. Das, was man ständig sieht und hört …«

»Ja, ich hab's kapiert, Einstein!«, unterbrach Flo ihn.

»Kein Grund, gereizt zu reagieren. Mein Vater war der Meinung, ich sollte euch nach besten Kräften …«

»Moment!«, unterbrach Flo ihn erneut. »Dein Vater?«

Sajid sah ihn überrascht an. »Ja, ich bin Kamal Al-Qasems jüngster Sohn.«

»Ja, da leck mich doch!«, entfuhr es Flo. »Das heißt, Aleyna war deine Schwester?«

»Halbschwester«, korrigierte Sajid ihn. »Mein Vater hat nach dem Tod seiner ersten Frau noch einmal geheiratet – meine Mutter.«

»Und wer ist Imraan? Dein Onkel?«

»Pass auf, was du sagst!«, warnte Sajid ihn. »Nein, der ist einer von Vaters Leibwächtern – allerdings sein bester.« Er machte eine Pause, dann streckte er die Hand aus. »Ich bin Sajid.«

Flo schlug ein. »Du bist gar nicht so nutzlos, wie ich dachte.«

»Und du bist gar nicht so dämlich, wie *ich* dachte.«

»Touché.« Flo atmete tief durch. »Also, was wolltest du vorhin sagen?«

»An außergewöhnliche Ereignisse erinnert man sich besser als an alltägliche. Viele wissen noch heute, wo sie am elften September gewesen sind, als sie von den Anschlägen auf die Twin-Towers erfahren haben, aber an ein alltägliches Ereignis vor drei Tagen können sich die wenigsten erinnern.«

»Das bedeutet, wir müssten die *Gäste* von jenem Abend befragen und nicht das Personal«, resümierte Flo.

Sajid nickte. »Genau.«

»Du bist ja so supergescheit«, fügte Flo ätzend hinzu.

»Nicht ich, sondern mein Psychologieprofessor.«

»Uni Genf?«, vermutete Flo aufgrund seines Akzents.

»Universität Bern. Habe dort vier Semester lang Psychologie studiert. Imraan hat mich begleitet, aber nur als Aufpasser – weil Vater es so wollte.«

»Okay, das erklärt, warum ihr beide so gut Deutsch sprecht.« Flo nickte in Richtung Joe. »Und jetzt hast du gleich Gelegenheit, dein phänomenales Wissen anzuwenden.«

Gemeinsam gingen sie zu dem Geschäftsführer, der an der Registrierkasse stand und Rechnungen ausdruckte. »Waren Sie erfolgreich?«, fragte er, ohne aufzusehen.

»Leider nein.« Flo kam näher. »Ist Ihnen oder jemandem von Ihrem Personal an jenem Abend aufgefallen, dass ein Besteckteil abhandengekommen ist?«

Nun sah Joe auf. »Es kommt immer wieder mal vor, dass jemand Messer und Gabel mitgehen lässt. Darum haben wir einen ausreichenden Vorrat.«

Flo nickte. Nichts anderes hatte er erwartet.

»Warum ist das wichtig?«, fragte Joe.

Flo gab keine Antwort. »Dann bleibt uns nur noch eine einzige Chance. Wir müssten mit den Gästen von jenem Abend sprechen.«

»Puuuh!« Joe blähte die Backen. »Und wie wollen Sie das anstellen?«

»Wenn Sie einen Blick in Ihre Unterlagen werfen, werden Sie feststellen, dass bestimmt einige mit Namen und Telefonnummer einen Tisch reserviert haben«, schlug Flo vor. »Und es waren sicher auch einige Stammgäste da, die Sie kennen.«

»Ja … möglich«, murrte Joe, dem die ganze Sache offenbar nun doch zu weit ging. »Aber …«

Sajid trat ebenfalls näher. »Außerdem haben einige Gäste bestimmt mit Kreditkarte bezahlt.«

Joe lachte auf. »Wie stellen Sie sich das vor? Schon mal was von Datenschutz gehört?«

»Ich stelle mir das so vor«, antwortete Sajid betont langsam, »dass wir gemeinsam in Ihr System schauen und Sie uns die Daten der Kreditkartenzahlungen zeigen.«

»Der Kreditkartenserver ist vor einer halben Stunde abgestürzt«, behauptete Joe prompt.

»*Oooch*, wie schade«, murrte Sajid mit gespieltem Bedauern, »dann schauen wir uns eben die Händlerbelege an, die Sie ausgedruckt haben. Darauf finden wir Datum und Uhrzeit der Zahlungen.«

»Und nur die letzten vier Ziffern der Karte«, sagte Joe. »Damit fangen Sie nichts an.«

»Lassen Sie das unsere Sorge sein«, mischte sich nun Flo in das Gespräch. »Ist Joe eigentlich Ihr wirklicher Name?«

»Was? Nein, ich heiße Johann, aber Joe klingt besser für ein Steakhouse.«

»Also, Johann! Die Händlerbelege«, drängte Sajid.

»Was Sie da von mir verlangen, ist völlig unmöglich«, protestierte Joe.

Sajid griff in die Hosentasche. »Ich denke nicht, dass das völlig unmöglich ist.« Er holte ein von einer Spange zusammengehaltenes Bündel Bargeld hervor und schob es über den Tresen.

12

Pulaski saß mit seiner schmalen Lesebrille auf der Nase auf seinem Bett im Hotelzimmer und tippte eine SMS an seine Tochter. *Bin gut in Wien angekommen, schönes Wetter, genieße den Urlaub, Papa.* Mehr war nicht notwendig. Seine Tochter würde beruhigt sein, und er war kein Fan von langen Nachrichten.

Der elektronische Wecker auf seinem Nachttisch zeigte 22.45 Uhr. Durch das gekippte Fenster drang der Straßenlärm nur gedämpft bis zu ihm in den siebten Stock.

Er hatte seinen Koffer gar nicht erst ausgepackt, sondern nur geöffnet und in die Ecke geschoben, um sich bei Bedarf zu bedienen. Lediglich seine Kosmetikartikel hatte er ins Bad gestellt. Dann hatte er sich im Zimmer eine Tasse Kaffee gemacht und sie neben den Wecker gestellt, von wo aus sie jetzt ihren belebenden Duft verbreitete.

Er kratzte sich am Stoppelbart, während er an einem Zahnstocher kaute. Um ihn herum waren die Unterlagen der Kripo auf dem Doppelbett ausgebreitet wie die Teile eines großen Puzzles. Ein Dutzend Post-its klebte an den seiner Meinung nach wichtigsten Stellen, die er gefunden hatte.

Allerdings fehlten einige Berichte, und auch die Fotos der Spurensicherung waren nicht vollzählig. Wahrscheinlich eine Schikane des Staatsanwalts, der sich ein paar Trümpfe einbehalten wollte. Trotzdem konnte sich Pulaski – wenn er zwischen den Zeilen las – einen ausreichenden Überblick über das Verbrechen verschaffen. Daraus ergaben sich für ihn bisher zwei zentrale Fragen: Wie war der Mörder in das mit Alarmanlage gesicherte Haus gekommen? Und wie war es – vorausgesetzt, Kilians Verschwörungstheorie stimmte – Niemeyer gelungen, Kilians Spuren und DNA in Form von Haarwurzeln, Speichel und Schweiß zu beschaffen, um sie am Tatort zu platzieren?

Wobei die zweite Frage die interessantere war, denn Kilian hatte seine Fingerabdrücke nicht nur auf der Waffe, sondern auch an anderen Stellen des Hauses hinterlassen und angeblich sogar ein benutztes Taschentuch in den Küchenmülleimer geworfen.

Und exakt das war das Paradoxe an der ganzen Situation. Denn falls das alles doch nicht von Niemeyer arrangiert worden war: Warum hätte ausgerechnet ein erfahrener True Crime-Podcaster wie Kilian solche eindeutigen Spuren hinterlassen sollen?

Kurzerhand griff Pulaski zum Handy und wählte Flos Nummer. Der ging nach dem vierten Läuten ran. »Ja?«

»Sind Sie noch im Steakhouse?«

»Ja«, murmelte Flo, »und wir waren schon erfolgreich.« Im Hintergrund lief gedämpft Rockmusik, das Geklimper von Besteck und Gläsern war zu hören. »Einen Moment … ich gehe in eine Nische, da ist es leiser … Das Messer stammt eindeutig aus dem Steakhouse«, nuschelte Flo, und es klang, als schirmte er den Mund mit der Hand ab. »Außerdem haben Sajid und ich schon die Namen von ein paar Gästen herausfinden können, die Montagabend in diesem Bereich des Restaurants waren.«

»Klingt ja vielversprechend«, sagte Pulaski nicht gerade euphorisch. »Aber ich rufe aus einem anderen Grund an.

Was denken Sie? Wäre es Niemeyer an jenem Abend möglich gewesen, sich DNA-Spuren von Kilian zu beschaffen?«

»Nur schwer«, antwortete Flo nach einigem Zögern. »Wie hätte er das anstellen sollen? Ein Haar vom Jackett zupfen? Kopfhautschuppen von der Schulter sammeln? Hier ist alles mit Spuren von Dutzenden anderen Gästen kontaminiert. Außerdem hätte er unauffällig mit mehreren Plastikbeuteln hantieren müssen.«

»Aber möglich wäre es«, hakte Pulaski nach.

»Ich will es zumindest nicht ausschließen. Warum fragen Sie?«

»Die ganze Sache ist nicht rund«, überlegte Pulaski laut. »Allerdings fehlen uns auch noch einige Unterlagen von der Kripo.«

»Vielleicht haben sie die ja selbst noch nicht«, vermutete Flo.

»Doch, die haben sie garantiert schon …« Pulaski machte eine Pause. »Sie können doch gut mit Computern umgehen, richtig?«

»Allerdings.«

»Ich weiß, wie wir an die restlichen Ermittlungsergebnisse kommen. Haben Sie einen Laptop?«

»Einen?«, fragte Flo amüsiert.

»Ausgezeichnet, dann packen Sie Ihren ganzen High-Tech-Krempel zusammen und kommen Sie in mein Hotel. Zimmernummer 711.«

»Jetzt?«

»Nein, nächste Woche«, murrte Pulaski und legte auf. Der Typ hatte Humor.

Eine halbe Stunde später klopfte es an Pulaskis Tür. Er machte auf. Flo stand im Gang, auf seinen Schultern hing ein großer, schwerer Rucksack.

»Sind Sie allein?«, fragte Pulaski.

Flo nickte, und Pulaski ließ ihn herein. »Wollte Sajid gar nicht wissen, wohin Sie um diese Uhrzeit noch mit einem Riesenrucksack wollen?«

»Doch.« Flo hievte den Rucksack aufs Bett und öffnete den Reißverschluss. Eine Menge Kabel, Adapter und Festplatten, sowie Tastatur, Tablet und ein Notebook quollen daraus hervor. »Sajid wartet unten in der Hotellobby und trinkt eine Tasse Orangentee. Ich habe ihm gesagt, ich besuche eine Freundin.«

»Im Hotel?«, fragte Pulaski.

»Eine *verheiratete* Freundin«, ergänzte Flo und zog eine Augenbraue hoch.

»Und dazu brauchen Sie diesen großen Rucksack?«

»Sexspielzeug«, sagt Flo nur.

»Verstehe.« Pulaski räumte den Schreibtisch leer, damit Flo sich ausbreiten konnte.

Der fuhr seine Geräte hoch. »Und was machen wir?«

Pulaski reichte ihm einen Hotelflyer. »Das ist das Hotel-WLAN.«

»Brauche ich nicht.«

»Okay.« Pulaski warf den Flyer in den Mülleimer und holte seine Visitenkarte aus der Brieftasche. »Auf der Rückseite habe ich meine Zugangsdaten zum Dresdner LKA notiert. EPOST ist ein polizei-internes Nachrichtensystem. Können Sie sich damit in das Dresdner LKA-Netz einloggen?«

»Das ist alles?« Flo schnaubte. »Dafür hätte ein Notebook gereicht, und ich hätte nicht das ganze Zeug herschleppen müssen.«

»Sorry, ich dachte, das wäre schwieriger.«

»Nicht für mich.« Flo loggte sich mit Pulaskis Zugangsdaten in das sächsische Polizeinetz ein und öffnete schon nach einer Minute EPOST. »Schaut das Programm so aus?«

Pulaski blickte auf eine graue Bildschirmmaske mit weißen Eingabefeldern. »Vermutlich«, seufzte er. »Ich verwende es nur selten.«

»*Okaaay*«, sagte Flo gedehnt. »Und was machen wir jetzt?«

»Wir schreiben dem deutschen Bundeskriminalamt in Wiesbaden eine Nachricht.«

»Und weiter?«

»Wir behaupten, dass wir den Mordfall Dr. Aleyna Al-Rashid in Wien aus den Medien kennen und es in Sachsen einen ungelösten Cold Case Fall gibt, der dem in Wien ähnelt. Um zu klären, ob die Fälle zusammenhängen, brauchen wir die Details des Wiener Mordes.«

»Verstehe.« Flos Augen leuchteten. »Wir bitten um kriminalpolizeilichen Informationsaustausch.«

»Genau, und das deutsche BKA soll unsere Anfrage an die ermittelnde Behörde in Wien weiterleiten«, ergänzte Pulaski.

Kurz darauf fand Flo den richtigen Menüpunkt, unter dem er die Anfrage schreiben konnte. Er schob Pulaski auffordernd die Tastatur hin.

»Ich kann nur im Zwei-Finger-System tippen«, gab Pulaski zu. »Da sitzen wir noch lang nach Mitternacht hier.«

»O Mann«, stöhnte Flo auf. »Dann diktieren Sie mal …«

»Durstig?«

»Immer.«

Pulaski ging zur Kaffeemaschine, bereitete sich einen weiteren Espresso zu und stellte Flo eine Flasche Cola aus der Minibar auf den Tisch. Dann begann er ihm zu diktieren und nannte als Betreff einen ihm bekannten Mordfall an einem Dresdner Arzt, der seit zwölf Jahren ungelöst war.

1. Anlass
Aus den öffentlichen Medien wurde dem LKA Dresden bekannt, dass Dr. Aleyna Al-Rashid am Mittwoch, dem 8. Mai, um fünf Uhr früh in ihrem Haus im Süden Wiens Opfer eines Gewaltverbrechens geworden ist. Im Rahmen interner Recherchen konnten Parallelen in der Tatausführung zum o. a. Mordfall in Sachsen festgestellt werden.

2. Erkenntnisanfrage
Aufgrund der Übereinstimmung zwischen den beiden genannten Mordfällen ersucht das LKA Dresden um Übermittlung weiterführender Informationen mit dem Ziel, die erkannten Parallelen überprüfen zu können.

3. Für das Bundeskriminalamt
Mit der Bitte um Steuerung an die österreichischen Behörden. Für das BKA Österreich mit der Bitte um Weiterleitung der Erkenntnisanfrage an die sachbearbeitende Mordgruppe in Wien.

4. Sachbearbeitung
Kriminaloberkommissar Walter Pulaski
LKA Dresden

Zuletzt nannte Pulaski ihm noch seine Dienst- und Handynummer.

»Das ist alles?«, fragte Flo, woraufhin Pulaski nickte. »Dann weg damit.« Er drückte den Sende-Button. Danach trank er die Coke aus und wischte sich über den Mund. »Ab wann können wir mit einer Antwort rechnen?«

»Unser BKA arbeitet schnell – hängt jetzt davon ab, wie flott und motiviert die Wiener Behörden sind.«

»Oje«, seufzte Flo, »das kann dauern.«

Pulaski schüttelte den Kopf. »Nicht, wenn es um Mord geht.«

Flo blickte auf die Uhr. Es war kurz vor Mitternacht. Er packte sein Equipment wieder zusammen und ging zur Tür. »Morgen früh in alter Frische in Evelyns Kanzlei?«

Pulaski nickte. »Und machen Sie ein fröhlicheres Gesicht, wenn Sie runtergehen und auf Sajid treffen.« Er fuhr Flo durchs Haar, brachte seine Frisur durcheinander und stellte ihm den Kragen auf. »Immerhin hatten Sie ja gerade ein wildes Schäferstündchen.«

»Hoffentlich erfährt Evelyn nichts davon.« Grinsend schlüpfte Flo durch die Tür in den Gang und marschierte zum Fahrstuhl. Pulaski sah ihm nach, dann schloss er die Tür. Während er die Kaffeetasse und die leere Cola-Flasche wegräumte, läutete sein Handy. Bestimmt war es Flo. Er ging ran. »Ist Ihnen noch etwas eingefallen?«

»*Godverdomme* und *vervloekt* noch mal! Was ist *Ihnen* eingefallen?«, drang eine Stimme mit niederländischem Akzent aus dem Lautsprecher.

Pulaski stutzte. *Hol mich der Teufel.* »Sneijder?«, entfuhr es ihm verblüfft. Er hatte den Mann letztes Jahr bei einem gemeinsamen Fall kennengelernt, der sie von Leipzig und Dresden bis nach Polen geführt hatte. »Warum rufen Sie mich an?«

»Ich habe gerade Ihre Anfrage auf dem Tisch«, sagte Sneijder.

»Um diese Uhrzeit arbeiten Sie noch im BKA?«

»Wann arbeite ich nicht im BKA?«

Auch wieder wahr. Pulaski sah den Profiler förmlich vor sich, wie er mit Akupunkturnadeln im Handrücken und einem Joint im Mundwinkel neben einer Kanne Vanilletee saß und sich die Nacht um die Ohren schlug.

»Warum verschwenden Sie unsere Zeit? Diese beiden Fälle haben absolut nichts miteinander zu tun«, blaffte Sneijder ihn an. »Modus Operandi, Tatwaffe und Spuren im Mordfall Dr. Aleyna Al-Rashid sind ganz anders als der Mord an dem Dresdner Arzt.«

»Ich … weiß«, knurrte Pulaski. »Ich brauche trotzdem die Unterlagen von der Wiener Kripo.«

»Warum?«

»Das kann ich Ihnen nicht sagen.« Pulaski hörte, wie Sneijder auf einer Tastatur herumtippte.

»Ich sehe im System, dass Sie sich eine Woche Urlaub eingetragen haben«, stellte Sneijder fest. »Außerdem sagt mir eine weitere Abfrage, dass sich Ihr Diensthandy im Moment in Wien aufhält. Wo sind Sie denn?«

Dieser alte Fuchs. »Im Hotel Rembrandt«, sagte Pulaski und redete schnell weiter, bevor Sneijder ihn unterbrechen konnte. »Ich brauche diese Daten! Und zwar so rasch wie möglich.«

»Will ich wissen, worum es geht?«

»Nein, wollen Sie nicht.«

»Verstehe. Ich sorge dafür, dass Sie alles bekommen.«

»Danke, ich …«, sagte Pulaski, aber Sneijder hatte bereits aufgelegt.

Dieser Holländer war wie ein Geisterschiff, das plötzlich und ohne Warnung aus dem Nichts auftauchte und genauso geheimnisvoll wieder verschwand.

Pulaski dachte nicht länger darüber nach. Er warf sich aufs Bett, schob sich die Lesebrille zurecht und vertiefte sich erneut in die Unterlagen über den Mord an Dr. Aleyna Al-Rashid.

Zwei Tage zuvor

Mittwoch, 8. Mai
Der Tag des Mordes

Wie immer zu dieser Jahreszeit waren um kurz nach fünf Uhr früh die Straßenlaternen ausgegangen, und die Wohnsiedlung im Süden Wiens lag im Zwielicht des bleigrauen Streifens, der sich über den Horizont zog.

O Gott, was für eine schlimme Nacht!, dachte Aleyna. Zum Glück hatte die Privatklinik, in der sie arbeitete, anders als andere Krankenhäuser schon um fünf Uhr Schichtwechsel. So fing ihre Arbeit zwar früher an, dafür kam sie aber auch früher heim und konnte sich bis zum Tagesanbruch noch ein paar Stunden aufs Ohr hauen.

Heute hatte sie ausnahmsweise sogar bereits vor Schichtende aufgehört – ein kleiner Ausgleich für ihre unzähligen Überstunden – und war direkt vom Nachtdienst nach Hause gefahren. Jetzt parkte sie ihren Wagen im Carport und ging über den mit Platten verlegten Weg zum Eingang ihres Hauses. Der Bewegungsmelder sprang an, und die Lampe unter dem Vordach beleuchtete den Eingangsbereich.

Um diese Uhrzeit war hier noch niemand unterwegs. Die ersten Nachbarn verließen erst gegen halb sechs ihre Häuser. Nicht einmal ein Hund bellte, bloß zwei miauende Katzen streunten durch die Blumenbeete in Aleynas Garten. Bis vor

Kurzem hatte sie selbst noch einen Kater gehabt, aber Sindbad war im stolzen Alter von sechzehn Jahren gestorben, und nun wagten sich auch die Nachbarskatzen auf ihr Grundstück.

Aleyna fröstelte. Tau lag auf dem Rasen. Sie sperrte die Tür auf und betrat den Vorraum. Während die Alarmanlage neunzig Sekunden Countdown herunterzählte, schlüpfte Aleyna aus Mantel und Schuhen, stellte ihre Handtasche auf die Ablage, drehte sich um und blickte ins Zwielicht des anbrechenden Morgens. Das Einfamilienhaus in dieser ruhigen Gegend und dieser tollen Lage war wie ein Geschenk Gottes. Sie sah den Katzen nach, die sich durch die Hecken und den Zaun hindurch aufs Nachbargrundstück zwängten, und schloss die Tür. Zweimal drehte sie den Schlüssel im Schloss, sodass die fünf Sicherheitsbolzen in den Türstock fuhren. Dann gab sie den sechsstelligen Zahlencode am Display ein. Kaum war der Countdown verstummt, aktivierte sie die Alarmanlage wieder. Ein Ritual, an das sie sich schon seit Jahren hielt. Bisher hatte sie die Alarmanlage zwar noch nie gebraucht – hatte nur zweimal irrtümlich selbst einen Fehlalarm ausgelöst, weil sie einmal ein Fenster und einmal die Terrassentür geöffnet hatte, während das System scharf gewesen war. Aber man wusste nie, wofür es gut war. Immerhin hatte sie vor sechs Jahren nach einer missglückten OP ziemlich derbe Morddrohungen erhalten, und dann war da noch ihr Vater … Auch wenn der bisher anscheinend immer noch nicht herausgefunden hatte, wo sie lebte.

Vielleicht wäre es besser gewesen, von Wien wegzuziehen, nach Innsbruck, Klagenfurt oder Graz – aber sie liebte diese Stadt ebenso wie ihren Job hier im Krankenhaus. Und bis jetzt war ja nichts Schlimmes passiert.

»Alexa, spiel etwas von Alanis Morissette«, sagte sie, während sie aus Rock und Bluse schlüpfte und beides auf die Wohnzimmercouch warf.

»*Eine gute Wahl*«, sagte eine weibliche Computerstimme, woraufhin Applaus einsetzte und eine Akustikgitarre erklang. Alexa hatte sich für das alte MTV-Unplugged-Album entschieden.

Aleyna ging durch den Gang vom Wohnzimmer ins Bad, schlüpfte aus Slip und BH, warf beides auf die Waschmaschine, öffnete die Haarspange und schüttelte ihre lange blonde Mähne aus. Sie schaltete kein Licht ein, drehte nur das heiße Wasser in der großen Dusche auf. Sogleich beschlugen die Glasscheiben von innen, Dampf stieg über den Rand zur Decke und der Ventilator setzte ein.

Aleyna richtete ihr Badetuch her, dann betrat sie die Dusche und ließ sich im Dämmerlicht, das durch das Oberlicht fiel, das heiße Wasser über den Nacken laufen. Aus Erfahrung wusste sie, dass sie ungefähr fünf Minuten brauchen würde, um den Geruch und Geschmack des Krankenhauses und des Operationssaals mit allen dazugehörigen Erinnerungen abzuspülen. In den letzten vierundzwanzig Stunden hatte sie zwei Menschen das Leben gerettet – Blinddarmdurchbruch und zerquetschter Magen nach einem Autounfall. Beide kamen gut vom Tisch weg. Als Draufgabe hatte sie noch bei einem dritten Patienten die zur doppelten Größe angewachsene Gallenblase entfernt.

Das heiße Wasser lief über ihren Körper, spülte alles weg. Bald würde sie sich in ihren Frotteebademantel kuscheln, mit einer Schlafmaske ins Bett legen, bis zehn durchschlafen und anschließend Spiegeleier mit Schinken und Orangensaft frühstücken. Gegen zwölf würde dann ihre Putzfrau kommen.

Durch das Prasseln der Dusche war Alanis Morissette kaum mehr zu hören, auch weil die Badezimmertür zugefallen war. Egal. Aleyna lehnte sich mit der Stirn an die kühlen Wandfliesen, wartete noch einen Moment, dann tastete sie mit geschlossenen Augen zum Duschgel in der Halterung. Plötzlich wurde die Musik wieder lauter, und sie spürte die Bässe der Lautsprecher im Magen.

Seltsam!

Sie blickte durch die beschlagene Scheibe zur Tür. Verschwommen sah sie, dass die Badezimmertür wieder offen stand. »Sindbad!«, wollte sie schon rufen – aus Macht der Gewohnheit, weil ihr Kater ständig die Tür mit der Pfote aufgeschoben hatte. Aber Sindbad war seit einem Monat tot. Eingeschläfert und in ihrem eigenen Garten begraben.

Sie rieb sich das Wasser aus den Augen und wischte mit der Hand über die Scheibe. Die Tür stand sperrangelweit offen, die Musik war deutlich zu hören, und ihr Blick fiel durch den Gang ins beleuchtete Wohnzimmer. Ihr Herzschlag beschleunigte. Sie drehte gerade das Wasser ab, um nachzusehen, was passiert war, da wurde die Tür zur Duschkabine aufgerissen und knallte scheppernd gegen die Wand.

Mit einem Schrei wich Aleyna zurück und hob instinktiv abwehrend die Hände.

Eine gezackte Klinge drang durch ihre Handfläche und wurde im nächsten Moment wieder herausgerissen. Blut spritzte an die Duschwand. Wieder schrie Aleyna auf, aber weniger aus Schmerz, den sie noch gar nicht richtig spürte, sondern vielmehr aus einer perplexen Überraschung heraus. Denn sie glaubte nicht, was sie vor sich sah: eine mit schwarzer Maske vermummte Gestalt – mitten in *ihrem* Bad, in *ihrem* Haus –, die mit einem Messer auf sie einstach.

Die nächsten Stiche kamen schnell und brutal. In Bauch, Brust und Unterarme. Aleyna wich zurück und hielt sich die Arme schützend vor den Körper. Fast wäre sie ausgerutscht. Sie griff nach dem Duschkopf, um damit zuzuschlagen, entblößte dadurch aber ihre Seite, und zum wiederholten Mal fuhr das Messer in sie hinein. Wie spitze tiefe Nadelstiche. Nun kamen auch die Schmerzen mit aller Wucht, und Aleyna schrie zum dritten Mal verzweifelt auf. Ihre Stimme überschlug sich.

»Bitte nicht!«

Der letzte Stich, den sie fühlte, drückte ihren Kopf gegen die Fliesen. Das Messer ging seitlich in ihren Hals und zerteilte die Schlagader.

Der Duschkopf fiel ihr aus der Hand.

Blut strömte in den Abfluss.

Den einsetzenden Applaus am Ende des Songs hörte sie schon nicht mehr.

2. TEIL

DIE VERTEIDIGUNG
Samstag, 11. Mai

13

Kurz nach neun Uhr früh betrat Pulaski Evelyns Kanzlei. Er hatte im Hotel nur einen starken Kaffee getrunken und war danach zu Fuß hergegangen. Sajid und Imraan saßen in einem Café auf der gegenüberliegenden Straßenseite, von wo aus sie das Haus beobachteten. Anscheinend hatte Evelyns Anruf bei Qasem doch etwas genutzt. Allerdings würde er sich bald einen anderen Vorwand als den Zahnarztbesuch einfallen lassen müssen.

Kaum hatte er die Kanzlei betreten, starrte Evelyn ihn verblüfft an. »Ganz ehrlich«, sagte sie. »Ich habe Sie noch nie im Anzug gesehen. Wusste gar nicht, dass Sie so etwas tragen können, aber der steht Ihnen ausgezeichnet.«

Pulaski zupfte an den Ärmeln und an den Schultern des Sakkos. »Ist nagelneu, habe ich heute Morgen mit einer Expresslieferung erhalten.«

»Ins Hotel?«, fragte sie.

Pulaski nickte. »Ich war genauso überrascht wie Sie, als mich die Rezeptionistin angerufen hat.«

Beeindruckt verzog Evelyn den Mund. »Was ist denn das für eine Marke? Passt wie angegossen. Und wer hat Ihnen den geschickt?«

»Ein echter *Steenweg en Zonen* aus Rotterdam. Wurde von der Wiener Filiale aus zugestellt.« Pulaski griff in die Sakkotasche und reichte Evelyn das Begleitschreiben. Im Hintergrund hörte er, wie Flo mit einer Kreditkartenfirma telefonierte, zum wiederholten Mal Datum, Uhrzeit, Betrag und Händlerbelegnummer nannte und schließlich etwas auf einem Block notierte.

»Bleiben Sie dran und lösen Sie den Fall«, las Evelyn vor und sah ihn fragend an. »Wer ist MSS?«

»Ein Kollege vom BKA Wiesbaden, mit dem ich letztes Jahr einen Fall gelöst habe. Er hatte versprochen, mir einen Anzug zu schicken. Vermutlich hat er erst jetzt wieder daran gedacht.«

»Sie haben merkwürdige Freunde«, bemerkte Evelyn.

»Das können Sie laut sagen.«

»Apropos BKA«, rief Flo. Er hatte sein Telefonat beendet und kam zu ihnen. »Hat das geklappt?«

Pulaski erklärte Evelyn kurz, was sie gestern Nacht noch in seinem Hotel gemacht hatten. »Und heute Morgen hatte ich bereits eine Bestätigung auf meinem Handy, dass meine Anfrage schon der Wiener Dienststelle zugestellt worden ist.« Er verzog den Mund zu einem Lächeln. »Und zwar mit der Bemerkung *Eilt!*«

Evelyn nickte zufrieden und deutete in Richtung Besprechungszimmer, wo sie Kaffee und Sandwiches hergerichtet hatte.

Sie nahmen Platz und bedienten sich. Indessen erklärte Pulaski ihnen, was ihn nach der Durchsicht der Unterlagen beschäftigte. »Wie kam der Täter ins Haus? Laut Kriminaltechnik war die Alarmanlage zum Zeitpunkt des Mordes scharf.«

»Vielleicht war es ein Bekannter von Aleyna Al-Rashid, der bereits im Haus war?«, vermutete Evelyn.

»Aber wer? Sie hatte weder Freunde noch Bekannte oder Verwandte in Wien«, argumentierte Pulaski. »Laut Akte lebte sie extrem zurückgezogen. Und die Alarmanlage wurde erst ungefähr eine Stunde *nach* dem Mord ausgeschaltet – vermutlich, als der Mörder das Haus verlassen hat.«

Evelyn runzelte die Stirn. »Ja, war das so?«

Pulaski nickte. »Im Zeugenprotokoll steht Folgendes: Als Aleynas Putzfrau gegen Mittag kam, läutete sie wie üblich, doch niemand öffnete ihr. Nachdem nicht abgesperrt war, ging sie ins Haus, weil sie dachte, Aleyna wäre trotzdem daheim, und begann mit ihrer Arbeit. Bis sie schließlich das Bad erreichte – und Aleyna fand.«

Nun nickte Evelyn, als hätte sie das Problem verstanden. »Woher hatte der Mörder den Code? Und was hat er nach dem Mord eine Stunde lang im Haus getan? Die Kripo hat doch sicher die Villa durchsucht. Wurde etwas gestohlen?«

»Nein, nichts.« Pulaski schüttelte den Kopf. »Allerdings haben wir noch zu wenige Unterlagen, um uns einen vollständigen Überblick über den Fall zu machen.« Er kramte in der Ermittlungsakte, bis er Dreyers Handynummer fand. Kurzerhand rief er sie an. Dreyer ging sofort ran. »Ja, bitte?«

»Hier spricht Kriminaloberkommissar Walter Pulaski, LKA Dresden. Haben Sie …?«

»Ja, das Ansuchen haben wir bereits erhalten. Danke für Ihren Anruf. Mein Kollege stellt Ihnen gerade die Unterlagen zusammen.«

Prima! Allerdings würde die ganze Farce auffliegen, falls sie sich persönlich begegneten und Dreyer erkannte, dass sie Pulaski bereits in Evelyns Begleitung in der Justizanstalt gesehen hatte. Also musste er das einfach verhindern. »Wann können Sie mir die Daten schicken?«

»Schicken?«, wiederholte Dreyer. »Ihr Kollege vom BKA Wiesbaden hat geschrieben, dass Sie eine Dienstreise nach Wien geplant haben und schon vor Ort seien.«

Verdammte Kacke! Pulaski zerbiss einen Fluch zwischen den Zähnen. »Könnten Sie mir nicht trotzdem …?«

»Der deutsche Mordfall interessiert uns sehr, aber im Moment ist hier echt viel los. Ich rufe Sie an, wenn wir uns treffen können.« Sie legte auf.

Ist ja prima gelaufen. Pulaski nahm das Telefon herunter. Evelyn hatte mitgehört und beugte sich nun zu ihm. »Wir schaukeln das schon irgendwie. Machen Sie sich keine Sorgen. Notfalls schicken wir Imraan und Sajid zu dem Treffen.«

Pulaski sah sie mit gerunzelter Stirn an, woraufhin sie plötzlich grinste. »War nur ein Scherz!«, sagte sie lachend.

Sehr witzig.

»Apropos!«, rief Flo plötzlich. »Ihr glaubt ja nicht, wer Sajid in Wirklichkeit ist …«

»Osama bin Laden?« Evelyn wischte sich eine Träne aus den Augen und sah ihn neugierig an.

»Kamal Qasems Sohn«, sagte er und erklärte ihnen, was er von Sajid wusste.

»Sein Sohn und sein bester Mann …« Nachdenklich ließ Pulaski den letzten Rest Kaffee in der Tasse kreisen. »Ich könnte mir vorstellen, dass er die beiden nicht wirklich zu Ihrem Schutz abgeordnet hat – da hätten es auch ganz normale Leibwächter getan. Vielleicht möchte er stattdessen einfach nur verhindern, dass Sie etwas Belastendes über die Familie herausfinden. Und da braucht es natürlich viel Fingerspitzengefühl und Loyalität.«

Evelyn wurde wieder ernst. »Aber was sagt uns das? Am ehesten wohl, dass wir dringend mehr über die Familienverhältnisse herausfinden müssen.«

»Am schnellsten geht das, wenn wir mit Aleynas Arbeitskollegen im Krankenhaus sprechen«, überlegte Pulaski. »Wir sollten ohnehin Zeugen auftreiben, die belegen können, worüber Kilian und Aleyna im Krankenhaus gesprochen haben.« Er erhob sich. »Solange Sajid und Imraan sich auf Sie konzentrieren und abgelenkt sind, kümmere ich mich darum.«

»Und Ihre Krankenhaus-Phobie?«, fragte Evelyn.

»Habe ich mittlerweile im Griff.«

»Sehr gut, danke.« Evelyn nickte. »Ich rede inzwischen – vermutlich in Imraans Begleitung – noch einmal mit Kilian. Es gibt da einige Punkte, die ich noch mit ihm klären muss.«

Flo erhob sich ebenfalls. »Und ich knöpfe mir mit Sajid der Reihe nach die Restaurantgäste vor. Insgesamt haben wir jetzt acht Personen gefunden. Eine von denen wird sich doch wohl an Niemeyer erinnern können.«

»Klingt nach einem Plan«, sagte Pulaski. »Ihre beiden Schatten sitzen übrigens im Café gegenüber der Kanzlei.«

Evelyn drückte ihm den Ersatzkanzleischlüssel in die Hand. »Dann ist es wohl am besten, wenn Sie das Gebäude als Letzter verlassen. Wattebausch gefällig?«

14

Evelyn saß im kargen, nur mit einem Tisch und drei Stühlen ausgestatteten Besprechungszimmer der Justizanstalt Josefstadt und wartete auf Kilian. Diesmal war Imraan als ihr »Berufskollege« und »Familienanwalt« des Al-Qasem-Clans mitgekommen. Zuvor hatte sie ihm eingebläut, bei der Personenkontrolle ja den Mund zu halten, woraufhin sie ohne Probleme passieren konnten.

Jetzt saß Imraan schweigend neben ihr auf einem umgedrehten Stuhl, die Arme auf der Lehne abgestützt. Er trug dunkle Jeans und ein kurzärmeliges weißes Leinenshirt, das seine beeindruckend muskulösen tätowierten Unterarme sehen ließ. Endlich wurde Kilian von einem Vollzugsbeamten ins Zimmer gebracht.

Evelyn erhob sich. »Guten Tag, wie geht es I…?«, begrüßte sie Kilian, wobei ihr der Rest des Satzes im Hals stecken blieb. Kilian hatte ein blaues Auge und eine aufgesprungene, geschwollene Lippe. Sichtlich unter Schmerzen setzte er sich auf einen Stuhl.

»Mein Gott, was ist Ihnen denn passiert?«, entfuhr es ihr. Dann allerdings wartete sie bewusst, bis der Beamte den Raum verlassen hatte, bevor sie mit gesenkter Stimme fragte: »Wer war das?«

Kilian tastete sich vorsichtig über die Lippe. »Ach, *das* meinen Sie? Niemand, ich bin …«

»… in der Dusche ausgerutscht?«

»… die Treppe hinuntergefallen.«

Evelyn setzte sich wieder und sah ihn scharf an. »Sagen Sie mir einfach die Wahrheit.«

»Es ist alles okay, ich bin gestolpert. Wirklich.«

Sie rutschte näher und konnte erkennen, dass sogar seine Brille etwas abbekommen hatte. »Herr Kilian, wir wissen beide, dass das nicht stimmt. Ich kann versuchen, Sie in eine andere Haftanstalt verlegen zu lassen oder …«

Er hob die Hände. »Nein, alles gut! Ich hab das unter Kontrolle.«

Evelyn schielte kurz zu Imraan. »Waren das Qasems Leute?«, fragte sie scharf.

Imraan zog überrascht eine Augenbraue hoch. »Das war keiner von unseren Leuten«, behauptete er. »Die hätten so zugeschlagen, dass man es nicht sieht.«

»Wirklich, mir geht es gut«, beteuerte Kilian.

Auch abgesehen von den Verletzungen sah er deutlich schlechter aus als gestern, erschöpft und mit bedenklich dunklen Augenringen. *Ebenfalls kein gutes Zeichen.* Und das war erst der Anfang. Nach allem, was Evelyn wusste, würden die nächsten Tage im Knast noch härter und zermürbender für ihn werden. »Also gut, wie Sie wollen – Ihre Entscheidung.« Sie atmete tief durch. »Wenn Sie mit mir darüber reden wollen, können Sie mich jederzeit anrufen. Die Beamten dürfen Ihnen kein Telefonat verweigern.«

»Haben Sie schon etwas erreicht?«, fragte Kilian nun mit rauer Stimme.

»Es ist noch zu früh, um etwas Definitives sagen zu können«, antwortete sie.

Misstrauisch blickte Kilian zu ihrem Begleiter.

»Das ist Imraan«, erklärte sie knapp. »Er kannte das Mordopfer und hilft mir bei den Ermittlungen.« Sie lieferte keine weitere Erklärung, sondern wechselte das Thema. »Meines Erachtens klingt Ihre Erzählung vom Treffen mit Niemeyer im Steakhouse plausibel. Wir sind gerade dran, Beweise dafür zu finden.«

»Höre ich da ein *Aber*?«, hakte Kilian skeptisch nach.

»Richtig.« Evelyn nickte. »Aber … wir müssen noch einmal über Ihren Besuch im Krankenhaus und Ihren Streit mit Dr. Al-Rashid reden.«

Kilian sah sie prüfend an. Er schien ihre Skepsis, ob er da die ganze Wahrheit gesagt hatte, zu spüren.

»Es war genau so, wie ich es Ihnen gestern erzählt habe.« Bevor er die Geschichte ein weiteres Mal abspulen konnte, unterbrach Evelyn ihn. »Erzählen Sie mir bitte alles noch einmal, aber diesmal vom Ende bis zum Anfang. Wie bei einem Film, der zurückläuft.«

Er sah sie verwundert an. »*Was* soll ich? Wollen Sie mich auf den Arm nehmen?«

Kaum hatte er zu Ende gesprochen, beugte sich Imraan über die Stuhllehne nach vorn, packte Kilians Handgelenk und zog ihn zu sich über den Tisch. »Du hast gehört, was die Anwältin gesagt hat. Also mach den Mund auf!«

»Imraan!«, zischte Evelyn. »Sind Sie verrückt? Verdammt, lassen Sie den Mann los!«

Imraan hielt immer noch Kilians Arm fest, der verwirrt nach Luft schnappte und versuchte, sich freizuwinden.

»Jetzt!«, fauchte Evelyn, woraufhin Imraan das Handgelenk losließ. Rote Striemen waren auf Kilians Haut zu sehen. »Noch so eine Aktion, und Sie warten draußen, verstanden? Oder ich lasse Sie gleich von Qasem höchstpersönlich entfernen. Ich weiß ja nicht, wie das in Riad so abläuft, aber hier in

Österreich ist das absolut inakzeptabel.« Sie blickte zu Kilian. »Tut mir leid. Bitte erzählen Sie.«

Kilian rieb sich das schmerzende Handgelenk, holte tief Luft und begann zu erzählen: wie er aus dem Krankenhaus gestürmt war, mit Aleyna Al-Rashid gestritten hatte, wie sie zuvor aneinander vorbeigeredet und davor eigentlich ganz normal miteinander gesprochen hatten, und wie er am Anfang das Krankenhaus betreten hatte mit der Intention, mehr über Niemeyer und die OP seiner Frau zu erfahren.

Evelyn hatte sich alles genau eingeprägt und Kilian dabei beobachtet. Der blickte nun zu Imraan und dann zu Evelyn. »Und wozu war das jetzt gut, wenn ich fragen darf?«

»Eine Geschichte von hinten nach vorn zu erzählen ist ziemlich mühsam«, erklärte sie. »Etwas, das man wirklich genauso erlebt hat, lässt sich leichter verkehrt herum erzählen. Wenn die Geschichte erfunden ist, ist das schwieriger.

»Sie glauben also, dass ich gelogen habe?«, schlussfolgerte er deutlich irritiert.

»Ich musste es überprüfen«, gab sie zu.

»Und jetzt glauben Sie mir?«

»Es ist unerheblich, ob *ich* Ihnen glaube oder nicht. Mich interessiert nur die Beweislage. Ich bin Ihre Anwältin, ich verteidige Sie, und ich werde alles in meiner Macht Stehende tun, um Sie aus dem Gefängnis zu holen. Mit legalen – und wenn es sein muss …«, sie senkte die Stimme, »… mit weniger legalen Mitteln.«

Kilian schien immer noch sauer zu sein. »Und warum schikanieren sie mich dann derart?«

»Ich musste wissen, ob Sie glaubwürdig sind, falls es zum Prozess kommt«, seufzte sie, »und ob Sie dann, wenn der

Staatsanwalt Sie ins Kreuzverhör nimmt, die Geschworenen überzeugen können.«

»Okay, schon klar, dass Sie nicht an meine Unschuld glauben *müssen*, aber für mich ist es wichtig, dass Sie es trotzdem tun.« Er sah Evelyn geradezu flehentlich an. »Glauben Sie mir?«

Nachdem sie lange gezweifelt hatte, war sie nun zu einer Entscheidung gekommen. Kilian hatte ihren Test bestanden. »Ja, ich glaube Ihnen.«

»Danke.« Erleichtert ließ Kilian die Schultern sinken. »Wenigstens eine.«

»Wobei Ihnen das erst mal nicht viel hilft, denn bei Ihrem Fall ist noch zu vieles ungeklärt«, gab sie zu. »Nicht nur Ihre Fingerabdrücke, sondern auch Ihre DNA wurde am Tatort gefunden.«

»Scheiße!«, fluchte er und wurde blass. Nervös schob er sich die Brille hoch. »Wie kann das sein?«

»Hatten Sie vielleicht ein … Verhältnis mit Aleyna?«

»Was? Nein!«

»Waren Sie früher einmal – irgendwann mal – in Dr. Al-Rashids Haus?«

»Nein.«

»Zu Besuch, auf einen Kaffee?«

»Nein.«

»Heimlich vielleicht? Ich mache Ihnen keine Vorwürfe. Sind Sie irgendwann mal da eingebrochen? Ich muss das wissen.«

»Nein, verdammt! Ich weiß ja nicht einmal, wo sie wohnt.«

»Sie haben ihr aber immerhin einen Entschuldigungsbrief geschrieben«, erinnerte sie ihn.

»Ja, aber ins Krankenhaus.«

»Okay.« Evelyn atmete tief durch. »Wie hätte Professor Niemeyer Ihrer Meinung nach an Ihre DNA kommen können?«

»Wenn ich das wüsste, hätte ich es Ihnen schon längst gesagt«, entfuhr es ihm verzweifelt. Er schielte zu Imraan. »Schicken Sie *ihn* doch zu Niemeyer. Der findet das garantiert heraus.«

»Sicher tut er das, und die unter Gewaltandrohung erpressten Informationen können wir uns dann in die Haare schmieren«, entgegnete Evelyn zynisch.

Imraan beugte sich nach vorn. »Gab es einen Einbruch bei dir zu Hause?«

»Nein.«

»Hätte jemand Ihren Hausschlüssel nachmachen können?«, hakte Evelyn nach.

»Nein, wie denn? Ich trage meinen Schlüsselbund immer bei ... Moment.« Kilian richtete sich auf. »Eine Woche vor dem Mord habe ich bei meinem Auto die Winterreifen wechseln lassen.«

»Wo?«

»In der Autowerkstätte *Ruben & Söhne* ... und der Schlüsselbund lag auf der Mittelkonsole.«

»Und wo waren Sie inzwischen?«

»Zwei Straßen weiter in einem Fast Food Restaurant. Ich habe mich mit der Moderatorin des Frühstücksradios getroffen, um die Details der bevorstehenden Live-Sendung zu bespr...«

Evelyn sprang auf und schnappte sich ihren Blazer von der Stuhllehne. »Ich bin gleich wieder da.«

Kilian sah sie verdattert an, dann schielte er zu Imraan. »Okay, aber nehmen Sie Ihr Monster mit.«

Evelyn warf Imraan einen Blick zu. »Mitkommen!«

Imraan erhob sich mürrisch und folgte ihr nach draußen. Kaum hatten sie den Raum verlassen und den Polizisten, der vor der Tür Wache hielt, hinter sich gelassen, senkte Imraan die Stimme. »War meine Attacke zu grob?«

»Nein, Imraan, genau richtig.« Evelyn lächelte zufrieden. Immerhin hatte sie etwas herausgefunden. Bei der Erwähnung von Qasems Namen hatte Kilian gar nicht nachgefragt, wer das sei. Entweder kannte er Aleyna Al-Rashids echten Nachnamen – oder er kannte Kamal Qasem persönlich.

Zehn Minuten später standen sie im Keller der Justizanstalt in der Asservatenkammer, wo Evelyn einer Beamtin ihren Ausweis zeigte und ein Formular ausfüllte.

Danach händigte ihnen die Beamtin eine Plastikbox aus dem Depot aus, in der sich die Utensilien befanden, die Kilian bei seiner Verhaftung bei sich gehabt hatte. »Nichts davon entfernen, nichts dazulegen«, erklärte die Frau. »Ich überprüfe die Sachen danach wieder.«

»Ja, sicher«, murmelte Evelyn.

Auf dem beigelegten Formblatt war alles fein säuberlich notiert worden. Hose, Gürtel, Hemd, Schuhe, Brieftasche, Armbanduhr, Schmuck, ein Schlüsselbund sowie das graue Sakko mit den schillernden Perlmuttknöpfen, das er im Tonstudio getragen hatte. Einer dieser auffälligen Knöpfe fehlte jedoch, wie Evelyn jetzt bemerkte. Stattdessen war ein ähnlich aussehender mit einem andersfarbigen Faden angenäht worden.

In einer Nische breitete Evelyn alles vor ihr und Imraan auf einem Blechtisch aus und zog die Lampe näher heran. Schließlich reichte sie Imraan die Schlüssel. »Was meinen Sie dazu?«

Er hielt sie unters Licht, betrachtete sie genauer und gab sie ihr wieder zurück. »Manchmal weiß ich nicht, worauf du hinauswillst.«

Statt eine Antwort zu geben, kratzte sie mit dem Fingernagel in den Rillen des Haustürschlüssels und roch daran. »Er ist fettig.«

Imraan sah sich kurz um, ob sie jemand beobachtete, dann schob er seine Hosenstulpe hoch und holte ein schlankes Klappmesser mit einem Griff aus schwarzer Keramik hervor. Auf Knopfdruck sprang seitlich die Klinge heraus.

Evelyn zog eine Augenbraue hoch. »Sie haben Nerven, ein Messer mit in die Justizanstalt zu nehmen! Hätten die uns durch den Scanner gehen lassen …«

»Warum hätten sie das tun sollen?« Imraan grinste. »Bin doch *Familienanwalt* und dein Kollege.« Er kratzte mit der Messerspitze im Bart des Schlüssels und förderte einen winzigen grauen Krümel hervor. »Sieht so aus, als hätte jemand den Schlüssel in Wachs getaucht.«

Oder in Plastilin, dachte Evelyn. »Nicht jemand, sondern Professor Geert Niemeyer.« Sie sah sich um und senkte die Stimme. »Kleben sie den Krümel wieder auf den Schlüssel und räumen Sie alles zurück in die Kiste.«

Während Imraan ihren Befehl befolgte und anschließend sein Messer wieder verschwinden ließ, fragte sich Evelyn, warum ein Genie wie Niemeyer den Schlüssel nicht mit einer Alkohollösung komplett gesäubert hatte. *Aus Zeitgründen vielleicht?*

Sie nahm die von Imraan fertig eingeräumte Box und reichte sie der Beamtin durch die Öffnung in der Glaswand zurück. »Danke, ich muss noch einmal mit meinem Mandanten sprechen.«

15

Seit den frühen Morgenstunden waren Flo und Sajid auf den Beinen und klapperten jene Personen ab, die an besagtem Montagabend im Steakrestaurant gewesen waren. Wäre Flo allein unterwegs gewesen, hätte er alles mit seinem Motorrad erledigt, so aber überredete ihn sein Begleiter, dass sie Taxi fuhren. »Zahlt mein Vater«, hatte Sajid nur lapidar gemeint.

Da Flo seinen Rucksack mit dem Notebook dabeihatte, suchten sie während der Taxifahrt die jeweiligen Adressen und Telefonnummern heraus, stellten eine sinnvolle Route zusammen und kündigten ihre Besuche jeweils telefonisch an. Eine der betreffenden Personen trafen sie zu Hause an, zwei bei Freunden, eine im Büro und eine weitere in einem Laden. Doch das Ergebnis war stets das Gleiche: An Martin Kilian, der mit dem Gesicht zu den anderen Gästen gesessen hatte, konnten sich die meisten erinnern. Eine junge Frau, die seinen Podcast hörte, hatte ihn sogar erkannt, sich aber nicht getraut, ihn um ein Autogramm zu bitten – was Sajid ein gemurmeltes »Hätten Sie das doch mal getan« entlockte.

An Geert Niemeyer erinnerte sich jedoch niemand. »Können Sie mir die Person beschreiben, die diesem Mann gegenübergesessen hat?«, fragte Flo jedes Mal, während er Kilians Foto herzeigte.

»Nein, nicht genau.«

»Ist es eine Frau gewesen?«

»Nein, ich denke nicht.«

»Ein Mann?«

»Ja, wahrscheinlich.«

»War er groß oder klein? Dick oder dünn? Alt oder jung? Glatzköpfig oder behaart? Was für eine Kleidung hat er getragen? Welche Haarfarbe hatte er?«

Stets war Schulterzucken die Antwort gewesen, und eine junge Frau hatte es auf den Punkt gebracht: »Im Restaurant ist es dunkel gewesen, und dieser Tisch befand sich in einer Nische.«

Flo bemühte sich, keine Suggestivfragen zu stellen, um objektive Antworten zu erhalten. Und er zeigte immer erst am Schluss der Befragung das Foto von Niemeyer her. Als Reaktion erhielt er aber auch hier immer nur ein unsicheres Kopfschütteln.

Nachdem sie mit der fünften Person auf ihrer Liste gesprochen hatten – sie war Verkäuferin in einem Souvenirladen –, standen sie etwas ratlos in der Wiener Innenstadt in der Nähe des Stephansdoms und sahen einem Fiaker nach, der langsam an ihnen vorbeirollte.

Es war zum Verrücktwerden. Niemand konnte Niemeyer eindeutig identifizieren. Verzweifelt starrte Flo auf die mittlerweile leicht zerfledderte Liste, auf der sich nur noch drei weitere Namen befanden. »Das hat doch alles keinen Sinn.«

Sajid wischte sich den Schweiß aus dem Nacken. Auch heute war es wieder ungewöhnlich heiß. »Willst du aufgeben?«

»Wäre es nicht besser, wenn sich die Polizei diese Leute noch einmal vornimmt? Die haben bestimmt bessere Verhörmethoden als wir.«

Sajid schüttelte entschieden den Kopf. »Eine neuerliche Befragung bringt gar nichts. Unsere Sinnesorgane sind fehleranfällig. Dadurch ist unser Gedächtnis voller Wahrnehmungsfehler. Je öfter wir zu einer Sache befragt werden, desto mehr assoziieren wir erfundene Dinge hinzu.«

»Okay, Einstein«, knurrte Flo, »dann sind doch die Verhörspezialisten bei der Polizei genau die Richtigen dafür.«

Sajid schüttelte erneut den Kopf. »Nein, denn die Gäste wissen mittlerweile, worum es geht, und damit tritt automatisch der berühmte Mitläufereffekt ein … niemand will weniger gesehen haben als die anderen.« Er kniff die Augen zusammen. »Wenn wir bei der ersten Befragung nichts Brauchbares herausfinden, schafft es auch niemand anderes mehr.«

»Du willst also weitermachen?«

Sajid nickte. »Was sonst?«

Flo blickte zweifelnd auf die Liste. Würde ihnen die Befragung einer der drei verbliebenen Personen noch irgendwelche bahnbrechenden Erkenntnisse verschaffen? Und wenn nicht? »Wir bräuchten jemanden mit der entsprechenden detektivischen Raffinesse und Erfahrung, der die restlichen Gäste, deren Namen wir bisher noch gar nicht kennen, auftreibt und für uns befragt.«

»Aber wen?« Sajid warf ihm einen ratlosen Blick zu. »Und wie?«

Pulaski!, dachte Flo.

16

Nach ihrem Ausflug in die Asservatenkammer saßen Evelyn und Imraan jetzt erneut Kilian gegenüber.

»Darf ich erfahren, wohin Sie gerade einfach verschwunden sind?«, fragte er.

Evelyn ging nicht darauf ein. »Sie leben in einem Reihenhaus, richtig?« Sie wartete auf Kilians Nicken, dann fuhr sie fort. »Theoretisch hätte Niemeyer Sie beobachten, Ihnen heimlich in die Autowerkstatt folgen, sich in Ihren Wagen setzen und einen Abdruck Ihres Hausschlüssels machen können«, vermutete sie. »Er hat herausgefunden, wo Sie wohnen, den Schlüssel nachgemacht … und Bingo!«

»Und Bingo?«, wiederholte Kilian verwirrt.

»Niemeyer war bei Ihnen zu Hause«, präzisierte sie, »und hat sich dort Ihre DNA beschafft.«

Kilian starrte nachdenklich ins Nichts. »Nachdem ich den Wagen von der Werkstatt abgeholt habe, bin ich zu einem Pressetermin nach St. Pölten gefahren.«

»Sechzig Kilometer westlich von Wien«, erklärte Evelyn an Imraan gewandt.

»Ich kam an diesem Abend erst spät nach Hause«, fuhr Kilian fort. »Meine Nachbarin hat mich in der Hauseinfahrt abgefangen und mir erzählt, dass sie am späten Nachmittag einen Penner beim Durchstöbern meiner Mülleimer beobachtet hat.«

»Haben Sie die Polizei verständigt?«

»Wegen so einer Lappalie?«, entfuhr es Kilian. »Natürlich nicht.«

»So könnte Niemeyer an Taschentücher mit Ihrer DNA gekommen sein.«

»Und wie hat er meine Fingerabdrücke am Tatort platziert?«

»Das wissen wir noch nicht«, gab Evelyn zu. »Hat etwas aus Ihrem Haus gefehlt?«

Kilian versank wieder in tiefes Grübeln, bis sich sein Blick schließlich erhellte. »Ja, verdammt.« Er sah auf. »Am nächsten Morgen konnte ich meine Haarbürste nicht mehr finden. Ich dachte, ich hätte sie verlegt, und hatte es bis gerade eben auch schon wieder vergessen. O Gott!« Er wurde rot vor Zorn, als er die Zusammenhänge begriff. »Dieses hinterhältige Arschloch!«

»Beruhigen Sie sich. Es bringt nichts, wenn Sie sich aufregen«, versuchte Evelyn, ihn zu besänftigen. »Wie heißt Ihre Nachbarin?«

Kilian nannte ihr den Namen, und Evelyn warf Imraan einen vielsagenden Blick zu. Sie würden der Dame einen Besuch abstatten und herausfinden, was genau sie gesehen hatte.

17

Pulaski hatte sich zunächst die Gegend angesehen, in der Aleyna gelebt hatte, danach war er zum Krankenhaus gefahren.

Nun stand er vor der Bormann-Klinik und blickte an der säulenverzierten Fassade hinauf bis zu den detaillierten Stuckarbeiten unter dem Dach. Das fünfstöckige, denkmalgeschützte Gebäude stammte noch aus der K.-u.-k.-Monarchie und erinnerte an die alten Prachtbauten auf der Wiener Ringstraße. Laut der Marmortafel neben dem Eingang hatte sich hier während der NS-Zeit das Gefängnis der Gestapo befunden, nach dem Zweiten Weltkrieg eine psychiatrische Kinderklinik, und danach hatte das Haus ein Jahrzehnt lang leer gestanden. Vor fünfundzwanzig Jahren war es schließlich zu einem Krankenhaus umfunktioniert worden, seit neunzehn war es eine Privatklinik.

Kaum hatte Pulaski das Gebäude betreten, überwältigten ihn zahlreiche Sinneseindrücke. Das Klappern von Schuhen auf den breiten Marmortreppen, das in den hohen Räumen widerhallte, das Echo zahlreicher Stimmen, der typische Krankenhausgeruch und das Quietschen von Rollstühlen und fahrbaren Betten.

Schreckliche Erinnerungen an den Tod seiner Frau kamen wieder hoch. Er wischte sich den Schweiß von der Stirn, riss sich zusammen und sah sich um. Nachdem der Portier in einer Loge hinter einer Glaswand in einer Zeitschrift blätterte und ihn standhaft ignorierte, beschloss er, es gleich in der Chirurgie zu versuchen. Und dort mit jemandem zu reden, der Aleyna Al-Rashid gekannt hatte.

Schnurstracks lief er zu dem Fahrstuhl, der fürchterlich eng war, überhaupt nicht zur Architektur passte und offensichtlich nachträglich neben dem Treppenhaus eingebaut worden war. Auf einem Schild an der Wand war zu lesen, dass die Besuchszeit erst ab fünfzehn Uhr losging. *Mist!* Damit war sein Plan, sich als Besucher auszugeben, hinfällig. Als Ermittler des LKA Dresden hatte er hier sowieso keine Befugnisse, und sich als Helfer jener Anwältin vorzustellen, die Aleynas mutmaßlichen Mörder verteidigte, würde erst recht nichts bringen, außer eventuellem Unmut unter den Kolleginnen. Blieb nur noch eine Möglichkeit: Er musste als Patient durchgehen. Und er hatte auch schon einen Plan, wie er das anstellen würde.

Die chirurgische Abteilung befand sich im dritten Stock. Darunter lag die Abteilung für Innere Medizin. Er drückte den Knopf für die zweite Etage, woraufhin sich der Fahrstuhl scheppernd in Bewegung setzte. Im zweiten Stock hielt er wieder an, und mit einem Klingeln öffnete sich die Tür. Pulaski trat in den Gang und nahm, ohne sich umzusehen oder lang zu orientieren, die erste Abbiegung, als wüsste er, wohin er wollte. Von einem Servierwagen schnappte er sich eine Kanne Tee und zwei Becher und betrat die Innere Medizin Abteilung B. Zwei Krankenschwestern kamen ihm entgegen, schenkten ihm jedoch keine Aufmerksamkeit.

Nur wenige Meter weiter befanden sich die Patientenzimmer. Die meisten Türen waren offen, und Pulaski sah ein paar ältere Männer in blau gepunkteter weißer Krankenhauskleidung in ihren Betten liegen. Klimaanlage gab es anscheinend keine, denn die Fenster waren gekippt, die Vorhänge bauschten sich auf, und ein Luftzug wehte den Geruch von Salben durch den Gang.

Vor Pulaski kam ein junger Pfleger aus einem Zimmer, der einen gebückten grauhaarigen Mann mit einer Gehhilfe begleitete. »So, Herr Wallececk, zuerst machen wir ein MRT, und danach bringe ich Sie wieder zurück ins Zimmer.«

Pulaski spitzte die Ohren. *Prima! Das wird länger dauern.* Er verlangsamte seine Schritte, wartete, bis die beiden den Gang hinunter verschwunden waren, und betrat danach den Raum. Außer ihm befand sich noch ein zweiter Mann in dem Zweibettzimmer, der ihm jedoch den Rücken zukehrte und leise schnarchte.

Pulaski schloss die Tür und stellte die Teekanne mitsamt den Bechern ab. Rasch durchsuchte er die Schränke, bis er ein frisches weißes Nachthemd mit blauen Punkten fand, schlüpfte aus Anzug und Hemd, hing alles in den Schrank und zog sich den Kittel an. Er nahm nur sein Handy mit, verließ barfuß das Zimmer und stieg die Treppe ins obere Stockwerk hinauf.

Bisher hatte er nie irgendwelche miesen Tricks anwenden müssen, um als Polizist an Informationen zu kommen. Das Herzeigen seines Dienstausweises hatte stets genügt, und so war diese Situation völlig neu für ihn – und irgendwie demütigend. *Aber scheiß drauf, hier kennt dich sowieso kein Schwein*, dachte er, und solange niemand herausfand, dass er vom LKA Dresden war, würde es auch kein Disziplinarverfahren gegen ihn geben.

Als er die Chirurgie erreichte, sah er schon von Weitem den Stationsstützpunkt. Auf den Weg dorthin schnappte er sich eine Illustrierte von einem Tisch und klemmte sie unter den Arm.

Die ältere Dame hinter dem Tresen schenkte ihm keine Beachtung und sah erst auf, als er sich prustend gegen den Tisch lehnte. »Puuuh«, seufzte er und wischte sich den Schweiß von der Stirn. »Heiß heute, nicht?«

Sie sah ihn an. »Ja, verdammt schwül. Wer …?«

»Bin jetzt zweimal im Treppenhaus rauf und runter«, sagte er rasch, bevor ihn die Schwester nach seinem Namen fragen konnte. »Langsam wird es schon wieder. Ich habe einen Bypass am Bein bekommen. Frau Doktor Al-Rashid hat gesagt, ich soll, so gut es geht, in Bewegung bleiben, damit es schneller heilt.«

»Aleyna hat Sie operiert?«

Pulaski nickte. »Ein Jammer, was ihr zugestoßen ist, nicht wahr?« Er senkte die Stimme. »Angeblich war es dieser True Crime-Podcaster.«

Sie musterte ihn misstrauisch. »Ja, angeblich.«

»Ich habe ihn am Tag vor dem Mord hier gesehen«, sagte Pulaski wie beiläufig.

Die Schwester nickte, beugte sich zur Sprechanlage hinunter, drückte einen Kopf und sagte: »Helene, kommst du bitte mal.«

Sekunden später öffnete sich die Tür hinter dem Schalter und eine schlanke und attraktive schwarzhaarige Frau Anfang dreißig kam aus dem Schwesternzimmer. »Was gibt's?«

Die ältere Dame hinter dem Tresen nickte zu Pulaski. »Der Herr interessiert sich für Aleyna. Ist angeblich von ihr operiert worden. Hat einen Bypass bekommen, obwohl Aleyna das schon seit über einem Jahr nicht mehr gemacht hat. Außerdem will er diesen Podcaster hier gesehen haben.«

Schwester Helene beugte sich mit einem amüsierten Schmunzeln über den Tresen. »Die Kripo war bereits gestern hier, hat alle Patienten verhört sowie die gesamte Belegschaft, die einen Tag vor Aleynas Ermordung Dienst gehabt hat.« Sie musterte Pulaski. »Und *Sie* waren nicht darunter. Außerdem sind Sie keiner von unseren Patienten.«

Pulaski spürte, wie ihm die Hitze zu Kopf stieg. »Ich ...«

Helene deutete auf sein Handgelenk. »Wo ist Ihr Patientenarmband? Das nächste Mal sollten Sie sich besser vorbereiten. Sind Sie von der Presse?«

Auch die ältere Schwester grinste nun süffisant und sagte spitz: »Oder sind Sie etwa selbst True Crime-Podcaster?«

Ha, ha, sehr witzig. »Okay, Sie haben mich ertappt«, knurrte Pulaski. »Ich könnte jetzt versuchen, Ihnen ein paar Lügengeschichten aufzutischen, aber das erspare ich uns allen.« Er atmete tief durch. »Ich bin Detektiv und wurde von Dr. Al-Rashids Vater engagiert, um ihren Mörder zu finden.« Er wartete eine Weile, um die Lüge sacken zu lassen.

»Aleyna hatte keinen Vater«, sagte die ältere Schwester.

»Doch, hatte sie«, korrigierte Helene und wandte sich an Pulaski. »Wie heißt ihr Vater?«

»Kamal Al-Qasem«, antwortete Pulaski.

»Und wie hieß Aleyna mit richtigem Namen?«, fragte Helene lauernd.

»Aisha Al-Qasem.«

»Okay.« Helene nickte. »Wo ist Ihr Privatdetektiv-Ausweis?«

»Die Berufsbezeichnung *Privatdetektiv* gibt es nicht. Wir sind schlicht Detektive«, antwortete Pulaski. »Und meinen Ausweis ...«, er wedelte mit dem Handy und zupfte mit der anderen Hand demonstrativ an seiner Kleidung, »habe ich jetzt nicht bei mir.«

»Sie kommen nicht aus Österreich«, stellte Helene immer noch skeptisch fest.

Pulaski nickte. »Meine Detektei ist in Dresden. Qasem hat mich vor zwei Jahren engagiert, um den Aufenthaltsort seiner Tochter herauszufinden. Das ist mir jetzt gelungen – nur dass sie leider tot ist.« Er hatte keine Ahnung, ob die beiden Schwestern ihm die Story abnehmen würden, doch sie klang zumindest plausibler als die Wahrheit.

Helene nickte mit zusammengepressten Lippen. »Okay, ich glaube Ihnen – lassen Sie uns reden.« Sie kam hinter dem Tresen hervor und geleitete ihn zu einer Nische, hinter der sich die Teeküche befand.

Sie traten ein, und Helene schloss die Falttür. »Setzen wir uns.« Sie selbst nahm auf einem Stuhl beim Fenster Platz. »Was wollen Sie wissen?«

Pulaski setzte sich neben einen Heizkörper, schlug ein Bein über das andere und legte Zeitschrift und Handy auf seinen Schoß. »War Martin Kilian diesen Dienstag hier und hat mit Aleyna gesprochen?«

Helene nickte, und dann bestätigte sie die Geschichte, die auch Kilian selbst ihnen erzählt hatte – von seinem Streit mit Aleyna und der mehrmaligen Erwähnung von Professor Niemeyers Namen.

»Und das alles haben Sie genau gehört?«, fragte Pulaski.

»Sie haben sich in diesem Raum hier unterhalten, und die Tür war nicht ganz zugezogen«, antwortete Helene. »Wir haben es bis raus auf die Station gehört. Eine Kollegin wollte schon die Polizei rufen, doch dann ist Aleyna wutentbrannt davongestürmt, und Kilian ist mit dem Fahrstuhl weg.«

»Hatte Aleyna viele Freunde? Feinde? Menschen, denen sie im Weg stand oder die sich für etwas rächen wollten?«

Helene kniff die Augen zusammen. »Wozu wollen Sie das alles wissen?«

»Ein Mord hat immer eine Vorgeschichte«, erklärte Pulaski.

»Ich dachte, die Polizei hätte diesen Kilian bereits überführt?«

»Stimmt, aber mittlerweile verdichten sich die Indizien, dass er es vielleicht gar nicht gewesen ist.«

»Wer dann?«

»Das versuche ich gerade herauszufinden.«

Helene dachte nach. »Okay, also Aleyna hatte kaum Freunde. Sie lebte ziemlich zurückgezogen. Ihr Kater ist erst vor Kurzem gestorben, das hat sie ziemlich mitgenommen. Sie hatte nur wenige Hobbys – ausschließlich Dinge, für die man das Haus nicht verlassen musste. Vor allem Lesen – hauptsächlich geschichtliche Sachbücher – und Malen. Ihre Acrylgemälde versteigerte sie online über eine Plattform, den Erlös spendete sie der Kinderkrebsforschung.«

»Was wissen Sie über Aleynas Familiengeschichte? Über ihren Vater und ihre Zeit in Saudi-Arabien.«

»Das fragen Sie *mich*? *Sie* arbeiten doch für Qasem.«

»Nur weil er mich engagiert hat, heißt das noch lange nicht, dass er nicht selbst hinter der Ermordung seiner Tochter stecken könnte.«

»O Gott, das denken Sie?« Helene war blass geworden und schwieg erst einmal eine Weile. Als Pulaski keine Antwort gab, holte sie schließlich tief Luft und sprach weiter. »Aleynas erster Bruch mit der Familie erfolgte schon ziemlich früh, da war sie gerade mal acht Jahre alt. Zu dem Zeitpunkt ist ihre

Mutter gestorben. Die Frau war westlich orientiert, was sie an ihre Tochter weitergegeben hatte. Und als Aleyna mit neunzehn für ein Studium das Land verlassen wollte, eskalierte es. Ihr Vater hatte andere Pläne für sie. Aleyna hätte in einer seiner Firmen arbeiten sollen.«

»Immobilien oder Tourismus?«, fragte Pulaski nach.

»Hotelwesen. Sie sollte zunächst an der Rezeption arbeiten, um das Geschäft von der Pieke auf zu lernen, und später dann die Leitung eines der Hotels übernehmen. Aber sie wollte Medizin studieren und Chirurgin werden. In den Augen ihres Vaters war der Beruf viel zu schwierig, zu verantwortungsvoll und generell zu emanzipiert für sie. Also hat er ihr das Studium in Saudi-Arabien verboten – er hätte ohnehin dafür gesorgt, dass sie dort danach keinen entsprechenden Job bekommt. Zudem hätte er nie zugelassen, dass sie dafür ins Ausland geht.«

»Und wie hat sie es dennoch geschafft? Soviel ich weiß, war das damals nahezu unmöglich. Frauen durften in Saudi-Arabien nur mit Zustimmung des Vaters oder des Ehemannes ausreisen.«

Helene nickte. »Sie wusste, dass sie damit der Familie große Schande bereiten und ihr Vater garantiert jemanden schicken würde, der sie zurückholt. Also musste sie nicht nur fliehen, sondern auch für immer untertauchen.«

»Und wie?«

Helene runzelte die Stirn. »Da sie jetzt tot ist, können Sie und Aleynas Vater das wohl ruhig erfahren, oder?«

Pulaski nickte. Es war erstaunlich, dass diese Frau all diese Details wusste.

»Da Aleyna gut Englisch konnte, hatte sie von Istanbul aus eine Spur nach London gelegt. In Wahrheit reiste sie von dort aber mit der Fähre nach Frankreich und mit dem Zug weiter nach Wien. Dort hätte sie ihr Vater niemals vermutet, da Aleyna zu diesem Zeitpunkt noch fast kein Wort Deutsch sprach.«

»Also änderte sie ihren Namen, lernte Deutsch, färbte sich die Haare blond und begann ihr Studium«, vermutete Pulaski.

Helene nickte. »Nach fünf Jahren hat ihr Vater die Suche schließlich eingestellt und sie für tot erklären lassen.«

»Wie hat Aleyna – ohne Kontakt zur Familie – davon erfahren?«

Helene schwieg, und das bestärkte Pulaski in seinem Verdacht. Es war einfach unwahrscheinlich, dass ein neunzehnjähriges Mädchen all das allein bewerkstelligt hatte. »Jemand hat ihr bei der Flucht geholfen, richtig?«, vermutete Pulaski. »Und derjenige muss ihr auch einen neuen Reisepass und eine neue Geburtsurkunde besorgt haben.«

»Ja, aber sie hat mir gegenüber nie erwähnt, wer das gewesen ist.«

»Könnte Aleyna auch mit jemand anderem über ihre Geschichte gesprochen haben?«

Helene lachte kurz auf. »Nein, da fiele mir niemand ein.«

Pulaski dachte kurz nach. »Ich nehme an, Sie haben das alles auch der Polizei erzählt?«

»Ja, einer Kommissarin Drescher oder so …«

»Dreyer«, korrigierte er sie. »Und die hat sich nicht gefragt, woher Sie das alles wissen?«

Helene hob die Schultern. »Nein, Aleyna und ich waren befreundet – das hat Dreyer genügt.«

»Ich hingegen fände das schon interessant. Wieso hat sie das alles ausgerechnet Ihnen erzählt?«

Helene wich seinem Blick aus. »Ich sagte doch schon, dass wir befreundet waren.«

»Ich denke nicht, dass Aleyna all diese brisanten Details einer befreundeten Arbeitskollegin erzählt hätte.«

Helene schwieg eine Weile, dann sah sie Pulaski durchdringend an. »Bleibt das unter uns?«

»Sicher, ich bin Detektiv und dazu verpflichtet, meine Quellen zu schützen.«

»Okay«, seufzte sie. »Wir waren zusammen.«

»Wann und wo?«, fragte Pulaski naiv, ehe sich seine Augen weiteten. »Ach so, Sie meinen … Sie waren *zusammen*! Wie lange?«

»Fünf Jahre. Aber Aleyna hat Schluss gemacht. Das war vor sechs Jahren, während der Sache mit der angeblich verpfuschten OP von Kilians Tochter und dessen Privatklage. Das alles hat sie ziemlich zermürbt. Danach hat sie sämtliche privaten Kontakte abgebrochen.«

»Hatte sie danach wieder eine neue Beziehung?«

»Nein.«

»Sicher?«

»Ganz sicher! Sie hat sich komplett isoliert, unternahm privat fast nichts mehr und hat sich zu Hause eingesperrt.«

»Warum?«

»Sie war sehr sensibel und auch etwas paranoid.«

»Wegen der Privatklage und den Untersuchungen rund um die OP?«

»Ja, das hat es noch mal verstärkt, aber sie hatte auch keine schöne Kindheit.« Sie machte eine Pause. »Sie hat zwar nie irgendwelche Details erwähnt, aber ich weiß, dass Aleynas Vater gewalttätig war.«

»Sexueller Missbrauch vielleicht?«

»Wie gesagt … ich weiß es nicht …« Helene sah auf, nachdem sie beide eine Weile geschwiegen hatten. »Konnte ich Ihnen helfen?«

Pulaski nickte. Zumindest hatte er jetzt eine Theorie, warum Kamal Qasem nach Wien gekommen war und alle Hebel in Bewegung setzte, um den Mörder seiner Tochter zu finden: nicht aus Rache oder einem Gerechtigkeitssinn heraus, sondern weil sein Gewissen ihn plagte. Qasem gab sich die Schuld daran, dass seine Tochter nach Österreich geflohen war. Und dass er sie nicht hatte beschützen können. Damit ergab das plötzlich einen Sinn, was er Evelyn gegenüber erwähnt hatte, dass er *zum Frieden seiner Seele* diesen Mord unbedingt aufklären musste. Wenn Pulaski an seine eigene Tochter dachte, konnte er Qasem nur zu gut verstehen. Auch Jasmin war letztes Jahr verschwunden, und obwohl sie nicht vor ihm geflüchtet war, sondern es sich um eine Entführung gehandelt hatte, hatte sich Pulaski unendlich schuldig gefühlt, sie nicht besser beschützt zu haben.

»Alles in Ordnung?«, fragte Helene.

Pulaski wurde aus seinen Gedanken gerissen. Automatisch fuhr er sich mit der Hand zum Hals, um die Knöpfe seines Hemdkragens zu öffnen, als ihm bewusst wurde, dass er halb nackt in einem Patientenkittel in der Teeküche eines Krankenhauses saß. »Ja, danke, ich muss nur weiter.« Er erhob sich. Helene wollte gerade noch etwas sagen, als Pulaskis Telefon in seiner Hand vibrierte. *Evelyns Nummer.* »Mein Auftraggeber«, sagte er entschuldigend und ging ran. »Ja?«

»Wir wissen jetzt, wie Niemeyer sich Kilians DNA besorgt hat«, rief Evelyn euphorisch.

»Und wie genau?«

»Das ist etwas kompliziert, erzähle ich Ihnen später. Aber immerhin können wir jetzt die falschen Spuren am Tatort erklären.«

»Okay«, brummte er. »Und was war Niemeyers Motiv? Dass er ungestraft den Tod seiner Frau rächen wollte?«

»Was sonst?«

»Wer sagt, dass diese Geschichte mit der OP überhaupt stimmt?«, gab Pulaski zu bedenken. »Wir kennen sie bisher nur von Kilians Erzählung.«

»Dann überprüfen wir sie«, reagierte Evelyn prompt. »Sind Sie noch im Krankenhaus?«

»Bin ich.«

»Fein, könnten Sie mit Primar Bormann reden? Vielleicht gewährt er Ihnen Einsicht in die OP-Unterlagen von Niemeyers Frau.«

»Das kann ich mir nicht vorstellen.«

»Ihnen fällt schon etwas ein.«

Pulaski wollte noch etwas erwidern, doch schon wieder vibrierte sein Handy. »Einen Moment …« Er war einen Blick auf das Display. Eine SMS von Dreyer. *Treffen wir uns in einer halben Stunde zur Übergabe der Ermittlungsakten?* Er führte das Handy wieder zum Ohr. »Ich habe gerade einen anderen dringenden Termin erhalten.«

»Okay, kein Problem«, lenkte Evelyn ein, »dann kümmere ich mich selbst darum.«

»Aber reden Sie vorher mit Niemeyer und hören Sie sich *seine* Version an«, riet er ihr.

»Mach ich, danke.« Sie legte auf.

Pulaski nahm das Handy herunter. Helene lächelte ihn mitleidig an. »Klingt so, als wären Sie ziemlich im Stress.«

Er nickte. »Die Ermittlungen nehmen gerade etwas Fahrt auf.«

Helene begleitete ihn zur Tür. »Brauchen Sie sonst noch etwas?«

Pulaski überlegte kurz. »Haben Sie eine OP-Haube und ein Paar Latexhandschuhe für mich?«

18

Bevor Evelyn Pulaskis Ratschlag befolgen und mit Niemeyer sprechen konnte, musste sie noch klären, wer Kilians Nachbarin besuchte, um sie zu befragen. Also rief sie Flo an, erklärte ihm kurz die Hintergründe und bat ihn, bei der Frau mehr über die Geschichte mit dem Penner herauszufinden, der Kilians Mülleimer durchwühlt haben sollte. Währenddessen würde sie Niemeyer einen Besuch abstatten.

Sie versuchte es erst bei der Uni, erfuhr aber vom Portier, dass Professor Niemeyer samstags nur selten vor Ort war. Da sie seine Privatadresse aus dem Polizeiprotokoll kannte, das Dreyer ihr geschickt hatte, fuhr sie als Nächstes mit Imraan an den nordwestlichen Stadtrand von Wien.

Niemeyers Haus befand sich am Fuße des Kahlenbergs, direkt an der Donau. Das Taxi brachte Evelyn und Imraan zum Anfang der verkehrsberuhigten Wohnsiedlung, von wo aus sie zu Fuß entlang der Uferpromenade weitergingen. *Was für eine Gegend!* Luxuswohnhäuser lagen an einem begrünten Seitenarm des Flusses, und nichts erinnerte mehr an die graue Großstadt. Stattdessen herrschte reines Urlaubsflair.

Nach einer Reihe kleiner Badehütten mit Sonnenschirmen folgten einige Häuser mit Holzstegen, die bis aufs Wasser reichten. Andere hatten betonierte Treppen, die zum Flussufer hinunterführten. Vor einer der Villen, wo Kinder im Gras spielten, lag sogar ein kleines Segelboot.

Die Hitze hatte einen ersten Höhepunkt erreicht, die kräftige Mittagssonne spiegelte sich auf der glitzernden Wasseroberfläche. Ein Schwarm Wildenten landete in der Nähe des Ufers und zerstörte das glatte Spiegelbild vor der Häuserreihe. Wirklich Idylle pur.

Niemeyers Wohnhaus lag in der breiten Bucht am Ende des Flussarms im Schatten hoher Pappeln. In der Hauseinfahrt stand ein Volvo unter einem Holzcarport. Mit etwas Glück war der Mann zu Hause.

»Wozu willst du eigentlich mit ihm reden?«, fragte Imraan plötzlich, nachdem er bis jetzt schweigend neben Evelyn hergegangen war.

Evelyn schielte zu Imraan. Ihr gefiel nicht unbedingt, dass der nun wusste, wo Niemeyer lebte – immer noch konnte sie nicht ganz einschätzen, wozu er fähig war und zu welchen Mitteln er greifen würde. Und ob er sich im Ernstfall von ihr würde zurückhalten lassen. Andererseits vermochte sie ihn so ganz gut im Auge zu behalten, während Pulaski unbemerkt recherchierte. »Wie meinen Sie das?«

Imraan hob die muskulösen Arme. »Liegt doch auf der Hand, dass er abstreiten wird, sich mit Kilian im Steakhouse getroffen zu haben.«

»Und wenn nicht?«

»Dann wird er zumindest abstreiten, dass er mit Kilian über Aisha gesprochen hat.«

»Sie hieß Aleyna«, korrigierte Evelyn ihn. Imraan zeigte zwar keine Reaktion, aber allein die Art und Weise, wie er den Namen *Aisha* ausgesprochen hatte, ließ vermuten, dass die beiden mehr verband als die bloße Bekanntschaft zwischen einem Angestelltem und der Tochter seines Chefs.

»Und?«, hakte Imraan nun ungeduldig nach.

»Mir ist klar, dass er das abstreiten wird«, gab Evelyn zu.

»Aber die Frage ist doch, *wie* er das tun wird. Ich möchte herausfinden, ob er dabei die Wahrheit sagt oder lügt.«

»Die Wahrheit sagt?« Imraan hob den Ball auf, der von der Gruppe spielender Kinder zu ihnen hergerollt war, und warf ihn kraftvoll zurück. »Das heißt, du bist dir auch nicht sicher, ob Kilian die Wahrheit über den Steakhouse-Besuch gesagt hat?«, schlussfolgerte er.

»Wir dürfen nichts ausschließen.«

»Und wie willst du herausfinden, ob Niemeyer lügt?«, fragte Imraan weiter.

»Abwarten.«

»Wenn es nicht funktioniert, übernehme ich.« Er deutete mit dem Daumen auf seine Brust.

»Danke für das tolle Angebot, aber das wird nicht nötig sein«, sagte sie spitz. Ihr Bauchgefühl hatte stets wie ein Radar für Lügner und Betrüger funktioniert – das hatte zumindest Ostrovsky immer behauptet. Sie hoffte, dass es diesmal nicht anders sein würde. »Ein deutliches Anzeichen für Lügen ist, wenn das Verhalten der betreffenden Person von der Normalität abweicht.«

»Dazu müsstest du aber wissen, wie sich der Professor normalerweise verhält.«

Evelyn nickte. *Richtig.* »Ich habe mir gestern einige YouTube-Videos angesehen, in denen Niemeyer im Hörsaal Fragen der Studenten beantwortet. Ich kenne seine Mimik, seine Körperhaltung, Gestik, Wortwahl und Denkpausen. Sobald er lügt, kommt er aus dem Gleichgewicht.«

»Es sei denn, er hat die Lügen gut einstudiert«, gab Imraan zu bedenken.

Mittlerweile hatten sie das Gartentor erreicht, betraten das Grundstück und läuteten neben dem Volvo an der Eingangstür.

Unter dem Schatten des Vordachs stand ein Zitronenbäumchen in einem Blumentopf, und an der Wasserspur auf den Fliesen sah man, dass es erst kürzlich gegossen worden war.

Nachdem sich kurz ein Schatten über den Spion gelegt hatte, öffnete sich die Tür. Professor Niemeyer stand im Türrahmen, barfuß und leger gekleidet mit karierten Shorts und einem cremefarbenen Poloshirt. »Ja?«, fragte er mit einer rauen Raucherstimme. Sogar auf die Distanz von einem halben Meter roch sein Atem nach kaltem Rauch.

Evelyn stellte sich vor und zeigte ihren Ausweis. »Ich vertrete Martin Kilian in der Mordsache Dr. Aleyna Al-Rashid. Sie kennen den Fall bestimmt aus den Medien. Falls Sie ein paar Minuten Zeit haben, würde ich gern mit Ihnen über die Ärztin sprechen.«

»Und ob ich den Fall kenne.« Niemeyer musterte sie skeptisch. Durch die tiefen Falten wirkte sein Kinn wie das einer Klappmaulpuppe. Kurz fuhr er sich über den kratzigen grauen Dreitagebart. »Die Polizei hat mich schon verhört. Bin siebzehn Stunden in U-Haft gesessen. Werde ich verdächtigt? Bin ich angeklagt?«

»Nein, nichts von alledem. Ich würde nur gern mehr über das Mordopfer erfahren«, wiederholte sie.

»Und wie soll *ich* Ihnen dabei helfen können?«

»Ihre Frau ist kürzlich verstorben – mein aufrichtiges Beileid …«, Evelyn legte ein paar Schweigesekunden ein, »… und ich würde mir gern Ihre Meinung über die Ärztin anhören.«

»Die können Sie sich bestimmt denken.« Niemeyer kniff die Augen zusammen, als schien er plötzlich zu begreifen, woher der Wind wehte. »Verstehe, meine Frau ist wegen eines Behandlungsfehlers verstorben, und Sie suchen einen alternativen Täter, der Ihren Mandanten entlastet.«

Evelyn hielt seinem durchdringenden Blick stand. Wenn er wirklich der Mörder war und Kilian reingelegt hatte, dann war er auf diese Begegnung bestimmt vorbereitet. Die Frage war bloß, ob er arrogant und selbstsicher genug war, um sich auf ein Gespräch mit ihr einzulassen. »Ich wäre eine schlechte Anwältin, wenn ich das nicht in Erwägung ziehen würde«, gab sie zu. »Aber um ehrlich zu sein, alle Beweise sprechen gegen meinen Mandanten und die Chancen sind gering, ihn da rauszuholen.«

»Und, hat er die Ärztin Ihrer Meinung nach ermordet?«, fragte Niemeyer.

»Das darf ich nicht sagen.« Evelyn wartete Niemeyers verständnisvolles Nicken ab und fügte dann hinzu: »Haben Sie ein paar Minuten für mich?«

»Sicher«, brummte er und deutete zu Imraan, »aber Sie verstehen bestimmt, dass ich diesen Mann – wer immer das ist – nicht in mein Haus lassen werde.«

»Nein, das verstehe ich nicht«, reagierte Evelyn prompt, »aber ich respektiere Ihren Wunsch.« Sie warf Imraan einen auffordernden Blick zu, woraufhin der sich zurückzog.

»Wenn du Hilfe brauchst …«

»Werde ich schreien«, sagte Evelyn.

Niemeyer öffnete die Tür vollends und bat Evelyn herein. Sie setzten sich im Wintergarten auf eine niedrige Couchlandschaft. Die großflächigen Fenster boten einen prächtigen Blick auf die hohen Pappeln am Ufer der Bucht. Dadurch strahlte der Raum in einem für die Augen angenehmen dunklen Grünton.

Wie Evelyn bemerkte, hatte Niemeyer gerade Fotos und Briefe sortiert. Zahlreiche prall gefüllte Schuhschachteln standen geöffnet zwischen großen Topfpalmen auf dem Boden.

»Entschuldigen Sie bitte die Unordnung.« Er kramte in seiner Hosentasche. »Stört es Sie, wenn ich rauche?«

Evelyn hob die Schultern. »Ihr Haus – Ihre Regeln.«

Niemeyer zündete sich eine Roth-Händle ohne Filter an, eine der stärksten Zigaretten überhaupt. Seine Hände zitterten, wie Evelyn es auch schon auf den Videos gesehen hatte, wurden jedoch schon nach den ersten Zügen ruhiger.

»Sie unterrichten interessante Fächer an der Uni«, begann Evelyn mit Small Talk und verwickelte Niemeyer in ein längeres Gespräch über die Uni, seine Studenten, sein Fachgebiet und seine Pläne, wie er den kommenden Sommer verbringen wollte. Da es sich um unverfängliche Fragen handelte, ging sie davon aus, dass seine Antworten der Wahrheit entsprachen. Unauffällig beobachtete sie jede seiner Regungen.

Erst als sie davon überzeugt war, dass sie ihn treffsicher einschätzen konnte, wechselte sie das Thema. »Ihre Frau ist kürzlich im Krankenhaus gestorben, nicht wahr? Wie sind Sie damit umgegangen?«

»Sind Sie verheiratet?«, entgegnete er.

»Nein.«

»Dann können Sie wohl kaum nachvollziehen, wie es ist, wenn man nach knapp dreißig Jahren Ehe seine Partnerin verliert.« Er sah kurz auf, während er sich im Nacken kratzte. »Tut mir leid – hab ich nicht so gemeint.« Er drückte die Zigarette – mittlerweile die dritte – im Aschenbecher aus. »Bernadette war achtundfünfzig. Sie hatte gute Chancen, den Krebs zu besiegen, aber die OP ging schief.« Daraufhin erzählte er Evelyn dieselbe Geschichte, die sie bereits von Kilian gehört hatte, und gab Aleyna Al-Rashid dabei mehrfach und deutlich die Schuld am Tod seiner Frau.

Nachdem er seine Erzählung beendet hatte, zog er sein

Handy aus der Gesäßtasche. »Wenige Stunden vor ihrem Tod hat sie mir noch dieses Video geschickt.« Er wischte ein paar Mal über das Display und reichte ihr das Telefon.

Eine Frau im blauen Nachthemd, die – abgemagert und mit eingefallenem Gesicht –, aussah wie Anfang siebzig, lag seitlich im Bett, versuchte zu lächeln und sagte mit schwacher Stimme nur zwei Sätze. »*Sie operieren mich jetzt noch einmal. Ich hoffe, ich kann danach nach Hause zu dir.*« Das Video dauerte nur sieben Sekunden.

Niemeyer nahm das Handy wieder an sich. »Wir dachten, mit dieser weiteren OP wäre dann alles gut – aber plötzlich stehen mitten in der Nacht drei Ärzte vor dir im Warteraum, die dich ansehen und dir sagen … *Herr Professor Niemeyer, es tut uns leid, aber Ihre Frau ist auf dem OP-Tisch verstorben. Wir mussten die Reanimation einstellen und konnten nichts mehr für sie tun.*« Er atmete tief durch. »Da zieht es dir den Boden unter den Füßen weg.« Obwohl die Worte so intensiv waren, hatte er sie völlig emotionslos ausgesprochen.

Evelyn schluckte. »Das tut mir sehr leid.«

»Es war schrecklich. Ich habe sogar versucht, mir das Leben zu nehmen – bin aber gescheitert.« Er lächelte deprimiert. »Nicht einmal das habe ich hinbekommen.«

Evelyns Blick fiel auf seine Unterarme, wo beginnend vom Handgelenk mehrere längliche Narben in Richtung Armbeuge verliefen. Das frische Narbengeflecht sah nicht so aus, als wäre der Suizidversuch nur inszeniert gewesen. Wie realistisch war es also, dass jemand, der einen Selbstmordversuch unternommen hatte, danach selbst zum Mörder wurde? »Entschuldigen Sie bitte die direkte Frage«, sagte Evelyn und deutete auf seine Arme, »aber wie haben Sie das überlebt?«

»Meine Nachbarn hatten an jenem Tag Besuch. Die Kinder spielten im Garten, und der Ball flog über den Zaun. Sie sind heimlich auf mein Grundstück geklettert, um den Ball zu holen, und haben mich durch die Scheibe reglos auf dem Boden liegen sehen …« Er hielt inne, drehte sich zur Seite und deutete in die Mitte des Wintergartens. Dabei sah Evelyn kurz die gerötete Stelle hinter seinem Ohr, an der er sich ständig kratzte. »Anscheinend war meine Zeit noch nicht gekommen. Eine Therapie hat mich wieder zurück ins normale Leben geholt … und seit Kurzem unterrichte ich wieder.«

»Kennen Sie Martin Kilian?«, fragte sie nun frei heraus.

»Ich habe die Geschichte vom Tod seiner Tochter damals in den Medien verfolgt – das war ja überall zu lesen. Ziemlich dramatisch.«

»Ich meine … Kennen Sie ihn *persönlich*?«

»Wir sind uns nie begegnet. Warum?«

»Auch nicht letzten Montag um zwanzig Uhr im *Black Angus Rib House*?«

»Was soll das sein? Eine Touristenattraktion?«

»Nein, ein Steakhouse in der Wiener Innenstadt.«

Niemeyer runzelte die Stirn. »Hat Kilian das behauptet?«

»Allerdings. Außerdem hat er gesagt, Sie hätten ihm gegenüber erwähnt, dass Sie alle seine Podcasts kennen.«

»Witzig«, knurrte Niemeyer. »Ich höre nämlich keine Podcasts.« Seine Stirn blieb verständnislos gerunzelt. Es war die erste Mimik, die er in den letzten Minuten zugelassen hatte. Ansonsten war er während des Gesprächs, mit Ausnahme des Rauchens und des Kratzens, ziemlich reglos dagesessen.

»Kilian hat das felsenfest behauptet.«

»Und Sie glauben ihm das?«, fragte Niemeyer, um gleich hinzuzufügen. »Natürlich tun Sie das, schließlich ist er Ihr Mandant.«

»Ehrlich gesagt, weiß ich nicht, wem ich glauben soll«, log Evelyn, um Niemeyer weiter zum Reden zu bringen. »Allerdings kann ich an Ihren Gesichtszügen deutlich erkennen, dass Sie etwas vor mir verbergen wollen.«

Nun zog er eine Augenbraue hoch – die zweite Regung während der letzten Minuten. »Und wie kommen Sie darauf? Sofern Ihr Ausweis keine Fälschung ist, sind Sie Anwältin und keine Verhörspezialistin der Polizei.«

»Richtig. Der Unterschied zur Polizei ist, dass ich als Strafverteidigerin näher am Verbrecher dran bin als die Ermittler. Wenn Verbrecher mit mir reden, vertrauen sie mir im Regelfall und sprechen offen mit mir – einem Polizisten gegenüber versuchen sie stets, so viel wie möglich zu verbergen.«

»Und woran glauben Sie erkannt zu haben, dass *ich* etwas verbergen möchte?«

Sie breitete die Arme aus. »Oft versteinert das Gesicht bei dem Versuch, nicht durchschaut werden zu wollen. Man will keine verräterischen Regungen zeigen. So, wie Sie es getan haben. Aber genau das ist das Verräterische.«

»Das ist es also?«, stellte er nun gelassen, beinahe traurig fest. »Ich habe nicht die Stirn gerunzelt, nicht die Unterlippe vorgeschoben, die Augen verdreht, die Nase gerümpft, geblinzelt oder echauffiert die Nasenlöcher gebläht? Im Ernst?«

»Dinge lassen sich viel besser verheimlichen, wenn man den Körper mit Mimik und Gestik in Bewegung hält«, argumentierte sie.

»Darf ich offen sprechen? Sie werden verstehen, dass ich als Mathematiker nicht viel von diesem esoterischen Psycho-Kack halte. Sie müssen schon ziemlich verzweifelt sein, wenn Sie sich an einen so dünnen Strohhalm klammern.«

»Ich nehme Ihnen nicht ab, dass Sie sich nicht mit Kilian getroffen haben.«

Er lächelte. »Da ist wohl eher der Wunsch der Vater des Gedankens.«

»Ein Gerichtspsychologe würde …«

»Was?«, unterbrach er sie. »Aus meinem emotionslosen Verhalten schließen, dass ich lüge? Ich bitte Sie!« Er rückte näher, senkte die Stimme und pochte dabei auf den Glastisch. »Seit dem Tod meiner Frau versuche ich, meinen Emotionen gezielt aus dem Weg zu gehen. Ich will mich nicht verletzlich zeigen. Niemandem gegenüber. Und schon gar nicht einer Anwältin!«

Verdammt! Evelyn biss sich auf die Lippen. Er hatte recht. »Es tut mir leid«, gab sie offen zu. »Ich wollte Sie provozieren, Sie aus der Reserve locken. Verzeihen Sie mir bitte.«

Er seufzte tief und unterdrückte den Anfall eines Raucherhustens. »Schon gut.« Er winkte mit der Hand ab. »Immerhin geht es um die Schuldfrage bei einem Mord. Ich kann Sie ja verstehen. Ich weiß nicht, ob dieser Kilian es getan hat oder nicht – jedenfalls könnte ich seine Beweggründe für diese Tat gut nachvollziehen. Wenn ich genug Mumm hätte, hätte ich es selbst getan und den Abzug gedrückt.«

Den Abzug gedrückt? Niemeyer hatte das mit einer solchen Selbstverständlichkeit gesagt – und es klang nicht danach, als wüsste er, *wie* die Ärztin gestorben war. *Stimmt, in den Nachrichten ist nur von Mord die Rede gewesen, aber nicht, WIE Aleyna ums Leben gekommen ist.*

»Sie wurde nicht erschossen, sondern erstochen«, korrigierte Evelyn ihn.

Niemeyer sah sie mit großen Augen an und kratzte sich wieder hinter dem Ohr. »Ernsthaft? Kommissarin Dreyer hat behauptet, sie sei erschossen worden.«

Evelyn lächelte. »Pro-aktive Ermittlungstaktik. Dreyer wollte Ihnen vermutlich eine Falle stellen.«

»Dieses Miststück!«

»Haben Sie sich nicht über den Fall erkundigt? Ihn in den Medien verfolgt?«

Er schüttelte den Kopf. »Der Mörder wurde gefasst, ich bin aus der U-Haft entlassen worden, der Rest interessiert mich nicht. Im Moment beschäftigen mich andere Gedanken.« Er deutete zu den Fotokisten.

Verdammter Mist! Entweder war die Sache mit Niemeyer eine völlig falsche Fährte, in die sie sich verrannt hatte, oder er war ein brillanter und ebenso cleverer Lügner. Jedenfalls würde sie sich hüten, Niemeyer beim Prozess ins Kreuzverhör zu nehmen. Damit konnte sie gegenüber den Geschworenen nur verlieren.

Niemeyer wollte noch etwas sagen, als er plötzlich verstummte, aufsprang und ungläubig durch die Glaswand in den Garten starrte. Evelyn fuhr ebenfalls hoch. Vor der Scheibe stand Imraan, schirmte das Sonnenlicht mit der Handfläche ab und sah suchend durch die Glasscheibe.

»Was will der denn hier?«, entfuhr es Niemeyer.

Evelyn ignorierte die Frage, denn ihr war etwas Entscheidendes aufgefallen: Imraan musste die spiegelnde Sonne abschirmen, damit er in den Wintergarten blicken konnte. *Wie also konnten die spielenden Kinder, die nur ihren Ball gesucht haben, Niemeyer auf dem Boden des Wintergartens liegen sehen?* War Niemeyers angeblicher Selbstmordversuch doch anders abgelaufen?

»Äh … ich glaube, er will nur etwas von mir«, fing Evelyn sich jetzt wieder.

Imraan klopfte an die Scheibe. Niemeyer ging hin, öffnete

einen Riegel und schob einen Teil der Glasfront auf. »Ja, was ist?«

»Ich muss aufs Klo.«

»O Gott«, seufzte Niemeyer. »Von mir aus. Kommen Sie herein, aber ziehen Sie sich die Schuhe aus! Und danach gehen Sie beide.« Er blickte auf die Armbanduhr, dann kratzte er sich wieder hinter dem Ohr. Seine Haut schuppte, die Stelle musste fürchterlich trocken sein. »Ich wollte ohnehin schon längst in der Uni sein.«

»Samstags?«, fragte Evelyn.

»Nur dann kann ich in Ruhe den Bürokram erledigen.«

In der Zwischenzeit war Imraan eingetreten, hatte Evelyn einen entschuldigenden Blick zugeworfen und war aus den Schuhen geschlüpft.

Niemeyer schob die Glasfront wieder zu und schloss den Riegel. Er ging voraus, und Evelyn folgte ihm. Aus dem Augenwinkel sah sie, wie Imraan seine Schuhe in die Hand nahm und mit der anderen Hand hinter seinem Rücken den Riegel wieder öffnete.

Dann folgte auch er ihnen.

19

Pulaski saß im Café Schwarzenberg auf der Ringstraße. Er war zehn Minuten früher zu seinem Termin mit Dreyer gekommen und hatte bereits einen starken schwarzen Kaffee bestellt. Die Kommissarin müsste jeden Augenblick auftauchen.

Er ließ seinen Blick durch den Raum schweifen. Die Stühle waren aus braunem Holz und braunem Leder, die Holzsäulen waren ebenfalls braun, die Tischplatten bestanden aus gesprenkeltem Marmor, und die Kronleuchter mit den schwachen Glühlampen hingen tief. Selbst wenn wie jetzt draußen der grellste Sonnenschein herrschte, war es hier drinnen stockdunkel. Ein Flair, das Pulaski an seine Jugendzeit erinnerte, als er so manches frühmorgendliche Katerfrühstück in ähnlich düsteren Cafés zu sich genommen hatte.

Auch der Geruch kam ihm bekannt vor. Obwohl in der Wiener Gastronomie bestimmt ähnlich lange Rauchverbot herrschte wie in Deutschland, roch es in manchen Ecken immer noch nach kaltem Rauch, der sich über die Jahrzehnte in das Interieur gefressen hatte, gepaart mit dem Duft gerösteter Kaffeebohnen.

Um die Wartezeit zu überbrücken, hatte sich Pulaski eine der Tageszeitungen genommen, die in sperrigen Zeitungshaltern aus Holz hinter ihm hingen, und blätterte sie nun durch. Die Schlagzeile befasste sich mit dem Mord an Aleyna Al-Rashid, und er hatte gerade den Artikel überflogen, als ein Schatten auf seinen Tisch fiel. Er sah auf. Vor ihm stand

Kommissarin Dreyer in Begleitung eines groß gewachsenen Mannes. Beide trugen dunkle Kleidung.

Dreyer betrachtete ihn mit einem missgelaunten Blick. »Wir kennen uns«, stellte sie wenig überrascht fest. »Sie haben Anwältin Meyers in die JVA begleitet, als sie mit Kilian gesprochen hat.« Sie warf ihrem Kollegen einen Blick zu. »Dachte mir doch, dass da was faul ist.«

Pulaski setzte einen unschuldigen Blick auf. »Eine offizielle Anfrage über das BKA Wiesbaden – was sollte daran faul sein?«

»Also gut.« Sie lächelte etwas grimmig. »Dann spielen wir erst mal mit.« Sie nickte zu ihrem Kollegen. »Das ist Kommissar Fichtinger.« Beide nahmen sie Platz und bestellten Kaffee.

»Sie sind also auf Dienstreise in Wien«, sagte Dreyer, und es war klar, dass sie das in keiner Weise glaubte. »Worum geht es denn bei Ihrem Cold Case in Dresden? Wir würden uns die Unterlagen gern ansehen. Vielleicht helfen die uns ja wiederum bei der Lösung unseres Mordfalles.«

»Gut möglich«, murmelte Pulaski. »Haben Sie Ihre Ermittlungsergebnisse dabei?«

Dreyer nickte.

»Und?« Pulaski zog die Augenbrauen hoch.

Widerwillig öffnete Dreyer eine schmale Aktentasche und legte einen Packen Farbfotos sowie einige Papiere auf den Tisch, die Pulaski als Berichte von der Spurensicherung erkannte sowie als Zeugenaussagen, das endgültige Autopsieergebnis und Laborbefunde von DNA-Abgleichen. Genau die fehlenden Unterlagen, nach denen er gesucht hatte. Er griff über den Tisch und wollte alles an sich nehmen, doch Dreyer legte rasch die Hand darauf.

In diesem Moment kam der Kellner und brachte für die

beiden Wiener Kripobeamten je ein Tablett mit Kaffee, Keksen und einem Glas Wasser. Während er alles am Tisch abstellte, sagte niemand von ihnen ein Wort. Es bewegte sich auch keiner – alle verharrten in der Bewegung, bis der Kellner wieder außer Hörweite war.

»Was wird das?«, fragte Pulaski.

»Sie können sich unsere Ermittlungsergebnisse gern ansehen – und zwar hier«, sagte Dreyer. Ihr Blick war hart. Sie hatte seinen Trick mit der Anfrage eindeutig durchschaut und ahnte wahrscheinlich, dass er das für Evelyn eingefädelt hatte. Kurz überlegte er, weiter den Dummen zu spielen, doch ihm war mehr als bewusst, dass es sich bei Dreyer und Fichtinger um erfahrene Kollegen handelte, denen er nicht so leicht etwas vormachen konnte.

»Darf ich wenigstens eine Kopie davon haben?«, fragte er.

Dreyer beugte sich über den Tisch, immer noch die Hand auf den Unterlagen. »Darf *ich* eine Kopie *Ihrer* Ermittlungsergebnisse haben?«

»Nein.«

Bedauernd zog Dreyer die Schultern hoch. »*Quid pro quo.* Oder *Eine-Hand-wäscht-die-andere*, wie es so schön heißt.«

»Also gut, dann sehe ich mir die Unterlagen eben hier an.«

Dreyer zog die Hand zurück, und Pulaski schob die Fotos auf dem Tisch auseinander. Vor allem interessierten ihn die Aufnahmen vom Tatort, der Leiche und dem Inneren von Aleynas Haus. Beim Anblick der Toten schluckte er kurz. Selbst ein Laie hätte erkannt, dass die tiefen Einstiche brutal ausgeführt worden waren. Vielleicht wären sie nicht alle für sich tödlich gewesen, aber in der Summe hatte Aleyna nicht die geringste Chance gehabt zu überleben.

Während Dreyer sich unauffällig bemühte, ihren Tisch mit den grausigen Bildern von den restlichen Gästen abzuschirmen, blätterte Pulaski die Laborbefunde durch. Aleyna war zum Zeitpunkt ihres Todes nicht schwanger gewesen und hatte vermutlich auch nie eine Abtreibung gehabt. Er blickte kurz gedankenverloren durchs Fenster auf die Straße, wo eine Handvoll jugendlicher Punks mit abgerissenen Lederjacken und Schäferhunden auf dem Bürgersteig herumlungerten. Dann nippte er an seiner Kaffeetasse und kratzte sich am Kinn. »Im Moment sehe ich keine großen Gemeinsamkeiten zu unserem Cold Case in Deutschland«, sagte er.

»Ach, was für eine Überraschung«, sagte Dreyer spitz.

»War's das dann?«, meldete sich nun auch Fichtinger zu Wort und wollte die Fotos bereits wieder zu einem Stapel zusammenschieben.

»Einen Moment noch«, sagte Pulaski, »ich …«

Da wurde die Tür zum Lokal derart schwungvoll aufgerissen, dass sie scheppernd gegen einen Kleiderständer krachte. Die Punks stürmten in das Café und brüllten Parolen gegen die Regierung und das Establishment, während ihre Hunde aus voller Kehle losbellten.

Erschrocken fuhr Pulaski herum und wischte dabei unabsichtlich ein Tablett vom Tisch, sodass Fichtinger der Kaffee über Sakko und Hose spritzte.

Fichtinger sprang auf. »Verdammt!«

»Oh, tut mir leid«, rief Pulaski.

Inzwischen pöbelten die Punks eine Gruppe älterer Damen an, die an einem Tisch saßen und Kuchen aßen. Einer der Hunde stellte sich zähnefletschend auf die Hinterbeine und wurde nur durch eine Leine und ein mit Nieten besetztes Lederhalsband zurückgehalten.

Dreyer erhob sich sofort und stürmte auf die Gruppe zu. Inzwischen hatte sich Fichtinger sämtliche Servietten vom Tisch geschnappt und lief in Richtung Toiletten.

Pulaski sah seine Chance gekommen. Er ignorierte den Tumult im Eingangsbereich, zog sein Handy aus der Tasche, beugte sich über den Tisch und fotografierte die aufgeschlagenen Berichte und Fotos. Insgesamt gelangen ihm über zwanzig Bilder.

Indessen waren viele der anderen Gäste aufgesprungen, und fast alle redeten wild durcheinander. Aus dem Augenwinkel sah Pulaski, wie Dreyer und ein Kellner die Punks mit ihren Hunden aus dem Café drängten. Kaum war die Tür wieder geschlossen, kehrte Ruhe ein und Dreyer kam zurück an seinen Tisch.

Pulaski hatte sein Handy wieder in der Hosentasche verschwinden lassen. »So ein asoziales Gesocks haben wir in Dresden auch.«

»Was Sie als *Gesocks* bezeichnen, sind Jugendliche, die das Gefühl haben, durchs soziale Netz gefallen zu sein.« Dreyer ließ den Blick über die Unterlagen schweifen. Nichts fehlte, allerdings waren auf einigen Papieren Kaffeespritzer.

»Tut mir leid.« Pulaski schob die Unterlagen zusammen und reichte sie Dreyer, die sie in ihrer Aktentasche verstaute. Währenddessen kam Fichtinger wieder. Auf seiner Hose, dem Hemd und seinem Sakko waren Wasserflecken. Auch er blickte zuerst auf den Tisch.

»Wir sind fertig«, sagte Dreyer. »Ich nehme an, der Kaffee geht aufs LKA Dresden.« Sie nickte ihrem Kollegen zu, und ohne ein weiteres Wort verließen sie das Lokal.

Pulaski hatte, was er wollte. Er bezahlte beim Kellner – inklusive eines kräftigen Trinkgelds wegen der Sauerei, die sie veranstaltet hatten –, steckte sich aus seinem Portemonnaie einen Hunderteuroschein in die Hosentasche und verließ das Café.

Draußen hingen immer noch die Punks herum. »Kacksystem!«, rief eine junge Frau mit rot-schwarz kariertem Kilt, schwarzem Netz-T-Shirt und Wollmütze.

»Ja, was für ein Kacksystem«, pflichtete Pulaski ihr bei, zwinkerte ihr zu, als Zeichen, dass alles wie vorgesehen funktioniert hatte, und drückte ihr den zweiten vereinbarten Hunderteuroschein in die Hand.

20

Evelyn stand neben Imraan auf der Uferpromenade der Donau und sah, wie Niemeyer – in derselben Kleidung wie vorhin, nur dass er jetzt Sandalen und eine Umhängetasche trug – in seinen Volvo stieg. Dort zündete er sich erst mal eine Zigarette an und setzte die Sonnenbrille auf. Dann rollte er völlig geräuschlos aus dem Carport. Erst als er außerhalb der verkehrsberuhigten Zone beschleunigte, schaltete der Hybrid den Benzinmotor dazu. Kurz darauf war Niemeyer zwischen den Wohnhäusern verschwunden.

Evelyn sah immer noch in die Richtung, in die Niemeyer gefahren war, und wartete ab. Dann seufzte sie. »Schade, dass ich keinen genaueren Blick in die Villa werfen konnte«, stellte sie fest, schielte zu Imraan und beobachtete seine Reaktion. Sie hatte sich bewusst nicht anmerken lassen, dass sie ihn vorhin im Wintergarten beobachtet hatte. Würde er etwas sagen?

Doch Imraan reagierte nicht, spielte stattdessen mit den Freundschaftsbändern an seinem Handgelenk. »Was machen wir jetzt?«, fragte er.

»Wir fahren mit dem Taxi in die Bormann-Klinik.«

Imraan rührte sich nicht vom Fleck. Schließlich räusperte er sich. »Es gibt eine Möglichkeit, wie wir ins Haus …«

Also doch. »Ich hab's gesehen«, unterbrach Evelyn ihn. »Kommen Sie mit!« Sie ging zum Gartentor, betrat erneut das Grundstück und lief zur Rückseite, wo der Wintergarten im Schatten der Bäume lag. Imraan folgte ihr. Vor der Glasschiebetür blieben sie stehen.

»He, Anwältin«, flüsterte Imraan, »glaubst du, dass er eine Alarmanlage hat?«

»Werden wir gleich herausfinden – falls ja, wandern wir beide in den Knast.«

»Das riskierst du?«

»Ich weiß nicht, ob Ihnen das aufgefallen ist, aber mein Klient wird im Knast übelst verprügelt«, erklärte Evelyn. »Also mache ich alles, um ihn herauszuholen.« Dann fügte sie jedoch lächelnd hinzu: »Außerdem habe ich im Vorraum keine Alarmanlage gesehen.«

Imraan packte die Glastür mit seinen großen Handflächen und schob sie auf. Nichts passierte. *Kein Alarm!* Zumindest kein lauter. Dann schlüpften sie ins Haus.

»Schuhe ausziehen!«, befahl Evelyn und streifte die Absatzschuhe ab. Danach teilten sie sich auf und durchstöberten in Socken und Strümpfen das Haus.

Es gab keinen Keller, bloß eine zusätzliche obere Etage. Hier lief im Gegensatz zum Erdgeschoss die Klimaanlage, und alles war mit Designermöbeln im funktionellen kühlen Look eingerichtet. Die Möbel waren weiß, die Böden gefliest, es gab keine Vorhänge, nur elektrische Außenrollos, moderne Gemälde und jede Menge Glasvitrinen.

Das Haus wirkte wie eine mathematische Gleichung. Insgesamt entdeckte Evelyn fünf Schachbretter – alle großformatig aus Glas mit teuer aussehenden Aluminiumfiguren –, die gerade mitten in einer Partie standen. Sah ganz danach aus, als spielte Niemeyer gleichzeitig mehrere Partien Online-Schach.

Evelyn musste Imraan nicht erklären, wonach sie suchten.

Da er sie seit gestern auf Schritt und Tritt begleitete, war er bestens über den Fall informiert. Falls er eine Verbindung zu Aleyna finden würde, einen Beweis für den Mord oder einen Hinweis auf die Kontaktaufnahme zu Kilian, würde er sich melden. Leider blieb er stumm, und auch sie fand nichts Belastendes. Nicht einmal ein Werkzeug, mit dem man annähernd einen Hausschlüssel hätte nachmachen können.

Schließlich trafen sie sich im oberen Stockwerk im Badezimmer, einer Sinfonie aus teurer Keramik, Glas, Chrom und blitzblanken weißen Fliesen. Wie alles andere in diesem Haus, wirkte auch dieser Raum sehr steril – eigentlich ein Widerspruch zu Niemeyers äußerem Erscheinungsbild. So abstoßend und schmuddelig er als Person wirkte, so makellos sauber war sein Haus.

Imraans Gesichtsausdruck bestätigte Evelyn, dass auch seine Suche erfolglos geblieben war. »Okay«, murmelte sie und öffnete den Schrank unter dem Waschbecken. Sie griff nach einem leeren Müllbeutel, in den sie einen Kamm aus dem Spiegelschrank steckte. Bevor sie die Villa verließen, würde sie aus dem Aschenbecher im Wintergarten eine von Niemeyers Kippen dazu packen.

»Was wird das?«, fragte Imraan.

»DNA-Beweise.«

»Illegal besorgt?«, fragte er und hob die Schultern. »Was ist mit diesem Beweismittelverbot?«

»Beweismittel*verwertungs*verbot«, stellte sie richtig. »Gibt es in Deutschland, aber nicht in Österreich. Kommen Sie, verschwinden wir von hier!«

21

Flo war mit Sajid zu Kilians Reihenhaus gefahren. Das war eigentlich eher ein Eckhaus, da es das Letzte einer langen Reihe war. Es grenzte mit der Garage direkt an die des Nachbarhauses und verfügte über einen relativ großen Garten, der ums Haus reichte. Seine Nachbarn mussten sich mit kleinen, handtuchgroßen Vorgärten begnügen. Kilian hatte es durchaus gut getroffen.

Von der Atmosphäre her wirkte die ganze Gegend wie eine bessere Schrebergartensiedlung. Viele Kinderfahrräder lagen auf den asphaltierten Gehwegen herum, und über die Thujenreihen konnte Flo Wäschespinnen, Sonnenschirme und aufblasbare Planschbecken sehen, in denen Kinder sich gegenseitig mit Wasserpistolen nass spritzten und dabei lauthals quietschten. Irgendwo lief ein Radio, und der Wind trug den Geruch von Knoblauch und Grillfleisch herüber.

Sie läuteten an der Haustür von Kilians Nachbarin. Die ältere Dame war zu Hause, bewacht von ihrem Rauhaardackel, der sich kläffend hinter ihr versteckte. Sajid hielt sich zurück und überließ Flo das Reden.

Die Frau, die allein wohnte, bestätigte, einen Penner beim Durchwühlen von Kilians Mülltonnen gesehen zu haben. Irgendwelche Details konnten sie allerdings nicht aus ihr herausbekommen. Nicht einmal eine annähernde Personenbeschreibung, und auch auf das Foto von Niemeyer, das Flo ihr zeigte, reagierte sie nicht.

Somit war das Gespräch nach nicht einmal fünf Minuten beendet. Eilig verschwand die Frau wieder in ihr Haus, nur um ein paar Sekunden später den Vorhang ihres Küchenfensters beiseite zu schieben und sie beide argwöhnisch zu beobachten.

»Jetzt können wir uns zwar denken, wie der Mörder an Kilians DNA rangekommen ist, können es aber immer noch nicht beweisen«, schlussfolgerte Sajid.

»Verfluchter Dreck«, zischte Flo und trat wuchtig einen Kieselstein über den Weg. Der sprang bis vor Kilians Haustür und prallte dann am Holz ab.

Sajid sah dem Stein nach. »Wir könnten … theoretisch … ins Haus einsteigen. Ich weiß, das ist zwar illegal …«

»Was?« Flo sah ebenfalls zu Kilians Eingangsbereich und grinste. »Ich finde die Idee gut. Geht zumindest schneller, als wenn wir uns offiziell den Schlüssel organisieren.«

»Und was machen wir, wenn wir belastende Beweise finden?«

»Du meinst Beweise, die die Polizei übersehen hat?«

Sajid nickte.

»Dann lassen wir sie verschwinden.« Flo wartete, bis die Nachbarin wieder vom Fenster verschwunden war, dann betraten sie Kilians Grundstück. »Hast du eine Idee, wie wir die Tür aufbekommen?«

»Theoretisch mit meinem Pickset«, antwortete Sajid, »aber das habe ich jetzt leider nicht dabei. Liegt in meinem Koffer in der Suite im Schloss Schönbrunn.«

»Einen Stein ins Fenster?«

»Zu laut.«

Sie umrundeten die Haushälfte und blieben auf einem schmalen Rasenstreifen neben einer hohen Thujenhecke stehen. Über ihnen befand sich ein zweigeteiltes Fenster. Der schmale Teil war gekippt.

»Denkst du dasselbe wie ich?«, fragte Sajid.

Kommentarlos machte Flo für Sajid eine Räuberleiter und hievte ihn schnaufend hoch. Sajid quetschte die Hand durch das gekippte Fenster und tastete an der Innenseite zum Griff des zweiten.

»Wird das bald was?«, ächzte Flo stöhnend.

»Ich mach ja«, knurrte Sajid, »aber der … Drecks… Spalt … ist … zu … eng.«

Endlich gelang es ihm, den Griff nach oben zu drücken. Das zweite Fenster schwang nach innen auf, er zog den Arm aus dem Spalt und kletterte durchs offene Fenster. Flo hörte, wie eine Vase zu Bruch ging. »*Sharmuta!*« war eines der Schimpfwörter, die Sajid ausstieß.

Herrgott, was macht der denn da?

Im nächsten Moment beugte sich Sajid nach draußen und reichte Flo die Hand. Der packte sie, stützte sich mit den Turnschuhen an der Hausmauer ab und zog sich nach oben. Sajid zerrte ihn ins Haus. Während er sich langsam vom Fensterbrett herunterließ, erkannte Flo, dass sie im Wohnzimmer waren. Unter dem Fenster stand ein Tischchen mit Eulenskulpturen. Drei davon waren zerbrochen.

»Fällt auch nicht weiter auf.« Flo betrachtete die überall vorherrschende Vernachlässigung. In der Spüle der offenen Küche stapelte sich Geschirr mit eingetrockneten Speiseresten, die meisten Pflanzen ließen traurig die Blätter hängen. Außerdem war der Raum offensichtlich durchwühlt worden. Die Polizei hatte sich nicht besonders um Zurückhaltung bemüht und alles ziemlich grob auf den Kopf gestellt.

Sie teilten sich auf. Während Sajid das Tonstudio im Keller

durchsuchte, nahm sich Flo den digitalen Festnetzanschluss vor und tippte sich durch das Display der Telefonanlage. Er fotografierte die Liste mit den Gesprächsdaten der letzten drei Monate, sah allerdings auf den ersten Blick, dass Niemeyers Telefonnummer nicht darunter war. Die fünf Nachrichten auf dem Anrufbeantworter waren völlig belanglos.

Als Nächstes widmete er sich dem Wohnzimmer, der Küchenzeile und Kilians Arbeitszimmer. Nach einer Viertelstunde kam Sajid die Kellertreppe herauf und ging wortlos nach oben. Nach einer weiteren Viertelstunde kam er wieder herunter und setzte sich im Arbeitszimmer neben Flo auf einen Drehstuhl. »Nichts.«

Flo warf ihm einen skeptischen Blick zu, woraufhin Sajid entschuldigend die Hände hob. »Wirklich – weder etwas Belastendes noch etwas Entlastendes!« Er nahm die Arme herunter. »Und du?«

»Auch nichts. Obwohl es im Haus einen WLAN-Router gibt, habe ich weder einen PC noch einen Laptop gefunden«, sagte Flo frustriert. »Du vielleicht?«

Sajid schüttelte den Kopf.

»Shit!«, entfuhr es Flo. »Das wäre hilfreich gewesen, aber die Kriminaltechniker haben die Geräte bestimmt ins Labor mitgenommen.«

Sajid blickte zu Flos Rucksack, der neben dem Schreibtisch auf dem Boden lag. »Aber *du* hast doch dein Notebook mit.«

»Und was bringt mir das?«

»Was für eine E-Mail-Adresse hat Kilian?«, entgegnete Sajid.

»Gmx, warum?« Plötzlich erhellte sich Flos Gesichtsausdruck. »Er hat einen Gmx-Account! Du bist genial! Auf einem Klebeetikett auf der Unterseite des Routers habe ich

Kilians Passwort gesehen.« Flo sprang auf, kramte sein Notebook aus dem Rucksack und fuhr es hoch.

Mit Kilians E-Mail-Adresse und dessen Passwort loggte er sich über die Webmail des Gmx-Servers in Kilians Mailbox ein. Da Kilian offenbar ständig von allen Geräten auf alle seine Daten zugreifen wollte, war sein gesamter E-Mail-Verkehr auf dem Server abgespeichert. Gemeinsam scrollten sie durch alle verschickten und eingegangenen Nachrichten und warfen sogar einen Blick in den Papierkorb. Allerdings fand sich auch hier nichts, was ihnen weitergeholfen hätte.

»Schade, der Gedanke war gut«, murmelte Flo. »Aber noch sind wir nicht fertig. Einige der E-Mails kamen von Google und haben Kilian über seine Top fünfzehn Visits der letzten Woche informiert.«

»Und? Wie hilft uns das weiter?«

Flo grinste. »Das bedeutet, dass Kilian einen Google-Account hat. Und falls er dort dasselbe Passwort verwendet, können wir uns in der Cloud seinen Browserverlauf ansehen.«

Nun grinste auch Sajid. »Genial.«

Es klappte, denn offenbar hatte Kilian seinen Browser online synchronisiert, damit er auch beim Surfen von allen Geräten stets auf den aktuellen Stand zugreifen konnte. Somit sahen sie jetzt Kilians Seitenaufrufe der letzten Monate – zumindest jene, die er nicht aktiv gelöscht hatte.

Doch auch hier lehnte sich Flo nach einer halben Stunde ernüchtert zurück. Sie hatten nichts Interessantes entdeckt. Kein Kontakt zwischen Kilian und Niemeyer, keine Recherchen irgendwelcher Art über Niemeyer. »Reine Zeitverschwendung«, kommentierte Sajid.

»Na ja …« Nachdenklich klopfte Flo mit einem Kugelschreiber auf den Tisch. »Nur mal angenommen, dieses

Treffen zwischen Niemeyer und Kilian im Steakhouse hätte es *nicht* gegeben«, überlegte er laut, »dann stellt sich doch die Frage, wie und woher Kilian die Details über den Tod von Niemeyers Frau erfahren hat, wenn nicht von ihm persönlich?«

»Richtig«, pflichtete Sajid ihm bei. »Und?«

»Es gibt kein einziges Telefongespräch zwischen Kilian und Niemeyer, keinen E-Mail-Verkehr zwischen den beiden und auch keinen Hinweis, dass Kilian irgendwie versucht hätte, etwas über Niemeyer zu googeln oder sich in die Krankenhausakte von dessen Frau zu hacken.«

»Und was beweist das?«, fragte Sajid.

»Dass er diese Informationen doch von Niemeyer selbst erhalten haben muss, und zwar im persönlichen Gespräch«, überlegte Flo. »Dann müssen sie sich tatsächlich getroffen haben, und Niemeyer muss ihm vom Tod seiner Frau erzählt haben. Wie hätte er das sonst herausfinden können?«

Sajid verzog das Gesicht. »Falls die Krankengeschichte von Niemeyers Frau überhaupt stimmt.«

22

Evelyn befand sich im dritten Stock in der Chirurgie der Bormann-Klinik und im Büro der Oberärztin. Frau Dr. Jacobi saß hinter ihrem Schreibtisch, und Evelyn und Imraan hatten ihr gegenüber auf Besucherstühlen Platz genommen. Das Rollo der Glastür war heruntergelassen, die Lamellen waren geschlossen.

»Ich muss Informationen überprüfen, die möglicherweise meinen Mandanten entlasten könnten«, begann Evelyn. Vor ihr auf dem Schreibtisch lagen ihr Anwaltsausweis und ihre Visitenkarte, die sich Dr. Jacobi genau angesehen hatte und deren Angaben sie nun auf ihrem PC überprüfte.

Evelyn bemerkte, dass die Ärztin sich zunächst die Webseite der Rechtsanwaltskammer ansah, wo sie mit dem Suchbutton Evelyns Namen fand; vermutlich wollte sie sich überzeugen, dass Evelyn wirklich die war, die sie vorgab zu sein. Danach klickte die Ärztin den Link zu Evelyns Homepage an und öffnete auch diese Seite. Sie starrte lange auf ihren Monitor. »Gut«, sagte sie schließlich. »Was wollen Sie wissen?«

»Bernadette Niemeyer wurde vor sechs Monaten in diesem Krankenhaus operiert. Können Sie mir sagen, woran sie gestorben ist?«

Dr. Jacobi verzog bedauernd das Gesicht. »Das fällt unter die ärztliche Schweigepflicht. Ich kann und darf Ihnen darüber leider keine Auskünfte geben.«

»Die Frau ist bereits tot«, erwiderte Evelyn sanft. »Und es geht um die Schuld oder Unschuld meines Mandanten in einer Mordsache.«

»Trotzdem«, schaltete Dr. Jacobi auf stur.

Imraan rutschte an die Stuhlkante und wollte sich bereits nach vorn beugen, doch Evelyn hielt ihn am Arm zurück. *Nicht hier und nicht jetzt*, gab sie ihm mit einem Blick zu verstehen. Dann wandte sie sich wieder an die Ärztin. »Ich verspreche Ihnen, dass ich Ihren Namen aus der Gerichtsverhandlung heraushalte, wenn ich einen Blick in die Patientenakte werfen darf.«

»Tut mir leid, das geht nicht.«

»Das habe ich befürchtet«, seufzte Evelyn.

»Sie bräuchten schon einen richterlichen Beschluss«, fügte Dr. Jacobi hinzu.

»Brauche ich nicht.« Evelyn griff in die Innenseite ihres Blazers und holte ein adressiertes Kuvert hervor. »Eine gerichtliche Vorladung genügt.« Sie wedelte mit dem Brief herum. »Das ist Ihre Gerichtsvorladung.«

»Für wann?«

Evelyn sah aus dem Augenwinkel, wie Imraan einen Blick auf den Wandkalender hinter Dr. Jacobi warf. Dort waren mit grünem Leuchtstift zwei Wochen Urlaub eingetragen. »Nächste Woche Donnerstag, elf Uhr vormittags«, sagte sie prompt.

Die Ärztin biss die Zähne zusammen. »Da bin ich nicht im Land.«

»Oh, wie bedauerlich, das wird dem Richter aber gar nicht gefallen.«

»Dann muss meine Vorladung eben verschoben werden.«

»Nicht bei einem Mordprozess«, log Evelyn.

»Verflucht!«, zischte die Ärztin. »Bernadette Niemeyer sagten Sie?«

Lächelnd nickte Evelyn und steckte das Kuvert weg. Frau Dr. Jacobi war bestimmt eine gute Medizinerin, aber zum Glück hatte sie wenig Ahnung von Gerichtsverfahren.

Die Frau tippte auf ihrem PC herum, öffnete einige Dateien und drehte den Bildschirm dann so, dass Evelyn und Imraan einen direkten Blick darauf werfen konnten.

»Bernadette Niemeyer hatte Magenkrebs im fortgeschrittenen Stadium und bereits schwerwiegende Blutungen. Bevor wir an eine Heilung denken und mit der Chemotherapie beginnen konnten, mussten wir zunächst Schlimmeres verhindern und ihr die Hälfte des Magens herausoperieren.«

»Die Hälfte?«, wiederholte Evelyn. »Ihr Mann hat behauptet, dass ihr fast der gesamte Magen herausoperiert worden ist.«

Dr. Jacobi zuckte die Achseln. »Patienten hören nicht immer das, was man ihnen erklärt. Vieles davon wird falsch interpretiert, vor allem, je öfter man mit Freunden oder Verwandten darüber spricht. Da habe ich schon die haarsträubendsten Geschichten gehört.«

Evelyn nickte. »Gut, und weiter?«

»Nach Dr. Al-Rashids Bericht ist die OP gut verlaufen. Die Patientin wurde danach nicht auf die Intensivstation, sondern gleich auf die Bettenstation retransferiert.« Dr. Jacobi klickte durch die Berichte. »Am ersten Tag ging es ihr gut, sie erholte sich rasch vom Eingriff. Aber am zweiten und dritten Tag klagte sie über Bauchschmerzen und bekam ein fiebersenkendes und schmerzstillendes Medikament.«

»Wurde sonst noch etwas unternommen? Röntgen oder Ultraschall?«

»Nein, punktuelle Schmerzen nach einer OP sind völlig normal. In der Nachbetreuung erfolgte nur die ganz normale post-operative Visite.« Dr. Jacobi klickte weiter. »Am vierten Tag klagte die Patientin über heftige Schmerzen, aber die visitierenden Ärzte waren weiterhin der Meinung, dass es sich um nichts Ernstes handeln konnte, und erhöhten die Dosis an Schmerzmitteln. Sie bekam da … einen Moment …« Jacobi scrollte auf dem Bildschirm nach unten. »… da schon ein Mittel, das ähnlich wie Morphium wirkt. Weiter hätte man die Dosis nicht erhöhen können, weil die Gefahr einer Überdosierung bestand. Am fünften Tag wurden die Schmerzen so groß, dass Dr. Al-Rashid, die jetzt wieder Dienst hatte, der Patientin den Bauch öffnen musste. Dabei kam heraus, dass sie eine Anastomoseninsuffizienz hatte.«

Evelyn beugte sich nach vorn. »Bitte?«

Dr. Jacobi nahm einen Bleistift und ein Blatt Papier und zeichnete mit wenigen Strichen eine Skizze. »Das heißt, dass die Verbindung zwischen Magen und Darm nicht heilt.«

»Wie kann so etwas passieren?«

»Frau Niemeyer war durch ihre Tumorerkrankung bereits sehr geschwächt, dann kam auch noch die Operation dazu.« Dr. Jacobi hob die Schultern. »Wegen der katabolen Stoffwechsellage und dem daraus resultierenden Eiweißmangel heilen Wunden schlechter als bei gesunden Menschen – in diesem Fall eben die Verbindung zwischen Dünndarm und Magenrest.«

»Der Ehemann der Patientin hat behauptet, es wäre zu einem Darmverschluss gekommen.«

Dr. Jacobi lächelte mild. »Nein, völlig ausgeschlossen. In Wahrheit war es ein Problem der Wundheilung. Die Nähte sind aufgegangen, der Magensaft ist in den Bauchraum gelaufen, und das gesamte Bauchfell hat sich entzündet. Dr. Al-Rashid hat die Patientin sofort in künstlichen Tiefschlaf versetzt, aber es war schon zu spät. Sie ist an einer Blutvergiftung gestorben.«

»Klingt so, als wäre ihr Tod ganz einfach zu verhindern gewesen«, stellte Evelyn fest.

»Aleyna war – ebenso wie ich – Oberärztin, und noch dazu eine brillante Chirurgin. Aber es ist wie in der Politik oder der Wirtschaft«, seufzte sie, »im Nachhinein ist man immer schlauer und weiß, was zu tun gewesen wäre.«

»Aber in der Nachbehandlung wurde die Situation doch fehleingeschätzt«, ließ Evelyn nicht locker.

»Wir waren nicht dabei und kennen die genauen Umstände nicht«, sagte Dr. Jacobi.

»Aber warum haben die Ärzte nicht früher reagiert?«

Dr. Jacobi starrte auf den Bildschirm. »Dazu müssten Sie mehr über unseren Krankenhausbetrieb wissen«, murmelte sie mehr für sich.

»Erzählen Sie!«

»Tut mir leid, dazu werden Sie von mir nichts hören – auch nicht mit einer gerichtlichen Vorladung.«

»Von wem dann?«

Dr. Jacobi seufzte. »Sie lassen nicht locker, oder?« Sie griff resigniert zum Telefon und ließ sich mit Primar Bormann verbinden. »Hallo, Herr Primar, ich habe hier eine Anwältin, die mit einer gerichtlichen Vorladung droht …« Danach erklärte sie in wenigen Worten die Situation, hörte kurz zu und legte wieder auf. »Direktor Bormann hat in einigen Minuten Zeit für Sie. In der Kantine. Er kann Ihnen mehr darüber erzählen. Wenn Sie inzwischen bitte draußen warten würden.«

Evelyn bedankte sich, dann erhoben Imraan und sie sich und verließen das Büro.

Nachdem Evelyn die Tür geschlossen hatte, beugte sich Imraan zu ihr und flüsterte: »Woher hast du diese Gerichtsvorladung so schnell bekommen?«

»Die hier?« Evelyn holte das Kuvert heraus und zeigte es Imraan. »Das ist die Rechnung an eine Klientin, die ich seit gestern mit mir herumtrage und noch nicht verschickt habe.«

23

Das Taxi hatte Pulaski erneut, wie bereits am Morgen, in der modernen Wohnsiedlung im Süden Wiens abgesetzt. Er war an Dr. Al-Rashids Haus vorbeigegangen, hatte von dort aus eine kleine Runde durch die Siedlung gemacht, bis er wieder ihr Haus erreichte. Ihr zweitüriger roter Ford Fiesta stand im Carport. Die Techniker der Kripo hatten ihn garantiert untersucht.

Pulaski wischte sich den Schweiß von der Stirn, betrat das Grundstück und ging am Wagen vorbei zur Eingangstür, die plombiert war und über der diagonal ein Absperrband der Polizei klebte.

Pulaski hielt kurz inne, sah sich um und spähte über die Hecken. Er hatte dieses seltsame Gefühl, als würde ihn jemand beobachten – und zwar seitdem er das Café verlassen hatte. Aber da war niemand.

Vergiss es! Sind sicher nur die Nerven, weil du gleich etwas Illegales machen wirst.

Er wischte sich die Hände an der Hose trocken und zog sich die Latexhandschuhe an, die er aus der Klinik mitgenommen hatte. Dann brach er die Plombe ab und löste das Band. Mit dem Ellenbogen drückte er auf die Klinke. *Abgesperrt!* Zum Glück wusste er aus den Unterlagen, dass die Kripo das hochwertige Sicherheitsschloss mit allen Sicherheitsbolzen ausgebaut und ins Labor geschickt hatte, denn bisher war immer noch nicht geklärt, wie der Mörder ins Haus gekommen war. Stattdessen hatte der Schlüsseldienst ein stinknormales billiges Zylinderschloss aus dem Baumarkt eingebaut, das leicht zu knacken war. Pulaski hatte es binnen weniger Sekunden mit den beiden aufgebogenen Enden einer Büroklammer, die er für Notfälle immer bei seinem Kleingeld in der Brieftasche dabeihatte, geöffnet.

Er schlüpfte unter dem lose herabhängenden Absperrband ins Haus und schob die Tür mit dem Fuß zu. Als Nächstes zog er sich zwei Plastiktüten über die Schuhe und setzte sich die OP-Haube auf. Solange ihn niemand so sah, war es ihm schnurzegal, wie dämlich er mit der Haube wirkte. Und wenn ihn wirklich jemand hier erwischte, hatte er ganz andere Probleme am Hals als sein Aussehen, dann drohte ihm nämlich ein Disziplinarverfahren.

Zuerst nahm er sich die Alarmanlage vor. Ein modernes Teil mit sechsstelligem Code, das niemand so leicht austricksen konnte. Entweder war der Mörder an jenem Morgen schon im Haus gewesen, oder Aleyna hatte ihn ins Haus gelassen. Aber warum hätte sie dann gleich duschen sollen? Das alles war ganz und gar nicht stimmig.

Pulaski ging durch sämtliche Räume und ließ die Atmosphäre auf sich wirken. Im Haus stand so viel Krimskrams herum, dass man damit mehrere Flohmarktstände hätte prall befüllen können. Setzkästen, Vasen, Katzenskulpturen, Bildchen, Deckchen und alle möglichen anderen kitschigen bunten Deko-Artikel. In einer Art Atelier standen neben allerlei Malerzeugs zwei große Holzstaffeleien mit Keilrahmen darauf. Die zu erkennenden Gemälde waren noch im Anfangsstadium, hätten aber vermutlich mal abstrakte Landschaften im Stile Dalís werden sollen.

Im Waschraum standen außer Wäschetrockner und Waschmaschine ein leeres und sauber geputztes Katzenklo mit der Aufschrift *Sindbad*. Pulaski reckte den Hals und drehte den Kopf. Es roch nicht nach Katze, und dann erinnerte er sich, dass Schwester Helene ihm erzählt hatte, dass Aleynas Kater kürzlich gestorben war. Er sah sich um und fand schließlich in der unteren Ecke einer Milchglastür, die in den Garten führte, eine eingelassene Katzenklappe. Pulaski ging davor in die Hocke und tippte mit dem Finger gegen das Türchen. Es schwang klappernd vor und zurück. Die Öffnung war mit keinem Alarm verbunden. Schräg über der Klappe befand sich die Türklinke. Ein Gummimensch mit meterlangen Armen hätte durchgreifen und den Türgriff betätigen können, aber er bezweifelte, dass es solche Zirkuskünstler gab. Und irgendein Werkzeug hätte sicher Spuren hinterlassen.

Als Nächstes ging er zum Badezimmer, blieb an der Türschwelle stehen und blickte von dort aus in den dunklen Raum. Die Position der Leiche war markiert worden, dunkelrote Spritzer klebten auf den Fliesen, den Silikonfugen, an der Glaswand, auf den Messingarmaturen und sogar an der Decke. Aleyna musste binnen weniger Sekunden unglaublich viel Blut verloren haben. *Was hat sie in ihren letzten Augenblicken wohl gefühlt?* Hatte sie den Täter erkannt? Wusste sie überhaupt, warum man sie angriff? Hatte sie um ihr Leben gebettelt?

Pulaski starrte in den Ausguss, der immer noch kupferrot vom Blut war.

Außerdem stank es nach Kot und Urin. *Eine schöne Leich'*, wie es in Wien so schön hieß, gab es in seinem Metier nicht – zumindest hatte Pulaski noch nie eine am Tatort zu Gesicht bekommen. Im Gegenteil. Der Anblick war immer entwürdigend, denn schon nach kurzer Zeit wurde die Oberseite des Körpers bleich, weil das Blut nach unten sackte, an der Unterseite entstanden bläuliche und purpurrote Totenflecken, der Schließmuskel lockerte sich und der Darm entleerte sich.

Pulaski öffnete die Fotos vom Tatort auf seinem Handy, was mit den Latexhandschuhen eine Herausforderung war. Schließlich gelang es ihm, eine der Aufnahmen zu vergrößern. Aleyna hatte tiefe Stich- und Schnittverletzungen auf den Handflächen und Armen. Sie war nicht zum Gegenangriff übergegangen, sondern hatte nur versucht, sich zu wehren, sich zu retten.

»Nein, stimmt nicht«, korrigierte sich Pulaski murmelnd im Selbstgespräch. »Sie *hat* sich gewehrt und *wollte* angreifen!« Auf dem Griff des Duschkopfes, der im Hintergrund auf dem Foto zu erkennen war, befanden sich ihre blutigen Fingerabdrücke. Offenbar wollte sie damit zuschlagen. Hatte es vielleicht sogar. *Aber leider ohne Erfolg!* Umso mehr bewies das, wie brutal ihr Mörder vorgegangen war.

Niemeyer oder Kilian? Oder jemand ganz anderer? Qasems Schergen oder Kilians ehemalige Lebensgefährtin, die für diese eine Mordnacht heimlich nach Wien zurückgekommen ist?

Instinktiv wollte er Kilian als Täter nicht ganz ausschließen, obwohl Evelyn und Flo mittlerweile von dessen Unschuld überzeugt waren. Aber ein vages Bauchgefühl sagte ihm, dass etwas mit diesem Mann nicht stimmte.

Pulaski wandte sich ab und sah sich den Rest des Hauses an. Überall befanden sich die Spuren von Pulver, Pinseln und Folien, die das Abnehmen der Fingerabdrücke hinterlassen hatte. Nach kurzer Suche fiel ihm in einem Eckschrank im Wohnzimmer ein schmaler Ordner auf, der Unterlagen zur Klage Martin Kilians und zur Untersuchung des Todes seiner

Tochter enthielt. Aleyna hatte alles gesammelt, was damit zu tun gehabt hatte.

Der Ordner selbst war ebenfalls mit einer Pulverschicht eingepinselt worden. Demnach hatten die Kripobeamten auch ihn auf Fingerabdrücke untersucht. Der Inhalt war ihnen wahrscheinlich weniger wichtig vorgekommen, sonst hätten sie diese Unterlagen mitgenommen.

Pulaski setzte sich auf die Couch und blätterte die Mappe durch. Hauptsächlich handelte es sich um Zeitungsartikel, Anwaltsbriefe, Vorladungen und Termine für Anhörungen. Kein brisanter Zündstoff. Doch dann stieß er auf eine Klarsichtfolie mit einem an die Bormann-Klinik adressierten Kuvert, in dem sich ein handschriftlicher Brief von Martin Kilian befand.

Sehr geehrte Frau Dr. Al-Rashid,

das letzte Jahr ist für mich und Jana nicht leicht gewesen. In unserer Verzweiflung, Ohnmacht und unserer Perspektivlosigkeit haben wir versucht, Ihnen das Leben schwer zu machen.

Wir wollten eine Schuldige für die Tragödie finden, die uns das Schicksal zugemutet hat – und dabei haben wir versucht, Sie, Ihr Leben und Ihre Karriere zu zerstören. Das alles ist aus einer blinden Wut heraus entstanden. Wir wussten uns nicht anders zu helfen.

Zum Glück war unser Versuch der blinden Rache nicht von Erfolg gekrönt. Ich weiß, Sie haben unsere Tochter nicht mit Absicht sterben lassen – aber das zu erkennen hat gedauert. Es war das Resultat einer langen und intensiven Therapie.

Dass Sie im letzten Jahr wegen uns gelitten haben, tut mir sehr leid. Ich möchte mich hiermit für alle Schritte, die wir gegen Sie unternommen haben, entschuldigen. Ich hoffe, Sie können uns verzeihen, genauso wie wir Ihnen verzeihen. Lassen Sie uns einen Schlussstrich ziehen.

Ich schreibe Ihnen auch, um Ihnen zu sagen, dass Sie ab jetzt nichts mehr von uns zu befürchten haben.

Ich wünsche Ihnen alles Gute für die Zukunft,

Martin Kilian

Das Schreiben war vom 30. Mai vor fünf Jahren datiert, und so viel Pulaski erkennen konnte, waren einen Tag danach die beiden Briefmarken abgestempelt worden. Also hatte Kilian die Wahrheit gesagt, als er Evelyn von diesem Brief erzählt hatte. »Hätte ich nicht gedacht«, gestand er sich murmelnd ein.

Dann fotografierte er sowohl den Brief als auch das Kuvert und schob beides wieder in die Folie zurück. Sicher war auch die Kripo auf diesen Brief gestoßen. Merkwürdig, dass sie ihn nicht mitgenommen hatten – vielleicht hatten sie ihn auch einfach nur fotografiert. Weniger merkwürdig war, dass Ostrovsky dieses Beweismittel Evelyn gegenüber nicht erwähnt hatte. Das Schreiben passte ihm schließlich gar nicht ins Konzept, denn es entlastete Kilian und brachte das angenommene Mordmotiv ins Wanken. Kein Staatsanwalt, der sich einmal auf einen Verdächtigen eingeschossen hatte, sah es gern, wenn sein Indiziengerüst zu bröckeln begann.

Pulaski beschloss, den Brief mitzunehmen, und steckte ihn mitsamt der Folie einmal gefaltet in seine Sakkotasche. Dann erhob er sich und wollte den Ordner wieder an seinen Platz stellen, als etwas unter seinem Schuh knirschte. Er hob den Fuß und sah, dass er einen Knopf in den hochflorigen Wohnzimmerteppich getreten hatte. Sogleich tastete er sein Sakko ab, doch da fehlte keiner. Außerdem war das Ding auf dem

Boden nicht schlicht und schwarz wie die an seinem Anzug, sondern ein grau schillernder Perlmuttknopf, der Ton in Ton zum hellgrauen Teppich passte.

Hatte die Spurensicherung ihn deshalb übersehen? *Arbeiten die hier wirklich so schlampig?*

Er machte einen Schritt beiseite und sah, dass sein Schuh einen Abdruck darauf hinterlassen hatte. Speziell an dieser Stelle richteten sich die brüchigen Fasern nicht mehr auf. Daraufhin kniete er sich hin und sah sich das näher an. Neben der Fundstelle des Knopfes befand sich der kaum sichtbare Abdruck einer Kante im Teppich, als hätte dort kürzlich noch etwas Schweres gestanden und die Fasern eingedrückt.

Was zum Teufel bedeutet das?

Erneut zog er das Handy heraus und wischte durch die Fotos, die die Kripo im Haus gemacht hatte. Vom Wohnzimmer gab es mehrere Aufnahmen. Auf zwei davon sah der Teppich neben der Couch genauso aus wie jetzt. Auf allen anderen Aufnahmen stand jedoch der geöffnete Koffer der Spurensicherung genau auf jener Stelle, wo Pulaski den Knopf entdeckt hatte. Offenbar hatte ein Kollege den Koffer versehentlich genau auf den Knopf gestellt.

Tatsächlich, was für schlampige Hunde!

Die Frage war nun, wem dieser Knopf gehörte. Pulaski war kein Spezialist für Mode, doch die auffällige Farbe ließ eher an einen Damenblazer denken, eventuell auch an ein altmodisches Herrensakko.

Jenseits aller modischen Erwägungen kam ihm der Knopf seltsam bekannt vor. Als ob er etwas Ähnliches kürzlich schon einmal gesehen hatte. Er schloss die Augen und versuchte, sich zu konzentrieren. Statt eines Kleidungsstücks kamen ihm Kabel, Mikrofone, Computer und Bildschirme in den

Sinn. *Was für ein merkwürdiger Zusammenhang.* Und plötzlich schoss ihm die richtige Assoziation durch den Kopf.

Ein Tonstudio! Das ist es gewesen!

In letzter Zeit war er in keinem Studio gewesen. *Aber du hast Fotos von einem gesehen.* Er öffnete den Browser auf seinem Handy und wischte durch den Verlauf.

Da ist es.

Seine Kehle wurde eng, seine Lungenflügel schnürten sich zusammen. *Kacke!* Er schnappte nach Luft. Ein Anfall! *Ganz ruhig bleiben, nicht aufregen.* Während er mit der freien Hand sein Asthmaspray aus der Hosentasche zog und kräftig inhalierte, starrte er mit geröteten Augen auf sein Smartphone. »Genau …«, röchelte er. Seine Muskeln entspannten sich wieder.

Auf der Facebookseite des Radiosenders, bei dem Kilian im Frühstücksprogramm zu Gast gewesen war, befanden sich Fotos von ihm und der Moderatorin. Kurz nach diesem Auftritt hatte Dreyer ihn verhaftet. Und Kilian hatte an diesem Tag ein schwarzes T-Shirt sowie ein graues Sakko mit schillernden Perlmuttknöpfen getragen.

Pulaski vergrößerte eine der Aufnahmen von Kilian. »Leck mich doch am …«, entfuhr es ihm.

Einer der Perlmuttknöpfe fehlte und war durch einen anderen ersetzt worden.

Pulaski starrte auf den Teppich, auf dem genau dieser fehlende Knopf lag. Seine Augen wurden schmal. »Wusste ich es doch!«

24

»Sind Sie mit dem Fall Bernadette Niemeyer vertraut?«, fragte Evelyn den Primar, nachdem sie diesen wie verabredet im Eingang zur Kantine getroffen und sie und Imraan sich vorgestellt hatten.

Bormann war etwa Anfang siebzig mit grauem Haarkranz und breitem Brustkorb, um den sich sein weißer Kittel spannte. Er überragte alle anderen in der Kantine um einen Kopf und wirkte ziemlich sportlich. »Ja, das bin ich. Was wollen Sie wissen?« Seine Stimme klang sonor, fast schon väterlich.

»Warum wurde erst so spät auf die Schmerzen der Patientin reagiert?«, fragte Evelyn. »Außerdem interessiert mich Ihre persönliche Einschätzung … hat Dr. Al-Rashid Ihrer Meinung nach einen Fehler begangen?«

Er wiegte den Kopf, als ließen sich diese Fragen nicht so leicht beantworten. »Können wir unter vier Augen sprechen?«

Evelyn nickte und bedeutete Imraan, dass er sie kurz allein lassen sollte. Der setzte sich daraufhin an einen Tisch in der Nähe, fixierte sie von dort aus aber mit dem Blick eines Falken.

»Setzen wir uns doch auch«, schlug Bormann vor und wählte einen Tisch für zwei Personen in der Nähe der Tortenvitrine. »Hier können wir ungestört reden – inoffiziell, versteht sich.« Er nahm Platz.

»Danke.« Evelyn setzte sich zu ihm. Im nächsten Moment

brachte ihm eine Angestellte ungefragt einen frischen Thunfischsalat mit Eiern und Tomaten. Anscheinend opferte Bormann seine Pause für sie.

Er zog die Frischhaltefolie von seinem Teller, stocherte im Salat herum und schob sich eine halbe Tomate in den Mund. »Ich will hier keine Brandrede halten«, sagte er kauend, »aber als Chirurg muss man die ganze Zeit hoch konzentriert arbeiten, egal, ob die OP eine Stunde oder sieben Stunden dauert. Man kann die Verantwortung mit niemandem teilen und muss binnen Sekunden mehrere schwerwiegende Entscheidungen treffen. Was immer man tut, hat gravierende Konsequenzen, und hinter uns steht nur der Herrgott.«

»Rechtfertigt das Aleyna Al-Rashids Verhalten?«, fragte Evelyn.

»Wissen Sie«, seufzte er und pickte sich ein Stück Thunfisch heraus, »als Chirurg kann man sehr rasch auch als Unschuldiger schuldig werden. Die Hinterbliebenen sehen naturgemäß oft nur diese eine Operation, aber in jedem Krankenhaus landesweit wird täglich vierundzwanzig Stunden lang durchoperiert. Oft ist man als Chirurg in dieser Zeit nur zweimal auf der Toilette gewesen, hat nichts gegessen und nur kurz etwas getrunken. Aleyna führte zwischen vier und sieben OPs am Tag durch, je nachdem wie komplex die Eingriffe waren.«

»Das klingt unglaublich anstrengend. Warum ändert man nichts daran?«

»Der Druck ist hoch. Unser Krankenhaus muss Umsatz machen und Gewinne erwirtschaften, anders könnten wir nicht überleben.«

»Und ein Imageschaden würde zu gewaltigen Umsatzrückgängen führen«, ergänzte Evelyn.

Bormann ignorierte ihren spitzen Ton und umging ihren

Einwand geschickt. »Es klingt vielleicht hart, aber unser Krankenhaus kann sich keine Stillstandzeiten leisten. Die vorhandenen Ressourcen müssen optimal genutzt werden – wie in jedem anderen Unternehmen auch.«

Nur dass dort keine Menschen sterben, wenn ein Fehler gemacht wird, dachte Evelyn. »War Dr. Al-Rashid Ihrer Meinung nach eine gute Chirurgin?«

Bormann wedelte mit der Gabel herum. »Wenn eine OP *verpfuscht* wird, wie man heutzutage leichtfertig urteilt, kommt es sofort in die Medien und wird rauf und runter diskutiert. Plötzlich wird jeder Bewohner des Landes zum Experten. Aber man hört nie etwas davon, wie viele Tausend OPs gut ausgegangen sind und dass all diese Menschen nicht nur noch leben, sondern auch geheilt wurden.« Er nickte. »Ja, auch wenn Sie es vielleicht nicht glauben wollen, aber Aleyna war die beste Chirurgin, die wir hatten.«

»Aber in der Nachbehandlung wurden Fehler gemacht.«

»Sagt wer?«

»Bernadette Niemeyers Mann hat die diensthabenden Ärzte mehrmals darauf hingewiesen, dass seine Frau Schmerzen hat.«

»Sie müssen wissen – kein Chirurg begeht vorsätzlich einen Fehler«, sagte er kauend. »Wenn jemand stirbt, dann oft nach einer Verkettung ungünstiger Ereignisse. Schicksalsschläge passieren eben. Ständig. Und es ist nie nur die aktuelle Erkrankung, die im schlimmsten Fall zum Tod führt, sondern die gesamte Geschichte des Patienten, der oft zu spät zur Untersuchung kommt oder sich jahrzehntelang nicht um seine Gesundheit geschert hat.«

»Aber in Professor Geert Niemeyers Augen hat Ihre Klinik einen Fehler begangen.«

»In seinen Augen – in unseren Augen … Die Wahrheit ist immer relativ.« Bormann nickte. »Für die Hinterbliebenen wird es leichter, wenn sie ein Gesicht haben, zum Beispiel das einer Chirurgin, der sie die Verantwortung zuschieben können, wenn ein geliebter Mensch gestorben ist. Sie glauben ja nicht, wie oft ich folgende Sätze schon zu hören bekommen habe … *Die kümmern sich nicht um einen. Die operieren zwar, aber dann kommt keiner und erkundigt sich, wie es einem geht. Man wird nicht ernst genommen, sondern ständig abgespeist und vertröstet.*« Lustlos schob er sich ein paar Salatblätter in den Mund.

»Wäre Bernadette Niemeyer zu retten gewesen?«

»Selbst wenn wir sie drei Tage früher nochmals operiert hätten, wäre sie gestorben. Die Wunde ist nicht so geheilt, wie sie hätte heilen sollen. Es war ein tragischer Schicksalsschlag.« Bormann deutete nach oben. »Ihn können Sie zur Rechenschaft ziehen – niemanden sonst.« Er nahm noch ein paar Bissen, wischte sich dann den Mund mit der Serviette ab und stand auf, um das Tablett in den Servierwagen zu stellen.

Evelyn erhob sich ebenfalls. »Ich habe noch eine Bitte.«

Bormann sah auf die Uhr. »Machen Sie schnell!«

»Ich würde mir gern die Unterlagen der OP von Martin Kilians Tochter ansehen, die vor sechs Jahren in Ihrer Klinik operiert worden ist.«

»Soviel ich weiß, ist Kilian Ihr Klient. Er müsste die Unterlagen haben.«

Evelyn ignorierte das und versuchte es weiter. »Mich interessiert die Todesursache des Mädchens.«

»Ich sehe nicht, was das mit dem Mord an Dr. Al-Rashid zu tun haben könnte.«

»Bekomme ich Einsicht?«

»Tut mir leid.«

Evelyn zog eines der Kuverts aus ihrem Blazer. »Ich könnte Sie aus dem Gerichtsverfahren heraushalten – andernfalls habe ich hier eine gerichtliche Vorladung für Sie.« Sie sah, wie sich Imraan erhob und auf sie zukam.

Bormann blickte kurz auf das Kuvert. »Stellen Sie mir die mit der Post zu«, sagte er unbeeindruckt. »Sie entschuldigen mich.« Er verließ die Kantine.

Imraan erreichte sie und sah dem Primar nach. »Schätze, dein Trick hat diesmal nicht geklappt.«

Sie steckte das Kuvert missmutig ein. »Wie scharfsinnig erkannt.«

»Ich kümmere mich um ihn.«

Evelyn hielt ihn am Arm zurück und spürte seinen angespannten Bizeps. »Hassen Sie eigentlich generell alle Menschen?«

»Das hat doch nichts mit *hassen* zu tun, wenn ich die Wahrheit aus ihm …«

»Bleiben Sie da, ich habe eine andere Idee.« Sie ließ Imraan los, zog ihr Handy heraus und rief eine ehemalige Schulfreundin an, die sie zuletzt vor drei Jahren bei einem Klassentreffen gesehen hatte. »Sylke ist Augenärztin«, flüsterte sie, während es klingelte.

Imraan schob die Unterlippe nach vorn. »Brillant – das hilft uns garantiert weiter.«

»Idiot! Ihr Mann ist Chirurg im UKH Döbling.«

Er sah sie verwirrt an. »UK-was?«

»Das Döblinger Unfallkrankenhaus … eine der größten öffentlichen Kliniken Wiens«, erklärte sie und hob die Hand, um ihm zu signalisieren, dass er ruhig sein sollte. Sylke hatte abgehoben. »Ja, hallo?«

»Hallo, hier ist Evelyn, ich …«

»Mensch, Evelyn«, fiel Sylke ihr ins Wort, »dass du dich mal bei mir meldest. Brauchst du eine Brille?« Sylke lachte. »Du, ich habe den Artikel über dich im *Profil* gelesen. Wahnsinn! Wusste gar nicht, dass du …«

»Ich brauche deine Hilfe«, unterbrach Evelyn sie und senkte die Stimme. »Es geht um die Operationsberichte von der Tochter eines meiner Klienten.«

»Wenn sie in Österreich operiert wurde, ist das kein Problem …« Sylke raschelte mit irgendwelchen Papieren. »… Leon hat heute Nachtdienst, aber morgen früh sind wir beide zu Hause. Wir stehen spät auf. Kannst gern ab zehn kommen.«

Evelyn schmunzelte. »Gut, ich bringe Frühstück mit. Danke.« Sie legte auf, steckte das Handy weg und sah Imraan triumphierend an. »Sie müssen Primar Bormann nicht die Kniescheiben brechen, wir kommen auch so an die Informationen heran.«

Imraan blickte sie ausdruckslos an. »Schade.«

25

Pulaski hob den Perlmuttknopf vorsichtig auf und drehte ihn zwischen den Fingern. Ungelenk hielt er ihn mit den Latexhandschuhen ins Licht. Die Spiegelung zeigte keine Fettspuren auf dem Material. Falls sich Kilians Fingerabdrücke darauf befinden würden – und das mussten sie, wenn es sein Knopf war –, wäre das ein gefundenes Fressen für Oberstaatsanwalt Ostrovsky. Zugleich auch der Dolchstoß für Evelyns Verteidigung.

Bei aller Freundschaft zu Evelyn … du musst diesen Knopf Kommissarin Dreyer bringen. Allerdings hätte er dann zugeben müssen, dass er in Aleynas Haus eingedrungen war. Eigentlich sollte ihm das egal sein, wenn er damit einen Mörder überführen konnte. Allerdings wollte er vorher ganz sicher sein, wessen Fingerabdrücke sich wirklich auf dem Knopf befanden.

Er sah sich um und entdeckte in einer Nische zwischen Wohn- und Esszimmer einen schmalen Schreibtisch mit Tastatur, Maus, Laserdrucker und ergonomischem Gesundheitsstuhl. Auf der Tischplatte lagen nur lose Kabel. Anscheinend befand sich dort normalerweise ein Notebook, das die Kripotechniker aber bestimmt ins Labor mitgenommen hatten. Doch Pulaski interessierte sich sowieso nur für den Drucker … genauer gesagt für dessen Toner.

Er öffnete die Rückseite, klappte das Fach auf und zog die Kartusche heraus. Die schüttelte er so kräftig, dass feiner schwarzer Staub auf die Ober- und Unterseite des Knopfs rieselte. Anschließend hielt er ihn erneut ins Licht. *Keine Fingerabdrücke.*

»Das gibt's doch nicht!« Er ging näher zum Fenster und drehte den Knopf hin und her. Keine Spuren, keine Fettrückstände, keine Abdrücke oder sonstigen Hinweise. Die Oberfläche war so glatt, als käme der Knopf direkt aus der Produktion.

Oder als hätte ihn jemand mit einem Stofftuch gesäubert. Aber warum? Und vor allem wer?

Pulaski blies den Tonerstaub vom Knopf und ließ ihn zu Kilians Brief in die Klarsichtfolie fallen. Dann rief er sich den Bericht der Spurensicherung in Erinnerung, der auf seinem Bett im Hotelzimmer lag. Überall im Haus war nach Fingerabdrücken gesucht worden – und überall waren auch welche gefunden worden. Die von Aleyna Al-Rashid, die von ihrer Putzfrau und die von Martin Kilian.

Das Besondere an diesem Knopf war, dass sich auf ihm offenbar als einzigem Gegenstand an einem Tatort *kein* Fingerabdruck befand. Und das bedeutete, dass jemand diesen Knopf möglicherweise absichtlich hier platziert und seine eigenen Fingerabdrücke darauf weggewischt hatte, um den Mordverdacht auf Kilian zu lenken.

Pulaski fiel nur Professor Niemeyer ein, der dafür infrage kommen könnte.

Aber wie und wann hat er den Knopf organisiert?

Möglicherweise hatte der Professor ihn von Kilians Sakko abgerissen, als er sich mit ihm im Restaurant getroffen hatte.

Ach, du Kacke! Nun war sein Kartenhaus aus Verdächtigungen und Mutmaßungen gegen Kilian abrupt zusammengestürzt, und er stand wieder am Anfang seiner Überlegungen.

26

Nachdem sie Kilians Haus auf dem gleichen Wege wieder verlassen hatten, auf dem sie eingedrungen waren, hatten Sajid und Flo erneut ein Taxi gerufen und sich die restlichen Personen auf ihrer Liste vorgenommen und befragt. Der letzte Gast aus dem Steakhouse war der Bademeister des Stadionbads gewesen. Sie hatten ihn bei einem Tratsch mit der Dame aus dem Kassenhäuschen angetroffen. Aber auch er konnte sich zwar vage an Kilian, nicht aber an Niemeyer erinnern, geschweige denn ihn eindeutig identifizieren.

Flo verließ das Kassenhäuschen und den Eingangsbereich des Stadionbads, trat vom Schatten des Vordachs in die tiefstehende Sonne und lehnte seinen Rucksack an einen Mülleimer. Vor ihm lag der Parkplatz, der – obwohl es noch nicht mal Mitte Mai war – wegen des heißen Wetters schon fast voll war. Hunderte Fahrräder befanden sich in den Ständern, und die Autos parkten dicht gedrängt in etlichen Reihen. Einige waren sogar komplett zugeparkt. An diesem Samstag war offenbar halb Wien im Freibad unterwegs.

Sajid trat neben Flo auf den heißen Asphalt und blinzelte in die Abendsonne. »Und jetzt?« Er steckte sich eine Zigarette an.

Flo gab keine Antwort. Er starrte auf den flimmernden Asphalt. Hinter ihm kreischten die Kinder, die vom Sprungturm ins Wasser klatschten.

Kilians Begleiter an jenem Abend hatte sich als Phantom

entpuppt, an das sich niemand richtig erinnern konnte. Jeder beschrieb die Person, die mit dem Rücken zum Lokal gesessen hatte, völlig anders.

»Wenn wir unterm Strich die größte Gemeinsamkeit aus all diesen Aussagen herausfiltern, dann war Kilians Begleitung männlich, etwas älter, total unauffällig und vermutlich Grau in Grau gekleidet.« Flo knirschte mit den Zähnen. Das schränkte es auf mehrere Zehntausend Wiener ein. »Zumindest haben die meisten Kilian erkannt und seine Geschichte damit bestätigt.«

»Na ja, genauso gut kann er mit irgendeinem Freund im Steakhouse gewesen sein – und euch die Geschichte, dass es Niemeyer gewesen ist, nur aufgetischt haben«, resümierte Sajid.

Flo starrte immer noch in die Gluthitze. *Verdammt, auch das ist möglich!* Aber das wollte er nicht glauben. Er betrachtete Sajid von der Seite. »Du bist ziemlich misstrauisch.«

»Mein Vater hat mich dazu erzogen, niemandem zu vertrauen und alles zu hinterfragen«, rechtfertigte sich Sajid.

»Klingt traurig. Gibt es denn überhaupt etwas, woran du glaubst? Außer an Allah?«

Sajids Augen wurden eng. Er starrte kurz in die Glut seiner Zigarette. »Machst du dich gerade über mich lustig?«

»Nein, Mann, ich möchte wirklich bloß wissen, woran du glaubst und wem du vertraust.«

»Niemandem. Die Wahrheit ist relativ, weil wir uns unsere eigene Wahrheit machen.«

»Du klingst wie Evelyn im Gerichtssaal«, bemerkte Flo.

»Und sie hat recht!« Er nahm noch einen Zug, dann schnippte er die Kippe weg. »Wir bilden uns binnen Sekunden aufgrund einer Handvoll Tatsachen, einem Bauchgefühl, ein paar Erinnerungen, Erfahrungen und Assoziationen eine Meinung, die wir später immer wieder nur zu bestätigen versuchen, indem wir Informationen glauben, die in unser Weltbild passen, und Fakten ignorieren, die unserer Überzeugung widersprechen …«

»Ja, schon gut«, würgte Flo seinen Begleiter ab. »Darüber könntest du dich garantiert stundenlang mit Evelyn unterhalten, aber was bringt uns das jetzt? Welche schlauen Psycho-Ratschläge hast du noch auf Lager? Und sag jetzt bloß nicht …« Er hob drohend den Finger. »… dass nichts so ist, wie es scheint.«

»Offenbar trifft das hier aber genau zu.«

»Du bist mir eine wahnsinnig große Hilfe«, knurrte Flo. »Jedenfalls komme ich mir gerade vor wie ein Versager. Wenn wir es schlauer angegangen wären, hätten wir die Identität von noch mehr Gästen herausgefunden.«

»Wenn wir es schlauer angegangen wären«, konterte Sajid, »hätten wir aus den wenigen Gästen mehr brauchbare Information herausgeholt.«

Haben wir aber nicht! Sie konnten es drehen und wenden, wie sie wollten, die Spur mit dem Lokal war eine Sackgasse gewesen.

Sajid schob sich einen Kaugummi in den Mund. »Gibt es Verkehrskameras in der Nähe des Restaurants?«

»Nein«, antwortete Flo prompt. Das war auch einer seiner ersten Gedanken gewesen, und dementsprechend hatte er es bereits abgeklärt. »Und auch keine Geldautomaten mit Kameras«, kam er Sajids nächster Frage zuvor. »Mir tun die Füße von der Rennerei weh«, stöhnte er. »Ich fahre heim.« Er öffnete die Taxi-App auf seinem Handy.

»Jetzt doch noch nicht. Wir müssen irgendwie die Namen

der anderen Gäste herausfinden, die an jenem Abend noch im Lokal waren«, drängte Sajid.

»Aber nicht mehr heute«, erwiderte Flo. Zumal er nicht den blassesten Schimmer hatte, wie sie das anstellen sollten. Er wusste nur, wen er morgen darauf ansetzen würde – Pulaski.

27

Evelyn hatte Imraan nach ihrem gemeinsamen Besuch im Krankenhaus weggeschickt, da sie ein paar Stunden ungestört sein wollte. Er hatte sich zwar widerwillig gefügt, aber sie war sicher, dass er sie auch weiterhin von der Ferne aus beobachtete. Vermutlich hätte ihm Qasem sonst den Kopf abgerissen.

Als Erstes zog sich Evelyn in ihrer Wohnung um und joggte dann eine Dreiviertelstunde lang im Zwielicht der untergehenden Sonne durch den Stadtpark, um den Kopf frei zu bekommen. Während ihrer Runden führte sie zwei Telefonate. Zuerst rief sie im Restaurant des Wiener Donauturms an und reservierte für denselben Abend einen Tisch für zwei Personen. Als Nächstes wählte sie die Nummer der Justizanstalt Josefstadt und ließ sich mit Martin Kilian verbinden. Während sie darauf wartete, dass ihn jemand ans Telefon holte, schaffte sie fast eine halbe Runde durch den Park.

Endlich hörte sie seine Stimme. »Ja, bitte?«

»Geht es Ihnen gut?«, keuchte sie.

»Sind Sie auf der Flucht?«

Evelyn lachte. »Nein, ich jogge.« Hoffentlich war es ein gutes Zeichen, dass er zu Scherzen aufgelegt war. »Und ich mache mir Sorgen um Sie.«

»Danke, mir geht's gut.«

»Sind Sie wieder irgendwo eine Treppe hinuntergestürzt?«

»Nein, ist nicht wieder passiert. Wirklich, es ist alles in Ordnung.«

»Okay, ich wollte Sie nur wissen lassen, dass ich an der Sache dran bin und morgen Abend noch einmal mit dem Staatsanwalt sprechen werde. Halten Sie bis dahin durch. Alles Gute.«

»Danke, Ihnen auch.« Er beendete das Gespräch, und Evelyn lief die Runde zu Ende.

Als sie wieder in ihrer Wohnung war, schickte sie Pulaski eine SMS, fütterte ihre beiden grau getigerten Katzen Bonnie und Clyde und telefonierte mit Flo, der ihr ausführlich von seiner und Sajids erfolglosen Odyssee berichtete. Danach duschte sie, schlüpfte in ein bequemes Abendkleid und verließ die Wohnung.

Sie ließ ihr Auto in der Garage stehen und rief stattdessen ein Taxi. Flo war an diesem Abend mit Freunden unterwegs, also fuhr sie allein zum Donauturm, wo sie sich mit Pulaski in dem sich drehenden Restaurant zum Abendessen traf. In hundertsiebzig Metern Höhe und mit dem überwältigenden Rundumblick auf das nächtliche Wien war sie sicher, Imraans ständiger Beobachtung entgehen zu können.

Kurz bevor Lachsfilet und Spinatgnocchi serviert wurden, überreichte Pulaski ihr Kilians Entschuldigungsbrief und einen Knopf vom Tatort. Während des Essens erzählte er ihr, wie er die Sachen entdeckt hatte.

»Sie haben Beweismaterial von einem Tatort verschwinden lassen«, stellte Evelyn trocken fest.

»Und? Schließlich bin ich nicht in offizieller Funktion als Kripoermittler unterwegs. Da kann man die Regeln schon mal ein bisschen zurechtbiegen«, rechtfertigte er sich.

»Stimmt«, pflichtete Evelyn ihm mit einem Augenzwinkern bei. »Sie waren bloß im Haus des Opfers, weil Sie sich für Wahrheit und Gerechtigkeit interessieren und einer jungen

Anwältin helfen wollten, die einen unschuldigen Mandanten raushauen will …« Damit war die Sache für Evelyn erledigt, und sie tauschten ihre weiteren Erkenntnisse zu dem Fall aus. Danach diskutierten sie mögliche Szenarien, was sie jedoch bei der Lösung des Falls kein Stück weiterbrachte, sondern nur noch mehr Fragen aufwarf.

Als ihre leeren Teller eine halbe Stunde später abserviert wurden, waren sie genauso schlau wie zuvor. Pulaski blickte konzentriert aus dem Fenster, als wollte er die Scheibe, in der jetzt nur noch die Spiegelung des Restaurants zu sehen war, mit seinem Blick durchbohren. »Ich habe übrigens seit heute Nachmittag das Gefühl, dass mich jemand verfolgt«, gestand er.

»Das sagen Sie erst jetzt?«, entfuhr es Evelyn.

Er sah sie an und hob die Schultern. »Erstens ist nichts passiert, und zweitens ist es nur ein vages Gefühl. Ich könnte mich ja auch täuschen.«

Evelyn schüttelte den Kopf. »Jemand wie *Sie* täuscht sich nicht. Und bei all den neuen Spuren, die wir entdeckt haben, könnte das sogar von Bedeutung sein.« Sie kaute nachdenklich am Fingernagel. »Haben Sie eine Idee, *wer* Sie verfolgen könnte?«

Pulaski verzog das Gesicht. »Vielleicht jemand, der mit dem Killer zusammenarbeitet … oder einer von Kamal Qasems Leuten?«

»Wie hätte Qasem herausfinden sollen, dass Sie für mich arbeiten?«

Er kniff die Augen zusammen. »Ich weiß es nicht. Aber seine Leute scheinen ja ziemlich gut zu sein, die haben da sicher ihre eigenen Methoden.«

»Ich nehme an, Ihre Dienstwaffe liegt bei Ihnen zu Hause in Dresden im Safe?«, flüsterte sie.

Er nickte.

»Passen Sie bitte auf sich auf. Mir zuliebe. Immerhin habe ich Sie in diesen Fall hineingezogen.«

»Ich habe mich selbst hineingezogen.« Er lächelte. »Aber was sollte mir schon passieren?«

Nun lächelte auch sie. »Außerdem wäre es ja nicht das erste Mal, dass Sie es mit zwielichtigen Figuren zu tun haben.«

»Eben.«

Sie wurden wieder ernst und schwiegen eine Weile. »Ich möchte heute noch zu Qasem«, seufzte Evelyn schließlich und winkte den Kellner herbei, um zu zahlen. Sie hatte ein schlechtes Gewissen, weil sie Pulaski für den Rest des Abends allein in Wien lassen würde.

»Machen Sie sich keine Gedanken«, tröstete er sie. »Wien hat viel zu bieten. Theater, den Prater oder einen nächtlichen Spaziergang am Donaukanal. Außerdem gibt es in der Hotellobby eine Pianobar, die …«

»Ich habe einen besseren Vorschlag«, unterbrach sie ihn. Nachdem sie gezahlt hatte, griff sie in ihre Handtasche und schob Pulaski ein Ticket für eine Dritte-Mann-Tour durch die Kanalisation Wiens über den Tisch. »Das hätte ich eigentlich heute mit Ihnen gemeinsam unternehmen wollen – habe ich in dem ganzen Trubel fast vergessen. Beginnt um 21.30 Uhr bei der U-Bahnstation Karlsplatz, Treppenaufgang Girardipark, und führt direkt zu den Plätzen, wo der Film gedreht wurde. Ist ziemlich beliebt, muss man Wochen im Voraus buchen.«

Skeptisch betrachtete er das Ticket.

»Offiziell dürfen Asthmatiker da wegen der engen Gänge und schlechten Luft zwar nicht rein«, erklärte sie, »aber ich dachte, wenn Sie sich körperlich fit fühlen, müssen Sie es ja keinem auf die Nase binden. Ich kenne die Tour, und sie ist wirklich sehenswert.«

Lächelnd steckte er das Ticket ein. »In Ordnung – Sie haben zu tun, und ich halte die Luft an und steige in den Untergrund.«

»Danke.« Sie stand auf. »Fahren wir getrennt runter – nur für den Fall, dass Imraan immer noch irgendwo unten lauert und mich beobachtet.«

»Sicher.«

Er brachte sie noch zum Lift, wo sie sich voneinander verabschiedeten. Als sie den Donauturm verließ, unterdrückte sie den Drang, sich allzu auffällig umzusehen. Wieder war von Imraan keine Spur zu erkennen. Sie gab es auf und stieg in ein Taxi. Auf dem Weg nach Schönbrunn rief sie Qasem an, um ihm mitzuteilen, dass sie ihn sehen wollte.

28

Als Evelyn fünfundzwanzig Minuten später das weitläufige Areal des Schlosses Schönbrunn betrat, war es ziemlich kühl geworden. Der Nachthimmel war wolkenlos und sternenklar, und die Scheinwerfer tauchten Gebäude und Park in einen gedämpften Gelbton. Imraan erwartete sie wie angekündigt am Westflügel bei dem schmiedeeisernen Tor eines Seiteneingangs, den Evelyn bisher gar nicht gekannt hatte.

»War dein Abendessen gut?«, fragte er. Irgendwo auf dem Dach gurrte eine Taube, und weiter hinten plätscherte ein Springbrunnen.

»Ja, ausgezeichnet, danke.« Sie beobachtete Imraans Reaktion, der ihre Antwort gelassen hinnahm und sich nichts anmerken ließ. Bestimmt war er ihr die ganze Zeit auf den Fersen geblieben – und hatte es trotzdem irgendwie geschafft, vor ihr da zu sein.

Jetzt führte er sie durch den Gebäudeflügel über eine Nebentreppe in das erste Stockwerk. Ein schmaler, lang gezogener Korridor mit knarrendem Parkettboden lag vor ihnen mit über zweieinhalb Meter hohen schweren Holztüren. In den Kerzenhaltern an der Wand brannten nackte schmale Glühbirnen.

»In diesem Trakt wohnen Sie?«, fragte Evelyn und betrachtete die dunklen Ölgemälde an den Wänden. »Wirkt ein wenig gespenstisch.«

»Ich glaube nicht an Gespenster.« Imraan hielt vor einer

mit schwarzem Leder gepolsterten Tür. Es gab keine Möglichkeit anzuklopfen, also schickte er eine Kurznachricht mit dem Handy, und dann warteten sie.

Am dunklen Ende des Ganges, gute zehn Meter entfernt, stand Sajid am geöffneten Fenster. Der Park dahinter war beleuchtet, daher sah Evelyn nur seine Umrisse und das Glühen einer Zigarette. Nun roch sie auch den Rauch, der durch den Korridor zog, und bemerkte das blau schimmernde Display von Sajids Handy. Aus einem der anderen Räume drangen fröhliche Stimmen und Gelächter aus einem TV-Gerät. Klang so, als schaute sich jemand eine arabische Sitcom an.

Nach kurzer Zeit bekam Imraan eine Antwort auf sein Handy, woraufhin er die Tür öffnete. »Qasem empfängt dich jetzt.«

Sie trat ein, und Imraan schloss gleich hinter ihr wieder die Tür. Es roch nach Minze und Honig. Mitten im Raum hing ein Kronleuchter, in dem ein gutes Dutzend Glühlampen brannte. Die Vorhänge waren ganz aufgezogen, und Evelyn konnte durch die hohen Fenster mit den Fensterkreuzen den beleuchteten Schlossgarten mit der von vielen Scheinwerfern angestrahlten Gloriette sehen, jenen riesigen offenen Pavillon, der auf einer Anhöhe thronte.

An den roten Wänden des Salons hingen jede Menge kunstvoll gerahmter Spiegel und Ölgemälde. Eines davon zeigte Kaiserin Sisi im weißen Kleid mit der für sie typischen Haarpracht – alles in allem der Traum eines jeden Nostalgikers und Monarchie-Fans.

Evelyn durchquerte auf einem ebenfalls roten Läufer den Raum. Auch hier knarrte der Parkettboden extrem.

Kamal Qasem saß bequem zurückgelehnt auf einem

gepolsterten Stuhl, ein Bein über das andere geschlagen. Vor ihm auf einem Holztisch mit filigran verschnörkelten Beinen standen ein aufgeklappter Laptop und ein eingeschaltetes Tablet, daneben einige Aktenordner, eine Schüssel mit Nüssen und eine Flasche Rotwein. Qasem trug einen dunkelroten schweren Morgenmantel mit aufgeschlagenen Ärmeln, der gut zum Interieur des Zimmers passte.

»Wie es scheint, haben Sie sich gut eingelebt«, stellte Evelyn fest.

»Ich bin ständig auf Reisen. Manchmal wache ich in der Nacht auf und muss erst überlegen, in welcher Stadt und in welchem Hotel ich bin. Die Herausforderung ist stets, mich zu erinnern, in welcher Ecke des Zimmers es in Richtung Toilette geht.« Lächelnd deutete er auf den freien Stuhl neben dem Tisch. »Nehmen Sie doch bitte Platz.«

Evelyn setzte sich hin. »Werden Imraan und Sajid mich und meinen Kollegen die nächsten Tage weiterhin auf jeden Schritt und Tritt begleiten?«

Qasem nickte. »Das dient nur zu Ihrer Sicherheit.«

»Oder zu *Ihrer* Sicherheit?«, entgegnete sie.

Qasem lächelte. »Ich habe nichts zu verbergen.«

Na klar! Evelyn starrte ihn mit festem Blick an. »Ich will Ihnen nicht zu nahe treten, aber ich muss Sie das jetzt fragen …« Sie machte eine Pause. »Haben *Sie* oder einer Ihrer Leute veranlasst, dass Martin Kilian in der U-Haft zusammengeschlagen wird?«

Qasem sah sie lange an. »Ist ihm etwas zugestoßen?«

»Andernfalls würde ich Sie das wohl kaum fragen.«

»Hat er behauptet, dass ich dahinterstecke?«

»Nein, hat er nicht, aber ich tue es soeben! Also weichen Sie meiner Frage nicht aus. Haben Sie das veranlasst?«

Er schüttelte den Kopf. »Was hätte das für einen Sinn?«

»Um ihn mürbe zu machen, damit er gesteht? Um ihn zu bestrafen? Um sich an ihm zu rächen? Da fielen mir viele Gründe ein.«

»Nein, da schätzen Sie mich falsch ein. So bin ich nicht.«

Sie sah ihn lange an. Seine Gelassenheit überraschte sie, aber noch viel erstaunlicher war, dass er ehrlich klang. »Gut, dann belassen wir es dabei. Falls Sie Kontakte zur Justizanstalt Josefstadt haben sollten, dann sorgen Sie dafür, dass das nicht wieder vorkommt.«

Er presste die Lippen zusammen, dann nickte er. »Ich werde mich dafür einsetzen.« Er sah kurz zu seinem Laptop. »War es das? Sind Sie nur deshalb hergekommen?«

Evelyn blieb ebenso gelassen. »Wie ist Aleyna seinerzeit die Flucht aus Saudi-Arabien gelungen?«

»Flucht?«, wiederholte er. »Das klingt doch sehr dramatisch. Es war eine unüberlegte Kurzschlusshandlung, die sie dazu bewegt hat, aus ihrem Heimatland auszureisen.«

Evelyn ließ sich auf diese Wortklauberei nicht ein. »Wie ist ihr das gelungen? Zuerst nach Istanbul, dann nach London und von dort nach Wien?«

Qasem hob eine Augenbraue. »So viel wissen Sie also schon«, stellte er fest und zog die Schultern hoch. »Ich habe es nie herausgefunden.«

»Jemand muss ihr geholfen haben … einem neunzehnjährigen Mädchen ohne Bargeld und Dokumente, das kein Wort Deutsch spricht und kein Visum für England und sicher auch kein Schengen-Visum für Österreich hat.«

Mit bitterem Gesichtsausdruck verzog Qasem nun den Mund. »Wie gesagt, ich weiß es nicht.« Er beugte sich nach vorn und schob sich ein paar geschälte Pistazienkerne zwischen die Zähne. »Aber ist es überhaupt Ihre Aufgabe, so etwas herauszufinden?«, fragte er kauend.

Evelyn betrachtete seine Ringe und die perfekt manikürten Fingernägel. »Wenn ich einen Mörder finden soll, muss ich alles über das Opfer wissen.«

»Und Sie meinen, das wäre relevant?«

»Möglich.«

»Was könnte Aleynas *Flucht* – wie Sie es nennen – mit ihrer Ermordung zu tun haben?«

»Vielleicht alles.«

Qasem runzelte die Stirn. »Wir denken doch, dass es dieser Martin Kilian war – und wenn nicht er, dann zumindest dieser Geert Niemeyer. Beide haben ein starkes Motiv.«

Wie erwartet war Qasem von seinen Leuten bereits bestens informiert worden. »Dass der Tod Ihrer Tochter mit ihrem Beruf als Chirurgin zu tun hat, ist nur eine von vielen Möglichkeiten.«

»Haben Sie denn auch schon Aleynas Freundes- und Bekanntenkreis durchleuchtet? Vielleicht war es einer ihrer Liebhaber.«

Evelyn presste die Lippen aufeinander. »Sie unterstellen Ihrer Tochter da einiges.«

»Sie war schon als Mädchen sehr westlich orientiert«, stellte er klar. »Lag wohl an ihrer Mutter. Es hat mich nicht gewundert, dass Aleyna von der Familie wegwollte, um ihre persönliche Freiheit auszuleben.«

»Oder ihrem Berufswunsch nachzugehen«, ergänzte Evelyn.

»Der sie letztendlich ins Grab gebracht hat«, konterte er. »In Saudi-Arabien wäre das nicht passiert.«

»Weil?«, hakte sie nach.

»… ich dort besser auf sie aufgepasst hätte.« Er nahm sich noch ein paar Pistazien. »Sie war eine verdammt schöne Frau. Wie gesagt … vielleicht war es einer ihrer Liebhaber.«

»Ich kann Sie beruhigen, Ihre Tochter hatte in den letzten Jahren keine Beziehung. Sie ist auch nie schwanger gewesen …«, sagte sie und beobachtete Qasems nächste Reaktion genau, »… und außerdem hat sie sich eher zu Frauen hingezogen gefühlt.«

Qasems Gesicht versteinerte, er ballte die Faust, lockerte sie jedoch gleich wieder. »Aha.« Seine Kiefermuskeln mahlten.

Er hat nichts davon gewusst, dachte sie und lenkte rasch ein. »Aber ich denke, dass Sie recht haben. Am wahrscheinlichsten sind es entweder Kilian oder Niemeyer gewesen.«

Qasem hob den Blick. Er wirkte wieder relativ gelassen, hatte die Neuigkeiten über die sexuelle Orientierung seiner Tochter rasch verdaut. »Auf wen tippen Sie?«

»Im Moment steht Aussage gegen Aussage.«

»Wann rechnen Sie mit einem Ergebnis?«

»Die Wahrheit finden wir vielleicht nie heraus – aber abgesehen davon sehe ich im Moment die Möglichkeit, Martin Kilian freizubekommen.«

Sie merkte, dass ihn das nicht sonderlich befriedigte. Er *wollte* die Wahrheit erfahren. Die Frage war bloß, ob für ihn die Sache danach erledigt war – oder ob er dann erst so richtig loslegen würde …

29

Sie stiegen direkt beim Esperanto-Denkmal im Girardipark in die Wiener Kanalisation ein. Pulaski hatte sich zuvor im Hotel umgezogen, und wie die meisten der anderen siebzehn Teilnehmer trug auch er jetzt dunkle Kleidung und feste Schuhe. Ihr Tourguide war ein uriger Wiener Kanalarbeiter, der sprach, wie ihm der Schnabel gewachsen war. Er gab jedem einen Helm mit elektrischem Grubenlicht, und dann ging es auch schon über eine gemauerte Wendeltreppe in den Wiener Untergrund.

Schon nach wenigen Metern wurde es muffig, feucht und duster. *Langsam atmen! Keine hastigen Bewegungen!* Pulaski blieb in der Nähe des Guides. Er hatte zwar Schwierigkeiten, dessen krassen Dialekt zu verstehen, begriff jedoch ungefähr, worum es ging. Unter anderem erfuhr er, dass das Wiener Kanalnetz über 2.400 Kilometer lang war, was der Entfernung zwischen Wien und Kairo entsprach.

»Gibt es Ratten hier unten?«, fragte eine junge Frau, die vor Pulaski die Treppe hinunterstieg.

Der Kanalarbeiter drehte sich kurz um und lächelte milde. »Man rechnet mit einer Ratte pro Einwohner.«

Prima, das wären dann also zwei Millionen.

Über eine weitere Stiege ging es insgesamt sieben Meter hinunter bis zum ersten Halt, der Überlaufkammer, einem Originalschauplatz des Films, wo die Verfolgungsjagd mit Orson Welles gedreht worden war.

Während über Lautsprecher eine sonore Erzählstimme erklang, warfen Projektoren Szenen des Films an die Wand, der im von den Alliierten besetzten Wien der Nachkriegszeit spielte. Pulaski kannte zwar die auf der Zither gespielte, sehr einprägsame Filmmusik, hatte den Film selbst aber nie gesehen. In seiner Jugendzeit war dieser 1949 gedrehte Schwarz-Weiß-Schinken nirgendwo in Leipzig und Umgebung gelaufen – und als Erwachsener hatte er sich nicht mehr dafür interessiert. Darum erfuhr er jetzt auch zum ersten Mal, dass Harry Lime, eine der Hauptfiguren, Penicillinschmuggler gewesen war – und schon schweiften seine Gedanken ab. War Aleyna vielleicht irgendwie in Medikamentenschmuggel verwickelt gewesen? Vielleicht sollten sie das weiterverfolgen.

Er versuchte, sich wieder auf die Lautsprecherstimme zu konzentrieren. Interessanter als den Film fand er jedoch den Kontrast zwischen der mit Neonreklamen beleuchteten und mit jungen Menschen bevölkerten Wiener Innenstadt und der Welt, die sich nur wenige Meter darunter befand. Die verzweigte Wiener Kanalisation war eine richtige Stadt unter der Stadt. Weitläufig, dunkel, schmutzig, nass und teilweise fürchterlich eng.

Nachdem der Guide ein paar Fragen beantwortet hatte, ging es weiter zur nächsten Station, wo eine schaurige Erzählerstimme von einem Mord in den 1920er-Jahren und Leichenteilen in der Kanalisation berichtete. Danach stiegen sie weiter hinab in enge Schächte, über schmale Metalltreppen, betonierte Wendeltreppen und an rostigen Eisengeländern entlang, von denen der Lack abgeblättert war, hinein in niedrige Tunnel. Schlecht isolierte Stromleitungen verliefen an den Wänden, und immer wieder kamen sie an Eisengittern vorbei, an denen angespülter Müll hängen geblieben war. Ständig tropfte und plätscherte es irgendwo.

Bisher hatte Pulaski sein Asthmaspray nicht gebraucht. Oft war es ja eine reine Kopfsache, und wenn er weiterhin ruhig und langsam atmete, würde er nicht in Panik geraten. Das ging auch gut, bis er gegen Ende der Tour, als es über die Stufen und Leitern wieder bergauf ging, dann doch spürte, wie seine Lunge eng wurde. *Du bist einfach schon zu lange hier unten.*

Als sie einen langen Tunnel erreichten, ging er langsamer, ließ sich absichtlich zurückfallen und von den anderen Teilnehmern überholen. Im Geiste zählte er mit. Schließlich waren alle siebzehn Gäste mit ihren Grubenlichtern hinter einer Biegung verschwunden. Endlich war er allein.

O Gott! Er zog sich den Helm vom Kopf und wischte sich den Schweiß von der Stirn. Kurz stützte er sich an der Wand ab und schloss die Augen. *Ruhig und tief durchatmen.* Seine Muskeln durften sich nicht verkrampfen. Doch obwohl er sich entspannte, kam es ihm vor, als würde die Luft immer stickiger werden.

So eine Kacke!

Er tastete zur Hosentasche, nur um sicherzugehen, dass er sein Asthmaspray nicht verloren hatte. Zum Glück war es noch da. Nun öffnete er die Augen und sah, wie das Grubenlicht seines Helms den Schatten seiner Beine in den langen Tunnel warf.

Das Gerede der anderen war nur noch weit entfernt zu hören, der Schein ihrer Lampen am Ende des Tunnels zu einem schwachen Leuchten geworden.

Beeil dich! Er holte das Spray heraus und wollte inhalieren, um gleich danach den anderen zu folgen, hielt jedoch inne. Siebzehn Leute hatte er gezählt. Er musste der Letzte sein. Dennoch hatte er plötzlich das Gefühl, dass jemand hinter ihm in der Dunkelheit stand. Deutlich spürte er die Präsenz einer anderen Person. *Das ist derjenige, der dich den ganzen Tag verfolgt hat*, sagte seine innere Stimme. *Bis hier unten hin.*

Verdammt!

In einer Hand das Spray, in der anderen den Helm drehte Pulaski sich langsam um. Und sah im Licht der Lampe die Beine seines Verfolgers, der erschreckend nahe hinter ihm stand. Instinktiv wollte er den Helm mit der Lampe hochreißen, wurde jedoch von einer kräftigen Hand daran gehindert.

»Wer sind Sie …?«, keuchte er und wollte mit der anderen Hand zuschlagen. Doch die Person stieß seinen Kopf hart gegen die Wand.

Im nächsten Moment bekam Pulaski keine Luft mehr. Ihm wurde schwindlig. Der Helm glitt ihm aus der Hand, knallte zu Boden. Glas splitterte, dann wurde es dunkel.

Nein, nicht!

Seine Beine wurden weich, gaben nach, und er sank zu Boden. Verzweifelt versuchte er, nach Luft zu schnappen, hörte das Pfeifen seiner Lunge, aber da war nichts mehr, als befände er sich im luftleeren Raum.

Bloß keine Panik!

Pulaski registrierte, wie die Person über ihn hinwegstieg, sich hinunterbeugte und seinen Helm aufhob. Dann Schritte, die sich rasch entfernten. Während sich alles um ihn herum drehte, zwang er sich, den Arm zu heben und das Spray zum Mund zu führen.

Konzentrier dich!

Er presste den Knopf und inhalierte. Sofort breitete sich die kühle Nässe in seinen Atemwegen aus. *Luft!* Er atmete gierig ein und inhalierte ein weiteres Mal.

Ein kurzer Schüttelfrost erfasste ihn, ihm war kalt und heiß zugleich. Mit zitternden Händen stützte er sich ab, sodass er nun sitzend mit dem Rücken an der Wand lehnte. Er zwang sich dazu, langsam zu atmen, während er in die Dunkelheit starrte. Um ihn herum war es bis auf das Tropfen und Glucksen absolut still. Neben sich spürte er die Glasscherben der Grubenlampe.

Wer ist dieser Kerl gewesen? Und warum hat er den Helm mitgenommen?

Pulaski tastete seine Schläfe ab. Die Stelle tat zwar weh, blutete aber zum Glück nicht. Dann begriff er. *Na klar, er setzt sich den Helm auf und gibt sich in der Gruppe für dich aus.*

Mit wackligen Beinen stand er auf. Er wusste, dass er nach links musste. Nachdem er das Spray eingesteckt hatte, holte er sein Handy heraus und aktivierte die Taschenlampe. Der Akku war zwar schwach, aber bis zum Ausgang würde er hoffentlich reichen.

Pulaski nahm die Biegung, hinter der alle anderen verschwunden waren, und folgte so rasch er konnte dem Tunnel. Von dem Kerl, der ihn niedergeschlagen hatte, war nichts mehr zu sehen – auch von keinem anderen Besucher. Keine Lichter, keine Stimmen, keine Geräusche, nur das Plätschern, das jetzt immer lauter wurde.

Nach einer Weile erreichte er wieder die Überlaufkammer, die ohne Lampen und Filmprojektionen, menschenleer und nur im Licht seines Handys viel enger und bedrohlicher aussah als vorher. Immerhin kannte er ab hier den Weg, und schon bald entdeckte er das erste leuchtende grüne Fluchtwegschild an der Wand, dem er bis zum Ausgang folgte.

Zum Glück war der Einstieg in die Kanalisation noch nicht abgeriegelt. Als Pulaski sich ins Freie schob, den Verkehrslärm hörte, die Lichter der Autos sah und den Wind spürte, atmete er zunächst einmal kräftig durch. Der Park roch frisch und die Luft schmeckte nach Blüten. Kurz schloss er die Augen, dann steckte er sein Handy weg und tastete noch einmal zur Schläfe, wo jetzt eine kleine Beule entstand.

»Haben Sie etwas vergessen?«

»Was?« Pulaski öffnete die Augen und sah, wie der Guide nur wenige Meter von ihm entfernt die Helme in seinem Wagen verstaute. Plötzlich hatte er eine Idee. *Der Helm!* Darauf mussten die Fingerabdrücke des Mannes sein, der ihn niedergeschlagen hatte.

»Ja, Trinkgeld.« Pulaski tat so, als wäre er noch einmal zurückgekommen. Er griff in seine Brieftasche und drückte dem Mann zwanzig Euro in die Hand.

»Danke, wie großzügig.« Der Guide lächelte, steckte das Geld ein und arbeitete weiter. »Kann ich gut brauchen … einer der Helme ist kaputt gegangen.«

Weiß ich doch. »Ist es schlimm?« Pulaski ließ den Blick über die Ausrüstung schweifen, bis er seinen Helm mit der gesplitterten Lampe sah, der bereits an der Halterung hing. »Konnten Sie erkennen, wem der Helm gehört hat?«

»Leider nicht.« Der Guide putzte die restlichen Helme mit einem feuchten Tuch, ehe er sie aufhing.

»Säubern Sie die Ausrüstung nach jeder Tour?«

»Ja, immer.«

Verdammter Mist! Der kaputte Helm glänzte in der Innenbeleuchtung des Wagens. Die Fingerabdrücke konnte er vergessen. »War jedenfalls eine tolle Tour«, murmelte Pulaski.

»Danke, gerne jederzeit wieder.«

Klar, jederzeit wieder.

30

Eine halbe Stunde vor Mitternacht war Pulaski schließlich wieder zurück im Hotelzimmer. Trotz seiner weichen Knie war er zu Fuß gelaufen, um seine Emotionen in den Griff zu kriegen und wieder einen klaren Kopf zu bekommen.

Nun lag er mit aufgeknöpftem Hemd auf seinem Hotelbett – seine Kleidung hing auf einem Kleiderbügel am gekippten Fenster –, und presste sich ein Handtuch, in das er Eiswürfel aus der Minibar gewickelt hatte, gegen die Schläfe. Die Stelle war mittlerweile blau, die Beule beträchtlich angeschwollen.

Wer zur Hölle ist dieser Arsch nur gewesen?

Im Prinzip konnte es sich bei seinem Angreifer auch um eine Frau handeln. Pulaski dachte nach. Er hatte weder Aftershave noch Parfüm oder Haarspray oder Ähnliches gerochen, was ihm in dem Dunst der Kloake sicher aufgefallen wäre. Auch wenn er sich noch so konzentrierte, konnte er sich an kein Detail dieser Person erinnern. Außer der Tatsache, dass sie groß und kräftig gewesen sein musste. Möglicherweise also doch ein Kerl.

Wäre dieser Typ nicht so dicht an ihn herangekommen, hätte Pulaski ihn gar nicht bemerkt, und es wäre vermutlich gar nicht zu dieser Konfrontation gekommen. Ob die ganze Sache wirklich etwas mit Kilians Fall zu tun hatte? Vielleicht war es aber auch bloß ein dummer Zufall gewesen – der Zorn eines Penners, der sich in seinem Revier gestört gefühlt hatte.

Ja, klar, dachte er zynisch. *Und das Gefühl, dass du dich beobachtet fühlst?*

Jedenfalls konnte er sich einen Besuch bei der Polizei sparen. Aus eigener Erfahrung wusste er nur zu gut, dass man in einer solchen Situation nichts unternehmen, sondern nur abwarten konnte. Allerdings würde er aufmerksamer sein als zuvor – und vorsichtiger.

Du brauchst einen starken Kaffee gegen die Kopfschmerzen, entschied er, legte das Handtuch beiseite und erhob sich. Während die Kaffeemaschine surrte, blickte er aufs Handy – 23.47 Uhr – und bemerkte, dass sein Fräulein Tochter kürzlich noch online gewesen war. *Um diese Zeit?* Andererseits war Jasmin mittlerweile eine erwachsene Frau. Auf gut Glück rief er sie an, und sie hob auch tatsächlich ab.

Während sie eine Weile plauderten und er frei improvisierend erzählte, was er schon alles während seines »Urlaubs« in Wien unternommen hatte, ging er durchs Zimmer und presste sich wieder das kalte Handtuch gegen die Schläfe.

»… und dann war ich im Donauturmrestaurant essen und habe anschließend die Dritte-Mann-Tour durch die Kanalisation gemacht«, beendete er seinen Bericht.

»Papa!«, sagte sie vorwurfsvoll. »Da stimmt doch etwas nicht. Du klingst so komisch. Das hör ich an deiner Stimme.«

»Komisch?«, wiederholte er. »Klinge ich schon wie ein halber Wiener? *Herst, Oida!*«, versuchte er den Wiener Dialekt des Kanalarbeiters zu imitieren.

»Papa!«

»Ich bin bloß müde und reif fürs Bett«, log er und blickte zur Kaffeemaschine. In Wahrheit war er alles andere als müde, sondern völlig aufgekratzt. Leider war er noch nie ein besonders guter Lügner gewesen.

»Na gut, wenn du nicht drüber reden willst, dann halte ich dich nicht länger auf«, sagte sie.

»Du hältst mich nicht auf, ich …«

»Was immer du in Wien anstellst, ich will es gar nicht wissen, aber pass auf dich auf, okay? Dicker Kuss und gute Nacht!« Sie beendete das Gespräch.

Okay, dicker Kuss zurück, hab dich lieb, schickte Pulaski in Gedanken noch hinterher, legte das Handy weg, ging ins Bad und warf das nasse Handtuch in die Duschkabine. Als er die Fliesen sah, musste er wieder an Aleynas Ermordung denken.

Zurück im Zimmer ließ er sich aufs Bett sinken und dachte nach. Kilians Knopf, den er gefunden hatte, kam ihm in den Sinn. *Falls Kilian ihn wirklich am Tatort verloren hat, was wollte er im Wohnzimmer? Die Schränke durchsuchen? Oder hat doch Niemeyer ihn am Tatort platziert?*

Aus einem völlig unbegründeten Bauchgefühl heraus kam ihm Kilian immer noch suspekt vor. Vielleicht auch einfach, weil der ihm beim ersten Treffen nicht besonders sympathisch gewesen war.

Du musst Kilian einfach noch besser kennenlernen.

Er schnappte sich sein Handy, steckte es ans Ladekabel, fand die Website mit Kilians Podcast im Internet und scrollte durch die Kurzinhalte der Folgen. *Sieh mal einer an, der Mann ist fleißig gewesen.* Monatlich kam eine Episode heraus, und mittlerweile gab es schon sechsundneunzig davon. Die großen Mordfälle erstreckten sich mit mehreren Folgen oft über viele Monate. Dazu gab es auch immer wieder Einzelfolgen mit neuen anderen Themen: Einbrüche, Drogen, Entführung,

Vertuschung, Internetkriminalität und mysteriöse Unfälle. Kilian kannte sich offensichtlich sehr gut aus.

In erster Linie interessierte Pulaski sich allerdings für die ungelösten Mordfälle. Vor allem wollte er mehr über Kilians Herangehensweise herausfinden. Über Professor Niemeyer wussten sie ja bereits, dass er ein logisch und analytisch denkendes Schachgenie war. *Aber wie tickt Kilian?*

Nachdem Pulaski die Liste mit den Folgen halb durchgescrollt hatte, entschied er sich für den neuesten ungelösten Mordfall, mit dem sich Kilian im Vorjahr befasst hatte: Ein junges Pärchen war in einem Hotelzimmer ermordet worden.

Diese Folge war am häufigsten abgerufen worden und hatte auch die meisten Hörer-Kommentare bekommen. Anscheinend hatte der Fall die Gemüter erhitzt, wie Pulaski an Hand der Reaktionen las – und war auch immer noch nicht aufgeklärt, wie ein wenige Tage alter Kommentar zeigte.

Pulaski legte das Handy neben seine Nachttischlampe, startete die Folge und machte lauter.

Eine dramatische Musik wie eine Mischung aus Hitchcocks *Psycho* und *Der weiße Hai* erklang. Pulaski holte sich die Kaffeetasse, dimmte das Licht und ließ sich wieder aufs Bett nieder.

»*Willkommen zu einer neuen Folge von CATCH THE KILLER, dem True Crime-Podcast von Martin Kilian*«, sagte eine angenehme weibliche Stimme. Die Hintergrundmusik wurde langsam ausgeblendet, und man hörte das Rascheln von Papier, das Klingeln eines Telefons und das Quäken eines alten Modems.

»Klassische Detektivbüro-Atmosphäre«, murmelte Pulaski, streckte sich auf dem Bett aus, schloss die Augen und begann, entspannt die Zehen zu kreisen.

»Ein junges Pärchen wurde in einem Hotel in Salzburg ermordet«, erklang Kilians Stimme, dezent und sanft. *»Gestorben sind die beiden allerdings erst Tage später. Wie ist das möglich? Wir haben versucht, es herauszufinden …«*

CATCH THE KILLER – Kilians True Crime-Podcast

Mysteriöser Doppelmord im Hotelzimmer

»… aber bevor wir uns der Antwort dieser Frage widmen, wollen wir uns näher mit den Opfern beschäftigen. Wer waren Nicole und Norbert Schaefer? Mein erster Gast heute ist eine junge Frau, die mit Nicole zur Schule gegangen ist. Hallo, und danke, dass du dir Zeit für uns genommen hast.«

»Hallo.«

»Wie ist es dir ergangen und was waren deine ersten Gedanken, als du in den Nachrichten von Nicoles Tod erfahren hast?«

»Mir ist das … so unwirklich vorgekommen … und das tut es immer noch. Ich kann immer noch nicht glauben, dass Nicole tot sein soll … ermordet … das klingt so schrecklich, und man hört das sonst immer nur in den Nachrichten über Leute, die man nicht kennt … aber Nicole, mein Gott … tut mir leid …«

»Kein Problem, Tränen sind erlaubt, lass es raus, wir können nachher alles rausschneiden. Nimm dir einfach Zeit.«

»Nein, ist schon okay, ich … puuuh … bin hier, weil ich über Nicole und Norbert reden möchte. Und es sollen so viele Leute wie möglich hören … vielleicht ergibt sich ja ein ganz neuer Hinweis auf den Täter.«

»Deswegen machen wir das, also nimm dir bitte alle Zeit, die du brauchst.«

»Danke, es geht schon wieder. Nicole und ich sind in die Handelsakademie gegangen, in Wien Floridsdorf. Wir hatten

Russisch als Fremdsprache, waren nur eine kleine Klasse, das schweißt zusammen. Nicole war seit dem ersten Jahrgang Klassensprecherin, spielte in der Theatergruppe, die sie selbst ins Leben gerufen hat, und schrieb eigene Stücke …«

»Was für Stücke?«

»Kriminalstücke … und dann wird sie selbst Opfer eines Mordfalls, o Gott … sorry, geht gleich wieder … Sie war so belesen, kannte sich in Geschichte, in Literatur und Geografie und was weiß ich noch alles so gut aus. Außerdem sah sie fantastisch aus. Groß, schlank, sportlich, lange blonde Haare – fast schon kitschig hübsch, hatte aber mehr in der Birne als alle Jungs, die hinter ihr her waren.«

»Gut, das ist jetzt vielleicht keine große Kunst, vermute ich mal …«

»Ja, da hast du auch wieder recht, die Burschen in unserem Jahrgang waren nicht gerade die hellsten Kerzen auf der Torte.«

»Mit einer Ausnahme, richtig?«

»Ja, richtig, Norbert war genauso wie Nicole eine Ausnahmeerscheinung. Er sah gut aus, war blitzgescheit. Er war Schulsprecher, ziemlich beliebt, zumindest bei den Schülern, für die er sich eingesetzt hat – die Lehrer haben ihn dafür gehasst. Außerdem hat er in Nicoles Schulaufführungen mitgespielt. Sie waren seit der zweiten Klasse ein Paar, und wir alle waren uns sicher, dass sie eines Tages heiraten werden.«

»Und so kam es dann auch. Seid ihr miteinander in Kontakt geblieben, du und Nicole?«

»Ja, schon, aber nicht mehr so intensiv … Wir haben uns vielleicht zweimal im Jahr gesehen. Sie hat nach dem Studium bei einem Reiseveranstalter gearbeitet und ist viel herumgeflogen.«

»Und Norbert?«

»Der hat an der WU studiert und danach in der Kostenrechnung einer großen Spedition oder so, glaube ich, gearbeitet.«

»Also auch etwas mit Reisen im entferntesten Sinn.«

»Ja, die beiden sind viel herumgekommen.«

»Wo haben sie gewohnt?«

»Sie sind in Wien geblieben, hatten eine kleine günstige Mansardenwohnung im Norden – soviel ich weiß, ist ihr gesamtes Geld für Urlaube draufgegangen. Safari in Tansania, Rundreise in Thailand, Nationalparktour durch die USA und solche Sachen.«

»Kinderwünsche?«

»Später mal ja, aber Job und Reisen waren ihnen im Moment wichtiger.«

»Und einer dieser Urlaube führte sie im Frühjahr nach Salzburg. Konkret nach Leogang, wo sie eine Woche in einem Wellnesshotel verbracht haben.«

»Stimmt, aber darüber weiß ich leider nichts.«

»Kein Problem, jedenfalls danke, dass du dir Zeit für den Podcast genommen und uns ein bisschen über Nicole und Norbert erzählt hast.«

»Bitte gerne. Tschüss.«

»Als nächsten Gast begrüße ich eine Angestellte des Hotels. Hallo, du reinigst dort die Zimmer, richtig?«

»Hallo, ja, stimmt, ich kümmere mich vor allem um die Suiten.«

»Wie groß ist das Hotel?«

»Wir haben siebzig Zimmer, zusätzlich elf Suiten und eine große Honeymoon-Suite, außerdem drei Seminarräume und einen großen Wellnessbereich.«

»Habt ihr viele Privatgäste?«

»Wir machen unser Geschäft hauptsächlich mit Tagungs-

gästen, Hochzeitsgruppen, im Winter mit Skitouristen und im Sommer mit Wanderern und Mountainbikern.«

»Die Seilbahnen gehen ja auch von beiden Seiten des Hotels aus direkt in die Berge – aber dazu kommen wir später noch. Hast du Norbert und Nicole im Hotel kennengelernt?«

»Ja, ich habe sie manchmal gesehen, wenn sie morgens das Zimmer verlassen haben.«

»Und wie waren sie?«

»Jung und verliebt … aufmerksam und nett. Sie haben gleich am ersten Tag ein Trinkgeld aufs Kopfkissen gelegt. Aber in ihrem Zimmer war für mich nicht viel zu tun. Also ich muss sagen, manchmal habe ich den Eindruck, dass Schweine in unserem Hotel hausen – je mehr die Leute verdienen und je wichtiger sie sich fühlen, desto schrecklicher schauen Zimmer und Bad aus. Es ist kurios, aber die einfachen Gäste haben die saubersten Zimmer.«

»Und Norbert und Nicole?«

»Die haben sogar ihr Bett selbst gemacht, und das Badezimmer sah aus, als wäre es nie benutzt worden.«

»Werden die kleinen Duschgel- und Shampootuben oft geklaut?«

»Fast immer – aber auch da wieder … die Gutsituierten klauen Hotelslipper, Handtücher und Bademantel, und die normalen Leute lassen sogar den Apfel im Obstkorb und die Schokostücke auf den Kopfkissen liegen.«

»Du weißt vermutlich, warum ich ausgerechnet das Duschgel erwähne?«

»Ja, das weiß ich – hab es in den Nachrichten gehört.«

»Wer füllt die Kosmetikartikel im Badezimmer auf?«

»Nur die Putzkolonne.«

»Sonst niemand?«

»Nein.«

»Hätte sich jemand Zutritt zu einem fremden Zimmer verschaffen können?«

»Nur mit Magnetkarte.«

»Und über den Nachbarbalkon?«

»Keine Chance. Da müsste man Hochseilartist sein.«

»Aber wenn ein Zimmer gereinigt wird und der Putzwagen im Gang steht, hätte ein Flakon im Wagen ausgetauscht werden können, richtig?«

»Theoretisch ja.«

»Oder jemand hätte heimlich etwas mit einer feinen Nadel in eine der Tuben spritzen können.«

»Ja, auch das ist möglich, aber soviel ich gehört habe …«

»… ist das nicht passiert. Richtig! Die Spurensicherung der Kripo hat in Nicoles und Norberts Zimmer keine Einstichstellen in den Shampoos oder Duschgeltuben entdecken können. Bis auf die geöffneten und verwendeten, die im Mülleimer gelegen sind, waren alle anderen original verschlossen. Also kann sie nur jemand zuvor präpariert und alle auf einmal zu einem bestimmten Zeitpunkt ausgetauscht haben.«

»Muss wohl so gewesen sein, denn die Polizei hat alle Tuben aus den Zimmern und dem Warenlager beschlagnahmt.«

»Alles wurde im Labor untersucht, aber es wurde nichts gefunden, richtig?«

»Richtig.«

»Es muss also ein gezielter Anschlag auf Norbert und Nicole gewesen sein. Die Frage ist nun, wie kamen die Tuben in ihr Bad. Hast du eine Idee?«

»Wenn jemand die Tuben in meinem Putzwagen ausgetauscht hätte, dann wäre es ein riesengroßer Zufall gewesen, dass alle ausgerechnet im selben Zimmer landen.«

»Richtig, und dieser Zufall wäre noch umso größer gewesen, da es sich bei den präparierten Tuben in ihrem Zimmer um ein Duschgel, ein Haarshampoo, eine Flüssigseife, eine Handcreme und eine Körperlotion gehandelt hat.«

»Das alles?«

»Ja, so steht es im Polizeibericht.«

»Dann muss sich jemand ins Zimmer geschlichen haben.«

»Steht eine Zimmertür manchmal offen, wenn du im Gang bist oder gerade mit einem anderen Zimmer beschäftigt bist?«

»Nein.«

»Und wenn du kurz wegmusst, um – sagen wir mal – auf die Toilette zu gehen oder etwas für ein Zimmer aus dem Lager zu holen?«

»Dann klemme ich den Putzwagen kurz in die offene Tür. Dann kann niemand rein.«

»Es sei denn, jemand schiebt den Wagen zur Seite.«

»Richtig.«

»Ist das irgendwann mal passiert – ich meine bei Norberts und Nicoles Zimmer?«

»Das hat mich die Polizei auch gefragt, aber ich kann mich nicht mehr daran erinnern … möglich ist es.«

»Wurdest du lange verhört?«

»Mir wurde gesagt, dass ich das nicht sagen darf.«

»Verstehe, okay. Dann möchte ich dich da auch gar nicht länger bedrängen. Danke jedenfalls, dass du Gast bei uns warst … Als Nächstes begrüße ich einen ehemaligen Arzt des Allgemeinen Wiener Krankenhauses, der mittlerweile im Ruhestand ist und auf Verätzungen und Verbrennungen spezialisiert war. Hallo, Herr Doktor.«

»Guten Abend.«

»Sie haben den Laborbefund aus dem Polizeibericht gelesen.

Können Sie uns sagen, wie ein Gemisch aus Fluorwasserstoffsäure und hoch konzentrierter Salpetersäure in einen Flakon kommen kann?«

»Am einfachsten über eine ganz normale Spritze aus Polyethylen, also aus Standard-Kunststoff.«

»Und was passiert bei Hautkontakt?«

»Wenn man sich von dieser Säure unabsichtlich etwas auf die Haut spritzt, muss man es sofort wegwaschen. Passiert das nicht, wird die Säure von der Haut aufgenommen und dringt tief ins Gewebe vor.«

»Wie beispielsweise bei einer Hautcreme, die damit kontaminiert ist?«

»Genau. Bei einem Shampoo oder Duschgel ist es nicht ganz so tragisch, weil das weggewaschen wird. Aber bei einer Handcreme oder einer Körperlotion, die nach dem Duschen aufgetragen wird, sind die Folgen schwerwiegender. Die Haut nimmt den Stoff auf, und er hat stundenlang Zeit einzuwirken.«

»Was passiert dann?«

»Unter der Haut wird ein chemischer Prozess in Gang gesetzt.«

»Der was bewirkt?«

»Haut, Knochen, Muskeln, Bindegewebe, Sehnen und Fettschicht lösen sich langsam auf – je nachdem wie tief die Säure eingedrungen ist.«

»Kann der Prozess rückgängig gemacht werden?«

»Unmöglich. Der Vorgang ist irreversibel. Man verbrennt langsam und qualvoll von innen heraus. Bis man überhaupt begriffen hat, was passiert ist, ist es schon längst zu spät, um Gegenmaßnahmen zu ergreifen.«

»Das hört sich überaus dramatisch an. Danke, dass Sie sich kurz für uns Zeit genommen und uns das erklärt haben.«

»Bitte gerne, schönen Abend noch.«

»Als letzten Gast der heutigen Folge haben wir einen Techniker der Seilbahnbetriebe aus Leogang zugeschaltet. Hallo.«

»Servus.«

»Wie lange dauert die Fahrt vom Tal in Leogang bis zur Bergspitze?«

»Zwölf Minuten. Die Steinbergbahn legt eine Strecke von über vier Kilometer zurück und insgesamt eine Höhe von knapp neunhundertfünfzig Meter.«

»Die Gondel ist also ziemlich lang unterwegs. Aber es gibt eine Mittelstation, an der man aus- und zusteigen kann, richtig?«

»Ja, aber die hatte an dem Tag, als es passiert ist, aus technischen Gründen geschlossen.«

»Die Gondel ist also durchgefahren?«

»Ja.«

»Und Nicole und Norbert sind am Sonntag, dem letzten Tag ihres Urlaubs, hinaufgefahren. Hattest du an diesem Tag Dienst?«

»Ja, ich war mit Wartungsarbeiten beschäftigt.«

»Hast du die beiden gesehen?«

»Ja, als sie oben ankamen. Angeblich ist es ihnen unten im Tal schon nicht besonders gut gegangen. Und als sie oben ankamen, hatten beide bereits gewaltige Schmerzen. Wir haben sofort den Notarzthubschrauber geholt.«

»Wie ging es weiter?«

»Die Ankunft des Helis hat sich verzögert, und wir haben schon überlegt, die zwei mit der Gondel runterzubringen.«

»Aber ihr habt euch dagegen entschieden?«

»Der Dorfarzt hat zufällig oben in der Gasthütte zu Mittag gegessen. Wir haben ihn sofort geholt, und er hat sich gegen

einen Transport mit der Gondel entschieden. Niemand wusste, was die beiden hatten. Sie haben die ganze Zeit vor Schmerzen geschrien, es wurde von Minute zu Minute schlimmer. Die Fahrt in der Gondel, die ganze Zeit über eingesperrt, muss die Hölle für die beiden gewesen sein.«

»Dann ist der Helikopter endlich gelandet …«

»… und hat die zwei abtransportiert. Ich habe dann nur noch gehört, dass der Mann auf dem Weg ins Krankenhaus gestorben ist.«

»Stimmt, seine Frau hat den Transport überlebt, lag sogar noch einen ganzen Tag auf der Intensivstation, konnte aber letztendlich nicht mehr gerettet werden. Auch sie ist am Ende dem Mordanschlag zum Opfer gefallen.«

»War es denn Mord?«

»Ganz bestimmt. Danke für deinen Besuch.«

»Gern, servus.«

»Das war der Auftakt zu unserem neuen Fall. Nächsten Monat beschäftigen wir uns eingehender mit den Details und werden einige Dinge beleuchten, die wir im Moment noch gar nicht angesprochen haben. Schreibt eure Kommentare, Ideen, Mutmaßungen und Vorschläge in die Kommentarzeile, aber auch eure Beileidsbekundungen an die Hinterbliebenen. Vergesst nicht – bleibt ernst, seriös und rücksichtsvoll, denn das ist kein Film. Zwei Menschen wurden auf brutale Art und Weise ermordet, und gemeinsam bringen wir vielleicht etwas mehr Licht in diesen tragischen Fall.«

3. TEIL

DIE HINTERGRÜNDE
Sonntag, 12. Mai

31

Zeitig in der Früh erreichte Evelyn eine SMS von Pulaski, dass er sie gern sehen wollte. Sie und Flo machten sich auf den Weg, und zwar auf Flos Motorrad, mit dem sie direkt aus der Tiefgarage auf die Straße fuhren. So hatten sie selbst dann, wenn Qasems Leute schon Stellung bezogen haben sollten, eine Chance, sich unbemerkt davonzuschleichen.

Das Wetter hatte sich über Nacht schlagartig geändert. Der Himmel war wolkenbedeckt, und auch die Luft war etwas abgekühlt. Alles wies darauf hin, dass es heute nicht mehr so heiß werden würde wie an den Tagen zuvor.

Da sonntags zu dieser frühen Stunde nie viel auf den Straßen los war, erreichten sie relativ schnell das Hotel Rembrandt, wo Flo seine Geländemaschine auf dem Gästeparkplatz neben dem Haupteingang abstellte. Pulaski wartete bereits im Frühstücksraum auf sie.

Evelyn legte den Motorradhelm unter den Tisch, setzte sich hin und brachte mit ein paar Handgriffen ihre Frisur in Ordnung.

»Schickes Outfit«, bemerkte Pulaski und goss ihnen allen Kaffee aus einer Kanne ein.

»Helm oder Lederjacke?«, fragte Evelyn.

»Alles. Auch Hose und Stiefel. Erinnert an Emma Peel.«

»Emma wer?«, fragte Flo.

»*Mit Schirm, Charme und Melone*«, erklärte Evelyn und amüsierte sich über Flos verständnislosen Blick. »Egal«, sagte sie. »Eine TV-Serie lange vor deiner Zeit. Schauen wir uns bei Gelegenheit mal an.« Dann nippte sie an ihrer Tasse. »Übrigens habe ich Ihnen gestern Abend, als wir im Donauturm waren, eine Sache nicht erzählt.« Sie blickte zu Flo. »Und du weißt das auch noch nicht.«

Pulaski ließ den Kaffee seelenruhig in der Tasse kreisen. »Ich bin gespannt …«

»Irgendjemand hat Kilian im Knast übel zusammengeschlagen.«

Als ihr Assistent bekam Flo häufig derartige Geschichten zu hören, trotzdem sah er sie betroffen an. »Arabische Mithäftlinge?«, mutmaßte er.

»In Qasems Auftrag?«, führte Pulaski den Gedanken weiter.

Evelyn hob die Schultern. »Ich weiß es nicht, und Kilian will nicht darüber reden. Jedenfalls sollten wir versuchen, ihn so rasch wie möglich dort rauszuholen, bevor Schlimmeres passiert.«

»So eine Untersuchungshaft kann einen Kerl ziemlich schnell zermürben.« Pulaski tastete seine Schläfe ab. »Vor allem so ein intellektuelles und sensibles Bürschchen wie Kilian.«

Erst jetzt bemerkte Evelyn die blaue Beule unter Pulaskis Haaransatz. »Sie sind ja verletzt!«

Er atmete tief durch. »Hatte gestern Nacht noch einen Unfall.«

Sie sah ihn misstrauisch an. »Sagen Sie bloß, Sie haben sich in der Kanalisation den Kopf gestoßen?«

Er lächelte ironisch. »Jaja, die Dritte-Mann-Tour …« Dann erzählte er ihr und Flo von dem Zwischenfall.

»Verdammt, verdammt, verdammt!«, fluchte sie, nachdem

er seinen Bericht beendet hatte. »Ich hätte Sie nicht allein dorthin gehen lassen dürfen!«

»Wir hätten Sie *beide* nicht allein lassen sollen«, pflichtete Flo ihr bei.

Pulaski verzog das Gesicht. »Und was hätte das geändert?«

»Ich wäre bei Ihnen gewesen und hätte Sie schneller aus der Kanalisation herausgeholt«, sagte Evelyn.

»Ich hab's ja überlebt.«

»Ach, wie schön!«, rief sie sarkastisch. »Nicht nur, dass Kilian im Knast verprügelt wird, jetzt werden auch Sie noch zusammengeschlagen.«

Einige Gäste an den Nebentischen drehten sich zu ihnen um.

»Leise!« Pulaski hob besänftigend die Hand. »Also, *zusammengeschlagen* würde ich es nicht nennen, ich …«

»Wie dann? Sie haben eine Beule am Kopf! Und hätten Sie Ihr Asthmaspray nicht rechtzeitig gefunden, wären Sie da unten vielleicht sogar elendig krepiert.«

Er stöhnte auf. »Ich hätte Ihnen gar nichts davon erzählen sollen.«

Flo warf ihm einen vielsagenden Blick zu. »Wäre vielleicht besser gewesen.«

»Ja, sicher, tolle Lösung! Bin ich denn hier die Einzige, die sich Sorgen macht?«, fuhr sie die beiden an.

»Beruhigen Sie sich wieder«, sagte Pulaski. »Das alles beweist doch nur, dass wir auf der richtigen Spur sind.«

»Und dass jemand weiß, dass Sie für mich arbeiten. Großartig!«

»Wir werden herausfinden, wer das ist«, beruhigte Pulaski sie.

Flo beugte sich zu Pulaski hinüber. »Ich könnte versuchen,

Ihnen eine Waffe zu besorgen«, schlug er leise vor. »Ganz offiziell, über …«

»Nein danke.« Pulaski wehrte ab. »Wenn mich wirklich jemand umbringen wollte, hätte er es bereits getan.«

»Kommt ja vielleicht noch«, presste Evelyn hervor.

»Schluss jetzt!«

»Okay«, seufzte sie. »Ist sonst noch was passiert?«

»Nein.« Pulaski deutete zum reichhaltigen Frühstücksbüfett. »Wollen Sie beide nichts essen?«

»Da lass ich mich nicht zweimal bitten«, sagte Flo.

»Lass dir eine Rechnung geben.« Evelyn hob abwehrend die Hand. »Ich esse nichts, danke. Ich muss jetzt sowieso dringend zur Kanzlei.«

»Soll ich dich mit dem Motorrad hinfahren?«

»Nein danke.« nimm bitte nur meinen Helm mit, ich ruf mir ein Taxi. Imraan holt mich in einer halben Stunde ab. Ich besuche eine alte Schulfreundin und frühstücke mit der.« Sie stand auf und gab Flo einen Kuss. »Mach dir einen schönen Sonntag. Wir sehen uns heute Abend zu Hause.« Dann sah sie Pulaski streng an. »Und Sie passen auf sich auf!«

»Yes, Sir … äh, Ma'am!«

32

Seit zehn Uhr Vormittag saß Evelyn auf der Terrasse von Sylke und Leon. Wie versprochen hatte Evelyn Frühstück mitgebracht, Mehlspeisen und Sandwiches von ihrem Bäcker, der glücklicherweise auch Sonntagvormittag geöffnet hatte. Und Sylke hatte Kaffee, eine Karaffe Orangensaft und Spiegeleier mit gebratenem Schinken beigesteuert. Der lang gezogene Tisch auf der Terrasse unter dem Sonnensegel hatte auch nicht so anders ausgesehen als das üppige Frühstücksbüfett in Pulaskis Hotel.

Sylke hatte nach der Matura sofort mit dem Studium an der Medizinischen Universität Wien begonnen, wo sie ihren späteren Mann kennengelernt hatte. Die beiden hatten ziemlich früh eine Tochter bekommen, die inzwischen schon nicht mehr bei ihren Eltern lebte. Vor zwei Jahren hatten sie daher ihre Stadtwohnung aufgegeben und waren in dieses Haus gezogen, eine renovierte Altbauvilla auf einem Hügel am westlichen Stadtrand von Wien, von deren Terrasse aus man einen prächtigen Ausblick auf die Kuffner Sternwarte hatte.

Der Vormittag blieb kühl und bewölkt, und wiederkehrende Windböen ließen das Sonnensegel regelmäßig hochflattern. Evelyn hatte sich in der Kanzlei umgezogen und trug nun Jeans, Turnschuhe und über dem T-Shirt eine schwarze Softshelljacke, die sie jetzt bis zum Hals zuzog.

Nachdem sie sich lange nicht mehr gesehen hatten, brachten sie sich erst mal auf den neuesten Stand: Sylke und Leon erzählten ihr, wie sie zu diesem Haus gekommen waren, und Evelyn sah sich bemüßigt, die Homestory über sie im *Profil* etwas zu relativieren. Immerhin war sie in Wahrheit immer noch eine ganz normale Strafverteidigerin mit kleiner Kanzlei und keine Staranwältin, wie das Magazin sie beschrieben hatte.

»Du bist immer noch so bescheiden«, sagte Sylke lachend. Mittlerweile war es elf Uhr vormittags, und der Frühstückstisch sah aus wie ein Schlachtfeld. Sylke ignorierte das schmutzige Geschirr auf dem Tisch, goss sich noch ein Glas Prosecco ein und rutschte tiefer in ihren Stuhl. »Also, wie können wir dir helfen?«

Evelyn reckte kurz den Hals und sah zum Ende des Grundstücks hinüber. Dort saß Imraan auf der Bank in einer überdachten Bushaltestelle, wo er so lange warten würde, bis Evelyn entweder zu ihm kam oder ihn anrufen würde. Selbst schuld, sie brauchte hier noch eine Weile. Dann erzählte sie ihren Gastgebern, warum sie eigentlich hier war: dass sie Martin Kilian vertrat und eines der Hauptargumente der Staatsanwaltschaft gegen ihren Mandanten die Rache an Aleyna Al-Rashid als Mordmotiv war. »Und nun will ich herausfinden, ob man der Ärztin wirklich die Schuld am Tod seiner Tochter geben kann«, resümierte Evelyn.

Sylke beugte sich vor und boxte ihrem Mann unternehmungslustig in die Seite. »Mensch, Leon, ist das nicht spannend? Wir können dazu beitragen, einen Mann aus dem Gefängnis zu befreien.«

»Oder ins Gefängnis zu bringen«, relativierte Leon kühl.

»Sei nicht so pessimistisch.« Sylke stellte ihr Glas weg und schnappte sich den Zettel, den Evelyn ihr hingelegt hatte und auf dem sowohl Martin Kilians Sozialversicherungsnummer als auch Name und Geburtsdatum seiner Tochter standen.

Evelyn deutete auf den Zettel. »Die OP fand in der Bormann-Klinik statt. Und zwar …«

Sylke wischte durch die Luft, als wäre das für sie nicht wichtig. Obwohl sie Augenärztin war, kannte sie sich durch ihr Studium auch mit chirurgischen Eingriffen aus und war bestens vernetzt. »Kein Problem, dort kenne ich eine Anästhesistin. Die kann mir die Daten aus dem Patientendokumentationssystem heraussuchen.«

»Klingt nicht gerade nach dem üblichen legalen Weg«, sagte Evelyn.

»Willst du die Informationen haben oder nicht?« Sylke verschwand mit dem Zettel durch die Terrassentür ins Wohnzimmer, von wo sie in das Büro ihrer angrenzenden Praxis ging.

»Sie wird gleich wieder da sein.« Leon erhob sich und räumte die benutzten Gläser und Teller auf ein Tablett. Evelyn half ihm dabei, alles in die Küche zu tragen und in den Geschirrspüler zu stellen.

»Wie ist die Arbeit als Chirurg denn so?«, fragte Evelyn, während sie das Besteck in das oberste Fach sortierte.

Leon verzog nachdenklich das Gesicht. Obwohl er erst vierzig war, hatte er bereits graue Schläfen und viele Lachfältchen um die Augen, was ihn aus Evelyns Sicht nur interessanter machte. »Du stehst die ganze Zeit am Tisch, während du operierst, schwitzt extrem unter dem heißen OP-Licht, verdurstest halb und hast das Gefühl, völlig alleine zu sein, ohne jemanden, der dir hilft. Und trotz all dem darfst du dir keinen Fehler erlauben.«

»Klingt anstrengend.«

»Ist jedenfalls ganz anders als in den Fernsehserien. Was sie dir dort *nicht* zeigen ist, wie kräfteraubend eine OP ist, und zwar sowohl für den Operateur als auch für das gesamte

Team. Man muss zum Beispiel ständig auf alle Auszubildenden achten, damit nichts verrutscht, wenn die eine Leber, das Zwerchfell oder die Bauchdecke mit einem Haken eine Stunde lang weghalten.«

»Auf die musst du auch schauen?« Evelyn begleitete Leon wieder auf die Terrasse.

»Natürlich.« Leon stellte sich an die Brüstung und blickte zum dunklen Horizont. »Ein gutes Team ist ein absoluter Glücksfall.«

»Und die Alternative?«

»Sind unerfahrene Ärzte in Basisausbildung, eine übermüdete Anästhesistin, junge OP-Gehilfen und eine instrumentierende OP-Schwester, die noch zu wenig Erfahrung hat. Schlimmstenfalls alles auf einmal.«

»Puuuh!« Evelyn verzog das Gesicht.

Leon lächelte gequält, er hatte wohl reichlich Erfahrung mit solchen Situationen. »Und dann musst du noch bedenken, dass eine OP nicht selten fünf bis sechs Stunden dauert, ohne Pause, ohne Trinken, ohne WC.«

»Das würde ich gar nicht aushalten.«

»Na ja.« Er zuckte die Achseln. »Wenn wir Glück haben, dürfen wir pünktlich heimgehen und kommen dann am übernächsten Tag wieder.«

»Klingt hart.«

Er nickte. »Um wie viel Uhr war denn die OP dieses Mädchens?«

Evelyn sah ihn fragend an. »Ist das wichtig?«

»Möglicherweise.« Er hob die Schultern. »Am Vormittag ist man als Operateur noch fit, am Nachmittag schon etwas weniger und in der Nacht gar nicht mehr – zumindest geht es mir so.«

»Warum wird man dann überhaupt Chirurg?«, stellte Evelyn die entscheidende Frage.

»Eine berechtigte Frage, die ich oft mit meinen Kollegen diskutiere.« Er lehnte sich mit den Unterarmen auf die Brüstung und blickte zur Sternwarte. »Ein überlebender Patient ist der Grund, warum ich diesen Job mache. Wer hat schon die Möglichkeit, täglich Menschenleben zu retten?«

Evelyn hörte, wie Sylke die Terrasse betrat. Offenbar hatte sie die letzten Sätze mitbekommen, da sie sich unter Leons Arm einhakte und ergänzte: »Damals an der Uni, als wir darüber gesprochen haben, in welchem Fach wir später arbeiten wollen, hast du gesagt, dass es dich fasziniert, wenn du dabei Ordnung schaffen kannst.«

»Ordnung schaffen?«, fragte Evelyn.

Leon nickte. »Wenn du einen Bauch öffnest, um Dinge zu reparieren.«

Sylke löste sich wieder von ihrem Mann. »Gehen wir *in medias res.*« Sie wedelte mit einem Packen Papier, den sie frisch ausgedruckt hatte. »Hier sind die Unterlagen. Aber die hast du natürlich nicht von mir, ist das klar?«

»Versprochen«, sagte Evelyn. »Ich bin sogar dazu verpflichtet, meine Informanten zu schützen«, fügte sie lächelnd hinzu.

33

Kurz nach elf Uhr betrat Pulaski das *Black Angus Rib House*. Er hatte absichtlich kein Taxi genommen, sondern war zu Fuß vom Hotel hierhergegangen. Wie schon am Vortag fühlte er sich auch jetzt wieder beobachtet. Er hatte aufmerksam die Spiegelbilder in den Schaufenstern betrachtet und war öfters stehen geblieben, um sich umzusehen, hatte aber nichts Verdächtiges bemerkt. Vielleicht war dieses seltsame Gefühl, einen unsichtbaren Schatten zu haben, diesmal ja nur eine Folgeerscheinung des gestrigen Zwischenfalls.

Entspann dich einfach. Solange dir der Typ nicht noch mal eins über den Schädel zieht, ist alles okay. Konzentrier dich jetzt auf das Lokal.

Die Beleuchtung des *Black Angus Rib House* war noch nicht an, und es roch nach Scheuermittel. Der Boden war noch etwas feucht, glänzte, und ein nasser Wischmopp lehnte an einem Tisch. Es waren zwar schon alle Tische gedeckt, aber noch befanden sich keine Gäste im Restaurant. Pulaski hatte sich von Flo den Geschäftsführer beschreiben lassen, und dieser Joe stand jetzt mit weißem Hemd und schwarzer Schürze hinter der Registrierkasse am Computer und tippte irgendetwas ein.

»Wir öffnen erst um 11.30 Uhr«, rief er, ohne aufzusehen.

»Tag, Johann.« Pulaski trat kommentarlos an seine Seite und zeigte ihm länger als nötig seinen Dienstausweis. »Walter Pulaski«, sagte er nur und fügte nach einer Pause hinzu: »Es geht um Montag, den sechsten Mai.«

»Schon wieder. Es war erst kürzlich jemand hier und hat danach gefragt.«

»Zwei junge Burschen um die dreißig, die Sie mit fünfhundert Euro bestochen haben?«, stellte Pulaski mit einer hochgezogenen Augenbraue fest, woraufhin Joe rot wurde und zögerlich nickte. »Das waren befreundete Kollegen von einer Rechtsanwaltskanzlei«, beruhigte Pulaski ihn. »Ich brauche weitere Informationen.«

Seufzend ließ Joe die Schultern hängen. »Ihr Ausweis ist aber von der deutschen Polizei, richtig?«

»Richtig.« Pulaski steckte die Brieftasche weg. »Landeskriminalamt Dresden.« Als Nächstes zeigte er Joe auf seinem Handy die Bestätigung des Österreichischen Bundeskriminalamts auf seine Anfrage, dass ihm die Daten zum Mordfall Al-Rashid zur Verfügung gestellt werden sollten. »Ich könnte auch mit Kollegen vom österreichischen BKA herkommen«, log Pulaski. »Das wäre dann ein großer Rummel hier, zu Mittag, in Ihrem Lokal, den ich aber gern vermeiden würde.«

»Schon gut«, seufzte Joe. »Was brauchen Sie?«

»Sämtliche Rechnungen, die an diesem Abend den Gästen der unteren Etage ausgestellt worden sind.«

»O Mann«, seufzte Joe, dann nickte er zu einem Tisch. »Nehmen Sie inzwischen Platz. Sonst noch was?«

»Ja, einen Kaffee, schwarz, ohne Zucker.« Pulaski setzte sich auf den Stuhl, auf dem auch Kilian vor sechs Tagen gesessen hatte, stellte sich vor, wie Professor Niemeyer ihm gegenübersaß, und blickte ins Lokal. Insgesamt gab es in diesem Bereich fünf weitere Tische, an denen jemand gesessen und zu Kilian und Niemeyer herübergesehen haben könnte.

Pulaski schnappte sich die Speisekarte, zog das Blatt mit

den Vorspeisen aus der Folie, drehte es um und begann mit einer Skizze von der unteren Etage des Lokals. Flo hatte ihm Namen und Sitzordnung der acht Gäste genannt, die er und Sajid hatten aufstöbern können. Aus dem Gedächtnis trug Pulaski die in seine Zeichnung ein. Tisch Nummer fünf in der Mitte des Restaurants blieb übrig. *Ohne Namen!*

Joe kam mit einem Packen Zettel, den er Pulaski reichte, während er missmutig auf die misshandelte Speisekarte und die Skizze blickte. »Das sind alle Abrechnungen von diesem Abend.«

»Waren alle Tische in diesem Bereich des Lokals besetzt?«

»Ich kann mich nicht mehr genau daran erinnern, aber montags ist es hier immer ziemlich voll.«

Also ja.

Einer von Joes Mitarbeitern stellte eine herrlich duftende und noch dampfende Tasse Filterkaffee auf Pulaskis Tisch.

»*Mmmh*, danke.« Pulaski drückte dem Mann einen Fünfeuroschein in die Hand und nippte an dem heißen Getränk. »Schmeckt wie zu Hause«, murmelte er und vertiefte sich in die Belege, während sich Joe und sein Mitarbeiter verkrümelten.

Auf den Belegen standen die Tischnummern, die Speisen, Getränke, der Betrag und die Uhrzeit, wann abgerechnet worden war. Pulaski ordnete die Rechnungen jener Gäste, denen er einen Tisch hatte zuweisen können, und sortierte jene Rechnungen aus, die zu einer viel früheren Tageszeit abgerechnet worden waren, bevor Kilian das Lokal betreten hatte.

Ein Beleg blieb übrig. *Tisch Nummer fünf.* Den Speisen nach zu urteilen hatten dort drei Personen gesessen, die zwar wenig gegessen, aber dafür jede Menge Prosecco, Hugo, Aperol und Cocktails getrunken hatten. *Schaut nach einer Feier aus. Und zwar nach einer Feier von drei Frauen.* Männer hätten vermutlich Bier und Schnaps getrunken und kein Ladysteak gegessen. Die Rechnung war zwar erst um 22.15 Uhr ausgedruckt worden, aber mit etwas Glück waren die Damen schon zu jenem Zeitpunkt da gewesen, als Kilian und Niemeyer das Lokal betreten hatten. Blöderweise war nicht mit Kreditkarte, sondern bar bezahlt worden.

Pulaski leerte die Kaffeetasse und ging zu Joe, der wieder an den PC neben der Kasse zurückgekehrt war. Mittlerweile war das Licht angegangen, der Wischmopp war verschwunden, und die ersten Gäste betraten das Lokal.

»Könnte es sein, dass …«, begann Pulaski, ehe er von Joe unterbrochen wurde. »Sie sehen doch, dass ich beschäftigt bin und die ersten Gäste schon da sind.«

»Sehe ich«, knurrte Pulaski, »darum mache ich es kurz. Könnte es sein, dass dieser Tisch reserviert worden ist?«

Joe blickte auf den Beleg. »Ich habe bereits vorgestern alle Reservierungen für Ihre Kollegen herausgesucht. Sowohl die, die übers Telefon hereingekommen sind, als auch die über E-Mail.«

»Es waren vermutlich drei Damen, die etwas gefeiert haben.«

Joe runzelte die Stirn. »Stimmt … jetzt kann ich mich wieder daran erinnern … es waren junge Frauen.«

»Wie jung?«

»Unter dreißig.«

»Stammgäste?«

»Nein, und die haben auch nicht reserviert, sonst wäre das in den Unterlagen vermerkt gewesen.«

Kacke! Pulaski knirschte mit den Zähnen. »Hat das Lokal eine Facebookseite?«

»Ja, die wird von einem meiner jungen Mitarbeiter betreut.«

»Kann man über diese Seite auch eine Nachricht schicken? Um beispielsweise einen Tisch zu reservieren?«, hakte Pulaski nach, da es ihm seltsam vorkam, dass drei junge Frauen, die etwas zu feiern hatten, auf gut Glück in ein Steakhouse gestürmt sein sollten.

Joe hob die Schultern. »Kann sein.«

Pulaski deutete zum Computer. »Können wir nachsehen?«

»Wenn ich Sie danach loswerde.« Joe öffnete die Facebookseite und gemeinsam suchten sie nach dem Postfach mit den Privatnachrichten. Tatsächlich gab es eine Nachricht, die drei Tage vor Kilians Restaurantbesuch eingegangen war.

Würde gern einen Tisch für drei Personen für Montag, den 6. Mai reservieren, 18 Uhr, Corinna Wagner.

Pulaski rieselte ein Schauer über den Rücken. »Könnte das der Tisch gewesen sein?«

Joe hob die Schultern. »Möglich. Uhrzeit und Personenanzahl stimmen überein. Die Reservierung muss dann mein Kollege direkt am Tisch mit einem Schild gemacht haben, ohne sie ins Reservierungsbuch einzutragen.«

»Ich brauche eine Kopie des Rechnungsbelegs und einen Ausdruck von dieser Reservierung.«

»Sonst noch was?«

»Ja, klicken Sie auf die Facebookseite dieser Corinna Wagner und drucken Sie mir ihr Profilbild aus.«

»Noch was?«, stöhnte Joe.

»Ja, ein alkoholfreies Bier, einen Veggieburger und einen Griechischen Salat – aber machen Sie schnell und bringen Sie gleich die Rechnung, ich hab es eilig.«

34

Evelyn hatte zwar auch Latein an der Uni gelernt, aber das juristische Vokabular war auch in dieser Sprache ganz anders als das einer Medizinerin. Daher musste Sylke die Befunde von Viktorias OP für sie erst ins Deutsche übersetzen.

»Es ist alles gut dokumentiert«, erklärte Sylke, als sie die vielen Blätter vor sich auf dem Tisch ausbreitete und mit Sektgläsern, Kaffeetassen und Aschenbecher beschwerte, damit der Wind sie nicht davonriss. »Vom Zeitpunkt der Aufnahme im Krankenhaus bis zum Tod des Mädchens.«

Evelyn beugte sich über die Papiere und rechnete schnell nach. »An dem Tag, als der Unfall passierte, war Viktoria gerade drei Jahre alt …«

Leon verzog betroffen das Gesicht. »Das war zwei Tage nach ihrem dritten Geburtstag, um genau zu sein.«

Evelyn las sich weiter ein. Sylke hatte recht – bei der Aufnahme im Krankenhaus hatte die Dame am Empfang alles detailliert niedergeschrieben, was Kilian seinerzeit angegeben hatte. Demzufolge hatte Viktoria auf einem abschüssigen Weg vor dem Haus das Fahrradfahren mit Stützrädern geübt.

»Ihr Vater war dabei, hat aber vielleicht nicht aufgepasst«, vermutete Sylke, »jedenfalls war die Kleine viel zu schnell unterwegs, ist gestürzt und dabei seitlich auf den Lenker geprallt.«

»Hört sich zwar nicht dramatisch an«, erklärte Leon, »aber

wenn man sich so einen Lenker in die Weichteile rammt, kann man sich ziemlich schwer verletzen.« Er zeigte auf eine Textpassage. »Das Mädchen hat geweint und auf der linken Seite über Bauchweh geklagt, woraufhin der Vater sie gegen achtzehn Uhr ins Krankenhaus gefahren hat, wo zunächst eine heftige Prellung festgestellt worden ist – und bei weiteren Untersuchungen eine schwere Verletzung der Milz. Sie musste sofort notoperiert werden. Das war um neunzehn Uhr.«

Also früher Abend. Evelyn warf Leon einen bedeutsamen Blick zu.

»Hat die Bormann-Klinik überhaupt eine Notaufnahme?«, fragte Sylke.

»Ja, hat sie«, antwortete Leon.

»Trotzdem. Warum ist er in eine Privatklinik gefahren?«, bohrte Sylke nach.

Leon hob die Schultern. »Möglicherweise hatte er da mehr Vertrauen zu den Ärzten.«

Evelyn öffnete eine App auf ihrem Handy und gab Kilians Adresse sowie die der Bormann-Klinik ein. »Sind nur fünf Minuten mit dem Auto.« Sie sah auf. »Das erklärt es dann wohl.«

Leon beugte sich wieder über die Unterlagen. »Laut Krankenhausprotokoll war der Operateur für solche Spezialfälle gerade krank. Da das Kind aber innerlich so stark geblutet hat, war keine Zeit mehr, es in ein anderes Krankenhaus zu verlegen, deswegen musste Dr. Al-Rashid operieren. Sie war als Einzige verfügbar, und laut Ergänzung zum OP-Protokoll hat sie einen solchen Eingriff zum ersten Mal gemacht.«

Leon und Sylke wechselten zur Patientenakte, die aus Kardiogrammen, Blut- und Ultraschallbefunden, OP-Bericht und Anästhesieprotokollen bestand. Das Einzige, was Evelyn davon verstand, waren jene Stellen, an denen Kilians Tochter als Patientin Nr. 341 268 bezeichnet wurde.

Nachdem Sylke und Leon sich eine Weile lang alles durchgelesen und einander vielsagende Blicke zugeworfen hatten, übernahm Leon die weitere Erklärung. »Dr. Al-Rashid hat die Milz herausoperiert, die Blutgefäße unterbunden, nach weiteren inneren Verletzungen gesucht, die es aber nicht gab, und danach den Bauch wieder verschlossen. Die OP ist gut verlaufen, das Kind ist gut vom Tisch weggekommen.« Er sah Evelyn kurz an. »Sagt man so.« Dann vertiefte er sich in die nächsten Unterlagen. »Aber dann ist es bereits nach einer Stunde noch im Aufwachraum zu einem Blutungsschock gekommen.«

»Und das bedeutet?«, fragte Evelyn.

»Es ist so: Die Milz hängt an einer Arterie und einer Vene. Wird die Milz entfernt, müssen beide Blutgefäße unterbunden werden, das heißt, sie werden mit einem Vicrylfaden mehrmals verknotet, damit es zu keiner inneren Blutung kommt«, erklärte Sylke.

»Bei einer solchen Unterbindung werden normalerweise mehrere Knoten gemacht. Und die müssen sitzen. Aber anscheinend war das an einer Stelle nicht so. Eine Ligatur ist abgegangen.«

Evelyn runzelte fragend die Stirn.

»Blut ist langsam von der Vene in die Bauchhöhle geströmt«, erklärte Sylke.

»Laut Protokoll wurde das rechtzeitig bemerkt, weil sich in der Drainage Blut angesammelt hat«, fuhr Leon fort. »Aber als das Kind auf dem Weg zur zweiten Operation in den OP-Saal war, ist es an einem Herz-Kreislaufversagen gestorben und konnte nicht mehr reanimiert werden.« Er fuhr sich übers Gesicht. »Mann, das ist tragisch.«

»Ist das normal?«, fragte Evelyn.

Beide schüttelten den Kopf. Leon kramte durch die Unterlagen, bis er den Obduktionsbericht fand. »Okay, das erklärt es«, murmelte er nach einer Weile. »Das Mädchen hatte einen unerkannten Herzfehler, der erst durch die Nachblutung akut wurde. Laut Anamnese und Aufnahmeprotokoll wussten die Ärzte nichts von diesem Herzfehler.«

»Und Kilian?«

»Wenn er es gewusst und den Ärzten verheimlicht oder einfach nur vergessen hat, es zu erwähnen, könnte das der Grund für den Tod des Mädchens gewesen sein«, resümierte Sylke betrübt.

»Letztendlich war aber der Sturz vom Fahrrad in Kombination mit dem Herzfehler der eigentliche Grund für ihren Tod«, murmelte Leon.

Oder der schlecht sitzende Knoten, dachte Evelyn. Jedenfalls war Patientin Nr. 341 268 in den frühen Morgenstunden des nächsten Tages gestorben – drei Tage nach ihrem dritten Geburtstag –, und seitdem war die kleine Viktoria, die noch nicht einmal Radfahren gelernt hatte, für das Krankenhaus nur noch eine sechsstellige Patientennummer.

Sylke blätterte durch die restlichen Berichte. »Hier ist das Ergebnis der zweiten Obduktion, die zum gleichen Ergebnis gekommen ist. Der schlecht sitzende Knoten hat eine Blutung ausgelöst, die wiederum durch Herzversagen zum Tod geführt hat.«

»Aber den Knoten hat Dr. Al-Rashid gemacht. War sie nun schuld am Tod des Mädchens?«, fragte Evelyn.

Beide sahen sie ratlos an. »Es ist das alte Spiel … Was wäre wenn?«, murmelte Leon. »Ist die Ursache schuld daran, oder die Ursache der Ursache? Letztendlich ist es Ansichts- und Auslegungssache.«

»Und was ist *eure* Meinung?«

»Aus der Sicht der Hinterbliebenen sind natürlich immer wir Chirurgen schuld«, sagte Leon. »Aber in diesem Fall – so wie ich das aufgrund der Unterlagen sehe – trifft Aleyna Al-Rashid keine Schuld. Sie ist für einen Kollegen eingesprungen. Es war ihre erste derartige OP. Einer der Koten hat nicht gehalten. Das wurde rechtzeitig erkannt und sofort eine weitere Not-OP vorbereitet. Der Rest ist verdammtes Schicksal, das nur schwer zu begreifen ist.«

Sylke nickte bestätigend. »Wäre sie nicht dagewesen und hätte das Kind nicht operiert, wäre es auch gestorben.« Sie schob die Unterlagen zu einem Stoß zusammen, den sie Evelyn reichte. »Und das hat man deinem Mandanten damals nicht verklickern können?«

»Zumindest nicht unmittelbar nach dem Tod seiner Tochter«, überlegte Evelyn laut. »Aber in so einer Situation ist wohl niemand besonders aufnahmefähig.« Kein Wunder, dass es ein Jahr lang gedauert hatte, bis er sich zu seinem Entschuldigungsbrief hatte durchringen können.

»Soweit ich das aus diesen Unterlagen beurteilen kann«, sagte Leon abschließend, »war Dr. Al-Rashid eine gute Ärztin.«

»Das hat auch ihr Vorgesetzter, Primar Bormann, behauptet«, pflichtete Evelyn ihm bei.

»Bormann hat einen guten Ruf.« Leon nickte. »Immerhin hat er eine renommierte Privatklinik aus dem Boden gestampft. Und das hier …«, seufzend deutete er auf den Stapel Papiere, »… ist eine Verkettung tragischer Umstände, die leider manchmal vorkommt.«

Nachdem Evelyn sich verabschiedet und mit dem Packen Unterlagen unterm Arm das Haus verlassen hatte, ging sie nachdenklich zur Bushaltestelle hinunter. Schon von Weitem sah sie Imraan dort sitzen, der gelangweilt auf seinem Handy herumtippte.

Die Wolken hatten sich inzwischen zu einer schwarzen Front zusammengezogen. Noch regnete es zwar nicht, war aber drückend schwül geworden. Während Evelyn sich den Schweiß von der Stirn wischte, dachte sie intensiv über das Fazit aus diesem Besuch nach. Für sie relativierten diese neuen Informationen die Schuldfrage zum Tod des Mädchens. Kilian hätte gar keinen Grund gehabt, die Ärztin umzubringen. Vor allem jetzt nicht, nach sechs Jahren.

»Was gibt es Neues?«, brummte Imraan, als sie ihn erreichte. »Ich …«

Sie würgte ihn ab, indem sie die Hand hob. »Nicht jetzt!« In ihrem Kopf entstand gerade ein Indiziengerüst, das Kilian entlasten könnte. Und sie war verdammt sicher, dass das Kamal Qasem gar nicht gefallen würde.

35

Imraan hatte wieder einmal eine Stunde lang in Warteposition im Café gegenüber von Evelyns Kanzlei ausharren müssen. Währenddessen hatte Evelyn ausführlich mit Pulaski telefoniert und dabei von Corinna Wagner erfahren.

Im Geiste hatte sie ihre Argumente sortiert und schließlich alle Beweise, die sie bisher gesammelt hatten, in ihre Aktentasche gestopft. Sie fühlte sich für ein weiteres Gespräch mit Ostrovsky gewappnet, also zog sie sich um und verließ eilig ihr Büro.

Wie sie von Imraan erfuhr, mussten sie ab jetzt nicht mehr mit dem Taxi fahren, sondern wurden mit Qasems Limousine kutschiert, damit sie schneller vorankamen. Qasems Chauffeur, der bereits vor dem Haus gewartet hatte, brachte sie und Imraan direkt zu Ostrovsky. Irgendwie hatte Qasem es geschafft, sich für die Limousine einen Diplomatenstatus zu beschaffen, und so standen sie nun unmittelbar vor dem Haupteingang des Justizpalasts im Halteverbot.

Während Imraan im leeren Büro von Ostrovskys Sekretärin wartete – zumindest die hatte ein Wochenende –, empfing der Fürst der Dunkelheit Evelyn sitzend in seinem Schreibtischsessel.

»Mein Mandant ist in der U-Haft zusammengeschlagen worden«, begann sie vorwurfsvoll.

»Ich habe davon gehört«, sagte Ostrovsky seelenruhig. »Die Justizbeamten haben ihn bereits dazu befragt. Er behauptet, ihm sei morgens schwindlig geworden und er wäre die Treppe zum Frühstücksraum hinuntergestürzt.«

»Hat sich ein Arzt seine Verletzungen angesehen?«

»Ja, natürlich, es sind nur Blutergüsse im Gesicht und Prellungen am Körper.«

»Nur?«, wiederholte Evelyn gereizt.

»Herrgott, Evelyn, wir sind der Sache nachgegangen, konnten aber niemanden ausfindig machen, der das getan hat«, sagte Ostrovsky nun ebenfalls missmutig. »Was sollen wir denn noch machen, wenn Kilian behauptet, gestürzt zu sein?«

»Wir wissen doch beide, dass das nicht stimmt.«

»Sollen wir ihn deiner Meinung nach zu einer Aussage zwingen?«

Sie streckte den Rücken durch und zog ihre Bluse glatt. »Also gut«, sagte sie nun wieder einigermaßen ruhig. »Sollte das noch einmal passieren, bin ich beim Richter und hole ihn auf Kaution raus. Ist das klar?«

»Vielleicht hat er sich die Verletzungen ja selbst …«

»Halt!« Evelyn hob die Hand. »*Sag – es – nicht!* Andernfalls gehen wir beide jetzt *gleich* zum Haftrichter und besprechen die Sache, und es ist mir völlig egal, ob es Sonntagabend ist oder nicht.«

»Okay, okay, okay …« Ostrovsky fuhr sich über den Mund, als wollte er einen Reißverschluss schließen. »Nächster Punkt?«

Nachdem sie seine ungeteilte Aufmerksamkeit gewonnen hatte, erzählte sie ihm in allen Details von der Verschwörung gegen ihren Mandanten und legte dabei sämtliche Beweise auf den Tisch: Krankenhausberichte, eine Liste mit den Restaurantgästen sowie Knopf und Brief, in Klarsichtfolien verpackt.

Nachdem er sich eine Weile lang schweigend alles angesehen, immer mal wieder genickt und sich am Ohrläppchen gezupft hatte, ergriff sie wieder das Wort. »Niemeyer ist der Täter. Ich weiß, wie er sich die Tatwaffe mit Kilians Fingerabdrücken organisiert hat. Wie er an Kilians Haare und das Taschentuch mit seiner DNA herangekommen ist. Außerdem hat er einen Knopf von Kilians Sakko am Tatort hinterlassen, denn hätte Kilian den tatsächlich selbst dort verloren, dann wäre zumindest das Fragment seines Fingerabdrucks darauf gewesen.«

»Wie bist du an diesen Knopf gekommen?«

»Habe ich am Tatort gefunden.«

»Lynnie, ich bitte dich! Dafür verschwende ich meinen Sonntag? Ernsthaft? Das sind deine Beweise?« Ostrovsky erhob sich seufzend und ging um den Schreibtisch herum. »Eine Handvoll Restaurantgäste, die sich an nichts erinnern kann? Ein Wachskrümel auf einem Hausschlüssel? Eine senile alte Nachbarin, die halb blind ist? Und ein Knopf, den du angeblich am Tatort gefunden und auf dem du selbst sämtliche Spuren mit Tonerstaub vernichtet hast?«

»Und die Patientenakte, die beweist, dass Aleyna Al-Rashid keinen Fehler begangen hat!«

»Die aber nichts daran ändert, dass Kilians geliebte Tochter tot ist.«

»Und der Brief, den Kilian geschrieben hat …«

»… der gar nichts beweist, außer, dass Kilian sich rechtzeitig für sein Verhalten entschuldigt hat, ehe Dr. Al-Rashid auf die Idee gekommen ist, rechtliche Schritte gegen *ihn* einzuleiten«, konterte Ostrovsky. Er klemmte die Daumen unter die Hosenträger und streckte den Rücken durch. »Das ist alles eine wahnsinnig gut und kreativ konstruierte Alternative, gratuliere, aber eben nur *konstruiert.*«

»Diese Theorie ist plausibel«, versuchte Evelyn es erneut. »Sie erklärt vieles, auch Dinge, die bisher wenig Sinn ergeben haben.«

»Ich war früher auch mal Strafverteidiger«, erinnerte Ostrovsky sie im väterlichen Ton. »Ich weiß, mit welchen Mitteln und Methoden man die Argumente der Staatsanwaltschaft zu entkräften versucht, aber alles, was du bisher vorgebracht hast, sind nur Indizien und Mutmaßungen. Keinerlei aussagekräftige Beweise gegen Niemeyer.«

»Ja, das behauptest du!«

»Nein, die Geschworenen und die Richter werden es genauso sehen.« Er wurde laut. »Und weißt du auch, warum? Weil es genauso gut auch umgekehrt gewesen sein könnte. Kilian hat alles in einem raffinierten, abgekarteten Spiel inszeniert und tut nun so, als wollte Niemeyer ihn hereinlegen.«

»Wozu hätte er das tun sollen?«

»Er möchte den Mord diesem armen Geert Niemeyer in die Schuhe schieben, der seine Frau verloren hat und jetzt für etwas, das er nicht getan hat, büßen soll.«

Evelyn blieb die Luft weg. »Ist das dein Ernst?«

»Ja. Er brauchte danach nur noch eine gute Anwältin, so wie dich, die ihn rausboxt.«

Evelyn schnappte nach Luft.

»Lynnie, denk doch mal darüber nach«, redete Ostrovsky weiter auf sie ein. »Wollte *er* dich für seine Verteidigung haben? Hat *er* dich auf so manche Ideen gebracht?«

Evelyn schluckte. Ostrovsky war es gelungen, binnen weniger Minuten den Spieß umzudrehen. Und zu ihrer großen Verblüffung musste sie zugeben, dass es möglicherweise genauso gewesen sein könnte! Aber wer sagte nun die Wahrheit? Und wer log? Das Mathematik- und Schach-Genie, das viele Züge im Voraus planen konnte, oder der True Crime-Podcaster mit dem detektivischen Gespür? *Bist du Martin Kilian auf den Leim gegangen? Nein, verdammt! Lass dich nicht von deinem alten Mentor manipulieren.*

»Okay«, sagte sie und beschloss, sich auf Ostrovskys Spiel einzulassen. »Gehen wir deine Theorie doch einfach mal im Geiste durch. Wenn du recht hast und Kilian der Mörder ist, dann müsste es so gewesen sein, dass in Wahrheit *Kilian* den Kontakt zu Geert Niemeyer aufgenommen und ihn zu einem Gespräch ins Restaurant eingeladen hat. Niemeyer bestreitet jedoch, dass er Kilian kennt. Er beteuert sogar, dass er nie einen von Kilians Podcasts gehört hat, obwohl Kilian das Gegenteil behauptet. Wer hat also nun recht?« Sie ließ die Frage eine Zeit lang im Raum stehen. »Dabei gibt es eindeutige Beweise für dieses Treffen im Restaurant. Also muss es Professor Niemeyer sein, der lügt – und das deutet darauf hin, dass *er* der Täter ist.«

Ostrovsky sagte nichts, schielte nur zu seinem Schreibtisch auf die Liste mit den Namen der acht Zeugen aus dem Restaurant. Evelyn wusste, dass er die Kripo damit beauftragen würde, die Wahrheit über dieses Treffen herauszufinden.

»Warum bist du eigentlich hergekommen?«, fragte er schließlich. »Warum diskutieren wir über deine Theorie? Und warum zeigst du mir all deine Asse, die du im Ärmel hast? Das ist doch sonst nicht deine Art.«

Stimmt. Normalerweise hätte sie Ostrovsky erst im Gerichtssaal mit allem konfrontiert und kräftig auflaufen lassen. Doch der Strategiewechsel trug Früchte: Sie hatte es geschafft, berechtigte Zweifel bei ihm zu säen. »Ich wollte den Test mit dem Besten machen«, gab sie zu.

Er sah sie fragend an.

»Überzeuge ich dich«, erklärte sie, »dann kann ich auch die Geschworenen überzeugen.« Ostrovsky starrte sie entgeistert an. Der Moment war perfekt. Sie griff in ihre Aktentasche und holte zwei weitere Klarsichtfolien heraus. »Du solltest Professor Niemeyers DNA überprüfen lassen. Hier sind sein Kamm und einer seiner Zigarettenstummel!« Sie legte beide Tüten auf den Tisch.

Ostrovsky wurde rot. Sie sah, wie seine Halsschlagader pochend hervortrat. »Du hast Beweismaterial von einem Verdächtigen entwendet?«

»Darüber regst du dich auf? Das ist meine Aufgabe als Verteidigerin.« Doch er schien aus einem völlig anderen Grund wütend zu sein. »Was hast du denn?«, hakte sie mit skeptischem Blick nach.

»Also schön …« Er streckte seinen beachtlichen Bauch vor und dehnte die Hosenträger. »… du würdest es so oder so erfahren. Die Spurensicherung hat auch Niemeyers Fingerabdrücke und DNA am Tatort gefunden. Aber das wurde geheim gehalten.«

»Das sagst du mir erst jetzt?«, entfuhr es ihr. Doch im nächsten Moment war ihr Ärger auch schon wieder verschwunden, und sie triumphierte innerlich. Damit würde sie ihren Mandanten freibekommen.

»Ich musste die entsprechenden Aktenteile aus ermittlungstaktischen Gründen aus dem Gerichtsakt entfernen«, rechtfertigte Ostrovsky sich.

In Mordprozessen war es gang und gäbe, dass nicht immer alle Details von der Staatsanwaltschaft zur Einsicht freigegeben wurden. Aber gerade solche brisanten Einzelheiten konnten über die Schuld oder Unschuld eines Verdächtigen entscheiden. »Und warum geht ihr dieser Spur nicht nach?«, fragte sie mit einem vorwurfsvollen Unterton.

»Ganz einfach, weil Kilian der plausiblere Täter ist. Entweder war Niemeyer schon früher mal in Aleynas Haus, oder Kilian hat Niemeyers DNA am Tatort platziert, um der Polizei einen Schuldigen für seine Tat zu servieren.«

»Oder es war genau umgekehrt«, blieb Evelyn hartnäckig.

Darauf fiel auch Ostrovsky nichts mehr ein. Er blickte wieder zu der Namensliste am Schreibtisch.

Demonstrativ packte Evelyn all ihre Beweise und Klarsichtfolien in ihre Aktentasche – bis auf die Namensliste. »Die Kripo muss sich diese Leute vornehmen.«

Ostrovsky nickte langsam. »Also schön, wir werden herausfinden, ob deine Geschichte stimmt oder meine.« Dann fotografierte er die Liste mit seinem Handy und wählte anschließend eine Nummer. »Hallo, Ostrovsky hier«, brummte er. »Sagen Sie Kommissarin Dreyer, sie soll Professor Niemeyer gleich morgen Früh aufs Kommissariat bringen lassen. Außerdem brauchen wir acht Zeugen für eine Gegenüberstellung. Ich schicke Ihnen die Namensliste.« Er legte auf und schaute Evelyn an. »Zufrieden?«

Sie nickte, wünschte ihm noch einen schönen Sonntag, drehte sich um und verließ das Büro. Draußen nahm Imraan die Beine vom Schreibtisch, und erhob sich aus dem Sessel. »Wie ist es gelaufen?«

Sie blickte aus dem Fenster auf die jetzt wirklich rabenschwarzen Gewitterwolken. »Morgen erfahren wir, wer der Mörder ist.«

Vier Tage zuvor

Mittwoch, 8. Mai
Der Tag des Mordes

Kurz nach fünf Uhr früh lag die Wohnsiedlung bereits im Zwielicht der Morgendämmerung. Seit zehn Minuten saß er geduckt in der Ecke des Hauses neben der Milchglastür mit der Katzenklappe. An dieser Stelle des Grundstücks konnte keiner der Nachbarn sehen, wie er auf einer Plastikplane im feuchten Gras hockte. Die Hecken waren zu hoch, außerdem war um diese Zeit hier sowieso noch niemand auf den Beinen.

Aus dem Augenwinkel sah er, wie die Straßenlaternen ausgingen. Aleyna Al-Rashid musste bald auftauchen. Zumindest war sie in den letzten Monaten immer gleich nach ihrem Nachtdienst heimgefahren und pünktlich zu Hause angekommen. Bisher hatte sie immer wie ein Uhrwerk mit fast schon autistischer Präzision funktioniert. Und dann hörte er auch schon – viel früher als sonst – das Knirschen der Autoreifen, das Piepen der Parksensoren, das Abstellen des Motors und das Knallen der Autotür. Überrascht legte er den Kopf schief und lauschte. Ja, sie war es. Und sie war allein. Erleichtert ließ er die Schultern sinken. Gleichzeitig spannten sich seine Fäuste an. Jetzt gab es kein Zurück mehr!

Sachte öffnete er die Katzenklappe und führte die lange

Stange mit dem Haken am vorderen Ende durch die Öffnung. Die Milchglastür hatte außen nur einen Knauf, innen aber eine Türklinke. Er legte sich auf die Plane. Mit dem Arm bis zur Schulter im Hausinneren drehte er die Stange nach oben und hakte deren Ende am Türgriff ein. Dann wartete er.

Stöckelschuhe klapperten. Er hörte, wie auf der anderen Seite des Hauses ein Schlüsselbund klimperte und zwei Katzen maunzten. *Haut bloß ab, ihr Mistviecher!*

Er hielt kurz den Atem an, um besser lauschen zu können. Wegen seines eigenen Keuchens war sonst nur wenig zu hören. Die Maske beeinträchtigte ihn erheblich, zudem lief ihm der Schweiß über die Schläfen. Dann knackte es in seinem Ohrhörer. *»Die Tür ist offen, sie geht jetzt rein.«*

»Verstanden«, flüsterte er.

»Sie zieht sich Mantel und Schuhe aus. Jetzt!«

Er wusste, dass er nur maximal neunzig Sekunden Zeit hatte. Rasch zog er die Stange und damit auch die Türklinke nach unten. Als er mit der Schulter gegen die Glastür drückte, schwang diese nach innen auf. Vorsichtig, um kein Geräusch zu verursachen, zog er die Stange durch die Katzenklappe wieder heraus und legte sie auf die Plane. Dann betrat er das Haus mit Nylonüberziehern über den Schuhen. Drinnen hörte er das Piepen der Alarmanlage. Im nächsten Moment wurde sie ausgeschaltet. Das Piepen verstummte.

Beeil dich!

Leise drückte er die Klinke nach unten. Aus dem Vorraum hörte er die Tastentöne, mit denen Aleyna die Alarmanlage wieder aktivierte.

Rechtzeitig schloss er die Tür und ließ den Griff sachte wieder nach oben gleiten. Ein einzelner Piepton verriet, dass der

Alarm jetzt wieder scharf war. Schweiß lief ihm über Wangen und Hals.

»Ich bin drinnen, hol die Folie und die Stange!«, flüsterte er in das Mikrofon und schüttelte den Arm. Seine Finger kribbelten und drohten einzuschlafen. *Jetzt musst du es durchziehen.*

Er hielt erneut den Atem an und hörte, wie Aleyna sich auszog und mit Alexa sprach. Im nächsten Moment erklangen das Grölen und Klatschen eines Live-Konzerts, das alle anderen Geräusche übertönte. Er stieß die Luft wieder aus, ging vorsichtig an Waschmaschine und Wäschetrockner vorbei und spähte in den Gang. Nichts. Er schlich weiter. Dann drang durch die Klänge der Akustikgitarren das Prasseln der Dusche zu ihm.

Er drehte den Lautstärkeregler der Stereoanlage höher und zog das Messer aus seiner Umhängetasche. Ihre Schreie würde niemand hören …

Fünf Minuten später war das Wichtigste erledigt. Sein Herz pochte wie wild, er keuchte und rieb sich mit den Handschuhen über die Augen. Er musste sich unbedingt zusammenreißen, schließlich war er hier noch nicht fertig.

Zuerst durchsuchte er Aleynas Handtasche und Geldbörse, bis er die Plastikkarte der Sicherheitsfirma mit dem Code für die Alarmanlage fand. Er prägte sich die sechs Ziffern ein. *654321 – ein Countdown, wie originell. Raus kommst du also wieder.*

Danach ging er durchs Haus und platzierte ein benutztes Taschentuch im Mülleimer unter der Küchenspüle. Aus einer Plastiktüte nahm er mit einer Pinzette Haare und verstreute sie auf dem Wohnzimmerteppich. Penibel hatte er darauf geachtet, dass die Haarwurzeln noch dran waren, damit das Labor eine brauchbare DNA gewinnen konnte. Auch den Knopf warf er auf den Teppich und trat ihn mit dem Schuh tief in die Fasern.

Im Vorraum platzierte er schließlich aus einer weiteren Tüte Kopfhautschuppen.

Mittlerweile war das Wasser in der Dusche mitsamt dem Blut in den Ausguss gelaufen. Er beugte sich über die Tote, deren Haut inzwischen fast getrocknet war, und ließ aus einer weiteren Plastiktüte Hautzellen auf sie herabrieseln, die er von einem benutzten Nassrasierer heruntergenommen hatte.

Es knackte wieder in seinem Ohrhörer. *»Wie lange brauchst du noch?«*

»Zehn Minuten.«

Er schlüpfte aus seinen Handschuhen, ließ sie in seiner Umhängetasche verschwinden und holte stattdessen ein Paar benutzter alter und öliger Gummihandschuhe heraus. Er stülpte sie um, sodass die Innenseite außen war, und zog sie sich an. Dann ging er ein letztes Mal durchs Haus und berührte verschiedene Stellen, um dort fragmentartige Abdrücke von Daumen und Zeigefinger zu platzieren.

Die wenigsten wussten, dass man auch im Inneren von Handschuhen seine Fingerabdrücke hinterließ. Manchmal sogar besonders gute, weil man in den Handschuhen schwitzte und eine deutlichere Fettschicht hinterließ.

Drei Abdrücke genügten. Es musste so aussehen, als wären sie aus Unachtsamkeit entstanden. Blieb noch das Problem, dass sich – trotz Maske und Handschuhen – jetzt ganz sicher auch seine eigene DNA im Haus befand. Man hinterließ praktisch überall Hautzellen. Das ließ sich gar nicht vermeiden.

»Bist du so weit?«

»Ja, gleich«, knurrte er. Dann zog er sich die Handschuhe aus, ging ins Wohnzimmer und sah sich kurz um.

An zwei ausgewählten Stellen platzierte er seine eigenen Fingerabdrücke.

4. TEIL

DIE WAHRHEIT
Montag, 13. Mai

36

Pünktlich um zehn Uhr vormittags betrat Evelyn mit Imraan und Flo das Gebäude des Bundeskriminalamts am Josef-Holaubek-Platz. Hier hatte Kommissarin Dreyer in einem großen Raum im ersten Stock die Gegenüberstellung vorbereitet.

Evelyn stellte sich vor die große Einwegspiegelwand und blickte in den hell ausgeleuchteten weißen Raum mit den Kameras an der Decke, der im Moment noch leer war.

Ostrovsky gesellte sich zu ihnen. Zu seiner Anzughose mit Hosenträgern trug er ein oben aufgeknöpftes Hemd, das Sakko hatte er salopp über die Schulter geschwungen. Er überzeugte eindeutig mehr durch sein Charisma als durch sorgfältige Kleidung. »Guten Morgen«, brummte er. Dann senkte er die Stimme. »Ich hoffe, du weißt es zu schätzen, was wir wegen deiner verrückten Theorie hier für dich inszenieren.« Er klemmte einen Daumen unter den Hosenträger. »Und wenn die ganze Show vorbei ist, dann wäre es für alle Beteiligten am besten, wenn sich dein Mandant schuldig bekennt.«

Träum weiter, dachte Evelyn.

Ostrovsky nickte durch die offene Tür in den Gang. »Gleich geht es los.«

Dreyer und ihre Kollegen hatten es geschafft, alle acht bereits von Flo und Sajid befragten Restaurantgäste zusammenzubekommen. Evelyn beobachtete, wie diese nun der Reihe nach durch den Gang begleitet wurden. Vorerst würde man sie getrennt voneinander in einzelnen Zimmern unterbringen. Noch nicht dabei war Corinna Wagner, die laut Pulaski mit ihren zwei Freundinnen im Steakhouse gefeiert hatte – aber Pulaski war dran, sie aufzuspüren.

Während Ostrovsky sich an Dreyer wandte, um etwas Organisatorisches zu besprechen, nutzte Evelyn die Chance und fragte Flo flüsternd: »Waren das die acht Personen, die du gefunden hast?«

»Ja«, antwortete Flo. »Warum?«

»Ich wollte nur sichergehen, dass Ostrovsky nicht versucht, uns übers Ohr zu hauen.«

»Das würdest du ihm zutrauen?«, knurrte Imraan.

»Dem traue ich noch ganz andere Dinge zu«, warnte Evelyn.

Die roten Lampen der Kameras im weißen Raum begannen zu blinken, dann surrte ein Türöffner und eine Reihe Männer betrat im Gänsemarsch das Zimmer. Sie alle waren etwa zwischen fünfzig und siebzig Jahre alt und trugen unterschiedliche Kleidung. Die Nummer drei war Professor Niemeyer im grauen abgetragenen Anzug mit einem beigen Hemd, die ersten zwei Knöpfe offen. Jeder der Männer hielt eine Tafel mit einer Nummer in der Hand.

»Das sind ja sieben!«, entfuhr es Flo.

Evelyns Puls stieg an, aber sie sagte nichts. Die übliche Anzahl bei einer Gegenüberstellung waren fünf Personen, aber mit mehr Leuten verringerte Ostrovsky natürlich die Chance auf einen positiven Treffer.

Imraans Blick blieb kurz an Niemeyer haften. »Wer sind die anderen?«

Evelyn zuckte mit den Achseln. »Vermutlich Kollegen vom BKA, Mitarbeiter von Dreyer oder des Kommissariats – da gibt es viele Möglichkeiten.« Wie Evelyn jetzt feststellte, hatte

Ostrovsky zwar die Anzahl der »Verdächtigen« erhöht, sich aber nicht die Mühe gemacht, Personen zu finden, die Niemeyer ähnlich sahen. Doch noch ein Akt der Fairness? Evelyn traute der Sache trotzdem nicht, denn jemand wie Ostrovsky machte nichts ohne ausgeklügelten Plan. Sie blickte zu Flo. »Mach bitte ein Foto von den Kandidaten.«

Flo nickte, zog sein Handy heraus und fotografierte die sieben Männer. Im nächsten Moment betrat Ostrovsky wieder den Raum, stellte sich zu Evelyn und rieb sich die Hände. »Na, aufgeregt?«

Evelyn schaute ihn nur misstrauisch an. Dann ging die Tür wieder auf, Dreyer kam mit dem ersten Restaurantgast herein – einem älteren braun gebrannten Mann mit breitem Brustkorb – und führte ihn zu dem Einwegspiegel.

Flo beugte sich zu Evelyn. »Das ist der Bademeister des Stadionbads«, flüsterte er ihr zu.

Kommissarin Dreyer sprach den Mann direkt an. »Sie waren am Montag, dem sechsten Mai dieses Jahres, im *Black Angus Rib House* in der Wiener Innenstadt. Erkennen Sie einen dieser Männer wieder? Wobei Sie bei einer vorausgegangenen Befragung durch Herrn Florian Zock bereits das Foto von einem dieser Männer gesehen haben.«

»Ich weiß, die Nummer drei«, sagte der Bademeister.

»Auch wenn es Ihnen schwerfällt – versuchen Sie die Erinnerung an dieses Foto auszublenden und probieren Sie stattdessen, sich ganz auf den Abend im Restaurant zu konzentrieren.« Dreyer machte eine Pause. »Könnten Sie einen dieser Männer dort gesehen haben?«

Der Bademeister wiegte unschlüssig den Kopf. »Falls überhaupt, dann habe ich diesen Mann nur von hinten gesehen … ich weiß es nicht.«

Dreyer ging zu einer Gegensprechanlage an der Wand und drückte auf einen Knopf. »Würden Sie sich bitte umdrehen.«

Ihre Stimme hallte elektronisch verzerrt im Raum wider und die Männer drehten sich um. Als sie ihnen nun mit dem Rücken gegenüberstanden, erkannte Evelyn, dass es völlig unerheblich gewesen war, ob die anderen sechs Männer Niemeyer von vorne ähnlich sahen oder nicht. Denn jetzt waren sie mit ihren ähnlichen Frisuren und dem schütteren Haar nahezu identisch. Sie warf Ostrovsky einen vorwurfsvollen Blick zu, der jedoch nur unschuldig die Schultern hochzog.

Dieser Mistkerl!

»Puuuh, ich habe keine Ahnung, tut mir leid«, sagte der Bademeister. »Ich kann Ihnen da leider nicht weiterhelfen.«

»Können Sie zumindest einen der sieben Männer ausschließen?«, fragte Dreyer.

»Nein.«

»Vielleicht einige davon in die engere Wahl nehmen?«

»Nein, leider auch nicht.«

»Vielen Dank«, sagte Dreyer verständnisvoll. »Sie haben uns bereits sehr geholfen. Wenn Sie bitte wieder in Ihrem Zimmer warten würden. Wir kommen später noch einmal auf Sie zu.«

Der Bademeister verließ mit Dreyer den Raum, während Fichtinger die zweite Person zur Gegenüberstellung hereinbrachte.

Insgesamt wiederholte sich dieses Prozedere noch sieben Mal. Und immer kamen sie zum gleichen Ergebnis – nämlich zu gar keinem. Vor allem dadurch, dass die Befragten bereits ein Bild von Professor Niemeyer gesehen hatten, war eine objektive Beurteilung unmöglich geworden. Sie waren keinen Schritt weitergekommen.

»Verdammt«, zischte Evelyn zwischen zusammengebissenen Zähnen, nachdem sie fertig waren, und wollte sich schon abwenden. Doch Ostrovsky hielt sie zurück.

»Noch einen Moment«, sagte er in leicht amüsiertem Ton. »Dreyer und ich hatten die grandiose Idee, eine *zweite* Gegenüberstellung mit einer Referenzgruppe zu machen.«

»Einer Referenzgruppe?«, wiederholte Evelyn.

»Nur um sicherzugehen, immerhin geht es hier um den Wahrheitsgehalt der Aussage deines Mandanten und um die Anklage eines möglicherweise Unschuldigen.«

Was treibst du für ein Spiel, Ostrovsky? Evelyn blickte ihm fest in die Augen. »Na gut, wenn ihr meint«, sagte sie angespannt.

Ostrovsky ging zur Gegensprechanlage und drückte den Knopf. »Danke, Sie können gehen«, hallte seine Stimme in dem Raum wider, woraufhin alle sieben Männer im Gänsemarsch den Raum verließen.

»Ich bin überrascht, wie gut Dreyer und Fichtinger trotz der kurzen Vorbereitungszeit diese Gegenüberstellung organisiert haben«, gab Evelyn ehrlich beeindruckt zu. »Bin ich von der Wiener Polizei gar nicht gewöhnt, dass die sich so ins Zeug legt.«

»Ja, dieser Fichtinger ist sehr motiviert«, murmelte Ostrovsky.

Evelyn warf Flo einen vielsagenden Blick zu, woraufhin der sein Tablet aus dem Rucksack holte, darauf tippte und herumwischte. Nach einer knappen Minute sah er auf. »Fichtinger hat früher bei der Fremdenpolizei gearbeitet und sich ehrenamtlich für die Flüchtlingshilfe engagiert.«

»Aha«, sagte Evelyn gedehnt.

»Und?«, murmelte Ostrovsky unschuldig.

Nun wurde ihr einiges klar. »Hat er sich vielleicht damals um die junge Aisha Al-Qasem gekümmert, als sie von Saudi-Arabien nach Wien geflüchtet ist, kein Wort Deutsch konnte, einen Dolmetscher und jede Menge Hilfe im Bürokratiedschungel gebraucht hat?« Sie stemmte die Hände in die Hüften. »Immerhin wurde sie überraschend schnell an der Medizinischen Universität zugelassen.«

Ostrovsky verzog das Gesicht. »Möglich wäre es schon …«

Das ist ja quasi ein Eingeständnis. »Da hat er aber ganz viele Strippen ziehen müssen.«

Ostrovsky senkte die Stimme. »Aleyna kam völlig legal nach Österreich und bat um politisches Asyl.«

»Mit gefälschten Dokumenten«, ergänzte Evelyn.

»Ja, wie sich im Nachhinein herausgestellt hat«, gab Ostrovsky zu. »Aber nachdem die Behörden damals ihre Identität überprüft hatten – ziemlich oberflächlich, wie ich eingestehen muss –, erhielt sie nach einem beschleunigten Asylverfahren einen dauerhaften Aufenthaltsstatus. Mein Gott, hätten wir sie in ihre Heimat zurückschicken sollen? Das hätte für sie womöglich eine Zwangsehe oder gar ihren Tod bedeutet.«

Evelyn bemerkte, wie Imraan neben ihr unruhig wurde und die Lippen aufeinanderpresste. »Das hätte Qasem nie getan«, knurrte er.

Ostrovsky brachte Imraan mit einer kurzen Geste zum Schweigen.

Wusste Imraan etwas über die damaligen Geschehnisse? Oder wollte er einfach nur seinen Dienstherren verteidigen? »Kein Wunder, dass sich Fichtinger so in den Fall kniet«, stellte Evelyn fest.

»Mein Gott, er war jung und idealistisch. Und Aleyna

war bestimmt schon damals eine attraktive Frau«, murmelte Ostrovsky.

»Und Dreyer?«, fragte Evelyn. »Was verbindet *sie* mit der Ermordeten?«

Ostrovsky hob die Schultern. »Nichts, was sollte da schon sein?«

»Komm schon!«, rief Evelyn. »Du machst nichts ohne Hintergedanken und hast sicher auch nicht zufällig gerade *diese* Mordgruppe auf die Ermittlungen angesetzt. Also spuck es schon aus.«

»Du bist paranoid«, warf Ostrovsky ihr vor.

»Du gibst mir aber auch allen Grund dazu. Also los – wir kommen sowieso dahinter. Besser du sagst es jetzt, als dass ich dich im Gerichtssaal damit überrasche, oder?«

Ostrovsky stöhnte auf. »Soviel ich weiß, hat Dr. Al-Rashid kürzlich die kleine Nichte von Kommissarin Dreyers bester Freundin operiert – Blinddarmdurchbruch – und das Mädchen gerettet.«

»So ein Zufall«, entfuhr es Evelyn spitz. »Beide haben also einen persönlichen Draht zum Opfer. Sind sie da nicht befangen?«

»Sie haben sich freiwillig für diese Ermittlungen gemeldet. Außerdem würde ich es nicht *befangen* nennen, sondern *engagiert*«, reagierte Ostrovsky prompt. »Was ist daran verkehrt?«

»Dass sie beispielsweise bei deinen fragwürdigen Methoden mitspielen.« Evelyn atmete tief durch und verkniff sich jeden weiteren Kommentar. »Lass uns jetzt einfach diese zweite Gegenüberstellung machen.«

Ostrovsky bellte einen weiteren Befehl in die Gegensprechanlage, woraufhin eine neue Referenzgruppe den weißen

Raum betrat – sieben Männer, die etwa in Professor Niemeyers Alter waren und ihm auch nicht wirklich ähnlich sahen. Niemeyer selbst war diesmal nicht dabei.

Das Spielchen wiederholte sich. Dreyer brachte zuerst den Bademeister herein, befragte ihn, ließ die sieben Männer sich einmal umdrehen, und befragte ihn erneut.

»Die Nummer sechs kommt mir bekannt vor«, sagte der Bademeister, woraufhin Evelyn die Augenbrauen hochzog und Flo einen Blick zuwarf, der ebenso überrascht wie sie zu sein schien.

»Könnte er an jenem Abend gemeinsam mit Martin Kilian an dem Tisch im *Black Angus Rib House* gesessen sein?«

»Das weiß ich nicht, aber er kommt mir jedenfalls bekannt vor.«

Dreyer und Fichtinger brachten abwechselnd die restlichen Gäste aus dem Restaurant herein. Vier weitere behaupteten, dass ihnen die Nummer sechs bekannt vorkam und möglicherweise an Kilians Tisch im Restaurant gesessen haben könnte.

»Ja, er war es!«, sagte nun auch die letzte ihrer acht Zeugen und zeigte auf die Nummer sechs – einen unscheinbaren Mann mit grauer Strickjacke mit Schalkragen, grauer Flanellhose und glänzenden schwarzen Lederschuhen.

Evelyn biss die Zähne aufeinander. *Was für eine verdammte Scheiße geht da vor?* Sie sah zu Flo und zu Imraan, die genauso überrascht waren wie sie.

»Danke, Sie können gehen«, sagte Ostrovsky über die Sprechanlage und wandte sich dann mit ausgebreiteten Armen an Evelyn. »Scheint so, als hätten wir denjenigen gefunden, der mit deinem Mandanten im Steakhouse zu Abend gegessen hat.«

Evelyn sah den Männern nach, wie sie den Raum verließen. »Und wer ist das?«, fragte sie mit rauer Stimme.

Ostrovsky wandte sich zu Dreyer um, die gerade hereinkam. »Wer ist das?«

»Die Nummer sechs?«, fragte sie. »Ein Kollege vom Gericht. Arbeitet in der Buchhaltung. Ist glücklich verheiratet und hat zwei erwachsene Kinder. Am Abend des sechsten Mai war er nachweislich in einer Wellnesstherme, hundertsiebzig Kilometer südlich von Wien.«

Mist! Evelyn wurde übel. Sie schielte zu Flo. War das ein Trick?

»Nun«, seufzte Ostrovsky und steckte die Hände in die Hosentaschen. »Das beweist aus meiner Sicht, dass Professor Geert Niemeyer nicht – wie von deinem Mandanten behauptet – an jenem Abend im Restaurant war, denn unser Kollege vom Gericht schaut diesem Niemeyer nicht einmal annähernd ähnlich … und trotzdem haben sich sechs von deinen acht Zeugen auf ihn eingeschworen.«

Das brachte alles ins Wanken. Evelyn presste die Lippen aufeinander. Damit war ihre Theorie endgültig zerstört worden, und sie dachte zum ersten Mal über ein eventuelles Schuldbekenntnis von Kilian nach.

37

Während Evelyn mit Flo im Wiener Bundeskriminalamt war, hatte Pulaski im Hotel ausführlich gefrühstückt und danach in einigen Telefonaten mit deutschen Kollegen herausgefunden, dass es in Wien und Umgebung vier Corinna Wagners gab. Eine war seit zehn Tagen beruflich in Villach und schied damit aus, zwei waren über fünfundvierzig und kamen daher als junge Besucherinnen im Steakhouse auch nicht infrage. Die vierte hingegen passte mit ihren neunundzwanzig Jahren ausgezeichnet zu dem Facebook-Foto, das er von ihr hatte. Sie wohnte zwar im südlichen Niederösterreich, arbeitete aber in Wien. Optimistisch gestimmt ließ er sich über die Hotelrezeption ein Taxi rufen ließ.

Feiner Nieselregen klebte an der Seitenscheibe des Taxis, als Pulaski zwanzig Minuten später am Wallensteinplatz aus dem Wagen stieg und über den Zebrastreifen auf die andere Straßenseite lief. Hier lag die altmodisch wirkende Buchhandlung *Lesefuchs*, in der Corinna Wagner als Teilzeitkraft arbeitete.

Zum Bimmeln der Türglocke betrat Pulaski das Geschäft, wischte sich den Regen von den Schultern und fuhr sich mit den Fingern kurz durchs nasse Haar. Der Geruch nach Papier und alten Schmökern erinnerte ihn an die kleinen Buchhandlungen, die er schon vor vierzig Jahren besucht hatte. Es gab keine Geschenkartikel, kein Geschirr, keine Kuverts, Glückwunschkarten, Filzstifte und den ganzen Kram, sondern wirklich ausschließlich Bücher, die in den engen Verkaufsräumen bis zur Decke gestapelt waren.

Er sah zum Tresen, wo sich – wie er richtig vermutet hatte – noch eine alte Registrierkasse befand. Einige Kundinnen standen vor den Regalen, zogen der Reihe nach Bücher heraus und blätterten darin herum.

Mithilfe einer Rollleiter sortierte eine ältere Dame gerade in zwei Metern Höhe neue Bücher ein. »Ich suche Corinna Wagner«, sprach Pulaski sie an. »Ist sie hier?«

»Corinna!«, rief die Dame in Richtung hinteren Verkaufsraum. »Kundschaft für dich!«

»Danke.« Pulaski ging an den Themen Geografie, Physik, Geschichte und Kinder- und Jugendbuch vorbei nach hinten.

Eine junge attraktive Frau kam ihm entgegen – definitiv diejenige vom Facebook-Foto. Auch wenn das Bild aufpoliert und technisch bearbeitet worden war und Corinna in Wahrheit ein paar Jahre älter schien.

»Ja, bitte?« Sie steckte die Hände in die hinteren Hosentaschen der Jeans und streckte das Kreuz durch. *Ich bin halt ein Lesefuchs* stand auf ihrem braunen T-Shirt unter einem grinsenden Cartoon-Fuchs.

»Corinna Wagner?«, fragte Pulaski der Form halber, woraufhin sie nickte. »Können wir irgendwo ungestört reden?«

»Auf der Damentoilette?«, schlug sie lächelnd vor und wischte sich eine lange braune Strähne aus dem Gesicht. »Sorry, hab nur versucht, lustig zu sein. Leider ist die Buchhandlung zu klein. Wir können nur hier reden. Wie kann ich Ihnen helfen?« Sie hob die Hand und streckte den Zeigefinger aus. »Sie suchen … lassen Sie mich raten … einen Reiseführer über Ostdeutschland, um wieder heimzufinden … Sachsen, richtig?« Sie schmunzelte. »Ich bin ziemlich gut darin,

Akzente zu erraten. Hab früher viele Rollen im Jugendtheater gespielt und …«

»Fürchterlich interessant, aber ich bin aus einem ganz anderen Grund hier.« Pulaski nannte ihr seinen Namen und zeigte ihr seinen Dienstausweis.

»LKA Dresden?«, fragte sie erstaunt, lächelte dann aber erneut. »Habe ich ja doch richtig geraten.«

»Ja, haben Sie … Ich arbeite mit der Wiener Kripo zusammen«, log er. »Sie waren letzten Montag mit Freundinnen im *Black Angus Rib House*.« Bevor sie ihn offensichtlich erstaunt unterbrechen konnte, redete er schnell weiter und erklärte ihr, warum er hier war. »… und damit wir diese Männer identifizieren können, ist es wichtig, dass ich die Namen und Adressen Ihrer Freundinnen erfahre, damit wir eine Gegenüberstellung machen können«, endete er schließlich.

Sie überlegte eine Weile und nickte dann. »Okay, und *wo genau* war dieser Tisch, an dem die beiden Männer gesessen sind?«

Pulaski zog die Speisekarte mit seinem improvisierten Sitzplan aus der Sakkotasche und faltete sie auseinander. »Das war Ihr Tisch«, erklärte er, »und das war der Tisch, an dem die beiden Männer gesessen haben.«

Corinna drehte den Plan so, dass er der Perspektive ihres Sitzplatzes entsprach, und schloss kurz die Augen. Pulaski sah, wie ihre Augäpfel unter den Lidern hin und her wanderten.

»Okay«, sagte sie schließlich und deutete mit immer noch geschlossenen Augen zu einem Regal mit Computerbüchern. »Dort haben die beiden Typen also gesessen … in der Nische.« Sie dachte nach. »Ich kann mich nicht genau daran erinnern, wie die ausgesehen haben. Es war dunkel. Aber bestimmt waren es keine gut aussehenden jungen Kerle, sonst hätte ich sie mir gemerkt.« Sie öffnete die Augen, lachte kurz schrill auf und schlug sich die Hand auf den Mund. »Sorry.«

Mädel, das ist alles andere als lustig, dachte er genervt, hielt sich aber zurück. »Sie haben mit Ihren Freundinnen gefeiert?«

»Ja, es war eine lange, feuchte und laute Nacht.«

»Gab es einen Anlass dafür?«

»Für Feiern braucht es keinen Anlass – aber ja, in diesem Fall haben wir Jeannines Geburtstag gefeiert. Aber fragen Sie bloß nicht nach dem Alter, das schickt sich nicht.«

Ich werde mich hüten! Im Hintergrund bimmelte die Türglocke ein paarmal hintereinander.

»Dreimal im Jahr treffen wir uns und feiern unsere Geburtstage …«, erzählte sie und gab in allen Details wieder, was sie an jenem Abend gemacht hatten.

»Können Sie mir die vollen Namen, Telefonnummern und Adressen Ihrer …?«, unterbrach Pulaski sie, stutzte aber im selben Moment. »Geburtstagsfeier, sagten Sie?« Corinna nickte. »Haben Sie an dem Abend vielleicht Fotos gemacht?«

Sie schüttelte lachend den Kopf. »Nein, Fotos sind doch langweilig.«

»Wäre ja zu schön gewesen«, seufzte er.

»Aber Videos habe ich mit dem Handy gemacht. Die wirken viel besser. Ich sammle gerade Material für einen Channel bei TikTok und …«

Pulaskis fiel ihr ins Wort. »Wirklich? Darf ich die mal sehen?«

»Corinna!«, brüllte die Chefin, die im Nebenraum immer noch auf der Leiter stand. »Kundschaft für dich!«

»Sorry, muss wohl wieder arbeiten.« Corinna setzte sich in Bewegung und bediente zwei Kundinnen, die ihre bestellten Bücher abholten.

Nach fünf Minuten stand Pulaski wieder neben ihr. »Haben Sie die Videos noch? Darf ich sie sehen?«

Corinna sah ihn skeptisch an. »Aber Sie fummeln nicht an meinem Handy rum, ist das klar?«

»Versprochen, ich werde es nicht anfassen.«

»Gut.« Sie zog ihr Handy aus der Hosentasche, lehnte es auf einem Bücherstapel gegen einen Pappaufsteller und aktivierte ein Video.

Die Aufnahme stammte zweifelsohne aus dem Steakhouse. Es war dunkel, Kerzen brannten, und das Bild war ziemlich verwackelt.

Wieder wurden sie gestört, diesmal durch die Glocke an der Eingangstür, woraufhin die Chefin erneut »Corinna!« rief.

»Sorry, muss weg. Sehen Sie sich das Video an, aber …«

»Nein, ich fasse nichts an«, murmelte Pulaski.

Corinna drehte den Ton leiser, dann kümmerte sie sich um die neue Kundschaft.

Pulaski setzte sich seine Lesebrille auf, beugte sich weiter hinunter und starrte auf das Video. Zwei junge Frauen etwa in Corinnas Alter stießen mit Sektgläsern an. Die Kamera schwankte hin und her und hielt das Gelächter der jungen Frauen fest. Der Ton war so leise, dass Pulaski fast nichts von dem Gespräch verstehen konnte, aber darum ging es ihm ja auch nicht. Er konzentrierte sich auf den Hintergrund, und da waren tatsächlich zwei Männer in der Nische. Er erkannte Martin Kilian. Ihm gegenüber saß ein älterer Mann mit grauen Haaren, von dem aber nur der Rücken zu sehen war.

Nicht sonderlich aussagekräftig – für einen eindeutigen Beweis, dass das Professor Niemeyer gewesen war, taugte dieses Filmchen nichts.

Nach weiteren zwanzig Sekunden war das Video zu Ende. *Verdammt!* Jetzt wusste er genauso viel wie vorher. Frustriert blickte er auf das Display – und bemerkte ein weiteres Video von jenem Abend. Stimmt, sie hatte ja von mehreren gesprochen. Er schielte zu ihr hinüber. Sie beriet gerade einen Kunden, der ein Buch für seinen etwa neunjährigen Sohn kaufen wollte. Das Gespräch zog sich hin. Rasch tippte er das zweite Video an.

Diese Aufnahme war nicht gar so verwackelt und außerdem näher herangezoomt. Sie zeigte offensichtlich das Geburtstagskind Jeannine, wie es eine Rede hielt. Im Hintergrund sah er, wie Kilian aufstand, noch etwas zu seinem Gegenüber sagte, dann unmittelbar an Corinnas Tisch vorbeiging und aus dem Bild verschwand. Möglicherweise ging er gerade – wie er behauptet hatte – auf die Toilette, bezahlte danach und verließ anschließend das Lokal.

Pulaski kam noch näher an den Bildschirm heran und konzentrierte sich auf den Hintergrund. Er sah, wie der Grauhaarige nach seiner Serviette griff, sich über den Tisch beugte und etwas von Kilians Tischseite nahm. Pulaski konnte es nicht genau erkennen, vermutete aber, dass es sich um ein Steakmesser handelte. Deutlich war aber zu sehen, wie der Mann das Ding in seiner Sakkotasche verschwinden ließ. *Bingo!*

Aber auch jetzt war Kilians Begleiter nicht eindeutig als Niemeyer zu erkennen. Schon wollte sich Pulaski enttäuscht abwenden, als er sah, wie der Mann sich erhob, zum mittlerweile verlassenen Nebentisch ging, dort ein Besteckteil nahm und es an die Stelle von Kilians Tischseite legte, wo er zuvor das Messer entwendet hatte.

Wie clever.

Und dann stockte Pulaski der Atem. Für einen Sekundenbruchteil war das Gesicht im Profil zu erkennen. Und es war eindeutig Professor Niemeyer. *Jetzt hab ich dich!* Der Professor hatte also definitiv gelogen. Er war an jenem Abend im Restaurant gewesen. Und er kannte Kilian.

Pulaski rieselte ein Schauer über den Rücken. Das Schachgenie hatte wohl nicht damit gerechnet, dass am Nebentisch gefilmt werden würde. *So ein Pech aber auch.*

Inzwischen war Jeannines Rede zu Ende, die Kamera wackelte wieder, der Hintergrund wurde unscharf, und Sekunden später war die Aufnahme zu Ende.

Pulaski tippte das Video erneut an, um es sich von Anfang an noch einmal anzusehen, und stoppte es an der Stelle, an der Kilian an Corinnas Tisch vorbeilief.

»He, ich sagte: *Finger weg!*«

Pulaski fuhr herum. Hinter ihm stand Corinna, die ihn vorwurfsvoll anblickte.

»Ich brauche dieses zweite Video«, sagte er. »Können Sie mir das schicken?«

»Gerate ich dadurch in Schwierigkeiten?«

»Nur wenn Sie die Herausgabe des Videos verweigern.«

»Und wenn ich es lösche?«

»Dann wird wegen Ihnen ein Unschuldiger wegen Mordes verurteilt.«

»Okay.« Sie verzog den Mund. »Haben Sie WhatsApp?«

»Was?«

»Vergessen Sie es! Haben Sie eine E-Mail-Adresse?«, fragte sie. »Dann schicke ich Ihnen einen Link zum Downloaden.«

Pulaski nannte ihr statt seiner Flos E-Mail-Adresse. Dort war das Video sowieso besser aufgehoben, und vielleicht kannte Flo ja eine Methode, wie man die Qualität verbessern konnte.

Corinna wollte schon zum Handy greifen, als Pulaski sie stoppte. »Einen Moment!« Er deutete auf das Standbild, auf dem Kilian neben Jeannine vorbeiging. »Können Sie dieses Bild vergrößern?«

»Sicher, was wollen Sie denn sehen?«

»Das Sakko dieses Mannes.«

»Das Sakko?« Corinna nahm ihr Handy, vergrößerte den Bildausschnitt und hielt es Pulaski vor die Nase.

Kilian hatte an dem Abend im Steakhouse dasselbe graue Sakko mit den schillernden Perlmuttknöpfen getragen, das er drei Tage später auch bei seiner Verhaftung im Radiosender angehabt hatte.

»Was ist so besonders daran?«, fragte Corinna. »Schaut aus, als stammte es aus den Siebzigern.«

»Hier fehlt ein Knopf«, sagte Pulaski nur.

»Hä?«, fragte Corinna.

Pulaski ging nicht weiter darauf ein, wollte ihr nicht lang und breit die Zusammenhänge erklären. Bisher war er davon ausgegangen, dass Kilian den Perlmuttknopf, den Pulaski am Tatort gefunden hatte, bei der Tat verloren hatte. Immerhin war auf den Facebook-Fotos des Radiosenders deutlich zu sehen gewesen, dass Kilian einen Tag nach dem Mord den fehlenden Knopf gegen einen anderen, der ähnlich aussah, ersetzt hatte.

Aber jetzt hatte er einen Beweis dafür, dass der Knopf schon zwei Tage *vor* dem Mord gefehlt hatte. Kilian musste also doch unschuldig sein.

Doch wie war der Knopf an den Tatort gekommen? Hatte Niemeyer ihn Kilian an jenem Abend im Restaurant heimlich abgerissen … oder mit dem Skalpell abgeschnitten?

Ohne dass Kilian das irgendwie gemerkt hatte?

War das überhaupt möglich?

38

Evelyn, Flo und Imraan standen immer noch im Bundeskriminalamt vor der Spiegelwand. Alle anderen hatten den Raum verlassen.

»Das kann doch nicht sein, verdammt noch mal!«, fluchte sie. »Wir müssen herausfinden, ob die Zeugen ihre Erinnerung falsch abgespeichert haben oder ob sie bewusst lügen.«

»Sechs von acht?«, gab Imraan zu bedenken.

Stimmt, das war merkwürdig, und sie hatte keine vernünftige Erklärung dafür.

»Weißt du, was das Seltsame daran ist?«, fragte Flo. »Mir kam die Nummer sechs auch bekannt vor … aber vielleicht kenne ich den Typ auch aus dem Fernsehen oder der Zeitung.« Er zuckte mit den Achseln.

»Einen Buchhalter vom Gericht?«, fragte Evelyn.

»Mir kam er auch bekannt vor«, gab Imraan zu, »und *ich* kenne ihn bestimmt nicht aus den Medien.«

Evelyns Kehle wurde trocken. Sie hatte es sich nicht eingestehen wollen und es eher für einen Zufall gehalten – aber ihr war es mit dem Mann genau so gegangen wie den sechs Zeugen, Flo und Imraan.

»Vielleicht ist an jenem Abend ja wirklich jemand im Restaurant gewesen, der diesem Buchhalter ähnlich gesehen hat«, vermutete Flo.

Evelyn schüttelte entschieden den Kopf. »Das erklärt nicht, warum er *uns* bekannt vorkommt.« Sie dachte nach. »Zeig mir doch mal das Foto von der ersten Gegenüberstellung. Vielleicht hat Ostrovsky den Mann ja heimlich in *beide* Gruppen geschmuggelt.«

Flo öffnete das Foto auf seinem Handy, vergrößerte es und betrachtete die Männer. »Nein, der Typ ist nicht darunter.«

Wäre ja auch zu einfach gewesen.

Trotzdem betrachtete Evelyn das Foto genau, vergrößerte es, schob den Bildausschnitt hin und her, und plötzlich stockte ihr der Atem. »Dieses miese Schlitzohr!«

»Was denn?« Jetzt beugte sich auch Imraan über das Foto.

»Schaut doch mal«, sagte Evelyn. »Die Nummer sechs aus der ersten Gegenüberstellung ist zwar ein anderer Mann, aber er trägt haargenau dieselbe Kleidung wie der Buchhalter aus der zweiten Runde.«

Graue Strickjacke mit Schalkragen, graue Flanellhose und glänzende schwarze Lederschuhe.

»Verdammt, richtig!«, entfuhr es Flo. »Unbewusst ist uns der Mann dadurch bekannt vorgekommen.«

Imraans Blick verfinsterte sich. »Ich nehme mir Ostrovsky vor.«

»Sie nehmen sich gar niemanden vor!«, unterbrach Evelyn ihn. »*Noch* nicht zumindest. Ich rede allein mit Ostrovsky, und ihr geht inzwischen raus und wartet unten auf mich.«

»Aber …«

»Sie haben gehört, was die Chefin gesagt hat.« Flo packte Imraan am Arm und zog ihn aus dem Zimmer, was der nur widerwillig mit sich geschehen ließ.

Evelyn wartete noch, bis die beiden verschwunden waren, dann verließ sie ebenfalls den Raum und fand Ostrovsky in einer Nische bei einem Kaffeeautomaten. Er war mit Dreyer in ein Gespräch vertieft, während die Kommissarin sich einen

Becher aus dem Gerät drückte. Heiße Schokolade, wie Evelyn am Geruch erkannte.

»Cleverer Trick«, sagte sie ohne weitere Erklärungen, als sie die beiden erreichte und sich neben sie stellte.

Ostrovsky zog die Augenbrauen hoch. »Wie bitte?«

»Du weißt genau, was ich meine«, sagte sie kalt. »Ich hoffe, du bist zufrieden, meine Theorie mit einem simplen Trick durchkreuzt zu haben.«

»Oh-oh, dicke Luft.« Dreyer wollte sich mit ihrem Becher verziehen, doch Ostrovsky hielt sie zurück. »Bleiben Sie, Frau Kommissarin! Wir haben nichts Illegales gemacht.«

»Bloß die Psyche von Zeugen manipuliert«, stellte Evelyn richtig.

»Da sind wir nicht die Einzigen.« Ostrovsky hob die Arme. »Dein junger Kollege hat den Zeugen zuvor ein Foto gezeigt – und wir haben eben auf unsere Art und Weise gearbeitet. Jeder kämpft mit seinen Mitteln.«

Der Piranha im Nadelstreif war seinem Ruf wieder einmal voll gerecht geworden. »Hier geht es um ein Menschenleben!«

»Richtig – und wie du verwenden auch wir alles, was uns an legalen Möglichkeiten zur Verfügung steht«, konterte Ostrovsky. »Du weißt ja selbst, wie dehnbar das Gesetz ist.«

Evelyn atmete tief durch. Ja, das wusste sie, hatte es gerade bei Ostrovsky schon oft miterleben müssen. Und diesmal hatte der verdammte Mistkerl mit Dreyer und Fichtinger sogar noch zwei Handlanger, die alles widerspruchslos tun würden, was er von ihnen verlangte.

»Vielleicht gibt es noch andere Zeugen von jenem Abend im Restaurant«, schlug Dreyer versöhnlich vor, der die ganze Sache sichtlich ein wenig unangenehm war.

»Die gibt es, aber wir konnten sie noch nicht finden«, gestand Evelyn.

Ostrovsky trat näher an sie heran und senkte die Stimme. »Du weißt, ich bin kein Unmensch – zumindest nicht dir gegenüber. Um unserer langen Freundschaft willen möchte ich dir einen Tipp geben.«

Evelyn verzog genervt das Gesicht. »Ich höre.«

»Mein Bruder war seinerzeit Neurochirurg und Rückenmarkspezialist im Kaiserin-Elisabeth-Spital«, begann er.

Sie nickte. »Ich weiß, Dr. Abel Ostrovsky. Er wurde vor einigen Jahren brutal in seiner Villa ermordet.«

»Stimmt.« Ostrovskys Stimme wurde rau. Er sah zu Dreyer. »Die Wiener Kripo tappte im Dunkeln, aber ein Wiener Detektiv hat den Mord damals aufgeklärt. Der war ziemlich gut.«

»Und, wie hilft mir das?«

»Sein Honorar ist zwar etwas hoch, aber er arbeitet präzise und zuverlässig. Du könntest ihn engagieren. Vielleicht findet er noch ein paar weitere Zeugen aus dem Restaurant.«

Wie rührend. »Und wer soll dieser Wunderknabe sein?

»Peter Hogart.«

Evelyn dachte kurz nach. »Ich habe von ihm gehört«, sagte sie, schüttelte aber gleichzeitig den Kopf. »Ein Versicherungsdetektiv. Danke, das ist ja wirklich fürchterlich nett von dir, aber ich habe meine eigenen Mittel und Quellen.«

»Wie du willst.« Ostrovsky zuckte mit den Achseln. »Ich wollte dir nur helfen.«

So, wie du mir eben mit dieser Gegenüberstellung geholfen hast?

Sie hoffte, dass Pulaski inzwischen diese Corinna Wagner gefunden hatte. Im Moment war die ihr letzter Lichtblick.

In diesem Moment klingelte ihr Handy, und sie sah aufs Display. *Pulaski!* Als hätte er es geahnt. Ihr Herz schlug schneller.

»Ich muss los«, sagte sie, wandte sich ab und ging zum Fahrstuhl, während sie das Gespräch entgegennahm.

39

Nachdem Pulaski Evelyn über seinen Fund informiert hatte, steckte er das Handy wieder weg.

»Wichtiges Gespräch beendet?«, fragte Corinna.

Er nickte. »Sie haben uns sehr geholfen. Könnten Sie das Video jetzt verschicken?«

»Mach ich später, wenn ich Pause habe.«

Pulaski verzog das Gesicht. »Und dann vergessen Sie es, und am nächsten Tag löschen Sie es irrtümlich.«

»Sie sind ein ganz schön misstrauischer Bursche.«

»Ist mein Beruf.« Er blieb neben ihr stehen und wartete so lange, bis sie das richtige Video an Flos E-Mail-Adresse geschickt hatte. »Danke – ich wünsche Ihnen noch einen schönen Tag.« Er wandte sich ab.

»Wollen Sie nicht ein Buch kaufen?«, rief sie ihm nach.

»Nein.«

»Nach allem, was ich für Sie getan habe?«, flirtete sie ihn an.

»Also schön, haben Sie die *Sterntagebücher* von Stanisław Lem?«

»Da müsste ich nachsehen.«

»Tun Sie das.« Er hatte Lems Bücher in seiner Jugend gelesen – so einen alten Titel hatte der *Lesefuchs* garantiert nicht auf Lager, auch wenn es ein Klassiker war.

Corinna ging kurz weg und kam nach einer Minute allen Ernstes mit einem dicken Band zurück, den sie ihm in die

Hand drückte: Lems *Sterntagebücher*. Nachdem er gezahlt hatte, verließ er die Buchhandlung mit einer Lesefuchstasche, stellte sich vor dem Nieselregen Schutz suchend in den Eingangsbereich und rief ein Taxi.

Während der Regen vor seine Schuhe tropfte und er den vorbeifahrenden Autos nachsah, knöpfte er sein Sakko zu und stellte den Kragen auf.

Er drehte sich um und blickte in die Buchhandlung, in der mittlerweile alle Lichter brannten. Corinna Wagner bediente zwei Jugendliche vor einem Regal mit Fantasybüchern, während ihre Chefin eine schwere Schachtel durchs Geschäft schleppte.

Corinna war eine interessante junge Frau. Witzig, enthusiastisch, nicht auf den Mund gefallen, gut aussehend, aber auch anstrengend.

Während er durch die Scheibe beobachtete, wie sie sich das lange braune Haar hinters Ohr strich und lachend auf die beiden Burschen einredete, ließ er sich ihre Erzählung vom Restaurantbesuch und der Geburtstagsfeier noch einmal mit allen Details durch den Kopf gehen. Erst jetzt fiel ihm auf, dass sie kein einziges Mal hatte nachdenken müssen und den Abend, ohne zu stocken, in einer runden und detailreichen Schilderung wiedergegeben hatte. Normalerweise – wie er aus zahlreichen Verhören wusste – ein Zeichen dafür, dass solche Geschichten perfekt einstudiert waren. Denn wer die Wahrheit erzählte, musste nachdenken und sich mit Erinnerungslücken herumplagen – vor allem, wenn die Ereignisse, wie in diesem Fall, schon eine Woche zurücklagen. Nicht so Corinna Wagner.

Und das war das Paradoxe an der Situation. Während Corinnas Geschichte nur bedingt authentisch wirkte, hatte ausgerechnet sie ihm mit dem Video den Beweis geliefert, dass sie die Wahrheit sagte.

Ein Taxi hielt blinkend am Straßenrand und riss Pulaski aus den Gedanken.

Du wirst paranoid und siehst schon Gespenster. Was ebenso wenig half, war dieses nervende Gefühl, immer noch verfolgt zu werden. Zum wiederholten Mal sah er sich kurz um, bemerkte aber nichts Verdächtiges.

Wahrscheinlich wirst du einfach nur alt, dachte er bitter und sprang ins Taxi.

40

Am späten Nachmittag suchte Evelyn erneut Ostrovsky auf. Diesmal überfiel sie ihn in der Nähe des Justizpalastes beim Abendessen in seiner Lieblings-Pizzeria. Da sie seinen Stammplatz kannte, ging sie schnurstracks zu dem Zweiertisch neben dem großen Goldfischaquarium, der eine tolle Aussicht auf die Wiener Ringstraße bot.

Ostrovsky war nicht allein. Ihm gegenüber saß eine junge Staatsanwältin in Ausbildung, die Evelyn kannte und von der sie wusste, dass Ostrovsky sie vor einem Jahr unter seine Fittiche genommen hatte. Deren Enthusiasmus erinnerte Evelyn an ihre eigene Zeit an der Uni, und wenn sie genauer hinsah, waren sie beide sich sogar ein bisschen ähnlich. Ostrovsky hatte Evelyn schon immer für die Staatsanwaltschaft abwerben wollen, doch sie hatte sich stets eher zur Strafverteidigung hingezogen gefühlt. Womöglich versuchte Ostrovsky mit der jungen Frau das zu erreichen, woran er bei Evelyn gescheitert war.

Neben Ostrovskys Teller stand seine grüne Flasche Magentee, ohne die er mittlerweile nicht mehr das Büro verließ. Er legte demonstrativ das Besteck weg und sah von seiner Salami-Pizza auf, die er bereits zur Hälfte gegessen hatte. »Warum grinst du so schäbig?«, knurrte er. »Hast du Peter Hogart doch engagiert und er war erfolgreich?«

»War nicht notwendig.« Sie lächelte. »Hast du kurz Zeit?«

»Du siehst doch, dass ich gerade esse.«

»Leider muss ich dir den Appetit verderben.«

»Dauert es lange?«, seufzte er.

»Fünf Minuten.«

Ostrovsky nickte zu seiner Begleiterin. »Es tut mir leid, meine Liebe. Nur fünf Minuten. Wenn du so nett wärest?« Er deutete zu einem freien Tisch.

Als die junge Frau verstand, was er von ihr wollte, war sie wenig amüsiert. »Wie bitte?«, rief sie echauffiert und deutete demonstrativ auf ihren Teller. »Ich esse gerade.«

»Das können Sie auch dort drüben«, sagte Evelyn und nickte Imraan zu, der sich bisher im Hintergrund gehalten hatte. Jetzt kam er zu ihrem Tisch und nahm kommentarlos den Teller der jungen Frau, ihr Besteck und ihr Glas.

»Wirklich?«, rief sie verblüfft.

»Imraan wird Ihnen Gesellschaft leisten«, beruhigte Evelyn sie. »Wird Ihnen gefallen. Er kann Ihnen faszinierende Geschichten über Saudi-Arabien erzählen.«

Nachdem Imraan Teller, Besteck und Glas auf einen der freien Tische abgestellt hatte, stand er nun wieder neben der jungen Frau. »Darf ich bitten?«, fragte er charmant und deutete eine kleine Verbeugung an – ohne einen Zweifel daran zu lassen, dass man sich einer seiner Aufforderungen besser nicht widersetzte.

Evelyn warf ihm einen überraschten Blick zu. *Übertreiben Sie es nicht!*

Doch er berührte die junge Frau nur sanft am Unterarm. Erschrocken sprang sie auf und folgte Imraan verdattert zu dem anderen Tisch.

»Fünf Minuten. Maximal!«, knurrte Ostrovsky. »Und wenn du diesmal nichts Handfestes vorweisen kannst oder einen konkreten und brauchbaren Vorschlag hast, dann sehen wir uns das nächste Mal erst vor Gericht wieder – das schwöre ich dir.«

»Wir werden uns gar nicht vor Gericht sehen«, nahm Evelyn das Ende des Gesprächs vorweg. Sie schnappte sich den frei gewordenen Stuhl und setzte sich neben Ostrovsky. Dann holte sie aus ihrer Aktenmappe ein Tablet, stellte es vor ihnen auf den Tisch und startete ein Video.

»Corinna Wagner hat für letzten Montag via Facebook einen Tisch für drei Personen im *Black Angus Rib House* reserviert und dieses Video gedreht«, erklärte sie.

Der Film war von Flo aufgehellt und schärfer gemacht worden. Auch die Größe des Tabletbildschirms half.

Ostrovsky schob seinen Teller beiseite, stützte das Kinn auf die Handfläche und starrte auf die Aufnahme. »Okay, ich gebe zu, darauf ist Kilian zu sehen. Aber was beweist das schon?«

»Abwarten«, wiederholte Evelyn. »Schau dir Kilians Gesprächspartner genauer an.« Deutlich war jetzt zu sehen, wie Niemeyer den Hemdkragen runterzerrte und sich an seinem blanken Nacken und hinter dem Ohr kratzte – genauso wie damals bei Evelyns Besuch bei ihm zu Hause.

»Habe ich schon getan«, murrte Ostrovsky genervt. »Das könnte jeder sein. Wie du weißt, haben wir allein im Bundeskriminalamt sechs Personen, die ihm von hinten ähnlich sehen.

Doch Evelyn ließ das Video einfach weiterlaufen. Nun kam die Szene, in der Niemeyer mit der Serviette Kilians Steakmesser an sich nahm und gegen ein Messer vom leeren Nebentisch tauschte.

»Okay, das spricht zwar für deine Theorie, aber trotzdem ist das kein ...« Plötzlich verstummte Ostrovsky. Evelyn hörte ihn schnaufen. Er griff sich an den Hals und zerrte am Hemdkragen, als bekäme er keine Luft.

Als Niemeyer im Profil zu sehen war, stoppte Evelyn die Aufnahme mit der Pause-Taste.

»Niemeyer hat kein Alibi für die Mordnacht«, erinnerte sie Ostrovsky. »Und durch den Tod seiner Frau ein starkes Mordmotiv. Ich weiß, das hat Kilian auch – aber Niemeyer ist uneinsichtiger und eher der Typ, der auf Rache sinnt. Seine DNA und Fingerabdrücke wurden am Tatort gefunden, und Kilians Nachbarin kann bestätigen, dass jemand, der Niemeyer ähnlich sah, Kilians Mülltonnen durchsucht hat. Außerdem können wir beweisen, wie Niemeyer sich mit dem Wachsabdruck von Kilians Hausschlüssel Zugang zu dessen Reihenhaus verschafft hat, um an Kilians DNA zu kommen.« Sie verschränkte die Arme und lehnte sich zurück.

Ostrovsky schob den Unterkiefer hin und her, sagte aber nichts.

»Ich weiß, was jetzt gleich kommt«, nahm Evelyn sein nächstes Argument vorweg. »Kilians damalige Äußerung: *Ich bringe diese Frau um!* Ganz klar im Affekt. Welcher liebende Vater hätte so etwas in einem emotional aufgewühlten Zustand nicht gesagt?« Während sie auf Ostrovskys Reaktion wartete, hörte sie die junge Staatsanwältin am Nebentisch kokett auflachen. *O Gott, Imraan zieht alle Register.*

Schließlich räusperte Ostrovsky sich. »Das ist allerdings interessant …« Er tippte auf die Play-Taste, sah sich das Video zu Ende an und versank danach in grüblerisches Schweigen.

»Bei genauerer Untersuchung des Videos wirst du bemerken, dass an Kilians Sakko bereits hier der Perlmuttknopf fehlt, den wir am Tatort gefunden haben«, schloss Evelyn ihr Plädoyer. »Professor Geert Niemeyer ist der überzeugendere Täter, und das werden wir vor Gericht beweisen, falls du deine Anklage gegen Kilian nicht zurückziehst.«

»Verfluchter Dreck!«, zischte Ostrovsky.

»Ich weiß, wie hart es ist, wenn der eigene Plan nicht aufgeht – aber, he …«, sagte sie, »… wir haben dir deine Arbeit abgenommen, dich vor einem Justizirrtum bewahrt, und dir die Möglichkeit zu einer neuen erfolgversprechenden Verhaftung auf einem Silbertablett serviert. Mit diesen Beweisen erreichst du bei den Geschworenen hundertprozentig einen Schuldspruch.«

Ostrovsky schob die Unterlippe nach vorn. Anscheinend wägte er gerade alle Beweise und Gegenbeweise, alle Argumente und Gegenargumente und sämtliche Indizien gegeneinander ab. Wie ein Schachspieler, der in Windeseile eine fiktive Partie im Gedächtnis durchspielte.

Evelyn blickte auf die Armbanduhr. »Die fünf Minuten sind bereits um. Zu welchem Ergebnis bist du gekommen?«

»Ich brauche dieses Video, um es von der Kriminaltechnik prüfen zu lassen«, krächzte er.

»Ich habe es bereits vor einer Viertelstunde an deinen E-Mail-Account geschickt.«

Er zog eine Augenbraue hoch. »Evelyn, du hast nichts von deinem Biss und Elan verloren. Nach wie vor schade, dass du nicht auf unserer Seite arbeitest.«

»Ein Glück für die Angeklagten, dass ich das nicht tue«, stellte sie richtig.

Ostrovsky nickte langsam. »Wie immer war es mir eine Ehre, gegen dich anzutreten.«

Und zu verlieren, ergänzte sie in Gedanken, behielt das aber für sich. Letztendlich ging es nicht darum, wer am Schluss als Sieger dastand, sondern vielmehr darum, einen unschuldigen Menschen vor dem Knast bewahrt zu haben. Und einen Schuldigen zu verknacken.

Bei diesem Gedanken wurde ihr plötzlich unwohl, und sie bekam einen üblen Geschmack im Mund. Sie beugte sich zu Ostrovsky und senkte die Stimme. »Da ist noch etwas …«

Er sah sie fragend an.

»Es gibt da jemanden, der dringend wissen möchte, was ich herausgefunden habe.«

Ostrovsky sah kurz zu Imraan hinüber, als zählte er im Geiste eins und eins zusammen. Dann senkte er ebenfalls die Stimme. »Jemand, der wissen möchte, wer Dr. Al-Rashid wirklich umgebracht hat?«, fragte er.

Evelyn nickte.

»O Gott!«, zischte Ostrovsky. »Du arbeitest mit Kamal Al-Qasem zusammen?«

»Nicht so laut!«, fuhr sie ihn an. »Du kennst ihn?«

»Wer nicht?«, raunte Ostrovsky. »Wir haben ihn und seine Familie im Zuge der Ermittlungen unter die Lupe genommen. Da hast du dich auf ein riskantes Spiel mit gefährlichen Partnern eingelassen.«

»Ich weiß«, gab sie zu. »Und deshalb solltest du dafür sorgen, dass Professor Niemeyer rasch verhaftet wird und in sichere U-Haft kommt, bevor ihn sich jemand aus dem Qasem-Clan schnappen könnte, der nicht gerade auf einen fairen Prozess aus ist.«

41

Am späteren Abend stand Flo in Evelyns Kanzlei neben der Kaffeemaschine und ließ zwei Tassen heraus. »Es wird höchste Zeit, Qasem darüber zu informieren, dass wir den Mörder seiner Tochter überführt haben.«

Evelyn sah ihn besorgt an. »Damit er ihn umlegen kann?«

»Immerhin besser, als wenn er uns umlegt.« Er reichte ihr eine Tasse.

Evelyn setzte sich damit auf die Besuchercouch und blickte aus dem Fenster. Der Himmel war bewölkt, und der Wind peitschte den Nieselregen ans Fenster. Gedankenverloren rührte sie in ihrem Kaffee. »Du hast recht«, seufzte sie. »Wie lautet unsere alte E-Mail-Adresse, die wir nicht mehr verwenden, weil die Nachrichten davon ständig im Spam-Ordner landen?«

Flo nannte sie ihr. »Was willst du denn damit?«

»Ich will nur sichergehen, dass ich von der *richtigen* Adresse schreibe.« Sie stellte die Tasse ab, fuhr ihren Laptop hoch und legte sich das Gerät auf den Schoß. Dann loggte sie sich ins E-Mail-Programm ein und begann zu schreiben.

Sehr geehrter Herr Al-Qasem,

entsprechend unseren jüngsten Ermittlungsergebnissen ist mein Mandant Martin Kilian am Tod Ihrer Tochter unschuldig. Er war Opfer einer ausgeklügelten Falle, die wir jedoch zum Glück aufdecken konnten.

Nach unserem derzeitigen Wissensstand könnte es sich beim mutmaßlichen Täter um Professor Geert Niemeyer handeln. Ihm wird demnächst der Prozess gemacht.

Ich rechne damit, dass Martin Kilian in Kürze aus der U-Haft entlassen wird. Damit sehe ich mein Mandat zur Verteidigung von Martin Kilian als erfolgreich abgeschlossen. Ich danke für Ihren Auftrag sowie Ihr Vertrauen, werde Ihnen in Bälde die Rechnung zukommen lassen und verbleibe

mit freundlichen Grüßen

Evelyn Meyers

Was nun folgte, lag nicht mehr in ihrer Macht, und sie konnte nur hoffen, dass Ostrovsky ihren Rat beherzigte und Niemeyer so rasch wie möglich aus dem Verkehr zog.

Kaum hatte sie die E-Mail an Qasem abgeschickt, läutete es an der Tür.

Flo ging in den Vorraum und öffnete, woraufhin Evelyn Pulaskis Stimme hörte.

»Mieses Wetter«, knurrte er. »Wie geht's?«

»Der Fall ist abgeschlossen!«, erwiderte Flo, und Evelyn bildete sich ein, dass sie einen ebenso enttäuschten wie traurigen Unterton heraushörte. Flo liebte verzwickte, komplexe Fälle und hätte wahrscheinlich nichts dagegen gehabt, noch tagelang auf Trab gehalten zu werden.

»Ich weiß.« Pulaski hängte seinen Mantel an den Garderobenhaken. »Ich habe es gerade im Taxi in den Nachrichten gehört.«

Evelyn schob den Laptop beiseite und sprang auf. »Was genau haben Sie gehört?«

»Dass Professor Niemeyer verhaftet wurde.«

»Das ging ja zackig.«

»Kaffee?«, fragte Flo, woraufhin Pulaski nickte.

Inzwischen hatte sich Evelyn die Fernbedienung geschnappt und das TV-Gerät in ihrem Büro eingeschaltet. Rasch zappte sie durch die Sender, bis sie die *Zeit im Bild* im ORF fand. Es war kurz nach halb acht, und gerade liefen die internationalen Nachrichten.

Während im Hintergrund die Kaffeemaschine surrte, trat Pulaski schweigend an ihre Seite und schaute ebenfalls zum Bildschirm.

»Wenn sie noch länger in Wien bleiben wollen«, sagte sie, ohne den Blick von den Nachrichten zu nehmen, »schließen wir morgen die Kanzlei, gehen endlich in den wohlverdienten Urlaub – und dann zeige ich Ihnen die Stadt.«

»Wie aufregend«, murrte er.

Sie sah ihn vorwurfsvoll an. »Ein wenig mehr Enthusiasmus, wenn ich bitten darf.«

»Ich bin Feuer und Flamme«, murmelte er.

Lächelnd verzog sie den Mund. Flo kam ins Büro, reichte Pulaski eine kleine Tasse mit schwarzem Kaffee und schloss sich ihnen an. Wie drei Salzsäulen standen sie vor dem Fernsehgerät und warteten auf den Bericht. Nach einer weiteren internationalen Meldung kamen schließlich die Österreich-Nachrichten. Gleich am Anfang war ein wenig vorteilhaftes Bild von Professor Niemeyer zu sehen.

»Der Polizei ist im Mordfall Aleyna Al-Rashid ein Durchbruch gelungen ...«, erzählte die Sprecherin.

Evelyn hielt schlagartig den Atem an, als sie sah, wie der Professor zwischen zwei bewaffneten Polizeibeamten abgeführt wurde, wobei ihn einer der beiden am Oberarm hielt.

»Das ist die Treppe am Haupteingang der Wiener Universität«, rief Flo.

Richtig! Die Kripo hatte Niemeyer offenbar am Arbeitsplatz festgenommen. Dem Dämmerlicht und der Straßenbeleuchtung nach zu urteilen, war das noch gar nicht lange her. Vor der Uni stand eine Traube von Journalisten mit Kameras und Mikrofonen, die Niemeyer mit Fragen bedrängten.

»Wie konnte die Presse so schnell davon erfahren?«, fragte Flo.

Evelyn hob die Schultern. *Keine Ahnung.* Aber es war in der Tat merkwürdig, dass die Medien live bei der Verhaftung dabei waren.

Niemeyer war ziemlich aufgebracht, während er die Treppe herunterging. Vor den Kameras blieb er kurz stehen und kratzte sich heftig hinter dem Ohr. *»Ich wurde hereingelegt!«*, rief er in die Kamera. Danach wurde er auch von dem zweiten Polizisten am Arm gepackt und an der Kamera vorbei abgeführt.

»Das ist ein Komplott gegen mich!«, brüllte er über die Schulter.

»Wie würdelos«, murmelte Evelyn. Ihren eigenen Mandanten empfahl sie stets, den Medien gegenüber kein Wort zu sagen und sich eine Mappe vors Gesicht zu halten, sobald gefilmt wurde.

Während die Nachrichtensprecherin die Tat kurz zusammenfasste, sah man, wie Niemeyer in einen Wagen mit verpixeltem Kennzeichen verfrachtet wurde.

»Jetzt versucht er, den Spieß umzudrehen«, kommentierte Flo, »nachdem *er selbst* einen Unschuldigen hereinlegen wollte und damit gescheitert ist!«

»Vielleicht glaubt er immer noch, dass er damit durchkommt«, bemerkte Pulaski.

Plötzlich schob sich ein älterer Mann im beigen Anzug

mit breitem Backenbart und funkelnder Stahlrahmenbrille ins Bild.

»Das ist Dr. Groth«, rief Flo.

»*Mein Mandant ist unschuldig*«, erklärte dieser.

»Groth ist einer der besten Strafverteidiger Wiens«, erklärte Evelyn, nachdem Pulaski ihr einen fragenden Blick zugeworfen hatte. »Ein harter Hund, nicht billig, vertritt nur Promis.«

»So ein Zufall, dass Niemeyer zum Zeitpunkt der Verhaftung schon einen Verteidiger hat«, bemerkte Pulaski.

»Anscheinend hat ihn die Gegenüberstellung im Bundeskriminalamt aufgeschreckt«, vermutete Evelyn. *Und dann hat er sich sicherheitshalber schon mal mit Dr. Groth in seinem Büro in der Uni getroffen*, fügte sie in Gedanken hinzu.

»*... werden wir beweisen, dass sowohl die Richter als auch die Staatsanwaltschaft voreingenommen sind*«, fügte Groth hinzu, »*und die Polizei bei den Ermittlungen geschlampt hat und nun glaubt, in meinem Mandanten einen passenden Sündenbock gefunden zu haben.*«

»Warum sagt er das?«, regte sich Flo auf. »Das kann doch nicht sein Ernst sein, dass die Richter voreingenommen sind?«

»Stimmt, er selbst meint das auch nicht ernst«, bestätigte Evelyn, »aber eine Million Zuschauer haben das gerade gesehen, und darunter sind möglicherweise einige potenzielle Geschworene, die er jetzt schon beginnt zu manipulieren.«

Pulaski nickte. »Clever.«

»Gerade deswegen inszeniert er immer wieder gern die Verhaftungen seiner Mandanten in den Medien«, erklärte Evelyn.

Während die Sprecherin den Bericht schon abmoderierte,

riss Flo die Hand hoch. »Schaut doch!« Im Hintergrund war zwischen den Reportern ein bärtiger Mann mit Rollkragenpulli und einem grauen Dutt zu sehen gewesen.

»Imraan!«, entfuhr es Evelyn. Entsetzt stellte sie fest, dass es tatsächlich so ausgesehen hatte, als hätte er an Niemeyer rankommen wollen. Zum Glück hatten ihn Schaulustige und Polizei weggedrängt.

Für einen kurzen Moment stellten sich die Härchen an Evelyns Unterarmen auf. *Puuuh, nicht auszudenken, wenn Imraan ein paar Minuten früher bei der Uni gewesen wäre.* Entweder hatte Qasem die Wahrheit schon geahnt und seinen Leuten dementsprechende Anweisungen gegeben, oder Imraan hatte selbst eins und eins zusammengezählt und war zu dem Schluss gekommen, dass nur Professor Niemeyer der Mörder sein konnte. Wie auch immer – ab jetzt war der Mann in Gewahrsam und stand unter Ostrovskys Schutz.

Evelyn schaltete das TV-Gerät wieder aus und nippte an ihrem mittlerweile kalten Kaffee.

»Wollen wir feiern?«, fragte Flo. »Soll ich Sekt und Gläser aus der Küche holen? Oder gehen wir …?«

»Feiern wir, wenn Kilian aus der U-Haft entlassen wird«, bremste Evelyn seinen Enthusiasmus. »Solange …« Sie verstummte, als ihr Handy klingelte. Auf dem Display sah sie Qasems Nummer. *Verdammt!* Sie räusperte sich und nahm das Gespräch entgegen. »Ja?«

»Einen wunderschönen guten Abend, Frau Dr. Meyers«, sagte Qasem mit sonorer Stimme. Obwohl seine Worte entspannt klangen, schwang ein bedrohlicher Unterton darin mit. »Ich nehme an, Sie wissen, weshalb ich anrufe?«

»Ich kann es mir denken.« Evelyn bedeutete den anderen, leise zu sein.

»Ich habe gerade die TV-Nachrichten gesehen.«

»Ich auch.« Sie ging zum Fenster, stützte sich mit einer Hand aufs Fensterbrett und blickte durch die vom Regen besprenkelte Scheibe zur Straße hinunter. Die Straßenlaternen brannten, und zahlreiche Menschen liefen mit aufgespannten Regenschirmen über den Gehsteig.

»Ich dachte, wir hätten einen Deal. Warum muss ich von den jüngsten Entwicklungen aus den Nachrichten erfahren?«

»Ich *habe* Sie informiert«, widersprach Evelyn und blickte auf ihre Armbanduhr. »Und zwar vor einer halben Stunde.«

»Ich habe keinen Anruf von Ihnen erhalten«, warf er ihr vor.

»Bei einer so heiklen Angelegenheit mache ich keine Telefonate«, erklärte sie. »Darum habe ich Ihnen eine offizielle E-Mail aus der Kanzlei geschickt.«

»Ich habe auch keine Nachricht von Ihnen erhalten.«

»Dann werfen Sie doch vielleicht bitte einen Blick in Ihren Spam-Ordner.«

42

Um halb elf Uhr nachts war Pulaski endlich in seinem Hotelzimmer und konnte sich etwas entspannen. Sein Anzug von *Steenweg en Zonen* hing im offenen Schrank, die Balkontür war gekippt, und die kühle und feuchte Nachtluft wehte ins Zimmer. Leise drang der Straßenlärm herein.

Kurz zuvor hatte Pulaski – während er an der Bar in der Hotellobby noch etwas getrunken hatte – mit Jasmin telefoniert und ihr versichert, dass er schon jede Menge Wiener Sehenswürdigkeiten gesehen hatte. Nicht, dass sie ihm das wirklich abnahm.

Jetzt lag er mit Jogginghose und aufgeknöpftem Hemd auf dem Bett und versuchte mit der Fernbedienung des TV-Geräts, das über einem kleinen Tischchen an der Wand hing, dessen Media-Player zu aktivieren.

»Das kann doch nicht so schwer sein, verdammter …«, fluchte er, bis er nach einer elendig langen Suche endlich den Menüpunkt *Quellen* fand. Er aktivierte den USB-Stick, den Flo ihm mitgegeben hatte und der nun seitlich im TV-Gerät steckte. Auf dem Stick befand sich die digital bearbeitete Version von Corinna Wagners Video aus dem Restaurant.

Bei gedimmtem Licht sah er sich den Film mehrmals hintereinander an. Zuletzt betrachtete er das Video schließlich noch einmal ohne Ton – das ständige Gelächter der drei Frauen nervte, außerdem kannte er schon jeden einzelnen ihrer Sätze auswendig – und konzentrierte sich stattdessen auf Professor Niemeyer im Hintergrund. Er studierte jede Bewegung und jede Geste, bis er das Gefühl hatte, auch diese auswendig zu kennen. Irgendetwas stimmte nicht.

Warum hatte Niemeyer sich im Lokal nicht umgesehen, bevor er das Messer klaute?

Weil er sonst Gefahr gelaufen wäre, von vorn gesehen zu werden.

Aber wie konnte er sichergehen, beim Diebstahl nicht ertappt zu werden?

Die Lautstärke der drei Damen und die Ablenkung durch die Feier waren ihm offenbar Schutz genug.

Und wenn es an jenem Abend nun keine Geburtstagsfeier gegeben hätte?

Dann hätte er es vielleicht trotzdem riskiert oder seinen Plan ganz anders durchgeführt.

Egal, wie man es drehte oder wendete – es war ein reines Glücksspiel, was Niemeyer da abgezogen hatte.

Pulaski drückte auf die Pause-Taste, studierte das Bild, ließ das Video weiterlaufen und hielt es an jener Stelle erneut an, an der sich Niemeyer hinter dem Ohr kratzte.

Was stört mich nur daran, verdammt?

Doch er kam einfach nicht drauf. Schließlich schaltete er das Fernsehgerät aus und warf die Fernbedienung aufs Bett.

Lass es gut sein! Der Fall ist abgeschlossen, und Ostrovsky und Kommissarin Dreyer werden den Schachgroßmeister so lange weichkochen, bis er ein Geständnis ablegt.

Er blickte zum Nachttisch, wo Lems *Sterntagebücher* lagen. Er schnappte sich das Buch, blätterte es auf und betrachtete das Lesezeichen, das Corinna Wagner ihm ins Buch gesteckt hatte. *Es ist ein wahres Glück, dass ich krank geworden bin, denn das Buch wird jetzt viel schöner*, lautete das Zitat von

Adalbert Stifter unter dem Logo der Lesefuchs-Buchhandlung.

Was soll das denn heißen? Bedeutete das, dass Stifter gern krank war, weil er dadurch bequem im Bett liegen und ein Buch lesen konnte? *Merkwürdiger Spruch.* Er las die ersten Zeilen des Buches, klappte es aber schnell wieder zu. Wollte er überhaupt in Jugenderinnerungen versinken? Irgendwie hatte er jetzt keinen Bock darauf. Außerdem brannten seine Augen, weil er zuvor zu lange konzentriert auf das Video gestarrt hatte.

Besser, du hörst dir was an.

Er legte das Buch weg, griff stattdessen zum Handy und öffnete Martin Kilians True Crime-Podcast. Wahllos scrollte er in der Historie zurück, bis etwa ein Jahr, bevor der Säuremord im Hotelzimmer Thema gewesen war. Er entschied sich schließlich für einen Podcast, der genauso wie der Säuremord zahlreiche Likes und unendlich viele Kommentare von den Zuhörern bekommen hatte.

»Willkommen zu einer neuen Folge von CATCH THE KILLER, dem True Crime-Podcast von Martin Kilian«, sagte die angenehme weibliche Stimme, die er bereits von der anderen Episode kannte.

Pulaski legte das Handy auf das Kopfkissen neben sich, dimmte das Licht noch mehr, verschränkte die Hände hinter dem Kopf und schloss die Augen.

Nachdem die jingle-artigen Hintergrundgeräusche – das Rascheln von Papier, das Klingeln eines Telefons und das Quäken eines alten Modems – ausgeblendet worden waren, erklang Kilians Stimme.

»Es war im Frühjahr dieses Jahres, als zwei Männer – Vater und Sohn – während einer Autofahrt ihr Leben verloren …«

CATCH THE KILLER – Kilians True Crime-Podcast

Mysteriöser Doppelmord im fahrenden Wagen

»… aber bevor wir uns heute der Frage widmen, was in diesem Auto wirklich passiert ist, rufen wir uns noch einmal in Erinnerung, wer Peter und Till Altmann gewesen sind. Peter, einundvierzig Jahre alt, ein Tischler mit eigener Werkstatt in Wien, und Till, sein neunzehnjähriger Sohn, der begonnen hatte, an der TU-Wien Elektrotechnik zu studieren. Beide waren große Hard-Rock-Fans und fuhren am Montagvormittag von einem Münchner Open-Air-Festival über die Westautobahn zurück nach Wien. Aber sie kamen nicht mehr lebend zu Hause an. Um die ersten Fragen vorwegzunehmen, die ihr bei der Ankündigung des Falls in die Kommentare gepostet habt: War Alkohol im Spiel? Nein! Waren Drogen im Spiel? Nein! Waren sie übermüdet? Nein! Hatten die beiden einen Streit? Nein! Also sorry, aber die typischen Vorurteile und Klischees über Rockfans haben wir jetzt einmal abgehakt und – wie wir in der ersten kurzen Teaser-Folge auch deutlich zeigen konnten – widerlegt. Aber was ist nun wirklich in ihrem Wagen passiert? Mein heutiger erster Gast ist Duffy … oder auch Duffy Duck, wie er von seinen Kollegen genannt wird. Darf ich dich Duffy nennen?«

»Ja, sicher.«

»Also, Duffy, stell dich uns bitte kurz vor. Wer bist du?«

»Ich bin Lkw-Fahrer …«

»Okay, und wie lange schon?«

»Seit über fünfundzwanzig Jahren.«

»Wie ist der Job?«

»Hart.«

»Okay, du bist nicht sehr gesprächig, aber das ist kein Problem. Du bist auch nicht hier, weil du uns etwas über deine Lebensgeschichte erzählen sollst. Weswegen genau bist du also hier?«

»Ich war Montag Früh von München in Richtung Schwarzes Meer unterwegs. 90 km/h. Tempomat. Im Radio ein Hörbuch. Und das Auto der beiden Männer hat mich überholt. Danach sind sie vor mir hergefahren.«

»Mit 90 km/h?«

»Anfangs ja, aber dann wurden sie immer langsamer. Schließlich wollte ich sie überholen.«

»Konntest du dabei etwas beobachten?«

»Ja, ich bin einige Zeit neben ihnen hergefahren, außerdem hatten sie ein Glasschiebedach.«

»War es zu?«

»Ja.«

»Und was hast du gesehen?«

»Die haben stark gehustet. Haben sich die Augen gerieben, sind immer wieder nach vorne gesackt.«

»Und was hast du getan?«

»Ich wusste gleich, da ist was nicht in Ordnung. Ich habe sie angehupt, aber die haben nicht reagiert. Sind mit dem Wagen immer wieder in Richtung Leitplanke gedriftet. Ich habe erneut gehupt. Aber die sind einfach weitergefahren.«

»Klingt nach Drogen?«

»Das kann ich nicht beurteilen. Jedenfalls wirkten sie total müde, konnten sich wohl nicht mehr konzentrieren. Und dann hat sich einer sogar in den Fußraum übergeben.«

»Warum sind sie nicht rechts rangefahren?«

»An der Stelle gab es keinen Pannenstreifen.«

»Und weiter?«

»Dann kam die Abfahrt zu einer Raststätte. Sie sind abgebogen.«

»Und du?«

»Bin mit meinem Truck weitergefahren. Den Rest habe ich dann in den Nachrichten gehört.«

»Danke für deinen Besuch, Duffy. Komm gut weiter und gute Fahrt.«

»Jau, danke, Mann.«

»Als Nächstes habe ich Ingrid zu Gast. Sie war an jenem Tag in der Raststation Mondsee in Oberösterreich, fünfunddreißig Kilometer vor der deutschen Grenze. Hallo, Ingrid. Was hast du dort gemacht?«

»Hallo, Martin. Ich war mit meinen Kindern unterwegs. Wir wollten meine Mutter besuchen, und – wie das halt so ist bei einer längeren Fahrt – musste als Erstes der Kleine aufs Klo, dann der Größere, dann wieder der Kleine … als würden sich die Kinder untereinander absprechen, wie man Mama am besten in den Wahnsinn treibt.«

»Aber der richtige Wahnsinn ist dann erst auf der Raststätte Mondsee passiert, nicht wahr?«

»Ja, ich bin mit den Jungs an der Hand über den Parkplatz zu unserem Auto gegangen, als ein Pkw auf uns zukam. Der fuhr schon ganz seltsam, so langsam und in Schlangenlinien – und dann fing es auf einmal innen an zu brennen. Das war so surreal … wie in einem Actionfilm.«

»Was hast du gemacht?«

»Ich habe die Jungs fester gepackt und bin vom Parkplatz runter zu einer Wiese, wo wir hinter einem Müllcontainer

Schutz gesucht haben. Ich wusste ja nicht, ob das Auto explodiert.«

»Hast du Rettung oder Feuerwehr verständigt?«

»Nein, ehrlich gesagt war ich zu perplex. Und ich musste die Buben festhalten, denn die wollten zum Auto rennen … also nicht zu meinem, sondern zu dem brennenden. Aber viele andere Besucher hatten den Wagen auch schon bemerkt. Einige von ihnen haben das Auto gefilmt, andere haben telefoniert.«

»Was ist dann passiert?«

»Die Fensterscheiben wurden runtergelassen, aber das hat es nur noch schlimmer gemacht, die Flammen loderten noch mal neu auf. Die Motorhaube brannte ebenfalls. Der Wagen wurde langsamer, rollte aus, eine Tür ging auf. Einer ist aus dem brennenden Auto gesprungen, noch während der Fahrt. Der andere ist drin sitzen geblieben. Ich konnte sehen, wie er mit dem Sicherheitsgurt gekämpft hat. Es war die Hölle.«

»Hat jemand versucht zu helfen?«

»Nein, die Leute standen nur da, schrien panisch herum und sahen zu, wie die beiden verbrannten.«

»Wirklich?«

»Ja, aber es wusste ja auch niemand, ob er sich dem Auto nähern konnte. Schließlich habe ich weggesehen und den Kindern die Augen zugehalten.«

»Und danach?«

»Ein Lkw-Fahrer ist dann endlich mit einem Feuerlöscher über den Parkplatz gelaufen. Es war schrecklich … vor allem der Gestank … den werde ich nie vergessen.«

»Wie ging es weiter? Und bist du trotzdem gut bei deiner Mutter angekommen?«

»Ja, mit einiger Verspätung. Mir haben noch Stunden später Hände und Knie gezittert. Es war die Hölle ... die armen Menschen.«

»Danke, Ingrid. Ich hoffe, ihr erholt euch gut von diesem Schock. Als Nächstes habe ich einen Automechaniker zu Gast. Und zwar meinen eigenen, der sich schon seit vielen Jahren um meine alte Karre kümmert. Hallo, Achim.«

»Hallo, Martin.«

»Achim, du weißt natürlich, um welche Automarke es sich bei diesem tragischen Unfall gehandelt hat, aber die werden wir in diesem Podcast nicht erwähnen. Schließlich wollen wir weder eine Massenpanik noch eine Rückholaktion auslösen. Wen es interessiert, der kann die Details dazu googeln. Aber es sei an dieser Stelle schon einmal verraten, dass es sich hier weder um einen Unfall noch um ein technisches Versagen gehandelt hat ... sondern um einen hinterhältigen Mord. Also keine Panik, falls Sie gerade mit Ihrem eigenen Auto unterwegs sein sollten.«

»Ja, stimmt, laut dem Unfallbericht, den du mir geschickt hast, kann das gar kein Unfall gewesen sein.«

»Richtig, Achim. Kannst du uns denn erklären, was zu diesem Brand geführt hat?«

»Ein Leck in der Klimaanlage.«

»Das normalerweise wie zustande kommt?«

»Entweder durch einen Marderbiss, einen Materialfehler, wenn Schläuche oder Tank rissig werden – oder wenn jemand nachhilft.«

»Wie in diesem Fall – und ist so ein Leck schlimm?«

»An und für sich nicht, kommt aber immer darauf an, womit das Auto gekühlt wird. Dieser Hersteller arbeitet mit dem Kältemittel Tetrafluorpropen. Der Stoff ist leicht brennbar,

und wenn er ausströmt, kann er sich am heißen Motorblock entzünden.«

»Aber das allein ist noch gar nicht das wirklich Gefährliche, richtig? Was kann dieses Tetraflu… du weißt, was ich meine … noch bewirken, wenn es beispielsweise in die Fahrerkabine gelangt?«

»Das müsstest du mit einem Chemiker besprechen.«

»Danke, lieber Achim, und das war genau das richtige Stichwort, denn ich habe für die heutige Sendung auch noch einen Chemiker eingeladen. Herzlich willkommen, Herr Dr. Wieczorek.«

»Danke für die Einladung, Herr Kilian.«

»Sie haben mitgehört – was bewirkt ausströmendes Tetrafluo…?«

»Tetrafluorpropen – auch R1234yf genannt – ist an sich schon giftig, und bei der Verbrennung entsteht stark ätzender Fluorwasserstoff, also Flusssäure, und Carbonylfluorid. Letzteres ist ziemlich heimtückisch, weil es tief in den Körper eindringt und relativ rasch zu Verätzungen und heftigen Schmerzen führt. Es wirkt ähnlich wie der Kampfstoff Phosgen, der bereits im Ersten Weltkrieg zum Einsatz gekommen ist.«

»Was sind die Folgen?«

»Wird die Substanz eingeatmet, kann sie schlimmstenfalls die Lungenbläschen zersetzen, in den Blutkreislauf gelangen und zum Tod führen.«

»Wie spielt sich das konkret ab?«

»Durch den Vorgang wird im Körper Kalzium gebunden, und ein Herzversagen ist die Folge. Schon eine relativ kleine Verätzung könnte tödlich enden.«

»Vielen Dank für Ihren Besuch, Herr Doktor. Nächstes Mal

sehen wir uns an, was laut Obduktion zum Tod geführt hat – die Flusssäure, der Brand im Wagen … oder beides. Außerdem wird es darum gehen, wer überhaupt für die Sabotage infrage kommen könnte. Bis zum nächsten Mal – bleibt gesund und fahrt vorsichtig.«

5. TEIL

BERECHTIGTE ZWEIFEL
Dienstag, 14. Mai

43

Gegen Mittag stand Evelyn an der Wiener Ringstraße unter dem großen Vordach eines Würstelstands direkt am Schottentor, jenem Verkehrskreisel, in dem die Straßenbahnen wendeten. Nachdem es schon die ganze Nacht durchgehend genieselt hatte, regnete es nun seit den frühen Morgenstunden so richtig, und zwar ohne Unterlass, begleitet von heftigem Donnergrollen. *Wenigstens duftet die Luft jetzt frisch,* dachte Evelyn, während der Regen Staub und Blütenpollen durch die Rinnsteine der Straßen spülte.

Ostrovsky, der neben ihr am Tresen lehnte, bestellte einen Hot Dog. Von seinem Unterarm baumelte ein zusammengeklappter Regenschirm.

Den Treffpunkt hatten sie gewählt, weil es von hier nur ein paar Minuten zu Fuß zur Justizanstalt waren, in der Martin Kilian in U-Haft saß. Sozusagen neutrales Gebiet.

»Wie immer mit Ketchup und süßem Senf?«, fragte Willi, der diese Bude schon betrieb, seit Evelyn sich erinnern konnte.

Ostrovsky nickte. »Klar, und nicht spa…«

»Ohne Ketchup!«, grätschte Evelyn dazwischen und warf Willi einen warnenden Blick zu. »Zu viel Zucker«, raunte sie Ostrovsky zu.

Ostrovsky schob provozierend die Unterlippe nach vorn. »Du wirst doch auf meine alten Tage nicht beginnen, mich zu bevormunden?«

»*Gerade* auf deine alten Tage«, konterte sie. »Du solltest

auf deinen Blutzuckerspiegel achten, sonst gibt es nicht mehr viele dieser alten Tagen für dich.«

»Könnte dir doch nur recht sein.«

»Und gegen wen würde ich dann antreten? Gegen deine jungen Staatsanwälte?«

»Die sind nicht schlecht.«

»Das mag ja sein, aber die würden nie einen Irrtum eingestehen.«

»Ja, dazu gehört Größe«, seufzte er.

Evelyn grinste. Neben ihnen hielt eine Straßenbahn mit quietschenden Bremsen, die Türen gingen auf, Leute strömten heraus, andere klappten hastig ihre Schirme zu und drängten sich hinein.

»Hast du das Strafverfahren gegen Kilian schon eingestellt?«, fragte sie.

Willi beugte sich über den Tresen und reichte Ostrovsky einen in Papier eingeschlagenen Hot Dog, der nach Zwiebeln und Senf roch. Ostrovsky biss herzhaft hinein. »Ja, das Ermittlungsverfahren ist beendet«, sagte er mit vollem Mund und wischte sich mit der Serviette den Senf vom Schnauzbart.

Evelyn nahm ihm den Schirm ab. So, wie er sich anstellte, brauchte er drei Hände, um einen Hot Dog zu essen, ohne sich zu bekleckern.

»Die Staatsanwaltschaft sieht von jeglicher weiteren Verfolgung ab.«

»Und die Anklageschrift?«, fragte sie.

»Hatte ich noch gar nicht ans Gericht weitergeleitet.«

Evelyn nickte zufrieden. Es hätte kaum besser laufen können.

Ostrovsky biss ein weiteres Mal von seinem Hot Dog ab, was ihn aber nicht vom Reden abhielt. »Ich gebe es nur ungern zu, aber dank deiner Wenigkeit haben wir alle Beweise in der Hand, die wir für eine zackige Verurteilung Niemeyers brauchen. Die Richterin sieht das genauso wie ich.«

Evelyn ignorierte den Seitenhieb. »Du hast schon mit ihr gesprochen?«

Ostrovsky nickte. »Zum Wohl der Steuerzahler werden wir bei Niemeyer einen beschleunigten Prozess im Eilverfahren abwickeln.«

Unüblich, aber nicht unmöglich, dachte Evelyn. Nun lehnte sie sich ebenfalls an den Tresen, neigte den Kopf und sah ihn neugierig an. »Das bedeutet?«

Ostrovsky verdrückte den restlichen Hot Dog, hielt dann die Hand mit der Serviette hoch und spreizte einen Finger ab. »Uns liegen ja …«, nuschelte er mit vollem Mund, »… bereits alle Beweisergebnisse vor. Das Ermittlungsverfahren ist beendet.«

Das war logisch. Die Beweise, die Kilian *ent*lasteten, *be*lasteten Niemeyer. Es war dasselbe Verfahren, nur mit umgekehrten Vorzeichen.

Ein gewaltiger lang gezogener Donner krachte über ihnen, und Evelyn stellten sich die Nackenhaare auf.

Ostrovsky wischte sich über den Mund. »Ich habe noch gestern Nacht eine direkte Anklageschrift verfasst, die gleichzeitig mit der Verhaftung als Strafakt ans Gericht gegangen ist.«

Evelyn zog eine Augenbraue hoch. Er verschwendete wirklich keine Minute. »Respekt!« Sie streckte den Arm ins Innere der Würstelbude, woraufhin Willi ihr kommentarlos eine frische Serviette reichte, mit der sie Ostrovsky ein Stück Zwiebelring vom Anzug entfernte.

»Erzähl niemandem davon«, bat er sie.

»Von dem Fall?«

»Davon, wie ich aussehe, wenn ich Hot Dog esse!«, blaffte er sie an.

»Ach so.« Sie schmunzelte. »Bleibt unser Geheimnis.«

»Begleitest du mich noch in die Justiz?«

»Sicher.« Sie konnte es kaum erwarten, die Formalitäten zu erledigen und Kilian von seiner bevorstehenden Entlassung zu berichten.

44

Am späten Nachmittag saß Evelyn mit Flo und Kilian im Besprechungszimmer der Kanzlei. Alle Lichter brannten, auch die im Vorraum, weil draußen gerade die Welt in einem gigantischen Dauerregen unterging.

»*Jetzt* können wir einen Sekt aufmachen«, erklärte Evelyn, nachdem sie ein abschließendes Telefonat mit dem Gericht beendet hatte. Eineinhalb Stunden hatte sie Zeit – dann würde Imraan sie mit der Limousine abholen. Qasem wollte sie dringend sehen.

Evelyn holte Gläser aus der Küche und eine Flasche aus dem Kühlschrank. Flo stellte inzwischen die beiden Tabletts mit belegten Brötchen in die Tischmitte, die Evelyn über einen Cateringservice bestellt hatte. Evelyn ließ den Korken knallen und schoss ihn quer durchs Zimmer. Dann goss sie die Gläser voll.

Kilian schnappte sich eines davon. Er war frisch rasiert und hatte sich sportlich elegante Kleidung angezogen. Auch sah er jetzt etwas entspannter und vor allem enorm erleichtert aus, obwohl er immer noch ein blaues Auge und eine geschwollene Lippe als Erinnerung an den Knast hatte. Feierlich hob er nun das Glas. »Ich bin Ihnen beiden unendlich dankbar. Das haben Sie richtig gut hingekriegt, denn bei dieser Beweislast hätte ich nicht damit gerechnet, rauszukommen – geschweige denn so bald.«

Flo zeigte ihm den erhobenen Daumen.

Mit einem Gefühl der inneren Freude – und ja, auch mit einem gewissen Stolz – betrachtete Evelyn die beiden jungen Männer. *Ein weiterer unschuldiger Klient in Freiheit.* Solche Momente bestätigten ihr immer wieder, dass sie mit diesem Beruf die richtige Entscheidung getroffen hatte.

»Tja, um ehrlich zu sein …«, Evelyn räusperte sich, »… wenn Pulaski nicht die junge Buchhändlerin gefunden hätte, wäre die Sache höchstwahrscheinlich nicht gut ausgegangen.«

»Ja, von der hing alles ab«, seufzte Flo. »Wir sollten ihr einen Blumenstrauß zukommen lassen«, schlug er vor. Dann kam ihm eine bessere Idee. »Wäre Corinna Wagner nicht ein interessanter Gast für Ihren Podcast?«

»Sie meinen … eine True Crime-Folge über meinen eigenen Fall?« Kilian überlegte. »Wäre das nicht komisch?«

»Komisch?«, wiederholte Evelyn. »Ach wo! Nach allem, was Sie durchgemacht haben, wäre es doch nur zu verständlich, wenn Sie Ihre eigene Geschichte kommerziell verwerten würden. Andere machen das doch auch ständig.«

»Ich weiß nicht …«, murmelte Kilian.

Flo lachte laut auf. »Ich stelle mir gerade Ostrovsky als Gast im Podcast vor, wie er an seinen Hosenträgern zerrt, wenn er die Verhaftung rechtfertigen muss. Ja, ich fände das auch interessant. Warum nicht?«

»Dann muss ich aber auch Sie beide als Gäste einladen«, sagte Kilian.

»Ich bin dabei!«, rief Flo.

Evelyn hob abwehrend die Hand. »O nein, danke«, lehnte sie lachend ab. »Ich eigne mich nicht als Gast für einen Podcast. Zeitungsinterviews, okay – aber Radio und Fernsehen, nein danke. Ich kann meine eigene Stimme nicht hören, finde sie schrecklich. Außerdem kann ich nach dem Artikel im *Profil* nicht noch mehr Werbung brauchen.«

»Kann gut verstehen, dass Sie nicht dabei sein wollen«, sagte Kilian. »Im Durchschnitt will auch nur jeder Dritte, den ich frage, mitmachen. Aber *wir beide* könnten den Podcast machen.« Er sah Flo an, der eifrig nickte. »Vielleicht könnten wir sogar eine Folge in dieser Kanzlei produzieren?«

»Was macht das für einen Unterschied, ob Sie die Folge in Ihrem Studio oder hier aufzeichnen?«, fragte Evelyn.

»Nicht aufzeichnen.« Kilian stellte das Sektglas weg und rutschte nach vorn auf die Stuhlkante. »Wir könnten einen Livestream aus dieser Kanzlei senden. Das hat mehr Flair, wäre authentisch und etwas Besonderes für die Zuhörer.«

Evelyn machte eine einladende Geste. »Sie können das Besprechungszimmer gern haben – wenn ich nicht dabei sein muss, ist alles gut.«

Flo rutschte ebenfalls auf seinem Stuhl vor und beugte sich über den Tisch. »Das Büro ist übrigens mit dem modernsten Equipment ausgestattet. Mikrofone, Kameras, Stative, neue Computer, schnelles WLAN und eine moderne Telefonanlage. Ist alles vorhanden. Da können wir sogar Anrufer dazu schalten.«

»Prima«, sagte Kilian.

»Super!« Flo grinste. »Mich würde sowieso total interessieren, wie so ein Livestream technisch funktioniert.«

»Okay, kein Problem. Über mein Passwort werden Sie Co-Host und sehen am Bildschirm alles, was ich mache«, bot Kilian an.

Zwei Nerds unter sich, dachte Evelyn lächelnd.

»Und wenn wir in diesem Raum ein paar Decken oder Leintücher zwischen den Stühlen aufhängen könnten, würde es auch nicht so hallen«, ergänzte Kilian. »Der knarrende Parkettboden, das Läuten der Türglocke, der Verkehrslärm durch die Fenster … das hat schon was.«

»Ich genehmige mir einen Tag Urlaub in der Wellnesstherme, und Sie können mit Flo nach Lust und Laune hier rumwerken.«

Kilian strahlte, wie sie es bisher noch nicht bei ihm gesehen hatte. Doch dann wurde er unsicher. »Ist das auch wirklich Ihr Ernst, oder nehmen Sie mich gerade auf den Arm?«

»Nein, das ist mein voller Ernst.« Evelyn lachte auf. »Ich freue mich für Sie, wenn Sie erfolgreich sind und die Zeit in U-Haft Sie nicht traumatisiert, sondern kreativ inspiriert hat. Wenn dabei ein produktiver Schaffensprozess herauskommt, dann war meine Arbeit doch in doppelter Hinsicht sinnvoll, nicht wahr?«

Kilian nickte. »Okay.« Er sah zu Flo. »Dann schicke ich Ihnen den Link zu einer App, über die wir von Ihrem PC aus meinen Livestream-Kanal starten können.«

»Super.« Flo holte aus seiner Brieftasche eine Visitenkarte mit der Kanzlei-E-Mail-Adresse und schob sie Kilian über den Tisch.

»Ich will mich keineswegs damit rühmen, aber mit dieser Sendung werden wir neunzigtausend Abonnenten in Österreich und noch mal so viele im Ausland erreichen«, gab er zu bedenken. »Nicht, dass ich dann schuld bin, wenn Ihnen die Fans die Tür einrennen.«

»Ja, ist okay.« Evelyn schmunzelte. »Erwähnen Sie halt nicht zu oft, dass ich Ihre Anwältin bin, dann ist alles fein«, sagte sie, da sie es nicht übers Herz brachte, Kilians Enthusiasmus zu bremsen.

»Dann könnte ich ja sogar …«, rief Flo, verstummte jedoch, da es an der Tür läutete. Er sah zu Evelyn. »Wer kann das sein? Pulaski?«

»Bestimmt nicht«, antwortete sie. »Der ist unterwegs – wollte heute noch etwas herausfinden und danach allein zu Abend essen.«

Flo war bereits aufgesprungen und lief zur Tür. »Oh!«, drang seine überraschte Stimme zu ihnen ins Besprechungszimmer. Der Parkettboden knarrte. Evelyn konnte sich denken, wer es war. Sie reckte den Hals und blickte in den Gang. Im nächsten Augenblick kam Flo wieder herein, gefolgt von Imraan. Der war heute ganz in Schwarz gekleidet und hatte sogar auf seinen Dutt verzichtet, sodass ihm die schulterlangen grauen Haare offen über den Rollkragenpullover fielen. Er suchte ihren Blickkontakt. »Bereit?«, brummte er.

Evelyn sah auf die Uhr. *Eine Stunde zu früh.* Sie erhob sich und kam auf ihn zu. Zum Glück war Pulaski nicht in ihrem Büro, sondern irgendwo in der Wiener Innenstadt unterwegs. Andererseits: Selbst wenn Qasem und seine Schergen nun erfahren würden, dass Pulaski heimlich für sie gearbeitet hatte, wäre es auch egal gewesen – schließlich war der Fall beendet. »Sie sind zu früh da«, stellte sie fest.

»Qasem hat später keine Zeit mehr.«

»Ein Glas …?« *Sekt* wollte Evelyn schon sagen, korrigierte sich aber rechtzeitig. »… Orangensaft vielleicht?«

Kilian hatte sich ebenfalls erhoben und starrte Imraan, der einen Kopf größer war als er, beeindruckt an.

Imraan lehnte kommentarlos mit einer knappen Handbewegung ab. Dann wandte er sich an Kilian. »Der Tod deiner kleinen Viktoria tut mir leid.« Er ergriff dessen Hand und schüttelte sie fester und länger als nötig, wobei er Kilian hart und prüfend in die Augen sah. Evelyn wollte schon dazwischen gehen, als Imraan mit der freien Hand auch noch Kilians Unterarm umfasste und nochmals kräftig schüttelte, bis er endlich losließ. »Aleyna war kein schlechter Mensch, weißt du!«

»Nein, war sie nicht«, bestätigte Kilian mit rauer Kehle und ließ seine Hand schlaff herunterbaumeln.

»Wollen Sie nicht doch kurz Platz nehmen?«, fragte Evelyn.

Imraan schüttelte den Kopf. »Mein Chef will dich *jetzt gleich* sehen, Anwältin!« Es klang nicht gerade nach einer freundlichen Einladung.

»Brauche ich selbst einen Anwalt?«, scherzte sie, doch Imraan verzog keine Miene. »Die Limousine wartet unten«, sagte er nur.

»Sie wissen nicht zufällig, warum es plötzlich so eilt?«

Imraan schüttelte wieder den Kopf. Aus ihm würde sie nichts weiter herausbekommen.

»Okay, geben Sie mir noch ein paar Minuten, damit ich hier alles abschließen kann.«

Imraan blickte auf seine Armbanduhr, eine schwere goldene Rolex, und nickte.

Evelyn gab Flo einen Kuss, verabschiedete sich von Kilian und ging danach in ihr Büro, wo sie ihren Laptop herunterfuhr, das Licht auf ihrem Schreibtisch löschte und einige Unterlagen in ihrer Schublade versperrte. Imraan, der ihr gefolgt und im Türrahmen stehen geblieben war, beobachtete sie neugierig.

Evelyn nahm das oberste Kuvert von ihrer Postablage und steckte es in ihre Handtasche. Dann scheuchte sie Imraan zurück, sperrte ihr Büro zu und schloss auch die Tür zum Besprechungszimmer, hinter der sie Flo und Kilian über die geplante Podcast-Folge scherzen hörte. *Da haben sich zwei gefunden.*

»Fertig?«, fragte Imraan ungeduldig.

»Ja, einen Augenblick.« Sie ging zur Garderobe, wo ihr Regenschirm und ihr dünner cremefarbener Kaschmirmantel hingen. Imraan folgte ihr. »Da der Fall nun abgeschlossen ist«, meinte sie wie nebenbei, während Imraan ihr in den Mantel half, »können wir doch ehrlich miteinander reden, nicht wahr?«

Imraan schob das Kinn nach vorn. »Willst du etwa sagen, dass ich bisher unehrlich war?«

»Nein, Imraan, jetzt seien Sie doch nicht so empfindlich.« Sie drehte sich um und senkte die Stimme. »Wer hat Aleyna … oder Aisha, wie sie damals noch hieß … eigentlich seinerzeit die gefälschten Dokumente besorgt und ihr bei der Flucht aus Saudi-Arabien geholfen?«

Er fixierte sie mit einem kalten Blick. »Woher soll ich das wissen?«

Immerhin ein Eingeständnis, *dass* ihr jemand geholfen hatte. Sie hängte sich den Regenschirm in die Armbeuge. »Sie waren doch damals schon Qasems Sicherheitsmann und damit über alles informiert. Qasems Tochter hätte doch niemals allein irgendwohin gehen, geschweige denn sich an Ihrem Sicherheitsapparat vorbeimogeln können?«

Imraan sah sie fragend an. »Unterstellst du mir, dass ich meinem Job nicht gut mache?«

»Locker bleiben.« Evelyn hob die Schultern. »Ich stelle nur fest, dass Aleyna möglicherweise Hilfe von außen – oder sogar von jemandem aus der Familie selbst – hatte. Jemandem, der ihr Reisepass und Geburtsurkunde organisiert hat, ausländisches Bargeld, ein Handy, Kontaktadressen und eine Reiseroute mit Flugzeug und Schiff.«

»Davon weiß ich nichts.«

Sie musterte ihn lange. »Ich habe Ihren Blick bemerkt, als Ostrovsky bei der Gegenüberstellung über Fichtinger und die Fremdenpolizei gesprochen hat. Sie wussten über Aleynas Flucht Bescheid – genauso, wie Sie wussten, dass Aleyna nach Österreich entkommen war und dort Hilfe von den Behörden erhalten hat.«

»Können wir jetzt gehen?«

»War es so?«, hakte sie nach.

Imraan biss sich auf die Lippen. »Du bist ganz schön clever, weißt du. Aber es ist nicht immer gut, so clever zu sein.«

Evelyn musste schmunzeln. *Was für ein interessantes Kompliment.* Und für sie der Beweis, *dass* er Aleyna geholfen hatte, warum auch immer. Möglicherweise war er ja ein bisschen in die Tochter seines Chefs verliebt gewesen und war deshalb dieses Risiko eingegangen. Denn wenn Qasem hinter Imraans Verrat gekommen wäre, hätte er ihn garantiert auf Nimmerwiedersehen verschwinden lassen.

Evelyn berührte ihn sanft an der kräftigen Schulter, woraufhin er sich unmerklich verkrampfte. »Das bleibt unter uns – versprochen!«, sagte sie bestimmt.

Imraan deutete ein kurzes Nicken an. Seine Augen funkelten schwarz und gefährlich. In diesem Moment wurde ihr klar, dass Imraan bei einer entsprechenden Gelegenheit Professor Niemeyer auch ohne einen eventuellen offiziellen Auftrag Qasems völlig kaltblütig aus dem Weg geräumt hätte – in Eigenregie und aus persönlicher Rache heraus.

Unwillkürlich musste Evelyn an Kilian denken, der nur ein paar Meter entfernt im Besprechungszimmer saß. Schien so, als hätte sie ihn nicht nur vor der Justiz, sondern auch vor dem Qasem-Clan gerettet. Denn der hätte bestimmt alles unternommen, um ihn irgendwie nach Saudi-Arabien zu schaffen – oder ihn alternativ kurzerhand über bezahlte Kontakte im Gefängnis eliminieren lassen. Mit genügend Bargeld konnte man einiges in Bewegung setzen.

»Ich bin so weit.« Evelyn schnappte sich ihren Kanzleischlüssel vom Bord.

Imraan begleitete sie im Fahrstuhl nach unten. Direkt vor dem Haus parkte im prasselnden Regen die schwarze Limousine mit zwei Reifen auf dem Gehsteig. Imraan hielt ihr die hintere Tür auf, und sie setzte sich auf die Rückbank. Er selbst stieg vorne ein.

Nachdem der Fahrer den Motor gestartet hatte, verriegelten sich die Türen automatisch. Der Wagen holperte vom Randstein und fädelte sich in den Verkehr ein. Niemand sagte ein Wort. Im Radio liefen gerade die Achtzehn-Uhr-Nachrichten mit der Meldung des Tages.

»Die Oberstaatsanwaltschaft erhob heute Nachmittag Anklage gegen Professor Geert Niemeyer im Mordfall der saudiarabischen Chirurgin Aleyna Al-Rashid. Schon morgen wird der Prozess gegen Niemeyer eröffnet …«

Sie konnte sich denken, was Qasem von ihr wollte.

45

Pulaski saß allein an einem Zweiertisch im Restaurant seines Hotels. Seinen neuen Anzug hatte er im Zimmer hängen lassen und trug jetzt wieder bequeme Jeans zu einem Hemd und seiner geliebten grauen Strickjacke.

Ein älterer Glatzkopf im schwarzen Frack klimperte langsame Barmusik am Piano, und jedes Mal, wenn jemand an Pulaskis Tisch vorbeiging, flackerten die Kerzen. Er las in Lems *Sterntagebücher*. Ziemlich unkonzentriert, weil seine Gedanken ständig abschweiften, aber immerhin hatte er schon die ersten drei Kapitel geschafft.

»Wollen Sie schon bestellen?«, fragte ihn die Kellnerin.

Er klappte das Buch zu und legte es weg. »Nein, ich warte noch auf meine Begleitung.«

Die Kellnerin verzog sich, und Pulaski starrte durch die große Glasfront auf die Straße. Die Laternen brannten alle, hatten aber schwer gegen das düstere Zwielicht anzukämpfen, das sich zusammen mit der undurchdringlichen schwarzen Wolkenfront und dem Dauerregen über Wien gelegt hatte.

Das Wasser schoss in Strömen am Hotel vorbei die Straße hinunter und verschwand blubbernd in einem Kanalgitter. Jedes Mal, wenn ein Auto am Hotel vorbeiraste, spritzten die Fontänen einen halben Meter hoch. Pulaski blickte auf die Uhr. Sein Rendezvous war bereits zehn Minuten überfällig! Endlich blieb ein Taxi vor dem Hotel stehen, die Tür ging auf und eine Frau rannte, die Arme schützend über dem Kopf, zum Hoteleingang.

Eine halbe Minute später betrat sie das Restaurant, putzte sich das Wasser von den Schultern, wischte sich die nassen Haare hinters Ohr und sah sich um.

Pulaski winkte ihr. Kommissarin Dreyer war wie üblich eher schmucklos gekleidet, trug eine schwarze Hose und eine dunkle Regenjacke ohne Kapuze. Nachdem sie ihn erkannt hatte, hängte sie ihre Jacke an einem Garderobenhaken auf und kam zu seinem Tisch. »Haben Sie schon bestellt?«

»Ich habe auf Sie gewartet.«

Sie nahm ihm gegenüber Platz. Ihr Blick war müde, dunkle Ringe zeichneten sich unter den Augen ab. Wahrscheinlich hatte sie die letzten Tage ohne längere Pausen durchgearbeitet.

Die Kellnerin kam, und Dreyer bestellte einen doppelten Espresso und ein warmes Schinken-Käse-Croissant.

»Mehr nicht?«, fragte Pulaski.

Sie wehrte ab. »Wenn ich gestresst bin, esse ich kaum etwas.«

Pulaski bestellte ein alkoholfreies Bier und eine Nudelpfanne mit Käse.

Nachdem die Kellnerin verschwunden war, lächelte Dreyer erschöpft. »Alkoholfreies Bier? Echt jetzt? Hätte Sie nicht so eingeschätzt.«

Pulaski zeigte ihr sein Asthmaspray. »Verträgt sich nicht damit.«

»Verstehe.« Sie seufzte. »Warum bin ich hier? Wollen Sie mir zur gelungenen Verhaftung gratulieren?«

Er wiegte den Kopf, dann schüttelte er ihn langsam. »Wenn

ich eines während meiner Laufbahn gelernt habe, dann das, dass man als Polizist niemals den Tag vor dem Abend loben sollte.«

»Wir haben getan, was wir tun konnten. Die Mordgruppe hat eine Woche lang rund um die Uhr gearbeitet.« Dreyer zuckte mit den Achseln. »Der Rest liegt bei der Staatsanwaltschaft und den Geschworenen.«

»Wie hoch schätzen Sie die Wahrscheinlichkeit ein, dass Niemeyer verurteilt wird?«

»Ziemlich hoch. Wenn ich daran denke, was wir alles gegen ihn in der Hand haben, dann haut ihn nicht einmal dieses Aas Dr. Groth raus.« Sie beugte sich zu ihm über den Tisch. Ihr Blick wirkte gleichzeitig müde und gestresst. »Ist es das, was es so Dringendes zu besprechen gab?«

Pulaski hob die Schultern. »Der Fall interessiert mich von Berufs wegen, und ich wollte nur Ihre Meinung hören, so von Kollegin zu Kollege.«

»Ach?« Dreyer fuhr sich nachdenklich mit der Zunge über die Zähne. »Kommen Sie, da steckt doch mehr dahinter als ein kleiner Plausch beim Essen. Hoffe ich zumindest, sonst würde ich hier meine Zeit verschwenden.«

Wie aufs Stichwort brachte die Kellnerin die Getränke und verschwand wieder. Inzwischen spielte der Glatzkopf bereits die nächste Jazznummer auf dem Piano.

Pulaski stützte das Kinn auf die Hand und kratzte sich am Stoppelbart. »Die Sache ist die … je mehr ich über den Fall nachdenke, desto stutziger werde ich.«

»Warum reden Sie nicht mit Evelyn Meyers und ihrem Assistenten darüber?«

»Die hatten einen klaren Auftrag – Kilian zu entlasten – und haben sich eine unumstößliche Meinung gebildet.«

»Und Sie haben das nicht?«, vermutete Dreyer, kippte drei Löffel Zucker in den Kaffee und rührte nachdenklich darin herum.

»Mein Bauchgefühl sagt mir, dass die bisherige Lösung zu einfach wäre – und je öfter ich mir das ganze Szenario durch den Kopf gehen lasse, desto mehr Ungereimtheiten fallen mir auf.«

»Zum Beispiel?«

Pulaski nippte am Bier und wischte sich den Schaum vom Mund. »Wie genau hat sich Niemeyer den Abdruck von Kilians Hausschlüssel in der Autowerkstatt geholt?«

Dreyer hob die Schultern. »Er ist reingegangen, hat sich ins Auto gesetzt und einen Wachsabdruck gemacht.«

»Einfach so?«

»Oft ist die einfachste Antwort die plausibelste.«

»Und niemand hat ihn dabei bemerkt?«

»Falls doch, hätte er vermutlich behauptet, dass er etwas in seinem Wagen vergessen hat.«

»Obwohl es nicht sein Wagen war?«

»Bei der Menge an Autos, die bei *Ruben & Söhne* herumstehen, wäre das keinem aufgefallen.«

»Und woher wusste Niemeyer, dass sich Kilians Hausschlüssel am selben Bund wie der Autoschlüssel befinden würde?«

»Vermutlich wusste er es nicht, sondern hat es einfach versucht und Glück gehabt.«

»Ziemlich viel Glück«, bemerkte Pulaski. »Wissen Sie übrigens, dass *Ruben & Söhne* eine Überwachungskamera auf dem Parkplatz vor der Werkstatt haben?«

»Nein, wusste ich nicht.«

»Dann haben Sie sich vermutlich auch nicht die Mühe

gemacht, sich die Aufnahmen von jenem Tag anzusehen, als Kilian sein Auto in der Werkstatt hatte.«

»Die gibt es noch?«

»Werden einen Monat lang auf dem Server des Autohauses aufgehoben.«

»Und woher wissen Sie das?«

»Ich habe sie mir heute Vormittag angesehen.«

Dreyer starrte Pulaski verblüfft an. »Einfach so?«

»Hat mich hundert Euro und einiges an Überredungskunst gekostet.«

Dreyer atmete tief durch. »Lassen Sie mich raten. Niemeyer ist nicht darauf zu sehen.«

»Weder er noch jemand, der ihm ähnlich sieht.«

»Verdammt!«, zischte Dreyer.

Nun beugte sich Pulaski nach vorn. »Und selbst wenn er es irgendwie in die Werkstatt geschafft hätte … woher hätte Niemeyer von diesem Termin überhaupt wissen sollen? Hat er Kilians Telefon abgehört? Vermutlich nicht!«

»Nein, vermutlich nicht …« Dreyer kaute an der Unterlippe.

»Und jetzt dürfen Sie raten, wo Niemeyer wirklich zu dem Zeitpunkt war, als Kilians Wagen in der Werkstatt stand.«

Dreyer hob die Schultern.

»Ich sage es Ihnen: Er hielt Vorlesungen an der Uni. Vor einer beachtlichen Anzahl an Studenten.«

»Herrgott! So ein Dreck!«, entfuhr es Dreyer.

»Wie und vor allem *wo* hat er also dann den Abdruck vom Hausschlüssel gemacht? Und wenn *er* es nicht war – wie kamen die Wachsspuren auf den Schlüssel?«

Darauf wusste Dreyer keine Antwort. »Und wer ist Ihrer Meinung nach dann Aleynas Mörder?«, fragte sie, doch Pulaski gab keine Antwort. »Bleibt eigentlich nur noch ihr eigener Vater übrig«, überlegte sie gedankenverloren, schüttelte aber gleich darauf den Kopf. »Wir haben Kamal Al-Qasem gleich zu Beginn als Verdächtigen ausgeschlossen. Er und seine Leute haben wasserdichte Alibis, und vor der Tat ist weder jemand von denen nach Wien geflogen, noch gab es Telefongespräche oder E-Mails zwischen Saudi-Arabien und Österreich. Wir …«

»Nein, den meine ich nicht«, unterbrach Pulaski sie.

»Okay, wen meinen Sie dann?«

»Sie kennen die Antwort«, knurrte Pulaski. »Es ist Kilian. Er hat Evelyn Meyers von Anfang an subtil gesteuert – und es anscheinend so angestellt, dass wir … ich genauso wie sie … alle Spuren von allein gefunden haben.«

»Und der Perlmuttknopf am Tatort?«

»Hat Kilian vermutlich selbst dort versteckt, damit es so aussieht, als hätte Niemeyer ihn dort platziert.«

»Das ist eine krasse Theorie«, stellte sie fest.

»Aber möglich wäre es.«

»Und das Video aus dem Steakhouse?«

»Das ist der springende Punkt«, seufzte Pulaski. »Ich weiß, dass etwas damit nicht stimmt – aber ich komme nicht darauf, was es ist.«

Die Kellnerin brachte ihr Essen. Dreyer sah unglücklich auf das Croissant, dann blickte sie Pulaski entschuldigend an. »Sorry, aber ich hab wirklich keinen Hunger. Übernehmen Sie die Rechnung? Danke. Ich muss aufs Kommissariat, ein paar Dinge checken.« Sie sprang auf.

»Eine Sache noch«, sagte Pulaski rasch, ehe sie sich aus dem Staub machen konnte. »Beschattet mich jemand von Ihrem Kommissariat?«

»Sie?«, fragte Dreyer nach. »Nein, wie kommen Sie darauf? Wir haben gar nicht die Leute dafür. Außerdem wüsste ich nicht, wozu …«

»Ja, schon gut«, unterbrach Pulaski sie. »War nur eine Vermutung.«

»Sie sollten sich mal ordentlich ausschlafen.« Dreyer nickte ihm zu und verließ den Tisch. Sie schnappte sich ihre Regenjacke und verschwand, bereits telefonierend, nach draußen.

Die Kellnerin kam zurück und blickte Pulaski überrascht an. »Ist alles in Ordnung?«

Nichts ist in Ordnung! »Alles okay«, murmelte er jedoch, um sie schnell wieder loszuwerden. Dann zog er sein Handy heraus und wählte Flos Nummer.

»Ja, hallo? Ich habe mich schon die ganze Zeit gefragt, wo Sie gesteckt …«

»Können Sie in mein Hotelzimmer kommen?«, unterbrach Pulaski ihn.

»Ähhh …«, überlegte Flo gedehnt. »Evelyn ist weg, Kilian ist auch gerade gegangen. Worum geht es denn? Brauche ich mein Equipment?«

»Nein, kommen Sie einfach her.«

»Wann denn? Ich …«

»Jetzt sofort!« Pulaski legte auf und winkte die Kellnerin wieder heran. »Zahlen!«, rief er. »Alles zusammen.«

Er blickte auf den dampfenden Nudelauflauf. *Schade darum.* Aber er würde ihn sich einpacken lassen und später kalt essen. Jetzt musste er sofort aufs Zimmer, um sich Corinna Wagners Video noch einmal anzusehen.

Dieser Film muss ein Fake sein.

Allerdings hatte er noch keine Ahnung, wie er das beweisen sollte.

46

Diesmal brachte Imraan sie auf dem Gelände des Schlosses Schönbrunn in einen anderen, etwas moderneren Trakt, wo Qasems Sekretärin sie an der Eingangstür erwartete.

Die Frau war etwa fünfundvierzig und sah aus wie ein Fotomodel. Lange schwarze Haare, kunstvoll geschminkt und lange feingliedrige, perfekt manikürte Finger. Kein Kopftuch, kein Schleier. Stattdessen trug sie ein elegantes, eng anliegendes rotes Kleid, das bis zu den Knien reichte, und hochhackige Stöckelschuhe.

Imraan nahm Evelyn das Handy ab und forderte sie auf, die Arme zu heben, damit die Frau sie abtasten konnte. »Eine reine Vorsichtsmaßnahme«, erklärte Imraan.

Evelyn war etwas verwundert, ließ aber alles über sich ergehen. »Glaubt Ihr Boss etwa, dass ich ihm etwas antun könnte?«

»Das nicht, aber er möchte nicht, dass Sie dieses Gespräch aufzeichnen.«

Als ob ich so etwas tun würde. Das nennt man wohl von sich auf andere schließen …

Imraan steckte ihr Handy ein und wartete an der Eingangstür, während die Frau sie kommentarlos zu einem Fahrstuhl brachte.

»Sie sind Zahra, richtig?«, erinnerte Evelyn sich, als sie außerhalb von Imraans Hörweite auf den Fahrstuhl warteten.

»Ja«, antwortete diese nur.

Evelyn wunderte sich, dass Qasems Sekretärin so modern und westlich gekleidet war. *Wärst du doch im Umgang mit deiner Tochter auch so tolerant gewesen. Dann hätten wir uns das alles hier ersparen können.*

Die Fahrstuhltür öffnete sich, und Zahra bat Evelyn mit einer knappen Handbewegung hinein.

»Geht es jetzt in den Keller?«, witzelte Evelyn.

Zahra reagierte nicht, sondern stieg ebenfalls in die Kabine und drückte den Knopf für das Dachgeschoss.

Okay, nach oben also. Die Tür schloss sich geräuschlos, und der Aufzug glitt nach oben. Zahra hielt den Blick gesenkt. In der Enge des Raums roch Evelyn ihr intensives Parfüm. Sicherlich keine billige Marke, aber dennoch biss der Geruch in ihrer Nase und ließ sie kurz hüsteln.

»An Ihrer Stelle würde ich offenes Feuer meiden«, röchelte Evelyn, hatte jedoch keine Ahnung, ob Zahra sie überhaupt verstand.

Plötzlich lächelte die Frau. »Ich mag Ihren Humor«, sagte sie in schönem Hochdeutsch, in das sich ein bisschen Schweizer Akzent mischte.

»Ich hoffe, Ihrem Boss geht das ebenso.«

»Er ist heute nicht besonders gut gelaunt – und ich fürchte, dafür sind Sie verantwortlich«, murmelte Zahra und sah kurz zur Seite. »Lassen Sie sich nicht von ihm provozieren.«

»Danke«, entfuhr es Evelyn überrascht. Mit einer Warnung von dieser Frau hätte sie nicht gerechnet. »Sie sprechen gut Deutsch.«

»Kamal Al-Qasem hat nur Personal nach Wien mitgenommen, das gut Deutsch kann.«

»Das erklärt nicht, *warum* Sie es so gut können.«

»Wir haben lange Zeit in der Schweiz gelebt.« Der Fahrstuhl hielt, die Tür ging auf und Zahra deutete ins Freie. »Viel Glück.«

Evelyn trat aufs Flachdach des Gebäudes. Sie stand im Freien, wurde allerdings von einem großen gebogenen Baldachin vor dem herunterprasselnden Regen geschützt. Ein Blitz erhellte den Park Schönbrunn und die dahinterliegende Skyline Wiens, dicht gefolgt von einem krachenden Donner.

Kurz hatte sie Qasems Silhouette am Rand des Daches gesehen. Als es wieder finster wurde, bemerkte Evelyn das rote Glühen seiner Zigarre, deren typischer Tabakgeruch zu ihr herüberwehte. Qasem stand im Anzug an die Balustrade gelehnt unter dem Baldachin, blickte kurz zu ihr und dann wieder in die Nacht. Dass Wien schon seit Stunden im Dauerregen versank, schien ihn nicht davon abzuhalten, das Gespräch im Freien führen zu wollen.

Evelyn fröstelte ein wenig. Sie knöpfte ihren Mantel zu und stellte den Kragen auf. Dann ging sie zu Qasem. Neben ihm stand ein Tischchen mit Tassen, einer Kanne auf einer Warmhalteplatte, sowie Gebäck und speziellen arabischen Süßigkeiten.

»Tee?«, fragte Qasem, den Blick weiter in die Ferne gerichtet.

Evelyn wollte schon dankend ablehnen, überlegte es sich dann jedoch anders. »Ist es bei Ihnen üblich, das Ende einer Geschäftsbeziehung mit Tee zu beschließen?«

»Das nicht, aber es wäre unhöflich, den Tee abzulehnen«, sagte er. »Außerdem wärmt er, und bei diesem Wetter kann man das gut gebrauchen.«

»Warum gehen wir nicht rein, wo es gemütlicher ist?«

Nun sah er sie an. »Ich kenne Gewitter zwar aus der

Schweiz, trotzdem ist diese Art Wetter für mich eine Seltenheit. So etwas bekomme ich nicht alle Tage zu sehen.« Er goss ihr eine Tasse ein. »Haben Sie die Rechnung dabei?«

»Ja.« Sie langte in die Handtasche und holte das Kuvert heraus. Während sie am Tee nippte, der sie tatsächlich ein wenig von innen heraus wärmte, riss Qasem den Brief auf und überflog die Rechnung im Licht seiner Handytaschenlampe. Schließlich betrachtete er die Endsumme inklusive Steuer und zog eine Augenbraue hoch. »58.800 Euro?«, fragte er.

»Zu viel?«, fragte Evelyn. »Mein Kollege und ich haben eine Woche lang durchgearbeitet. Alle Stunden sind laut Tarifliste angeführt, sowie Einzelleistungen und Spesen.«

»Nein, im Gegenteil, ich bin überrascht, dass Sie so wenig berechnet haben. Schweizer Firmenanwälte verlangen deutlich mehr für ein paar Beratungstage.« Er sah auf. »Ich veranlasse sofort, dass Ihnen der Betrag abzüglich der Anzahlung überwiesen wird.«

»Danke.«

Er steckte die Rechnung in die Innentasche seines Sakkos, dann sah er sie mit ernstem Blick an. »Woran erkennt man, dass eine Rechtsanwältin lügt?« Er machte eine längere Pause. »Ihr Mund bewegt sich!«

Evelyn schmunzelte leicht. »Den kannte ich zwar schon, aber ja, er ist gut. Erinnert mich an meinen früheren Freund Patrick. Er hat mich auch immer wieder mit Anwaltswitzen aufgezogen.« Kurz schwelgte sie in Erinnerungen. *Spitzmausigel* – so hatte Patrick sie immer scherzhalber genannt.

»Warum *früheren*?«, fragte Qasem.

»Er lebt nicht mehr.«

»Oh, das tut mir leid.«

»Konnten Sie ja nicht wissen.« Sie umschloss die warme Tasse mit beiden Händen und nippte wieder daran. »Ein Banker, ein Immobilienmakler und ein Hotelier springen aus dem zehnten Stock«, sagte sie. »Wer kommt zuerst unten an?« Sie zuckte mit den Achseln. »Wen interessiert es?«

Qasem dachte kurz nach, dann zeigte er mit dem Finger auf sie. »Gleich drei Anspielungen auf meinen Beruf – *Touché!*« Dann lachte er herzlich und aus tiefer Kehle. »Ich bin der Meinung, dass sich der Charakter eines Menschen am besten an einem Scherz erkennen lässt, den er übel nimmt.«

»Das sehe ich ähnlich – aber Sie haben mich sicherlich nicht hergebeten, damit wir uns gegenseitig Witze erzählen.«

»Stimmt, dafür ist der Grund dieses Treffens zu ernst.« Er paffte seine Zigarre, lehnte sich wieder an die Balustrade und blickte hinunter. »Eigentlich müsste ich Sie von diesem Hausdach in die Tiefe stoßen und ihre Leiche durch Imraan spurlos verschwinden lassen, weil Sie mich hintergangen haben.«

»Ich habe Sie – wie vereinbart – darüber informiert, dass mein Mandant unschuldig ist und der wahre Täter …«

»Ja, aber viel zu spät!«

»Zu spät *wofür*? Hatten Sie ursprünglich vor, Professor Niemeyer von diesem Dach zu stoßen?«

Er ging nicht auf die Frage ein. »Bisher hat mir der Sinn, den ich im Leben gefunden habe, immer dabei geholfen, meine Schuldgefühle auszublenden.«

»Wegen Ihrer Tochter?«

»Ihr Tod geht mir näher, als ich dachte.«

»Und hilft es zu wissen, *wer* sie getötet hat?«

»Das ist der springende Punkt.« Er löste sich von der Balustrade und sah sie eindringlich an. »Wie sicher sind Sie, dass Geert Niemeyer es war?«

»Ich kann nicht mit Bestimmtheit sagen, ob er die Tat wirklich *selbst* ausgeführt hat. Aber ich bin mir ziemlich sicher, dass er zumindest maßgeblich an der Planung beteiligt gewesen ist. Den Rest wird die Kripo herausfinden. Die sind übrigens ziemlich motiviert.«

»Die Kripo interessiert mich nicht. Was ist Ihre persönliche Meinung? Hat er die Tat selbst ausgeführt?«

»Inwieweit würde Ihnen meine Meinung weiterhelfen?«

»Sie kennen den Fall vermutlich besser als die Polizei. Was ist Ihre persönliche Einschätzung?«

Sie überlegte lange, dann nickte sie schließlich. »Ja, er war es.«

»Wie *sicher* sind Sie?«

»Ich habe schon zu oft erlebt, dass in Wirklichkeit alles ganz anders war, als ursprünglich gedacht ... aber mit meinem derzeitigen Wissensstand würde ich sagen, ich bin zu achtzig Prozent sicher.«

Er nickte, als genügte ihm diese Antwort. »Würden Sie Professor Niemeyers Verteidigung übernehmen?«

Sie lachte kurz laut auf. »Um ihn herauszuholen, damit Sie ihn töten können?«, entgegnete sie. »Vergessen Sie es! Außerdem hat er bereits einen Verteidiger.«

»Den könnte ein Autounfall davon abhalten, weiter seinen Mandanten zu vertreten.«

Evelyn sah ihm lange in die Augen, um herauszufinden, ob das einer seiner Scherze war. *Nein, der meint das tatsächlich ernst!* »Unser Deal ist beendet«, sagte sie dann mit fester Stimme. »Ich arbeite nicht weiter mit Ihnen zusammen. Aber gern würde ich Ihnen noch einen letzten Ratschlag geben: Lassen Sie es gut sein – Rache war noch nie ein guter Berater.« Sie drehte sich um und ging.

Eigentlich hatte sie angenommen, dass Qasem sie nicht einfach so ziehen lassen würde – aber er schwieg. Stattdessen krachte ein gewaltiger Donner über ihnen.

47

Pulaski stand in seinem Hotelzimmer, die Fernbedienung in der Hand, und wartete auf Flo. Abwechselnd betrachtete er das Standbild von Niemeyer auf dem Fernsehbildschirm und dann wieder sein Handy, auf dem ein YouTube-Video lief.

Im Gegensatz zu Evelyn war er Niemeyer bisher nie persönlich begegnet. Er kannte den Professor nur aus den TV-Nachrichten über seine Verhaftung, von den YouTube-Videos aus der Universität, die er sich jetzt gerade wieder ansah, und von dem Steakhouse-Video, das gerade auf dem Fernsehbildschirm flimmerte. Er konnte die Videos also unvoreingenommen vergleichen, und alle drei Quellen schienen bis aufs letzte Detail zusammenzupassen. Dennoch hielt sein Unbehagen an. Und wenn eine der Quellen ein Fake war, dann musste es das Video aus dem Restaurant sein.

Von den unzähligen Zeugenbefragungen im Lauf seiner Karriere wusste Pulaski nur zu gut, dass das menschliche Gehirn Dinge immer interpretierte. Nicht jede Person mit langen blonden Haaren und einem roten Kleid, die man flüchtig von hinten sah, war auch wirklich immer eine Frau. Man glaubte, *das* zu sehen, was man zu sehen *erwartete* – und in diesem Fall erwartete er, Niemeyer im *Black Angus Rib House* zu sehen. Aber stimmte das auch?

Oder zeigte das Video statt des echten Niemeyer tatsächlich einen gut gemachten Doppelgänger?

Das Klopfen an der Tür unterbrach seine Gedanken. Pulaski riss sie energisch auf und zerrte Flo, der im Gang stand, sogleich ins Zimmer. »Begleitet Sajid Sie immer noch auf Schritt und Tritt?«, fragte er, während er die Tür mit dem Fuß zustieß.

»Nein, Qasem hat seine Leute heute Morgen zurückgepfiffen.« Flo drehte den Kopf und rümpfte die Nase. »Hier riecht es wie in einem …«

»Nudelauflauf mit Käse«, unterbrach Pulaski ihn. »Sie sind doch ein Nerd«, stellte er dann fest. »Welche Kritiken lesen Sie, wenn Ihnen ein Film gefallen hat? Die guten oder die schlechten?«

»Was? Deswegen bin ich hergekommen?«

»Beantworten Sie die Frage!«, drängte Pulaski.

»Die guten Fünf-Sterne-Rezensionen, warum?«

»Und welche Kritiken lesen Sie, wenn Ihnen ein Film nicht gefallen hat? Die schlechten Ein-Stern-Rezensionen?«

»Ja, zum Teufel, warum wollen Sie das wissen?«

Pulaski lächelte kurz. »Die meisten Menschen machen es so wie Sie – meine Tochter übrigens auch –, weil sie sich dadurch in ihrer Meinung bestätigt fühlen.«

»Okay«, sagte Flo gedehnt. »Schön, dass wir das jetzt geklärt haben, aber …«

»Manchmal muss man jedoch die eigene Überzeugung kritisch hinterfragen. Vielleicht verrenne ich mich da in eine völlig schwachsinnige Idee, aber was wäre …«, fragte Pulaski und deutete zum Fernsehbildschirm, »… wenn das auf dem Video gar nicht Niemeyer ist?«

Flo trat näher und starrte auf das Standbild, das Niemeyer von hinten zeigte, wie er sich im Nacken kratzte. »Rein theoretisch, meinen Sie?« Flo betrachtete das Bild, das er selbst digital überarbeitet hatte. »Nun, dann hätte der echte Niemeyer *doch* die Wahrheit gesagt, dass dieses Treffen nie stattgefunden hat, und das würde bedeuten …«

»… dass Kilian der Mörder ist«, vollendete Pulaski den Gedanken.

Auf Flos Stirn bildete sich eine steile Falte. »So, wie Sie das ja von Anfang an vermutet haben – sind Sie jetzt nicht derjenige, der sich in seiner Meinung bestärkt fühlen will? Und dafür die Fakten verdreht?«

»Nein, es ist genau andersrum«, widersprach Pulaski. »Sobald Sie sich eine Meinung gebildet hatten – nämlich, dass dieses Treffen im Restaurant wirklich stattgefunden hat –, nahmen Sie Informationen, die Ihre Meinung bestätigt haben, eher als wahr an als gegenteilige.«

»Okay, Herr Psychologe«, knurrte Flo. »Da können wir jetzt lustig hin und her argumentieren. Aber wie kommen Sie ausgerechnet jetzt darauf?«

»Wir haben automatisch und unbewusst zu viele Schlussfolgerungen gezogen, die einfach zu gut in unser Denkgebäude gepasst haben. Nur weil Kilian mit seinem Podcast versucht, Verbrechen aufzuklären, heißt das noch lange nicht, dass er nicht auch selbst eines verübt haben könnte. Und nur weil Niemeyer …«

»… ein genialer Schachspieler ist, heißt das noch lange nicht, dass er auch einen raffinierten Mord geplant haben kann«, führte Flo den Gedanken zu Ende. »Okay, Sie wollen also alles von Grund auf infrage stellen.«

Pulaski nickte und deutete zum Bildschirm. »Etwas stimmt mit diesem Video nicht, das spüre ich, aber ich komme nicht darauf, was es ist. Das macht mich ganz verrückt.« Er startete das Video wieder von Anfang an, und sie sahen es sich gemeinsam an.

»Ich kann nichts Gefaktes darauf erkennen«, seufzte Flo.

»Ja, ich auch nicht …« Pulaski hatte bereits zum Handy gegriffen und Evelyns Nummer gewählt, die nach dem dritten Läuten ranging. »Störe ich?«, fragte er.

»Nein, alles gut. Ich fahre gerade mit dem Taxi von meinem Besuch bei Qasem heim.« Sie erzählte ihm kurz, was passiert war. Dann schilderte Pulaski ihr seinen Verdacht und ließ sie wissen, dass Flo in seinem Hotelzimmer neben ihm stand und schon in alles eingeweiht war.

»O Gott, ausgerechnet jetzt kommen Sie mit so einer Vermutung daher, wo wir alles abgeschlossen haben«, stöhnte sie auf. »Aber vermutlich sollte ich Ihrem Instinkt vertrauen, der hat sich ja doch schon öfter bewährt.« Verkehrslärm und Hupen waren zu hören. »Und jetzt?«

Pulaski beobachtete, wie Flo durchs Zimmer ging, den Deckel von der Aluschüssel hob, einen neugierigen Blick auf den Nudelauflauf warf, das Gesicht verzog und die Verpackung wieder schloss.

Gut, dass du nichts davon anrührst, dachte Pulaski mit knurrendem Magen. Danach konzentrierte er sich wieder auf Evelyn. »Sie haben doch selbst mit Niemeyer gesprochen«, stellte er fest. »Versuchen Sie sich an diese Begegnung bei ihm zu Hause zu erinnern. Vergleichen Sie den echten Niemeyer mit dem auf dem Steakhouse-Video. War seine Körpersprache dort anders? Seine Gesten? Seine Art, sich zu bewegen?«

Es war eine Weile still in der Leitung. Draußen krachte ein gewaltiger Donner, der zeitverzögert auch über das Handy zu hören war. »So spontan kann ich nur sagen, dass mir nichts aufgefallen ist«, sagte sie schließlich. »Herrgott, ist das ein Wetter! Na gut, neues Szenario: Was wäre, wenn *beide*, sowohl

Kilian als auch Niemeyer, von einem Dritten hereingelegt wurden?«

»Sie meinen, von einem *Dritten Mann*?«, scherzte Pulaski und dachte an seine Tour durch die Wiener Kanalisation.

»Ja.« Evelyn blieb ernst. »Zum Beispiel vom Qasem-Familienclan? Den haben wir komplett aus den Augen verloren.«

»Ja, weil wir einen anderen, viel plausibleren Täter im Focus hatten. Aber Qasem war es nicht.« In Gedanken versunken beobachtete Pulaski, wie Flo weiter neugierig durchs Zimmer schlich, Lems *Sterntagebücher* bemerkte, das Buch hochnahm und durch die Seiten blätterte.

»Achtung, das Lesezeichen!«, rief Pulaski, aber es war schon zu spät, und es lag auf dem Boden.

Flo hob es auf und zuckte entschuldigend die Achseln. »Sorry, ich dachte nicht, dass Sie …« Er wedelte mit dem Lesezeichen, und Pulaskis Blick fiel wieder auf den Spruch unter dem Logo der Buchhandlung.

Es ist ein wahres Glück, dass ich krank geworden bin, denn das Buch wird jetzt viel schöner.

Plötzlich stellte sein Gehirn eine Assoziation her.

KRANK! Da ist es!

»Stopp!«, unterbrach Pulaski Evelyn mitten im Satz. »War Niemeyer bei Ihrem Besuch bei ihm rot am Hals? Also im Genick? Dort, wo er sich immer gekratzt hat?«

»Was?« Evelyn dachte kurz nach. »Ja, warum?«

Pulaski schnippte ganz wild mit den Fingern und deutete auf den Fernsehbildschirm. Flo hatte bereits verstanden, worum es ging, und nach der Fernbedienung gegriffen.

»Offenbar hat Niemeyer eine Hautkrankheit, er kratzt sich ständig«, rief Pulaski. »Sowohl im Restaurant als auch bei seiner Verhaftung und auf den YouTube-Videos von der Uni.«

»Und?«, murmelte Evelyn. »Was ist daran verkehrt? Soweit ich mich erinnere, benutzt er immer die rechte Hand, auch da gibt es keine Abweichungen.«

»Darum geht es nicht … Jetzt!«, rief Pulaski.

Flo hatte das Video bereits an der entscheidenden Stelle angehalten. Deutlich war Niemeyers weißer Nacken zu erkennen.

»So viel auf dem Video zu sehen ist, ist seine Haut im Restaurant weder wund noch gerötet«, rief Pulaski. »Sie schuppt auch nicht. Mann, das ist es, was mich die ganze Zeit gestört hat! Die Stelle müsste total gerötet sein!« Er schlug sich auf die Stirn. Dann schaltete er auf Lautsprecher und legte das Handy auf den Schreibtisch. »Das auf dem Video ist gar nicht Niemeyer.«

»Okay … und falls das wirklich so ist … was machen wir jetzt?«, murmelte Flo, der wie hypnotisiert auf den Bildschirm starrte und langsam die Fernbedienung hob.

»Auf jeden Fall ziehen wir keine übereilten Schlüsse«, antwortete Evelyn. *»Vielleicht gibt es eine andere logische Erklärung und …«*

»Nein, gibt es nicht!«, unterbrach Flo sie. »Ich lasse das Video gerade noch mal im schnellen Vorlauf durchlaufen, und wenn man drauf achtet, dann ist es wirklich auffällig, wie bewusst die Kamera auf Niemeyer gehalten wird. Sie wackelt nicht, sie wandert nicht herum. Sie zeigt deutlich, wie er sich das Messer schnappt, aufsteht und es gegen das Messer vom Nebentisch austauscht.«

»Aber eigentlich dürfte ihn die Kamera immer nur zufällig streifen …«, ergänzte Pulaski. »Gut beobachtet. Das Video wurde absichtlich so gedreht! Damit ist unser wichtigster Beweis ein Fake!«

»Na gut, tun wir mal so, als ob das stimmte«, lenkte Evelyn ein. *»Aber dann müsste Corinna Wagner seine Komplizin gewesen sein. Warum? Was war ihr Motiv? Und wer war dann dieser Doppelgänger?«*

»Eine Person haben wir bisher völlig außer Acht gelassen«, murmelte Pulaski.

Flo drehte den Kopf und blickte zu Pulaski. »Jana Ullrich, richtig? Kilians ehemalige Lebensgefährtin, die angeblich ins Ausland gegangen ist.«

Pulaski nickte.

»Ihr meint, sie *hat ihm geholfen?«*, fragte Evelyn.

»Möglicherweise«, antwortete Pulaski. »Ich werde versuchen, Janas Aufenthaltsort herauszufinden.«

»O Gott, was haben wir da nur angerichtet«, stöhnte Evelyn auf.

Pulaski hörte, wie sie das Handy weghielt und anscheinend zum Taxifahrer sprach. *»Drehen sie um und fahren Sie mich bitte in die Gonzagagasse.«* Dann wurde ihre Stimme wieder lauter. *»Kommt bitte beide sofort in mein Büro.«*

48

Als Pulaski in Begleitung von Flo die Kanzlei erreichte, war Evelyn bereits dort. Die Lichter brannten, und es duftete nach frisch gebrautem Kaffee. Durch die offen stehende Tür sah Pulaski die große Kanne, die Evelyn aufgesetzt hatte. Anscheinend rechnete sie mit einer langen Nacht.

Flo wischte sich durchs nasse Haar und verrubbelte seine Frisur. Indessen schlüpfte Pulaski aus seiner nassen Jacke. Dann betraten sie das Besprechungszimmer. Evelyn hatte ein Fenster geöffnet, und zu dem Duft des Kaffees gesellte sich der Geruch nach Regen und frischer Luft. Hin und wieder erhellte ein Blitz den Raum.

»Mag ja sein, dass Kilian ein raffinierter Mörder ist, der alles minutiös geplant hat und dabei mehrere Helfer hatte«, begann sie. »Aber wir dürfen uns jetzt nicht in Hirngespinste verrennen.«

»Was auch immer hinter der ganzen Sache steckt«, murrte Pulaski. »Ich habe nach wie vor das Gefühl, dass mich jemand beobachtet.«

»Jetzt immer noch?« Flo runzelte die Stirn. »Dann weiß anscheinend außer uns noch jemand, dass der Fall nicht wirklich aufgeklärt ist.«

Evelyn sah Pulaski besorgt an. »Haben Sie mittlerweile eine Idee, wer das sein könnte?«

»Die Polizei ist es jedenfalls nicht.« Pulaski goss sich eine Tasse Kaffee ein, schloss kurz die Augen und ließ das Aroma auf sich wirken. Dann setzte er sich an den Tisch und erzählte ihnen von seinen anderen Bedenken, die er bereits Dreyer gegenüber erwähnt hatte.

»O mein Gott, die Autowerkstatt!«, entfuhr es Flo. »Wenn das wirklich alles stimmt, dann hat uns Kilian von Anfang an reingelegt und manipuliert.«

»Wir haben uns reinlegen *lassen*«, präzisierte Evelyn.

Mit heruntergesackten Schultern starrte Flo durch den Raum. Seinem deprimierten Gesichtsausdruck war deutlich anzusehen, dass er es nicht wahrhaben wollte, dass der Podcaster, den er bisher verehrt hatte, vielleicht ein durchtriebener Mörder war.

Evelyn mahlte mit dem Unterkiefer. Ihr Blick war finster. »Wenn er wirklich der Mörder ist, und er sich mit unserer Hilfe von den Verdächtigungen der Kripo befreit hat … was ist dann sein Motiv? Warum hat er den Mord begangen? Hat es doch mit dem Tod seiner Tochter zu tun, oder gibt es einen anderen Grund?«

Darauf wusste niemand eine Antwort. Schweigend und in Gedanken versunken lief Evelyn ruhelos im Zimmer hin und her.

»Vielleicht wollte er der Welt einen Gefallen tun und eine in seinen Augen unfähige Ärztin aus dem Verkehr ziehen …«, schlug Pulaski vor.

Evelyn wischte sich gedankenverloren die Haare hinters Ohr. »Nein, das wäre absurd. Bei der ganzen Untersuchung wurde doch klar belegt, dass Aleyna keine Schuld am Tod seiner Tochter trägt. Wozu also dieses ganze Risiko eingehen?« Endlich setzte sie sich hin und sah in die Runde. »Vielleicht wollte er Geert Niemeyer drankriegen, indem er *ihm* einen Mord anhängt?«

Pulaski schüttelte entschieden den Kopf. »Da gäbe es andere, viel einfachere Möglichkeiten, ohne sich selbst zu belasten. Außerdem gibt es – nach unserem derzeitigen Wissensstand – nichts, was die beiden Männer miteinander verbindet.«

Nun räusperte sich Flo. Nervös kratzte er sich am Dreitagebart. »Durch diesen ganzen Medienrummel und die Publicity um seine Person wird Kilian jetzt zum echten Megastar.« Er nahm sein Tablet und rief eine Website auf. »Seit seiner Verhaftung gehen die Zahlen seines Podcasts – Downloads, Klicks und Kommentare – durch die Decke.«

»Sogar ich habe mir zwei seiner True Crime-Folgen angehört«, murmelte Pulaski.

»Und ich habe ihn sogar noch auf die Idee gebracht, einen Podcast über seinen eigenen Fall zu machen«, seufzte Evelyn. »Boah … mir wird übel.« Sie stand auf, beugte sich vornüber und hielt sich den Bauch.

»Alles okay?« Flo sprang auf und legte ihr die Hand auf die Schulter.

»Danke.« Ihr Gesicht war blass. »Verdammt!«, presste sie hervor.

Pulaski litt mit der Frau mit, zumal er sich schuldig fühlte. Immerhin hatte er sie überredet, diesen Fall zu übernehmen, und dann auch noch selbst das vermeintlich entlastende Beweisvideo gefunden. Wenn sich jemand Vorwürfe machen musste, dann er. »Sie müssen mit Ostrovsky reden«, sagte er eindringlich.

Evelyn atmete tief durch und wischte sich den Schweiß von der Stirn. Kraftlos ließ sie sich wieder in den Stuhl fallen. »So einfach geht das leider nicht.«

Flo setzte sich ebenfalls wieder hin. »Wir dürfen unseren

Mandanten nicht belasten und auch rechtlich nichts gegen ihn unternehmen.«

»Andernfalls kostet es mich meine Anwaltslizenz«, ergänzte Evelyn.

»Selbst wenn Sie wissen, dass er ein Mörder ist?«, fragte Pulaski.

»So ist nun mal das Gesetz – zum Schutz des Mandanten, und daran muss ich mich halten, auch wenn der Fall inzwischen abgeschlossen ist.« Evelyn massierte ihre Schläfen. »Wenn wir Kilian drankriegen wollen, dann müssen wir ein anderes Verbrechen finden, das ihn belastet. Aber wo sollen wir überhaupt mit der Suche anfangen?«

Das ist es! Pulaski räusperte sich. »Es gibt da jede Menge Material, wo wir ansetzen könnten.«

Evelyn und Flo sahen ihn neugierig an.

»Seine True Crime-Podcasts.« Pulaski beugte sich über den Tisch. »Wenn Kilian so raffiniert ist, wie wir vermuten, dann hat er möglicherweise auch schon früher Leute manipuliert … um beispielsweise sensationelle Episoden für seinen Podcast aufnehmen zu können.«

Evelyn runzelte die Stirn. »Sie wollen doch nicht etwa behaupten, dass Kilian mehr über manche Morde weiß, als er zugibt, und dann die Unverfrorenheit besitzt, Podcasts darüber zu machen?«

»Sie müssen zugeben, der Gedanke ist interessant. Vielleicht weiß er ja wirklich mehr über die Fälle …«, überlegte Pulaski. »Er wählt die richtigen Gesprächspartner aus, stellt unglaublich präzise Fragen mit perfektem Timing und bringt damit seine Gäste und das Thema in eine Richtung, die schon fast unheimlich hellseherisch ist – als wüsste er, was bei den Taten wirklich passiert ist.«

»Zeichnet das nicht jeden guten True Crime-Podcaster aus? Vielleicht ist er ja einfach unglaublich schlau?«, entgegnete Evelyn.

»Ich kenne bis jetzt nur zwei Folgen zu zwei bis heute ungeklärten Doppelmorden – und die sind wahnsinnig gut recherchiert und bringen alles genau auf den Punkt …«, murmelte Pulaski, »… als wäre Kilian als stiller Beobachter dabei gewesen.«

»Puuuh, da stellen sich mir die Haare auf«, flüsterte Evelyn.

»Und *welche* Podcasts haben Sie bisher gehört?«, fragte Flo.

»Den Säuremord im Hotelzimmer letztes Jahr … und den Mord mit der Autoklimaanlage ziemlich genau ein Jahr davor«, antwortete Pulaski.

Flo beugte sich über sein Tablet. »Vielleicht sollten wir uns einen weiteren seiner Podcasts zu einem ungelösten Mordfall anhören.« Er scrollte die Website hinunter und überflog die Episodentitel.

Pulaski rutschte näher an Flo heran und spähte ihm über die Schulter. »Es gibt da noch einen Fall, der mich brennend interessieren würde, ein weiterer recht komplexer Doppelmord. Zu dem hat Kilian auch mehrere Episoden gemacht.«

Flo hatte seine Suche bereits beendet und starrte auf das Tablet. »Der Doppelmord im Studentenwohnheim?«

»Exakt der«, sagte Pulaski. »Ist bisher ungeklärt, soviel ich weiß, war damals unglaublich medienpräsent und hat auf Kilians Seite jede Menge Klicks und Kommentare erhalten.«

Evelyn setzte sich auf die andere Seite von Flo. »Und wann ist das passiert?«

»Vor drei Jahren … gegen Ende März«, murmelte Flo. »Interessant … so wie die beiden anderen Fälle auch. Scheint so, als passierten im Frühjahr ständig Morde.«

»Zumindest ungelöste«, ergänzte Pulaski.

»Bereit?«, fragte Flo und drehte die Lautstärke höher.

Evelyn dimmte mit der Fernbedienung das Licht im Besprechungszimmer, woraufhin sich Pulaski zurücklehnte und die Augen schloss.

Draußen donnerte es, und der Regen trommelte monoton aufs Fensterblech.

»Willkommen zu einer neuen Folge von CATCH THE KILLER, dem True Crime-Podcast von Martin Kilian …«

CATCH THE KILLER – Kilians True Crime-Podcast

Mysteriöser Mord im Studentenwohnheim

»… auch wenn es verrückt klingt, aber diesmal bin ich felsenfest davon überzeugt, dass die Lösung des Falls mit der entsprechenden Wetterlage zu tun hat. Und dazu begrüße ich meinen ersten Gast, Professor Riedel. Sie arbeiten als Meteorologe, richtig?«

»Genau, und zwar auf der Hohen Warte in Wien, genauer gesagt in der Zentralanstalt für Meteorologie und Geodynamik.«

»Sie machen nicht nur Vorhersagen, sondern dokumentieren auch, richtig?«

»Ja, die Anstalt hat verschiedene Messstationen, dort werden schon seit über hundert Jahren genaue Aufzeichnungen geführt.«

»Wenn ich Sie also fragen würde, wie das Wetter an einem bestimmten Tag zu einer bestimmten Uhrzeit in Wien war, könnten Sie mir eine genaue Auskunft geben?«

»Exakt.«

»Zum Bespiel der neunundzwanzigste März diesen Jahres …«

»Nachdem wir einen relativ milden Winter hatten, hat einige Tage vor dem neunundzwanzigsten ein so richtig schlimmer Kälteeinbruch eingesetzt, mit dem eigentlich niemand mehr wirklich gerechnet hat. Kurz darauf, Anfang April, hat es sogar noch einmal geschneit. Seit einigen Jahren bemerken wir ja, dass sich die Jahreszeiten …«

»Und konkret am späteren Abend an diesem neunundzwanzigsten März in Wien?«

»Sank die Temperatur auf minus sieben Grad.«

»Würden Sie sagen, dass da alle Wiener noch einmal ihre Heizungen voll aufgedreht haben?«

»Bestimmt, denn die Gebäude waren durch die Vortage bereits ausgekühlt und in jener Nacht ist noch einmal eine richtige Frostwelle über uns hereingebrochen. Wer nicht eingeheizt hat, hätte sich bestimmt mit mehreren Schichten Pullover unter einer Decke verkriechen müssen.«

»Also minus sieben Grad in jener Nacht. War das für die Bewohner vorhersehbar? Ich meine – hat man damit rechnen können?«

»Sofern man Radio gehört oder die Nachrichten gesehen hat … ja.«

»Das ist sehr hilfreich, vielen Dank für Ihren Besuch. Von dem bevorstehenden Kälteeinbruch wussten also nicht nur Riane Krohn und Ulli Lüdtke, zwei Studentinnen, die gemeinsam in einem Studentenwohnheim gelebt haben, sondern möglicherweise – oder vielleicht sogar ganz bestimmt – auch deren Mörder. Ich möchte jetzt meinen nächsten Gast begrüßen. Robin, du hattest das Zimmer neben Riane und Ulli im Studentenwohnheim. Du warst mit ihnen befreundet und hast die beiden gefunden. Kannst du uns erzählen, was an dem Tag passiert ist?«

»Hallo, ja, gerne. Wir haben am Sonntag normalerweise immer gemeinsam gefrühstückt, so gegen neun, Müsli mit Obst … beziehungsweise Spiegeleier mit Speck. Aber als die beiden nicht aufgetaucht sind, habe ich nachgesehen … und sie gefunden … beide tot im Bett. Ich wusste gleich, dass da was nicht stimmt, und hab nichts im Raum angerührt … und gleich die Polizei verständigt.«

»Du studierst Medizin, richtig?«

»Ja, ich möchte später die Zahnarztpraxis meines Vaters übernehmen.«

»Und die beiden Frauen?«

»Was ist mit denen?«

»Was machten die?«

»Ach so, die haben eine Schauspielausbildung für Theater und Film in der Rechten Wienzeile in Wien Margareten gemacht. Beide waren im sechsten Semester, also schon fast fertig.«

»So eine Ausbildung muss ja privat bezahlt werden und ist ziemlich teuer. Weißt du, wie die sich das leisten konnten?«

»Na ja, die Wohnung war schon mal ziemlich klein und auch gar nicht so teuer. Trotzdem, Ulli hat mir mal erzählt, dass die Gebühr für die Schauspielschule 2.200 Euro pro Semester beträgt. Ziemlich beeindruckend. Woher sie so viel Geld hatte, weiß ich nicht, jedenfalls hat sie abends als Kellnerin gejobbt. Und Riane hatte einen reichen Großvater, irgendein hohes Tier bei der Polizei, der sie unterstützt hat.«

»Sorry, dass ich so direkt nachfrage, aber ist da etwas zwischen dir und einer der beiden gelaufen?«

»Nein, ich hätte da ohnehin keine Chance gehabt – jeder wusste, dass die beiden zusammen waren –, wir waren bloß ziemlich gut befreundet und haben uns gut verstanden.«

»Lagen die beiden in einem *Bett, als du sie gefunden hast?«*

»Ja, die hatten ein Doppelbett.«

»Woran hast du gemerkt, dass sie tot waren?«

»Kein Puls, keine Atmung, trübe Pupillen, Leichenflecken, Kot und Urin auf dem Laken und der Bettdecke.«

»Okay, richtig, du studierst ja Medizin. Aber eine Sache hast du nicht erwähnt … die bleiche Haut.«

»Ja, richtig, die gehört eigentlich zu den Anzeichen. Hier war das aber anders.«

»Nämlich?«

»Die Haut hatte eine untypische hellrote Färbung … und sogar die Leichenflecke leuchteten fast rötlich.«

»Bei beiden *jungen Frauen?«*

»Ja.«

»Und da wusstest du …?«

»Dass es kein natürlicher Tod gewesen sein konnte. Außerdem habe ich einen feinen Geruch von Bittermandeln wahrgenommen. Ich habe auf eine Vergiftung getippt und, wie gesagt, gleich die Polizei verständigt.«

»Du hast super kombiniert und blitzschnell reagiert, Robin. Vielen Dank für deinen Besuch und viel Erfolg noch mit dem Studium … Also ein Giftmord! Dazu möchte ich meinen nächsten Gast befragen, die pensionierte Rechtsmedizinerin Frau Dr. Hanisch.«

»Guten Tag.«

»Sie haben sich die Teile des Obduktionsbefunds angesehen, die ich organisieren konnte. Was konnten Sie daraus entnehmen?«

»Zum Zeitpunkt des Leichenfundes waren die Leichenflecken noch nicht ganz ausgeprägt, das heißt, der Tod muss mitten in der Nacht eingetreten sein, vermutlich zwischen zwei und drei Uhr früh.«

»Wie sind die beiden jungen Frauen gestorben?«

»Durch ein Atemgift.«

»Können Sie uns das näher erläutern?«

»Atemgifte werden über die Atmungsorgane in das Blut aufgenommen. Sie verhindern den Sauerstoffaustausch zwischen Blut und Zellen, wodurch sie eine direkte Hirnschä-

digung hervorrufen und es zur sogenannten ›inneren Erstickung‹ kommt.«

»Welches Gift könnte dafür infrage kommen?«

»Blausäure.«

»Aber nimmt man Blausäure nicht über das Essen auf?«

»Richtig, normalerweise gelangt Blausäure durch den Verzehr von blausäurehaltiger Nahrung in die Blutbahn. Aber das war hier nicht der Fall. Die Aufnahme in den Blutkreislauf erfolgte sowohl über die Atemwege als auch über die Haut. Da Blausäure sehr gut wasserlöslich ist, wird die Aufnahme über die Haut durch Schweiß begünstigt.«

»Okay, und was passiert danach?«

»Die Zellatmung kommt zum Erliegen, weil die Zelle den Sauerstoff nicht mehr zur Energiegewinnung verwerten kann. Der Körper reagiert auf diesen vermeintlichen Sauerstoffmangel mit einer Erhöhung der Atemfrequenz. Es kommt eben zu dieser ›inneren Erstickung‹. Da der Sauerstoff im Blut nicht verwertet werden kann und sich folglich im venösen Blut ansammelt, zeigt sich eine hellrote Färbung der Haut. Der Mangel an einem speziellen Nukleotid, das eigentlich in der Zellatmung gebildet wird, lässt die Zellen schließlich absterben.«

»Hört sich nach einem langwierigen Prozess an.«

»Im Gegenteil. Blausäuredämpfe führen zum sofortigen Tod.«

»Was heißt sofortig?*«*

»Tod durch Ersticken innerhalb weniger Sekunden beziehungsweise nach höchstens einer Minute.«

»Wie kann dieser Blausäuredampf in das Schlafzimmer der jungen Damen gelangt sein? Zumal sie ja zwischen zwei und drei Uhr früh starben, und sich zu dieser Zeit laut Zeugen-

aussagen niemand Fremdes im Studentenwohnheim herumgetrieben hat.«

»Diese Frage kann ich Ihnen nicht beantworten.«

»Vielleicht hilft es Ihnen, wenn ich Ihnen verrate, dass die beiden jungen Frauen auf den drei Heizkörpern ihrer kleinen Wohnung Luftbefeuchter stehen hatten.«

»Sie meinen so kleine Wassergefäße?«

»Ja, Wasserschalen. Und in diesen Schalen wurden Rückstände von Wachs und Batteriesäure gefunden.«

»Ahaaa …«

»Klingt das danach, als hätten Sie eine Idee, Frau Dr. Hanisch?«

»Allerdings … Blausäure ist eine fast farblose, leicht gelbliche, brennbare, sehr flüchtige und gut wasserlösliche Flüssigkeit. Aber … lassen Sie mich kurz nachdenken … wenn man Cyanidsalz, das ist ein weißes Pulver, in Wachskügelchen verschließt und diese Kügelchen in die genannten Wasserschalen gibt, dann würde das Wachs – sobald sich das Wasser in der Schale auf dem Heizkörper auf etwa vierzig Grad erwärmt – schmelzen, und das Pulver würde mit der Batteriesäure reagieren, wodurch sich im Wasserbad schlagartig hochgiftige Blausäure bildet.«

»Und bei normalen Raumtemperaturen würde diese rasch verdunsten und in die Luft gelangen?«

»Richtig.«

»Von welcher Menge reden wir da?«

»Nun, bereits ein bis zwei Milligramm Blausäure pro Kilogramm Körpermasse wirken tödlich.«

»Die beiden Frauen haben laut Autopsiebefund siebenundfünfzig und fünfundsechzig Kilogramm gewogen.«

»Nun, das bedeutet – lassen Sie mich kurz rechnen – etwa zweihundert Milligramm Blausäure.«

»Wie viele von solchen Wachskügelchen bräuchte es denn da pro Wasserschale?«

»Kommt auch auf die Größe an, aber nur ganz wenige. Vier oder fünf vielleicht. Allerdings müssen die Heizkörper so stark aufgedreht gewesen sein, dass die Kügelchen schmelzen.«

»Und das waren sie, denn es war – wie wir bereits herausgefunden haben – eine eiskalte Nacht. Aber die Frage lautet: Hat diese normale Heiztemperatur ausgereicht? Holen wir doch noch einen weiteren Gast dazu. Nämlich den Techniker des Wohnheims. Hallo, Herr Ebert.«

»Hallo, Herr Kilian.«

»Herr Ebert, Sie sind nicht nur für die Elektrik und die Sanitärinstallationen im Haus zuständig, sondern auch für die Wartung der Heizkörper.«

»Richtig, ich bin sozusagen das Mädchen für alles im Heim.«

»War das Thermostat in Rianes und Ullis Wohnung aktiviert?«

»Ja, und das war ja gerade das Seltsame. Denn es hat die Räume in ihrer Wohnung ausgerechnet um ein Uhr früh auf vierundzwanzig Grad aufgeheizt. Da schläft man doch normalerweise.«

»Möglicherweise ist das Thermostat ja von demjenigen manipuliert worden, der die Batteriesäure und die Wachskügelchen mit Cyanidsalz in die Wasserschalen getan hat. Aber warum so kompliziert? Was meinen Sie, Frau Dr. Hanisch?«

»Nun, ich bin keine Kriminologin, aber ich würde sagen, zur Zeitverzögerung und aus reinem Selbstschutz, denn es wäre ja auch für den Täter höchst gefährlich, wenn er die Dämpfe eingeatmet hätte.«

»Und natürlich auch aus Gründen eines Alibis, denn zum Zeitpunkt des Todes war der Täter … oder die Täterin

vermutlich schon längst über alle Berge. Liebe Frau Dr. Hanisch, lieber Herr Ebert, es freut mich, dass Sie da waren und ich bedanke mich für Ihren Besuch.«

»Aber bitte, sehr gern.«

»Das war's schon?«

*»Ja, Herr Ebert, das war es schon – und in der nächsten Episode untersuchen wir, ob es vielleicht gar kein Mord, sondern ein raffinierter Doppel-*Selbst*mord gewesen ist. Bleibt gesund, und achtet darauf, eure Heizkörper nicht volle Kanne aufzudrehen.«*

6. TEIL

SCHULDSPRUCH
Mittwoch, 15. Mai

49

Während des Frühstücks im Hotel hatte Pulaski eine SMS an Maarten S. Sneijder geschickt – bewusst knapp gehalten, schließlich wusste er, wie sehr der BKA-Ermittler überflüssigen Small Talk hasste.

Danke für den Anzug, passt wie angegossen. Benötige dringend den Aufenthaltsort von Jana Ullrich, die ihren Lebensgefährten, Martin Kilian, vor vier Jahren verlassen hat. Ist angeblich nach Kanada gegangen.

Drei Sätze! Größer waren Sneijders Geduld und Aufmerksamkeitsspanne nicht. Zuletzt fügte er noch Janas letzte bekannte Wohnadresse hinzu – Kilians Elternhaus – und schickte die Nachricht ab. Den Rest würde Sneijder über das BKA und seine Kontakte zu Euro- und Interpol herausfinden.

Danach borgte sich Pulaski von der Hotelrezeption einen Regenschirm aus und machte sich zu Fuß auf den Weg zur Wiener Polizeidirektion am Schottenring, die nicht weit vom Hotel Rembrandt entfernt lag.

Als er das Gebäude erreichte, war er pitschnass, seine Schuhe waren innen feucht, und der Wind hatte ihm den Schirm dreimal umgedreht. Es war eine saublöde Idee gewesen, bei diesem Wetter zu Fuß loszuziehen. Vor dem Gebäude klappte er den Schirm zusammen und schüttelte ihn halbwegs trocken. Derweil fiel sein Blick auf eine alte Messingtafel, die neben dem Eingang angebracht war.

Zum Gedenken an die Opfer des Ringtheaterbrandes
am 8. Dezember 1881 stiftete Kaiser Franz Joseph I.
dieses Gebäude.

Hätte es damals auch so geschüttet, wäre vielleicht nicht viel passiert, dachte Pulaski. Er schlüpfte durch den Eingang, hielt auf den Empfang zu und lehnte sich auf das Pult vor der Glasscheibe. »Ich möchte gern Herrn Krohn sprechen.«

»Oberst Krohn?«, fragte der Portier.

»Ja«, sagte Pulaski prompt. Soviel er wusste, war *Oberst* ein hoher Rang bei der österreichischen Polizei.

»Angemeldet?«

Pulaski blickte kurz zur Videokamera an der Decke. »Nein.«

»Warten Sie hier – oder nehmen Sie dort drüben Platz.« Der Mann telefonierte und fünf Minuten später trat eine etwa dreißigjährige Frau im Hosenanzug mit straff nach hinten gebundenen Haaren aus dem Fahrstuhl und kam direkt auf Pulaski zu. »Sie wollen zu Oberst Krohn? Wie kann ich helfen?«

»Ja, richtig, ich wollte zu *ihm*, Sie sehen aber nicht so aus wie er.«

»Wie sieht er denn aus?«

»Kann ich ihn sprechen?«

»In welcher Sache?«

»Sagen Sie ihm, es geht um seine Enkeltochter.«

Sie musterte ihn streng. »Der Oberst hat keine Enkelin.«

»Doch«, widersprach Pulaski. »Riane … sie ist vor drei Jahren gestorben.«

Die Frau sah Pulaski lange Zeit stumm an. »Wie heißen Sie?«

»Walter Pulaski, und ich würde gern noch heute mit ihm reden, wenn es geht«, knurrte er ungehalten.

»Ich werde es ihm genau so ausrichten. Warten Sie hier.« Sie ging ein Stück den Korridor hinunter, drehte sich von Pulaski weg und telefonierte, die Hand schützend vor den Mund gehalten. Hin und wieder schielte sie zu ihm, als gäbe sie seine Personenbeschreibung durch. Anschließend führte sie ein zweites Gespräch und wartete kurz. Nach einer Minute näherte sich ein junger Polizist, anscheinend vom Haussicherheitsdienst, und gemeinsam gingen sie wieder zu Pulaski. »Oberst Krohn erwartet Sie in seinem Büro«, sagte die Frau. »Er ist neugierig, was genau Sie von ihm wollen, und er hat einige Fragen an Sie.«

Und ich an ihn, dachte Pulaski, und folgte der Dame zum Fahrstuhl. In Begleitung des Polizisten ging es in die sechste Etage hoch und danach einen langen Korridor mit ein paar Abzweigungen entlang. Die ganze Zeit über lief der Polizist völlig geräuschlos zwei Schritte hinter Pulaski her.

Schließlich blieb die junge Frau vor einer Tür mit der Aufschrift *Besprechungszimmer 6.51* stehen und klopfte. Ohne eine Antwort abzuwarten, öffnete sie und ließ Pulaski eintreten. Der Raum war klein, schlecht beleuchtet, und das einzige Mobiliar bestand in einem runden Tisch mit sechs Stühlen. Vor dem Fenster, hinter dem sich Wien in einer Mischung unterschiedlicher Grautöne zeigte, stand ein breit gebauter, rüstiger Herr mit weißem Haarkranz im beigen Anzug.

Pulaski lehnte den Schirm an einen Kleiderständer und näherte sich dem Fenster. Seine Schuhe hinterließen nasse Abdrücke auf dem hellen Fußboden.

»Mieses Wetter draußen«, bemerkte der Oberst mit sonorer Stimme.

»Kann man wohl …«

»Woher kannten Sie meine Enkelin?«, unterbrach ihn der Oberst.

Pulaski sah sich um. Der Polizist stand im Türrahmen und hinten im Gang die Assistentin. Beide warteten anscheinend auf weitere Befehle. »Ich kannte sie nicht«, gab Pulaski zu. Mit einer langsamen Bewegung holte er seinen Dienstausweis aus der Brieftasche, trat näher und legte ihn vor dem Oberst auf den Tisch.

Der Oberst schob sich die Brille von der Stirn auf die Nase und beugte sich nach vorn. »Oh, ein Kollege vom LKA Dresden. Was führt Sie nach Wien?«

»Eigentlich mache ich hier nur Urlaub. Aber zufälligerweise bin ich mit Dr. Evelyn Meyers befreundet, jener Anwältin, die Martin Kilian verteidigt, und so bin ich in die aktuellen Mordermittlungen geschlittert.«

Der Oberst nickte. »Ich kenne den Fall, schlimme Sache«, brummte er. »Soviel ich weiß, wurde dieser Kilian gestern aus der U-Haft entlassen. Aber was hat das mit meiner …?« Plötzlich hob er die Augenbrauen. »Ich verstehe … deshalb kam mir der Name *Kilian* so bekannt vor«, murmelte er wie im Selbstgespräch und strich sich über das glatt rasierte Kinn. »Er war es, der damals für seinen Podcast bei uns herumgeschnüffelt und Fragen zum Tod meiner Enkelin gestellt hat, richtig?«

»Genau. Ich nehme an, das war Ihnen nicht besonders recht?«

»Ja, er wollte auch mich interviewen, aber ich habe ihm erklärt, dass ihn die Sache nichts angeht und er sich in eine laufende Ermittlung einmischt.«

»Wie hat er darauf reagiert?«

»War ihm schnurzegal, selbst als ich ihm rechtliche Konsequenzen angedroht habe. Der kleine Scheißkerl hat sich darauf berufen, dass er Journalist ist.«

»Hat er auch Rianes Eltern belästigt?«

Krohns Blick trübte sich. »Die leben nicht mehr. Meine Schwiegertochter ist unmittelbar nach Rianes Geburt gestorben, und mein Sohn starb an Krebs, als Riane neun war. Das Mädel ist bei mir aufgewachsen.«

»Das tut mir leid.« Pulaski nickte. »Ich war selbst viele Jahre alleinerziehender Vater und weiß, wie hart das ist. Manchmal …«

Der Oberst unterbrach Pulaski mit einer knappen Geste, dann reckte er den Hals und blickte zur Tür. »Sie können gehen, und bringen Sie uns frischen Kaffee.«

Pulaski drehte sich um. »Schwarz, ohne Zucker.«

Nachdem die beiden verschwunden waren und die Tür hinter sich zugezogen hatten, deutete Krohn zum Tisch. »Nehmen Sie doch Platz.« Sie setzten sich. »Entschuldigen Sie die Vorsichtsmaßnahmen, aber man weiß nie, mit welchen Verrückten man es zu tun hat.« Krohn beugte sich nach vorn, zog die Augenbrauen fragend hoch und senkte die Stimme. »Und Kilian ist wirklich unschuldig?«

Pulaski steckte seinen Dienstausweis wieder ein. »Offiziell ja, aber ich habe da so meine Zweifel.«

»Würde mich nicht wundern, wenn er es doch gewesen ist.«

»Warum?«

»Ich erinnere mich noch gut an ihn … war ein penetranter, aufdringlicher, raffinierter kleiner Mistkerl, für den Privatsphäre nichts zählte. Und es war clever, wie er sich an die Leute herangepirscht hat. Hat ihnen Honig ums Maul geschmiert, sie für seinen Podcast geködert und je nachdem versprochen, er hätte gute Kontakte oder würde kostenlose Werbung für sie schalten.« Krohn atmete tief durch. »Aber was haben Kilian und der aktuelle Mordfall mit meiner Enkelin zu tun?«

Die Tür öffnete sich wieder, und die junge Frau brachte ein Tablett mit zwei Tassen schwarzen Kaffee herein. Dann ging sie wieder.

»Haben Sie sich jemals den Podcast von Kilian angehört?«, fragte Pulaski anstelle einer Antwort.

Krohn schüttelte den Kopf. »Nein, das hätte ich mir nie angetan. Als mir die Kollegen von Rianes Tod erzählt haben, ist mein Herz gebrochen. Sie ist alles gewesen, was mir an Familie geblieben ist … sie und Ulli«, korrigierte er sich. »Ulli war ihre …«

»Ich weiß«, unterbrach Pulaski ihn.

»Ich nehme an, *Sie* haben seinen Podcast gehört. Hat er schäbig über die beiden berichtet?«

»Nein, im Gegenteil, er war sehr sachlich und keineswegs pietätlos«, gab Pulaski zu.

Krohn knurrte nur abfällig. »Weswegen sind Sie also hier?«

»Kilians Anwältin sind wegen ihres Mandats die Hände gebunden, aber ich glaube, dass Kilian schuldig ist – und das möchte ich beweisen.«

»Okay«, sagte Krohn interessiert. »Und weiter?«

»Ich habe den leisen Verdacht, dass er über die Morde, über die er in seinem Podcast berichtet, mehr weiß, als er zugibt.«

Krohn runzelte die Stirn. »Wie kommen Sie denn darauf?«

»In den letzten drei Jahren hat er sich intensiv mit drei ungelösten Mordfällen beschäftigt. Ein Mord mit hoch konzentrierter Fluorwasserstoff- und Salpetersäure in einem Hotel, ein Mord mit Carbonylfluorid aus einer defekten Klimaanlage im Auto und ein Mord mit Blausäure in einem Studentenwohnheim.« Pulaski machte eine Pause. »Klingt alles ziemlich ähnlich, oder nicht? Und alle Taten fanden im Frühjahr statt.«

»Okay, wenn Sie mich fragen, klingt das nach einem Chemiker, der im Frühling üble Laune bekommt. Vielleicht interessiert sich Kilian einfach für so etwas.«

»Trotzdem – ich halte Kilian, genauso wie Sie, für einen abgefeimten und undurchsichtigen Kerl, der möglicherweise ein riskantes Spiel spielt.«

Krohn fuhr sich über die Halbglatze. »Also gut, und weiter?«

»Hatten Ihre Enkelin oder Ulli Lüdtke jemals zuvor Kontakt zu Martin Kilian?«

»Nicht, dass ich wüsste.«

»Kannten sie sich vielleicht flüchtig von der Schauspielschule? Oder haben die beiden seinen Podcast gehört?«

Krohn dachte nach und schüttelte den Kopf.

»Gab es vielleicht einen Kontakt zu Kilians kleiner Tochter Viktoria?«

»Soviel ich weiß, nicht.«

»Zu Kilians Ex-Lebensgefährtin, Jana Ullrich?«

»Nein.«

»Gab es eine Verbindung zu Dr. Al-Rashid oder zur Bormann-Klinik?«

»Kann ich nicht sagen, glaube ich aber nicht.«

Verdammt! Pulaski spürte, wie seine Lunge eng wurde. Er ballte die Faust unter dem Tisch und atmete flach. »Hatten die beiden jemals mit Professor Geert Niemeyer von der Uni Wien zu tun?«

Krohn schüttelte langsam den Kopf. »Das ist der zweite Verdächtige in dem Mordfall, richtig?«

Pulaski nickte. »Hatten Riane oder Ulli jemals Kontakt zu ihm? Waren die beiden jemals an der Uni Wien? Haben sie sich für Schach oder Mathematik interessiert?«

»Nein.«

»Ist ihnen jemals eine Verbindung zwischen Kilian und Niemeyer zu Ohren gekommen?«

»Herrgott, das sind Fragen!«, fluchte Krohn. »Nein!«

»Scheiße«, zischte Pulaski. *So komme ich nicht weiter.* »Na gut, aber danke für Ihre Zeit. Rufen Sie mich bitte an, sollte Ihnen doch noch etwas dazu einfallen.« Er wollte bereits seine Handynummer auf einen Notizblock am Tisch schreiben, doch Krohn winkte ab.

»Vergessen Sie es!«, knurrte er. »Ich stehe kurz vor dem Ruhestand und habe so viel um die Ohren, dass ich sicher nicht da sitzen und stundenlang über Ihre Fragen grübeln werde.« Nun zog er aus seiner Brusttasche ein silbernes Etui mit Visitenkarten, von denen er Pulaski eine über den Tisch schob. »Rufen *Sie mich* an, wenn Ihnen noch weitere Fragen einfallen.«

Pulaski steckte die Karte ein, leerte seine Tasse in einem Zug und erhob sich. »Danke, ich finde allein hinaus.«

»Das glaube ich kaum.« Krohn sah ihn warnend an. »Draußen steht eine Wachebeamtin, die sie bis vor die Ausgangstür begleitet.«

50

Evelyn war ausnahmsweise mal mit ihrem eigenen Auto unterwegs – in der Stadt fuhr sie nie selbst, aber für solche etwas längeren Strecken wie heute war es praktisch. Ihr Ziel war die Kurstadt Baden, fünfundzwanzig Kilometer südlich von Wien.

Dort angekommen, hatte sie sich mit einem großen Regenschirm, im Kaschmirmantel und mit festen Schuhen zu ihrem Treffpunkt begeben, dem Kurpark neben dem Casino. Zum Glück war das Wetter hier erträglicher als in Wien. Außerdem war es ein befreiendes Gefühl, nach fünf Tagen wieder einmal spazieren gehen zu können, ohne dass Imraan sie auf Schritt und Tritt begleitete und mit seinen steten Gewaltandrohungen nervte.

Neben Evelyn ging die Frau, wegen der sie hierhergefahren war: Frau Schaefer. Sie war etwa Mitte fünfzig, trug ebenfalls einen großen Regenschirm und führte einen jungen Beagle an der Leine, der sich sichtlich über die große Runde, die sie drehten, freute.

»Der ist noch ziemlich jung, oder?«, fragte Evelyn. Der Beagle trug ein wasserabweisendes Mäntelchen und blieb alle paar Meter stehen, um sein Frauchen anzuhimmeln.

»Ein Jahr«, antwortete Frau Schaefer. »Er ist mittlerweile mein Ein und Alles.«

Evelyn nickte. Offenbar hatte die Frau sich den Hund angeschafft, nachdem ihr Sohn und ihre Schwiegertochter letztes

Jahr im Frühling während ihres Urlaubs in Leogang auf so grausame Weise im Hotel ermordet worden waren.

Evelyn wusste aus eigener Erfahrung, dass ein Haustier mehr Trost spenden konnte als jede Therapie. Als ihr damaliger Freund Patrick vor einigen Jahren gestorben war, hatte sie ihre beiden Kätzchen Bonnie und Clyde eine Zeit lang extrem verhätschelt. Die beiden bekamen nicht nur eine Mahlzeit mehr am Tag, sondern durften sogar nachts bei ihr im Bett schlafen – auch weil ihr die Nähe zu ihnen unheimlich geholfen hatte. Sie hatte sich erst nach und nach wieder eingekriegt … und dann Flo kennengelernt.

Der stattete jetzt gerade den Angehörigen von Peter und Till Altmann, die vor zwei Jahren in ihrem Auto verbrannt waren, einen Besuch ab. Und Evelyn war eben zu Frau Schaefer gefahren.

»Und Sie haben alle diese Podcasts gehört?«, fragte die Frau.

»Nur ein paar Folgen, darunter auch diejenigen, die sich mit dem Tod Ihres Sohnes und Ihrer Schwiegertochter befasst haben.«

Die Dame nickte. »Ich habe auch nur die gehört. In einer Folge war ich sogar selbst zu Gast.«

»Ich weiß. Ist das im Tonstudio in Martin Kilians Haus gewesen?«

Die Frau nickte, plötzlich kamen ihr die Tränen. »Es ist so schrecklich, was mit Norbert und Nicole passiert ist. Sie konnten keiner Fliege etwas zuleide tun, waren seit der Schulzeit überall beliebt – ich kann mir einfach nicht vorstellen, wer ihnen etwas Böses gewollt hätte.« Ihre Stimme kippte kurz weg, sie wischte sich über die Wange. »Das Gespräch mit Kilian hat mir ein bisschen geholfen.«

»Hat die Polizei danach jemals wieder Kontakt zu Ihnen aufgenommen?«

Sie wiegte verzagt den Kopf. »Hin und wieder taucht ein neuer Hinweis auf, dem die Polizei nachgeht, und dann befragen sie mich noch einmal – aber das hat dann nie was gebracht. Die Täter sind nie gefasst worden, und ich bin davon überzeugt, dass das auch so bleiben wird. Vielleicht auch, weil diese Mordmethode so speziell war. Duschgel oder Hautcremeflakons zu vergiften – wer macht denn so was? Langsam glaube ich, dass dieser Anschlag gar nicht explizit Norbert und Nicole gegolten hat, sondern jemand dem Ruf des Hotels schaden wollte. Und sie waren das Bauernopfer.«

Ein Bauernopfer, dachte Evelyn, *genau wie Professor Niemeyer.* Allerdings glaubte sie nicht daran, dass der Mörder das junge Ehepaar nur zufällig ausgewählt hatte. Hätte er wirklich nur dem Ruf des Hotels schaden wollen, hätte er vermutlich mehrere Menschen verletzt und wäre nicht so sorgfältig und gezielt vorgegangen.

Sie erreichten einen Pavillon und setzten sich unter dem Dach auf eine schmiedeeiserne Bank. Um sie herum regnete es jetzt wieder etwas stärker auf die Schotterwege und Wiesen. Eifrig schüttelte sich der Hund das Wasser aus dem Fell.

»Hat Kilian Sie auf die Idee gebracht, dass es bei dem Mord in Wirklichkeit um einen Angriff auf das Hotel gegangen sein könnte?«, fragte Evelyn.

»Nei…«, begann Frau Schaefer spontan, hielt dann jedoch inne und dachte nach. »Doch ja, in der Tat, wenn ich so darüber nachdenke …«, sagte sie schließlich, »… dann war *er* es, der diesen Gedanken zum ersten Mal geäußert hat.«

Als Nächstes fragte Evelyn, ob Norbert oder Nicole irgendwann einmal Kontakt zu Martin Kilian, seiner ehemaligen Lebensgefährtin, zu Aleyna Al-Rashid oder Professor Niemeyer gehabt hatten, doch es schien keine einzige Verbindung zu geben, und allmählich kam Evelyn der Gedanke, dass sie auf einer völlig falschen Fährte waren. Wenn es so schwer war, eine Verbindung zwischen den Fällen herzustellen – dann vielleicht einfach deswegen, weil es gar keine gab und Pulaskis Bauchgefühl, dass etwas mit Kilian und seinem Podcast nicht stimmte, schlicht und ergreifend falsch war.

»Danke für das Gespräch – und alles Gute.« Evelyn wollte sich schon erheben, zögerte jedoch, als sie merkte, dass die Regenschauer wieder deutlich heftiger wurden.

»Wissen Sie, was mir wirklich hilft, einigermaßen darüber hinwegzukommen?«, fragte Frau Schaefer rasch, die offenbar ihr Gespräch gern noch fortsetzen wollte.

Evelyn ließ sich wieder auf die Bank sacken. »Nein, was?«

Die Frau streichelte ihrem Beagle über die Schnauze, woraufhin er ihre Hand leckte. Aus der Manteltasche kramte sie ein paar Leckerlis und hielt sie Evelyn hin, damit sie den Hund füttern konnte.

»Die beiden wären schon drei Jahre davor einmal fast ums Leben gekommen«, presste Frau Schaefer leise hervor.

Evelyn wurde hellhörig. »Es hat schon mal ein Attentat auf sie gegeben?«

»Nein, kein Attentat.« Frau Schaefer winkte ab. »Aber die beiden wären beinahe bei einem Brand in einem Theater umgekommen.«

Evelyn glaubte sich zu erinnern, dass vor einigen Jahren eine Wiener Kleinkunstbühne bis auf die Grundmauern niedergebrannt war. »Meinen Sie den verheerenden Brand vor vier Jahren am Stadtrand von Wien, wo Dutzende Menschen gestorben sind?«

Die Frau nickte. »Das Oskar-Wagner-Theater in Neustift am Walde. Am neunten Mai – das Datum werde ich nicht mehr vergessen – sind dort bei der Katastrophe neununddreißig Menschen gestorben. Eine Gasexplosion. Norbert und Nicole sind nur knapp entkommen.«

Evelyn sah betroffen zu Boden und reichte dem Beagle ein paar Leckerlis. »Das muss sehr beängstigend gewesen sein.«

Die Frau versuchte zu lächeln. »Ja, das war es. Wenn das Schicksal es nicht gnädig mit ihnen gemeint hätte, wären sie vielleicht schon damals mit allen anderen verbrannt. Ich sehe das so, dass Gott ihnen noch einmal drei zusätzliche Jahre geschenkt hat, es ihnen aber einfach nicht bestimmt war, länger zu leben.«

»Ich kann mich noch gut an die Berichte über den Brand erinnern. Eine schreckliche Sache.«

Nun lächelte Frau Schaeffer wieder. »Wissen Sie, eigentlich hätte ich an jenem Abend auch ins Theater mitgehen sollen, ein Geburtstagsgeschenk. Aber ich war krank. Lag mit einer Sommergrippe im Bett. Norbert hat meine Karte bei der Abendkasse zurückgegeben. Na ja, so ist das Leben halt – die einen verschont es, die anderen nicht.«

Während Evelyn noch den letzten Hundekuchen an den Beagle verfütterte, krampfte sich plötzlich ihr Magen zusammen, und sie hatte wieder diesen Brechreiz.

»Alles in Ordnung?«

Evelyn presste sich die Hand auf den Bauch. »Ja, geht schon wieder«, stöhnte sie auf und erhob sich mühsam. »Ich wünsche Ihnen alles Gute.« Sie reichte der Frau die Hand, atmete tief durch und spannte den Schirm auf.

O Gott, was ist denn das? Hoffentlich keine Lebensmittelvergiftung.

Sie musste es nur bis zum Auto schaffen, sich hinsetzen und in Ruhe durchschnaufen. Und wenn das auch nichts half, konnte sie dort zur Not in eine der Plastiktüten im Kofferraum kotzen.

51

Als Evelyn am späten Nachmittag in ihre Kanzlei kam, war ihre Übelkeit zum Glück wieder verschwunden. Flo und Pulaski warteten wie vereinbart schon auf sie, und Flo hatte auch bereits Teller, Schüsseln, Stäbchen und Servietten aus der Küche geholt und alles im Besprechungszimmer hergerichtet. Zufrieden stellte Evelyn Warmhalteboxen mit japanischem Essen für vier Personen auf den Tisch. Die Speisen stammten von ihrem Lieblingslokal am Schwedenplatz. Für Pulaski hatte sie zwei verschiedene vegetarische Gerichte bestellt, für Flo und sich selbst Lachs, Sushi-Röllchen, Tempura und eine kleine Variation an Sashimi. Dazu gab es eine Flasche grünen Tee und süßen Reiswein.

Flo und sie aßen mit Stäbchen, Pulaski hatte skeptisch abgewinkt und zur Gabel gegriffen. Plötzlich verzog er anerkennend das Gesicht. »Mhm, schmeckt köstlich«, sagte er mit vollem Mund.

»Der beste Japaner in Wien. Wenig Fett, kein Glutamat, keine künstlichen Aromastoffe, und alles frisch gekocht«, erklärte Evelyn.

Während des Essens erzählten zuerst Pulaski und dann sie von ihren wenig erfolgreichen Gesprächen. Danach sah sie völlig entmutigt zu Flo, der nur entschuldigend die Schulter hob.

»Ich habe eine Stunde lang mit der Witwe von Peter Altmann gesprochen, habe mir mit einer schnurrenden Perserkatze auf dem Schoß und bei Kaffee und Kuchen in einem Album Fotos von ihrem Sohn Till angesehen, wie er mit sieben Jahren mit seinem ersten Elektrobaukasten gespielt hat.«

»Und auch irgendetwas Interessantes erfahren?«, murmelte Pulaski mit vollem Mund.

»Nur, dass Vater und Sohn öfters zu Rockkonzerten gefahren sind – und wie schrecklich es war, als plötzlich zwei Polizisten mit einer Frau von der Krisenintervention vor ihrer Haustür standen, um ihr beizubringen, dass ihr Mann und ihr Sohn auf einer Raststätte im Auto verbrannt sind.«

»Keine Verbindung zu Aleyna, Niemeyer, Kilian oder Jana?«

Flo schüttelte den Kopf.

»Mist – noch eine verdammte Sackgasse«, sagte Evelyn resignierend. »Das heißt, es gibt keine Verbindung zwischen den Fällen.« Sie hob die Schultern. »Dann hat Kilian wohl einfach nur einen guten Riecher für mysteriöse Mordfälle, die er bis ins letzte Detail analysiert.«

»Doch, eine Verbindung gibt es!«, widersprach Pulaski. »Eigentlich sogar zwei.«

Evelyn legte die Stäbchen beiseite. »Und zwar?«

»Alle drei Mordfälle haben etwas mit Chemie zu tun.«

»Aber Kilian hat keinerlei Erfahrung oder Ausbildung in dem Bereich. Außerdem wurde Aleyna mit einem Steakmesser in ihrer Dusche erstochen. Keinerlei Chemie im Spiel.«

»Vielleicht steckt ja hinter den anderen drei Fällen ein und derselbe Killer«, ließ Pulaski nicht locker.

»Die Mordopfer haben rein gar nichts miteinander zu tun«, erinnerte Evelyn ihn.

»Das stimmt nicht – und damit kommen wir zur zweiten Verbindung«, widersprach Pulaski erneut. »Wie wir aus dem Podcast wissen, spielte Nicole Schaefer in einer Theatergruppe, die sie selbst ins Leben gerufen hatte, und schrieb auch Stücke. Ihr Mann Norbert hat früher sogar in ihren Schulaufführungen mitgespielt.«

»Und?«, fragte Evelyn.

»Riane Krohn und Ulli Lüdtke studierten an der Schauspielschule Wien. Zufall?«

»Ach, kommen Sie!«, rief Evelyn. »Diese sogenannte *Gemeinsamkeit* ist aber weit hergeholt. Wir dürfen nicht versuchen, krampfhaft nach Verbindungen zu suchen, sonst verrennen wir uns.«

Pulaski sah zu Flo. »Gab es bei Peter und Till Altmann auch eine Verbindung zu Theater, Film oder Schauspiel?«

»Wie sollte es die geben?«, fuhr Evelyn dazwischen. »Aus dem Podcast wissen wir, dass der Vater Tischler mit eigener Werkstatt war und sein Sohn an der TU Wien Elektrotechnik studiert hat. Wie könnte es da …?«

»Ähem«, räusperte sich Flo. »Da gibt es doch etwas … Frau Altmann hat erwähnt, dass es bestimmt Karma war, dass die beiden bei einem Brand im Auto umgekommen sind. Denn zwei Jahre vorher wären sie fast schon einmal verbrannt, als während einer Theatervorstellung ein Feuer ausgebrochen ist und sie sich nur knapp ins Freie retten konnten.«

Evelyn stutzte. »Ein Theaterbrand?«, wiederholte sie und bereute im selben Moment, dass sie vorhin so überreagiert hatte.

Flo nickte. »Das muss rein rechnerisch vor vier Jahren passiert sein, aber ich weiß nicht, wo …«

»Ich schon«, flüsterte Evelyn. Entschuldigend sah sie zu Pulaski. »Das Oskar-Wagner-Theater, eine Kleinkunstbühne am nordwestlichen Stadtrand von Wien. Am neunten Mai kamen bei einer Gasexplosion neununddreißig Menschen in einem Feuer um. Und ratet mal, wer den Flammen damals noch entkommen ist …« Sie machte eine kurze Pause. »… Nicole und Norbert Schaefer.«

Pulaski legte die Gabel weg und richtete sich auf. Er zog seine Brieftasche raus, kramte eine Visitenkarte hervor und wählte auf seinem Handy eine Nummer. »Ich rufe Oberst Krohn an, Rianes Großvater«, erklärte er, aktivierte den Lautsprecher und legte das Handy zwischen die Essensboxen in die Mitte des Tisches.

»Ja?«, bellte eine übel gelaunte Stimme aus dem Handy.

»Walter Pulaski hier, mir ist noch eine Frage eingefallen.«

»Machen Sie schnell, ich bin auf dem Weg zu einer wichtigen Besprechung.« Er klang gehetzt und in Bewegung.

»Können Sie sich noch erinnern, ob Ihre Enkeltochter oder Ulli Lüdtke vor vier Jahren in einer Vorstellung des Oskar-Wagner-Theaters gewesen sind?« Pulaski machte eine Pause, dann fügte er hinzu: »Eine Kleinkunstbühne im Nordwesten Wiens. Das Theater ist damals abgebrannt, fast vierzig Menschen sind dabei ums Leben gekommen.«

»Woher haben Sie diese Information?« Krohn schien abrupt stehen geblieben zu sein, seine Stimme war leise und nachdrücklich.

»Wenn es stimmt, dass Ihre Enkelin dort war, dann könnte das ein Verbindungsglied zwischen all den Morden sein, die Kilian in seinem Podcast behandelt.«

»Warten Sie!«, flüsterte Krohn.

Sie hörten, wie er eine Tür öffnete und wieder schloss. Jetzt hallte seine Stimme nicht mehr ganz so stark wie vorher. *»Was immer Sie glauben, herausgefunden zu haben, dazu kann ich Ihnen nichts sagen. Es würde meine Enkelin nachträglich belasten.«*

Pulaski war eindeutig auf dem richtigen Weg. Evelyn warf ihm einen auffordernden Blick zu.

»Oberst Krohn«, sagte er eindringlich. »Ihre Enkelin ist seit drei Jahren tot. Nichts könnte sie jetzt noch belasten. Im Gegenteil – Sie könnten uns auf eine neue Spur führen, die uns Hinweise auf ihren Mörder gibt.«

»*Wer ist UNS?*«, fragte Krohn.

Pulaski wollte bereits antworten, als Evelyn ihm mit einer Geste bedeutete, dass sie das Gespräch übernehmen wollte. Sie griff zum Handy und legte es vor sich auf den Tisch. »Guten Tag, Herr Oberst, hier spricht Evelyn Meyers. Ich bin Martin Kilians Strafverteidigerin. Ich darf meinen Mandanten in der Mordsache Aleyna Al-Rashid nicht belasten. Allerdings verdichten sich mittlerweile die Hinweise, dass er mehr über jene Morde weiß, die er in seinem Podcast behandelt hat. Und *daraus* könnten wir ihm, falls er sich etwas zuschulden hat kommen lassen, legal einen Strick drehen. Aber nur, wenn Sie uns die Wahrheit sagen. Als Anwältin kann ich Ihre Aussage unter der Berufung auf die Schweigepflicht vertraulich behandeln.«

»*Verflucht*«, zischte Krohn, und Evelyn spürte förmlich, wie er mit sich rang.

»Was ist damals in dem Theater passiert?«, fragte sie.

»*Ich bin auf Lautsprecher, richtig? Wer hört noch mit?*«

»Nur Walter Pulaski, mein Assistent Florian Zock und ich.«

»*Ich ...*«, zögerte Krohn und schwieg wieder.

»Wenn wir Martin Kilian drankriegen, lässt sich vielleicht sogar der Mord an Riane und Ulli doch noch aufklären – aber dazu müssen wir vorher unbedingt die Zusammenhänge kennen.«

»Pulaski hat recht«, sagte Krohn schließlich. *»Riane kann nicht mehr zur Rechenschaft gezogen werden. Ja, sie und Ulli waren vor vier Jahren im Oskar-Wagner-Theater. Es wurde ein Dinner & Crime Stück aufgeführt. Im kleinen Rahmen mit nicht einmal vierzig Gästen. Durch eine Explosion ist es zu einem Brand gekommen, bei dem fast alle Besucher, Schauspieler und das gesamte Theaterpersonal ums Leben gekommen sind. Nur eine Handvoll Personen konnte sich retten. Darunter Riane und Ulli. Obwohl die Staatsanwaltschaft ermittelt hat und die Polizei nach weiteren Überlebenden gesucht hat, haben Riane und Ulli sowie drei weitere Besucher sich nicht gemeldet. Sie hatten Angst davor, belangt zu werden.«*

»Wer waren die anderen Überlebenden?«, fragte Evelyn.

»Das weiß ich nicht. Riane hat nur erzählt, dass es insgesamt zehn Personen rausgeschafft haben.«

»Könnten es vielleicht mehr gewesen sein?«

»Das halte ich für unwahrscheinlich. Sie sprach ausdrücklich von nur zehn Menschen.«

»Inklusive Ulli und ihr?«

»Ja, und fünf davon waren ernsthaft verletzt und mussten vor Ort erstversorgt werden – unter anderem ein junges Ehepaar, das zunächst auch davongelaufen, dann aber doch zurückgekommen ist, wie wir später aus den Nachrichten erfahren haben.«

Evelyn nickte. »Vermutlich Norbert und Nicole Schaefer.«

»Kann sein, das weiß ich nicht mehr. Jedenfalls haben den Brand damals offiziell nur diese fünf Personen überlebt – von den anderen fünf hat nie jemand offiziell erfahren.«

Pulaski beugte sich zum Telefon und übernahm wieder das Gespräch. »Ein Jahr nach dem Theaterbrand startete eine Mordserie. Mittlerweile wurden anscheinend sechs von den zehn Personen, die damals dem Feuer entkommen sind, umgebracht – in jedem Frühjahr zwei. Und der Grund, warum die Kripo bisher keinen Zusammenhang zwischen diesen Mordopfern feststellen konnte, ist vermutlich der, dass sich fünf von ihnen nicht bei der Polizei gemeldet haben. Wovor hatten die Angst?«

»*Wahrscheinlich davor, dass man sie wegen unterlassener Hilfeleistung drankriegen würde*«, antwortete der Oberst.

»Kilian muss diesen Zusammenhang kennen«, ergänzte Evelyn, »es kann einfach kein Zufall sein, dass er ausgerechnet diese Fälle in seinem Podcast behandelt ... Oberst Krohn, die Namen von sechs Personen kennen wir ja jetzt. Aber wir müssen unbedingt herausfinden, wer die restlichen vier waren, von denen Ihre Enkelin erzählt hat. Wir brauchen sämtliche Unterlagen und Ermittlungsergebnisse, die Sie zu dem Theaterbrand auftreiben können.«

Krohn stöhnte auf.

»Dürfen wir mit Ihrer Unterstützung rechnen?«, drängte sie.

»*Ja, natürlich, ich überlege nur gerade, wie und wann ich das anstellen soll.*«

»So bald wie möglich«, bat Evelyn, »denn wenn wir mit unserer Vermutung richtig liegen, läuft mit Kilian ein Mörder frei herum, während einem anderen an seiner Stelle der Prozess gemacht wird, woran ich – wenn ich ehrlich bin – die größte Schuld trage.«

»*Ich verstehe*«, seufzte Krohn. »*Ich versuche mein Möglichstes.*«

Evelyn bedankte sich bei ihm, woraufhin Pulaski das Telefonat beendete. Evelyn schickte dem Oberst sogleich eine SMS mit ihrer privaten E-Mail-Adresse. »Jetzt können wir nur hoffen, dass er über seine Kontakte so viel wie möglich in Erfahrung bringt.« Sie sah zu Flo, der sich in den letzten Minuten merkwürdig still verhalten hatte. Auch sein Gesicht war etwas blass geworden. Mit verbissenem Blick schob er seine Essensschüssel von sich, klappte sein Notebook auf und tippte auf der Tastatur herum.

»Alles okay?«, fragte Evelyn und spürte wieder ein leichtes, unangenehmes Ziehen im Bauch.

»Nichts ist okay«, zischte Flo, ohne aufzusehen. »Da höre ich jahrelang diesen Podcast und verehre diesen Mann, weil er mit seinen Reportagen, seiner Präzision und seiner Kombinationsgabe mein Leben bereichert, und dann muss ich feststellen, dass er vielleicht in eine ganz üble Sache verwickelt ist.«

»Und wonach suchst du jetzt?«

Flo griff über den Tisch nach einem Computerkabel und projizierte den Bildschirm seines Notebooks auf die Videowand. Er hatte einen alten Online-Zeitungsartikel entdeckt, der ein Schwarz-Weiß-Foto der Brandruine des Theaters zeigte. »Die Aufführung fand vor vier Jahren im Frühling statt. Das Stück hieß passenderweise *Rachefrühling*, ein Kriminalstück in drei Akten von Daniel Vogt. Neununddreißig Personen kamen bei der Premierenvorstellung ums Leben …« Flo wollte weiterreden, aber ihm versagte die Stimme.

Der Artikel brachte die traurige Bilanz jener Nacht auf den Punkt. Bei den Toten hatte es sich um vier Schauspieler, zwei Kellnerinnen, vier Personen vom Küchenpersonal, einen Licht- und Tontechniker und achtundzwanzig Gäste gehandelt.

»Einige wenige wurden totgetrampelt«, las Evelyn mit trockener Kehle vor. »Die anderen starben an Rauchgasvergiftung und sind danach verbrannt.« Viele davon hätten bei dieser schrecklichen Katastrophe jedoch gerettet werden können, behauptete der Artikel. Nun kamen Evelyn auch stückweise Erinnerungen an die TV-Sondersendungen, die damals rund um die Uhr ausgestrahlt worden waren.

»In Wien scheint es öfter zu Theaterbränden zu kommen«, stellte Pulaski fest und sah auf. »Offenbar haben wir unseren Zusammenhang gefunden. Kilian macht seit Jahren große mehrteilige Podcasts über jene Personen, die damals in derselben Theatervorstellung gewesen sind und danach ermordet wurden. Das kann kein Zufall sein!«

Evelyn nickte nachdenklich und blickte zu Flo. »Überprüfe doch mal, ob …«

»Bin schon dabei«, murmelte Flo, während er den Bildschirm teilte. Links sah man nach wie vor den Zeitungsartikel, rechts startete Flo eine Suchanfrage. Dann lehnte er sich zurück und starrte auf das Ergebnis. »Das Internet kennt keinen Zusammenhang zwischen dem Theaterbrand und Professor Niemeyer oder Dr. Al-Rashid.«

»Vielleicht, weil sie gar nichts miteinander zu tun haben?«, dachte Evelyn laut.

»Das glaube ich nicht«, widersprach Pulaski. »Das alles hängt irgendwie miteinander zusammen – wir sehen es im Moment nur noch nicht. Vielleicht ist ja …« Sein Handy klingelte und er blickte aufs Display. »Mist, hatte gehofft, dass es Krohn ist. Stattdessen ist es das BKA Wiesbaden.« Pulaski nahm das Gespräch entgegen. »Ja, hallo?«

»*Verdomme und vervloekt!*«, drang eine aufgebrachte Stimme mit niederländischem Akzent aus dem Lautsprecher. »*Wollten Sie mich verarschen oder mir die Zeit stehlen, Pulaski?*«

Pulaski hielt das Handy kurz weg. »Sneijder«, erklärte er flüsternd, während er die Augen verdrehte. Dann sprach er lauter ins Telefon. »Sind Ihnen die Joints ausgegangen, oder ist Ihnen etwas anderes über die Leber gelaufen?«

»Sie und Ihre SMS!«, zischte der Mann am anderen Ende der Leitung.

»Haben Sie etwas herausgefunden?«

»Ja«, knurrte Sneijder. *»Diese Jana Ullrich hat Österreich vor vier Jahren gar nicht verlassen. Sie ist seit vier Jahren tot!«*

»Seit vier Jahren tot?«, wiederholte Pulaski.

»Ja, Pulaski, rede ich undeutlich?«

Pulaski ignorierte die Bemerkung und schielte stattdessen zum Zeitungsartikel auf der Videowand. »Und woran ist sie gestorben?«

»Kam bei einem Theaterbrand in Wien ums Leben.«

52

Nachdem Pulaski das Telefonat mit seinem Kollegen vom deutschen BKA beendet hatte, schob auch Evelyn ihr japanisches Essen zur Seite. Mittlerweile hatte niemand mehr Appetit. Stattdessen fuhr Evelyn ihren eigenen Laptop hoch, um sich Notizen zu machen.

»Der Mistkerl hat mir beinhart ins Gesicht gelogen«, stellte sie trocken fest. *»Jana hat mich vor vier Jahren verlassen. Sie ist ins Ausland gegangen. Ich habe keine Ahnung, wohin«*, imitierte sie Kilians Stimme. Am liebsten wollte sie sich ohrfeigen, weil sie so naiv gewesen war und diese Aussage nicht sofort überprüft hatte.

»Die Frage ist doch, *warum* er uns diese Lüge aufgetischt hat«, stellte Flo fest.

»Das kann ich dir sagen«, zischte Evelyn immer noch zornig. »Weil wir sonst die Todesursache recherchiert hätten – wie, wo, wann und unter welchen Umständen sie gestorben ist, und das hätte uns unwillkürlich zu diesem Theaterbrand geführt. Schon allein die Tatsache, dass er den vor uns verheimlichen wollte, sagt uns doch, dass genau *hier* etwas Wichtiges verborgen liegt.«

»Anscheinend wollte er uns mit dieser Lüge zumindest so lange abspeisen, bis er auf freiem Fuß ist«, sagte Pulaski.

»Was ja auch prima geklappt hat«, ergänzte Evelyn.

»Ich rufe noch einmal Krohn an.« Pulaski betätigte die Wahlwiederholungstaste auf seinem Handy und wartete, doch nach dem zweiten Läuten war die Verbindung weg. Krohn hatte sein Handy ausgeschaltet. Keine Mobilbox! »Verdammte Kacke!«

»Was wollen Sie von ihm?«, fragte Evelyn.

Pulaski gab keine Antwort. »Ich probiere es bei der Wiener Polizeidirektion«, sagte er stattdessen, warf einen Blick auf Krohns Visitenkarte und wählte die Nummer. »Ja, hallo? Hier spricht Walter Pulaski, LKA Dresden, ich möchte gern mit Oberst Krohn sprechen.«

»*Tut mir leid*«, sagte eine weibliche Stimme, »*er ist gerade in einer Be…*«

»Ist mir egal, ob er in einer Besprechung ist. Holen Sie ihn bitte raus. Es ist verdammt wichtig!«

Evelyn zuckte zusammen. So hatte sie Pulaski schon lange nicht mehr reden gehört. Ihn hatte wohl das Ermittlungsfieber gepackt. Evelyn rückte näher zum Telefon und neigte den Kopf.

»*Um ehrlich zu sein, hat er die Besprechung abgesagt und sich in sein Büro zurückgezogen*«, sagte die Frau. »*Ich …*«

»Richten Sie ihm bitte aus, dass wir – Dr. Evelyn Meyers und ich – dringend auf seinen Rückruf warten!«, fuhr Pulaski dazwischen.

»*Ich habe zwar keine Ahnung, worum es geht, aber …*«

»Ist auch besser so! Beeilen Sie sich!«, unterbrach Pulaski sie erneut und legte auf. Er atmete tief durch und öffnete den obersten Knopf seines Hemds. »Verdammt heiß hier.« Er sprang auf, lief zum Fenster und riss beide Flügel auf. Trotz der Regenfluten stand er einfach nur da und inhalierte die feuchte Abendluft.

»Wir sollten eine kurze Pause machen«, schlug Flo besorgt vor.

Pulaski hob die Hand. »Wir machen jetzt keine Pause!« Er schloss einen Fensterflügel wieder, drehte sich um und sah sie an. Der Regen hatte sein Hemd benetzt. »Zuerst stirbt seine Tochter an einer, wie Kilian glaubt, verpfuschten OP. Zwei Jahre später seine Lebensgefährtin bei einem Theaterbrand – möglicherweise der einzige Mensch, der ihm in dieser Zeit Halt gegeben hat. Wenn ich daran denke, wie es mir ergangen ist, als meine Tochter in Lebensgefahr war … Janas Tod muss seinen Lebenswillen endgültig gebrochen haben. Und ihn möglicherweise so verbittert haben, dass er beschlossen hat, alle Überlebenden des Theaterbrandes aus Rache zu ermorden.«

»Um danach einen Podcast darüber zu produzieren?«, fragte Flo ungläubig und schüttelte den Kopf. »Vielleicht hat ja jemand anderes den Brand mit voller Absicht gelegt. Ein Anschlag. Und jetzt macht dieser Jemand nach und nach auch jene fertig, die damals entkommen sind. *Kilian* könnte ihm auf die Spur gekommen sein.«

Pulaski sah ihn verblüfft an, doch gerade, als er etwas erwidern wollte, läutete sein Telefon. Er stürzte sofort hin. »Ja?«

»Pulaski, was wollen Sie?«, drang Krohns Stimme ungehalten, aber gedämpft aus dem Lautsprecher. *»Ich bin gerade dabei, die Unterlagen zusammenzustellen! Wenn sich jemand dafür interessiert und herausfindet, wo ich mich mit meinem Passwort überall eingeloggt habe, habe ich ein paar Tage vor meiner Pensionierung noch ein Disziplinarverfahren am Hals, also gehen Sie mir nicht auf den Sack!«*

»Wir sind auf der richtigen Spur«, sagte Pulaski völlig ruhig, um Krohn zu besänftigen. »Martin Kilians Lebensgefährtin war damals auch im Theater. Sie ist bei dem Brand ums Leben gekommen. Wir brauchen das Ergebnis ihrer Obduktion.«

Evelyn ging ein Licht auf. Darauf war Pulaski also scharf!

»Sie wissen aber schon, dass ich ohne richterlichen Beschluss …?«

»Weiß ich! Kommen Sie an die Daten ran oder nicht?«

»Ja, einen Moment. Ich kann mich ins Archiv der Pathologie einloggen.«

»Die Frau hieß Jana Ullrich«, sagte Pulaski, woraufhin sie Krohn eine halbe Minute lang tippen hörten, während sein PC ein paarmal piepte.

»Der Brand war am neunten Mai … einen Augenblick … Mann, ist dieses System langsam … Okay, hier ist der eingescannte Befund.«

»Woran ist sie gestorben?«

»Einen Augenblick … Latein ist nicht gerade meine Stärke … Sie hatte … aha, mhm … leichte Prellungen und Abschürfungen, aber keine inneren Verletzungen. Offenbar ist sie keine von denen, die zu Tode getrampelt wurden … aha, hier steht es … sie hatte Rauch in der Lunge. Ist an einer Kohlenmonoxidvergiftung gestorben.«

»Die typische Todesursache bei einem Brand«, kommentierte Pulaski enttäuscht und ließ die angespannten Schultern sinken. Anscheinend hatte er auf etwas anderes gehofft.

»Auch ihr Baby ist kurz darauf im Mutterleib gestorben«, fügte Krohn hinzu.

»Sie war schwanger?«, entfuhr es Evelyn.

»Im achten Monat«, erklärte Krohn. *»Es ist ein Mädchen gewesen.«*

»O Gott!« Evelyn strich sich instinktiv über den Bauch.

»Danke«, presste Pulaski mit belegter Stimme hervor. »Schicken Sie uns bitte alles, was Sie finden können.«

»*Würde ich ja – wenn Sie mich jetzt endlich arbeiten ließen!*« Im nächsten Moment war die Verbindung tot.

Evelyn sah in betroffene Gesichter. »Er hat uns nicht nur über Janas Tod belogen, sondern auch sein ungeborenes zweites Kind verheimlicht«, stellte sie fest.

»Wieder eine Tochter«, bemerkte Flo. »Vielleicht war das ein Versuch der beiden, ihr Trauma von Viktorias Tod zu überwinden.«

»Wirkt auf den ersten Blick plausibel …«, Pulaski kaute gedankenversunken am Fingernagel, »… aber ich glaube nicht, dass das funktioniert. Wenn du dein zweites Kind siehst, wirst du dann nicht immer an das andere erinnert? Und daran, wie es sich entwickelt hätte?«

Mittlerweile war es draußen finster geworden. »Tja, genau das hat Kilian nie herausfinden können.« Evelyn sah zum Fenster, wo gerade ein Blitz die Straßenschlucht erhellte. Für eine Sekunde war der Strom weg, und die Lampe im Besprechungszimmer flackerte. »Für ihn muss die Zeit nach diesem Brand die Hölle auf Erden gewesen sein.«

53

Eineinhalb Stunden später blinkte endlich das E-Mail-Symbol auf Evelyns Laptop auf. Krohn hatte ihr unter einer privaten, anonymen Gmx-Adresse ohne weitere Kommentare oder Erläuterungen eine ganze Reihe PDF-Dateien geschickt, die sie nun auf die Videowand projizierte.

Zu dritt schauten sie die Unterlagen durch, aus denen hervorging, dass sowohl die Polizei als auch die Versicherung und der Brandsachverständige eine Brandstiftung ausschlossen. *Unfall durch eine Gasexplosion* lautete die einhellige Meinung. Die neununddreißig Toten waren identifiziert worden – darunter auch Jana Ullrich –, aber keiner von ihnen stand in einer näheren Verbindung zu Aleyna Al-Rashid oder Geert Niemeyer, zumindest soweit sie es in einer ersten mühseligen Recherche herausfanden.

Zeugenaussagen zufolge waren in jener Nacht angeblich fünf Theaterbesucher vom Ort der Katastrophe geflohen. Die Polizei hatte einen Aufruf gestartet, dass sich die Personen für eine Befragung melden sollten, doch der war ergebnislos geblieben.

»Hier steht es«, murmelte Evelyn schließlich und überflog einen Zeitungsbericht. »*Ein junges Ehepaar – Norbert und Nicole Schaefer – gab zu, dass es zunächst ebenfalls in Panik weggerannt war. Es hat sich dann aber noch in derselben Nacht bei Sanitätern und Polizei gemeldet*«, las Evelyn vor. »Das nenne ich menschlichen Anstand.«

»Meinst du, dass ihnen je etwas angehängt worden ist?«, fragte Flo.

Evelyn hob die Schultern. »Ich denke nicht. Der Staatsanwalt hat damals garantiert ermittelt und hätte die geflohenen Gäste belangen können, weil sie abgehauen sind und Verletzte im Stich gelassen haben. Theoretisch hätte er sogar auf fahrlässige Körperverletzung mit Todesfolge plädieren können. Aber wenn ich deren Anwältin gewesen wäre, hätte ich damit argumentiert, dass eine Notsituation vorlag. Während einer Massenpanik mussten die Menschen ein brennendes Theater verlassen, um ihre eigene Haut zu retten. Die wenigsten hätten da selbstlos gehandelt.«

Pulaski nickte. »Der Staatsanwalt hätte kaum Gründe für ein Strafverfahren gehabt. Allerdings hätte er ein Ermittlungsverfahren gegen den Veranstalter einleiten können.«

Evelyn sah auf. »Ja, richtig, was ist eigentlich mit dem? Hat der überlebt?«

Flo schnappte sich Evelyns Laptop und klickte sich durch die restlichen Dateien, bis er die Antwort gefunden hatte. »Hier steht es … offiziell haben nachweislich nur fünf identifizierte Personen den Brand überlebt. Das Ehepaar Schaefer, eine weitere Person, deren Namen nicht erwähnt wird, Oskar Wagner, dem die Bühne gehört hat, und der fünfte ist … Martin Kilian.« Flo sah zu Evelyn. »Er war in jener Nacht natürlich auch bei der Premiere!«

»Möglicherweise hat er gesehen oder später herausgefunden, wer die fünf Personen waren, die abgehauen sind«, vermutete Pulaski.

»Im Moment wissen wir aber nur Folgendes …«, murmelte Flo und tippte eine Liste, worin er die Namen jener durchstrich, die ermordet worden waren.

offiziell überlebt:	**abgehauen:**
Otto Wagner	Namenlos
Martin Kilian	~~Peter Altmann~~
Namenlos	~~Till Altmann~~
~~Norbert Schaefer~~	~~Riane Krohn~~
~~Nicole Schaefer~~	~~Ulli Lüdtke~~

»Wir müssen die Namen der anderen beiden Personen herausfinden«, sagte Evelyn.

Flo stöhnte auf. »Das wird nicht leicht. Wir könnten natürlich Kilian befragen …«

Evelyn winkte ab. »Dafür ist es noch zu früh. Er sollte nicht jetzt schon rausfinden, dass wir ihn verdächtigen – und ihn mit dieser Sache von damals in Verbindung gebracht haben.«

»Ich hätte da eine vage Idee, wer eine der beiden namenlosen Personen sein könnte«, murmelte Pulaski. Sein Blick richtete sich hoch konzentriert auf die Projektionsfläche. »Als ich mit Corinna Wagner in der Buchhandlung gesprochen habe, hat sie Folgendes gesagt …« Er massierte seine Schläfen. »… *Ich bin ziemlich gut darin, Akzente zu erraten. Hab früher viele Rollen im Jugendtheater gespielt …*«

Evelyn sah ihn ungläubig an. »Wollen wir jetzt alle überprüfen, die früher einmal Theater gespielt oder sich dafür interessiert haben?«

Pulaski schüttelte den Kopf. »Nein, nur sie.«

»Das wäre allerdings ein riesengroßer Zufall, wenn sie bei der Premiere dabei gewesen wäre«, entgegnete Evelyn.

»Nein … wäre … es … vielleicht … nicht …«, widersprach Flo gedehnt, während er bereits an einer Suchabfrage über Facebook tippte und diverse Berufsportale und Buchhändlerplattformen öffnete, um mehr über Corinna Wagner herauszufinden.

Hoffentlich verrennen wir uns da nicht in eine ganz wilde Verschwörungstheorie, dachte Evelyn und ging zur Hausbar, wo sie sich einen Gin Tonic eingoss. »Sie auch?«, fragte sie Pulaski, der jedoch abwehrte. Sie nahm einen kräftigen Schluck und bekam sogleich wieder Magenschmerzen. *Verdammt, jetzt kann ich mich noch nicht einmal mehr betrinken.* »Bin gleich wieder da«, murmelte sie und ging zur Toilette.

Als sie sich ein paar Minuten später frisch gemacht hatte und zurück ins Besprechungszimmer kam, war es bis auf das Geräusch des Regens überraschend still. Pulaski hatte den Kopf auf die Hand gestützt und kratzte sich im Nacken, während Flo sich im Stuhl zurücklehnte, die Hände hinter dem Kopf verschränkte und zufrieden grinste. »Du errätst nie, wer das Video im Steakhouse gedreht hat«, sagte er.

»Corinna Wagner«, antwortete Evelyn verwirrt. »Was ist daran so besonders? Das wissen wir doch schon.«

Flo grinste. »Ja, aber was wir bisher noch nicht wussten … sie ist die Tochter des Theaterbesitzers Oskar Wagner!«

54

»Seine Tochter?«, wiederholte Evelyn. »So ein Zufall!« Sie ließ sich in ihren Stuhl plumpsen und rückte näher an den Tisch. »Das heißt, dass Kilian und Corinna sich ziemlich sicher seit damals kennen. Sie war ja bestimmt auch bei der Premiere.«

»So weit waren wir auch schon«, erklärte Flo und nickte zu Pulaski. »Und *rein zufällig* hat ausgerechnet sie das Video im Restaurant gedreht, das Kilian entlastet hat.«

»Ein weiterer Hinweis darauf, dass das Video fake ist.« Evelyn dachte kurz nach. »Wir müssen mit Oskar Wagner reden. Vermutlich kann nur er Licht in die Sache bringen.«

»Ganz Ihrer Meinung.« Pulaski deutete zur Videowand, wo Flo eine zweiseitige *Profil*-Reportage zu Oskar Wagner geöffnet hatte.

Evelyn erhob sich und ging näher zur Wand, um sich den Artikel durchzulesen. Die Fotos dazu zeigten einen Mann ungefähr Ende fünfzig mit grauen Locken und rundem, vollbärtigem und rotwangigem Gesicht.

Das gesamte Gebäude, in dem sich das Theater befunden hatte, war – wie Evelyn nun las – Oskar Wagners Eigentum gewesen. Im Dachbodengeschoss über dem Theater lagen noch drei große Mansardenwohnungen. Ein Keller war nicht vorhanden.

Äußerlich war das alte Fachwerkhaus aus der Jahrhundertwende ein Schmuckstück, aber bei der Innenausstattung zahlte man natürlich einen gewaltigen Preis für das hohe Alter: Es hatte eine entsprechend alte Heizung, Holzwände, alte Fenster und Türen sowie eine Trambalkendecke gehabt, zwischen deren Holzbalken sich Schilfmatten befunden hatten, damit das Verputzmaterial besser hielt.

In der unteren Etage hatte sich auf knapp vierhundert Quadratmetern und mit einer Raumhöhe von vier Metern das Theater befunden: ein Vorraum sowie Garderobe, Veranstaltungssaal, Bühne, Backstagebereich, Küche und WC-Anlage.

Nach dem Brand, der im Vorraum ausgebrochen war und bei dem Wagner sein ganzes Theater verloren hatte, war er finanziell ruiniert gewesen, zumal die Versicherung ausgestiegen war. Zwar war das Gebäude mit einer Summe von 1,8 Millionen Euro versichert gewesen, aber der hoch verschuldete Wagner hatte auch nach mehrmaligen Mahnungen die letzte halbjährliche Prämie in Höhe von 1.576,37 Euro nicht bezahlen können.

Besonders tragisch war, dass er dazu eigentlich die Einnahmen aus der Theaterpremiere hätte hernehmen wollen – ein Plan, der katastrophal fehlgeschlagen war.

Abgesehen von seinem generellen Verlust hatte er auch noch eine drohende Klage am Hals gehabt. Für solche alten Gebäude war zwar kein Feuermelder vorgeschrieben, und es gab auch keine hohen Brandschutzauflagen – drei Feuerlöscher und freie Fluchtwege hatten hier genügt –, aber das Bühnenbild war schlecht verankert und die Beheizung für den Innenraum nicht genehmigt gewesen. Außerdem hatte Wagner an diesem Abend laut Zeugenaussagen eine unsachgemäße Dekoration verwendet.

Insgesamt hatte er grob fahrlässig gehandelt und mit einer Anzeige wegen fahrlässiger Tötung zu rechnen gehabt. Dazu kamen, dass sein Ruf ruiniert war und der Tod von neununddreißig Menschen auf ihm lastete. Vor allem Letzteres machte ihm eigenen Angaben zufolge schwer zu schaffen.

Während Evelyn all das las, stieg eine dunkle Erinnerung in ihr hoch. »Hat er sich nicht …?«, flüsterte sie gedankenverloren.

»Lies einfach weiter!«, sagte Flo.

Evelyn konzentrierte sich wieder auf den Artikel. Da stand es! Nun wurde ihr auch klar, warum das *Profil* eine so ausführliche Bildreportage über Oskar Wagner gebracht hatte. »Er hat sich an einem Balken der Brandruine erhängt«, las sie schockiert weiter. Dann sah sie zu Flo. »Vielleicht war es gar kein Selbstmord. Möglicherweise wurde er ermordet?«

»Unwahrscheinlich. Das *Profil* schreibt, dass er einen Abschiedsbrief hinterlassen hat, der eindeutig von ihm stammt.«

»Okay … Ah ja, hier … in dem Brief hieß es, dass er nicht mit der Schuld leben konnte, dass so viele Menschen gestorben sind.«

»Er hinterließ eine fünfundzwanzigjährige Tochter, die das Theater später einmal hätte übernehmen sollen«, las Flo den letzten Satz laut vor.

»Die jetzt neunundzwanzig ist und in der Buchhandlung *Lesefuchs* arbeitet«, fügte Pulaski hinzu.

»Und die Kilian bei seinem Alibi in einer Mordsache geholfen hat«, ergänzte Evelyn. »Wow!« Sie setzte sich hin und drehte gedankenverloren an einer Haarsträhne. »Mal angenommen, dass Martin Kilian wirklich seit vier Jahren raffinierte Morde begeht, die bisher nicht aufgeklärt werden konnten – was ist sein Motiv?«, murmelte sie mehr zu sich selbst.

»Rache an den Überlebenden des Theaterbrandes?«, vermutete Flo.

»Durchaus möglich«, sagte sie. »Aber was hat das mit dem Mord an Dr. Al-Rashid zu tun?« Sie drehte sich zu Pulaski. »Bevor wir mit Kilian reden, müssen wir den Namen der zehnten Person herausfinden, die den Brand überlebt hat.«

»Nachdem sechs Zeugen bereits ermordet wurden und wir Corinna Wagner vielleicht nicht unbedingt fragen sollten, wenn sie seine Komplizin ist, wird das schwierig«, gab Pulaski zu.

»Ich hätte da eine Idee …«, murmelte Flo. »Wenn wir davon ausgehen, dass es eine Panik in dem Saal gegeben hat, die Leute rücksichtslos versucht haben, ins Freie zu gelangen, und sich gegenseitig geschubst und weggedrängt haben – dann haben die, die es rechtzeitig rausgeschafft haben, garantiert Prellungen, Blutergüsse oder Schürfwunden davongetragen, aber vor allem auch …«

»… eine Rauchgasvergiftung!«, vollendete Pulaski den Satz und hob die Augenbrauen. »Also sind sie in jener Nacht höchstwahrscheinlich zu einem Arzt oder in ein Krankenhaus gefahren, um sich behandeln zu lassen.«

»Genau!« Flo schnippte mit den Fingern. »Vielleicht ins Unfallkrankenhaus Döbling – das ist so groß, dass man in der Menge der anderen Patienten einigermaßen anonym bleiben kann, und …« Hastig tippte er auf seinem Notebook herum. »… nicht einmal vier Kilometer vom Theater entfernt.« Er sah auf. »Ich könnte mich ins Archiv des Krankenhauses hacken und mir die Unterlagen der Notaufnahme von der Nacht des neunten Mai ansehen, falls es die noch gibt.«

Pulaski warf Flo einen skeptischen Blick zu. »Einfach so?«

»Na ja, *sooo* einfach geht es nun auch wieder nicht«, gestand Flo, »aber die Klinik hängt am öffentlichen Netz, und über ihre Webseite finde ich heraus, wo deren Server liegt. Mit einem Tool, das die Sicherheitslücken der jeweiligen Software nutzt, scanne ich dann das Netzwerk, analysiere die Protokolle und knacke verschlüsselte Passwörter. Dann lade ich mir die Anwenderprogramme vom Server herunter, lege einen Fake-User an und schreibe eine Abfrage mit Administratorrechten.«

»Okay«, murmelte Pulaski. »Mein letzter IT-Kurs ist schon ziemlich lange her.«

»Ja, meiner auch. Aber Flo kann so was«, bestätigte Evelyn, winkte aber gleichzeitig ab. »Doch das ist viel zu kompliziert. Ich kenne einen viel einfacheren Weg.« Sie griff zum Handy und rief noch einmal Sylke an. Schließlich arbeitete Leon als Chirurg am Döblinger UKH. Nach dem fünften Läuten hatte sie Sylke endlich dran und erklärte ihr, wonach sie suchte. »Kennst du jemanden, der das für mich herausfinden kann?«, schloss sie.

»Ich nehme an, es ist wichtig … na klar, sonst würdest du mich nicht so spät noch anrufen«, sagte Sylke. »Ich könnte Leon fragen, der hat heute Nachtdienst. Wenn im Krankenhaus nicht viel los ist, könnte er in den Unterlagen nachsehen.«

»Das wäre großartig.«

»Vor vier Jahren, sagst du? Am neunten Mai?«, wiederholte Sylke, und Evelyn hörte, wie sie mit einem Zettel raschelte. »Okay, ich melde mich bei dir, sobald ich etwas erfahren habe.«

»Danke.« Evelyn ahnte, dass die nächsten Stunden eine endlos lange qualvolle Warterei werden würden.

Da Pulaski noch keine Lust hatte, ins Hotel zu gehen, wärmte sie die Essensreste auf. Gemeinsam machten sie sich über das übrig gebliebene japanische Essen her, und danach setzte Evelyn frischen Kaffee auf.

Nachdem sie sich erschöpft und gähnend um 22.25 Uhr die Spätnachrichten im Fernsehen angesehen hatten, läutete endlich Evelyns Handy. Sie stürzte hin. Es war Sylke. »Und, was hast du herausgefunden?«, rief Evelyn sofort.

»Immer langsam mit den jungen Pferden. Leon hat sich echt Mühe gegeben – und ich glaube, du schuldest ihm eine Einladung in ein griechisches Restaurant«, sagte Sylke. »Für *zwei* Personen!«

»Ja, alles, was ihr wollt.«

»Also, insgesamt gab es in jener Nacht drei Patienten mit den Symptomen, wie du sie beschrieben hast.«

»Und wer sind die drei?«

»Ich nehme an, dich interessiert nur eine davon«, sagte Sylke. »Und ich glaube auch zu wissen, nach wem du suchst.«

»Sag schon!«, drängte Evelyn und schaltete ihr Handy auf Lautsprecher, sodass Pulaski und Flo mithören konnten. Beide starrten gespannt auf das Telefon.

»In jener Nacht kam niemand Geringeres in die Notaufnahme«, sagte Sylke, *»als Dr. Aleyna Al-Rashid.«*

Vier Jahre zuvor

Samstag, 9. Mai
Der Abend der Premiere

Rachefrühling – 1. Akt

Jana Ullrich schob den schweren Vorhang beiseite und betrat den Vorraum des Theaters. Draußen war es richtig kalt. Trotzdem hatte sie den Mantel im Auto gelassen, da sie wusste, dass das Theater nur eine kleine Garderobe besaß und Oskar fünf Euro pro Kleidungsstück verlangte. Martin hatte sie direkt vor dem Theater aussteigen lassen und stellte seinen Wagen nun auf dem benachbarten Parkplatz ab.

Zum Glück lief im Vorraum ein Heizlüfter. Jana rieb sich die Hände und wartete. Weitere Gäste betraten das Theater, und sie bekam mit, wie ein junges Pärchen die Karte ihrer Mutter an der Abendkasse zurückgab, weil diese überraschend krank geworden war. Kurz darauf kam auch Martin herein, sie zeigten ihre Tickets vor und betraten gleich den Saal. »Eigentlich hätten wir ja *drei* Karten lösen müssen«, sagte er und strich ihr über den Bauch. »Oder vielleicht sogar *vier*, wenn ich mir diese Kugel …?«

»Idiot!«, zischte sie und lachte. »Oh, schau nur.«

Alle Tische waren schön gedeckt. Auf jedem befand sich ein Kerzenständer, und aus den Boxen drang sanfte Pianomusik.

»Rache … *frühling*«, flüsterte Martin ihr zu. »Wie passend für dieses grässliche Wetter.«

»Sei nicht so zynisch.« Sie boxte ihm in die Seite. »Oskar und Daniel sind *deine* Freunde. Vielleicht ist das Stück gar nicht so schlecht. Bringt dich vielleicht auf neue Ideen für deinen Podcast.«

»Ganz bestimmt.« Er verdrehte die Augen, dann zeigte er zu einem Tisch in der ersten Reihe. »Dort sind unsere Namensschilder.«

Insgesamt gab es achtzehn kleine runde Zweiertische – und damit war das Theater mehr als gut gefüllt. »Die haben sogar noch in die letzten Winkel Tische reingequetscht«, flüsterte sie.

»Oskar hat das Geld dringend nötig«, raunte er ihr zu.

Sie nahmen Platz, bestellten Getränke und warfen einen Blick auf die Karte mit dem viergängigen Menü. Zwischen den einzelnen Gängen würde Daniel Vogts Ensemble ein Kriminalstück aufführen, bei dem sie mitraten mussten – und der Sieger bekam eine große Flasche Champagner. Jana hatte Tage zuvor schon versucht, Daniel über die Lösung des Falls auszuhorchen, doch der hatte eisern geschwiegen.

Dem Bühnenbild nach zu schließen befanden sie sich in einem Schloss. Mehrere bemalte Holztafeln waren mit Scharnieren zu einer Rückwand zusammengeschraubt worden. Darstellen sollte das wohl einen üppig eingerichteten Schlosssaal mit Gemälden und Wandteppichen, hohen Fenstern, einem Kamin und einer Ritterrüstung. Im Bühnenbild befand sich auch eine echte Tür, die nach hinten aufging und durch die die Schauspieler aus dem hinteren Bereich über ein kleines Treppchen die Bühne betreten konnten.

Es dauerte noch eine halbe Stunde, bis alle Gäste eingetroffen waren, ihre Tische gefunden und Getränke bestellt hatten. Das Licht wurde etwas gedimmt, die Pianomusik verstummte, und die Tür im Bühnenbild öffnete sich knarrend. Daniel betrat im rot-schwarzen Kostüm eines Schlossherrn die Bühne. Dank eines Headsets hatte er beide Hände frei. In der linken hielt er einen Spazierstock mit silbernem Knauf.

»Willkommen zur ausverkauften Premiere von *Rachefrühling*!«, eröffnete er die Veranstaltung. »Das Dinner & Crime-Ensemble und meine Wenigkeit werden Sie heute Abend auf ein schottisches Schloss entführen, wo es zu einer Testamentseröffnung und einer … oder zwei … oder mehreren Leichen *à souper* kommen wird.« Er drehte sich mit dem Rücken zum Publikum und machte mit seinem Handy ein paar Selfies von sich und dem vollen Veranstaltungssaal.

Jana blickte sich um. Einige der Gäste rissen winkend die Hände hoch. Plötzlich stockte ihr der Atem. Im Reflex fasste sie nach Martins Arm, ihre Finger verkrampften sich. »Schau mal, wer dort hinten sitzt!«, zischte sie.

Martin drehte sich um. »Wo? Ich sehe niemanden, den ich …« Er reckte den Hals und verstummte. »Ach, du verdammte Sch…!«, fluchte er. Im nächsten Moment wurde der Saal verdunkelt.

»Das ist doch Aleyna Al-Rashid! Was macht die hier?«

»Ins Theater gehen«, antwortete er. »Was sonst?«

»So ein Zufall. Ausgerechnet heute. Die ist sicher absichtlich hier. Die verfolgt uns!«

»Jana, beruhige dich.« Er griff nach ihrer Hand und streichelte sie. »Lassen wir uns von ihr nicht den Abend verderben.«

»Er ist schon verdorben. Ich kann ihren Anblick nicht ertragen«, presste sie hervor.

Martin strich ihr über die Wange und drehte ihren Kopf sanft nach vorne. »Das Stück hat schon begonnen«, flüsterte er. »Vergiss sie. Konzentrier dich. Schließlich willst *du* den Champagner gewinnen, nicht ich – obwohl du ihn ja gar nicht trinken darfst.«

»Aber spätestens zur Einschulung unserer Tochter werden wir die Flasche köpfen.« Sie versuchte zu lächeln und drehte sich wieder ganz nach vorn.

Die Zeit verflog wie im Nu. Erster und zweiter Akt gingen ohne längere Pause durch, nur kurz unterbrochen durch das Servieren der ersten beiden Gänge. Danach folgte eine zwanzigminütige Pause, in der vom Küchenpersonal der Hauptgang aufgetischt wurde. Fast alle Besucher strömten indessen ins Freie, um Luft zu schnappen, sich kurz die Beine zu vertreten oder eine Zigarette zu rauchen.

Jana hatte frische Luft ebenfalls dringend nötig, da es im Raum keine Fenster gab und es ziemlich stickig geworden war. Aber da sie im achten Monat war und keine Lust hatte, sich durch allzu viele Menschen zu drängen, wartete sie, bis sich der Saal halbwegs geleert hatte.

»Kommst du mit raus?«, fragte sie Martin.

Der schüttelte den Kopf. »Geh nur, ich bestelle uns noch etwas zu trinken, und dann plaudere ich kurz mit Daniel.« Er senkte die Stimme. »Ich muss ihm noch sagen, dass sich das Mikrokabel an seinem Rücken gelöst hat.«

»Okay.« Sie gab ihm einen Kuss und ging zwischen den Tischen und Stühlen zum Ausgang.

O Gott! Der Schreck fuhr ihr durch Mark und Bein, als sie Aleyna im Vorraum sah. Während des packenden Stücks hatte sie die Anwesenheit der Ärztin total vergessen – bis jetzt. *So ein Mist!*

Da stand sie, in einem roten Abendkleid, das ihre gute Figur betonte. Ohne zu grüßen, wollte sich Jana an ihr vorbeidrängen, sie einfach ignorieren, doch aus dem Augenwinkel sah sie, wie Aleyna sich zu ihr drehte.

Die Ärztin lächelte schüchtern. »Guten Abend, Frau Ullrich.«

Jana sah kurz hin. »Oh, hallo!« Sie wollte schon weitergehen, doch Aleyna versperrte ihr den Weg und hielt ihr in der Enge des Vorraums die Hand hin.

Ohne es eigentlich zu wollen, ergriff Jana im Reflex die Hand und schüttelte sie. »Sie sind auch hier?«, fragte sie und hätte sich im nächsten Moment ohrfeigen können. *Etwas Blöderes ist dir nicht eingefallen?*

»Ein spannendes Stück, nicht wahr?« Aleyna fuhr sich mit einer unsicheren Geste durch die langen blonden Haare. Für einen kurzen Moment herrschte peinliche Stille.

Einige Gäste wollten nach draußen, und so stellten sich Aleyna und Jana an den Rand, wobei sie sich unabsichtlich etwas näher kamen.

Der schwere Vorhang schwang mehrmals zur Seite, als die Besucher nach draußen schlüpften, und der Luftzug brachte die Kerzen, die in antiken Ständern auf der Theke der Garderobe standen, zum Flackern. Immer wieder quietschte die alte wuchtige Holztür und ließ den Verkehrslärm herein.

Aleyna und Jana drängten sich in eine Nische und standen nun neben dem surrenden Heizlüfter, der an einer Propangasflasche hing. Ein verzweifelter Versuch, dem kühlen Wind die Stirn zu bieten, der von draußen hereinwehte. Es war eng, Jana wurde heiß, sie bekam plötzlich ein beklemmendes Gefühl und wollte sich an dem Feuerlöscher, der an der Wand hing, vorbeischieben. Doch die ersten Gäste, die von draußen wieder hereinkamen, drängten sie zurück.

Aleyna presste die Lippen zusammen und betrachtete Janas Bauch. »Ich beglückwünsche Sie zu Ihrem Baby.« Sie versuchte zu lächeln. »Wissen Sie schon, was es wird?«

Jana nickte und sah sich nervös um. »Ja, ein Mädchen«, antwortete sie automatisch.

Aleyna atmete tief durch und ließ die Schultern sinken. »Ich freue mich so sehr für Sie.«

»Mein Mann und ich haben eine intensive Paar- und Psychotherapie hinter uns«, sagte Jana und bereute im gleichen Moment ihren bissigen Unterton.

»Ich weiß.« Aleyna presste wieder die Lippen zusammen. »Es tut mir alles so wahnsinnig leid.« Ihre Augen glänzten.

Nicht weinen! Sonst fange ich auch gleich an zu heulen. »Ich …«, krächzte Jana.

»Ich möchte mich bei Ihnen persönlich für die missglückte Operation entschuldigen«, sagte Aleyna rasch. »Es ist damals alles …«

»Wir haben Ihre Briefe, E-Mails und Nachrichten auf dem AB erhalten«, unterbrach Jana sie. Das ging nun schon zwei Jahre so.

»Aber Sie haben nie darauf reagiert.«

»Mein Mann hat sich doch schriftlich bei Ihnen entschuldigt, für das, was er Ihnen vorgeworfen hat«, entfuhr es Jana lauter als gewollt. Sie spürte, wie der alte Zorn wieder in ihr aufstieg. »Was wollen Sie denn noch von uns?«

»Ja, Ihr Mann hat mir geschrieben – und dafür bin ich ihm auch dankbar, aber …« Aleyna fuhr sich wieder durchs Haar und blickte kurz nach oben. Ihre Augen glänzten im flackernden Schein der Kerzen. »… aber ich möchte mich auch mit

Ihnen aussöhnen, Frau Ullrich, um mit der Vergangenheit endgültig abschließen zu können. Es ist für mich wichtig, dass auch Sie mir …«

Die Pausenglocke läutete einmal schrill im Saal.

»Was? Ihnen verzeihen? Wie könnte ich das? Meine Tochter ist tot! Es hat lange genug gedauert, das zu akzeptieren. Aber jetzt habe ich mein Leben wieder in den Griff bekommen, bin wieder schwanger und möchte noch einmal von vorne beginnen. Und ich will …«, zischte sie und trat näher, »… keine alten Wunden aufreißen. Haben Sie das verstanden? Sprechen Sie mich nie wieder an! Schreiben Sie uns nicht mehr und rufen Sie auch nicht mehr bei uns an! Ich … ich …« Ihr fehlten die Worte, so sehr hatte sie sich in Rage geredet. Und plötzlich musste sie laut nach Luft schnappen, als es ihr dämmerte. »Wusste ich es doch! Sie sind gar nicht zufällig hier, richtig?«

Aleyna sah sie betroffen an, widersprach aber nicht.

»Sie sind wegen mir hier, stimmt's?«, fuhr Jana sie an.

»Nachdem ich …«, begann Aleyna, wurde aber unterbrochen, weil die Pausenglocke zweimal läutete und sich die nächsten Besucher wieder an ihnen vorbei in den Theatersaal drängten.

»Das hier ist kein Aufenthaltsraum«, ätzte ein älterer Mann. »Könnt ihr nicht woanders stehen und schwatzen?«

»Schnauze, Arschloch!«, fauchte Jana ihn an, woraufhin er den Kopf schüttelte und weiterging. Erneut kochte Zorn in ihr hoch. Sie funkelte Aleyna an. »Echt jetzt? Sie stalken mich?«

»Es tut mir leid, aber das war die einzige Möglichkeit, mit Ihnen ins Gespräch zu kommen. Ich versichere Ihnen, dass …«

Nun schrillte die Pausenglocke dreimal, und der Rest des

Publikums kam von draußen ins Theater zurück. Die Holztür knarrte, der Vorhang wurde zur Seite geschoben, es zog kalt herein. Die Kerzen flackerten, und die dunklen Stores, die zur Dekoration am Saaleingang hingen, bauschten sich auf.

Für einen Moment erhaschte Jana einen Blick nach draußen. Oskar Wagner stand mittlerweile allein unter einer Straßenlaterne und rauchte eine Zigarette. Sie selbst hatte die Gelegenheit verpasst, frische Luft zu schnappen. Plötzlich bekam sie Kopfschmerzen. Ruckartig wandte sie sich an Aleyna. »Woher wussten Sie eigentlich, dass wir hier sein würden?«

»Das habe ich ja gerade versucht, Ihnen zu erklären.« Aleyna zupfte an der Schulter ihres Kleids. »Nachdem ich erfahren habe, dass Sie wieder schwanger sind, war ich bei Ihnen zu Hause und habe angeläutet, aber es war nur Ihr Mann daheim.«

Janas Puls ging hoch. »Sie haben *was*?«

»Ihr Mann hat mir versichert, dass Sie mich nicht sehen wollen.«

»Das stimmt ja auch!« Jana schüttelte ungläubig den Kopf. »Ich fasse es nicht. Wann war das?«

»Vor zwei Wochen.«

»Was? Er hat mir gar nichts davon erzählt.«

»Vermutlich dachte er, ich wollte Sie belästigen.«

»Und stattdessen belästigen Sie mich jetzt hier?«

»Ja … also ich …« Offensichtlich war Aleyna darum bemüht, ruhig zu bleiben. »Als ich mit Ihrem Mann zwischen Tür und Angel gesprochen habe, sind mir die Theatertickets aufgefallen, die mit einem Magneten am Schlüsselbord hingen … mit dem Datum der Premieren-Veranstaltung«, erklärte sie wie zur Rechtfertigung. »Ich bin hergefahren – auf gut Glück. Habe mir nicht viel davon versprochen, dachte jedoch, es wäre vielleicht eine gute Gelegenheit, um Ihnen zu Ihrem Baby zu gratulieren und um Frieden …«

»Sie haben uns verfolgt?«, rief Jana fassungslos.

»Ich bin … es tut mir leid. Ich bin auch lange vor dem Theater auf und ab gelaufen, war unschlüssig, ob ich es wirklich tun sollte.« Aleyna fuhr sich durchs Haar. »Aber dann habe ich zufällig erfahren, dass eine Karte an der Abendkasse zurückgegeben worden ist. Das schien mir wie ein Wink des Schicksals, und da habe ich sie spontan gekauft.«

»Das darf doch nicht wahr sein!«, rief Jana. »Können Sie nicht endlich damit aufhören? Sie machen alles nur noch schlimmer!«

»Ruhe!«, rief jemand aus dem Saal zu ihnen.

Erst jetzt bekam Jana mit, dass alle Gäste wieder saßen und das Licht im Saal bereits gedämpft worden war.

»Es tut mir leid«, flüsterte Aleyna und berührte Jana am Arm. »Wir sollten jetzt wieder …«

»Fassen Sie mich nicht an!« Jana riss sich los, stolperte nach hinten und stieß dabei so heftig gegen die Gasflasche, dass diese umfiel, zu Boden knallte und zur Seite rollte.

Jana hörte das Knacken, mit dem das Sicherheitsventil brach …

7. TEIL

DAS ULTIMATUM
Donnerstag, 16. Mai

55

Die letzte Nacht war für Pulaski nur kurz gewesen. Nach dem Treffen in Evelyns Kanzlei war er ziemlich spät ins Hotel gekommen und so aufgekratzt gewesen, dass er sich in der Bar neben der Hotellobby noch zwei Gläser Bier bestellt und mit aufs Zimmer genommen hatte. Diesmal kein alkoholfreies. Danach hatte er sich bis drei Uhr früh über den Streamingdienst des Hotels *Der dritte Mann* angesehen. Er war dann mittendrin eingeschlafen, hatte zwar den Schluss mit der Verfolgungsjagd in der Kanalisation verpasst, aber dafür bis acht Uhr durchgepennt.

Am Morgen hatte er ziemlich lange abwechselnd heiß und kalt geduscht und sich dann zum Frühstück im Hotel drei Tassen starken Kaffee hineingekippt.

Evelyn und Flo hatten – genauso wie er – die neuen Erkenntnisse erst einmal überschlafen müssen. Sie trafen sich am Vormittag um zehn, diesmal allerdings in Evelyns Wohnung, einem großen Mansardenappartement mit Balkon.

Während Evelyn etwas in der Küche vorbereitete und Flo noch im Bad war, stand Pulaski vor der Balkontür und betrachtete das bleigraue Wien und den Regen, der auf das Geländer prasselte und von dort davonspritzte.

Neben ihm schlängelte sich eine grau getigerte Katze mit dem Namen *Bonnie* am Halsband geschickt zwischen den zahlreichen Kakteen auf dem Fensterbrett hindurch. Generell fiel ihm auf, dass alle Pflanzen, auch jene auf dem breiten Kaminsims hinter ihm, Kakteen waren. Evelyn hatte ihm gegenüber einmal erwähnt, dass sie einen *schwarzen* Daumen besaß und Pflanzen eher tötete, als sie sprießen zu lassen. Offenbar waren diese Kakteen totale Kämpfernaturen, die nicht einmal Evelyn kleinkriegte.

Er sah sich im Wohnzimmer um. In dem Bücherregal neben dem eher winzigen Fernsehgerät standen Dutzende Romane von Mary Higgins Clark, wohingegen das Regal auf der anderen Seite Programmierbücher und IT-Fachliteratur enthielt. Anscheinend gab es eine klare Trennung, welcher Bereich wem gehörte.

»Alexa!«, rief Pulaski auf gut Glück, nachdem er zwei Lautsprecherboxen in den Ecken entdeckt hatte. »Spiel etwas von Creedence Clearwater Revival.«

Nichts passierte.

»Alexa!«, probierte er es erneut. »Spiel etwas von den Beatles.«

Evelyn kam mit Kaffeekanne, Saft- und Wasserflaschen ins Wohnzimmer. »Ich muss Sie leider enttäuschen. Diese Wohnung hat Flo bisher noch nicht total vertechnisiert, auch wenn er das immer wieder versucht.« Sie stellte das Tablett mit den Getränken auf dem Couchtisch ab und legte eine CD von Enya in den Player. Erfolglos kämpfte die Musik gegen das Prasseln des Regens an.

Pulaski nahm auf der Couch Platz. Während die freche Bonnie vom Fensterbrett sprang, sich sogleich schnurrend näherte und neugierig um Pulaskis Beine strich, versteckte sich Clyde unter der Wohnzimmercouch, von wo aus er den Eindringling skeptisch beobachtete. Der Kater war eindeutig der Ängstlichere und auch der Kleinere von den beiden.

»Wenn die Katzen Ihre Atemwege reizen, dann kann ich sie aus dem Wohnzimmer …«,

»Nein, alles gut«, sagte Pulaski. »Sind das Herbstkätzchen?«

»Weil sie so klein sind? Ja.« Evelyn lächelte. »Clyde hat zwar große Tatzen, aber er selbst wird nicht mehr größer. Flo nennt ihn spaßhalber einen Bonsai-Kater.«

Nun kam auch Flo ins Wohnzimmer, barfuß und leger in Jeans und T-Shirt, murmelte ein müdes »Morgen« und ließ sich mit seinem Notebook aufs andere Ende der Couch fallen. Evelyn, im bequemen Jogginganzug, setzte sich im Schneidersitz zwischen sie. Während Flo auf der Tastatur klapperte, wärmte sie sich an einer großen bauchigen Kaffeetasse, auf der die Cartoonfiguren Tweety und Sylvester ziemlich verwaschen über dem Spruch »Mach sie platt!« zu erkennen waren.

»Ich habe in der Nacht noch Folgendes herausgefunden …« Flo hielt sich die Hand vor den Mund und gähnte herzhaft. »Niemand von denen, die den Theaterbrand überlebt haben, wurde jemals belangt. Die polizeiliche Untersuchung ergab eindeutig, dass Oskar Wagner der alleinige Schuldige an der Katastrophe war. Und jetzt kommt's …« Flo hob die Hand. »… Kilian und Wagner waren befreundet. Auf einem uralten Server-Back-up existieren noch ein paar alte Facebook-Kontakte, auch wenn die offiziell vor vier Jahren gelöscht wurden, nachdem Wagner sich erhängt hatte.«

»Das Internet vergisst nie …« Pulaski zuckte kurz zusammen, als Bonnie überraschend auf ihn sprang, sich mit den Vorderpfoten auf seine Brust stellte und ihm schnurrend mit der Schnauze ins Gesicht fuhr. »Okay, ist ja gut.« Er streichelte das Tier. »Martin Kilian und Corinna Wagner waren bestimmt Leidensgenossen, immerhin haben beide einen geliebten Menschen verloren – durch Janas Tod und Wagners Selbstmord. Vielleicht hat Corinna deshalb Kilian geholfen … Das ist jetzt vielleicht ein bisschen gewagt – aber theoretisch könnte sie ihm ja auch schon bei den anderen Morden geholfen haben.«

»Und aus welchem *Grund* sollte sie das getan haben?«, fragte Evelyn.

»Aus Rache und Wut – immerhin hat sich ihr Vater das Leben genommen«, vermutete Pulaski. Auch er hatte sich in der Nacht Gedanken zu dem Fall gemacht. »Diese Menschen könnten in Kilians und Corinnas Augen schuld am Brand gewesen sein – oder daran, dass es nur so wenige herausgeschafft haben. Ich nehme an, sie sind in Panik geflohen und haben alle anderen hinter sich gelassen.« Umständlich, um die Katze nicht zu verscheuchen, zog er ein Blatt Papier aus der Hosentasche, auf dem er am Morgen im Hotel jene Liste ergänzt hatte, die Flo am Vortag auf die Videowand projiziert hatte. »Und das ergibt dann folgendes Bild …« Er ließ das Blatt auf den Couchtisch gleiten.

offiziell überlebt:	**abgehauen:**
~~Otto Wagner~~ (Suizid)	~~Aleyna Al-Rashid~~ (erm.)
Martin Kilian	~~Peter Altmann~~ (erm.)
Corinna Wagner	~~Till Altmann~~ (erm.)
~~Norbert Schaefer~~ (erm.)	~~Riane Krohn~~ (erm.)
~~Nicole Schaefer~~ (erm.)	~~Ulli Lüdtke~~ (erm.)

Evelyn betrachtete den Zettel. »Wenn ihr beide recht habt, dann hat Kilian Aleyna Al-Rashid also gar nicht wegen der verpatzten OP an seiner Tochter ermordet.«

»Zumindest war das nicht sein einziges und ursächliches Motiv«, präzisierte Pulaski. »Sondern sie war auch noch eine Überlebende des Theaterbrandes, bei dem seine schwangere Lebensgefährtin gestorben ist.«

Evelyn nickte. »Allerdings sind das alles nur Vermutungen, solange wir nicht wissen, was im Theater wirklich vorgefallen ist.«

»Vielleicht haben ja alle, die jetzt tot sind, sich dabei etwas zu Schulden kommen lassen«, spekulierte Pulaski. »Oder sie haben etwas herausgefunden, das sie nicht wissen sollten.«

»Okaaay …« Gedankenverloren nippte Evelyn an der Tasse. »Und wie hat Kilian die Identität dieser Menschen herausgefunden?«

»Aleyna wird er in jener Nacht unter den Gästen erkannt haben«, vermutete Pulaski. »Und die Namen von Norbert und Nicole Schaefer hat er bestimmt in jenen Unterlagen gefunden, die auch Oberst Krohn entdeckt und uns geschickt hat.«

»Und die anderen vier?« Evelyn zog die Augenbrauen zusammen. »Wie hat er von denen erfahren, wenn nicht einmal die Polizei diese Leute finden konnte?«

Flo räusperte sich. »Da gibt es mehrere Möglichkeiten. Zunächst einmal die Online-Buchungen für die Theaterpremiere über ein Ticket-Büro.«

»Bei der Größe des Theaters wurde wohl kaum ein Ticket-Büro zwischengeschaltet«, widersprach Evelyn.

»Zahlungen mit Kreditkarte?«, schlug Flo als Nächstes vor.

Evelyn verzog wenig beeindruckt den Mund. »Ich denke nicht, dass Oskar Wagner sich diesen Service geleistet hat. Und selbst wenn … was ist, wenn die Tickets weiterverschenkt wurden? Außerdem hat es vielleicht auch Kartenverkäufe an der Abendkasse gegeben, die in bar bezahlt wurden.«

»Vielleicht ist Kilian – genauso wie Ihre ehemalige Schulfreundin – über Kontakte zum Krankenhaus draufgekommen, wer in jener Nacht mit einer Rauchgasvergiftung behandelt worden ist«, konterte Pulaski.

Evelyn nickte. »Schon besser … aber dass er damit exakt die richtigen Personen rausfinden konnte?«

»Oder es gab eine Gästeliste«, fügte Flo hinzu. »Bei Dinner & Crime-Veranstaltungen, bei denen das Publikum miträtselt, gibt es oft Namensschilder.«

Evelyn zog eine Augenbraue hoch. »Ja, guter Gedanke. Immerhin weiß Kilian, wie man recherchiert. Und dann plant er nach dem Theaterbrand jedes Jahr im Frühling einen Mord und tötet der Reihe nach alle, die – aus welchen Gründen auch immer – seiner Meinung nach den Tod verdienen.«

»Und durchleuchtet die Tat später in seinen Podcast-Folgen«, fügte Pulaski hinzu.

»Von anderen Folgen zu älteren Fällen weiß ich, dass dabei manchmal unschuldig Angeklagte dank seiner Recherchen freigekommen sind«, ergänzte Flo.

Evelyn atmete tief durch. Anscheinend ließ sie sich alles durch den Kopf gehen. »Natürlich ist es ein gewagtes Risiko, gerade über die eigenen Morde mehrere Podcast-Episoden zu produzieren. Aber eben *weil* er diese Podcasts macht, hat er einen plausiblen Grund dafür, dass er an den Fällen interessiert ist und sich Ermittlungsergebnisse organisiert. So bekommt er auch mit, ob ihm die Kripo auf den Fersen ist.«

»Ein raffiniertes Kerlchen«, bemerkte Pulaski.

»Und sein letztes Opfer war dann Dr. Al-Rashid«, ergänzte Flo. »Aber warum serviert er der Polizei für diesen letzten

Mord erstmals einen Schuldigen? Warum entscheidet er sich für Niemeyer als Bauernopfer?«

»Ja, richtig …« Pulaski räkelte sich auf der Couch. »Warum macht er das so kompliziert? Warum hinterlässt er seine Fingerabdrücke auf der Waffe und seine DNA am Tatort?«

»Das liegt doch auf der Hand«, sagte Evelyn. »Um zu beweisen, dass er hereingelegt wurde.«

»Ja, schon«, erwiderte Pulaski, »aber warum so kompliziert? Warum hat er die Ärztin nicht einfach nachts auf dem Heimweg vom Kino in einer Seitengasse abgeknallt?« Er formte die Hand zur Pistole. »Eine Kugel in den Kopf und fertig. Wozu der ganze Tamtam?«

»Ich glaube, ich kenne den Grund«, murmelte Evelyn. »Denken Sie an seine damalige unbedachte Aussage vor laufender Kamera«, erinnert sie ihn. *»Ich bringe diese Frau um!«*

Pulaski spielte das gesamte Szenario im Kopf durch. »Stimmt, die Kripo hätte ihn in jedem Fall verdächtigt und verhört, ganz egal, wie und wann Dr. Al-Rashid gestorben wäre.«

»Und wegen seines Motivs und mangels eines anderen möglichen Täters hätte er so lange in U-Haft gesessen, bis Dreyer ihn weichgekocht und sein zurechtgelegtes Alibi zerlegt hätte«, ergänzte Evelyn. »Das wusste er. Und deshalb hat er diesen raffinierten Plan entwickelt.«

Pulaski lehnte sich zurück und kraulte gedankenverloren die schnurrende Katze. »Seine einzige Chance davonzukommen war es, sich von Anfang an selbst verdächtig zu machen – mit einer Tatwaffe, auf der sich seine Fingerabdrücke befinden –, danach Stück für Stück alle Verdachtsmomente gegen ihn zu entkräften und der Kripo stattdessen einen plausibleren Täter zu servieren.«

Flo rückte nach vorn und zählte die restlichen Punkte auf. »Und zwar mithilfe des Knopfs, des Videos und der Wachsspur auf seinem Hausschlüssel. Vermutlich hat Corinna Wagner seine Mülltonne als Penner verkleidet durchwühlt – und zwar so, dass sie dabei auch wirklich von Kilians Nachbarin gesehen wird –, immerhin ist sie die Tochter eines Theaterbetreibers und hat bestimmt ausgezeichnete Schauspielerfahrung. Und Kilian brauchte uns später dann nur noch erzählen, dass er seine Haarbürste nicht mehr findet. In Wirklichkeit hat *er* nach dem Mord *Niemeyers* DNA am Tatort platziert. Oh, dieses Arschloch!«

Pulaski nickte. »Der Plan war riskant, aber Kilians einzige Chance. Letztendlich brauchte er dazu dann nur noch eine gute Anwältin, die trotzdem wie eine Marionette nach seiner Pfeife tanzt und sich in die richtige Richtung lenken lässt.« Er schielte zu Evelyn.

Und das war ich!, schien ihr sichtlich betroffener Gesichtsausdruck zu sagen.

»Und wenn alles geklappt hätte, wäre er für alle Zeit aus dem Schneider gewesen«, fügte Pulaski hinzu, der bemerkte, wie es in Evelyn zu brodeln begann. »Schließlich ist es ja auch Ihre Aufgabe, Angeklagte freizubekommen.«

»Richtig, aber ich will dabei nicht hintergangen und benutzt werden«, sagte Evelyn zornig. »Und außerdem können wir davon ausgehen, dass er möglicherweise noch sechs weitere Menschen ermordet hat.« Ihr Blick verriet, dass sie die ganze Sache mittlerweile äußerst persönlich nahm.

Pulaski wollte noch etwas sagen, doch sie hob die Hand und brachte ihn zum Schweigen. Tief in Gedanken versunken dachte sie hoch konzentriert nach, ehe sie den Mund öffnete. »Kilian muss alles bis ins letzte Detail ausführlich geplant haben – da sind wir uns doch einig. Und er musste davon ausgehen, dass ihn die Polizei sofort nach der Tat verhaften würde. Bestimmt hat er auch gewusst, dass ich meine Kanzlei wegen Urlaubs am Freitag schließen würde. Warum begeht er also die Tat so kurz vor meinem Urlaub, wo er doch riskiert, dass ich ihn gar nicht vertrete?«

»Guter Punkt«, überlegte Flo. »Vielleicht hat er das mit dem Urlaub gar nicht gewusst?«

Evelyn schüttelte den Knopf. »Der plant alles so genau, und das übersieht er? Nein!«

»Richtig, er hat es nicht übersehen«, knurrte Pulaski. »Das steht doch sicher auf Ihrer Webseite. Aber er hat vierundzwanzig Stunden lang in U-Haft geschmort, bevor ihn die Polizei das erste Mal telefonieren ließ. *Das* hat er sicher nicht vorausgesehen.«

Evelyn nickte. »Und in dieser Zeit hat er garantiert Blut und Wasser geschwitzt, ob er mich noch rechtzeitig erreichen würde.«

»Der hat nicht geschwitzt«, widersprach Pulaski. »Der hat den Nervenkitzel ausgekostet. Kilian ist ein Typ, der alles bis ins letzte Detail kalkuliert, und dennoch extreme Risiken eingeht, wenn es sein muss. Genau das macht ihn so gefährlich.«

Flo war ein wenig blass geworden. »Und jetzt?«, krächzte er.

Evelyn richtete sich auf. »Ich brauche alle Unterlagen über den Theaterbrand, dann spreche ich mit Professor Niemeyer.«

56

Eine Stunde später betrat Evelyn mit einem tropfenden Regenschirm und einer Mappe unter dem Arm das Landesgericht für Strafsachen. Nachdem sie das Regenwasser von Schirm und Mantel geschüttelt hatte, ging sie über den Steinboden der mit zahlreichen Marmorsäulen großzügig angelegten Eingangshalle.

Dort befanden sich die öffentlich zugängliche Cafeteria, die den Charme einer Uni-Mensa verströmte, sowie der Zugangsbereich zum Gericht. Darauf hielt sie zu, ging durch den Personenscanner und machte sich hinter dem Drehkreuz schnurstracks auf den Weg zum zuständigen Haftrichter, um einen Gesprächstermin mit Niemeyer zu bekommen. Als sie an die Bürotür klopfen wollte, öffnete sich diese, und Dr. Groth trat heraus.

Er wollte sich schon kommentarlos mit seiner massigen Figur an Evelyn vorbeidrängen, als er sie erkannte. »Frau Dr. Meyers?« Er wirkte etwas derangiert, sein beiges Sakko war offen, der Krawattenknoten saß locker. Außerdem roch er nach Schweiß und Pfefferminzbonbons.

»Dr. Groth.« Evelyn schob die Tür zu, sodass sie beide vor dem Büro standen. »Was tun Sie hier?«

»Was *ich* hier tue?«, schnaubte Groth und fuhr sich über den breiten Backenbart. »Morgen ist der formell erste Tag des Hauptprozesses gegen meinen Mandanten. Die Frage ist doch wohl eher, was *Sie* hier tun?«

Evelyn runzelte die Stirn. Also wurde morgen schon die Anklageschrift verlesen. Ostrovsky verlor wirklich keine Zeit. Das bedeutete, dass die acht Geschworenen, die über Niemeyers Schuld oder Unschuld und im Falle seiner Schuld gemeinsam mit den Richtern über die Höhe seiner Strafe entscheiden würden, heute einen Eid leisten mussten und eine kurze Einführung durch die Berufsrichter bekamen.

»Also?« Groth schob sich die Stahlrahmenbrille hoch.

Es hatte keinen Sinn zu lügen. »Um die Wahrheit zu sagen, ich möchte mit Professor Niemeyer sprechen.«

»Das ist doch wohl ein schlechter Witz, oder? Professor Niemeyer wird kein einziges Wort mit Ihnen reden. Ihnen hat es mein Mandant schließlich zu verdanken, dass er angeklagt wird.«

»Deswegen möchte ich ja mit ihm reden.«

»Sie haben ganz schön Mumm in den Knochen, das muss ich schon sagen. Respekt!« Groth senkte gefährlich leise die Stimme. »Ihr Mandant hat meinen hereingelegt, und jetzt wird ihm ein Mord in die Schuhe geschoben, den er gar nicht begangen hat. Möglicherweise hat Ihr feiner Herr Kilian das ja sogar mit Ihnen gemeinsam geplant.«

Evelyn spürte, wie ihr die Hitze ins Gesicht stieg. »Das ist lächerlich.«

»Finden Sie?«

Evelyn ging nicht weiter darauf ein. »Vielleicht kann ich Professor Niemeyer helfen.«

Groth lachte abfällig auf. »Und das soll ich Ihnen glauben?«

»Ich muss mit ihm reden.«

»Nein.«

»Nur kurz, unter vier Augen.«

»Das schon gar nicht! Auf keinen Fall! Wenn, dann nur

in meiner Gegenwart.« Groth fuhr sich wieder über den Backenbart und musterte sie von oben herab. »Ehrlich gesagt – ich wäre schon neugierig, was ausgerechnet *Sie* ihm zu sagen hätten.«

»Einverstanden, dann lassen Sie mich zu ihm.«

»Gut, ich gebe Ihnen fünf Minuten. Sie reden in meinem Beisein mit Professor Niemeyer, aber er wird nur dann antworten, wenn ich es ihm gestatte.«

»Einverstanden.«

Zehn Minuten später saßen Groth und Evelyn dem Mathematikprofessor und Schachgenie im Verhörraum gegenüber. Niemeyer sah Evelyn aus kleinen hasserfüllten Augen an, sagte aber nichts.

Nachdem Dr. Groth seinem Mandanten eingeschärft hatte, nichts ohne seine Zustimmung zu sagen, überließ er Evelyn das Wort.

»Zunächst einmal möchte ich mich dafür entschuldigen, dass ich Sie in diese Lage gebracht habe.«

Niemeyer machte den Mund auf, und obwohl Groth sofort dazwischenging, ignorierte Niemeyer ihn. »Ich habe von meinem Anwalt erfahren, dass ich ihretwegen hier drinnen sitze.« Er kratzte sich im Nacken. »Wenn ich daran denke, dass ich Sie in mein Haus gelassen habe, weil ich Ihnen und Ihrem Mandanten helfen wollte … Was für ein naiver Trottel ich doch gewesen bin!«

»Es tut mir leid.« Evelyn atmete tief durch. »Mittlerweile weiß ich, dass Sie unschuldig sind.«

Niemeyer riss verwundert die Augen auf und blickte zu seinem Anwalt, der ebenfalls überrascht nach Luft schnappte. »Können wir das in meiner Verteidigung verwenden?«, fragte Niemeyer.

»Nein«, antwortete Evelyn rasch, bevor Groth etwas darauf erwidern konnte.

»Dann gehen Sie zur Polizei und reden mit Kommissarin Dreyer«, versuchte es Niemeyer erneut.

»Ich kann Sie nur entlasten, wenn ich meinen Mandanten *belaste*«, erklärte Evelyn. »Und das darf ich nicht.«

Niemeyer sah Hilfe suchend zu Groth, aber dieser nickte nur zur Bestätigung, ehe er sagte: »Wenn man den eigenen Mandanten nicht mit Eifer und Gewissenhaftigkeit vertritt oder die anwaltliche Verschwiegenheit verletzt, riskiert man ein Disziplinarverfahren.«

»Verdammt!«, zischte Niemeyer. »Aber Kilian ist doch jetzt frei. Er ist ja nicht mehr Ihr Mandant.«

Evelyn schüttelte bedauernd den Kopf. »Alles, was ich in dem Zeitraum, als er mein Mandant war, erfahren habe, darf ich nicht zu seinem Nachteil verwenden.«

»Aber …!«, rief Niemeyer.

Groth hob beschwichtigend die Hand. »Frau Meyers unterliegt auch mit einer Nachwirkung der anwaltlichen Verschwiegenheitspflicht«, seufzte er und sah zu Evelyn. »Sie bräuchten schon eine schriftliche Entbindung Ihres Mandanten von der Verschwiegenheitsverpflichtung.«

Evelyn nickte. »Und die würde mir Kilian niemals geben. Außerdem würde er sofort merken, dass ich Ermittlungen gegen ihn anstelle. Allein die Tatsache, dass ich hier sitze und mit Ihnen beiden rede, ist schon riskant genug.«

Niemeyer kratzte sich am Stoppelkinn und versuchte sichtlich, sich zu konzentrieren. »Das bedeutet doch, dass Sie *wissen*, dass Kilian der Mörder ist, richtig?«

Evelyn schluckte. »Davon gehe ich im Moment aus.«

»Das ist doch alles scheiße!«, fluchte Niemeyer.

»Beruhigen Sie sich«, sagte Evelyn.

»Ich soll mich beruhigen?«, schnaubte Niemeyer. »Nachdem Sie mich in eine solche Situation gebracht haben!«

»Und deswegen versuche ich jetzt, Ihnen zu helfen. Ich verstehe, dass es Ihnen beiden schwerfällt, mir zu vertrauen, aber ich bin einer anderen Sache auf der Spur, die uns alle weiterbringen könnte. Und dazu brauche ich Ihre Hilfe.«

»Reden Sie«, sagte Groth.

»Wie Sie vermutet haben, hat Kilian Sie hereingelegt, und das möchte ich beweisen.«

Niemeyer presste die Handflächen auf den Tisch, seine Muskeln spannten sich unter der grauen Häftlingsbekleidung an. »Warum gerade mich?«

»Finden wir es gemeinsam heraus.« Evelyn legte ihre Mappe auf den Tisch, öffnete sie aber noch nicht.

»Beeilen Sie sich«, drängte Groth und blickte auf die Uhr. »Wir haben nur noch wenige Minuten Zeit, dann müssen wir zu unserer Richterin.«

»Soviel ich im Moment zu wissen glaube, haben Kilian und seine Komplizin vier Jahre lang darauf gewartet, dass Dr. Al-Rashid einen neuerlichen Fehler in der Behandlung oder der Nachbetreuung einer Patientin gemacht hat. Bei dem Druck, unter dem Ärzte stehen, war es nur eine Frage der Zeit, bis so etwas wieder passieren würde. Vermutlich ist es nichts Persönliches gegen Sie. Sie sind nur ein beliebiges Bauernopfer, ein Sündenbock, dem er den Mord in die Schuhe schieben konnte.«

»Großartig!« Niemeyers Stimme zitterte. »Warum tut er mir das an? Habe ich nach dem Tod meiner Frau nicht schon genug gelitten?«

»Wie gesagt, ich denke nicht, dass es etwas Persönliches ist.«

»Das ist ja letztlich auch egal«, sagte Groth. »Was mich jedoch mehr interessieren würde: Wie hat er von diesem Behandlungsfehler erfahren?«

»Das weiß ich auch nicht. Haben Sie jemandem davon erzählt?«, fragte Evelyn an Niemeyer gewandt.

»Nein.« Niemeyer wischte sich über die Wange. »Ich habe auch nicht mit der Presse darüber geredet, und vom Krankenhaus hat das garantiert auch niemand ausgeplaudert.« Er sah sie mit geröteten Augen an. »Also ja, wie hat er davon erfahren?«

»Wir bemühen uns, das noch herauszufinden.« Evelyn klappte die Mappe auf und schob Niemeyer das oberste Foto hin. »Kennen Sie diesen Mann?«

Niemeyer starrte lange auf das Bild. »Nein, nie zuvor gesehen, wer soll das sein?«

»Oskar Wagner, ein ehemaliger Theaterbetreiber«, erklärte Evelyn. »Kennen Sie jemanden davon?« Der Reihe nach zeigte sie ihm Fotos von Daniel Vogt – dem Chef des Dinner & Crime-Ensembles –, den sechs ermordeten Gästen, dem Theaterpersonal sowie von allen Schauspielern, von denen sie und Flo Fotos hatten auftreiben können.

Niemeyer sah sich alle Bilder genau an – manche davon waren scharf und in Farbe, andere nur grobkörnige Schwarz-Weiß-Aufnahmen aus der Zeitung –, schüttelte aber immer wieder den Kopf. »Nein, ich kenne niemanden davon. Was soll das alles?«

»Sehen Sie sich die Bilder bitte noch einmal genau an.«

Niemeyer kratzte sich im Nacken. »Aber ich kenne wirklich niemanden.«

»Worauf wollen Sie hinaus?«, ging nun auch Groth dazwischen. »Ich verstehe den Zusammenhang nicht.«

»Den kann ich Ihnen jetzt noch nicht erklären«, sagte Evelyn. »Ein letztes Foto habe ich noch.«

Es klopfte, die Tür ging auf, und eine Polizistin steckte den Kopf ins Zimmer. »Professor Geert Niemeyer fürs Gericht!«

»Wir sind gleich so weit, einen Augenblick noch bitte.« Evelyn wartete, bis die Tür wieder geschlossen wurde, dann schob sie das letzte Foto über den Tisch. »Und diese Person?«

Niemeyer hörte auf, sich im Nacken zu kratzen. Seine Augen weiteten sich. »Ja, die kommt mir bekannt vor … ich … aber ja, verdammt, ich kenne diese Frau. Wer ist das?«

Evelyn ignorierte die Frage. »Und woher kennen Sie die?«

»Das ist Helene … Helene … keine Ahnung, wie ihr Nachname ist«, krächzte Niemeyer.

»Der ist momentan unwichtig. In Wahrheit heißt sie Corinna Wagner«, erklärte Evelyn.

Niemeyer kratzte sich wieder heftig hinter dem Ohr, bis Groth ihm sanft die Hand auf den Arm legte. »Hören Sie auf damit, Sie machen es nur schlimmer.«

»Dieses Kratzen hat ihn vielleicht sogar gerettet«, bemerkte Evelyn, woraufhin die beiden Männer sie verwirrt ansahen. »Egal, vergessen Sie es.« Sie rückte näher zu Niemeyer. »Denken Sie nach! Woher kennen Sie diese Frau?«

»Jetzt weiß ich es wieder.« Niemeyer sah hoch konzentriert aus, und genau so konnte sie ihn sich gut bei einem Schachspiel vorstellen. »Nach meinem Selbstmordversuch war ich bei einer Selbsthilfegruppe für Suizidgefährdete. Dort waren weder Ärzte noch Therapeuten, sondern nur wir Betroffenen, die wir alle ähnliche Probleme hatten. Bei einem dieser Treffen habe ich sie kennengelernt. Sie nannte sich Helene … und ihren Nachnamen habe ich tatsächlich nie erfahren.« Er sah auf. »Ist das Kilians Komplizin?«

Evelyn nickte. »Sie muss Sie beobachtet und es danach so eingefädelt haben, dass Sie sich zufällig in der Gruppe begegnet sind. Eine Selbsthilfegruppe bietet gute Gelegenheiten, dass sich Gespräche ergeben. Kennen Sie den Grund, warum sie dort war?«

»Sie hat behauptet, sie käme nicht darüber hinweg, dass sich ihr Vater erhängt hat. Das war ja das Gute an dieser Gruppe – sie bestand sowohl aus Betroffenen als auch aus Hinterbliebenen, und so sahen wir beide Seiten der Medaille.«

»Und sie hat nicht einmal gelogen«, erklärte Evelyn. »Ihr Vater hat sich wirklich das Leben genommen. Worüber haben Sie mit ihr gesprochen?«

»Sie meinte, sie hätte erkannt, dass sie wegen ihrer Depressionen Hilfe bräuchte. Sie war jung, attraktiv, so zerbrechlich und verständnisvoll. Sie war wie die Tochter, die ich nie hatte ...«

»Ich raube Ihnen nur ungern die Illusion, aber diese Frau hat Schauspielerfahrung. Und auch, wenn sie die entsprechende Vorgeschichte hat – ich glaube nicht, dass sie sich zufällig genau diese Gruppe ausgesucht hat. Sie hatte es da schon auf Sie abgesehen ...«, erklärte Evelyn.

»Wirklich?« Niemeyer sah auf. Er wirkte betroffen. »Aber Sie wirkte so authentisch. Mir sind ihre Worte noch gut in Erinnerung: *Jetzt, nach dreieinhalb Jahren, bin ich endlich bereit, über den Tod meines Vaters zu sprechen ...*«, murmelte er.

»Was haben Sie ihr anvertraut?«, drängte Evelyn.

Niemeyer seufzte tief. »Nach den Sitzungen waren wir ab und zu noch zu zweit in dem Lokal neben dem Gruppentreff. Da habe ich ihr vom Tod meiner Frau erzählt, wie Dr. Al-Rashid die OP verpfuscht hat und die Ärzte sie einfach haben sterben lassen ...« Seine Augen füllten sich mit Tränen.

Evelyn nickte. So hatte Kilian also sämtliche Details erfahren, die er brauchte, um ihnen glaubhaft sein Treffen mit »Niemeyer« im Steakhouse weiszumachen, das Corinna Wagner *zufällig* mit ihrem Handy mitgefilmt hatte. Jetzt fragte sich nur noch, wer an jenem Abend Niemeyers Rolle gespielt hatte.

»Hallo?« Groth schnippte mit den Fingern und riss sie aus ihren Gedanken.

Evelyn blickte auf. »Ja, was?«

»Das erklärt zwar, woher Martin Kilian die Details von Bernadette Niemeyers OP und ihrem Tod kannte«, bemerkte Groth, »aber es erklärt nicht, wie er überhaupt auf Niemeyer aufmerksam geworden ist.«

Evelyn kaute an der Unterlippe. »Ich weiß es nicht … aber wir haben auch noch ein anderes Problem, das wir nicht erklären können. Wie ist Kilian an Haare, Schuppen und Hautpartikel von Ihnen herangekommen?«

»Da ich ihm nie zuvor begegnet bin, muss er bei mir daheim eingebrochen sein«, vermutete Niemeyer.

»Als Sie beispielsweise an der Uni oder bei einem dieser Selbsthilfegruppentreffen waren«, schlug Evelyn vor.

Die Tür öffnete sich wieder, diesmal ohne vorheriges Klopfen, und die Polizistin schaute erneut ins Zimmer. »Sind Sie jetzt so weit? Professor Geert Niemeyer wird im Gericht erwartet!«

»Sofort!«, rief Groth ungeduldig. Seine Gesichtszüge wurden düster. »Sie wissen, dass ich das alles vor Gericht verwenden muss, um meinen Mandanten zu verteidigen«, flüsterte er.

Evelyn nickte. »Ja, das ist mir klar, aber Sie können mich nicht in den Zeugenstand rufen. Ich werde *meinen* Mandanten nicht belasten.«

Groth beugte sich zu ihr. »Dann geben Sie mir Ihr Beweismaterial.«

Sie schüttelte den Kopf. »Nein, das kann ich nicht. *Noch nicht!* Vertrauen Sie mir. Ich brauche noch ein oder zwei Tage, danach habe ich genug Material beisammen. Solange müssen Sie den Prozess hinauszögern.«

Die Polizistin betrat jetzt das Zimmer, und Evelyn sah, dass ein zweiter Polizist im Gang wartete.

»Es ist ganz einfach«, zischte Groth leise. »Ich gebe Ihnen genau vierundzwanzig Stunden Zeit, dann erzähle ich dem Staatsanwalt von diesem Gespräch.«

Evelyn dachte nach. *Nein, so einfach ist die Sache leider nicht.* Schließlich musste sie sich ja auch noch um Qasem kümmern, dass der nichts Unüberlegtes tat.

Trotzdem nickte sie. »Also gut, bis morgen Mittag.« Sie stand auf und sah zu, wie Niemeyer von der Polizistin aus dem Raum gebracht wurde. Vom Gang aus warf er ihr einen letzten Hilfe suchenden Blick zu.

57

Evelyn verließ den abgesperrten Gerichtsbereich und ging durch die Vorhalle in Richtung Ausgang. Dabei kam sie auch wieder an der Cafeteria vorbei. Die wurde – wie sie aus eigener Erfahrung wusste – nicht nur vom Hauspersonal frequentiert, sondern auch von zahlreichen Anwälten. Zum Beispiel um vor einem wichtigen Gespräch noch einmal alle Fakten mit einem Mandanten durchzugehen oder mit der Gegenpartei einen außergerichtlichen Vergleich auszuhandeln. Wie viele Stunden hatte sie selbst schon dort verbracht, erst als Studentin und später als junge Anwältin in Kragers Kanzlei.

In Erinnerungen schwelgend blickte sie durch die große Glaswand und betrachtete die Gäste, die entweder heftig diskutierten oder einfach nur konzentriert ihre Unterlagen studierten. Plötzlich hielt sie inne. An einem der Tische saß ganz allein bei Kaffee und Kuchen ein Mann in schwarzer Kleidung, der immer wieder zwischen seinem Handy und dem Personenscanner hin- und hersah. *Imraan.*

Unwillkürlich musste Evelyn an Pulaski und dessen geheimnisvollen Verfolger denken. Womöglich war ihm die ganze Zeit ja einer von Imraans Helfern auf den Fersen gewesen. Wer weiß, mit wie vielen Leuten Qasem nach Wien gekommen war.

Kurzerhand betrat sie die Cafeteria und ging zu Imraans Tisch. Er hatte sich einen guten Platz ausgesucht, von dem aus er die gesamte Eingangshalle des Gerichtsgebäudes im Blickfeld hatte. Sie baute sich vor ihm auf, Regenschirm, Mappe und Mantel im Arm und die andere Hand in die Hüfte gestemmt. »Na, schmeckt der Kuchen?«

Imraan blickte kurz auf, dann sah er wieder an ihr vorbei zum Eingangsbereich. »Zu viele Rosinen«, sagte er unbeeindruckt. »Hab dich rauskommen sehen, Anwältin.«

»Wie lange sind Sie schon hier?«

»Seit einer Stunde.«

Evelyn blickte auf die Uhr. »Das heißt, Sie haben mich auch reinkommen sehen?«

Imraan nickte.

»Verfolgen Sie mich?«

Er schüttelte den Kopf. »Wie denn, wenn ich schon seit einer Stunde hier bin?«

Sie legte ihren Mantel über die Lehne eines freien Stuhls und setzte sich. »Haben *Sie* meinen Kollegen beschatten lassen?«, fragte sie frei heraus.

»Wozu? Sajid ist doch sowieso mit Flo unterwegs gewesen.«

»Ich rede von meinem *anderen* Kollegen«, präzisierte Evelyn.

»Wird das ein Verhör?«

»Es ist schon eines! Also!« Sie trommelte mit den Fingern auf die Tischplatte.

»Ich habe keine Lust, mit dir zu reden. Verschwinde!«, knurrte Imraan.

»Ach, wie schade«, sagte Evelyn süffisant. »Tragen Sie immer noch Ihr Springmesser am Bein?« Sie beugte sich hinunter und tastete zu Imraans Fußgelenk, wo sie Scheide und Messergriff spürte. Imraan riss sein Bein nach hinten.

»Finger weg!«, zischte er.

»Ich könnte laut schreien. Binnen Sekunden ist die Security hier und nimmt Sie zum Verhör mit. Solche Springmesser sind verboten. Erst recht in einem Gerichtsgebäude. Vor heute Abend kommen Sie nicht mehr raus.«

Imraan blieb cool. »Glaub ich nicht.«

Evelyn holte tief Luft und setzte zum Schrei an.

»Halt den Mund, Anwältin!«, sagte er schnell. »Was willst du wissen?«

Evelyn grinste. »Haben Sie oder einer Ihrer Leute Walter Pulaski verfolgt?«

»Den Deutschen?«

Evelyn zog eine Augenbraue hoch. Er wusste also, von wem sie sprach. Richtig überrascht war sie nicht. »Ja, den Deutschen.« Sie nickte. »Sie sind gut informiert. Seit wann haben Sie ihn verfolgen lassen? Und warum?«

»Sajid und ich haben ihn vor deiner Kanzlei gesehen. Wollte angeblich zur Zahnärztin. Nicht sehr glaubwürdig. Habe ihn verfolgen lassen bis zu seinem Hotel. Danach war es einfach, rauszubekommen, wer er ist und dass du ihn kennst.«

»Imraan, ich staune. Für so clever hätte ich Sie gar nicht gehalten.«

Er lächelte kurz, sagte aber nichts. Anscheinend hielt er sich selbst noch für viel ausgefuchster.

»Hat Qasem angeordnet, dass Pulaski zusammengeschlagen wird?«

Nun verengten sich Imraans Brauen. »Erstens haben wir ihn nicht zusammengeschlagen.«

»Ja, sicher«, sagte Evelyn sarkastisch.

»Und zweitens weiß Qasem gar nichts von diesem Pulaski.«

»Das soll ich Ihnen glauben?«

Imraan leerte die Kaffeetasse und wischte sich mit der Serviette über den Mund. »Nur Ali und ich wissen davon, dass Pulaski für dich arbeitet.«

»Ali?«

»Einer meiner Leute, die ich mit nach Wien genommen habe.«

»Okay ...«, Evelyn dachte nach, »... und warum haben Sie nicht mit Qasem darüber gesprochen? Oder mit mir?«

Imraan knirschte mit den Zähnen. »Ich sage nichts mehr. Du weißt schon zu viel über mich.«

Sie schielte zu seinem Fußgelenk. »Ich könnte immer noch schreien.«

»*Kis omak*«, fluchte er, und es war mehr als deutlich, dass das keine nette Umschreibung war. »Sajid und ich mussten dich und Flo auf Schritt und Tritt überwachen«, sagte er mit gedämpfter Stimme. »Ohne dass ich wusste, warum. Vielleicht steckte Qasem ja selbst hinter dem Mord an seiner Tochter.«

»Das hätten Sie ihm zugetraut?«

»Meinem Boss traue ich alles zu. Also dachte ich, dass es vielleicht eine gute Idee wäre, wenn du noch ein Ass im Ärmel hast, wie diesen Pulaski, von dem mein Boss nichts weiß.«

»Damit ich eventuell auch mehr über Qasem rauskriegen könnte?«, vermutete Evelyn, woraufhin Imraan kurz nickte. »Aber dieser Ali hat Pulaski bei einer Tour durch die Kanalisation schwer verletzt.«

»Davon weiß ich nichts. Warum hätte er das tun sollen? Ali ist niemand, der ohne Grund handgreiflich wird.«

»Okay, vergessen wir es«, lenkte Evelyn seufzend ein. »Jedenfalls können Sie ihn jetzt zurückpfeifen und die Beschattung einstellen.«

»Hab ich schon längst getan. Der Fall ist erledigt, Sie haben den Mörder für uns gefunden.« Imraan sah kurz zur Security neben dem Drehkreuz beim Eingang.

Tja, wenn es nur wirklich so wäre, dachte Evelyn bitter. »Warum sind Sie dann hier? Und warum schauen Sie ständig dort rüber?«, wollte sie wissen, aber Imraan gab keine Antwort. »Suchen Sie nach einem Weg, um an Niemeyer heranzukommen?«, flüsterte sie.

»Nein …« Imraan machte eine lange Pause, und Evelyn ließ ihm Zeit. »Aber ich denke, dass Qasem Niemeyer ermorden lassen will«, fügte er schließlich leise hinzu.

Evelyn glaubte, sich verhört zu haben, und blickte nun ebenfalls zum Eingang. »Damit hat er Sie beauftragt?«

»Hätte er *mich* damit beauftragt, würde ich wohl kaum mit dir darüber reden«, knurrte Imraan.

»Wen dann?« Doch statt ihr zu antworten, duckte sich Imraan plötzlich, hielt die Speisekarte hoch und versteckte sich dahinter. »Runter!«, zischte er.

Evelyn blickt zum Securitybereich. Soeben trat Sajid durchs Drehkreuz und ging an der Cafeteria vorbei zum Ausgang. Sie hielt ihre Mappe mit den Fotos hoch, um sich ebenfalls zu verstecken, und spähte seitlich daran vorbei. »Sajid soll Niemeyer töten?«, presste sie überrascht hervor.

»Nicht er selbst – der Sohn vom Boss macht sich nicht die Hände schmutzig –, aber er soll es organisieren.«

»Sie machen sich über mich lustig!«

Imraan funkelte sie mit ernsten Augen an. »Sehe ich so aus, als würde ich Witze reißen?«

»Wie viele Leute hat Qasem nach Wien mitgenommen?«

»Insgesamt?«, fragte Imraan. »Siebzehn.«

»Siebzehn?«, wiederholte Evelyn. *O Gott!*

Imraan legte die Speisekarte wieder auf den Tisch. Rasch kramte er ein paar Geldscheine heraus, die er unter die Kaffeetasse schob. Er wollte schon aufspringen, um Sajid zu folgen, hielt jedoch inne.

»Schauen Sie!«, sagte Evelyn.

»Ich sehe es.« Imraan sank langsam wieder zurück.

Durch die offene Eingangstür sahen sie Sajid und Qasem auf der Treppe unter dem Vordach stehen. Sie unterhielten sich, und Evelyn bemerkte, dass Qasem seinem Sohn einen kleinen Packen zusteckte, der sehr nach zusammengefalteten Geldscheinen aussah.

»Oh, das ist gar nicht gut«, knurrte Imraan, der es ebenfalls bemerkt hatte.

Evelyn rückte näher und senkte die Stimme. »Wie haben Sie von der ganzen Sache erfahren?«

»Ich habe gestern Nacht ein Gespräch zwischen Qasem und seinem Sohn mitangehört.«

»Sie haben gelauscht?«

»Nein, die beiden standen im Gästetrakt des Hotels in der Küche und wussten nicht, dass ich in der Abstellkammer war.«

»Was haben Sie dort gemacht?«

»Ist das wichtig?«, fuhr Imraan sie an. »Ich habe eine Dose Thunfisch gesucht. Wollte mir ein Brot machen.«

»Okay, und *was* haben Sie gehört?«

»Qasem will jemanden in den Gerichtssaal schmuggeln, der Niemeyer erledigen soll, noch bevor der Prozess richtig losgeht. Ist für ihn viel einfacher, als Niemeyer später im Knast töten zu lassen. Deswegen bin ich Sajid gefolgt. Ich will rausfinden, wie er es macht.«

»Was Sie da tun, ist nicht gerade loyal«, stellte Evelyn fest.

»Qasem ist nicht mehr so wie früher«, gestand Imraan. »Seit Aisha abgehauen ist, ist er immer rücksichtsloser geworden. Geht sogar über Leichen – selbst wenn man manches auch anders lösen könnte.«

»Ich würde Ihnen das ja gern glauben«, zischte Evelyn. »Aber warum sollten gerade *Sie* einen Mord verhindern wollen? Noch dazu an dem Mann, der Aleyna auf dem Gewissen hat? Immerhin waren Sie und Aleyna doch …«

»Schweig!« Imraan ballte die Faust, dass die Fingerknöchel knackten. Dann beruhigte er sich wieder. »Aber du hast recht, Anwältin«, flüsterte er. »Ich habe Aisha dabei geholfen, ins Ausland zu flüchten.«

»Aber warum dieses Risiko? Waren Sie in sie verliebt?«

Er kniff die Augen zusammen. »Sie tat mir leid. Qasem war brutal zu ihr. Sie bekam als Kind oft Panikattacken, und Qasem hat sie dann in eine kleine Kammer sperren lassen. Er wollte sie härter machen.«

»Aber das hat nichts genutzt, richtig?«

Er nickte. »Ich habe sie stundenlang schreien gehört. Ihre Platzangst wurde immer schlimmer.«

Klaustrophobie meinte er bestimmt. »Ich verstehe«, sagte sie nur.

Plötzlich sah er sie warnend an. »Wenn Qasem jemals von alldem erfahren sollte, bin auch ich ein toter Mann.«

»Sie können mir vertrauen«, versicherte Evelyn ihm. »Und obwohl Sie so für Aleyna empfanden, halten Sie es für falsch, wenn ihr Mörder umgebracht wird?«

»Ja, das tue ich. Ich bin kein Killer. Wenn wir uns alle Auge um Auge rächen …«

»… wird die ganze Welt blind«, vollendete Evelyn den Spruch.

Imraan nickte. »Niemeyer soll bis zum *Jüngsten Tag* elend im Knast dahinvegetieren, das ist seine gerechte Strafe – nicht eine Kugel in den Kopf.«

Sie beobachteten, wie Sajid das Gespräch mit seinem Vater beendete, wieder die Eingangshalle durchquerte und dann durch die Security und das Drehkreuz zurück ins Innere des Gerichtsgebäudes ging. »Warum erzählen Sie mir das alles eigentlich?«, fragte sie.

Imraan verzog kurz den Mund zu einem Lächeln. »Weil Sie sonst angefangen hätten zu schreien …« Er nahm sie tatsächlich auf den Arm. Das war neu. »Aber eigentlich deswegen, weil ich das nicht allein verhindern kann. Ich brauche Ihre Hilfe«, gab er zu. »Wen könnte Sajid mit dem Mord beauftragen? Könnte er bei den zwölf Geschworenen jemanden einschmuggeln?«

»Erstens sind es hier in Österreich nur *acht*«, korrigierte Evelyn ihn. »Und zweitens gibt es eine generelle Liste mit Geschworenen. Da kann man niemanden kurzfristig daraufsetzen lassen.«

»Und wie kommt man auf die Liste? Gibt es dafür so eine Art Casting?«

Evelyn verdrehte die Augen. »Ja, eine Vorauswahl«, erklärte sie. »Aber die Benachrichtigungen werden Tage im Voraus verschickt. In Form einer offiziellen Ladung vom Gericht, und man muss sich für den Prozess freinehmen.«

»Aber die Geschworenen wurden doch schon vorher für den Prozess gegen Kilian ausgewählt.«

»Nein, so funktioniert das nicht. Es gibt acht Hauptgeschworene und drei Ersatzgeschworene, und da das ein neuer Prozess ist, wurden die auch neu ausgewählt, und zwar erst, nachdem das Gericht die Anklageschrift erhalten hat.«

»Irgendwie muss Qasem es geschafft haben, dass …«

»Nein«, unterbrach Evelyn ihn. »Das ist absolut unmöglich. Die Personen auf der Geschworenenliste werden alle zehn Jahre von den Bezirksämtern in Wien neu ausgewählt, und daraus werden dann die Geschworenen auch für Mordprozesse nach dem Zufallsprinzip vom Gericht ausgesucht. Das kann man nicht manipulieren.«

Imraan knirschte mit den Zähnen. »Wie macht er es dann?«

»Sie konzentrieren sich zu sehr auf die Geschworenen. Es könnte sich ja um jemand ganz anderen im Gerichtssaal handeln«, schlug Evelyn vor.

»Den Richter?«

»Imraan, bitte!« Sie atmete tief durch. »Eine Reinigungskraft, einer der Justizwachebeamten, die den Angeklagten aus der Zelle herbringen, ein Stenotypist oder eine Technikerin, die den Prozess mit Video und Ton aufzeichnet. Ein Rechtspraktikant, eine Richteramtsanwärterin, Presseleute oder einfach nur jemand, der als Zuschauer in den Gerichtssaal kommt. Da gibt es ganz viele Möglichkeiten.«

Imraans Gesicht wurde lang. »Mit einem Wort, wir wissen es nicht.«

»Nein, wir wissen es nicht.« Evelyn reckte den Hals und blickte zum Ausgang. Qasem war inzwischen verschwunden. »Wir versuchen es anders. Arrangieren Sie für mich noch heute Abend ein Treffen mit Ihrem Chef.«

58

Kurz nach achtzehn Uhr wurde Evelyn vor ihrer Kanzlei von Qasems Limousine abgeholt. Der Himmel war wieder pechschwarz, und es regnete immer noch ohne Unterlass in Strömen. Mittlerweile war die Feuerwehr regelmäßig im Einsatz, weil Kanäle überliefen und Keller überflutet wurden. Dabei wusste niemand so recht, wohin das viele Wasser gepumpt werden sollte.

Qasems Chauffeur begleitete Evelyn die paar Meter vom Hauseingang mit einem Regenschirm zum Wagen. Die Tür stand bereits offen, und Evelyn stieg ein. Als hinter ihr die Tür zufiel, bemerkte sie, dass Qasem ihr gegenübersaß, Whiskeyglas in der Hand und mit einem feinen schwarzen Anzug mit dunkelblauer Weste und hellblauer Krawatte bekleidet. Eingehüllt in das sanfte blaue Leuchten eines Laptopbildschirms. Das Gerät stand aufgeklappt neben ihm auf dem Sitz.

»Oh, Sie holen mich persönlich ab«, stellte sie fest.

»Sie dürfen mich ein Stück begleiten. Wir fahren zur saudiarabischen Botschaft. Dort gesellt sich mein Sohn zu uns. Er hatte da etwas Geschäftliches zu tun.« Qasem stellte das Glas in eine Haltevorrichtung. »Wollen Sie auch etwas?«

»Nein danke.«

»Tee vielleicht?«

»Ich sagte *nein danke*!«

Qasem ignorierte ihren genervten Ton, der Fahrer startete

den Wagen und fuhr los. Wieder verriegelten sich die Türen automatisch.

»Ich …«

»Bevor wir beginnen«, sagte Qasem sanft, »darf ich um Ihr Handy bitten.« Er streckte die Hand aus.

»Diesmal nicht«, erwiderte sie. »Aber ich zeige Ihnen gern, dass ich dieses Gespräch nicht aufzeichne.« Sie holte ihr Telefon aus der Handtasche, entsperrte den Bildschirm, und schaltete es vor seinen Augen aus. Dann ließ sie es in der Manteltasche verschwinden.

Qasem musterte sie eine Weile, ehe er schließlich nickte. »Nach dem, was zwischen uns vorgefallen ist, werden Sie verstehen, dass ich Ihnen nicht hundertprozentig trauen kann.« Er holte einen Scanner aus der Laptoptasche, steckte ihn mit einem langen Kabel an seinen Computer, rückte nach vorn und scannte sie und ihre Handtasche. »Womöglich sind Sie ja verwanzt«, fügte er hinzu. Aber das Messgerät schlug natürlich nicht aus.

Das grenzt ja schon an Paranoia. »Zufrieden?«, fragte Evelyn, als er fertig war.

»Ja, Sie scheinen sauber zu sein.« Er packte das Ding wieder in seine Laptoptasche. Inzwischen hatten sie den Donaukanal überquert und fuhren am Fluss entlang nach Norden in Richtung Döbling, wo die Botschaft des saudi-arabischen Königreichs lag. »Was gibt es denn so Dringendes?« Qasem schlug ein Bein über das andere und streifte mit seinem Schuh unabsichtlich ihre Hose. »Haben Sie es sich anders überlegt und wollen nun doch Niemeyers Verteidigung übernehmen?«

Evelyn ignorierte die Frage. »Ich habe Sie und Ihren Sohn heute im Gericht gesehen«, sagte sie stattdessen.

»Warum haben Sie mich nicht gleich dort angesprochen?«

»Ich hatte zu tun. Was wollten Sie dort?«

»Ich hatte ebenfalls zu tun.«

»Am Gericht?«, fragte sie.

»Ich bin einfach nur besorgt, ob Niemeyer auch wirklich seine gerechte Strafe bekommt. Außerdem dachte ich, dies wäre ein freies Land und man müsste sich nicht rechtfertigen, wenn man irgendwo hingeht.«

Evelyn ließ sich auf diese Debatte nicht ein. »Und wie sieht diese gerechte Strafe Ihrer Meinung nach aus?«

Er betrachtete seine manikürten Fingernägel, spielte mit den Ringen an seinen Fingern. »Ein fairer Prozess.« Dann blickte er sie wieder an.

Bestimmt!, dachte Evelyn. »Ich habe im Zuge meiner Laufbahn als Anwältin schon viele Verhandlungen miterlebt, bei denen eine Partei von Rachegedanken erfüllt war – und deswegen kann ich Ihnen versichern, dass Rache kein guter Berater ist. Rache löst keine Probleme. Im Gegenteil – sie zerfrisst einen von innen heraus.«

»Worauf wollen Sie hinaus?«

Evelyn blickte aus dem Fenster. Überall das gleiche Bild: Überschwemmungen, Verkehrschaos und das grell blinkende Blaulicht der Feuerwehrautos. Sie sah Qasem wieder an. »Ich bitte Sie, die Finger von Geert Niemeyer zu lassen.«

»Warum sollte ich ihm denn überhaupt etwas antun wollen?«, fragte er süffisant. »Und selbst wenn, wie sollte ich das anstellen? Er sitzt schwer bewacht im Gefängnis.«

»Nun, mit Geld kann man alles kaufen. Das weiß ich von Ihnen.«

»Soweit ich mich erinnere, ging es dabei um den Kauf von *Informationen.*«

»Wir wissen beide, dass Sie nicht nur in der Lage sind,

Informationen zu kaufen«, sagte sie mit fester Stimme. »Ich bitte Sie inständig, dass Sie nichts gegen Niemeyer unternehmen.«

»Warum machen Sie sich plötzlich solche Sorgen um ihn? Sind Sie über Nacht zum Moralapostel geworden?«

»Nein, aber er ist unschuldig.«

»Unschuldig?« Qasem löste die Beine und beugte sich zu ihr vor. »Wie kann er unschuldig sein? Sie selbst haben ihn ans Messer geliefert«, sagte er leise.

»Ich habe mich geirrt.«

Mit einem schallenden Lachen richtete er sich wieder auf. »Das sagen Sie doch nur, weil Sie nicht wollen, dass Blut an Ihren hübschen Fingern klebt. Wollen Ihr reines Gewissen nicht besudeln. Doch daraus wird nichts, Frau Dr. Meyers! Niemeyer wird seine gerechte Strafe bekommen. Und wollen Sie wissen, warum? Weil er meine Tochter wie ein Stück Vieh kaltblütig abgestochen hat – und zwar an jenem Morgen, nachdem sie zuvor drei Menschen im OP-Saal das Leben gerettet hat.« Er hatte sich in Rage geredet, Speichel sprühte von seinen Lippen. War er auf einmal tatsächlich stolz auf die Arbeit seiner Tochter – nachdem er sie zuvor in ihrer Heimat jahrelang unterdrückt hatte?

»Niemeyer ist unschuldig«, beteuerte sie völlig ruhig.

»Wer hat meine Aisha dann ermordet?«

Evelyn zögerte mit der Antwort. Wenn sie ihm beichtete, dass es doch Kilian gewesen sein könnte, würde Qasem *ihn* umbringen lassen. Was immer sie tat – ein Mensch würde sterben. Denn Qasem verlangte nach Rache, egal, wie sehr sie ihm das auszureden versuchte.

»Nennen Sie mir den Namen von Aishas Mörder. Und zwar jetzt!«, verlangte er.

»Das kann ich nicht«, sagte sie. »Niemeyer ist es jedenfalls nicht.«

»Ist es Kilian?«

Sie wollte gerade etwas erwidern, als der Wagen langsamer wurde und blinkte. Am Straßenrand stand jemand unter dem Dachvorsprung eines Hauses und winkte mit der Handytaschenlampe.

Die Limousine hielt, die Tür ging auf, und Sajid drängte sich auf die Bank zu Evelyn. Er war triefend nass. »Oh, wir haben hohen Besuch«, stellte er fest, nachdem er sich das Gesicht halbwegs trocken gewischt hatte.

»Hallo, Sajid«, sagte Evelyn kühl.

Der Fahrer schaltete das Gebläse hinten ein, und dann fuhren sie weiter. Qasem und Sajid unterhielten sich auf Arabisch miteinander. Evelyn hatte keine Ahnung, worum es ging, und obwohl sie sich konzentrierte, konnte sie keinen ihr bekannten Namen oder Begriff heraushören. Auch die bewusst ausdruckslosen Gesichter der beiden verrieten nicht, in welche Richtung sich das Gespräch entwickelte.

Schließlich wechselte Qasem ins Deutsche. »Mein Sohn hat mir gerade erzählt, dass er Sie im Gerichtsgebäude gesehen hat.«

Mittlerweile waren die Scheiben innen beschlagen, und Evelyn konnte nicht mehr erkennen, wohin sie fuhren. »Das habe ich Ihnen zuvor ja schon gesagt.«

Qasem hob den Zeigefinger. »Aber Sie haben mir verschwiegen, dass Sie sich dort mit Imraan getroffen und mit ihm gesprochen haben. Sajid hat Sie beide in der Cafeteria gesehen.«

Evelyn versuchte, ruhig zu bleiben. »Ich verstehe nicht, was Sie daran so sehr überrascht. Imraan sollte doch an meiner Seite bleiben und mich beschatten.«

»Nachdem wir unsere Zusammenarbeit offiziell beendet hatten, habe ich Imraan mit anderen Dingen beauftragt. Also, worüber haben Sie gesprochen?«

Evelyn sah Qasem fest in die Augen. »Ich habe Imraan gebeten, zum Gericht zu kommen«, log sie, »um ihm das zu sagen, was ich Ihnen gerade gesagt habe. *Dass Niemeyer unschuldig ist!*«

»Imraan hat gar nichts davon erwähnt. Wie hat er reagiert?«

»Wie soll er schon reagiert haben? Er hat gemeint, ich soll mich raushalten.«

»Das war alles?«

»Ja.«

Qasem sah sie prüfend an. »Was wissen Sie beide, das wir nicht wissen?«

Evelyn wurde heiß. Die stickige, feuchtwarme Luft im Wagen verursachte ihr Übelkeit. Am liebsten hätte sie die Tür aufgerissen, um nach frischer Luft zu schnappen. Sie riss sich zusammen und musterte abwechselnd Qasem und Sajid. »Geben Sie mir noch etwas Zeit, dann weiß ich, wer der Mörder Ihrer Tochter ist, und er wird von der Polizei festgenommen werden. In der Zwischenzeit: Finger weg von Niemeyer! Sollte ihm etwas zustoßen, weiß ich, wer dahintersteckt.«

Qasem bekam einen finsteren Gesichtsausdruck. Er kniff die Augen zusammen und funkelte sie wütend an. »Sie drohen mir?« Er rückte näher. »Wenn Sie …«

»Vater, nicht!«, fuhr Sajid dazwischen, doch Qasem redete unbeeindruckt weiter. »Wenn Sie versuchen sollten, sich uns in den Weg zu stellen, dann gibt es am Ende zwei Tote, und zwar …«

»Vater!«

»… einen Angeklagten und eine Anwältin, die sich in ihrer Praxis das Leben genommen hat.«

Evelyns Herzschlag beschleunigte. Im gleichen Moment drehte sich Qasem etwas zur Seite und schlug seinem Sohn mit dem Handrücken fest ins Gesicht. »Unterbrich mich nie wieder!«, rief er.

Sajid zuckte nicht einmal mit der Wimper, obwohl die schweren Ringe seines Vaters blutige Striemen hinterließen. Schweigend lehnte er sich zurück, fuhr sich mit der Hand über die Wange und leckte das Blut von seinen Fingern.

Evelyns Herz schlug immer noch bis zum Hals. Sie wusste nicht, was sie sagen sollte. Aber Qasem kam ihr ohnehin zuvor.

»Frau Dr. Meyers, ich entschuldige mich für das ungebührliche Verhalten meines Sohnes. Sie haben bis morgen Mittag Zeit, mir den Namen von Aishas Mörder zu nennen. Andernfalls wissen Sie, was geschehen wird. Die Weichen sind bereits gestellt.«

Prima. Nach Dr. Groths Ankündigung war das nun schon das zweite Ultimatum, das morgen Mittag ablaufen würde. Genau zu Beginn des ersten Prozesstags. Und wenn sie Qasems Aussage richtig interpretierte, dann würde Niemeyer den morgigen Tag nicht überleben. Es sei denn, sie nannte ihm einen anderen Schuldigen.

Noch bevor Evelyn etwas sagen konnte, gab Qasem einen Befehl auf Arabisch und der Wagen hielt am Straßenrand. Qasem beugte sich nach vorn und öffnete Evelyn die Tür. »Guten Abend.«

Sie starrte in den Regen.

»Ich sagte *Guten Abend*!«, wiederholte er.

Wortlos verließ Evelyn das Auto und trat die Tür wütend

zu. Im strömenden Regen stand sie auf dem Bürgersteig und sah dem Wagen nach, bis sie die Rücklichter aus den Augen verlor. Wasser lief ihr übers Gesicht.

Ohne irgendeine Ahnung zu haben, wo Sie sich befand, stellte sie sich in der Einfahrt eines Wohnhauses unter. Sie wischte ihre Hand an der Hose trocken, holte ihr Handy heraus und schaltete es ein.

15:00:00 Minuten Aufnahme, zeigte das Display.

Gott sei Dank. Die App, die Flo auf ihrem Smartphone installiert hatte und mit der man auch im ausgeschalteten Zustand Videos mit Tonaufnahmen machen konnte, hatte funktioniert.

Jetzt konnte sie nur noch hoffen, dass das Gespräch zwischen Qasem und Sajid einigermaßen gut zu hören war.

59

Später in der Nacht beugte sich Evelyn neben Flo im Besprechungszimmer ihrer Kanzlei über eine ausgedruckte mehrseitige Liste, die sie auf dem Tisch ausgebreitet hatten. Das Radio lief im Hintergrund, und auch das TV-Gerät war eingeschaltet, wenn auch mit abgedrehtem Ton.

Evelyn hörte, wie Pulaski das Büro betrat. »Hallo!«, rief er gut gelaunt durch den Flur, hing seine Jacke auf und betrat Sekunden später das Besprechungszimmer. Er trug einen grauen Pullover und Jeans und kaute an einem Zahnstocher.

»Hallo.« Evelyn sah kurz von den Unterlagen auf. Dabei fiel ihr das Gespräch mit Imraan ein. »Fühlen Sie sich immer noch verfolgt?«

»Ist bei diesem Sauwetter nur schwer zu sagen, weil alles im Dauerregen untergeht, aber ja, dieses Gefühl ist immer noch da.« Er strich sich das nasse Haar zurück und stellte sich zu ihnen an den Tisch.

»Ernsthaft?« Evelyn wurde nachdenklich. »Sie müssen sich irren. Mittlerweile weiß ich, dass Imraan Sie durch einen Kerl namens Ali hat beobachten lassen.«

Pulaski griff sich an die Schläfe. »Habe ich Ali diese Beule zu verdanken?«

»Imraan bestreitet es. Aber wie auch immer – Ali ist nicht mehr hinter Ihnen her. Das hat Imraan mir versichert, und ich glaube ihm.«

»Dann muss es jemand anders sein.«

»Möglich – aber momentan wüsste ich nicht, wie wir das herausfinden sollten. Solange dieser mögliche Verfolger Sie in Ruhe lässt …« Evelyn schloss kurz die Augen, massierte ihre Schläfen und wechselte das Thema. »Wie war Ihr Treffen mit Dreyer?«

»Die ist nett, und ich glaube, sie steht auf mich.«

Evelyn verzog das Gesicht. »Kommen Sie! Sie wissen doch, was ich meine.«

»Ja, das weiß ich.« Pulaski lächelte. Dann erzählte er ihnen von seinem Treffen mit der Kommissarin auf der Dienststelle. Dreyer durfte zwar nichts über eine laufende Ermittlung erzählen, hatte jedoch angedeutet, dass auch ihr erhebliche Zweifel an den bisherigen Beweisen gegen Niemeyer gekommen waren. »Und das ist gut«, resümierte Pulaski. »Vielleicht führt das sogar dazu, dass Niemeyer freigesprochen wird.«

»Falls Ostrovsky diese Zweifel im Prozess berücksichtigt, was ich nicht glaube – oder Niemeyers Anwalt davon erfährt, was ich ebenso wenig glaube«, gab Evelyn zu bedenken. Sie konnte Pulaskis Optimismus nicht teilen.

Dann setzten sie sich, und sie erzählte ihm, was sie heute bei ihren Treffen mit Niemeyer, Groth, Imraan und Qasem Neues erfahren hatte. Pulaski hörte aufmerksam zu und wurde von Minute zu Minute nachdenklicher.

»Wir haben also gleich mehrere Probleme«, fügte Evelyn abschließend hinzu. »Ein mutmaßlicher Killer läuft frei herum, während ein Unschuldiger im Knast sitzt, den Qasem droht zu töten. Und außerdem wird Dr. Groth morgen mit Ostrovsky reden, woraufhin die Richterin mich in ihr Büro zitieren wird, weil ich seit Tagen gegen meinen eigenen Mandanten ermittle. Was wiederum die Rechtsanwaltskammer auf den Plan rufen wird.«

»Klingt nach einem üblen Dilemma«, bestätigte Pulaski und ließ den Blick über die Unterlagen gleiten, die auf dem Tisch ausgebreitet lagen. »Und an welcher dieser Baustellen arbeiten Sie gerade?«

»Zuallererst müssen wir einen Mord verhindern«, sagte Evelyn klipp und klar. »Wenn ich bis morgen Mittag nicht herausfinde, was Qasem genau vorhat, muss ich zu Dreyer und Ostrovsky gehen und die Karten offen auf den Tisch legen.« Sie zeigte auf die Papiere. »Das sind die Datenblätter von allen Personen, die sich morgen zur fraglichen Zeit im Gerichtsgebäude befinden werden.«

Pulaski schob die Ausdrucke auseinander.

»Evelyn hat sich beim Gericht eine Liste mit allen Geschworenen organisiert«, erklärte Flo. »Acht Haupt- und drei Ersatzgeschworene. Und das dort sind die Namen der Reinigungskräfte, der Justizwachebeamten, Justizhelfer, Praktikanten, Anwärter, Techniker und zugelassenen Presseleute.«

»Ist der Prozess öffentlich?«, fragte Pulaski.

»Ja, leider«, seufzte Evelyn. »Und da dank Dr. Groths Bemühungen der Medienrummel ziemlich groß ist, müssen wir mit vielen Zuschauern rechnen.«

»Zusätzlich haben wir hier noch die Dienstpläne aller Beschäftigten, die diese Woche im Gerichtsgebäude oder in der Justizanstalt arbeiten«, erklärte Flo.

Pulaski stöhnte auf. »O Mann, das sind viele … verdammt viele sogar.« Er betrachtete die Listen. »Und einer von denen soll Niemeyer erledigen?«

Evelyn nickte. »Davon gehen wir im Moment aus. Ich habe versucht, alle potenziellen Verdächtigen so gut wie möglich zu erfassen. Bleiben die Zuschauer als einzig unkalkulierbarer Faktor.«

Pulaski kratzte sich am Kinn. »Aber alle Zuschauer müssen doch durch den Personenscanner, um ins Gerichtsgebäude zu gelangen. Zudem wird keiner von denen so nah an Niemeyer herankommen, dass er ihm etwas antun könnte. Diese Leute können wir also höchstwahrscheinlich schon mal ausschließen.« Er machte eine Pause. »Und die anderen?«

»Ich gehe nicht davon aus, dass Qasem es innerhalb weniger Tage geschafft hat, jemanden von seinen eigenen Leuten als Angestellten ins Gericht einzuschleusen. Dafür war die Zeit einfach zu knapp, und die Vorbereitungen wären zu umfangreich gewesen.«

Flo deutete auf die Blätter am Tisch. »Aber mit Geld kann er sich dieselben Informationen kaufen, die wir uns organisiert haben.«

»Richtig …« Pulaski überlegte und schob den Zahnstocher von einem Mundwinkel in den anderen. »… er wird sich also eine von diesen Personen aussuchen und sie bestechen … oder mit einem Druckmittel erpressen. Wir müssen also bloß jemanden finden, der entweder in Geldnöten steckt oder Dreck am Stecken hat.«

»Oder dem damit gedroht wird, dass ein Angehöriger getötet wird, wenn er nicht tut, was Qasem von ihm verlangt. Was auf fast jeden zutreffen könnte«, ergänzte Flo und stöhnte unglücklich auf. »Wir haben alle Möglichkeiten schon einmal durchgespielt. Es sind einfach zu viele.«

»Ja …«, stimmte Pulaski nachdenklich zu. »In dieser kurzen Zeit ist es fast unmöglich, eine konkrete Spur zu entdecken.«

»Aber wir haben noch einen weiteren Hinweis.« Evelyn legte ihr Handy vor Pulaski auf den Tisch und spielte eine Videodatei ab. Das Bild war zwar schwarz, aber es waren zwei

Stimmen zu hören, die sich auf Arabisch unterhielten. »Das sind Qasem und Sajid während einer Autofahrt«, erklärte sie.

Pulaski beugte sich nach vorn, um besser zu hören. »Haben *Sie* das aufgezeichnet?«

»Mit einem Background Video Recorder, den ich Evelyn vor einem Jahr auf dem Handy installierte habe«, sagte Flo stolz.

Pulaski lauschte dem Gespräch, das zwischen Verkehrslärm, Motorgeräusch, dem Trommeln des Regens und Rascheln von Stoff nur undeutlich zu verstehen war.

»Die Aufnahme läuft leider nur fünfzehn Minuten«, erklärte Evelyn. »Danach wird sie automatisch beendet. Ich habe sie zu früh gestartet, daher ist von dem Gespräch zwischen Qasem und seinem Sohn leider nur die Hälfte drauf.«

»Aber die genügt vielleicht.« Pulaski sah zu Flo. »Haben Sie nicht irgendwo so ein Ding am Computer, mit dem Sie das automatisch übersetzen können?«

»Ja, so eine App habe ich tatsächlich und darauf bin ich auch schon gekommen«, antwortete Flo ein wenig gereizt. »Nennt sich *Real Time Translator*, funktioniert aber nicht bei dieser miesen Qualität. Bei der Aufnahme versteht man ja nicht mal die deutschen Gesprächsteile davor richtig gut. Evelyn hätte Qasem das Handy schon direkt unter die Nase halten müssen.«

»Aber dann hätte er mich schon viel früher mitten im Regen stehen lassen – buchstäblich!«

Pulaski zog eine Augenbraue hoch, stand auf, ging um den Tisch herum und schnippte den Zahnstocher in den Mülleimer. »Dann brauchen wir also einen Dolmetscher, der Arabisch versteht. Gibt es so jemanden nicht am Gericht? Oder bei Dreyer auf dem Kommissariat?«

»Bestimmt sogar«, sagte Evelyn. »Allerdings wäre es nicht

ratsam, wenn das Gericht von diesem Gespräch erfahren würde, beziehungsweise *wie* ich es aufgenommen habe. Und deshalb habe ich Imraan gebeten, es für mich zu übersetzen.« Und ihm dabei auch gleich berichtet, dass Sajid sie zusammen in der Cafeteria gesehen und Qasem sie darauf angesprochen hatte. Es war schließlich wichtig, dass er seinem Chef das Gleiche erzählte wie sie.

Pulaski sah sie entsetzt an. »Sie haben Imraan die Datei doch nicht etwa geschickt?«

»Bin ich lebensmüde? Natürlich nicht! Wenn Qasem davon erfährt, sind Imraan und ich tot.« Evelyn winkte ab. »Ich soll es ihm vorspielen. Allerdings kann er heute nicht mehr weg. Im Al-Qasem-Clan herrscht im Moment helle Aufregung. Ich treffe mich morgen früh mit ihm am Gericht. Entweder finden wir dann auf der Aufnahme einen Hinweis, oder Imraan hat selbst herausgefunden, wie Qasem den Mord ausführen lassen wird.« Mutlos blickte sie auf die Papiere. »Wir könnten natürlich auch noch in all diesen Unterlagen einen Hinweis entdecken.«

»Und wenn das alles nichts bringt?«, fragte Pulaski.

»Dann lege ich morgen Mittag Dreyer und Ostrovsky alle Beweise auf den Tisch, sorge dafür, dass Niemeyers Prozess verschoben wird, melde den Vorfall der Rechtsanwaltskammer, schließe meine Praxis und warte auf mein Disziplinarverfahren.«

»So einfach?«, fragte Pulaski.

»So einfach«, antwortete sie. »Dann ist meine Karriere als Strafverteidigerin zwar zu Ende, aber ich kann Dreyer und der Staatsanwaltschaft zumindest noch unsere Ermittlungsergebnisse gegen Kilian in den anderen sechs Mordfällen übergeben.«

»Die Sache mit dem Theaterbrand ist noch nicht komplett schlüssig«, gab Pulaski zu bedenken. »Da ist noch zu viel ungeklärt.«

»Ich weiß«, seufzte Evelyn. »Was schlagen Sie vor?«

Mit den Händen in den Hosentaschen drehte Pulaski noch eine Runde um den Tisch. »Während Sie versuchen, den Mord an Niemeyer zu verhindern, versuche ich herauszufinden, wer das war, mit dem Kilian sich im Steakhouse getroffen und der Niemeyers Rolle gespielt hat.«

Pulaski hatte recht. Sie mussten auch hier dranbleiben. Plötzlich bekam sie ein flaues Ziehen im Magen. Die Geschichte mit Qasem und Niemeyer war nicht ihr einziges Problem. Martin Kilian war nun schon den dritten Tag auf freiem Fuß, und sie hatte sich nicht mehr bei ihm gemeldet. Er war nicht dumm und ahnte sicher schon, dass etwas nicht stimmte.

Später in der Nacht, lange nachdem Pulaski ihr Büro verlassen hatte und auch Flo bereits nach Hause gefahren war, saß Evelyn auf der Toilette.

Sie hatte Flo erzählt, dass sie bald nachkommen würde, aber zuvor noch einiges in der Kanzlei erledigen müsse. Stattdessen hockte sie nun auf der Klobrille, stützte den Kopf auf die Handflächen, blickte auf die blaue Fußmatte vor ihr und grübelte über das nach, was die Zukunft bringen würde.

Dann nahm sie den Schwangerschaftstest zur Hand, den sie heute Morgen in der Apotheke gekauft hatte. Lange Zeit starrte sie auf das Display.

Zwei Striche. *Positiv.*

Vier Jahre zuvor

Samstag, 9. Mai
Der Abend der Premiere

Rachefrühling – 2. Akt

Der Schlauch der Gasflasche riss ab, und der Inhalt strömte zischend aus. Sofort roch Jana das Gas.

»Raus hier!« Aleyna rannte von der Garderobe in den Veranstaltungssaal. »Gas!«, rief sie. »Gas! Alle raus!«

Jana wollte sich bücken, um die Gasflasche ins Freie zu rollen, zögerte jedoch im nächsten Moment. Ihre Augen weiteten sich. *Die Kerzen!*, schoss es ihr durch den Kopf. *Gleich geht hier alles in die Luft*. In einer Kurzschlussreaktion folgte sie Aleyna in den Saal, um zu Martin zu gelangen.

Mittlerweile waren bereits einige Gäste von ihren Stühlen aufgesprungen. Es wurde laut.

»Alle raus!«, rief Aleyna erneut.

Jana stellte sich auf die Zehenspitzen und hielt nach Martin Ausschau. Plötzlich erhellte hinter ihr ein greller Blitz den Vorraum. Eine Druckwelle erfasste sie und warf sie nach vorne. Der Knall der Explosion war ohrenbetäubend. Die Luft wurde für eine Sekunde weggesogen, Servietten flogen herum. Im nächsten Moment nahm sie einen deutlichen Brandgeruch war und hörte dumpf wie durch ein Wattekissen das Prasseln der Flammen.

Panisch rappelte sie sich auf und sah sich um. Alles brannte dort draußen: der Vorhang und die Stores, der Holzboden, die Wände und Deckenbalken. Binnen Sekunden stand der gesamte Eingangsbereich lichterloh in Flammen. Jacken und Mäntel verwandelten die Garderobe in ein Flammenmeer. Die Leute schrien in Panik, sprangen auf und rannten planlos durcheinander.

Luft!, war Janas nächster Gedanke, der das Atmen schwerzufallen begann. Sie sah sich um. *Kein einziges Fenster. Und hier ist alles aus Holz!*

Da sprang Daniel Vogt mit erhobenen Armen auf die Bühne und brüllte: »Keine Panik! Hinter mir ist der Notausgang. Gehen Sie bitte einzeln und in Ruhe über die Bühne in den Backstagebereich!«

Doch niemand hörte auf ihn. Von Angst und Hektik getrieben, drängten sich die Leute zusammen, stürzten zu dem über einen Meter hohen Bühnenrand und rangelten um die nächstbeste Gelegenheit, dort hoch und zum Notausgang zu kommen. Von hinten drängten jetzt neben den Zuschauern auch noch die Kellner und das Küchenpersonal hinzu, wodurch die Leute an der Bühne schreiend eingequetscht wurden.

Jana hielt sich die Hände schützend vor den Bauch und versuchte, sich zur Bühne vorzukämpfen. Rauch vernebelte den Raum, und um sie herum knisterte es. Mittlerweile brannten auch die Kunststoffstores an den Seitenwänden und verbreiteten ätzende Dämpfe.

Durch tränende Augen sah sie Martin, der neben Daniel auf der Bühne stand und verzweifelt nach ihr Ausschau hielt. »Jana!«, brüllte er.

Sie hob die Hand, doch er sah sie nicht. Während die Flammen im Eingangsbereich beängstigende Ausmaße annahmen –

Jana spürte ihre glühende Hitze im Rücken –, wurde die Luft knapp. Es herrschte Chaos. Die Menschen schrien immer lauter und verzweifelter durcheinander. Einige versuchten sogar, an ihr vorbei durch die Flammen nach draußen zu gelangen, wichen jedoch einige Meter vor der Feuerwand zurück. *Keine Chance!*

Jana gelangte ein Stück weiter nach vorn. Die Stores segelten lichterloh brennend von der Decke zu Boden. Immer wieder wirbelten schwarze Ascheteile hoch.

Das ist die reinste Todesfalle!, wurde ihr in diesen Sekunden bewusst. *Und Oskar Wagner ist draußen und kann nicht rein.* Er hätte sicher gewusst, was zu tun gewesen wäre. An seiner Stelle jedoch versuchte Daniel, die Situation in den Griff zu bekommen.

»Alle der Reihe nach!«, brüllte Daniel, half einer jungen Frau auf die Bühne und zeigte nach hinten zum Bühnenbild. »Durch diese Tür … die paar Stufen von der Bühne runter … in den Gang und durch den Fluchtweg nach draußen!«

Während Martin immer noch mit tränenden Augen nach Jana Ausschau hielt, half er einer zweiten jungen Dame auf die Bühne. Daneben sprangen ein Mann und ein Bursche auf das Podest.

»Alle nach hinten!«, röchelte Daniel. »Durch diese Tür nach draußen«, wiederholte er. »Einer nach dem anderen! Nicht drängeln! *NICHT DRÄNGELN!*«

Es passte nur jeweils eine Person durch die Tür, und auch die wackeligen Stufen und der Gang dahinter waren viel zu schmal.

Der Fluchtweg ist ein beschissenes Nadelöhr!

8. TEIL

KURZER PROZESS
Freitag, 17. Mai

60

Evelyn saß in einer Nische neben einem Wasserspender auf einer Holzbank. Soeben lief eine Delegation Anwälte an ihr vorbei, die in den Gang zum großen Schwurgerichtssaal bog. Sie wartete, bis der Letzte vorbei war, dann beugte sie sich zu Imraan, der neben ihr saß. »Können Sie etwas davon verstehen?«

Sie hielt ihr Smartphone in der Hand, und Imraan hatte sich die Ohrhörer ins Ohr gesteckt. Während er konzentriert der Aufnahme lauschte, sah sie aus dem Augenwinkel, wie Flo sich mit seinem Rucksack näherte.

Er setzte sich zu ihnen auf die Bank. »Pulaski ist im Gerichtssaal«, sagte er kaum hörbar zu Evelyn, indem er nur die Lippen bewegte.

Sie nickte und sah auf die Uhr. Halb zwölf. Die Hauptverhandlung würde in dreißig Minuten beginnen. Das war verdammt knapp, aber Imraan hatte vorher keine Gelegenheit gehabt, sich unauffällig zu verdrücken.

Nun fuhr sich Imraan durch den Bart. »Jetzt kommt die Stelle, wo Sajid behauptet, dass er uns beide in der Cafeteria gesehen hat … okay, und jetzt wird es interessant …« Sein Blick verlor sich in der Ferne. Sekunden später war die Aufnahme schon zu Ende, und er nahm sich die Stöpsel aus den Ohren.

»Und?«, fragte Evelyn.

»Sie haben das Thema gewechselt. Zuletzt hat Sajid gesagt … *Sie ist instruiert … wenn sie nahe genug rankommt, wird sie es morgen im Gerichtssaal erledigen* … den Rest kann ich nicht verstehen. Die Nebengeräusche sind zu laut.«

»Sie?«, wiederholte Evelyn. »Eine Frau?«

Imraan nickte. »Und Sajids letzte Worte sind … *Reinholds Herz* … oder so ähnlich.«

»Reinhold?« Evelyn biss auf dem Fingernagel herum.

Imraan wirkte verunsichert. »Glaube ich zumindest.«

»Hören wir es uns noch einmal gemeinsam an.« Sie steckte sich einen Stöpsel ins Ohr, gab den anderen Imraan, und spielte dann die letzten Sekunden der Aufnahme noch einmal ab.

»Heißt es *Herz*, so wie das menschliche Herz?«, fragte sie.

Imraan nickte.

»Könnte es vielleicht auch *Reinhards Herz* bedeuten?«, fragte sie, da Sajids Worte wirklich nur sehr schwer verständlich waren. Flo hatte gestern noch versucht, die Stimmen besser herauszufiltern, war aber weitgehend gescheitert.

Imraan hob die Schultern. »Ja, könnte auch *Reinhard* heißen«, gab er zu.

»Okay«, seufzte Evelyn. »Zumindest wissen wir jetzt, dass es heute im Gericht passieren wird. Und dass es eine Frau ist.« Sie sah zu Flo.

Der erhob sich und schulterte seinen schweren Rucksack mit seinem Laptop und sämtlichen Unterlagen darin, die sie gestern ausgedruckt hatten. »Ich bin in der Cafeteria und versuche, mehr herauszufinden.« Dann lief er zügig in Richtung Ausgang.

»Gibt es eine bestimmte Technik, die Qasem bevorzugen würde?«, fragte sie.

Imraan verzog das Gesicht und hob ratlos die Schultern. »Am ehesten eine Kleinkaliberpistole mit Schalldämpfer.«

Sie schüttelte den Kopf. »Kommt wegen der Metalldetektoren nicht infrage.

»Dann ein Messer«, schlug er vor. »Im Prinzip genügt ein dünnes Stilett.«

Wieder schüttelte sie den Kopf. »Auch damit käme niemand durch die Security. Haben Sie Ihr Messer mit?«

»Wollte ich nicht riskieren. Hab es draußen in einem der kleinen Schließfächer verstaut.«

»Sehen Sie!«

»Die Security ist kein Argument«, widersprach er. »Man muss nur auf die Toilette gehen und das Fenster kippen. Die im unteren Stockwerk sind nur grob vergittert, da kann man von draußen eine Waffe durchreichen.«

Sie dachte nach. »Verdammt!« Imraan hatte recht. Sie sah ihn an. »Besser, Sie gehen jetzt. Qasem sollte Sie nicht hier sehen, falls er auftaucht – und das wird er.«

Er drückte ihr den Ohrstöpsel in die Hand. »Leb wohl, Anwältin! Alles Gute.« Ohne ein weiteres Wort erhob er sich, kehrte ihr den Rücken zu und marschierte los.

Evelyn erhob sich ebenfalls und bog um eine Ecke. Schon von Weitem hörte sie das aufgeregte Gemurmel aus dem großen Schwurgerichtssaal. Sie betrat den Raum und spürte bereits auf der Türschwelle, wie das Adrenalin hier drinnen förmlich hochkochte. Rufe, aufgeregte Telefonate, Blitzlichter, rückende Holzstühle, knarrender Parkettboden und ein dumpfes Surren, das über die Mikrofone aus den Lautsprechern drang. Trotz der vielen Menschen war es in dem Saal immer noch kühl, was wohl an der Raumhöhe und den dicken, marmorverkleideten Wänden lag. Hier begannen die Fenster erst in einer Höhe von vier Meter hinter der oberen Balustrade.

Da es draußen immer noch wolkenverhangen düster war, brannten an allen Wänden die Lampen. Der Regen hatte zwar zwischenzeitlich mal etwas nachgelassen, schnell war aber der nächste Wolkenbruch über sie hereingebrochen. Als Evelyn heute Morgen mit dem Bus durch Wien gefahren war, hatte sie den Eindruck gehabt, dass das Wasser mittlerweile den ganzen Müll und Dreck aus der überforderten Kanalisation nach oben ans Tageslicht spülte. Und genau so roch es auch. Das alles hatte etwas Apokalyptisches an sich – und passte damit perfekt zu ihrer Stimmung.

Sie winkte Pulaski zu sich, der seitlich am Rand neben einem Kamerateam stand und die Leute gründlich musterte, die hereinströmten. Das Interesse war enorm – dass der Prozess bereits so kurz nach einem Mord stattfand, wenn sich noch jeder genau an die Medienberichte über die Tat erinnern konnte, kam nicht alle Tage vor.

Pulaski trat neben Evelyn, und sie zog ihn mit nach vorn. »In der ersten Reihe sind drei Plätze für uns reserviert. Flo kommt nach.« Dann erklärte sie ihm kurz und knapp, was Imraan herausgefunden hatte und woran Flo gerade arbeitete.

»Bis jetzt ist alles unauffällig hier«, sagte Pulaski, als sie fertig war, »zumindest soweit ich das beurteilen kann.«

Sie setzten sich in die erste Zuschauerreihe. Kläger und Verteidiger waren bereits da: Ostrovsky und sein Team auf der einen Seite – Groth auf der anderen. Auf beiden Tischen befanden sich nur wenige Unterlagen. Bei der heutigen Prozesseröffnung würde alles relativ rasch über die Bühne gehen und damit enden, dass die Vorsitzende Richterin einen Termin für den ersten Verhandlungstag festlegte.

Um Punkt zwölf betraten die drei Richter den Saal, danach die Geschworenen, die Ersatzgeschworenen und zuletzt Professor Niemeyer in Begleitung einer Polizistin. Nachdem alle Besucher Platz genommen hatten und Ruhe eingekehrt war, wurde die Hauptverhandlung eröffnet.

Evelyn betrachtete Niemeyer, der aufrecht und selbstbewusst neben seinem Anwalt saß. Vermutlich hatte Groth ihm eingebläut, erhobenen Hauptes den Gerichtssaal zu betreten, dabei aber nicht arrogant zu wirken und vor allem nicht zu den Geschworenen zu sehen. Die beobachteten jede seiner Bewegungen mit Argusaugen, ebenso wie die drei Ersatzgeschworenen, die längsseits neben ihm saßen.

Pulaski beugte sich zu Evelyn. »So ein Prozess ist völlig neu für mich«, flüsterte er. »Gibt es in Deutschland nicht – kenne ich bloß aus Filmen.«

»Vergessen Sie alles, was Sie darüber gesehen haben«, antwortete sie ebenso leise. »So Sachen wie *Einspruch, Euer Ehren – Einspruch abgelehnt* sowie dramatische Wortgefechte gibt es hier nicht. Läuft normalerweise alles ziemlich ruhig ab.«

Nachdem Ostrovsky lässig herumspazierend und mit den Daumen unter die Hosenträger gehakt den Vortrag der Anklage gehalten hatte, folgte die Stellungnahme der Verteidigung. Wenig überraschend bekannte Niemeyer sich nicht schuldig.

Danach wurde das Beweisverfahren eröffnet. Während Ostrovsky die Punkte aufzählte, auf die er in den nächsten Tagen noch detailliert eingehen würde, hörte Evelyn, wie sich die Holztür im hinteren Bereich des Saals quietschend öffnete. Leise Schritte näherten sich, und noch bevor sie sich umdrehen konnte, ließ sich Flo keuchend auf den leeren Platz neben sie fallen. Sie sah ihn fragend an.

Kommentarlos legte Flo das Tablet auf seinen Schoß und

drehte es zu ihr. Pulaski beugte sich ebenfalls zu ihnen. Auf dem Bildschirm war das Foto einer schlanken Dame mit feinen Gesichtszügen zu sehen, Ende fünfzig, mit Brille, schulterlangen grauen Haaren, blauer Bluse und Perlenkette. »Eine Gerichtsdienerin«, flüsterte Flo.

Evelyn überflog das Dossier. Die Frau hieß offenbar Ute Ehlers und war, wie sie richtig geschätzt hatte, achtundfünfzig Jahre alt.

»Ihr Mann heißt Reinhard«, flüsterte Flo. »Ist siebzig und herzkrank. Vier Bypässe. Liegt nach einer Herz-OP gerade auf der Intensivstation.«

»Pssst!«, zischte jemand von hinten.

Evelyn bedeutete Flo, leise zu sein. Sah so aus, als hätte er die von Qasem angeheuerte Mörderin gefunden. Eine Frau mit einem älteren, schwer herzkranken Mann, der vermutlich im Krankenhaus sterben würde, falls sie nicht das tat, was Qasem von ihr verlangte.

Aber wie genau sollte Frau Ehlers Niemeyer ermorden? Und noch viel wichtiger … wo war sie?

Fünf Minuten später räusperte sich jemand auf der Geschworenenbank, und wie aufs Stichwort öffnete sich neben der Richterbank eine Seitentür und eine Dame betrat den Gerichtssaal. Auf einem Rollwagen schob sie ein Tablett mit Gläsern und Wasserkaraffen vor sich her. Die Frau schritt zuerst die Bank mit den Geschworenen ab und ging dann zu den Ersatzgeschworenen. Denjenigen, die die Hand hoben, reichte sie ein Glas.

Evelyn warf Pulaski einen entsetzten Blick zu. *Frau Ehlers!* Zwar hatte sie die Haare anders und sah eine Spur älter aus – aber sie war es. *Jetzt wird es passieren! Aber wie?* Ehlers würde wohl kaum eine Waffe unter dem Wägelchen hervorholen und damit auf Niemeyer zielen, so wie Marianne Bachmeier, die Anfang der 80er-Jahre den Mörder ihrer siebenjährigen Tochter im Gerichtssaal erschossen hatte.

Nachdem Ostrovsky seine Ausführungen beendet hatte, erhob sich Groth, um seinerseits seine wichtigsten Punkte für die nächsten Tage zusammenzufassen. Er hielt jedoch kurz inne. Denn in diesem Moment ging Frau Ehlers langsam und steif, wie unter Hypnose, mit ihrem Wagen auf den Tisch der Verteidigung zu, wo auch Niemeyer saß.

61

Evelyn hielt den Atem an. Deutlich spürte sie, wie sich Pulaskis Körper neben ihr anspannte.

Groth blickte inzwischen Frau Ehlers an, die unbeirrt die letzten Schritte zu Niemeyers Tisch ging und den Wagen mit noch drei halb vollen Karaffen abstellte. Ehlers' Stirn glänzte vor Schweiß. Sie hatte rote Flecken am Hals und im Gesicht und zitterte leicht, als sie Niemeyer ein leeres Glas hinschob.

Nun begann Groth mit seinem Vortrag. Im gleichen Moment läutete in den hinteren Sitzreihen lautstark ein Handy mit arabischem Klingelton. Alle drehten sich um und blickten nach hinten – *perfektes Timing* –, nur Pulaski und Evelyn starrten immer noch zu Frau Ehlers.

»Glauben Sie, das war ein Ablenkungsmanöver?«, flüsterte Evelyn hinter vorgehaltener Hand.

Pulaski nahm den Blick nicht von der Frau. »Kann schon sein.«

Ehlers goss Wasser ins Glas. Niemeyer griff danach und wollte trinken.

»Nicht!«, rief Evelyn.

Gleichzeitig sprang Pulaski auf, rannte um den Tisch der Verteidigung herum und schlug Niemeyer das Glas aus der Hand. Dann packte er die Frau am Handgelenk und riss sie von Niemeyer weg.

Ehlers kreischte auf, und schon hatten sich zwei Justizwachebeamte von der Wand neben dem Seiteneingang gelöst, die Hand an der Waffe. Beide liefen zu Pulaski, der eine starrte ihn an, der andere sah sich im Saal um.

»Gehen Sie einen Schritt von dem Tisch weg! Beide!«, befahl einer der beiden. »Und Sie lassen die Frau los! Danach Hände hoch! Gesicht zu mir!«

»Ich bin Polizist«, sagte Pulaski. »Ich …«

»Ich sagte: *Einen Schritt zurück!*« Langsam, aber bestimmt zog der Mann nun die Waffe aus dem Holster.

Im Gerichtssaal kreischten die ersten Personen auf. Gedränge entstand, wobei Evelyn nicht ausmachen konnte, ob die Leute aus dem Saal fliehen oder neugierig nach vorne wollten. Sie sprang ebenfalls auf. »Nicht schießen!«, rief sie. »Der Mann ist deutscher Polizist.«

Pulaski trat zwar einen Schritt vom Tisch zurück, hielt Frau Ehlers' Hand aber weiterhin fest. Sie schrie vor Schmerzen auf, als er ihr die Finger aufbog.

Evelyn reckte den Hals. Was immer Pulaski gedacht hatte, dass Frau Ehlers umklammert hielt – eine Kapsel oder Ampulle mit Gift –, er hatte sich geirrt. Ihre Handfläche war leer.

»Sie tun mir weh!«, schrie die Frau nun in Panik, und Pulaski ließ sie los. Stattdessen nahm er die Karaffe, aus der Ehlers eingegossen hatte, roch daran und schob sie über den Tisch zu einem der Beamten hin. »Stellen Sie das sicher!«

Der Tumult wurde lauter.

»Ruhe im Gerichtssaal«, rief die Vorsitzende Richterin. »Ruhe!«

Weitere Justizwachebeamte betraten durch den Seiteneingang den Raum.

»Ich habe Grund zur Annahme«, sagte Pulaski, der nun sicherheitshalber beide Arme gehoben hatte, an die Richterin gewandt, »dass sich Gift in diesem Wasserkrug befindet.«

»Damit habe ich nichts zu tun!«, beteuerte Frau Ehlers unter Tränen.

»Das lässt sich rasch klären. Stellen Sie auch das Glas sicher«, sagte Pulaski zu den Beamten, ließ die Arme sinken, griff langsam nach seiner Brieftasche und zeigte seinen Ausweis. »Ich denke, die Frau wollte den Angeklagten vergiften.«

»Ruhe!«, rief die Richterin erneut.

Frau Ehlers brach in Tränen aus. »Ich … ich habe nichts Böses getan …«

Während immer mehr Handykameras aufblitzten und die Sicherheitskräfte versuchten, Ruhe herzustellen, ging Evelyn nach vorn. »Ich bin Anwältin.« Sie zeigte einem der Wachleute ihren Ausweis. Dann wandte sie sich an die hysterisch schluchzende Frau. »Es ist alles gut«, sagte sie und legte ihr beruhigend die Hand auf den Arm. »Ihnen passiert nichts. Alles gut.«

Nun trat auch Pulaski an Evelyns Seite. »Ich schätze, dass sich entweder im Krug oder im Glas hoch dosiertes Gift befindet«, flüsterte er. »Genau so viel, dass Niemeyer ein paar Tage später gestorben wäre.«

Frau Ehlers brach erneut in schluchzende Tränen aus. »Es tut mir leid … ich … ich musste das tun …«

»Alles gut.« Evelyn strich ihr über den Rücken, dann nickte sie einem der Wacheleute zu. »Holen Sie bitte einen Stuhl.«

Er tat, worum sie ihn gebeten hatte, und kurz darauf konnte sich die Frau setzen, blass und mit zitternden Händen.

Mittlerweile hatten die Sicherheitskräfte den vorderen Bereich des Saals abgeriegelt. Niemeyer und die Geschworenen wurden nach draußen geführt, dann traten sowohl Ostrovsky als auch Groth und die Richterin zu Pulaski und Evelyn. Bevor die Richterin etwas sagen konnte, fing Evelyn an zu reden. »Wir brauchen dringend Personenschutz für Frau Ehlers Mann. Soviel ich weiß, liegt er auf der Intensivstation. Ich kann Ihnen die genauen Hintergründe nicht nennen, aber der Verdacht liegt nahe, dass diese Frau unter Druck gesetzt wurde, den Angeklagten zu ermorden.«

Frau Ehlers schluchzte nur, sagte aber kein Wort.

»Frau Meyers, richtig?«, fragte die Richterin. »Wenn dieser ganze Tumult in meinem Gerichtssaal beendet ist, möchte ich Sie in meinem Richterzimmer sprechen!« Sie blickte zum Stenotypisten. »Die Verhandlung wird bis auf Weiteres unterbrochen!«

Ostrovsky starrte Evelyn schweigend und mit finsterem Blick an, dann sah er kurz zu Groth. Anscheinend wägte er ab, ob das eine von Evelyn inszenierte Aktion gewesen sein könnte.

Doch momentan war ihr egal, was Ostrovsky dachte. Stattdessen glitt ihr Blick über die Zuschauer, die von den Justizwachebeamten aus dem Saal gedrängt wurden. Langsam lichteten sich die Reihen, und ganz hinten entdeckte sie Kamal Qasem, im dunklen Anzug, ein Bein über das andere geschlagen, mit einer Papiertüte in der Hand, aus der er sich etwas in den Mund schob. Doch seine vorgegebene Coolness täuschte – sein starrer Blick bedeutete ihr, dass er sie am liebsten auf der Stelle umgebracht hätte.

»In fünfzehn Minuten, Frau Richterin«, sagte Evelyn, während Frau Ehlers von den Beamten abgeführt wurde.

»In Ordnung.« Dann verließ die Richterin ebenfalls den Saal, gefolgt von Ostrovsky und Dr. Groth.

Zwei Polizisten notierten Pulaskis Daten sowie seinen aktuellen Aufenthaltsort im Rembrandt Hotel, und nachdem sie seine Angaben über Funk überprüft und ihn für den nächsten

Morgen zu einer Aussage auf das Kommissariat bestellt hatten, durften er, Evelyn und Flo den Saal verlassen.

»Hast du Qasem gesehen?«, flüsterte Flo beim Hinausgehen.

Evelyn nickte. »Hat nicht gerade sehr erfreut gewirkt.«

Auf dem Gang hatten sich Presseleute und Besucher zu kleinen Gruppen zusammengerottet und diskutierten heftig. Soviel Evelyn mitbekam, erzählte jeder eine andere Version von dem, was gerade passiert war.

Flo blickte auf sein Handy. »Kilian hat uns übrigens gerade den Link zu der App für seinen Live-Podcast in der Kanzlei gemailt.«

Evelyn atmete erleichtert auf. »Er ahnt also wohl nichts davon, dass wir ihn verdächtigen.«

»Vermutlich nicht«, murmelte Flo. »Aber hoffen wir mal, dass wir Qasem durch diese Rettungsaktion im Gerichtssaal nicht dazu bringen, sich wieder auf Kilian als Mörder seiner Tochter zu konzentrieren. Der wäre nun leichte Beute für ihn.«

»O Gott«, entfuhr es Evelyn. Ihre Eingeweide zogen sich schon wieder zusammen, und ein übler Geschmack stieg ihr in der Kehle hoch. *Verdammt! Warum muss das alles so kompliziert sein?* Sie hätte auf der Stelle kotzen können. Wenigstens wusste sie jetzt, dass sie keine Lebensmittelvergiftung hatte.

Flo legte ihr die Hand auf die Schulter. »Alles okay?«

»Ja, mir ist nur übel. Ich muss auf die Toilette.«

»Wir sollten sowieso von hier verschwinden, bevor die Presseleute uns entdecken und vor die Kamera zerren«, gab Pulaski zu bedenken.

»Sie haben recht.« Noch hatte keiner der Journalisten sie

bemerkt. Evelyn deutete zum Ausgang. »Treffen wir uns in fünf Minuten vor der Cafeteria.« Ohne eine Antwort abzuwarten, startete sie in Richtung Klo.

Nachdem sie ein paar Minuten später durch das Drehkreuz in die Vorhalle trat, sah sie Flo und Pulaski bereits ungeduldig neben der Cafeteria auf sie warten.

»Ist Qasem wieder aufgetaucht?«, fragte sie.

Beide schüttelten den Kopf. Flo sah sie besorgt an.

»Mir geht's gut«, log sie.

»Okay.« Flo nickte, schien jedoch nicht sehr überzeugt zu sein. »Pulaski und ich fahren in die Kanzlei«, erklärte er. »Wir schauen uns noch mal die Unterlagen über den Brand an und knöpfen uns Corinna Wagner vor.«

»Vielleicht finden wir auch Kilians Komplizen aus dem Steakhouse«, ergänzte Pulaski. »Dann könnte ich der Polizei morgen Früh auf dem Revier gleich alle gesammelten Beweise übergeben.«

»In Ordnung.« Evelyn wischte sich den Schweiß von der Stirn. »Ich muss jetzt gleich zur Richterin.«

»Wie schlimm wird der Ärger werden, den Sie bekommen?«

Evelyn winkte ab. »Nicht schlimmer als sonst.«

Flo gab ihr einen Kuss, dann sah sie den beiden nach, wie sie zum Ausgang gingen und auf der Treppe im Regen verschwanden.

Sie dachte an den Schwangerschaftstest. *Wann wirst du es Flo sagen? Und … wie wird er wohl reagieren?*

62

Flo sperrte die Tür zu Evelyns Kanzlei auf und trat ein. Pulaski folgte ihm. Er hatte gerade ein Telefonat mit Dreyer beendet und steckte das Handy ein.

»Und was sagt sie?«, fragte Flo.

Pulaski hängte seine Jacke an den Garderobenhaken. »Sie wird uns den Polizeibericht vom Theaterbrand schicken.«

Flo schaltete in der Küche die Kaffeemaschine ein. »Und wann wird das sein?«

»Klang jedenfalls nicht so, als hätte das bei ihr oberste Priorität«, gab Pulaski zu. *Ja, so ein Kaffee wäre jetzt prima.* Er holte zwei große Tassen aus dem Schrank. »Hatten Sie auch das Gefühl, dass uns jemand gefolgt ist? Ich meine am Vormittag und auch jetzt.«

»Echt jetzt?« Flo sah ihn ungläubig an. »Fühlen Sie sich immer noch beobachtet?«

Pulaski nickte. Vielleicht war er wirklich nur paranoid, aber dieses Gefühl saß ihm ganz tief in den Knochen.

Flo schüttelte den Kopf. »Nein, ich habe nichts bemerkt. Bin aber auch nicht gerade sensibel, was das anbelangt.«

Während der Kaffee aus der Maschine lief, ging Flo ins Besprechungszimmer und startete sein Notebook. »Ich will nicht tatenlos auf Dreyers Nachricht warten«, rief er.

Pulaski stand in der Küche neben der Maschine und sah, wie Flo den Bildschirm an die Wand projizierte. »Was schlagen Sie vor?«

»Ich habe Zugang zum Zeitungsarchiv der Nationalbibliothek.«

»Reingehackt?«

»Was denken Sie von mir? Nein, ganz offiziell über meine Mitgliedschaft.«

Pulaski betrat mit Kanne und Tassen auf einem Tablett das Besprechungszimmer. »Dann suchen Sie noch mal nach dem Theaterbrand vor vier Jahren. Vielleicht haben wir etwas übersehen.«

»Schon dabei.«

Eine Viertelstunde später hatte Flo die PDF-Dateien der größten Tageszeitungen geöffnet, die über den Brand vom neunten Mai berichtet hatten. Darüber hinaus gab es noch eine große Reportage vom Wochenmagazin *Profil*. Sie lasen alles durch, wobei sich das meiste wiederholte. Schauspieler, Köche, Kellner und fast alle Gäste waren in jener Nacht ums Leben gekommen.

»Überall wird nur von *fünf* Überlebenden berichtet«, fasste Flo zusammen.

»Aber von Oberst Krohn wissen wir, dass seine Enkelin von insgesamt *zehn* Überlebenden gesprochen hat, die es rechtzeitig rausgeschafft haben«, ergänzte Pulaski. »Und das wird auch in einem dieser Zeitungsinterviews von einem Augenzeugen bestätigt. Wir können also davon ausgehen, dass es wirklich zehn waren.« Er dachte an den Zettel mit den Namen, den er gestern geschrieben hatte. Nachdenklich fuhr er sich über den Stoppelbart. »Wobei wir keinen stichhaltigen Beweis haben, dass Corinna Wagner in jener Nacht auch wirklich eine jener zehn war …«

»Richtig!« Flo sah auf. »Das haben wir bisher immer nur als gegeben angenommen, weil sie Oskar Wagners Tochter ist.«

»Aber wirklich *wissen* tun wir es nicht!« Pulaski griff einem Instinkt folgend zum Handy und wählte eine eingespeicherte Nummer.

»Rufen Sie Corinna jetzt an?«

Pulaski nickte. »Ich möchte mehr über die Nacht des Brandes erfahren. Außerdem wissen wir ziemlich sicher, dass sie Kilian kennt. Und ich möchte herausfinden, wer Professor Niemeyers Rolle im Steakhouse gespielt ha…« Er verstummte und hob die Hand. »Ja, hallo?«, sagte er mit freundlicher Stimme. »Hier spricht Walter Pulaski, Ihr Kunde aus der Buchhandlung. Wir hatten uns neulich erst unterhalten.« Er schaltete auf Lautsprecher und stellte das Handy auf den Tisch, damit Flo mithören konnte.

»Hallo, Herr Pulaski«, erklang Corinnas gut gelaunte Stimme.

Schauen wir mal, wie lange du noch so fröhlich tust, dachte Pulaski. »Störe ich gerade?«

»Aber nein. Haben Sie den Stanisław Lem schon ausgelesen?«

»Um ehrlich zu sein, habe ich noch gar nicht so richtig damit begonnen. Ich hatte in den letzten Tagen viel zu tun.«

»Dann hat Ihnen das Video, das ich Ihrem Kollegen gemailt habe, also weitergeholfen?«

»Ja, das hat einen Mann vor der Verurteilung bewahrt.«

»Ach, wie schön.«

Ja, wirklich reizend! Pulaski räusperte sich. »Zufällig habe ich erfahren, dass Ihr Vater der bekannte Bühnenbetreiber Oskar Wagner gewesen ist«, ließ er die Katze nun aus dem Sack.

Schweigen am anderen Ende der Leitung.

Pulaski sah zu Flo, der erwartungsvoll die Augenbrauen hob. »Ich habe gehört, dass er sich das Leben genommen hat. Das tut mir sehr leid. Mein aufrichtiges Beileid«, fuhr Pulaski fort.

Immer noch Schweigen. *»Ja, das ist schon einige Jahre her«*, sagte Corinna schließlich mit gefasster Stimme.

»Die Nacht, in der das Theater Ihres Vaters abgebrannt ist, muss schrecklich gewesen«, fügte Pulaski hinzu.

»Wie kommen Sie denn da jetzt ausgerechnet drauf?«

Sie spielte ihre Rolle großartig, ohne die geringste Spur Verunsicherung zu zeigen. »Die vielen Toten, das Theater in Grund und Boden zerstört, das muss Sie schwer traumatisiert haben.«

»Haben Sie mich deshalb angerufen, um alte Wunden aufzureißen?«

»Nein, ich wollte Ihnen nur sagen, dass mir das alles wahnsinnig leidtut – und ich bewundere, dass Sie trotz dieser Schicksalsschläge ein so positiver und fröhlicher Mensch sind.«

Sie räusperte sich. *»Ich war in jener Nacht, als das Theater abgebrannt ist, gar nicht in Wien, sondern habe es aus dem Radio erfahren. Ich habe zu dieser Zeit meine Theaterausbildung in Bregenz gemacht.«*

Pulaski schielte zu Flo. *Sie ist gar nicht die zehnte Überlebende*, schien sein überraschter Blick zu sagen.

»Ein Glück für Sie, sonst wären Sie möglicherweise auch unter den Opfern gewesen«, murmelte Pulaski.

»Oder ich hätte die Katastrophe verhindern können, und es wäre erst gar nicht zu dem Brand gekommen«, konterte sie. *»Das werden wir wohl nie erfahren.«*

»Hätten Sie Lust auf einen Kaffee?«, bot er spontan an. »Ich habe Zeit, und falls es Ihnen hilft und Sie in Ruhe darüber reden wollen …?«

»*Anscheinend wollen* Sie *darüber reden*«, entgegnete sie. Bestimmt ahnte sie, aus welchem Grund er tatsächlich angerufen hatte.

»Ja, stimmt, ich wollte Sie einfach gerne wiederzusehen«, sagte er. »Auch wenn der Vorwand mit dem Theater zugegebenermaßen ein wenig holprig war.«

Plötzlich lachte sie unbeschwert. »*Wie dringend ist es denn?*«

Er sah zu Flo und schmunzelte. Sie hatte angebissen. Wenn auch sicherlich nur, um herausfinden, wie viel er wusste. »Heute Nachmittag?«, schlug er vor. »Es sei denn, Sie sind noch in der Buchhandlung und …«

»*Nein, bin ich nicht mehr. Ich habe Freitagnachmittag frei. Aber ich habe viel zu tun.*«

»Wo sind Sie gerade?«

»*Im Theater meines Vaters.*«

»Das gibt es noch?«

»*Sicher. Es wurde neu aufgebaut, aber so richtig fertig ist es noch nicht. In meiner Freizeit mache ich die letzten Renovierungsarbeiten. Sie könnten mir zur Hand gehen. Einen starken Mann kann ich immer gebrauchen.*« Sie lachte neckisch.

»Ich packe meinen Werkzeugkoffer und bin schon auf dem Weg – wenn ich einen starken Kaffee bekomme.«

Corinna lachte erneut. »*Kriegen Sie! Aus der Thermoskanne. Kommen Sie zur Wagner-Bühne*«, sagte sie und nannte ihm die Adresse. Dann verabschiedete sie sich und legte auf.

»Dieses verlogene Miststück«, entfuhr es Flo. »Die ist doch nicht dumm. Die weiß ganz genau, dass wir hinter ihr her sind, und spielt trotzdem die kesse Verführerin.«

»Schauspielerin eben«, sagte Pulaski, obwohl er für einen kurzen Moment gehofft hatte, dass sie ihn wirklich sympathisch fand. *Aber nein, das ist ganz sicher alles nur Show.*

»Sie fahren wirklich hin?«, fragte Flo. »Könnte eine Falle sein.«

»Davon gehe ich aus.«

»Ich komme lieber mit.«

Pulaski wehrte ab. »Das schaffe ich schon allein. Wenn ich Glück habe, finde ich heraus, wer ihr und Kilians mysteriöser Komplize im Steakhouse war.« Er erhob sich. »Vielleicht kriegen Sie in der Zwischenzeit heraus, wer der zehnte Überlebende war.«

63

Nachdem Evelyn zuerst mit der Richterin gesprochen hatte, wollten ihr auch Ostrovsky und die Kripo noch einige Fragen stellen. Doch Evelyn hatte sich nur auf die amtliche Verschwiegenheit berufen und stattdessen für Frau Ehlers und ihren Mann Personenschutz gefordert. Endlich durfte sie das Richterzimmer verlassen und drückte sich hastig durch das Drehkreuz in die Halle.

Seit Pulaskis und Flos Aufbruch war eine Dreiviertelstunde vergangen, und sie hatte gute Lust, sich in der Cafeteria eine heiße Schokolade mit viel Zucker und ein Stück Torte mit Schlagobers zu gönnen, um ihre Nerven zu beruhigen. Nicht nur wegen Niemeyer, Groth, Ostrovsky, Qasem und Kilian, sondern auch wegen ihrer Schwangerschaft, die gerade zu einem sehr ungünstigen Zeitpunkt kam. Sie hatte nie mit Flo über Kinder gesprochen und fragte sich, ob er überhaupt bereit war, Vater zu werden. Noch dazu mit einer vierzigjährigen Frau.

Sie riss sich zusammen und lief an der Cafeteria vorbei. Besser, sie würde direkt in die Kanzlei fahren, wo genug Arbeit auf sie wartete – ebenso wie ein ausreichender Schokoladenvorrat in ihrer Schreibtischschublade.

Bevor sie jedoch den Ausgang erreichte, stellte sich ihr Dr. Groth in den Weg. Er trug einen Mantel und hatte sich den Regenschirm über den Arm gehängt. »Darf ich Sie zum Taxistand begleiten?«

Sie musterte ihn streng. *Hat der die ganze Zeit hier auf mich gewartet?* »Nein danke.« sagte sie kühl, doch Groth gab den Weg nicht frei.

»Ich gratuliere Ihnen. Sie haben es geschafft, den Prozess zu unterbrechen und wertvolle Zeit für uns herauszuschinden.«

»Da hat wohl der Zufall mitgeholfen«, gab sie zu.

»Wie auch immer – von Seiten der Richterin gibt es noch keinen Termin für den ersten richtigen Verhandlungstag«, sagte Groth. »Wann bekomme ich Ihre Unterlagen für meine Verteidigung?«

Stimmt, die Unterlagen! Bei dem ganzen Tumult hatte sie Groths Forderung ganz vergessen. »Geben Sie mir noch ein paar Stunden Zeit, bevor Sie mit Ostrovsky reden.«

Er sah sie auffordernd an. »Heute Abend auf meinem Schreibtisch!«

»Ich werde es versuchen«, seufzte sie, dann ließ sie ihn stehen und eilte über die Treppe hinunter durch den Regen in Richtung Taxistand.

Im Laufen zog sie sich die Kapuze ihres dunkelblauen Regenmantels über den Kopf und bemerkte aus dem Augenwinkel, dass sich ihr jemand von der Seite her näherte. Sie blickte kurz zur anderen Seite. *Von dort auch!* Und kaum war sie unten angelangt, sah sie auch schon die schwarze Limousine mit dem Diplomatenkennzeichen, die direkt vor dem Gebäude parkte. *Scheiße!*

»Wenn Sie uns bitte folgen würden!«, erklang Sajids Stimme mit einem leisen, drohenden Unterton.

»Mach keine Schwierigkeiten!«, warnte Imraan sie.

Dann wurde sie links und rechts am Oberarm gepackt und zur Limousine geführt.

Verdammt, du hättest doch Groths Angebot annehmen sollen.

Die hintere Tür der Limousine öffnete sich, und Evelyn wurde ins Auto gedrängt. Imraan und Sajid nahmen sie in die Mitte. Kaum hatte sie sich die Kapuze vom Kopf gezogen, fuhr der Wagen auch schon los.

»Wird das eine Entführung?«, rief sie.

»Aber nein.« Qasem saß ihr gegenüber. »Sie sind doch freiwillig eingestiegen. Das können hier alle bezeugen. Sogar der Fahrer.«

Außer Qasem, Sajid, Imraan und dem Fahrer befand sich noch ein weiterer Mann im Auto, der ihr schräg gegenüber saß. Ein schmächtiger Kerl, etwa dreißig Jahre alt. Bis auf Qasem, der einen feinen Anzug trug, waren alle mit schwarzen Jeans und dunklem Rollkragenpullover bekleidet. *Sieht aus wie ein Exekutionskommando*, dachte Evelyn bitter.

»Und jetzt?«, fauchte sie.

Qasem schnippte mit den Fingern, woraufhin Imraan ihr die Handtasche abnahm. Ihr Handy steckte er in seine Hosentasche, und den Rest durchwühlte er peinlich genau. »Ali!«, sagte er dann knapp und drückte dem schmächtigen Kerl ihre Tasche in die Hand, der sie hinter sich verschwinden ließ.

Das ist also Ali. Imraans düsterer Geselle, der Pulaski verfolgt hat. Ein Mann mit dünnem schwarzen Schnauz- und Kinnbart, den sie – hätte sie ihn unter anderen Umständen kennengelernt – eher hinter der Theke einer harmlosen Dönerbude vermutet hätte als in der Limousine eines in dunkle Geschäfte verwickelten Milliardärs.

»Und jetzt?«, wiederholte Evelyn zornig, doch niemand reagierte. Der Wagen fuhr durch die Innenstadt in Richtung

Süden, während das Schweigen im Inneren die angespannte Stimmung nur noch verstärkte.

Schließlich beugte sich Qasem nach vorn und stützte sich auf seine Knie ab. »Sie haben meine Pläne durchkreuzt«, stellte er fest.

»Sie haben doch nicht wirklich erwartet, dass ich tatenlos dabei zusehe, wie Sie jemanden ermorden lassen?«

»Wie viel weiß die Polizei?«

»Noch weiß sie gar nichts – aber das kann sich rasch ändern, wenn Sie mich nicht sofort rauslassen!«, fauchte sie.

Qasem lächelte. »Sie rauslassen?« Er zog die Mundwinkel nach unten und schüttelte den Kopf. »Das geht jetzt nicht mehr.«

Evelyns Herzschlag beschleunigte sich. Sie spähte kurz zu Imraan, der wie versteinert dasaß. Ihr war klar, dass er ihr im Zweifelsfall nicht zu Hilfe kommen, sondern ohne zu zögern den Befehlen seines Chefs folgen würde, um seine eigene Haut zu retten.

»Wer hat meine Tochter ermordet?«, fragte Qasem, sichtlich um einen ruhigen Ton bemüht. »Ich weiß, dass Sie es wissen. Also, halten Sie mich nicht zum Narren!«

Evelyn schluckte. Die Situation kam ihr bekannt vor – nur dass Qasem sie diesmal nicht aus dem Wagen aussteigen lassen würde, ehe sie eine zufriedenstellende Antwort geliefert hatte.

»Das kann ich Ihnen nicht sagen.«

Qasems Gesichtsausdruck veränderte sich schlagartig, zeigte seinen ganzen Frust und Zorn. Mit einer fließenden Bewegung griff er unter das Sakko nach hinten an den Gürtel und holte ein Springmesser hervor. Er ließ die Klinge rausspringen, beugte sich nach vorn und stach zu.

Evelyn schrie auf. Qasem hatte die Klinge zwischen ihre Beine durch den Regenmantel in den Bezug des Ledersitzes gerammt. »Wer hat meine Tochter ermordet?«, presste er hinter zusammengebissenen Zähnen hervor.

Beinahe hätte sich Evelyn in die Hose gemacht. Für einen Moment hatte sie wirklich gedacht, er würde ihr das Messer in den Unterleib rammen.

»Rede«, zischte Imraan leise. Er nickte ihr auffordernd zu. Offenbar wusste er, das Qasem keine Sekunde zögern würde, ihr wehzutun.

Qasem zog indessen das Messer aus dem Leder und hielt den Griff nun so, dass die Klinge nach unten zeigte. Er zielte auf ihren Oberschenkel. »Meine Geduld ist zu Ende. Zum letzten Mal! Wer war es?«

»Sag es«, drängte Imraan.

»Nein, ich …«

Qasem holte aus.

»Kilian!«, schrie Evelyn, ehe die Klinge ihren Oberschenkel durchbohrte. »Ich glaube, es war Martin Kilian.«

Qasem hielt die Klinge immer noch direkt über ihrem Bein, ruhig und entschlossen. Offenbar war er zu allem bereit. »Niemeyer ist unschuldig?«

»Ja, er hat nichts mit der Sache zu tun.«

»Und warum hat Kilian es getan? Wegen seiner Tochter?«

Evelyn schüttelte verzweifelt den Kopf. »Die Sache ist viel komplizierter, als Sie denken.«

»Die Sache ist nicht kompliziert«, widersprach Qasem. »Was hat meine Aisha gemacht? Warum hat er sie getötet?«

Evelyn atmete tief durch. »Ja, es war wegen der OP«, sagte sie schließlich. Es hätte die Sache nur unnötig verkompliziert, wenn sie ihm von dem Theaterbrand erzählt hätte.

Qasem drückte die Klinge in den Messergriff und lehnte sich zurück. »Warum plötzlich so kooperativ?«

»Beinahe hätten Sie im Gerichtssaal einen Unschuldigen getötet!«, warf sie ihm vor.

Er legte den Kopf schief und lächelte. »Aha, Sie geben also zu, dass es sehr wohl einen Unterschied macht, ob man einen Schuldigen oder einen Unschuldigen tötet.«

Verdammt! »Ja, es macht einen Unterschied«, sagte sie dann. »Und zwar für mein Gewissen.« Wobei sie jetzt damit leben musste, Kilian ans Messer geliefert zu haben – um sich selbst zu retten. »Darf ich jetzt raus?«

Niemand im Wagen rührte sich.

Schließlich schüttelte Qasem den Kopf. »Sie bleiben so lange mein Gast, bis wir Kilian haben.«

64

Nachdem Pulaski die Kanzlei verlassen hatte, überprüfte Flo Corinna Wagners Behauptung, dass sie zum Zeitpunkt des Theaterbrandes in Bregenz gewesen war. Im Internet fand er ein PDF-File mit der Liste aller damaligen Studierenden jener Theaterausbildung – und bei den Viertsemestern stand tatsächlich Corinnas Name.

Okay, sie hat also nicht gelogen.

Blieb die Frage, wer der zehnte Überlebende gewesen war, den Riane, Oberst Krohns Enkelin, gesehen zu haben glaubte.

Flo wollte nicht länger tatenlos auf Dreyers Bericht vom Theaterbrand warten, also durchforstete er das Internet nach Informationen. Das Einzige, was er herausfand, war aber, dass das Stück *Rachefrühling* nach der Katastrophe am Premierenabend nie wieder aufgeführt worden war. Die Schauspieler, die es einstudiert hatten, waren nicht mehr am Leben, und niemand anderes hatte es wieder aufgreifen wollen.

Dann stieß Flo im Online-Archiv einer monatlich erscheinenden Kulturzeitschrift doch noch auf ein Interview mit dem Bühnenautor Daniel Vogt, das er zwei Monate nach dem Brand gegeben hatte. Vogt hatte früher selbst auf vielen Kleinkunstbühnen gespielt und schließlich ein Jahr lang an diesem Dinner & Crime-Stück geschrieben. Das Ensemble jener Nacht hatte aus seinen Freunden und Schauspielkollegen bestanden.

Neben dem Interview fand sich ein Foto von Vogt, auf dem

er eher jung wirkte, noch keine dreißig. Er war groß, hatte ungekämmte schwarze Haare und trug eine Nickelbrille, mit der er ein wenig an Bertolt Brecht erinnerte. Der struppige Bart, das graue Sakko und der karierte Schal taten ihr Übriges, Vogt wie den Inbegriff des intellektuellen, sensiblen Künstlers wirken zu lassen.

»*Wie fühlt es sich an, wenn ein Theaterstück über Mord und Totschlag während der Premiere selbst zu einem Krimi wird, bei dem Menschen tatsächlich ums Leben kommen?*«, lautete eine der letzten Fragen des Interviews, die Flo ziemlich pietätlos fand.

Doch Daniel Vogts Antwort fiel genauso wie der Rest des Interviews sehr sachlich aus. »*Wenn das Theater nach dem zweiten Akt zu brennen beginnt und du mitbekommst, dass die Menschen, die extra gekommen sind, um dein Stück zu sehen, das mit ihrem Leben bezahlen, dann empfindest du – auch wenn du selbst nichts dafür kannst – eine gewisse Verantwortung.*«

»*Sogar wenn dieses Gefühl der Schuld rational nicht zu erklären ist?*«

»*Ja, auch dann.*«

»*Warum ist das so?*«

»*Liegt das nicht auf der Hand? Wäre mein Stück an diesem Abend nicht aufgeführt worden, sondern ein anderes mit anderen Gästen unter völlig anderen Rahmenbedingungen, dann wäre es nicht zu dieser Katastrophe gekommen. Und so hat* Rachefrühling *anstatt zu unterhalten, Dutzenden Menschen den Tod gebracht. Natürlich macht mir das zu schaffen.*«

»*Wie wird es mit Ihrer Bühnenkarriere nun weitergehen?*«

»*Hängt davon ab, ob und wann ich meine Albträume in den Griff bekomme.*«

»Albträume?«

»Es fühlt sich falsch an, wenn du weißt, dass du einer von wenigen bist, die es rechtzeitig rausgeschafft haben … und du dann draußen auf das brennende Theater starrst und absolut hilflos und ohnmächtig mitansehen musst, wie deine Gäste, deine Freunde und deine Kollegen in dem Gebäude vergeblich um ihr Leben kämpfen. Beantwortet das Ihre Frage?«

»Ja, das tut es. Vielen Dank für das Interview.«

Flo starrte mit offenem Mund auf die letzten Zeilen. *Vogt ist an jenem Abend selbst dabei gewesen. Na klar. Schließlich war es die Premiere seines Stücks.*

ER ist also der zehnte Überlebende, nicht Corinna Wagner!

Sogleich durchforstete Flo das Internet nach aktuellen Informationen zu Daniel Vogt. Anscheinend war er immer noch Schauspieler und Bühnenautor. Flo fand die Webseite eines Wiener Theatervereins, auf der es ein nur wenige Monate altes Infoblatt über Vogt mit einer Wiener Adresse und einer Telefonnummer gab.

Abgesehen von Martin Kilian und Oskar Wagner, der sich selbst das Leben genommen hatte, war Vogt damit der letzte Überlebende des Theaterbrandes, der noch nicht ermordet worden war. Wenn Kilian und Corinna Wagner konsequent vorgingen, dann war es nur eine Frage der Zeit, bis auch Vogt durch einen merkwürdigen Unfall ums Leben kommen würde.

Falls er nicht schon längst tot ist!

Flo starrte auf Vogts Handynummer und versuchte, sich zu konzentrieren. Wenn sie richtig lagen, dann hatte Kilian seit dem Brand jedes Jahr im Frühling zwei Menschen ermordet. Bis auf dieses Jahr, da hatte er sich mit nur einem Mord begnügt, dem an Aleyna Al-Rashid … *Aber das Frühjahr ist noch nicht vorbei.*

Aller Wahrscheinlichkeit nach war auch Kilians Rachefeldzug noch nicht zu Ende.

Flo griff zum Handy und rief Evelyn an. *Fuck!* Der Anruf wurde nach dem vierten Läuten weggedrückt. *Was jetzt?* Es hatte keinen Sinn, die Polizei anzurufen. Bis er Dreyer alles erklärt und sie Personenschutz für Vogt organisiert hatte, war es vielleicht schon zu spät.

Er musste das anders regeln – möglichst schnell und effizient. Und deshalb suchte er Qasems Privatnummer aus den Unterlagen raus und wählte. Nach dreimaligem Läuten hob jemand ab. »Ja?« Es war nicht Qasems Stimme.

»Sajid?«, fragte Flo.

»Was willst du?«, knurrte Sajid. Er klang ziemlich gestresst. Im Hintergrund hörte Flo das Rauschen von Verkehrslärm.

»Kann ich deinen Vater sprechen?«, fragte Flo. »Es ist wirklich wichtig.«

»Einen Moment …«

Flo presste das Handy ans Ohr. Er hörte merkwürdige Geräusche, dann wurde der Verkehrslärm kurz lauter und eine Autotür knallte zu. Anschließend war Sajid wieder am Apparat. »Mein Vater ist gerade beschäftigt. Worum geht es? Aber mach es kurz, ich habe nicht viel Zeit.«

»Ich auch nicht, außerdem wäre es zu kompliziert, jetzt alle Details zu erklären. Also richte deinem Vater Folgendes aus …« Flo atmete tief durch. »Derjenige, der seine Tochter ermordet hat, ist noch auf freiem Fuß. Er wird möglicherweise einen weiteren Mord begehen. Und zwar an einem Theaterschauspieler namens Daniel Vogt.«

»Was hat das mit uns zu tun?«

»Imraan ist doch Leibwächter und darin erfahren, andere zu beschatten«, erklärte Flo. »Der Mörder deiner Halbschwester könnte bei Vogt auftauchen oder sich zumindest in dessen Nähe herumtreiben.«

Es war kurze Zeit still am anderen Ende. »Ich verstehe …«, murmelte Sajid schließlich. »Wo finden wir diesen Typ?«

Flo blickte auf die Webseite des Theatervereins und nannte ihm Vogts Adresse. Es war eine Hausnummer in der Linken Wienzeile in der Nähe des Naschmarkts. »Aber Daniel Vogt hat keine Ahnung, worum es geht, also seid unauffällig und rücksichtsvoll«, riet Flo ihm.

»Sind wir doch immer.« Sajid legte auf.

Da bin ich mir nicht so sicher.

Wobei es Flo mittlerweile herzlich egal war, ob Qasems Leute Kilian schnappten oder nicht – und wie sie dabei mit ihm umgingen. Ihm war nur wichtig, dass dieser keinen weiteren Mord begehen konnte.

Besser, du warnst Vogt.

Kurzerhand wählte Flo die Telefonnummer von der Webseite. Während es läutete, schnappte sich Flo seine Jacke und rannte zur Tür.

65

Sie fuhren nicht zum Schloss Schönbrunn, wie Evelyn ursprünglich vermutet hatte, sondern weiter in südliche Richtung.

»Wohin fahren wir?«, fragte sie.

Qasem ignorierte sie und unterhielt sich stattdessen weiter mit Imraan und seinem Sohn auf Arabisch. Ihr Gespräch wurde durch das Läuten von Evelyns Handy unterbrochen.

Alle verstummten. Schließlich holte Imraan ihr Telefon aus der Hosentasche. »Entsperren!«, sagte er nur und hielt es ihr unter die Nase.

Sie gab ihren Code ein und sah, dass es Flo war, der anrief. Allerdings hatte sie keine Gelegenheit mehr, den Anruf anzunehmen. Imraan entzog ihr das Handy, drückte den Anruf weg und steckte es wieder ein, woraufhin das Gespräch auf Arabisch weiterging, bis Sekunden später Qasems Handy läutete.

Qasem stieß einen arabischen Fluch aus und fingerte sein Telefon aus dem Sakko. Er starrte kurz auf die Nummer, dann hielt er Imraan das Display hin.

»Florian Zock«, sagte Imraan. Offenbar erkannte er die Nummer.

Qasem blickte zu Evelyn. »Muss verdammt wichtig sein.« Ohne Evelyn aus den Augen zu lassen, reichte er seinem Sohn das Telefon.

Sajid wartete einen Moment, bis Imraan Evelyn den Arm

um die Schulter gelegt und ihr von hinten die Hand auf den Mund gepresst hatte. Sie wollte sich wehren, merkte jedoch, wie Imraans Druck sich verstärkte, woraufhin sie ihren Widerstand aufgab.

Sajid nahm das Gespräch entgegen. »Ja?« Er hielt das Handy so, dass sie Flos Stimme aus dem Lautsprecher hören konnten.

»Sajid?«, fragte Flo.

»Was willst du?«, knurrte Sajid.

»Kann ich deinen Vater sprechen? Es ist wirklich wichtig.«

»Einen Moment …«

Alle starrten gespannt auf das Telefon, nur Evelyn blickte aus dem Seitenfenster. Der Wagen hielt gerade an einer Kreuzung. Eine Kolonne Passanten lief mit Regenschirmen über den Zebrastreifen.

Sie riss den Mund auf und biss Imraan mit aller Kraft in die Hand. Er stöhnte auf, aber sie setzte sofort nach und biss erneut so kräftig zu, dass sie Blut schmeckte.

Imraan lockerte die Hand, und sie warf sich nach vorn, stieß die Tür auf und sprang aus dem Wagen. In letzter Sekunde bekam sie den Riemen ihrer Handtasche zu fassen, der hinter Alis Rücken hervorlugte, und zerrte sie mit sich ins Freie.

»Haltet sie!«, zischte Qasem.

Jemand zog an ihrem Mantel, aber sie war schon draußen, klemmte sich die Handtasche unter den Arm und drängte sich zwischen den Fußgängern über die Straße. Beinahe wäre sie in einer Pfütze ausgerutscht.

Ohne sich umzudrehen, hastete sie auf den Bürgersteig und rannte um eine Häuserecke in die nächste Gasse. Noch wusste sie nicht, wo sie war. Sie lief um die nächste Ecke in eine weitere schmale Gasse und rannte so schnell, dass ihre Lunge brannte. Hinter der nächsten Abzweigung lag ein Shoppingcenter, durch dessen Drehtür sie sich zwängte.

Kaufhausmusik beschallte sie. Sie wischte sich das Wasser aus dem Gesicht, schlüpfte aus dem Regenmantel, stopfte ihn in einen Mülleimer und lief zwischen den Leuten hindurch auf einer Rolltreppe nach oben. Mit etwas Glück würden Imraan und Sajid nach einer Frau im blauen Regenmantel Ausschau halten und sie nicht finden.

Fünf Minuten später stand sie in einer Damenboutique, wo sie erst einmal tief durchschnaufte. Immer noch keuchend spähte sie vorsichtig zwischen den Modepuppen durch das Schaufenster in den Gang. Niemand von Qasems Leuten war ihr über die Rolltreppe gefolgt.

War es wirklich so einfach gewesen, vier Männer abzuhängen? Sie begann zu zweifeln. Eine kritische Stimme sagte ihr, dass das alles viel zu glatt gegangen war. Warum hatte Sajid sie nicht festgehalten? Warum war Imraan ihr nicht nachgelaufen? Und warum hatte Qasem *Haltet sie!* gezischt und keinen arabischen Befehl? *Und warum wurde die Autotür nach dem Einsteigen diesmal nicht automatisch verriegelt?*

Während sie immer noch durch die Auslage spähte, überschlugen sich ihre Gedanken. *Du denkst zu viel nach*, sagte sie sich schließlich. *Sei einfach froh, dass es geklappt hat.*

»Kann ich Ihnen helfen?«, fragte eine Verkäuferin, die plötzlich neben ihr stand.

Evelyn fuhr herum. »Nein danke.« alles okay«, sagte sie rasch und griff im Reflex nach ihrem Telefon in der Handtasche. *Mist!* »Oh, doch«, korrigierte sie sich. »Dürfte ich mal bei Ihnen telefonieren?«

Die Verkäuferin musterte sie skeptisch.

»Es ist ein Notfall.«

»Die Kaufhaus-Security ist im unteren Stock bei …«

»Es ist wirklich dringend«, unterbrach Evelyn sie. »Ich weiß, es klingt abgedroschen, aber es geht um Leben und Tod.«

»Na gut.« Die Frau atmete tief durch, dann reichte sie Evelyn ihr eigenes Handy.

»Danke.« Evelyn rief sich Kilians Nummer ins Gedächtnis und wählte. Es läutete zweimal.

»Der Teilnehmer ist im Moment nicht erreichbar.«

Danach war die Verbindung weg. *Keine Mobilbox! Großartig!* Sie versuchte es gleich noch einmal, doch mit demselben Ergebnis.

»Okay, einen Anruf noch«, bat Evelyn, wählte den Polizeinotruf und ließ sich mit dem Kommissariat verbinden, in dem Dreyer arbeitete. Eine Minute später hatte sie die Frau am Apparat. »Hier spricht Evelyn Meyers. Ich …«

»O Mann«, sagte Dreyer, noch bevor Evelyn weiter zu Wort kam. »Sie und Pulaski haben heute Mittag am Gericht ja ordentlich für Aufregung gesorgt.«

»Erkläre ich Ihnen alles später«, seufzte Evelyn und lugte aus dem Fenster. Draußen war die Luft immer noch rein. »Jetzt ist es viel wichtiger, dass Sie mir genau zuhören.« Sie schielte zur Verkäuferin und senkte die Stimme. »Jemand versucht, Kilian zu ermorden.«

»Was? Im Ernst? Wer?«

»Kann ich nicht sagen. Jedenfalls braucht er dringend Personenschutz.«

»Würden Sie nicht so gestresst klingen, würde ich glauben, Sie nehmen mich auf den Arm.«

»Es ist todernst.«

»Okay, schon verstanden, aber langsam artet das aus. Zuerst braucht eine Gerichtsdienerin Personenschutz und jetzt auch noch Kilian. Was geht da vor?«

»Kann ich Ihnen nicht erklären, aber die beiden Dinge hängen zusammen.« Evelyn warf der Verkäuferin einen entschuldigenden Blick zu. »Ich würde Sie nicht darum bitten, wenn es nicht wirklich wichtig wäre.«

»Gut«, sagte Dreyer schließlich, »aber Sie wissen selbst, dass das dauert.«

»Ist mir klar, aber bitte beschleunigen Sie es so weit als möglich.«

»Kann ich gerne versuchen, aber Geschwindigkeit ist nicht unser einziges Problem. Als wir Kilian gestern noch einmal in der Mordsache Al-Rashid befragen wollten, war er nicht auffindbar.«

»Er ist sicher nicht untergetaucht.« Sie dachte an die E-Mail, die Kilian an ihre Kanzlei geschickt hatte.

»Ja, möglich, wir wissen trotzdem nicht, wo er steckt.«

»Versuchen Sie weiter, ihn zu finden.« Evelyn legte auf und gab der Verkäuferin das Handy zurück. »Danke – können Sie mir bitte noch einen Gefallen tun und mir ein Taxi rufen?«

»Bin ich Sie dann los?«

»Ja.« Sie hatte eine andere Idee, wie sie Kontakt mit Kilian aufnehmen konnte. Über seinen Podcast. Aber dazu musste sie so rasch wie möglich in ihre Kanzlei.

66

Daniel Vogt stand in seinem Atelier und wechselte die feuchten Putzlappen, die auf der Fensterbank lagen.

Der große, lichtdurchflutete Raum lag im obersten Stock eines Altbaus, und irgendwo bei den großflächigen Fenstern in der Dachschräge mussten ein paar Dichtungen porös sein. Oder die Dachschindeln hielten den Wassermassen nicht mehr stand. Jedenfalls wurde es seit Tagen immer feuchter hier drin, und wenn das so weiterging, hätte er sicher bald Schimmel in den Wänden. Außerdem tropfte es an einigen Stellen durch die hohe Decke. Das monotone *Ping*, mit dem die Tropfen schon seit Stunden in die bereitgestellten Schüsseln fielen, trieb Vogt langsam, aber sicher in den Wahnsinn. Und der Hausverwalter war natürlich telefonisch nicht zu erreichen. Vogt hatte ihm schon etliche Nachrichten auf der Mobilbox hinterlassen.

Er wrang das durchnässte Tuch über einem Eimer aus und legte gerade ein trockenes hin, als sein Handy läutete. *Hoffentlich der Hausverwalter.* »Ja, hallo?«, rief er gereizt.

»Äh, hallo«, murmelte eine fremde Stimme. »Mein Name ist Florian Zock … wir kennen uns nicht … aber ich muss Sie dringend sprechen, weil …«

»Ich nehme an keiner Telefonumfrage teil und kaufe auch nichts«, unterbrach Vogt ihn reflexartig. Er wollte bereits wieder auflegen, doch der Fremde kam ihm zuvor.

»Ich denke, Ihr Leben ist in Gefahr.«

»Ja, danke für die Warnung.« *Was für ein Spinner!* Wieder versuchte er aufzulegen.

»Es geht um den Theaterbrand vor vier Jahren!«

Nun wurde Vogt hellhörig. Er neigte den Kopf. »Was hat das mit mir zu tun? Und wer zum Teufel sind Sie noch mal?«

»Das zu erklären dauert ein bisschen länger. Am besten, wir reden in Ruhe darüber. Können wir uns treffen?«

»Ich habe im Moment zu tun und kann hier nicht weg.«

»Sind Sie zu Hause?«

»Ja.«

»Gut, bleiben Sie dort. Das ist fürs Erste sicherer.«

»Sicherer? Sind Sie … verrückt?«, fragte Vogt vorsichtig.

»Ich weiß, das klingt alles ziemlich irre, aber bitte vertrauen Sie mir. Alles andere besprechen wir unter vier Augen.«

»Sie sagten, mein Leben sei in Gefahr? Warum?«

»Kennen Sie einen Martin Kilian?«

»Den Podcaster? Ja, den kenne ich.«

»Über den müssen wir reden. Kann ich zu Ihnen kommen?«

»Einen Moment …« Vogt schaltete den Anruf stumm und nahm langsam die Hand mit dem Telefon herunter. Er drehte den Kopf. »Hast du mitgehört?«

Der blonde junge Mann, der neben Vogt stand, nickte nur knapp, ohne ein Wort zu sagen. Er schob sich die Brille hoch. Sein Blick war finster.

»Er will sich mit mir treffen.« Nervös blickte Vogt auf die Uhr. Es war fünfzehn Uhr. »Was soll ich tun?«

Der Blonde nahm die Brille kurz ab und massierte seine Nasenwurzel. »Corinna hat gesagt, Pulaski sei auf dem Weg zu ihr ins Theater«, murmelte er. »Und jetzt will Flo sich mit dir treffen.«

»Das ist gar nicht gut.«

»Die Arschgeigen sind knapp davor, alles herauszufinden. Meine eigene Anwältin!« Kilian setzte sich die Brille wieder auf. »Spiel den Unschuldigen und triff dich mit ihm. Du musst herausfinden, was er alles weiß.«

»Und wenn er …?«

»Zu viel weiß?«, fragte Kilian. »Dann beseitigst du ihn.«

»Und was machst du?«, fragte Vogt.

»Ich muss jetzt weg, etwas anderes erledigen«, antwortete Kilian. »Außerdem muss ich noch einmal mit Corinna reden, damit sie sich entsprechend um Pulaski kümmert.«

»O Gott, ist es jetzt so weit?«

»Schaut so aus.«

Vogt fuhr sich durch den Bart. »Okay, okay …« Er nahm das Handy hoch. »Ich bin wieder da«, sagte er freundlich. »Kommen Sie in mein Atelier.«

»Linke Wienzeile?«

»Ja. Wann sind Sie da?«

»Ich bin bereits unterwegs … in zehn bis fünfzehn Minuten.«

67

Von außen sah das Oskar-Wagner-Theater trotz des damaligen Brandes und der verheerenden Zerstörungen wieder wie ein Kleinkunstbühnenrelikt aus der Jahrhundertwende aus. Anscheinend war der alte Fachwerkstil bewusst beibehalten worden, mit klobigen Fensterkreuzen, roten Dachschindeln und wuchtigen Holzbalken im oberen Stockwerk unter dem Dachvorsprung. Ein Plakat an der Tür wies auf die Neueröffnung im Herbst dieses Jahres hin. *Der Mann von La Mancha – eine Tragödie in drei Akten.*

Pulaski stieg aus dem Taxi, lief über den Gehsteig und öffnete die schwere Holztür, die in den Vorraum führte. Er ließ die Jacke an. Drinnen war es kühl, und es roch nach einer Mischung aus Holz, Gips und Kerzenwachs.

»Hallo?«, rief er.

Wenn Corinna ihm eine Falle stellen wollte, dann hatte sie für die Vorbereitung eine halbe Stunde Zeit gehabt. Das war nicht wirklich viel, und nachdem er gewarnt war, würde ihr zudem das Überraschungsmoment fehlen.

Er ging an der Garderobe vorbei und in den Theatersaal. Nur ein paar Kerzen in gusseisernen Ständern erleuchteten den düsteren Raum. Dennoch erkannte er, dass die Wände frisch gestrichen waren; auch Holzdecke, Stühle, Tische und die Bühne am anderen Ende des Saales waren neu. Überall roch es nach frischem Holz.

Etwas außer Atem trat Corinna aus einem Durchgang

neben der Bühne in den Saal. »Hallo!« Sie hatte ihre Haare mit einem bunten Stofftuch hochgebunden, trug Gummistiefel und eine blaue Latzhose, auf der sich, ebenso wie in ihrem Gesicht, weiße Farbspritzer befanden.

»Wo kommen Sie denn plötzlich her?«, fragte er.

Sie deutete nach oben. »Ich arbeite im oberen Stockwerk, Holz lasieren, Zwischenwände streichen. Früher befanden sich Wohnungen dort oben. Jetzt werden es Unterkünfte für das Ensemble, mit dem das Theater im Herbst startet.«

»Mutig von Ihnen, überall Kerzen aufzustellen, nachdem alles bereits einmal abgebrannt ist«, stellte er fest.

»Der Elektriker muss noch ein paar neue Leitungen einziehen, und dann kommen neue Sicherungskästen rein – einer oben und einer unten«, erklärte sie ihm.

»Gibt es keinen provisorischen Sicherungsschrank?«

»Nein. In der Zwischenzeit wollte ich oben mit ein paar Lampen und einem Benzingenerator arbeiten, aber ich bekomme das Mistding nicht zum Laufen. Darum behelfe ich mir mit Kerzen.«

»Trotzdem gefährlich, wenn man bedenkt, was Ihrem Vater passiert ist.«

»Ich habe nicht vor, die Fehler meines Vaters zu wiederholen«, sagte sie leicht pikiert. »Erstens kommt hier noch eine Sprinkleranlage hin.« Sie deutete zur Decke und danach zur Bühne. »Zweitens habe ich den Fluchtweg verbreitert, und drittens habe ich eine wirklich gute Feuerversicherung abgeschlossen und achte darauf, immer alle Prämien rechtzeitig zu bezahlen.«

Er nickte beeindruckt. »Und wie haben Sie das alles finanziert? Mit Ihrem Teilzeitjob beim *Lesefuchs*?«

»Ja, ganz bestimmt.« Sie lachte. »Nein, ich habe Förderungen von der Stadt und vom Bund bekommen. Immerhin ist das alte Fachwerkhaus denkmalgeschützt. Die Fassade und das gesamte obere Stockwerk mussten wieder genauso aufgebaut werden wie früher. Seit vier Jahren bin ich dran. Freunde helfen mir dabei.«

»Heute auch?«

»Nein.« Sie grinste. »Wir sind *entre nous*. Wollen Sie sehen, woran ich gerade arbeite?«

»Deswegen bin ich hergekommen.« Spaßeshalber tat er so, als krempelte er sich die Ärmel hoch.

Lachend ging sie voraus und zeigte ihm stolz die gesamte untere Etage mitsamt der Küche, der neuen WC-Anlage, der Garderobe und dem hinteren Bühnenbereich. Schließlich ging sie an der Bühne vorbei in den breiten Durchgang, der nach hinten führte und deutlich als *Fluchtweg* beschildert war.

Ihm wurde mulmig zumute, und mit einem Mal bereute er, dass Flo nicht mitgekommen war. Da hinten konnte sie weiß Gott was für ihn vorbereitet haben. Aber solange er nicht wusste, wann und wie die Falle zuschnappen würde, würde er mitspielen müssen.

68

Da die Wassermassen mittlerweile ganze Straßen überschwemmten, hatte Flo sowohl auf sein Motorrad als auch auf ein Taxi verzichtet und war stattdessen mit der U-Bahn gefahren, die zum Glück noch unbehelligt schien.

Von der Station Kettenbrückengasse aus lief er über den Naschmarkt, der zwischen der Linken und der Rechten Wienzeile lag und sich über einen halben Kilometer in Richtung Innenstadt erstreckte. Normalerweise kam man hier wegen der vielen Besucher nur im Schritttempo durch, aber bei diesem Wetter hatten die meisten Stände geschlossen. Der Regen schwemmte Papiertüten, Gemüsereste und Müll über den leeren Platz. Zudem waren die wenigen ausgerollten Markisen prall mit Wasser gefüllt und drohten jeden Moment durchzureißen.

Pitschnass erreichte Flo die richtige Hausnummer. *Da wohnt also der Schauspieler.* Das passte – der Altbau wirkte mit seiner bunt bemalten Fassade und den großen Fenstern in der Tat wie ein Künstlerhaus.

Von Qasems Leuten war anscheinend noch niemand da. Er lief zum Eingang, dessen massive Holztür sich leicht aufdrücken ließ.

Im Treppenhaus war es feucht. Fast alle der zahlreichen Mülltonnen, die dort in einer langen Linie aneinandergereiht standen, quollen über. Fahrstuhl gab es keinen, also nahm Flo die ausgetretene schmale Steintreppe in die oberste Etage.

Dort befand sich neben einer halbhohen Eisentür, die vermutlich in den Dachboden führte, nur noch eine einzige Wohnungstür.

Daniel Vogt – Schauspieler, Bühnenautor & Regisseur stand hochtrabend auf dem Schild unter der Klingel. Flo presste den Daumen auf den Knopf, aber es war nichts zu hören. Entweder kaputt oder Stromausfall. Er pochte an die Tür. Dahinter hallte es hohl.

Sekunden später öffnete Vogt. Er trug eine graue Flanellhose, ein kariertes Hemd mit aufgerollten Ärmeln und einen schwarzen Pullunder mit einzelnen losen Fäden. So einen hatte Flo schon lange nicht mehr gesehen – wo Vogt den wohl aufgetrieben hatte? Bis auf sein altmodisches Outfit sah Vogt allerdings aus wie auf dem Foto. Groß, ungekämmtes Haar, dunkler Vollbart und eine Bertolt-Brecht-Brille mit verschmierten Gläsern. Alles ein perfektes Beispiel für die Sorte *altmodischer Künstler*, die gut in die Zeit der Wiener Kaffeehausliteratur des Fin de Siècle gepasst hätte – obwohl der Mann höchstens dreißig Jahre alt war.

»Sie sind Florian Zocke?«, fragte Vogt.

»*Zock*«, korrigierte Flo ihn. »Darf ich hereinkommen?«

Vogt machte einen Schritt zur Seite und ließ Flo eintreten. Der hängte seine Jacke neben einen Regenmantel und eine schwarze Steppjacke an einen Haken. *Mantour* stand auf der Ecke eines Flyers, der aus der aufgerissenen Seitentasche ragte. Klang nach einer modernen Band, die so gar nicht zu Vogts Erscheinung passte.

In der Wohnung roch es nach Holz, Ölfarbe und – wie in altmodischen Städtischen Büchereien – auch irgendwie nach alter Pappe.

»Die Schuhe können Sie gern anlassen.« Zur Erklärung deutete Vogt auf seine eigenen Füße. Er trug selbst Schuhe.

»Danke, aber das tue ich Ihnen nicht an. Die quietschen geradezu beim Gehen.« Flo schlüpfte aus seinen völlig durchnässten Schuhen und sah, dass sogar seine Socken etwas feucht geworden waren.

»Wie Sie wollen.« Vogt ging voraus ins Wohnzimmer. »Sie müssen entschuldigen, aber ich kämpfe seit Tagen damit, die Wasserschäden in der Wohnung in den Griff zu bekommen.«

Flo sah sich um. Von dem nicht gedämmten blanken Dachboden tropfte es in eine ganze Reihe Schüsseln, die überall verteilt waren. An Möbeln sah er nur einen Tisch, Stühle und eine Couch – der Rest des längliches Raums war mit Malerstaffeleien, Garderobeständern, Bühnenrequisiten und halb fertigen Kulissenteilen vollgestopft. Als ob Vogt nicht nur Stücke schrieb, sondern auch deren Ausstattung bastelte. Eine große Pappwand zeigte eine schiefe Windmühle mit langen schwarzen Flügeln, die auf einem Hügel stand.

»Wird das *Don Quijote*?«, fragte Flo.

Vogt nickte. »*Der Mann von La Mancha* – bis Herbst muss ich damit fertig sein.«

Sicher kein leichtes Unterfangen. Weil die Heizkörper gegen die Feuchtigkeit ankämpfen mussten, war es in dem Raum feucht und schwül, wie nach einem Saunaaufguss. Bei einem Teil des Bühnenbilds wellte sich der Karton bereits gefährlich auf.

Vogt trat näher. »Das war ein interessanter Anruf vorhin. Warum glauben Sie, dass mir dieser Kilian etwas antun möchte?«

»Sie waren damals dabei, als das Oskar-Wagner-Theater abgebrannt ist, richtig?«, entgegnete Flo.

»Ja, ich war einer der wenigen, die es noch rechtzeitig rausgeschafft haben. Aber was haben eigentlich *Sie* mit dieser Sache zu tun?«

Flo holte relativ weit aus, erklärte, dass er für eine Rechtsanwaltskanzlei arbeitete, die Martin Kilian vertrat, und schilderte Vogt danach, wie die sechs ungeklärten Morde der letzten Jahre seiner Meinung nach mit dem Theaterbrand zusammenhingen.

Vogt hörte sich alles aufmerksam an. »Und Sie dürfen dem Mandanten Ihrer Chefin so etwas einfach … unterstellen?«

»Das ist das Erste, was Ihnen dazu einfällt?«, erwiderte Flo überrascht. »Meine Chefin darf so was nicht, aber mir ist das herzlich egal. Ich bin schließlich kein Anwalt – noch nicht –, außerdem ist meines Erachtens Gefahr im Verzug. Deshalb bin ich hergekommen.«

»Um mich zu warnen? Waren Sie schon bei der Polizei?«

»Nein, ich wollte vorher mit Ihnen reden.«

Vogt fuhr sich nachdenklich durch den Bart. »Was könnte Ihrer Meinung nach Kilians Motiv sein?«

»Genau weiß ich es nicht.« Flo zuckte die Achseln. »Vermutlich eine verquere Form der Rache, weil seine Frau damals gestorben ist und Sie nicht. Aber eigentlich wollte ich *Sie* das fragen … Versuchen Sie sich zu erinnern. Was ist damals im Theater genau passiert?«

»O Gott, ich habe jahrelang versucht, die Erinnerung daran zu verdrängen, und jetzt kommen Sie und wollen, dass ich plötzlich alles wieder zutage fördere …« Vogt blickte gedankenverloren aus dem Fenster. »… genauso wie der Regen, der seit Tagen den ganzen Dreck nach oben spült.«

Flo blickte ebenfalls kurz aus dem Fenster, auf das die Regentropfen prasselten. »In jener Nacht muss etwas vorgefallen sein, das Kilian zu diesem wahnwitzigen Plan getrieben hat.«

Vogt riss sich von dem Anblick des Dauerregens los, sein Blick stellte sich scharf. »Wollen Sie Kaffee? Dabei redet es sich vielleicht leichter.«

»Gerne.«

»Kommt sofort.« Vogt verschwand durch eine Tür, und Flo hörte ihn dahinter mit Schranktüren und Geschirr klappern. *Der Regen spült den ganzen Dreck an die Oberfläche. Wie poetisch!* Vor allem, wenn man bedachte, wie es im Gegensatz dazu jetzt in der Kanalisation zugehen musste. An einem Tag wie heute hätte Pulaski seine Dritte-Mann-Tour wohl eher schwimmend absolvieren müssen.

Die Dritte-Mann-Tour …

Flo hob den Kopf und dachte nach. Da war gerade ein winziges Déjà-vu in seinem Hirn aufgeblitzt.

Der Flyer!

Während Vogt immer noch in der Küche herumklapperte, schlich Flo leise auf Socken durch den Raum in Richtung Garderobe.

»Milch und Zucker?«, rief Vogt.

»Ja, bitte!« Flo nahm zwar nie Zucker, aber das würde Vogt vielleicht länger beschäftigen.

»Kleine oder große Tasse?«

»Große!«

Flo hörte die Kaffeemaschine. Hastig griff er nach der Steppjacke und zog den Flyer aus der Tasche. Tatsächlich: Auf dem Prospekt stand nicht *Mantour*, sondern *3rd Mantour*.

Darunter hieß es auf Deutsch in roten Lettern: *DIE 3. MANNTOUR.*

Fuck! Flo biss sich auf die Lippen. Ihm wurde heiß. Das konnte kein Zufall sein – warum sollte ein alteingesessener Wiener ausgerechnet jetzt einen solchen Flyer in der Tasche haben. Es musste irgendeine Verbindung von Vogt zu Pulaski geben ... Oder gar zu Kilian? *Was, wenn Vogt gar nicht das Opfer ist, sondern Kilians Komplize und vielleicht sogar derjenige, der Niemeyer im Steakhouse gedoubelt hat?* Flo stopfte den Flyer zurück und schlich wieder ins Wohnzimmer. Gerade rechtzeitig, denn Vogt kam soeben mit einem Tablett herein, stellte es auf den Tisch und setzte sich.

»Danke.« Flo goss Milch in die Tasse und rührte zwei Löffel Zucker hinein, blieb aber stehen. Mit der Tasse in der Hand ging er dann durch den Raum und tat so, als würde er sich für die Requisiten interessieren. »Wollten Sie schon immer Schauspieler werden?« Er nippte am Kaffee und versuchte dabei, nicht das Gesicht zu verziehen. *Ekelhaft, dieses gezuckerte Gesöff.*

»Ich habe mich schon als kleiner Junge immer wieder verkleidet und bin in verschiedene Rollen geschlüpft. Ist meine große Leidenschaft.«

»Welche Schauspielschule haben Sie besucht?«

»Gar keine. Ich bin Autodidakt.«

»Gymnasium?«

»Richtig geraten«, sagte Vogt. »Und nach der Matura habe ich dann – meiner Mutter zum Trotz – das Chemiestudium abgebrochen, da ich erkannt habe, dass ich mein Geld lieber auf der Bühne verdiene.«

Chemiestudium! Flos Gesicht versteinerte. Er versuchte, sich keine Reaktion anmerken zu lassen. *Er hat Kilian bei der*

Planung der Morde geholfen. Und ER ist Pulaski in die Kanalisation gefolgt und hat ihn dort niedergeschlagen.

»Alles okay?«, fragte Vogt.

»Ich habe auch mal überlegt, Chemie zu studieren, war dann aber nichts für mich, habe stattdessen auf dem Juridicum begonnen«, versuchte sich Flo in belanglosem Small Talk, während er weiter in der Tasse rührte. *Pulaski hat mit seinem Gefühl, verfolgt zu werden, also die ganze Zeit recht gehabt. Auch als die Araber schließlich von ihm abgelassen haben – Vogt ist an ihm drangeblieben.*

»Auf einer Bühne zu spielen ist bestimmt interessanter und vor allem abwechslungsreicher, als in einem Labor Proben zu analysieren«, vermutete Flo. Neben dem mannshohen Bühnenbild stand ein lang gezogener Garderobenständer auf Rollen, an dem Dutzende Kostüme auf Kleiderhaken hingen.

Und das erklärt auch, warum Pulaski ihn nicht bemerkt hat: Er hat sich einfach gut verkleidet. So wie im Steakhouse. Vogt musste ein verdammt guter Schauspieler sein.

Und nun wurde Flo alles klar. *Kilian, Corinna und er sind das Trio Infernale!*

Lächelnd stellte er die Tasse ab. »Nach starkem Kaffee muss ich immer sofort aufs Klo.«

Vogt deutete mit einem verständnisvollen Nicken in den Gang. »Die Toilette ist dort hinten, gleich neben der Küche. Bitte hinsetzen.«

»Sicher.«

Flo ging über den knarrenden Parkettboden. Die WC-Tür bestand nur aus einem breiten Holzrahmen mit einem großen Milchglasfenster. Flo betrat den kleinen, fensterlosen Raum und schloss die Tür, die innen nicht einmal einen

Riegel hatte. Noch bevor er sich auf die Klobrille setzte, zog er sein Handy aus der Hosentasche. Sogleich tippte er hastig eine SMS an Sajid.

Währenddessen schob sich Vogts Schatten langsam vor die Milchglastür.

69

Nach der Besichtigung der unteren Etage folgte Pulaski Corinna durch den Fluchtweg. Farbeimer, Malerrollen, Gitter und Kanister mit Verdünnungsmittel standen im Gang herum. Auch hier brannte nur eine Kerze in einem gusseisernen Ständer.

»Entschuldigen Sie, dass es hier so aussieht, aber in ein paar Wochen sind die Arbeiter fertig, dann wirkt es wieder wie ein normales Theater«, sagte sie.

Mit einem Mal hatte Pulaski keine Lust mehr, bei dieser Farce mitzumachen. »Spielen wir mit offenen Karten.«

Sie drehte sich um und sah ihn fragend an. Im Schein der Kerze und mit dem Gesicht halb im Schatten sah sie wirklich hinreißend aus. »Was meinen Sie?«

»Wollen Sie nicht wissen, was ich bisher herausgefunden habe?« Pulaski hatte felsenfest damit gerechnet, dass sie nun ernst werden und ihr wahres Gesicht zeigen würde, doch sie blieb bei ihrem nervtötend freundlichen Lächeln.

»Wenn Sie meinen, dass mich das interessieren könnte, dann tun Sie sich keinen Zwang an.«

Das war nicht die Antwort, die er von einer Kriminellen erwartet hätte. Anscheinend war sie immer noch voll und ganz in ihrer Schauspielerrolle. »Kilian und Ihr Vater waren alte Freunde«, sagte er deshalb direkt heraus.

»Aha?« Sie zuckte mit den Achseln. »Und woher wissen Sie das?«

»Alte Facebook-Postings.«

»Mag sein.« Sie wandte sich ab und deutete zu einer Treppe, die ins Obergeschoss führte. »Dort geht's zu meiner aktuellen Baustelle.« Auf den Stufen befanden sich noch mehr Kerzen.

»Nach Ihnen.«

»Sicher.« Sie ging hinauf. Pulaski sah sich kurz um, spähte in das Dämmerlicht, lauschte, dann folgte er ihr die Treppe hoch – immer auf der Hut vor plötzlichen Attacken.

»Sie und Martin Kilian haben jeweils einen geliebten Menschen verloren«, fuhr er fort. »Er seine schwangere Lebensgefährtin – und Sie Ihren Vater. Trauer, Wut und Hass verbinden, nicht wahr? Es schweißt zusammen.« Sie schwieg weiterhin. »Wie gut kennen Sie Martin Kilian wirklich?«, fügte er hinzu.

Corinna blieb oben am Treppenabsatz stehen, drehte sich um und sah ihn an. Anscheinend hatte sie nun doch beschlossen, ebenfalls mit offenen Karten zu spielen. »Jana Ullrich und ich waren eng befreundet. Ich hätte die Taufpatin ihrer Tochter werden sollen.« Sie wartete, bis Pulaski auf gleicher Höhe mit ihr war.

Er sah sich um. Von hier aus führten insgesamt drei offene Türen in je ein Apartment, durch deren Fenster jetzt sogar ein wenig Tageslicht hereinfiel. Dennoch brannten auch hier Kerzen. Alles ruhig. Keine der Flammen flackerte.

Pulaski blickte Corinna fest in die Augen. »War es *sein* Plan, alle Überlebenden des Brandes zu töten? Oder Ihrer?«

Corinna lächelte. »Meinen Sie diese Frage ernst?«

»Oder haben Sie ihn gemeinsam geschmiedet?«

»Wie viel wissen Sie über Kilian?«, entgegnete sie.

»Genug, dass er demnächst für etliche Jahre in den Knast wandert.«

Sie atmete tief durch. »Ja, es war *sein* Plan. Er hat ihn mir erzählt, wollte, dass ich mitmache. Aber ich habe abgelehnt, ihm gesagt, dass ich keine Mörderin bin. Allerdings haben Sie recht – ich habe verstanden, warum er das tun musste, also habe ich angeboten, ihm ein Alibi zu verschaffen.« Sie verzog den Mund. »Nur das, nichts weiter.«

»Wir wissen, dass Sie das Geburtstagsvideo im Steakhouse auf Kilians Anweisung hin gedreht haben«, stellte Pulaski fest. »Aber warum haben Sie sich damit nicht gleich bei der Polizei gemeldet? Es hätte doch in Kilians Interesse sein müssen, so rasch wie möglich seine Unschuld zu beweisen.«

Sie lächelte. »Sie wären kein guter Bühnenautor.« Plötzlich senkte sie die Stimme. »Es wirkt immer plausibler, wenn man sich Informationen selbst hart erarbeiten muss.«

»Und falls ich Sie und dieses Video nicht gefunden hätte?«

»Dann hätten wir eben nachhelfen müssen.« Sie deutete zur nächstgelegenen Tür. »Sie wollten mir doch mit dem Generator helfen. Hier drin arbeite ich.«

»Nach Ihnen«, sagte er, stoppte sie dann jedoch mit einer lautlosen Geste und betrat selbst als Erster das Zimmer. Rasch sah er sich nach beiden Seiten um, aber anders als erwartet, waren sie allein – bis auf eine Leiter, einen Feuerlöscher, ein paar Benzinkanister, Farbeimer, einen Generator und mehrere Kerzen, die auf einer Kommode standen, war der Raum leer. Die Wohnung befand sich in der Dachschräge, und mehrere Holzbalken verliefen quer unter der Decke. Die Wände waren inklusive der Dachschräge wirklich frisch gestrichen, und auch die Holzbalken wirkten frisch bearbeitet. Pulaski roch Farbe, Holzlack und Verdünnungsmittel.

Corinna war ihm gefolgt und lachte jetzt laut auf. »Was haben Sie bloß? Wir sind hier völlig allein! Denken Sie, dass hier alle meine Komplizen warten, um Sie zu erledigen?«

»Der Gedanke ist mir gekommen.« Er drehte sich zu ihr um. »Warum mussten wir alles auf so komplizierte Weise herausfinden?«, fragte er. »Zum Beispiel die Sache mit dem Knopf von Kilians Sakko oder den Wachsspuren auf seinem Hausschlüssel?«

Wiederum lächelte Corinna auf höchst seltsame Art und Weise, als genösse sie dieses Gespräch. »Wie gesagt, Taktik. Je mühevoller man etwas selbst herausgefunden hat, desto fester glaubt man, dass es der Wahrheit entspricht.«

Also war sie tatsächlich in alle Details von Kilians Plan eingeweiht gewesen. »Sie wissen, dass Sie wegen Beihilfe zu mehrfachem Mord selbst ein paar Jahre Knast bekommen?«

»Die Wahrscheinlichkeit, dass alles irgendwann einmal herauskommen würde, war sowieso hoch«, gab sie zu. »Aber das Verlangen nach Rache war stärker.«

Pulaski sah kurz aus dem Fenster zur Straße hinunter. Ein Auto fuhr vorbei, die Wasserpfützen spritzten hoch, sonst war es ruhig. Keine verdächtigen Personen, die sich dem Gebäude näherten.

»Glauben Sie mir, ich verstehe, dass Sie sich rächen wollten«, gestand er ein. »Meine Frau ist an einer falsch dosierten Chemotherapie gestorben. Ich kenne dieses übermächtige Verlangen nach Rache nur allzu gut. Aber dass Sie dabei selbst einen unschuldigen Menschen wie Niemeyer ans Messer liefern – schießen Sie da nicht weit übers Ziel hinaus?«

»Sie haben recht, und ich selbst hatte deswegen auch gewaltige Gewissensbisse. Kilian hingegen ließ das völlig kalt«, seufzte sie. »Gerade für seinen letzten Akt brauchten wir einen Sündenbock. Ohne den hätte es nicht funktioniert. Und Kilians Argument war, dass Niemeyer sich ja sowieso umbringen wollte. Das hat mich überzeugt. Ich bin extra zu seiner Selbsthilfegruppe gegangen. Nach seinem gescheiterten Selbstmordversuch war er nur noch ein Häuflein Elend. Sie hätten ihn sehen sollen. Es war so jämmerlich. Eigentlich haben wir ihn ja sogar gerettet: Haben Sie in den Medien seine Reaktion auf die Verhaftung mitverfolgt? Wie er getobt hat und außer sich war! Es klingt paradox, aber durch uns und die drohende Gefängnisstrafe hat er seinen Lebenswillen zurückgewonnen.«

»Sie sind wahre Samariter. Eigentlich sollten Sie einen Orden für Ihre Tat erhalten«, sagte Pulaski zynisch.

»Stimmt«, antwortete sie ernst, »da steckt einiges an raffinierter Planung dahinter.«

»Wie haben sie überhaupt von Dr. Al-Rashids Behandlungsfehler bei Niemeyers Frau erfahren?«

Corinna lächelte. »Eine Bettenfahrerin, die im Hol- und Bringdienst in der Bormann-Klinik arbeitet, ist eng mit mir befreundet.« Ein nicht zu überhörender Stolz klang in ihrer Stimme mit. »Die Bettenfahrer kommen ganz schön rum, die wissen über alles Bescheid,was in einem Krankenhaus passiert.«

»Und für ein paar Aufmerksamkeiten hat sie ziemlich offen über den Krankenhausbetrieb geplaudert«, ergänzte Pulaski.

Corinna deutete zum Generator. »Was ist denn nun mit diesem Ding? Wenn Sie es für mich in Gang bringen, dann könnte ich heute Abend noch den Rest der Räume ausmalen.«

Wusste die Frau nicht, in welcher prekären Lage sie sich befand? Oder war sie einfach nur dumm? Pulaski ignorierte ihre Bitte. »Wer war Ihr Komplize?«

Sie sah ihn verwirrt an. »Was?«

»Wer war die dritte Person im Steakhouse?« Er wurde zunehmend laut und ungeduldig, da ihn Corinnas sorglose, freundliche Art mittlerweile extrem nervte. »Wer hat Niemeyers Rolle gespielt?«, rief er.

»Ach!« Sie lächelte breit. »Das wissen Sie noch gar nicht? Und ich dachte, Sie wären so schlau.« Dann wurde sie ernst und stemmte die Faust in die Hüfte. »Helfen Sie mir nun mit dem Generator, oder muss ich das Mistding allein zum Laufen bringen?«

Ob der explodiert, wenn ich ihn anstelle? Er beugte sich hinunter und betrachtete das Gerät, ohne Corinna dabei aus den Augen zu lassen. Alles schien unauffällig. Hier hatte Corinna jedenfalls keine Falle für ihn vorbereitet. Möglicherweise gab es auch gar keine. Vielleicht war diese Frau einfach wirklich nur verrückt.

Bevor er sich wieder aufrichtete, fiel sein Blick in die hintere Ecke des Zimmers. Dort auf dem Boden lag ein Handy mit dem Display nach unten, das an einem Ladekabel hing. Er bemerkte einen schwachen roten Lichtschein. Also gab es hier doch Strom?

Wozu dann das Gehabe mit dem Generator? Und der Aufwand mit den Kerzen?

Er hielt inne. Plötzlich wusste Pulaski, welche Falle hier auf ihn wartete.

70

Als Evelyn ihre Kanzlei betrat, waren weder Flo noch Pulaski vor Ort. Da es aber nach frischem Kaffee roch, mussten sie zumindest vor Kurzem noch hier gewesen sein. Aber egal – für das, was sie vorhatte, würde sie sowieso keinen der beiden brauchen. Vielleicht hätten die sie sogar nur aufgehalten – sie musste sich jetzt wirklich beeilen.

Während der Laptop in ihrem Büro hochfuhr, entledigte sie sich ihrer nassen Kleidung und schlüpfte in bequeme Jeans und einen warmen Sweater. Dann wischte sie sich die Haare hinter die Ohren und ließ sich in den Schreibtischsessel fallen.

Mit ein paar Mausklicks öffnete sie das E-Mail-Programm und lud alle Nachrichten der letzten Tage herunter. Indessen wählte sie vom Festnetzapparat aus noch einmal Martin Kilians Nummer. Wieder ohne Erfolg. *Pfeif drauf!* Ihr anderer Plan würde garantiert funktionieren. *Da ist die E-Mail ja.* Sie öffnete die Nachricht, die Kilian mittags in die Kanzlei geschickt hatte, und überflog den Text.

Kilian hatte ihnen nicht nur den Link zu der App gemailt, mit der man von ihrer Kanzlei aus einen Livestream seines Podcasts senden konnte, sondern auch die Zugangsdaten mit einer technischen Anleitung.

Sie klickte auf den Link, woraufhin sich die Livestream-App in einem eigenen Browserfenster öffnete und eine Anmeldemaske erschien. Evelyn folgte Kilians Anweisung, gab seinen Usernamen und sein Passwort ein und trat dem Podcast bei. Damit war sie im Moment der Host dieser Sendung.

Aus einer tiefen Schranklade kramte sie ein Tischstativ mit dem dazugehörigen Großmembran-Mikrofon hervor, das Flo seinerzeit unbedingt für die Kanzlei haben wollte, und schloss es über USB am Laptop an.

»Test … Test«, sagte sie und sah auf dem Bildschirm den Ausschlag ihrer Stimme in Wellenform.

Als Nächstes setzte sie ihre großen Kopfhörer auf, um für sich selbst Regen und Verkehrslärm wegzufiltern, damit sie sich besser konzentrieren konnte. Auch dieses Kabel steckte sie an den Laptop und hörte im nächsten Moment deutlich ihr eigenes Räuspern.

»Okay …«

Und dann war sie so weit. Sie atmete einmal tief durch und klickte auf *Livestream starten.* Wie sie an der blinkenden roten Lampe erkennen konnte, war sie *On Air.* Gut, dass Podcasts ohne Videobild auskamen.

Sie räusperte sich. Ihr Herz schlug bis zum Hals. Mit einem Mal war sie so aufgeregt, als würde sie vor dem Richter und den Geschworenen das Schlussplädoyer in einem schwierigen Mordprozess halten. Wobei der Vergleich gar nicht so unpassend war – in gewisser Weise war es ja auch ein Schlussplädoyer, nur vor einem anonymen Live-Publikum.

Das war zwar im Moment noch ziemlich klein – am Counter sah sie, dass nur elf Personen online waren. Anscheinend Hardcore-Abonnenten, die sich nichts entgehen lassen wollten und automatisch eine Benachrichtigung erhielten, sobald Kilian auf Sendung ging. Doch sie war zuversichtlich, dass in den nächsten Minuten noch mehr Zuhörer dazukommen würden.

Evelyn warf einen Blick auf den Ablaufplan, den Kilian mitgeschickt hatte, und klickte auf ein Audiofile, das den Namen *Jingle01.wav* trug.

Sogleich hörte sie eine dramatische Musik in den Kopfhörern, die wie eine Mischung aus *Psycho* und *Der weiße Hai* klang.

»Willkommen zu einer neuen Folge von CATCH THE KILLER …«, sagte sie und zwang sich zu einer Pause. Danach fuhr sie mit ruhiger Stimme fort. »… dem True Crime-Podcast von Martin Kilian.«

Die Hintergrundmusik wurde langsam leiser und dann von raschelndem Papier, einem klingelnden Telefon und einem quäkenden alten Modem übertönt.

Schon ploppten rechts oben die ersten Kommentare im Chatfenster auf.

»*Klingt diesmal anders*«, schrieb jemand.

»*What the fuck … hat Kilian eine neue Sprecherin?*«, kommentierte eine andere Zuhörerin.

Evelyn ließ sich nicht davon beirren. »Heute machen wir einen Live-Podcast … mein Name ist Evelyn Meyers … ich bin Strafverteidigerin, arbeite in Wien in einer eigenen Kanzlei, und ich bin heute zu Gast in Martin Kilians Podcast.«

Die Kommentare überschlugen sich. 167 Personen waren jetzt online, und es wurden sekündlich mehr.

»*Hört euch das an, voll krass!*«, schrieb einer.

Es war erstaunlich, wie viele Leute mitbekamen, was gerade lief, und das sofort über die Sozialen Medien teilten.

»Heute behandeln wir in diesem Podcast einen Fall, der sich vor vier Jahren in Wien ereignet hat, und bei dem neununddreißig Personen ums Leben gekommen sind.« Es tat Evelyn in der Seele weh, dass sie diese Tragödie benutzen musste, um so viele Zuhörer wie möglich an die Geräte zu holen. Sie bemühte sich absichtlich um eine neutrale, ruhige und sachliche Stimme, um bloß nicht zu reißerisch zu wirken.

»Wir werden sehen, dass diese Katastrophe eng mit sechs Mordfällen zusammenhängt, die danach im Jahrestakt, jeweils im Frühling, stattgefunden haben. *Ungelöste* Mordfälle«, präzisierte sie, »die Martin Kilian bereits in seinem Podcast ausführlich behandelt hat. Alles hängt zusammen, aber nur wenn wir alle Puzzleteile richtig zusammensetzen, können wir die Zusammenhänge erkennen und das ganze Bild dahinter sehen. Doch schauen wir uns die Fakten der Reihe nach an …«

Sie machte eine Pause und wischte sich den kalten Schweiß von der Stirn. *O Mann!* Ihr Herz, das sich kurzzeitig beruhigt hatte, fing wieder wie wild zu rasen an, als sie sah, wie Dutzende Kommentare gleichzeitig im Chatfenster gepostet wurden und der Counter die Zehntausender-Marke sprengte.

Bau jetzt bloß keinen Mist.

Nachdem sie über sämtliche ihr bekannten Details des Brandes im Oskar-Wagner-Theater berichtet hatte, zählte sie die Überlebenden der Katastrophe auf.

»Im Frühjahr darauf starben Riane Krohn und Ulli Lüdtke, zwei junge ambitionierte Schauspielstudentinnen, in ihrer kleinen WG an einer Blausäurevergiftung. Es war eindeutig Mord. Treue Hörerinnen des Podcasts können sich bestimmt noch an die entsprechenden Episoden erinnern.«

Danach erwähnte sie den Tod von Peter und Till Altmann in ihrem Auto und den von Nicole und Norbert Schaefer im Hotel. »Anscheinend ist da jemand auf Rache aus und bringt sämtliche Überlebende des Theaterbrandes in jahrelanger mühevoller Arbeit um. Unser raffinierter Mörder wäre mit diesen Taten vermutlich unbemerkt davongekommen, hätte er nicht einen großen Fehler begangen. Er hat dieses Jahr seinen siebten Mord verübt – und zwar an der vermutlich letzten Überlebenden der damaligen Brandkatastrophe.«

Inzwischen hatte sie über sechzigtausend Zuhörer. Obwohl Kilian ja von neunzigtausend Abonnenten in Österreich und noch mal so vielen im Ausland gesprochen hatte, hätte sie niemals damit gerechnet, dass so viele Leute an einem Freitagnachmittag zuhören würden. Und bestimmt würde dieser Livestream an diesem Tag auch noch weiterhin geteilt werden, denn die Zahlen gingen immer noch rasant bergauf.

Sie überflog kurz die letzten Kommentare, dann räusperte sie sich. »Zu diesem aktuellen Mord kann ich leider keine Details nennen, da es sich um eine laufende Ermittlung der Wiener Kripo handelt. Es sei nur so viel verraten: Unser Mörder hat jemanden auf sich aufmerksam gemacht, der nun seinerseits auf Rache aus ist. In seiner Jagd nach den Schuldigen ist er selbst zum Gejagten geworden. Denn genau das ist das Problem mit der Rache: Es gibt immer wieder jemand neuen, der für einen Racheakt Vergeltung sucht. Und unser Mörder hat garantiert nicht damit gerechnet, dass er mit seiner letzten Tat schlafende Hunde geweckt hat. Gefährliche Hunde. Jetzt ist sein Leben keinen Pfifferling mehr wert – er steht selbst auf der Abschussliste.«

Evelyn war keine Befürworterin von Selbstjustiz. Darum hoffte sie, dass Kilian, obwohl er ein hinterhältiger und berechnender Mehrfachmörder war, irgendwie von diesem Livestream erfuhr und ihm der Ernst der Lage, in der er sich befand, bewusst wurde. Er brauchte jetzt nur eins und eins zusammenzuzählen, um zu erkennen, das Qasem ihn bei nächster Gelegenheit kaltmachen würde. Wenn Kilian clever war, tauchte er unter oder stellte sich der Polizei, um in U-Haft zu kommen.

»Damit bin ich auch schon am Ende angelangt. Ich weiß, es war eine kurze Folge, aber mehr gibt es im Moment nicht zu berichten. Schreibt eure Meinung in die Kommentare, teilt diesen Stream, bleibt gesund und seid vor allem nicht auf Rache aus. Auch wenn es manchmal schwerfällt, Gleiches nicht mit Gleichem zu vergelten. Servus … und bis zum nächsten Mal, eure Evelyn Meyers …«

Sie beendete die Übertragung, nahm die Kopfhörer ab und stand auf. Ihre Knie waren weich.

Plötzlich fragte sie sich, ob ihre spontane Idee zu diesem Podcast wirklich das Richtige gewesen war. Vielleicht ahnte Kilian, dass sie den Podcast von ihrer Kanzlei aus gemacht hatte. Würde er so dumm sein, in ihr Büro zu stürmen? Immerhin fungierte seine eigene Internet-Community mit 67.451 Live-Zuhörern als ihr Schutzschirm. Aber plötzlich war sie gar nicht mehr so sicher, dass er rational handeln würde. Bei jemandem, der sieben Menschen auf dem Gewissen hatte und extrem unter Druck stand, konnten durchaus die Sicherungen eines Tages komplett durchbrennen – und vielleicht passierte das gerade.

Vielleicht hast DU ja jetzt gerade schlafende Hunde geweckt!

Sicherheitshalber ging sie zur Eingangstür, sperrte zu und legte die Sicherheitskette vor. Dann wählte sie Flos Nummer. Er sollte darüber informiert sein, was sie gerade getan hatte. Außerdem wollte sie wissen, warum er vorhin Qasems Handy angerufen hatte. Doch Flo ging nicht ran. *Mist!*

Ratlos sah sie sich in der gespenstisch stillen Kanzlei um. In diesem Moment läutete es Sturm an ihrer Tür.

71

»Beeilt euch! Brauche Hilfe!« Kaum hatte Flo die SMS an Sajid getippt und abgeschickt, riss Vogt auch schon die Toilettentür auf. Mit einem wenig überraschten Gesichtsausdruck betrachtete er Flo, der in seinen Jeans auf der Klobrille saß. »Dachte, Sie müssten so dringend …«

Flo gab keine Antwort. Stattdessen blickte er auf die Pistole, die Vogt in der Hand hielt.

»Nur zu Ihrer Information …«, demonstrativ wedelte Vogt damit herum, »… das ist keine Requisite, sondern eine echte Knarre.«

Flo versuchte, ruhig zu bleiben. Er neigte den Kopf, blickte in den Lauf der Waffe, dann nickte er. »Ich erkenne eine echte Glock 44, wenn ich sie sehe. 22er Kleinkaliber mit zehn Schuss. Geringe Lautstärke. Ist ein ziemlich neues Modell. Gibt mir zu denken, dass Sie eines besitzen.«

»Die private Waffe meines Vaters. Er war Polizist und hat sie mir hinterlassen.«

»Mutter Chemikerin – Vater Polizist – und selbst Schauspieler«, resümierte Flo. »Die perfekte Kombination, um mehrere Morde zu planen.«

»Sie haben das Puzzle also zusammengesetzt.«

»Leider ein paar Minuten zu spät.«

Vogt streckte die Hand nach dem Telefon aus. »Wen wollten Sie gerade anrufen?«

»Meine Chefin«, log Flo und umklammerte das Handy.

»Her damit!«, befahl Vogt.

In diesem Moment läutete das Handy. Flo zuckte zusammen, dann blickte er aufs Display. *Evelyn!* Endlich rief sie zurück. Er wollte das Gespräch schon annehmen, doch Vogt riss ihm das Telefon mit einer raschen Bewegung aus der Hand. Dann machte er einen Schritt zurück und warf es schwungvoll auf den Boden.

Wenig erfolgreich. Zwar flog die Hülle davon, das Telefon aber läutete immer noch. Wütend trat Vogt mehrmals mit dem Schuhabsatz auf das Display, bis es knirschte, splitterte und das Handy schließlich mit einem jämmerlichen Quäken verstummte.

»Oje«, sagte Vogt bedauernd lächelnd, wurde dann jedoch gleich wieder ernst. »*Wie viel* haben Sie herausgefunden?«

»Darf ich aufstehen?«

»Nein, Sie dürfen sitzen bleiben, und zwar so lange, bis Sie sich tatsächlich in die Hose machen. Also, was haben Sie alles herausgefunden?«

Flos Mund wurde schlagartig trocken. In Windeseile überschlug er seine Optionen. Es hatte keinen Sinn, zu lügen und den Unwissenden zu spielen. Je mehr er hingegen erzählte, desto mehr Zeit konnte er schinden. Und Zeit war im Moment sein einziger Verbündeter. Immerhin hatte Evelyn gerade versucht, ihn zu erreichen – und vielleicht würde Sajid ja auch bald auf seine SMS reagieren.

»Ich verliere langsam die Geduld!« Drohend richtete Vogt die Waffe auf Flos Kopf, mit dem Finger am Abzug.

Flo wurde wieder heiß, seine Handflächen schwitzten. »Vielleicht könnten Sie die Waffe …?«

»Nein, die Waffe bleibt, wo sie ist. Bei dem Regen und dem ständigen Donnergrollen ist der Schuss im Haus kaum zu hören. Und Ihr Gehirn wird leicht von den Wandfliesen zu entfernen sein.«

»Wenn man die richtigen Putzmittel kennt.«

»Sie sind ein witziges Kerlchen. Keine Sorge, die kenne ich. Also?« Vogt wedelte wieder mit der Waffe herum.

»Der Fall ist komplex«, krächzte Flo. Er spürte, wie seine Stimme zitterte. »Ich weiß nicht, wo ich anfangen soll …«

»Beginnen wir doch damit: Warum haben Sie nur von *sechs* Morden gesprochen?«

»Richtig … mit Aleyna Al-Rashid sind es sieben«, gab Flo zu.

»Jetzt kommen wir der Sache schon näher. Was wissen Sie darüber?«

Flos Herz pochte wild in seiner Brust. Er ahnte, warum Vogt ausgerechnet über den letzten Mord sprechen wollte. Die anderen waren als *Cold Cases* jahrelang ungelöst geblieben, die Spuren längst verwischt – nur der Mord an Aleyna konnte ihm aktuell gefährlich werden. »Ich weiß, dass das Gespräch im Steakhouse genauso stattgefunden hat, wie Kilian es uns erzählt hat. Mit einer kleinen Einschränkung …« Nervös wischte Flo sich die schwitzenden Handflächen an den Jeans trocken. »Geert Niemeyer wurde gedoubelt. Und zwar von Ihnen. Mit Perücke und aufgeklebtem Bart. Es sah täuschend echt aus. Sie sind ein echt guter Schauspieler, haben den Professor perfekt imitiert.«

Anerkennend verzog Vogt den Mund. »Dann kann ich mir die Maskerade ja ersparen.« Mit einer langsamen Bewegung zog er sich die schwarze Perücke vom Kopf und warf sie achtlos auf den Boden. Darunter kam eine nur wenige Tage alte Stoppelfrisur mit seinen echten schwarzen Haaren zum Vorschein. Dann entfernte er auch noch den aufgeklebten Vollbart. Sein echter Bart war höchstens eineinhalb Wochen alt. »Überrascht?«, fragte Vogt.

»Ja«, gab Flo zu. Das war wirklich alles minutiös und bis ins kleinste Detail vorbereitet worden.

»Bart und Perücke sind nur eine Übergangslösung, bis ich wieder so aussehe wie immer. Also los, weiter!«

»Corinna hat die Szene im Steakhouse so gefilmt, dass Kilian entlastet und Niemeyer belastet wird«, krächzte Flo. »Aber wie konnten Sie alle so sicher sein, dass Niemeyer an jenem Abend kein Alibi hatte?«

Vogt gab keine Antwort, sondern grinste nur. Sein Verhalten wirkte zunehmend verstörend, sodass Flo leicht erschauerte. »Anscheinend wussten Sie über Niemeyer einfach extrem gut Bescheid«, fuhr er schließlich selbst fort. »Allerdings frage ich mich eines …«

Vogt hob neugierig die Augenbrauen. »Ja?«

»… dass *Sie* so eine Rolle perfekt spielen konnten, ist mir klar. Aber wie hat Kilian uns bei dem Gespräch in der U-Haft so täuschen können? Evelyn Meyers und Pulaski sind im Umgang mit Lügnern geschult – jeder auf seine eigene Art und Weise. Wie konnte Kilian uns alle hereinlegen? Ihm fehlt doch jede Erfahrung als Schauspieler.«

Anscheinend fühlte Vogt sich geschmeichelt, denn er lächelte wieder. »Wir wussten, was auf Kilian zukommen würde. Ich habe alles mit ihm einstudiert und so lange geübt, bis er es überzeugend, glaubwürdig und fehlerfrei wiedergeben konnte.«

»Damit hat er sogar Pulaski getäuscht«, sagte Flo. *Beinahe*, fügte er in Gedanken hinzu. »Warum haben Sie Pulaski verfolgt?«

»Ja, dieser Pulaski«, seufzte Vogt. »Mit ihm haben wir nicht gerechnet. Als er plötzlich hier auftauchte, wurde er zum unbekannten Faktor in der Gleichung, den wir nicht einschätzen konnten.«

Flo verstand. »Vermutlich hat Kilian Sie verzweifelt aus der U-Haft angerufen und Ihnen von Pulaski erzählt, richtig? Sie mussten dann schnellstmöglich klären, ob er nicht vielleicht Ihren fein säuberlich ausgearbeiteten Plan durcheinanderbringen würde.«

»Ja, das stimmt – und was haben Sie noch herausgefunden?«, drängte Vogt.

»Warum haben Sie Pulaski in der Kanalisation verfolgt?«

»Das wäre der perfekte Ort gewesen, um heimlich Informationen auszutauschen. Wir mussten einfach sichergehen.«

»Und dann mussten Sie ihn gleich niederschlagen? Fast umbringen?«

»Na, na! Er hat es ja überlebt.«

»Bis jetzt – aber nun müssen sie uns alle drei töten, Evelyn und Pulaski und mich. Ist es das alles wert?«

»Netter Versuch, an mein Gewissen zu appellieren, aber das wird Ihnen nicht gelingen.«

»Kein bisschen Reue?«

Vogt fletschte die Zähne. »Ich habe in einer einzigen Nacht meinen Lebensgefährten, meine Freunde und meine Schauspielkollegen verloren. Und kurz darauf auch noch Oskar Wagner, einen guten alten Freund und Mäzen. Sie können unmöglich erahnen, wie das ist. Wenn einem alles genommen wird, was einem wichtig war, was man geliebt und wofür man gelebt hat. Und wenn es noch dazu das eigene Werk war, das so vielen Menschen das Leben gekostet hat. Wie soll man das alles verkraften, ohne daran zu zerbrechen?« Seine Stimme war rau, er flüsterte jetzt fast.

»Wie soll man mit dieser schrecklichen Schuld, überlebt zu haben, fertig werden?«

»Und Rache an allen anderen Überlebenden zu nehmen macht es besser?«

»Sie haben ja keine Ahnung, was in jener Nacht vorgefallen ist und wie Kilian und ich uns gefühlt haben …«

»Nein, das habe ich nicht«, gab Flo zu.

Vier Jahre zuvor

Samstag, 9. Mai
Der Abend der Premiere

Rachefrühling – 3. Akt

Kilian stand auf der Bühne, versuchte, mit der Hand sein Gesicht vor Hitze und Rauch abzuschirmen, und sah sich mit tränenden Augen um. Die Luft wurde immer dünner. »Jana!«, brüllte er, doch sein Rufen ging im allgemeinen Geschrei unter.

Daniel und dessen Schauspielkollegen bemühten sich, einzelne Leute auf die Bühne zu hieven. Auch Kilian zerrte nun eine junge Frau zu sich herauf. »Nicht drängeln!«, keuchte er und rang um Atem.

Aus dem Augenwinkel sah er Aleyna Al-Rashid, die an ihm vorbei über die Bühne nach hinten stolperte und durch die Tür im Bühnenbild und über die windschiefe wackelige Holztreppe mit den fünf Stufen nach unten zu dem viel zu engen Fluchtweg verschwand.

Kilian richtete sich noch einmal auf. »Jana!«, brüllte er. Und da sah er sie. Sie stand ganz hinten, hatte den Arm erhoben, winkte und versuchte, zwischen den Menschen hindurchzukommen. Mittlerweile schoben sich die vorderen Personen gegenseitig auf die Bühne.

Daniel packte ihn am Arm. »Komm! Wir stehen hier nur im Weg herum.«

Kilian wollte sich losreißen. Er musste zu Jana – sie würde es niemals allein auf die Bühne schaffen –, doch Daniel zerrte ihn weg. »Komm!«

»Nein! Jana ist da hinten!«

Die Menschen hatten nun erkannt, wohin die ersten geflüchtet waren, und Panik und Chaos nahmen weiter zu. Ohne jede Rücksichtnahme stürmten die Flüchtenden über die Bühne, und Kilian wurde von ihnen nach hinten gerissen. Als er sich gegen den Strom nach vorne durchkämpfen wollte, wurde er von einem Ellenbogen im Gesicht getroffen. Ihm wurde schwarz vor Augen.

»Komm schon!« Daniel zerrte ihn am Arm durch die Tür im Bühnenbild und die Treppe hinunter.

Derweil stolperten die Menschen über die Requisiten. Stühle und eine Stehlampe fielen um, ein Tisch kippte. Einige Personen wurden gegen das Bühnenbild gestoßen, das mit einem Knall aus der Verankerung riss. Die beiden Stützbalken brachen, und das gesamte Bühnenbild kippte wie in Zeitlupe langsam und quietschend nach hinten.

Gleichzeitig löste sich der hintere Teil des Eisengerüsts, an dem die Lampen der Bühnenbeleuchtung hingen, und stürzte von oben herunter.

»Achtung!«, schrie ein älterer Mann.

Gerade noch rechtzeitig wurde Kilian von Daniel in den Fluchtweg gezogen, bevor das Gestell mit den Beleuchtungskörpern hinter ihm herunterknallte. Kabel rissen, Glas splitterte, das Licht ging aus. Unmittelbar darauf krachte das Bühnenbild gegen die hintere Saalwand und fiel auf das Metallgestell. Die Holztür im Bühnenbild wurde zugedrückt. Quietschend rissen die Scharniere auseinander. Kilian hörte, wie die Holztreppe unter der Last des Bühnenbildes zusammenbrach und die Menschen dahinter verzweifelt aufschrien.

Das verdammte Lampengestell hatte sich so verkeilt, dass es nun den Fluchtweg verbarrikadierte. Dadurch ließ sich die Tür im Bühnenbild nicht mehr öffnen. Die Menschen drängten von hinten dagegen und machten alles nur noch schlimmer. Entsetzt begriff Kilian, dass hier niemand mehr herauskommen würde.

Bei dem Gedanken, wie es Jana im Saal ergehen musste, wurde sein Herz eng. Tränen schossen ihm in die Augen. »Helft mir!«, schrie Kilian in den Gang hinter sich. »Wir müssen das Gestell hochheben!«

Wenn sie das Gerüst mit den Lampen nur ein paar Zentimeter hochhieven könnten, würde sich die Tür im Bühnenbild wieder öffnen lassen, und die Menschen konnten in den Gang flüchten.

Verzweifelt stemmte er sich mit der Schulter gegen die Eisenstange und versuchte, sie hochzudrücken. Sie bewegte sich, aber mit den Lampen wog das Mistding bestimmt über hundert Kilo. Außerdem drückte die Holzwand darauf.

Daniel stellte sich hustend und röchelnd neben ihn und packte mit an. »Zugleich …«, presste er hervor, und gemeinsam versuchten sie, das Gerüst weit genug hochzustemmen. Doch auch zu zweit schafften sie es nicht, und Kilian spürte, wie ihn die Kraft verließ.

Unterdessen drückte die geballte Menschenmasse von hinten weiter gegen das Bühnenbild und versuchte, die Tür einzutreten.

»Gehen Sie alle vom Ausgang weg!«, schrie Daniel. »Gehen Sie …« Dann versagte seine Stimme, er fing an, sich die

Seele aus dem Leib zu husten. Der Rauch, der durch die Ritzen und Risse der Holzwand qualmte, war einfach zu viel für seine Lunge.

Kilian drehte sich um und blickte im Gang hinter sich in die rußgeschwärzten Gesichter eines jungen Paares. Beide standen wie angewurzelt da und starrten ihn nur ungläubig an. Ebenso wie die anderen weiter hinten im Gang, denen Daniel und er zuvor auf die Bühne geholfen hatten.

»Helfen Sie uns …«, krächzte Kilian zu dem jungen Paar. Ein oder zwei Leute würden genügen. »Packen Sie mit an … gemeinsam …«

»Komm, gehen wir«, drängte die Frau und zog an der Hand ihres Mannes. »Das ist sinnlos.«

Der junge Mann hustete. »Es tut mir leid …« Das junge Paar drehte sich um und lief zu den anderen.

»Nein! Kommt zurück!«, schrie Kilian ihnen nach.

Nun kam auch Bewegung in die gaffende Gruppe weiter hinten. Sie liefen einfach davon, in Richtung Ausgang. Eine von ihnen trug ein rotes Kleid. *Aleyna Al-Rashid!*

»Bleiben Sie stehen!«, röchelte Kilian.

Aleyna war die Einzige, die reagierte. Sie blieb tatsächlich stehen und drehte sich noch einmal um.

»Ich brauche Ihre Hilfe!«, rief Kilian.

Das Deckenlicht im Gang flackerte, dann ging es aus.

»Ich kann nicht … ich muss hier sofort raus!«, kreischte sie in Panik und verschwand, den anderen hinterher.

Nur Daniel stand noch neben ihm.

»So helft uns doch! Gemeinsam schaffen wir es!«, heulte Kilian, erkannte jedoch, dass es vergeblich war – keiner von diesen elendigen Feiglingen würde wieder zurückkommen. Mutlos drehte er sich um. Gemeinsam umklammerten sie das

Eisengestell und versuchten ein letztes Mal, es hochzudrücken. Aber wieder rührte sich das verdammte Ding nur um wenige Millimeter, während dahinter orangefarbene Flammen loderten und knisterten. Die Menschen hatten es nicht geschafft, die gesplitterte Tür einzutreten, und schrien panisch um Hilfe.

»Es hat keinen Sinn!« Daniel packte Kilian am Arm und zerrte ihn weg. Widerwillig ließ er es zu und spürte, wie die Hitze abnahm, je weiter er sich entfernte.

Schließlich brach er im Gang zusammen. »Nein! Jana stirbt da drinnen!«, schrie er völlig verzweifelt unter Tränen. Da wurde er von zwei zusätzlichen kräftigen Händen gepackt und weiter Richtung Ausgang gezerrt. Er blickte auf und sah Oskar Wagner. Der musste durch den Seiteneingang ins Theater gekommen und an den wenigen, die es in den Gang geschafft hatten, vorbeigelaufen sein, um zu helfen. Von denen war aber keine Spur mehr zu sehen.

»Ist außer euch noch jemand im Gang?«, rief Oskar.

»Nein, niemand!«, keuchte Daniel.

Mittlerweile hatte der Rauch den gesamten Korridor vernebelt. Hustend und röchelnd gelangten sie ins Freie auf den Parkplatz. Während der Wind Kilians glühendes Gesicht kühlte, übergab er sich wieder und wieder, ohne dass das widerwärtige Gefühl in seinem Magen nachließ. Wie in Trance taumelte er, gestützt von Daniel und Oskar, über die Straße auf die andere Seite.

Dann explodierten mit einem großen Knall die Fensterscheiben neben der Eingangstür des Theaters, und während die Scherben noch auf den Boden prasselten, schoss das Feuer bereits aus dem Gebäude. Die Vorderfront stand meterhoch in Flammen. Die Hitze war plötzlich so intensiv, dass sie noch weiter zurückweichen mussten.

»Jana ist noch da drinnen«, heulte Kilian. Vielleicht war sie noch am Leben. Das alles kam ihm völlig surreal vor, wie in einem schrecklichen Albtraum.

»Meine Kollegen auch …«, presste Daniel hervor, »… und das ganze Personal.«

»Nur wir und sieben andere haben es rausgeschafft«, sagte Oskar verzweifelt.

Kilian wollte nicht glauben, dass in diesem Moment nur wenige Meter von ihm entfernt ein paar Dutzend Menschen um ihr Leben kämpften und er ihnen nicht helfen konnte. Er wartete, aber niemand kam mehr heraus. *Irgendwie muss man ihnen doch helfen!* Aber es gab nichts, was er hätte tun können.

Zu der Verzweiflung und absoluten Hilflosigkeit, die er empfand, gesellte sich unbändiger Zorn. Er hatte sich die Gesichter derjenigen eingeprägt, denen er geholfen hatte, in den Gang zu gelangen – und die ihn danach kaltherzig im Stich gelassen hatten. Mit nur einem Funken Mut, Hilfsbereitschaft und etwas Disziplin wäre die Katastrophe zu verhindern gewesen. Sie hätten dieses verdammte Gestell nur ein paar Zentimeter hochstemmen und die Tür im Bühnenbild öffnen müssen. Gemeinsam hätten sie es geschafft.

»Diese Schweine«, presste Kilian voller Hass heraus. *Sind schuld an allem und kommen einfach so davon.*

Daniel sah ihn von der Seite her an. An seinem Blick erkannte Kilian, dass Daniel genau wusste, was ihm gerade durch den Kopf ging. »Ich habe die Tischordnung auf dem Handy«, sagte Daniel völlig emotionslos. »Außerdem habe ich mehrere Fotos vom Publikum gemacht.

Oskar beugte sich schnaufend nach vorn und stützte sich auf die Knie. »Und?«, fragte er stirnrunzelnd.

Von Weitem hörte Kilian die Sirene der Feuerwehr. Viel zu spät.

»Mit den Fotos lässt sich deren Identität herausfinden«, sagte er.

9. TEIL

SCHLUSSPLÄDOYER
Freitag, 17. Mai – Abends

72

Daniel Vogt trat einen Schritt auf Flo zu, der immer noch in dem engen Raum auf der Klobrille saß.

»O ja, Rache hilft«, spie Vogt aus. »Ich weiß es, weil ich in den letzten Jahren zum leibhaftigen Protagonisten meines eigenen Theaterstücks geworden bin. In *Rachefrühling* war es nur eine Fiktion, aber mittlerweile weiß ich, dass Rache auch im wahren Leben funktioniert. Sie lindert den Schmerz und das Schuldgefühl.«

»Ich nehme an, die eigentlichen Pläne für die Morde kamen von Kilian und Ihnen – mit Ihrem chemischen Fachwissen? Und mithilfe Corinnas und Ihrer eigenen schauspielerischen Leistungen haben Sie dann den *Rachefrühling* bis zur letzten Konsequenz in die Tat umgesetzt?«

»Keine schlechte Analyse. Allerdings wird Ihnen das nicht mehr viel …«

»Sie hätten nach den ersten sechs Morden aufhören sollen«, unterbrach Flo ihn. »Dann wären Sie vielleicht damit durchgekommen. Aber durch den Mord an Aleyna Al-Rashid ist alles aufgeflogen.«

»Wir hatten einen Pakt geschlossen. Entweder *alle* werden getötet oder *keiner*!«

»Um das alles geheim zu halten, muss das Morden jetzt noch weitergehen. Sehen Sie nicht ein, dass das sinnlos ist?«

»Im Gegenteil! Corinna kümmert sich um Pulaski, und ich kümmere mich um Sie. Dann ist alles vorbei.« Ohne Flo aus den Augen zu lassen, ging Vogt langsam zurück, bis er an eine Kommode stieß. Dort griff er nach einem weißen Plastikbecher, der neben einer halb vollen Wasserflasche stand. Seine Hand zitterte, doch trotz seiner Nervosität und Angespanntheit wirkte er zu allem entschlossen. Langsam und vorsichtig stellte er den Becher mit der durchsichtigen Flüssigkeit vor Flo auf die Fliesen.

»Was wird das?«

»Ich habe nur diesen einen Becher«, erklärte Vogt. »Wenn Sie ihn *unabsichtlich* umkippen sollten, schieße ich Ihnen in den Kopf.«

»Ich habe nicht vor, das Ding anzufassen.«

»O doch! Sie nehmen den Becher jetzt in die Hand …«

»Nein.«

»… und trinken das verdammte Zeug!«, brüllte Vogt, sodass Speichel aus seinem Mund flog.

»Was ist da drin? Gift?«

»Nein, kein Gift. Los, trink es schon!« Vogts Hand verkrampfte sich und begann, heftig zu zittern. Jeden Moment konnte sich ein Schuss lösen.

»Okay, okay …« Flo hob die Arme. Langsam beugte er sich nach vorn und griff nach dem Becher, als es an der Eingangstür klopfte. *Endlich!* Sofort schob er den Becher zur Seite und blickte auf.

Vogt jedoch wandte den Blick nicht von Flo ab. »Los! Mach schon!«

»Jemand ist an der Tür.«

»Mir doch egal. Trink das jetzt!«

»Nein.«

Es pochte wieder an der Tür, diesmal so laut, dass der ganze Türstock bebte. Unwillkürlich sah Vogt genervt zur

Seite. In diesem Moment sprang Flo auf, machte einen Satz nach vorne, packte die Hand, in der Vogt die Pistole hielt, und drückte sie zur Seite. Ein Schuss krachte, und Flo sah, wie das Projektil in die Kommode fuhr.

Flo rammte Vogt den Ellenbogen ins Gesicht. Dessen Nase brach, er taumelte stöhnend zurück. Während Flo ihm die Pistole aus der Hand wand, hörte er, wie jemand mehrmals gegen die Tür trat. Holz splitterte, es knirschte laut.

Bevor Vogt wieder nach der Waffe greifen konnte, wollte Flo ihm gegen die Kehle schlagen. Zwar erwischte er nur das Kinn, doch das genügte, dass Vogt erneut zurücktaumelte. Keuchend nahm Flo die Glock richtig in die Hand und legte auf Vogt an. »Keine Bewegung!«, presste er hervor, während er zum Eingang schielte.

Dort hatte der Eindringling mittlerweile erfolgreich die Tür aufgebrochen. Flo hörte polternde Schritte, arabische Flüche, und im nächsten Moment stürmte ein schmächtiger Kerl in die Wohnung, dicht gefolgt von Sajid und Qasem. Blitzschnell durchsuchten die drei alle Zimmer.

Danach rannte Sajid zu Flo. »Du warst am Handy nicht mehr erreichbar«, erklärte er, »dann hörten wir den Schuss und …«

»Alles okay.« Flo hielt Vogt in Schach, der sich mit beiden Händen an die blutende Nase fasste, während sein Blick von einem zum anderen raste. Falls er gerade über einen möglichen Ausweg aus der Situation nachdachte, würde er wenig Erfolg haben.

Dann trat auch Qasem zu ihnen und starrte Vogt an. »Wer ist das? Hat *er* mit dem Tod meiner Tochter zu tun?«

»Nein, hat er nicht – er ist nur ein Schauspieler, der dem Mörder bei seinem Alibi geholfen hat«, antwortete Flo, bevor Vogt den Mund aufmachen konnte.

»Er lügt!«, röchelte Vogt mit verstopfter Nase. »Ich *habe* mit dem Tod Ihrer Tochter zu tun.«

»Nein, hat er nicht!« Flo warf Vogt einen warnenden Blick zu. Er wusste genau, was Qasem mit all jenen anstellen würde, die er für mitschuldig am Tod seiner Tochter hielt.

»Ich habe den Mord an Ihrer Tochter geplant!« Vogt warf sich auf die Knie und rutschte näher, die blutigen Hände ausgestreckt. »Bitte nicht schießen!«

Was zum Teufel wird das *jetzt?* Hatte Vogt den Verstand verloren? War das eine letzte bühnenreife Darbietung? *Oder irgendein Ablenkungsmanöver?*

»Ali!«, rief Qasem, schnippte mit den Fingern und deutete auf Vogt, während er einen Befehl auf Arabisch gab.

Der schmächtige Kerl ging auf Vogt zu. Der kroch auf Knien immer näher und jammerte mit einem erbärmlichen Ton: »Bitte nicht schießen.«

Da nur Flo eine Waffe in der Hand hielt, ergab Vogts Verhalten wenig Sinn. Ratlos sahen sie sich alle kurz an – und Vogt nutzte den Moment, um sich den Becher zu greifen, der immer noch auf den Fliesen in der Toilette stand. Mit mehreren gierigen Schlucken schüttete er sich den Inhalt in den Rachen.

»Nein!« Flo wollte ihm den Becher aus der Hand schlagen, doch es war zu spät. Von Vogts Wange, Hals und Händen, auf die die Flüssigkeit gespritzt war, stiegen beißende Dämpfe auf. *Säure!* Instinktiv wich Flo einen Schritt zurück.

Vogt röchelte, bekam keine Luft mehr. Die Säure musste binnen Sekunden seinen Rachen, die Speiseröhre und seinen Magen verätzt haben. »Wir brauchen einen Krankenwagen«, keuchte Flo.

Qasem hingegen blieb ganz ruhig, sah Vogt interessiert beim Sterben zu. »Nein, brauchen wir nicht.«

Vogt fiel um, zuckte spastisch und blieb schließlich reglos liegen. Ali beugte sich zu ihm hinunter und fühlte mit zwei Fingern nach dem Puls der Halsschlagader. Er wartete eine Weile, danach sah er auf und schüttelte den Kopf.

Flo schluckte mit trockener Kehle. Fast hätte er vorhin dieses Zeug selbst getrunken – und hätte dann an Vogts Stelle röchelnd hier gelegen.

Dann fiel ihm siedend heiß ein, was Vogt zuvor gesagt hatte. Er blickte zu Qasem. »Wir müssen sofort zum Oskar-Wagner-Theater. Pulaski ist in Gefahr.«

73

Als Pulaski sich neben dem Notstromaggregat wieder aufrichtete, ließ er den Blick durch den Raum schweifen und bemerkte weitere Anzeichen für Corinnas Plan. Überall standen Benzinkanister herum – wahrscheinlich, um den Generator nachfüllen zu können –, und im hinteren Bereich des Raums erkannte er eine Stehleiter. Corinna musste also irgendetwas an der Decke montiert haben. Daneben sah er einen Feuerlöscher, also würde hier wohl gleich etwas in Brand geraten. Ob sie irgendwie herausbekommen hatte, dass er an Asthma litt, und dementsprechend geplant hatte?

»Alles okay?«, fragte Corinna.

»Ja, ich kenne dieses Generatormodell.« Pulaski hätte den Nylonfaden fast übersehen. Eine feine, hauchdünne Schnur, die neben Corinna von der Decke hing. Er zwang sich, nicht nach oben zu schauen, um sich nicht zu verraten. Wenn er recht hatte, würde sie als Nächstes nach der Kerze greifen.

»Hier an dieser Seite muss man den Generator einschalten«, erklärte sie.

»Ja, klar.« Er wechselte die Seite. »Ist die Benzinzufuhr an?«

»Ja.«

»Und die Abgase?«, fragte er.

»Ich werde nachher ein Fenster öffnen.« Sie trat näher. »Ich mache Ihnen Licht.« Sie nahm den Kerzenständer von der Kommode und griff dabei mit der freien Hand unauffällig nach dem Nylonfaden.

Pulaskis Gedanken überschlugen sich. Während er jetzt doch nach oben blickte und über sich auf dem Holzbalken einen Plastikeimer bemerkte, zog Corinna auch schon an dem Faden. Der Eimer kippte – und im selben Moment drehte sich Pulaski zur Seite und versetzte Corinna mit dem Ellenbogen einen kräftigen Stoß in die Rippen. Sie taumelte zum Generator, und aus dem Eimer ergossen sich nun mehrere Liter Benzin über sie statt über Pulaski. Da Corinna immer noch den Kerzenständer in der Hand hielt, fing das Benzin sofort Feuer – und sie stand in Flammen.

Pulaski stolperte zur Seite, fiel rücklings hin und robbte hastig auf Händen und Füßen zurück. Corinnas Haare und ihre Latzhose brannten, es roch nach verschmorten Haaren und Haut. Sie fuhr herum und schrie verzweifelt auf.

Der Feuerlöscher!

Corinna musste ihn bewusst in dieses Zimmer gestellt haben, damit ihre Falle, mit der sie Pulaski töten wollte, nicht außer Kontrolle geriet. Pulaski rappelte sich auf. Ein Teil des Benzins aus dem Eimer war quer durch den Raum gespritzt und hatte ebenfalls Feuer gefangen. Die Flammen rasten in Windeseile über den Boden, und sofort brannten weite Bereiche und auch der Generator. Dessen Kunststoffschläuche schmolzen, ebenso wie das Plastik der Kanister. Die giftigen Dämpfe verbanden sich mit dem Rauch zu einer toxischen Mischung.

Corinna war zu Boden gestürzt und kroch brüllend durch die Flammen.

Der Rauch nebelte Pulaski ein, seine Augen tränten und seine Lunge wurde eingeschnürt.

Luft!

Der Asthmaanfall kam schneller und war heftiger, als er

ohnehin befürchtet hatte. Bevor der ihn ganz außer Gefecht setzen würde, musste er eine Entscheidung treffen. Entweder kämpfte er sich durch die Flammen zum Feuerlöscher, um Corinna zu retten und den Brand einzudämmen – mit dem Risiko, dabei selbst zu ersticken oder Feuer zu fangen –, oder er flüchtete direkt zur Treppe.

Während er noch seine jeweiligen Chancen abwägte, loderten die Flammen um ihn herum hoch empor und versperrten ihm beide Wege. Er hatte zu lange gezögert …

74

Es läutete immer noch stürmisch an Evelyns Kanzleitür. Flo und Pulaski konnten es nicht sein, denn die hatten einen Schlüssel. Und Kilian würde nach dieser Podcast-Episode vermutlich wütend die Tür eintreten.

Mit rasendem Herzen durchquerte sie den Flur und blickte durch den Spion. Draußen stand Imraan. Soviel sie erkennen konnte, war er allein im Treppenhaus.

»Ich weiß, dass du da bist!«, rief er und trommelte an die Tür. »Mach auf, ich tu dir nichts.«

»Verschwinden Sie, sonst ruf ich die Polizei!«

Er nahm den Finger von der Türklingel und hörte auf zu trommeln. »Hör zu, Anwältin. Qasem ist mächtig sauer. Er hat gehofft, dass du uns zu Kilian führst«, sagte er. »Aber dann hast du diesen Podcast gemacht, um ihn zu warnen. Und das ist dir auch gelungen.« Er machte eine Pause. »Kilian ist verschwunden.«

»Ich rufe …!«, wollte sie bereits wiederholen, stutzte jedoch. *Er hat gehofft, dass du uns zu Kilian führst?*

Sie erinnerte sich daran, wie leicht ihr die Flucht aus der Limousine gelungen war, dass Qasem auf Deutsch »Haltet sie!« gerufen hatte, ihr aber niemand durch die Gassen und ins Einkaufs-Center gefolgt war.

»Deshalb war die Autotür der Limousine nicht verriegelt«, stellte sie fest.

»Ja«, knurrte Imraan.

Nun öffnete sie die Tür doch, ließ aber die Sicherheitskette eingehakt und blockierte sie zusätzlich mit dem Fuß. Durch den Türspalt betrachtete sie Imraan. »Sie haben mich *absichtlich* laufen lassen?«

Imraan nickte. »Ich bin dir gefolgt, weil wir dachten, du nimmst sofort Kontakt zu Kilian auf. Aber offenbar weißt du selbst nicht, wo er ist.« Es klang vorwurfsvoll.

Und nach meinem Livestream werden weder ich noch ihr ihn so schnell finden. »Und jetzt?«, fragte sie.

»Lass mich rein, ich will mit dir reden«, verlangte Imraan.

»Das können wir auch durch diesen Spalt.« Das war ihr schon stressig genug. Kurz dachte sie mit schlechtem Gewissen an ihre Schwangerschaft – das alles hier war sicher nicht gerade förderlich.

Imraan deutete auf die Kette. »Du weißt schon, dass ich die Tür einfach eintreten könnte?«

Ja, das könntest du vermutlich, dachte sie. Und da ihr Bauchgefühl ihr sagte, dass Imraan ehrliche Absichten hatte, nahm sie schließlich die Kette ab und ließ ihn eintreten. Er nickte kurz, als wollte er ihre Entscheidung gutheißen, dann fuhr er sich durch den Bart. Dabei sah sie die Wunde auf seiner Hand. Blutunterlaufen, teilweise schillernd blau und mit einem deutlich erkennbaren Zahnabdruck.

»Tut mir leid«, sagte sie leise.

Er rieb sich die Hand und lächelte kurz. »Nicht schlimm«, sagte er nur. »Hast dich jedenfalls tapfer gewehrt. Hat aber alles nicht so geklappt, wie wir uns das vorgestellt haben. Hab unten im Café gewartet, deinen Podcast gehört, dein Haus beobachtet und gehofft, dass Kilian hier auftauchen würde. Ist aber nicht passiert.«

»So dumm ist er nicht«, erklärte Evelyn. »Hat Qasem mittlerweile eingesehen, dass er Kilian nicht mehr kriegen kann?«

Imraan schüttelte den Kopf. »Wenn der sich etwas in den Kopf gesetzt hat …«

»Die Kripo ermittelt bereits wegen des gescheiterten Mordversuchs an Niemeyer. Qasem sollte so rasch wie möglich das Land verlassen.«

»Warum? Es gibt keine Verbindung zwischen Frau Ehlers und uns.«

»Und Ehlers' Mann?«

»Qasem hat ihm nichts getan.«

Sie atmete erleichtert aus. »Geht es ihm gut?«

»Ja.« Imraan verzog genervt den Mund. »Liegt noch auf der Intensivstation und erholt sich von der OP.«

»Gut«, seufzte Evelyn. »Trotzdem wird die Kripo eine Verbindung herstellen. Immerhin geht es um Nötigung und Mordversuch.«

»Das wissen wir, und Qasem wird das Land rechtzeitig verlassen«, gab Imraan zu, »aber vorher kümmert er sich um Kilian.«

»Und was ist mit mir? Wird er sich auch um mich kümmern?«, fragte sie spitz.

Imraan schüttelte den Kopf. »Ich soll dir von Qasem ausrichten, dass er mit dir fertig ist. Du hast ihm die Informationen gegeben, die er wollte. Dass du Kilian gewarnt hast, ist dein gutes Recht. Der Rest ist Qasems Sache. Ich soll dir Grüße von ihm ausrichten.«

»Das war's?«

»Das war's!« Er griff in die Jeanstasche und reichte Evelyn ihr Handy.

»Danke.« Sogleich wählte sie Flos Nummer, aber er ging immer noch nicht ran. Besorgt sah sie zu Imraan. »Was ist mit Flo? Warum hat er Qasem angerufen?«

»Es geht ihm gut«, versicherte er ihr. »Qasem, Sajid und Ali sind bei ihm.«

Panik schnürte plötzlich ihren Brustkorb zu. Die ganze Sache gefiel ihr nicht. »Ihr tut ihm doch nichts?«, presste sie hervor.

»Nein.«

»Ich will sofort mit Flo reden!«

»Es geht ihm gut!«

Skeptisch betrachtete sie Imraan. »Wie könnte ich Ihnen vertrauen, nach allem, was passiert ist?«

»Warum sollten wir ihm etwas antun?«, fragte Imraan. »Einem werdenden Vater?«

Sie sah ihn überrascht an.

»Beim Durchsuchen deiner Handtasche habe ich den Schwangerschaftstest gefunden. Gratuliere!« Er verzog das Gesicht zu einem halben Grinsen. »Flo ist doch der Vater, oder?«

Sie nickte.

»Gut, und keine Sorge, wir tun ihm nichts. Im Gegenteil – wir passen sogar auf ihn auf, falls Kilian in seiner Nähe auftauchen sollte. Und bringen ihn so rasch wie möglich unversehrt nach Hause.«

Sie atmete tief durch. »Okay. Da fahre ich jetzt auch hin.« Nach diesem anstrengenden Tag ging es ihr nicht besonders gut. Alles, was sie jetzt noch wollte, war sich hinlegen, mit ihren Katzen kuscheln, auf Flo warten und dann ein paar Stunden lang durchschlafen.

»Ich bring dich nach Hause«, bot Imraan an.

Nun lächelte sie knapp. »Das ist das Mindeste, nachdem Sie mich durch die halbe Stadt gejagt haben.«

Unwillkürlich dachte sie an Pulaski. Hoffentlich war mit ihm alles in Ordnung.

75

Der Regen prasselte unaufhörlich auf Qasems Limousine, während der Scheibenwischer auf Hochtouren arbeitete. Durch das Rauschen der voll aufgedrehten Lüftung und das Trommeln auf dem Autodach konnte man das eigene Wort kaum verstehen. Flo hatte sich kurzgehalten und Qasem und Sajid in wenigen Worten erklärt, wer Pulaski war, dass er fürs LKA in Dresden arbeitete, Asthma hatte, mit Evelyn befreundet war und ihnen bei den Ermittlungen geholfen hatte.

Schließlich wischte Flo mit dem Ärmel über die angelaufene Seitenscheibe und presste das Gesicht ans Glas. »Dort ist es!«, rief er.

Die Straßenlaternen tauchten das Theater in ein orangefarbenes Licht, das seltsamerweise immer heller zu werden schien. Erst dann bemerkte Flo die Flammen im oberen Stockwerk.

»Holen Sie Rettung und Feuerwehr – 112!« Flo löste den Gurt und sprang aus der Limousine, noch bevor die richtig stand. Sogleich rannte er über die Straße zum Theater, blieb auf dem Gehsteig stehen, sah hinauf und schirmte mit der Hand den Regen ab. Hinter den Fensterscheiben loderte es gewaltig. Ein Teil des Dachbodens stand in Flammen, die sich in den Regenpfützen spiegelten.

Hinter sich hörte er, wie Sajid aufgeregt und lautstark telefonierte und die Adresse des Theaters durchgab.

Pulaski ist vielleicht noch da drinnen!

»Pulaski?«, brüllte Flo.

Da splitterte über seinem Kopf ein Fensterkreuz. Glasscherben prasselten zu Boden, und die Flammen schlugen aus der Öffnung ins Freie.

Flo stockte der Atem. Ein brennender Mensch stürzte kopfüber aus dem Fenster. Wie in Zeitlupe segelte er durch den Regen, während die Flammen von seiner Kleidung eine orangefarbene Leuchtspur hinter sich herzogen.

Dann war die Zeitlupe zu Ende, und die Person krachte hart auf den Boden. Reglos blieb sie liegen, halb auf der Straße, halb auf dem Gehsteig, die Beine grotesk abgewinkelt.

»Pulaski!«, brüllte Flo, rannte hin und fiel neben dem leblosen Körper auf die Knie. Mit vollen Händen schöpfte er Regenwasser aus der großen Pfütze neben sich und löschte damit die brennende Kleidung. Dann drehte er die Person, die mit dem Gesicht nach unten lag, zur Seite. Sie gab keinen Laut von sich.

Qasem kniete neben ihm, half ihm beim Umdrehen. Es stank entsetzlich nach verbranntem Fleisch. Das Gesicht war verkohlt, die Augenhöhlen leer, aber er konnte die versengten langen Haare einer Frau erkennen.

Das ist nicht Pulaski, das ist Corinna Wagner!, schoss es ihm durch den Kopf. *Das war Corinna*, korrigierte er sich im nächsten Moment. Denn sie war eindeutig tot.

Während Flo mit seinen nassen Handflächen die letzten züngelnden Flämmchen auf ihrer Kleidung erstickte, musste er unwillkürlich an den Brand vor vier Jahren und an Corinnas Vaters denken, der sich im Theater erhängt hatte. Nun war ihre Seele mit der ihres Vaters vereint.

Qasem rümpfte die Nase. »Benzin«, stellte er trocken fest.

Nun roch Flo es auch. Er richtete sich auf und blickte hoch

zum zersplitterten Fenster. Über ihnen knisterte und prasselte es, aus dem Dachstuhl loderten die Flammen. Da das gesamte obere Stockwerk aus Holz bestand, würde sich der Brand binnen weniger Minuten auf das ganze Gebäude ausbreiten.

Flos Herz schlug bis zum Hals. Keines der anderen Fenster barst. Niemand sprang ins Freie.

Wo ist Pulaski?

76

Wieder alle Erwartungen hatte es Pulaski durch die Flammen und den Rauch zum Feuerlöscher geschafft und die Plombe abgerissen. Doch bevor er Corinna mit Schaum besprühen konnte, hatte sie sich aufgerichtet, war wie eine lebende Fackel an ihm vorbeigelaufen und in einer letzten verzweifelten Tat durchs Fenster gesprungen. Er war sicher, dass sie den Sturz aus einer solchen Höhe nicht überlebt haben konnte.

Was ihn anging, so hatte der Luftzug durch das zerstörte Fenster das Feuer erneut angefacht, und nun schlugen die Flammen bis zur Decke hoch. Garantiert hätte Corinna den Brand mit dem Feuerlöscher in Schach halten und seine Leiche später irgendwo verschwinden lassen wollen.

Den Brand zu löschen konnte er jedoch vergessen. Mittlerweile brannten auch bereits die Holzbalken an der Decke, und jeden Moment würden die vollen Benzinkanister hochgehen. Statt irgendetwas löschen zu wollen, sprühte sich Pulaski den Weg bis zur Treppe frei. Der Rauch biss in seiner Kehle, Luft bekam er kaum noch, und er kämpfte gegen die Bewusstlosigkeit an.

Das hältst du nicht mehr lange aus!

Mit weichen Knien erreichte er die Tür, stolperte in den Vorraum und schnappte erfolglos nach Luft. Der Gang und die Treppe lagen grau vernebelt vor ihm. Kraftlos fiel ihm der schwere Feuerlöscher aus der Hand. Fast blind durch den dichten Rauch taumelte er nach vorn und trat ins Leere.

Mit voller Wucht fiel er die Treppe hinunter, schlug mit dem Schädel gegen die Wand, prellte sich die Rippen und landete schließlich vornüber auf den Ellenbogen.

Verdammt! Unter Schmerzen rappelte er sich auf, versuchte verzweifelt und mit tränenverschleiertem Blick zu erkennen, wie viele Stufen noch vor ihm lagen.

Du musst zum Fluchtweg in den Gang! Luft!

Er japste und keuchte.

Draußen regnet es, war sein letzter Gedanke, dann wurde ihm schwarz vor Augen. Und während er das Bewusstsein verlor, drang noch wie von Weitem die Explosion der Benzinkanister an seine Ohren.

77

»Pulaski muss noch da drinnen sein – ich geh rein!« Flo wollte die paar Schritte zur Eingangstür laufen, doch Qasem, der neben ihm stand, legte ihm die Hand auf die Schulter und hielt ihn mit Gewalt zurück. »Was?«, rief Flo.

»Ich würde das nicht tun«, warnte Qasem ihn.

»Aber ich muss. Vielleicht …« Eine heftige Explosion unterbrach Flo, gefolgt von einer zweiten. Nun barsten auch die anderen Scheiben im oberen Stockwerk, und die Flammen schlugen meterhoch aus den Fenstern.

Qasem rümpfte die Nase. »Benzin«, wiederholte er. »Oder vielleicht auch Gas. Könnte sein, dass es da oben eine lecke Gasleitung gibt, die jeden Moment …« Er sprach den Satz nicht zu Ende.

Flo gab seinen Widerstand auf, und Qasem nahm die Hand weg. Sie starrten beide nach oben. Das Dachgebälk würde innerhalb kürzester Zeit nachgeben. Das untere Stockwerk brannte zwar noch nicht, aber auch dort drang bereits dicker schwarzer Qualm aus den Türritzen.

Wo ist Pulaski? Warum kommt er nicht raus?

Mittlerweile standen auch Ali und Sajid neben ihnen. »Feuerwehr und Sanitäter müssen jeden Augenblick da sein«, sagte Sajid.

Flo starrte auf die Flammen, die sich so rasend schnell ausbreiteten, als hätten sie seit Jahren darauf gewartet, dem Theater erneut den Garaus zu machen. Es war unwahrscheinlich, dass dieses Gebäude jemals wieder in Betrieb genommen wurde.

Unwillkürlich musste er an Vogt und Kilian denken, die vor Jahren an genau dieser Stelle gestanden hatten. Nun ahnte er, wie es sich angefühlt haben musste, als ihnen bewusst geworden war, dass Daniel Vogts Freunde und Kilians Frau mit seinem ungeborenen Baby in den Flammen umkommen würden, während sie hilflos hier draußen standen und nichts tun konnten.

Aber vielleicht ist Pulaski ja im unteren Stockwerk. Vielleicht ist er verletzt und braucht Hilfe.

»Ich muss es trotzdem versuchen.« Flo schlüpfte aus der regennassen Jacke.

Qasem hielt ihn erneut an der Schulter fest. »Das ist Wahnsinn! Ohne Atemschutzgerät kommen Sie da drinnen keine paar Meter weit.«

Diesmal riss Flo sich los und holte noch einmal tief Luft. Dann hielt er sich die Jacke vor Mund und Nase und drückte die Tür auf. Schwarzer Rauch quoll ihm entgegen. Sogleich tränten seine Augen. *Verdammt!*

»Tun Sie es nicht!«, rief Qasem.

Aber Flo ignorierte ihn und kämpfte sich in das Gebäude vor. Er spürte die Hitze, sah überall Rauch und das Glimmern vereinzelter Kerzen in der Dunkelheit.

Verdammt!

Atmen konnte man hier drinnen nicht mehr.

78

In der obersten Etage des Wohnhauses angekommen, standen sie vor Evelyns Eingangstür. »Wollen Sie noch kurz hereinkommen?«, fragte sie höflichkeitshalber.

»Nein danke«, wehrte Imraan ab. »Qasem erwartet mich bereits – wir haben noch zu tun.«

Sie streckte ihm die Hand entgegen. »Also gut, dann leben Sie wohl und bleiben Sie gesund.«

»Du auch.« Imraan schüttelte ihre Hand, verzog dabei aber schmerzvoll das Gesicht, weil sie zu fest auf seine Wunde gedrückt hatte. »Nichts für ungut, aber ich hoffe, ich sehe dich nie wieder.«

»Das hoffe ich auch.« Lächelnd sperrte sie ihr Apartment auf, öffnete die Tür aus Gewohnheit aber nur einen Spaltbreit. Normalerweise stürmten Bonnie und Clyde maunzend herbei, und sie musste mit dem Fuß den Türspalt blockieren, damit die beiden Katzen nicht ins Treppenhaus huschten. Doch diesmal blieb es ruhig. »Seltsam«, murmelte sie.

»Was denn?«, fragte Imraan.

»Kommen Sie herein und machen Sie die Tür zu«, sagte sie leise und schlüpfte in die Wohnung. Imraan folgte ihr und schloss die Tür.

»Bonnie … Clyde?«, rief sie und stellte die Handtasche in der Garderobe ab, doch nichts passierte. »Ich bin gleich wieder da.« Sie ging ins Wohnzimmer und schaltete das Licht ein. Von den Katzen war keine Spur zu sehen.

Imraan stand immer noch im Vorraum. »Stimmt etwas nicht?«, fragte er.

Plötzlich tauchten beide Katzen doch noch hinter der Couch auf, allerdings höchst verschreckt, mit eingezogenem Schwanz und flach auf den Boden gepresst.

Evelyn ging in die Hocke und strich Bonnie übers Fell. »Ja, Schatzis, was ist denn los mit euch?« Sie hob den Kopf. »Kaffee?«, fragte sie.

»Nein danke, wie gesagt … ich muss los.« Er zögerte. »Was hast du denn?«

»Irgendetwas stimmt hier nicht …«, murmelte sie. Beide Katzen schnurrten ganz laut und verzweifelt. Clyde rieb sein Köpfchen an ihrem Bein.

Imraan sah zu ihr. »Soll ich einen Blick in die Wohnung werfen?«

»Nein, schon gut«, wehrte sie ab, »vielleicht hat einfach jemand Sturm geklingelt oder wild an die Tür geklopft.«

»Passiert das normalerweise?«

»Nein, eigentlich nicht«, gab sie zu. *Warum sind die Katzen plötzlich so seltsam?* Imraan war schließlich nicht der erste fremde Besucher in ihrer Wohnung.

»Ich sehe mich kurz um.« Imraan wollte bereits zu ihr ins Wohnzimmer gehen, als sie aus dem Augenwinkel sah, dass hinter ihm ein blonder schlanker Mann aus dem Schlafzimmer in den Flur trat.

Flo!

Ihr Herz machte vor Freude einen Satz, und sie wollte schon zu ihm laufen – doch als sie den Blick von den Katzen hob, die ängstlich davonstoben, hielt sie inne. *Das ist nicht Flo!* Die Gestalt baute sich hinter Imraan auf und holte mit einem langen Gegenstand weit aus.

»Vorsicht!«, schrie Evelyn.

Imraan reagierte zu spät. Ein Schlag in die Kniekehle ließ ihn einknicken. Dabei riss er zwar noch den Arm hoch, trotzdem krachte der Gegenstand als Nächstes gegen seine Schläfe. Es knackte scheußlich, und während Imraan noch versuchte, hinkend über die Türschwelle ins Wohnzimmer zu flüchten, bekam er einen dritten Schlag, diesmal gegen den Hinterkopf. Er taumelte noch einen Schritt auf Evelyn zu, dann brach er vor ihr zusammen.

Hinter ihm stand Kilian mit dem Schürhaken ihres Kamins in der Hand. Blut tropfte vom Eisen. Der Arsch musste sich mit einem Dietrich Zugang zu ihrer Wohnung verschafft haben.

»Schade«, sagte er mit kalter Stimme. »Ich hätte gehofft, dass er geht und wir beide allein wären.«

Evelyn wollte nach Imraan sehen, der reglos mit dem Gesicht nach unten in einer sich langsam ausbreitenden Blutlache auf dem Boden lag, doch Kilian hob nur drohend den Schürhaken.

»Sie haben ihn getötet!«, schrie sie.

»Das hoffe ich doch.« Demonstrativ drehte er den Schürhaken. Er trug schwarze Lederhandschuhe.

Sie blickte zu ihrer Handtasche, die hinter Kilian im Vorraum auf der Kommode stand. Darin befand sich ihr Handy. »Ich muss sofort einen Krankenwagen rufen!«

»Sie werden niemanden rufen.« Ohne sie aus den Augen zu lassen, wich er ein paar Schritte zurück, griff in ihre Handtasche, tastete darin herum und holte schließlich ihr Handy heraus. Er warf es vor sich auf den Boden und zertrümmerte es mit einem schnellen präzisen Schlag des Schürhakens, sodass die Teile quer durch den Vorraum flogen.

Danach richtete er sich wieder auf, ging durch den Flur, stieg mit einem großen Schritt über Imraan hinweg und kam auf sie zu. Evelyn wich ein paar Schritte zurück in die Mitte des Wohnzimmers, bis sie mit den Beinen an den Couchtisch stieß.

»Sie wissen, was jetzt passiert«, sagte er leise.

Evelyn drehte sich aus dem Stand um und lief in die Küche. Dort griff sie zum Messerblock. *Leer!* Sie riss die Besteckschublade auf. *Ebenfalls leer!*

»Wohin denn so eilig?«, rief Kilian aus dem Wohnzimmer.

Der Mistkerl hat alle Messer versteckt. Sie bückte sich und riss eine andere Lade auf, in der sich Kleber, Schere, Heftklammern und ein Pfefferspray befanden. Normalerweise … aber Schere und Pfefferspray fehlten. *Verdammt!* Er musste schon länger in ihrer Wohnung auf sie gewartet und alles gründlich vorbereitet haben.

»Geben Sie auf, Evelyn«, sagte Kilian besänftigend. »Sie werden in Ihrer Wohnung nichts finden, womit Sie sich zur Wehr setzen können.«

Keuchend und mit zitternden Knien kam sie ins Wohnzimmer zurück und schielte zur Balkontür.

Er folgte ihrem Blick. »Vergessen Sie es. So laut können Sie gar nicht schreien, dass Sie da draußen bei dem Regen und Donner jemand hört.« Er hob den Finger. »Nicht weglaufen!« Ohne sie aus den Augen zu lassen, marschierte er rückwärts zur Eingangstür, nahm den Schlüssel vom Bord, sperrte zu und legte die Kette vor.

79

»*Ibn el kalb!*«, fluchte Sajid, nachdem Flo in dem brennenden Gebäude verschwunden und die Eingangstür zugefallen war. »So ein Idiot!«

»Möge Allah seiner Seele gnädig sein«, fügte Qasem hinzu.

Dann drangen die Sirenen mehrerer Feuerwehrwagen an Sajids Ohr, und nicht einmal eine Minute später war der Straßenabschnitt vor dem Theater in blitzendes Blaulicht getaucht, das von den Regenpfützen und Hauswänden grell reflektiert wurde.

Während die Löschfahrzeuge in Position gingen und die Feuerwehrleute auf die Straße sprangen und anfingen ihre Ausrüstung auszuladen, drängte sich Sajid zwischen den Einsatzkräften durch. »Wer hat hier das Kommando?«, rief er.

Eine junge Frau in Uniform schickte Sajid zum Kommandanten, der ihn gleich zur Seite nahm. »Wissen Sie, wie viele Menschen sich in dem Gebäude befinden?«

»Ja, mindestens zwei Personen«, informierte Sajid ihn. »Ein junger Mann um die dreißig. Und ein zweiter Mann, ich schätze mindestens sechzig und asthmakrank. Die …«

»Sonst noch jemand?«

»Vermutlich nicht.«

»Okay, gehen Sie zur Seite.« Der Mann reckte den Hals und brüllte über die Straße. »Sperrt die Straße und schafft die verdammte Limousine weg! Drei Leute mit Atemschutzgeräten zu mir!« Er wollte sich gerade an Sajid vorbeidrängen, als er plötzlich stehen blieb und zum Theater deutete. »Ist das einer der Männer?«

Sajid drehte sich um.

Aus dem Seiteneingang des Gebäudes, der zum Parkplatz führte, wankte eine hustende und röchelnde Gestalt, die vornübergebeugt auf die Knie fiel.

80

»Ihre Podcast-Episode war richtig gut«, murmelte Kilian, während er mit langsamen Schritten auf Evelyn zukam.

»Was …?« Ihre Stimme zitterte. Mit einem flüchtigen Blick sah sie zu Imraan, der immer noch reglos auf dem Boden lag. In der dunklen Blutlache spiegelte sich das Deckenlicht.

»Nein wirklich, gut gemacht«, sagte Kilian sanft. »Sehr professionell.«

»Ich wollte Sie vor Qasems Leuten warnen. Er will Sie töten lassen, bevor er das Land verlässt! Und was machen Sie, Sie Idiot? Sie lauern mir hier auf?«

»Sie haben Talent. Respekt.« Er ging überhaupt nicht auf das ein, was sie gerade gesagt hatte. »Wenn ich da an *meine* erste eigene Episode denke.« Lächelnd drehte er wieder den Schürhaken in der Hand. »Haben Sie die zufällig gehört?« Er dimmte das Licht im Wohnzimmer.

Sie sagte nichts. Das Dämmerlicht und das monotone Geräusch des Regens, das nur vom weit entfernten Krachen des Donners unterbrochen wurde, ließen die ganze Situation noch erdrückender erscheinen. »Ihren ersten Podcast?«, wiederholte sie schließlich irritiert. Ihre Kehle war rau. »Nein.«

»Ich war als Junge mit meinen Eltern im Prater. Es war schon sehr spät – neun Uhr abends. Wir fuhren Riesenrad. Mein Vater war krank …« Er tippte sich an die Stirn. »… aber das wusste ich damals noch nicht. Hätte ich es gewusst, wäre ich nicht mit ihm in die Gondel gestiegen. So aber musste ich mitansehen, wie er meine Mutter während der Fahrt mit einem Messer tötete und sich anschließend die Pulsadern aufschnitt. Vom Handgelenk bis zum Ellenbogen. Ganz langsam. Er hat keine Miene dabei verzogen und sich anschließend mit dem Rücken zu mir an die Fensterscheibe gestellt.«

Ihr Gaumen wurde trocken. »Das … tut mir leid.«

Gleichgültig verzog Kilian das Gesicht. »Ich war elf. Es war mein Geburtstag. Ich hätte den Mord verhindern können – ebenso den Selbstmord –, aber ich war wie gelähmt. Ich saß da, an die Wand gepresst, völlig erstarrt, und konnte nur zusehen, was sich da vor mir abspielte. Erst später begriff ich, was da überhaupt passiert war.«

»Das muss schrecklich gewesen sein. Kamen Sie in Therapie?«

»Therapie? Interessant, danach fragt jeder immer als Erstes. Nein.« Er lächelte. »Ich kam ins Heim und später zu einer Pflegefamilie. Vielleicht denken Sie jetzt, dass ich dort von meiner Pflegemutter misshandelt oder von meinem Pflegevater sexuell missbraucht worden bin und zu einem geisteskranken Monster wurde. Aber nein! Sie waren beide nett zu mir. Ich wuchs behütet auf. Allerdings bekam ich die Bilder dieser Gondelfahrt nicht mehr aus dem Kopf.«

»Es gibt gute Therapeuten, die …«

»So, denken Sie?«, unterbrach er sie. »Normalerweise dauert eine Fahrt mit der Gondel nur vier Minuten. Wenn andere Leute aus- und einsteigen, kann sie schon mal zehn Minuten dauern. Aber als die Gondel runterfuhr und die Betreiber merkten, dass ein Mörder in der Gondel stand, mit einem blutigen Messer in der Hand, hielten sie das Rad an – nur ein paar Meter, bevor die Gondel unten angekommen wäre –, und verständigten die Polizei.«

»Haben die Leute denn nicht gesehen, dass ein Kind in der Gondel war?«

»Natürlich haben die das. Aber ihre Angst vor einem gefährlichen Mörder war wohl größer als ein bisschen Mut und Courage.« Sein Blick verlor sich für einen Moment in der Ferne. »Ich kann nicht mehr genau sagen, wie lange ich dort oben mit meinem Vater eingesperrt war, jedenfalls kam es mir wie eine qualvolle Ewigkeit vor, in der ich zusehen musste, wie mein Vater langsam verblutete. Neben der Leiche meiner Mutter.«

»Ihnen hat er nichts getan?«

Kilian verzog den Mund. »Das wollte er vielleicht, aber dann brachte er es wohl nicht übers Herz. Zumindest ist das meine Erklärung – ich weiß nicht mehr, was genau er gesagt hat. Oder ob er überhaupt gesprochen hat. Diese Minuten sind wie ein weißer Fleck in meinem Gedächtnis.«

»Es tut mir alles so wahnsinnig leid«, sagte Evelyn betroffen. »Es gibt Hilfe für Ihre …«

»Ja, das glaube ich Ihnen sogar. Aber wissen Sie, was das eigentlich traumatische Erlebnis war? Dass die Menschen keine Zivilcourage besitzen. Jeder schaut zuerst nur auf sich, und ich habe schon sehr früh gelernt, dass man sich auf andere nicht verlassen kann.« Er machte eine Pause. »Viele Jahre später war dieses Ereignis das Thema meiner ersten Podcast-Folge. Das war meine Art, die Dinge zu verarbeiten.«

Evelyn schluckte. »Warum sind Sie nicht einfach Podcaster geblieben? Ein erfolgreicher True Crime-Spezialist, der offene Fälle analysiert. Stattdessen wurden Sie selbst zum Mörder … zum *Serienmörder*.«

»Ja, wie kam das nur, Frau Doktor?« Er lächelte. »Nach

dem Tod unserer Tochter haben Jana und ich eine Therapie begonnen und diese sogar erfolgreich abgeschlossen. Wir konnten die Vergangenheit begraben. Wir blickten nach vorn, bekamen unsere Probleme in den Griff, und sie wurde wieder schwanger. Alles lief wirklich gut für uns. Aber dann kam der Theaterbesuch.« Sein Gesichtsausdruck veränderte sich, wurde bösartig und hasserfüllt. »Al-Rashid konnte uns einfach nicht in Ruhe lassen!«, presste er hervor. »Sie hat uns verfolgt, unsere frisch verheilten Wunden erneut aufgerissen – nur damit *sie* sich besser fühlte.«

»Wer war für den Theaterbrand verantwortlich?«

»Ich weiß es nicht. Ist mir auch egal. Ich weiß nur, dass ich gesehen habe, wie sich die Menschen gegenseitig zur Seite gestoßen und niedergetrampelt haben. Wie sie in ihrer Panik das Bühnenbild umgerissen haben, das den Fluchtweg verbarrikadiert hat. Ich stand schon draußen im Flur. Einige andere auch. Gemeinsam hätten wir alle anderen retten können, aber sie sind einfach geflüchtet.« Er sah Evelyn mit gerunzelter Stirn und zusammengezogenen Brauen an. »Wie so oft im Leben siegte der Egoismus des Einzelnen über die Vernunft der Gruppe …« Er verstummte.

»Wie damals, als die Gondel des Riesenrads angehalten wurde, weil die Menschen Angst hatten.«

Er gab keine Antwort.

»Ich verstehe Sie gut. Eine Handvoll Menschen hat im Theater überlebt – Jana und Ihre ungeborene Tochter aber nicht«, führte Evelyn seine Gedanken weiter. »Wenn die beiden nicht leben durften, dann durften es die anderen auch nicht, richtig?«

»Ich weiß, das wirkt sehr verbittert und rachsüchtig – aber Sie waren nicht dabei, Evelyn!« Seine Stimme wurde ganz leise. »Glauben Sie mir, keiner von denen hat verdient, auch nur eine Minute länger am Leben zu bleiben.«

»Das war also Ihre neue Lebensaufgabe.« Ihre Kehle wurde eng. Sie wusste, dass sie auf Zeit spielen musste. Wenn Imraan sich nicht bei seinem Boss meldete, würde sich vielleicht jemand von Qasems Leuten auf den Weg zu ihr machen. Oder Flo oder Pulaski tauchten bei ihr auf. »Warum haben Sie Podcasts über Ihre eigenen Morde gemacht?«, fragte sie und versuchte dabei, möglichst normal zu klingen. »Das war doch extrem riskant.«

Wiederum gab er keine Antwort, drehte nur wieder und wieder den Schürhaken in der Hand.

»Aber auch clever, damit blieben Sie so dicht wie möglich an den Fällen dran«, redete sie weiter, »um herauszufinden, ob Ihnen die Polizei auf der Spur war, richtig?«

»Das war nicht der einzige Grund«, reagierte er schließlich doch. »Der Kontakt zu den Hinterbliebenen, die wie ich einen geliebten Menschen verloren hatten, und ihr Leid, das ich plötzlich hautnah zu spüren bekam, hatten etwas unglaublich Tröstendes.« Wie ein verwundetes Raubtier lief er vor ihr auf und ab und strich sich dabei kurz mit dem Handschuh über die geschwollene Lippe.

Sie dachte an seine Verletzungen, und da ging ihr ein Licht auf. »Sie haben sich in der U-Haft selbst verletzt, stimmt's?«

Er hob eine Augenbraue. »Warum hätte ich das tun sollen?«

»Um den Druck auf mich zu erhöhen, damit ich Sie schneller heraushole.«

»Für so raffiniert halten Sie mich?«

»Sicher! Sie *mussten* so schnell wie möglich raus. Jede zusätzliche Stunde wäre ein zu großes Risiko gewesen, dass Sie beim Verhör zusammenbrechen. Haben Sie sich selbst die Treppe hinuntergestürzt? Oder haben Sie einen Mithäftling dafür bezahlt, dass er Sie verprügelt?«

Grinsend schüttelte er den Kopf. »Ein weiterer Mitwisser wäre zu riskant gewesen. Nein, ich war es selbst, in der Dusche. Am Waschbecken und auf dem harten Fliesenboden. Und es hat gewirkt, nicht wahr?«

Ja, das hat es! Sie starrte diesen gut aussehenden, lachenden blonden Kerl an. Er wirkte, als könne er keiner Fliege etwas zuleide tun. »Warum haben Sie Aleynas Ermordung so kompliziert eingefädelt mit all diesen Indizien gegen sich selbst?«

»Sie wissen doch auch, dass es sich kaum vermeiden lässt, eigene DNA-Spuren am Tatort zu hinterlassen. Die einzige Möglichkeit davonzukommen war, zusätzliche Indizien und Beweise zu platzieren, um dann später alle gemeinsam zu widerlegen – andernfalls hätte uns … *mich* die Polizei überführt.«

Das war das Stichwort. »Wer war Ihr Komplize?«

»Das wüssten Sie wohl gern.«

»War es Corinna Wagner?«, fragte Evelyn. »Immerhin hatte sie ebenso wie Sie einen guten Grund …«

»Möglich – aber jetzt ist Schluss mit der Plauderstunde!«, unterbrach er sie plötzlich. »Dank Ihrer Podcast-Folge, die mir übrigens fast einen neuen Zuhörerrekord beschert hat, muss ich jetzt leider das Land verlassen. Aber zuvor wird Folgendes passieren …« Er sah sich im Wohnzimmer um. »… Imraan hat Sie mit diesem Schürhaken zu Tode geprügelt. Aber mit letzter Kraft konnten Sie ihm kurz zuvor noch das Ding abnehmen und damit selbst den Schädel einschlagen.«

»Das funktioniert nie …«

Er holte mit dem Schürhaken aus und traf sie mit dem

stumpfen Ende im Bauch. Der Schmerz fuhr ihr durch den ganzen Körper. Die Luft blieb ihr weg – sie konnte nicht einmal schreien, während sie zurücktaumelte und zusammengekrümmt umfiel. Da holte er mit dem Bein aus und trat sie mehrmals.

Sie wollte schreien, etwas sagen, brachte aber nur ein Wimmern heraus. Mit zitternden Fingern tastete sie nach ihrem Bauch und legte schützend die Hände davor.

Mein Baby!

81

»Flo!«, rief Sajid und rannte sofort zu der Person hin, die aus dem Theater gestolpert und hingefallen war. Aber es war nicht Flo, sondern ein älterer Mann, der eine kleine Spraydose in der zitternden Hand hielt und hastig inhalierte.

Dicht hinter ihm taumelte nun eine zweite Gestalt aus dem Gebäude und brach ebenfalls vor dem Parkplatz zusammen.

»Flo!« *Endlich*. Sajid erreichte die beiden, beugte sich zu Flo und nahm ihn bei den Schultern. »Mein Gott, ich hätte nicht gedacht, dass du da noch mal rauskommst. Alles in Ordnung?«

»Ja …«, krächzte Flo.

Der andere Mann musste dann wohl Pulaski sein. Er war in keinem guten Zustand. Sein Gesicht wies Verbrennungen auf, seine Kleidung war versengt und rauchte an einigen Stellen. Gierig riss er den Mund auf und legte den Kopf in den Nacken, um die Regentropfen aufzufangen. Dann sah er zu ihnen und wischte sich automatisch mit der Hand übers Gesicht, zuckte aber gleich darauf zurück.

Sajids Vater näherte sich ihnen. »Verdammt noch mal, wo bleibt der Krankenwagen?«, rief er zum Feuerwehrkommandanten. Doch aus einer anderen Richtung lief bereits eine junge Frau mit einem Erste-Hilfe-Koffer über die Straße zu ihnen hin. »Dort rüber!«, rief sie und wies hinter sich.

Flo rappelte sich auf, und zu dritt hoben sie Pulaski hoch,

stützten ihn und brachten ihn vom Gebäude weg zum Parkplatz, wo ein kleiner Feuerwehrwagen mit offenen Hecktüren stand.

»Was ist mit …?«, presste Pulaski hervor.

»Corinna?«, fragte Flo hustend. »Die ist tot. Alles Weitere besprechen wir später. Schonen Sie sich!«

»Atmen Sie tief durch!«, befahl auch die Feuerwehrfrau, half Pulaski hoch und platzierte ihn auf einen ausklappbaren Notsitz. Danach kramte sie eine Sauerstoffmaske aus einem Seitenfach des Wagens.

»Wie habt ihr es da nur rausgeschafft?«, fragte Sajid.

»Pulaski hat unten gelegen, ein paar Meter entfernt von der Treppe …«, erklärte Flo immer noch außer Atem, »… im Korridor vom Fluchtweg … halb ohnmächtig.«

»Hörte die Explosion …«, keuchte Pulaski, »… danach die Sirene … bin auf allen vieren vorwärts gekrochen …«

»Kein Wort mehr!«, mahnte die Feuerwehrfrau und hielt Pulaski die Maske hin.

Er lächelte. »Dachte selbst nicht, dass ich da noch rechtzeitig rauskomme …«

»Still jetzt!« Sie drückte ihm die Maske aufs Gesicht. »Haben Sie Verletzungen? Nicken Sie oder schütteln Sie den Kopf.«

Pulaski nahm die Maske mit zitternden Fingern wieder ab und schüttelte den Kopf. »Nur Prellungen …« Er sah zu Flo. »Danke! Musste ständig daran denken, dass es draußen in Strömen regnet …« Die Frau versuchte, ihm die Maske wieder überzustreifen, doch er schob sie erneut weg. »Irgendwie gab mir das Kraft und neue Hoffnung … während ich weitergekrochen bin …«

Jetzt wurde die Feuerwehrfrau energisch, drückte seinen

Arm nach unten, presste ihm die Maske aufs Gesicht und fixierte sie mit dem Gummiband. Kurz danach fielen ihm auch schon die Augen zu, und sein Kopf sackte nach hinten an die Blechwand.

»Ein zäher Hund«, murmelte sie. »Und stur!«

82

Evelyn lag zusammengekrümmt auf dem Boden, biss die Zähne zusammen und hielt sich die schmerzende Stelle. Plötzlich stand Bonnie neben ihr, den Schwanz zur doppelten Größe aufgeplustert, und fauchte Kilian an.

»Geh weg, meine Maus …«, keuchte sie und wollte die Katze zur Seite schieben. Da traf sie der nächste Tritt. Bonnie fauchte zwar erneut, verkroch sich aber unter der Couch. »Ich bin schwanger«, presste Evelyn hervor.

»Und?«, fragte Kilian unbeeindruckt. »Auch ich habe ein Kind verloren. Jetzt wissen Sie wenigstens, wie sich das anfühlt.«

»Alexa …«, keuchte Evelyn in ihrer Verzweiflung, »… ruf die Polizei.«

Kilian lachte laut auf. »Netter Versuch, aber damit können Sie mich nicht hereinlegen. Ich habe hier alles gründlich untersucht. Keine Alexa weit und breit.«

Verdammt, hättest du Flo doch nur seinen Willen gelassen!

Jetzt schlug Kilian wieder mit dem Schürhaken zu und traf sie diesmal am Oberarm. Sie schrie auf, krümmte sich zusammen und begann im nächsten Moment zu weinen.

Plötzlich hörte sie neben sich ein leises Wimmern und Fiepen. Clyde, der sich normalerweise möglichst weit weg verkrochen hätte, hatte sich mutig genähert, stand jetzt neben ihr, stupste ihr mit der Schnauze ins Gesicht und schnurrte ganz laut vor Verwirrung und Verzweiflung. »Alles in Ordnung, mein Schatz …«, flüsterte sie und versuchte, auch den Kater von sich zu schieben. Aber er fuhr ihr erneut mit der Schnauze ins Gesicht, wo ihr die Tränen über die Wange liefen.

»Hau ab, du Mistvieh!« Kilian holte mit dem Fuß aus.

»Nein!«, kreischte sie, doch Clyde reagierte zu spät. Kilian erwischte das Tier mit der Schuhspitze und schleuderte es quer durchs Zimmer an die Wand. Der kleine Kerl gab einen erbärmlichen Laut von sich.

»Du verdammter Mistkerl!«, schrie Evelyn. Aus dem Augenwinkel sah sie, wie der Kater mit eingezogenem Schwanz und mit dem Bauch ganz flach auf dem Boden in Richtung Couch humpelte. Ein Bein knickte bei jedem Schritt ein.

»Arschloch!«, heulte Evelyn. Heiße Tränen liefen ihr übers Gesicht. Sie versuchte, sich aufzurappeln, wobei der Schürhaken sie erneut traf, diesmal an der Hüfte. Sie biss die Zähne zusammen, schaffte ein paar mühsame Schritte weg von Kilian und fiel wieder hin.

»Wo willst du denn hin? Zur Tür? Ins Treppenhaus? Hilfe holen?« Kilian packte sie an den Haaren, zerrte sie hoch und stieß sie brutal wieder zu Boden. »Ist es das, was du willst?«

Nun lag sie neben Imraan. Sie roch sein Blut, wollte schreien, brachte aber keinen Ton heraus.

»Ich will dich nicht länger quälen«, sagte Kilian. »Es wird Zeit. Ein sauberer Schlag gegen den Kehlkopf. Du erstickst. Das geht schnell.«

Evelyn kroch weiter über den Boden in Richtung Flur. Aus dem Augenwinkel sah sie, wie Bonnie und Clyde mit großen Augen ängstlich unter der Couch hervorschauten und sie beobachteten.

Kilian drehte sie auf den Rücken und stellte dann den

Fuß auf ihre Schulter, sodass sie sich nicht mehr bewegen konnte. Er holte mit dem Schürhaken aus. »Du schreist ja gar nicht.«

Sie drehte den Kopf und blickte ein letztes Mal zu Clyde. *Du armer Kerl!* Dann griff sie unter Imraans Hosenstulpe und spürte das Lederetui über seinem Fußgelenk.

»Was wird das?«, fragte Kilian amüsiert.

Statt zu antworten, zog sie das Messer heraus, ließ die Klinge herausschnellen und fuhr Kilian oberhalb des Schuhs über die Achillessehne. Die Schneide war so scharf, dass die Klinge mühelos durch Socken und Fleisch schnitt.

Kilian brüllte auf, und sofort sackte sein Bein weg. Im Schock ließ er den Schürhaken fallen. Er drehte sich schreiend um, versuchte aufzutreten, stolperte und fiel der Länge nach hin. Seinen Sturz fing er auf dem Couchtisch im Wohnzimmer ab. Keuchend versuchte er, sich hochzustemmen. »Du miese Schlampe!«, fluchte er. Speichel floss ihm aus dem Mundwinkel.

Evelyn hatte sich inzwischen aufgerappelt und war ebenfalls zum Tisch gehumpelt. Dort versuchte Kilian, sich auf der Holzplatte hochzustemmen, doch sie war bereits neben ihm und holte mit dem Messer aus. Mit voller Wucht rammte sie es durch seinen Handrücken in die Platte.

Kilian sackte brüllend zusammen. Eine Hand war an den Tisch genagelt, mit der anderen versuchte er, das Messer herauszuziehen. Doch es steckte zu tief im Holz, und jede Berührung schien ihm unglaubliche Schmerzen zu bereiten.

»Du Dreckstück!«, brüllte er.

Evelyn wich zurück und hob den Schürhaken auf. Mit wackeligen Knien stand sie da. »Lassen Sie das Messer stecken!«, befahl sie und hob drohend den Schürhaken, doch Kilian ignorierte sie. Mit zusammengebissenen Zähnen versuchte er weiter, das Messer herausziehen.

Da schlug Evelyn ihm mit dem Haken auf die andere Hand. Er schrie auf, ballte kurz die Faust, tastete dann aber wieder zum Messergriff. »Du musst schon fester zuschlagen«, stöhnte er.

Kannst du haben!

Sie holte weit aus, konnte sich dann aber doch nicht überwinden, einem wehrlosen Mann den Schädel einzuschlagen. *Mist!* Kraftlos ließ sie den Schürhaken sinken. Rasch humpelte sie ins Schlafzimmer und sank stöhnend neben dem Bett auf die Knie. Sie ignorierte die Schmerzen, tastete unter das Bett und zerrte Flos Werkzeugkasten hervor, auf dessen Deckel eine dicke Staubschicht lag. Den hatte Kilian übersehen.

Sie riss ihn auf. Vor ihr lagen Stanleymesser, Schraubenzieher, Hammer und Eisensäge. Aus dem Wohnzimmer hörte sie Kilian stöhnen. Sie nahm den Hammer, biss die Zähne zusammen, stemmte sich hoch und hinkte zurück ins Wohnzimmer.

Dort hatte Kilian es mittlerweile laut fluchend fast geschafft, das Messer aus der Tischplatte zu ziehen. Dabei war die Wunde im Handrücken immer größer geworden, und das Blut lief bereits über die Kante auf den Teppich. Als er sie bemerkte, hielt er inne und starrte entsetzt auf den Hammer. Sein Gesicht wurde bleich. »Du willst mich erschlagen?«, presste er hervor. »Du, meine Anwältin? Das ist kaltblütiger Mord!«

Sie kam näher. »Ich werde dich nicht töten. Ich nicht!« Mit mehreren raschen Schlägen mit dem Hammer trieb sie das Messer bis zum Schaft durch Kilians Hand, sodass die Spitze unten aus der Tischplatte ragte, wodurch ein kurzer Spalt im Holz entstand. Kilian bäumte sich schreiend auf, schlug mit der freien Hand um sich, erwischte sie aber nicht.

»Du verdammte Hure!«, brüllte er und versuchte, sich aufzurappeln, doch sein verletztes Bein sackte kraftlos ein.

Sie ignorierte ihn, ließ sich neben Imraan auf den Boden nieder und fühlte an der Halsschlagader nach seinem Puls. Schwach pochte sein Herz. *Gott sei Dank!* Sie schloss kurz erleichtert die Augen. Im nächsten Moment hörte sie Imraan leise stöhnen.

Zuerst drehte sie ihn so gut sie konnte ein wenig zur Seite, damit er mit dem Gesicht nicht mehr in seinem eigenen Blut lag, dann holte sie sein Handy aus der Hosentasche. Es war gesperrt. *Mist!* Sie untersuchte das Smartphone, fand einen Sensor auf der Rückseite und drückte Imraans Zeigefinger auf den Scanner. Das Display leuchtete auf.

So weit, so gut.

Dann kroch sie durchs Wohnzimmer und lehnte sich keuchend mit dem Rücken an den Wandschrank. Indessen versuchte Kilian, den Couchtisch mit seiner heilen Hand umzudrehen, damit er sah, was sie vorhatte. Unter schmerzvollem Ächzen gab er den Versuch jedoch auf. »Was machst du da?«, brüllte er. »Wen rufst du an?«

Evelyn gab keine Antwort. Sie schnalzte nur mehrmals kurz mit der Zunge, woraufhin Bonnie und Clyde sich unter der Couch hervorwagten, Kilian in großem Bogen umrundeten und zu ihr liefen. Clyde hinkte immer noch, bei jedem Schritt knickte sein Hinterbein ein. Er rollte sich neben ihr zusammen, während Bonnie ihr auf den Schoß sprang und vor Angst schnurrte. Sie wischte durch das Telefonverzeichnis, bis sie Qasems Nummer fand und wählte.

»Selbst wenn sie mich schnappen, eines Tages komme ich raus, und dann kriege ich dich«, schrie Kilian. »Ich werde dich überall finden. Egal, wo du bist. Besser, du machst mich jetzt los!«

Evelyn ignorierte ihn. Während sie das Handy zum Ohr führte und hörte, wie es läutete, streichelte sie zuerst Bonnie, dann tastete sie vorsichtig Clydes Hinterbein ab. Als sie sein Knie berührte, quietschte er kurz auf. Ihr brach fast das Herz. »Kleiner, das wird wieder«, flüsterte sie sanft. »Versprochen.«

Dann hob jemand ab. Sie hörte Qasems Stimme. »Imraan?«, fragte er.

»Hier spricht nicht Imraan«, sagte sie.

»Ach, *Sie* sind es. Ich habe mich schon …«

»Es ist ein Notfall«, unterbrach sie ihn. »Wo sind Sie?«

»Verstehe«, reagierte er prompt. »Vor dem Oskar-Wagner-Theater. Es brennt gerade nieder.«

Verwirrt runzelte sie die Stirn. »Was?« Unwillkürlich dachte sie an Pulaski, der mehr über Corinna Wagner hatte herausfinden wollen.

»Ihre beiden Helfer sind auch da«, fügte Qasem hinzu. »Es geht ihnen gut. Was wollen Sie?«

O Gott, was für ein Tag! Erleichtert atmete sie auf und ließ den Kopf zurück an den Schrank sinken. Sie schielte zu Kilian, der verdächtig ruhig geworden war. Zwar stöhnte er immer wieder kurz auf, hörte sonst jedoch aufmerksam zu. Vermutlich versuchte er herauszufinden, mit wem sie telefonierte.

»Imraan braucht einen Notarzt«, erklärte sie. »Dringend!«

»Wo?«

»In meiner Wohnung. Außerdem habe ich jemanden für Sie zum Abholen.«

»Was meinen Sie mit *abholen*?«

»Erinnern Sie sich an unseren Deal? Ich habe den Mörder Ihrer Tochter. Ebenfalls hier. Beeilen Sie sich!«

»Wer ist es?«

Nun rührte sich Kilian wieder, versuchte, sich in ihre Richtung zu drehen und schrie: »Mach mich los, du verdammte Schlampe!«

Sie gab keine Antwort, hielt stattdessen nur das Handy in Kilians Richtung und ließ ihn eine Zeit lang weiterfluchen.

»Das kannst du nicht machen! Du bist meine Anwältin! Zieh das verdammte Messer raus!«

»Du hattest deine Chance, um abzuhauen«, sagte sie kalt. *Und hast sie nicht genützt.*

»Mach mich los!«, brüllte er.

Sie schüttelte den Kopf. »Der saudi-arabische Qasem-Familienclan wird dich losmachen«, flüsterte sie.

Dann legte sie auf.

83

Walter Pulaski war nach der Erstversorgung durch die Feuerwehr von den Sanitätern sofort ins Döblinger Unfallkrankenhaus eingeliefert worden. Kurz vor zehn Uhr abends betrat Evelyn sein kleines Einzelzimmer.

Flo stand am Bettende und stützte sich auf das Gestell. Als er Evelyn sah, wie sie in ihrem Morgenmantel und mit Pantoffeln dastand, kam er sofort zu ihr und umarmte sie. Seine Kleidung und seine Haare stanken entsetzlich nach Rauch, während er sie fest an sich drückte. »Vorsichtig«, flüsterte sie, aber er lockerte den Griff nicht. »O Gott, du hast mir so gefehlt«, flüsterte er ihr ins Ohr. »Wie geht es dir?«

Ihr Herz schlug augenblicklich schneller. Noch vor wenigen Stunden hätte sie nicht gedacht, Flo jemals wiederzusehen. »Keine inneren Verletzungen, nichts gebrochen, nur ein paar Prellungen«, spielte sie die Tatsache herunter, dass sie extreme Schmerzen hatte, sobald sie sich bewegte.

Flo lockerte seine Umarmung ein wenig und sah sie besorgt an. »Ist sonst wirklich alles in Ordnung mit dir?«

Sie nickte. »Ich bin komplett untersucht worden, bleibe aber trotzdem zur Beobachtung über Nacht hier. Wenn ich wieder in meinem Zimmer bin, muss ich ein paar Stellen kühlen.«

Er ließ sie los. »Wahnsinn, was heute alles passiert ist.«

Sie nickte. »Imraan liegt mit schwerem Schädel-Hirn-Trauma zwei Stockwerke tiefer auf der Intensivstation und wird künstlich beatmet. Aber soviel ich gehört habe, kommt er durch.« Gemeinsam blickten sie nun zu Pulaski. Der lag im Bett, richtete sich halb auf und schob sich die Sauerstoffmaske aufs Kinn.

»Schön, Sie zu sehen …«, krächzte er und versuchte zu lächeln. »Die Krankenhauskleidung steht Ihnen gut …« Ein Hustenanfall unterbrach ihn.

»Er hat eine Rauchgasvergiftung«, erklärte Flo. »Aber zum Glück keine Verbrennungen in der Luftröhre.«

»Aber dafür um so mehr im Gesicht und auf den Händen«, stellte Evelyn mit einem entsetzten Blick auf die vielen sterilen Wundverbände fest.

»Das wird wieder …«, presste Pulaski hervor.

»Sie sollen nicht reden!«, unterbrach Flo ihn. »Die Ärztin sagt, dass sie mit viel Glück die Bildung von starken Narben und Verhärtungen verhindern können. *Aber Sie sollen den Verband nicht abnehmen!*«, ermahnte er Pulaski, der an seinem Handrücken nestelte.

Neben seinen Verbänden hatte Pulaski auch noch eine Infusion. Evelyn betrachtete das Etikett auf der Flasche. Klang nach einem starken Schmerz- und Beruhigungsmittel, was er sicher auch bitter nötig hatte. Alles in allem sah er wirklich erbärmlich aus. Sie setzte sich an sein Bett und drückte vorsichtig seinen Arm. »Es tut mir so leid.«

»Alles in Ordnung.« Pulaski lächelte, sank mit dem Kopf ins Kissen und setzte sich wieder die Maske auf.

Flo stellte sich seitlich ans Bett hinter Evelyn und legte ihr die Hände auf die Schultern. Eine Zeit lang war es fast still, nur ein Telefon läutete irgendwo im Gang, und eine Fahrstuhltür klingelte. Auch der Regen hatte endlich nachgelassen und trommelte mittlerweile nur noch leise auf das Blech des Fensterbretts.

Aber die Stille würde nicht lange anhalten. Draußen warteten bereits Kommissarin Dreyer und ihr Kollege Fichtinger mit einer Menge Fragen – unter anderem zu den Ereignissen in Evelyns Wohnung und zu ihrem Podcast. Bisher hatten sie sich zurückgehalten, bis alle medizinisch versorgt waren, aber Evelyn ahnte, dass sie nun würde reden müssen.

»Daniel Vogt war der Dritte«, ergriff Flo jetzt das Wort. »Er ist tot. Hat mit Säure Selbstmord begangen.«

Pulaski drückte einen Knopf auf der Handsteuerung des Betts. Das Kopfteil fuhr hoch, sodass er mit dem Rücken am Kissen lehnte. Er nahm die Maske wieder ab. »Corinna ist auch tot …«, sagte er mit rauer Stimme, »… hat sich mit Benzin übergossen, angezündet und ist aus dem Fenster gesprungen.«

»Ebenfalls Selbstmord … könnte man sagen«, ergänzte Flo.

Nun sah Pulaski sie neugierig an. »Und Kilian?«, krächzte er. »Wo ist er?«

Evelyn presste die Lippen aufeinander. »Er hat Imraan in meiner Wohnung überwältigt und mich zusammengeschlagen. Ich konnte ihn mit Imraans Messer verletzen, danach ist er abgehauen. Wir wissen nicht, wohin.«

Flo machte einen Schritt zur Seite und betrachtete sie eine Weile prüfend mit skeptischem Blick. »Wenn es so ist«, sagte er schließlich, »wird die Polizei nach ihm fahnden …«

An Pulaskis Blick merkte sie, dass auch er, wie Flo, die Wahrheit ahnte. »Bleiben wir bei dieser Geschichte?«, fragte sie ohne weitere Erklärung.

Pulaski sah zu Flo, dann nickten beide.

»Gut.« Sie stöhnte leise auf und biss die Zähne zusammen, als sie sich erhob. Ein messerscharfer Schmerz fuhr ihr in den Unterleib. Sie bemühte sich, ruhig zu bleiben.

»Können Sie dir kein stärkeres Schmerzmittel geben?«, fragte Flo besorgt.

Sie drehte sich zu ihm. »Ich will keines nehmen.«

Er sah sie verwundert an. »Warum?«

Sie griff nach seiner Hand. »Ich … *wir* … bekommen ein Baby.«

Flo strahlte, seine Augen blitzten stolz auf, dann strich er ihr zärtlich mit dem Finger über den Bauch. »Ich hab es mir gedacht«, flüsterte er, »und habe mich schon gefragt, wann du es mir endlich sagst.«

Sie lehnte ihren Kopf an Flos Brust und schloss die Augen. *Hoffentlich werde ich es nicht verlieren*, dachte sie noch. Dann wurde ihr schwarz vor Augen.

EPILOG

Ein Jahr später

Ende Mai war das Wetter in Dresden sonnig und warm und zum Glück nicht so regnerisch wie letztes Jahr, als alle dachten, Wien würde in einer fünftägigen Sintflut untergehen.

Evelyn saß in einem dünnen gelben Sommerkleid auf der Couch in Walter Pulaskis Wohnzimmer – braun gebrannt von ihrem dreiwöchigen Urlaub in Kroatien. Flo hockte neben ihr, in Jeans und T-Shirt. Seine Haare waren strohig und von der Sonne etwas ausgebleicht. Beide tranken Pulaskis frisch gepressten Limettensaft. Von hier aus hatte man einen schönen Ausblick auf einen Teil der Dresdener Altstadt und ansatzweise sogar auf das Ufer der Elbe unmittelbar dahinter.

Evelyn und Flo würden übers verlängerte Wochenende vier Tage Urlaub in der Stadt machen. Sie waren im Grandhotel *Weizsäcker* untergebracht und jetzt zu Besuch bei Pulaski. Er war mittlerweile sechzig und arbeitete immer noch beim LKA Dresden.

Jetzt kam er mit einem Tablett Sandwiches aus der Küche, stellte es auf den Tisch und setzte sich ihnen gegenüber auf die zweite Couch. Seine schwarze Anzughose saß ein wenig locker, ebenso sein schwarzes, oben aufgeknöpftes Hemd, dessen Ärmel er bis zu den Ellenbogen aufgekrempelt hatte.

»Sie haben mindestens fünf Kilo abgenommen«, stellte

Evelyn fest, woraufhin er stolz nickte. »Radfahren und Wandern.«

Er sah auch ein wenig sehniger aus, was ihm gut stand. Außerdem hatte er sich seinen stoppeligen Dreitagebart dichter wachsen lassen, um die Brandnarben ein wenig zu verdecken. Trotzdem waren sie auf einer Gesichtshälfte sowie auf seinen Handrücken noch gut zu erkennen – lebenslange Souvenirs von seiner letzten Wienreise.

Nun kam auch Sonja Willhalm mit einem Tablett aus der Küche. Pulaski hatte die Psychotherapeutin vor vielen Jahren bei seinem ersten gemeinsamen Fall mit Evelyn in Markkleeberg bei Leipzig kennengelernt. Zuerst waren sie nur locker in Kontakt gewesen, sich dann aber nähergekommen. Da Pulaskis Tochter mittlerweile ausgezogen war und in Berlin studierte, lebten Sonja und er seit einem halben Jahr zusammen.

Evelyn freute sich für ihn. Sonja war eine elegante, sympathische und intelligente Frau. Mit dem knielangen marineblauen Chiffonkleid, den Modeschmuckketten und dem brünetten, nur von wenigen grauen Strähnen durchzogenen Haar, das sie zu einem Knoten hochgesteckt hatte, sah sie zudem extrem gut aus. *Ein Glücksgriff für Pulaski.*

Sonja stellte das Tablett, auf dem sich drei Sektflöten mit Champagner und eine mit Orangensaft befanden, auf den Tisch und richtete sich feierlich auf. »So, und bevor jetzt noch jemand ein Wort sagt, schlage ich vor, dass wir endlich alle per Du sind.« Sie hob die Hand, um eventuelle Einwände im Keim zu ersticken. »Ihr kennt euch schon *sooo* lange – und nachdem, was ihr alles gemeinsam durchgemacht habt, ist das wohl das Mindeste.«

Niemand widersprach, woraufhin Evelyn als Erste zugriff

und sich das Glas mit Orangensaft nahm. Sie prosteten sich zu und tranken.

Nun rückte Sonja näher zu Pulaski auf die Couch und strich ihm durchs Haar. »Sie schicken ihn nächsten Monat in den vorzeitigen Ruhestand«, sagte sie und kratzte ihn neckisch mit dem Fingernagel am Kinn. »Dann gehört er ganz mir.«

Evelyn hob die Augenbrauen. »Wirklich?« Ob er auch so glücklich über diese Entscheidung seiner Vorgesetzten war?

Pulaski verzog das Gesicht. »Der offizielle Grund lautet«, erklärte er mit brummiger Stimme, »dass die Rauchgasvergiftung nicht besonders gut für meine Lunge und mein Asthma war.« Er hob die Schultern. »In Wahrheit war es denen wohl zu anstrengend, dass ich ständig Fälle auf eigene Faust gelöst habe.«

»Das wird jetzt anders!« Sonja lachte. »Jetzt lösen wir *gemeinsam* Fälle.«

»Und wenn mir deine wahnsinnig *spannenden* Fälle in der Psychiatrie nicht reichen«, ergänzte Pulaski, »habe ich ja noch das Angebot vom BKA Wiesbaden. Dort könnte ich jederzeit als Berater in ein Ermittlerteam einsteigen.« Er zog den Mundwinkel hoch. »Nehme ich vielleicht an, wenn es mir hier zu langweilig wird.«

»Langweilig wird dir nie!« Sonja boxte ihm leicht in die Seite. »Manchmal telefoniert er mit Kommissarin Dreyer.«

»Wir sind befreundet, verstehen uns gut«, erklärte Pulaski. »Ab und zu erzählt sie mir, was in Wien so vor sich geht.«

»Apropos … du hast mir nie richtig erzählt, wie die Geschichte in Wien damals ausgegangen ist«, sagte Sonja.

»Bin halt nicht der Gesprächigste.«

»Ja, stimmt, das ist er nicht.« Evelyn lächelte. »Also lass

dir das aus erster Hand von einer seriösen Anwältin berichten.« Sie rückte etwas nach vorn und näher zu Sonja. »Geert Niemeyer wurde freigesprochen. Sein Anwalt, Dr. Groth, hat danach auch noch Frau Ehlers verteidigt. Das war die, die im Gerichtssaal den Mordanschlag auf Niemeyer verübt hat.«

»Sie ist nachweislich von einem Unbekannten bedroht worden, dass ihrem Mann etwas passiert, wenn sie nicht tut, was man von ihr verlangt«, fügte Flo hinzu, während er an einem Sandwich kaute.

»Und Dr. Groth hat auch sie freibekommen, denn die Staatsanwaltschaft konnte nicht hundertprozentig beweisen, dass Frau Ehlers *gewusst* hat, dass sich Gift im Glas befand.«

»Warum hat er sie überhaupt verteidigt?«, fragte Sonja. »Immerhin hat sie doch versucht, seinen Mandanten zu töten.«

Evelyn lächelte. »Die Kosten für die Verteidigung wurden von einem gewissen Kamal Al-Qasem übernommen.«

»Verstehe.« Sonja zog eine Augenbraue hoch. »Und wie verliefen die Ermittlungen gegen *ihn*?«

»Buchstäblich im Sand«, erklärte Evelyn. »Er ist im Privat-Jet zurück nach Riad geflogen. Die österreichische Staatsanwaltschaft konnte ihm nichts nachweisen und stellte die Ermittlungen gegen ihn schließlich ein.«

Nun runzelte Pulaski die Stirn. »Und wie ist dein Verhältnis zu Qasem jetzt?«

»Nun …« Evelyn nippte an ihrem Saft. »… seitdem der Mord an seiner Tochter aufgeklärt wurde, hat er sich sehr zum Besseren gewandelt und ist nicht mehr so rücksichtslos, wie Imraan mir kürzlich berichtet hat. Außerdem ist Qasem ein Mann, der zu seinem Wort steht.«

»Das bedeutet?«

»Auch wenn sie das gar nicht will«, erklärte Flo, »genießt Evelyn für den Rest ihres Lebens für sich und unsere Tochter den Schutz eines saudi-arabischen Milliardärs.«

»Und wie wirkt sich das so aus?«, fragte Sonja neugierig.

Wie auf Kommando begann Evelyns vier Monate altes Baby, das bis jetzt selig mit dem Schnuller im Mund in der Tragetasche geschlafen hatte, zu quäken. Evelyn griff nach seiner Hand, worauf es sich gleich wieder beruhigte. »Imraan, Ali und Sajid sind abwechselnd in Wien«, erzählte sie. »Und so habe ich immer einen freien Platz in der U-Bahn, muss beim Kinderarzt nicht lange im Wartezimmer sitzen und in keiner Warteschlange stehen.«

»Und wir bekommen immer die besten Plätze im Steakhouse«, ergänzte Flo.

»Wie geht es Imraan übrigens?«, fragte Pulaski.

»Ist wieder ganz hergestellt«, erklärte Evelyn. »Hat zum Glück einen Schädel wie aus Beton.«

»Und wie geht es dir *beruflich* nach all diesen Turbulenzen?«, fragte Pulaski.

Evelyn seufzte. »Die Medien haben mich zwar als Heldin gefeiert, weil ich – dank eurer Hilfe – sechs alte Morde aufklären konnte, aber die Rechtsanwaltskammer sah die Art und Weise, *wie* ich das getan habe, ein wenig anders.«

»Weil du die anwaltliche Verschwiegenheitspflicht verletzt hast?«, fragte Pulaski.

»Genau. Letztendlich konnten sie aber nichts Konkretes gegen mich unternehmen. Allerdings habe ich durch den Podcast dafür gesorgt, dass sich mein Mandant der Verfolgung und Vollstreckung *einer mit Strafe bedrohten Handlung* – wie es so schön heißt – entziehen konnte. Die Staatsanwaltschaft hat mich mit einer bedingten Geldstrafe davonkommen lassen, was meinen übertriebenen Ruf als sogenannte *Staranwältin* wieder einigermaßen geradegerückt hat. Was auch völlig okay ist – schließlich gönne ich mir wegen der Kleinen ohnehin eine Auszeit und übernehme in nächster Zeit sowieso nur kleinere Fälle. Ostrovsky, der übrigens schon im Ruhestand ist, aber immer noch gute Kontakte zur Kripo hat, lässt mir hin und wieder was Interessantes zukommen.«

»Dieser Podcaster hat also nachweislich die Chirurgin ermordet?«, fragte Sonja.

Evelyn nickte. »Ja, aber er wurde bis jetzt nicht gefasst. Kilian ist letztes Jahr, nachdem er in meine Wohnung eingedrungen ist, spurlos verschwunden. Am nächsten Tag wurde sein Podcast von den Behörden vom Netz genommen. Seitdem wird er wegen siebenfachen Mordes gesucht.«

Sonja senkte die Stimme. »Ist er abgehauen oder hat Qasem ihn erwischt?«

»Wir haben es nie erfahren – und das wird wohl so bleiben, richtig?« Pulaski warf Evelyn einen vielsagenden Blick zu, auf den sie jedoch nicht reagierte. »Ich hätte kein Problem damit, wenn Qasem ihn erwischt hätte«, fügte er dann hinzu. »Schließlich hat er nicht nur Qasems Tochter und sechs weitere Menschen umgebracht, sondern fast auch noch Imraan und dich.«

Evelyn nickte.

Und Clyde, dachte sie bitter, der eine kostspielige Operation in der Tierklinik hatte durchmachen müssen. Jetzt war er aber völlig wiederhergestellt und konnte wieder normal laufen.

Und mein Baby. Glücklicherweise war es damals nach ihrem Blackout im Krankenhaus nur zu einer harmlosen Blutung gekommen und sie hatte den Fötus nicht verloren. Dennoch war es eine Risiko-Schwangerschaft gewesen, bei der sie viele Monate lang hatte liegen müssen – sicher auch wegen des ganzen Stresses, den sie hatte durchmachen müssen. Egal – die Kleine war gesund zur Welt gekommen, und das war alles, was zählte.

Sie griff in die Tragetasche und streichelte ihre Tochter, die jetzt erneut quäkte, den Schnuller ausspuckte und sich freistrampelte.

»Ein ziemlich strammes Mäuschen.« Sonja erhob sich. »Ich mache ihr in der Küche das Fläschchen warm.«

»Danke.«

Während Sonja in die Küche ging, rutschte Pulaski näher heran und warf einen Blick in die Tasche. »Aleyna …«, sagte er sanft, »… ich mag deinen Vornamen.« Er strich der Kleinen über die rosa Wangen. »Aleyna Meyers.«

»Sie ist wirklich eine total süße Maus«, sagte Flo. »Und alle lieben sie heiß und innig. Bonnie und Clyde haben ein neues Opfer gefunden, mit dem sie am liebsten den ganzen Tag spielen würden, und sogar Onkel Imraan ist ganz vernarrt in sie.«

»*Onkel* Imraan?«, wiederholte Pulaski und zog bedeutsam die Augenbraue hoch.

»Ja, auch er liebt die Kleine über alles …«, sagte Evelyn gerade, als Sonja mit dem Fläschchen aus der Küche kam. Als diese es ihr reichen wollte, wehrte Evelyn ab. »Willst du?«

Sonjas Augen strahlten. »Darf ich?«

»Sicher.« Evelyn hob die kleine Aleyna aus der Tasche und reichte sie Sonja.

»Himmel, ist das lange her, seit ich ein Baby im Arm halten durfte.« Sonja ging durchs Wohnzimmer, blieb beim Fenster stehen, gab der Kleinen geschickt die Flasche und blickte dabei über die Dächer. »Nicht so hastig, Kleine … schau mal … dort hinten ist die Dresdener Altstadt.«

Evelyn beobachtete die beiden eine Weile, dann griff sie verstohlen in ihre Handtasche und reichte Pulaski kommentarlos eine Ansichtskarte, die sie vor elf Monaten aus Saudi-Arabien erhalten hatte.

Pulaski nahm sie ebenso wortlos entgegen, setzte sich die Lesebrille auf und betrachtete das Motiv – eine antike Kerkerruine mit Turm und vergitterten Kellerfenstern. Dann drehte er die Karte um, warf einen Blick auf Briefmarke und Datumsstempel und las die kurze Nachricht, die in Kamal Al-Qasems Handschrift verfasst worden war.

Es hat drei Wochen gedauert.

Gestern ging es zu Ende.

Pulaski lächelte bitter. »Ich wusste es.«

Evelyn nickte. Sie war nicht gerade stolz auf das, was sie getan hatte. Aber es war leicht, gegen Selbstjustiz zu sein, solange es einen selbst nicht betraf.

Pulaski gab ihr die Karte zurück und senkte die Stimme. »Hast du ein schlechtes Gewissen?«

Sie schüttelte den Kopf. »Nicht eine einzige Minute.«

»Hätte ich auch nicht.« Er stand auf, ging zum Fenster und strich der kleinen Aleyna über das blonde Haar. »Und dort ist der Park, den wir als Nächstes besuchen werden …«

Danksagung

Diesmal wird es lang … ich hoffe, Sie haben entsprechend Geduld mitgebracht. Begonnen hat alles im Jahr 2010 mit meinem Vertrag mit der Münchner Literaturagentur AVA von Roman Hocke und dem sogenannten Stand-Alone Roman »Rachesommer«, einem eigenständigen, in sich abgeschlossenen Thriller, von dem ursprünglich gar keine Fortsetzung, geschweige denn eine eigene Reihe geplant gewesen war.

Der damalige Chef des Goldmann Verlags Dr. Georg Reuchlein hatte mich jedoch 2013 bei einem Treffen in München auf die Idee gebracht, eine Fortsetzung zu schreiben und gleich auch den Titel »Racheherbst« dafür vorgeschlagen. So kam die Reihe zu ihrem Namen, und es folgte der zweite gemeinsame Fall des zynischen asthmakranken Kripo-Ermittlers Walter Pulaski aus Leipzig und der jungen ambitionierten Anwältin und Strafverteidigerin Evelyn Meyers aus Wien.

Mit dem im Jahr 2018 erschienenen dritten Teil »Rachewinter« war für mich diese Trilogie beendet. Vorerst … denn immer wieder wurde ich bei Lesungen danach gefragt, ob noch ein vierter Teil erscheinen würde, was ich jedoch stets verneinte – aus dem einfachen Grund, dass »Rachefrühling« in meinen Ohren einfach zu lieblich klang, als hätte Rosamunde Pilcher einen Krimi geschrieben. Und das passte nicht zu meinem sonstigen Repertoire.

Ihr, liebe Leserinnen und Leser, habt das jedoch anders gesehen. Viele von euch verlangten sogar vehement einen

Abschluss der Rache-Reihe mit einer vierten Jahreszeit. Schließlich hatte ich dann eine Idee, die sich wegen des Themas nur in dieser Reihe umsetzen ließ … und so kam es schließlich zu diesem Buch.

Mit dem »Rachefrühling« ist der Vierteiler endgültig abgeschlossen – und Sie, liebe Leserinnen und Leser, wissen nun, warum die Reihe absurder Weise mit dem »Sommer« beginnt und mit dem »Frühling« endet.

Da der »Sommer«, mein erster Roman in einem großen Publikumsverlag, meiner Frau Heidi gewidmet war, ist ihr nun auch dieser abschließende Teil gewidmet.

Weiters danke ich meinen Testlesern Heidemarie Gruber, Roman Schleifer, Veronika A. Grager, Jürgen Pichler, Barbara Krussig, Robert Froihofer, Gaby Willhalm, Sebastian Aster, Dagmar Kern, Lothar Löser, Ulrike Schiesser, Barbara Karlich und Markus Leshem-Bernel.

Ebenso danke ich meiner Lektorin Vera Thielenhaus, meinem Literaturagenten Roman Hocke, dem gesamten Goldmann-Team und nochmals meiner Frau Heidemarie, die meine Lesereisen organisiert.

Die Inspiration zu diesem Roman kam von Sabine Landl, die einen ähnlichen medizinischen Fall erleben musste, wie er hier beschrieben wurde. Für medizinische Beratung danke ich der Gefäßchirurgin und Oberärztin Dr. Karin Koisser vom Landesklinikum Horn, Prof. Dr. med. Christian Jackowski vom Institut für Rechtsmedizin an der Medizinischen Fakultät der Universität Bern, sowie Dr. med. Lothar Löser, ehemaliger Facharzt für Anästhesiologie und Notarzt im Rettungsdienst.

Ebenfalls danke ich folgenden »Grubies« aus meiner Facebook-Community: Joshua Tanja für die Idee mit dem Wachsabdruck in der Autowerkstatt, Nelly Alexandra Valenzuela

Albornoz für die Idee mit dem Shampoo, Andreas Beer für die Idee mit dem Heizkörper, Michaela Hacker für die Idee mit dem Wiener Riesenrad und Sebastian Aster für die Idee mit der Klimaanlage im Auto.

Bei Kriminalhauptkommissar Mark Fahnert vom Polizeipräsidium Hagen und bei Polizeioberkommissarin Verena Kersting vom Verkehrskommissariat Detmold – beides in Nordrhein-Westfalen – bedanke ich mich für ihre Erklärungen zur Polizeiarbeit.

Bei Rechtsanwältin Dr. Gerda Mahler-Hutter aus Berndorf für juristische Beratung, Andreas Lechner für IT-Beratung, Hubert Karl für Beratung zu Brandursachen und Feuerwehreinsätzen, Gerhard Simon für versicherungstechnische Fragen, Mag. Cornelia Dorigoni für Beratung in Sachen Chemie und bei Dipl.-Ing. Dennis Krüger zu technischen Fragen bei der Abwicklung eines Live-Podcasts.

Prof. Markus Hadwiger und Dr. Anna Frühstück von der *King Abdullah University of Science and Technology* in Thuwal, Saudi-Arabien, sowie einigen Kollegen, die namentlich nicht genannt werden möchten, für Fragen zur Ausbildung in Saudi-Arabien.

Wie immer gilt, dass Fehler, die sich in das Manuskript geschlichen haben, auf meine Kappe gehen.

Aus dramaturgischen Gründen habe ich den Gerichtsprozess, der in Österreich normalerweise Jahre dauern würde, bewusst auf wenige Wochen verkürzt, um eine kompakte Handlung zu präsentieren. Zwar ist das theoretisch nicht unmöglich, aber dennoch höchst unwahrscheinlich, wie man mir versichert hat. Aber schließlich ist »Rachefrühling« kein True Crime-Sachbuch, sondern ein fiktiver Thriller – und ich hoffe, Sie haben sich dabei gut unterhalten.

Autor

Andreas Gruber, 1968 in Wien geboren, lebt als freier Autor mit seiner Familie in Grillenberg in Niederösterreich. Mit seinen bereits mehrfach preisgekrönten und teilweise verfilmten Romanen steht er regelmäßig auf der Bestsellerliste. Mehr zum Autor und seinen Büchern finden Sie unter www.agruber.com sowie unter www.facebook.com/Gruberthriller.

Andreas Gruber im Goldmann Verlag:

Die Reihe um Maarten S. Sneijder und Sabine Nemez
Todesfrist. Thriller
Todesurteil. Thriller
Todesmärchen. Thriller
Todesreigen. Thriller
Todesmal. Thriller
Todesschmerz. Thriller
Todesrache. Thriller

Die Reihe um Walter Pulaski und Evelyn Meyers
Rachesommer. Thriller
Racheherbst. Thriller
Rachewinter. Thriller
Rachefrühling. Thriller

Die Reihe um Peter Hogart
Die Schwarze Dame. Thriller
Die Engelsmühle. Thriller
Die Knochennadel. Thriller

Außerdem lieferbar:
Herzgrab. Thriller

(alle auch als E-Book erhältlich)